KB063324

사소한 기원

사소한 기원

PROVENANCE

앤 레키 지음 **신해경** 옮김

아작

차례

1

“예상치 못한 어려움이 있었습니다.” 푹신한 하늘색 의자에 앉은 진회색 얼룩이 말했다. 인그레이는 그 얼룩을 마주 보며 고작 1미터쯤 떨어진 똑같은 의자에 앉아 있었다.

아니, 보기에는 그랬다. 손을 앞으로 1미터 이상 뻗으면 매끄럽고 단단한 벽이 나온다는 걸 인그레이는 알았다. 왼쪽도 마찬가지였다. 왼쪽에는 앙상한 몸을 갈색과 금색, 자주색이 섞인 낙낙한 비단옷으로 가리고 머리를 매끈하게 땋아 넘긴 조정자가 앉아, 무표정한 검은 눈으로 대화를 지켜보고 또 지켜듣고 있었다. 뒤쪽과 오른쪽에 있는 베이지색 벽만이 보이는 대로였다. 인그레이가 앉은 의자 옆 탁자에는 금박을 입힌 서바트 병과 섬세한 유리 쟁반에 놓인 장미 꽃잎 같은 조그만 과자들이 있었다. 조정자가 먹어보라고 권했으니 진짜가 확실하겠지만, 인그레이는 너무 긴장한 나머지 맛을 볼 생각조차 하지 못했다.

진회색 얼룩이 말을 이었다. “예상치 못한 어려움이 예상치 못한 비용으로 이어졌습니다. 저희는 앞서 합의된 금액보다 더 큰 보수가 필요합니다."

상대방도 인그레이를 제대로 볼 수 없는 건 마찬가지였다. 이 우주정거장 어딘가 이곳과 똑같은 작은 방에 앉았을 익명의 상대방에겐 인그레이도 똑같은 진회색 얼룩에 불과할 터였다. 실망을 드러내거나 절망스러운 감정이 저도 모르게 얼굴에 드러난다 해도, 상대방은 인그레이의 표정을 보지 못한다. 하지만 조정자는 양쪽을 다 볼 수 있었다. 물론 속속들이 다 본다고 해도, 조종자가 의뢰인의 반응을 눈곱만큼이라도 상대방에게 누설하는 일이야 없겠지만, 그래도.

"예상치 못한 어려움은 제가 고려할 바가 아닙니다만." 인그레이는 최대한 침착하고 평온한 어조로 말했다. "그 금액은 사전에 합의된 것입니다." 지금 입은 옷가지, 그리고 이미 치른 귀환 운임을 제외하면, 그 금액은 인그레이가 가진 전부였다.

"예상치 못한 비용이 상당하니 어떤 식으로든 충당되어야 합니다." 진회색 얼룩이 말했다. "보수가 인상되지 않으면 물건이 인도되지 않을 겁니다."

"그럼 인도하지 마세요." 인그레이가 무심하게 보이려 애쓰며 답했다. 두 손은 아무 짓도 못 하게 꽉 맞잡아 무릎에 놓았다. 인그레이는 품이 넉넉한 초록색과 파란색 비단 치마를 꽉 움켜잡고 싶었다. 뭔가 안전하고 확실한 것을 붙잡고 있는 데서 안도감을 느끼려는, 오래전에 없어졌다고 생각한 어릴 적 버릇이었다. "그러면 보수는 한푼도 없겠네요. 당신들의 비용은 반드시 충당되어야겠지만, 제가 상관할 바는 아니지요."

인그레이는 기다렸다. 조정자는 아무 말도 하지 않았다. 거래가 성사되지 않으면 저 진회색 얼룩이 나보다 잃을 것이 많아. 인그레이는 마음을 다잡았다. 지금 단계에서 거래가 불발되면, 가져온 돈에서 무조건 줘야 하는 조정 수수료를 제한 나머지를 챙길 수 있었다. 그리고 집으로, 화에이로 돌아갈 수 있었다. 애초의 금액에 비하면 액수가 많이 적어지겠지만, 어쩌면 그걸로 만족하고 어딘가 좋은 투자처라도 찾아봐야 하리라. 일자리가 그대로 남아 있지 않다면 연줄을 다 동원하여 다른 일자리를 찾을 수도 있으리라. 인그레이는 양어머니가 냉담하게 실망하는 모습을 상상했다. 네타노 옥스콜드는 야망이 없거나 성공하지 못한 아이들에게 시간이나 기운을 낭비하는 법이 없었다.

그리고 인그레이는 양오빠 다나크가 잘난 체하며 승리를 뽐내는 모습을 상상했다. 인그레이가 세운 계획을 몽땅 성공시킨다 해도 양어머니 네타노가 제일 아끼는 아이인 다나크의 자리를 빼앗지는 못하겠지만, 적어도 오만한 동기의 콧대를 꺾어주고 자랑스럽게 옥스콜드 가문을 떠날 수는 있을 것이다. 네타노를 포함한 모든 가족이 그 사실을 알아차릴 테고, 권력과 영향력을 가진 다른 사람들도 마찬가지겠지. 이 거래가 성사되지 않으면 모든 게 물거품이 된다. 아주 사소한 일에서조차 다나크를 이기지 못할 것이다.

진회색 얼룩과 조정자는 아무 말이 없었다. 유리병에서 나는 톡 쏘는 서바트 냄새에 속이 뒤집혔다. 거래는 성사되지 않을 모양이었다.

어쩌면 그래도 괜찮을지 몰랐다. 내가 대체 무슨 짓을 하려던 거지? 말도 안 되는 계획이었다. 불가능했다. 설사 거래가 성사된다 해도, 인그레이의 계획이 성공할 가능성은 없는 거나 마찬가지였다. 대체 여기서 뭘 하고 있는 거야? 일순 그녀는 막 벼랑 끝에서 몸을 던진 듯한, 추락하기 직전의 그 찰나에 선 듯한 기분을 느꼈다.

지금 끝낼 수도 있었다. 거래가 무산됐다고 선언하고, 조정자에게 수수료를 주고, 남은 돈을 챙겨 집으로 돌아갈 수 있었다.

맞은편의 얼룩이 불만스러운 한숨을 내쉬었다. "그렇다면, 좋습니다. 거래를 진행합시다. 하지만 불편부당하고 공정하다는 그 잘난 티어의 거래 관행을 어떻게 생각해야 할지 이제는 알겠군요."

"조건은 처음부터 명확했습니다." 조정자가 평온한 어조로 말했다. "보수가 정확하게 제시되었으니, 불충분하다고 생각하셨다면 거래 제안 단계에서 보수를 더 요구하시거나 곧바로 거래를 거부하셨어야 합니다. 이것이 거래의 현 단계에서 상호 오해와 비난이 일지 않도록 방지하기 위한 저희 불변의 규칙입니다. 제가 당시에 이 규칙을 설명해드렸습니다. 귀하가 이 규칙을 이해하고 동의한다는 의사 표시를 하지 않으셨다면, 저는 이 거래가 진행되도록 허용하지 않았을 것입니다. 불편부당하고 공정하게 거래를 관리한다는 저희 평판에 해가 될 테니까요." 진회색 얼룩은 대답하지 않았다. "제가 보수와 상품을 점검했습니다." 조정자가 여전히 침착하고 평온한 어조로 말했다. "둘 다 약속대로입니다."

지금이 기회였다. 탈출할 수 있을 때 탈출해야 했다. 인그레이가 입을 열었다. "아주 좋습니다."

오, 이런 빌어먹을, 지금 내가 무슨 짓을 한 거지?

지정된 수령 장소는 벽에 붙은 나무뿌리로 만든 미로 같은 것에서 난초들이 자라는 작은 방이었다. 그처럼 부드러운 색조로 잘 꾸민 사치스러운 장소에 전혀 어울리지 않는, 길이 2미터, 높이 1미터쯤 되는 닳아빠진 회색 화물 상자가 있었다. 옆에 갈색과 자주색이 섞인 재킷과 사롱을 두른 여성이 서 있었다. "존하(尊下), 뭔가 착오가 있는 것 같습니다." 인그레이가 이의를 제기했다. "이건 사람이어야 할 텐데요." 그 순간, 상자의 크기와 모양으로 보아 안에 시신이 들었으리라는 생각이 퍼뜩 들었다.

완전한 실패였다. 그 진회색 얼룩이 추가 보수를 요구했을 때부터 스멀거리던 공포가 갑자기 엄습했다.

상자 끝 쪽에 선 여성이 움직이지도, 상자를 쳐다보지도, 심지어 눈 한번 깜빡이지도 않고 새침하게 말했다. "존하, 저희는 납치나 노예 거래에 관여하지 않습니다."

인그레이는 눈을 끔벅거렸다. 숨을 들이쉬었다. 어찌해야 할지 알 수 없었다. "상자를 열어봐도 될까요?" 결국 인그레이는 물었다.

"이건 손님 것입니다. 마음대로 하셔도 괜찮습니다." 여성은 전혀 움직이지 않았다.

상자 뚜껑의 걸쇠를 모두 찾아 여는 데 시간이 좀 걸렸다. 걸쇠가 둔탁한 찰깍 소리를 내면서 벗겨지자, 인그레이는 무거운 뚜껑을 떨어뜨리지 않도록 주의하며 한쪽 끝을 조심스럽게 밀었다. 안에 든 뭔가 매끄럽고 검은 것이 빛을 받아 번득였다. '생명유지 고치'였다. 뚜껑을 몇 센티미터 정도 더 밀었다. 고치의 계기판이 언뜻 보이자 인그레이는 팔을 뻗어 뚜껑을 도로 끌어다 덮었다. 계기판의 파란색과 녹색 불빛은 고치가 작동 중이고 안의 사용자가 살아 있음을 의미했다. 희미하게나마 안도의 한숨이 절로 났다.

그리고 어쩌면 이편이 나을지도 몰랐다. 이런 식이라면 어색하게 둘러댈 필요 없이, 남들 모르게, 탑승을 예약한 우주선까지 이 사람을 옮길 수 있을 것이다. 인그레이는 상자 뚜껑을 제자리에 맞추고 걸쇠를 잠갔다.

"실례했습니다." 인그레이는 갈색과 자주색 사롱을 입은 여자에게 말했다. "제 물건이 이런 식으로 포장돼서 오리라고는… 예상을 못 했거든요. 혼자서는 이걸 못 옮길 거 같은데, 짐수레를 빌릴 수 있을까요?" 짐수레가 있다 해도 혼자서 상자를 실을 수 있을지는 미지수였다. 게다가 짐수레 사용료라도 내야 한다면… 음, 남은 돈이 한푼도 없었다. 당장 상자를 열고 안에 든 사람이 자발적으로 걸을 수 있기를 바라야 할지도 몰랐다. "아니면, 제 우주선까지 배달이 될까요?"

여성이 표정의 변화도 없이 상자 옆면을 건드리자 찰깍 소리가 나면서 상자가 아주 살짝 인그레이 쪽으로 움직였다. "구매하신 물건을 인수하셨으니, 이제 이 물건은 저희 소관이 아닐뿐더러 저희에게는 어떤 책임도 없습니다. 가끔 이런 규정을 불편해하시는 분들이 계시지만, 이러는 편이 오해의 소지가 없지요. 귀하께서는 혼자 이 물건을 옮기실 수 있습니다. 저희 영업장에서 나가 통신망에 다시 접속하시면, 이런 크기의 물건을 옮길 최적 경로가 나올 겁니다."

상자에 보조 기능 같은 것이 있는 게 틀림없었다. 상당히 무거울 게 뻔한데도 쉽게 밀렸다. 하지만 이쪽저쪽으로 획획 엇나가는 상자를 똑바로 미는 요령을 터득하기까지 시간이 좀 걸렸다. 인그레이는 아무 표시도 없는 문을 나와 검은색과 빨간색 타일이 깔린 넓고 환한 복도로 나오자마자 눈을 깜박여 통신망에 재접속했다. 갑자기 눈앞에 안내문과 뉴스들이 쇄도하는 바람에 하마터면 상자를 놓칠 뻔했다. 긴급한 것만 남기고 지역 뉴스를 다 날렸는데도 엄청나게 많은 뉴스가 남았다. 그중에서도 기사 하나가 어찌나 크고 밝게 표시되는지, 벽에 부딪히려는 상자의 방향을 트는 와중에도 읽지 않을 수가 없었다. 명백히 일개 지역을 넘어서는 사안이었다. '게크 외교사절 티어 도착' 아래에 조금 작은 글씨로 '티어 시일라스 평의회,

식량, 연료, 수리 지원요청 승인'이라 적혀 있었다. 음, 당연히 승인했겠지. 정체를 알 수 없는 데다 위험하기 짝이 없는 외계인 프레즈거와 맺은 평화조약에 게크도 참여하고 있었다. 조약을 만든 주체와 방식을 어떻게 생각하든, 인간치고 그 평화조약을 깨고 싶어 하는 바보는 없었다.

인그레이가 그 기사 제목에 주목하자 더욱 자세한 정보와 의견글들이 구름처럼 몰려와 눈앞에 펼쳐졌다. "뻔뻔스러운 라드츠 권력이 전원회의를 장악했다." 누군가가 외쳤다. "의식을 가진 인공지능이 마침내 행동에 나섰다. 인류 종말의 시작인가?" 누군가는 물었다. 나직한 목소리가, 가까운 국숫집이 문을 열었고 지금이 상대적으로 줄이 짧다고 인그레이의 귀에 대고 속삭였다. 이곳에 온 뒤로 여섯 번이나 간 국숫집이었다. 며칠 전에 개인용 경보를 설정하고는 끄는 걸 잊었었다. 아침도 먹지 않았고, 조정자가 내준 과자도 먹지 않았다. 그런데 갑자기 국수가 당겼다.

시간이 없었다. 탑승권을 산 우주선이 3시간 후에 출항할 예정이었다. 적어도 그 전에 승선해 있어야 한다는 의미였다. 그리고 시간이 있다 해도, 그리고 돈이 있다 해도, 제대로 통제도 못 하는 이런 사람 크기만 한 상자를 달고 국숫집 앞에 줄을 설 수는 없는 일이었다. 인그레이는 우주선까지 가는 경로를 제외한 모든 정보를 밀어내고 계속 길을 갔다. 우주선에서 요기를 할 수 있을 것이다.

눈앞에 제시된 길은 대체로 우주정거장에서 통행량이 제일 많은 구역을 피해 가는 경로였다. 티어 시일라스에서는 '통행량이 적은 길'이라 해도 상당히 붐비지만 말이다. 처음에는 이렇게 생명유지 고치만 한 상자를 밀고 다니면 반갑지 않은 주목을 받을까 싶어서 남들 시선이 신경 쓰였다. 하지만 건드리거나 뭐라고 말을 거는 이 하나

없이, 사람들은 물 흐르듯이 양쪽으로 갈라져 상자와 인그레이를 지나쳤다. 괴상한 화물을 밀고 가는 사람이 그녀만도 아니었다. 자체 동력으로 굴러가는 것이 확실한 양파 상자 무더기를 조심스럽게 피해 가야 할 때도 있었고, 엄청나게 큰 무언가가 길을 막는 바람에 초조하게 기다려야 할 때도 있었다. 길을 막은 것이 어리둥절할 정도로 키가 큰 메크라고 생각했는데, 마침내 길이 나고 나서 보니 환경적응복을 입은 인간이었다. 그 키와 환경적응복을 봤을 때, 저중력 거주지에서 온 사람 같았다.

인그레이는 어느 곳에 이르러 30분쯤 화물 승강기를 기다렸고 승강기를 타는 내내 지저분한 뒷벽에 붙은 채 꼼짝도 못 했다. 옷가지를 전부 내다 팔면서 지금 걸친 격식 차린 샌들과 비단 재킷과 길고 풍성한 치마를 남긴 게 후회스러웠다. 가능한 한 진지하고 사무적으로 보이고 싶어서였지만, 쓸데없는 짓이었다. 조정자는 돈만 확실하다면 의뢰자의 옷차림 따위는 개의치 않았을 테고, 익명의 거래 상대는 그녀를 볼 수조차 없었다.

인그레이는 승강기에서 내리자마자 치마를 걷어 올리고 샌들을 벗어 상자에 올려놓았다. 그리고 지금 가진 전 재산이라 할, 신분증과 소소한 세면도구들이 든 작은 가방을 그 옆에 내려놓았다. 그러고는 최대한 부주의한 여행객들을 피해, 가다 서다를 반복하며 부두로 향하는 긴 여정에 올랐다. 입구에서 제일 먼 선창에 있을 게 뻔한 그녀의 우주선까지 갈 시간은 아직 충분했다.

인그레이는 지치고 초조하고 불안한 상태로 선창에 도착했다. 예상보다 훨씬 작은 선창이었다. 그녀는 지금껏 항성 간 대형 여객선밖에 타본 적이 없었다. 여기 올 때도 그랬다. 하지만 돌아가는 길에는 그런 우주선의 제일 싼 운임도 감당할 수 없었다. 이 우주선이 작은 건 알고 있었다. 여분으로 승객용 선실이 몇 개 있는 화물선이었다. 집으로 가는 길이 비좁은 데다 호화롭지 못하리라는 건 알고 있었지만, 이런 상자를 가져오고 보니, 이제 어떻게 하나 싶은 생각이 머릿속을 떠나지 않았다. 이 우주선이 여객선이었다면 누군가가 나와 있을 테니, 그저 상자를 보여주고 이게 자기 선실로 가야 할지 아니면 화물칸으로 가야 할지 물어보면 될 텐데. 하지만 선창엔 아무도 없었다. 그리고 아무리 봐도 자신과 상자가 동시에 에어로크에 들어갈 수도 없을 듯했다.

그런 생각을 하며 서 있는데 에어로크에서 한 남성이 나왔다. 땅딸막하고 탄탄한 체격에 모난 얼굴은 딱 짚어 말하기 어려운 뭔가 이상한 느낌을 풍겼다. 코 모양이 저래서 그런가, 아니면 입의 크기가 문제인가? 머리카락은 뒤로 묶어 십여 가닥으로 땋아 내렸고, 회색과 녹색이 섞인 줄무늬 룽기를 허리에 두른 위로 재킷을 걸쳤으며 맨발이었다. 사업상 거래나 중요한 회의 때문에 대체로 신발을 신는 이곳 사람들에 비하면 격식을 차리지 않은 모습이지만, 그래도 완벽하게 단정해 보였다. "인그레이 옥스콜드이십니까?"

"위진 선장님이시군요." 인그레이는 이 우주선이 도착하기 며칠 전에 티어 시일라스 부두사무소에서 선실을 예약했다. "아니면 틱 선장님이라고 해야 하나요?" 온갖 곳에서 온 사람들을 만나게 되는 이런 데에서는 이름의 순서가 어떻게 되는지, 상대방이 어떻게 불리고 싶어 하는지 알기가 어려웠다.

"어느 쪽이든 괜찮습니다." 위진 선장이 말했다. "이렇게 큰 화물이 있다는 말씀은 없었는데요, 존하."

"맞아요." 인그레이가 말했다. "그런 말 없었죠. 저도 예상을 못 했거든요."

위진 선장은 잠시 말이 없었다. 설명을 기다리는 거라고 인그레이는 짐작했다. 그러더니 선장이 말했다. "존하, 이건 승객용 객실에 들어가기에는 너무 큽니다. 화물칸에 실어야 하는데, 거긴 아래층으로 들어가야 해요. 지금은 닫혀 있고요. 정식으로 신고된 내용물 증빙서를 보여주시면, 아래층 에어로크를 열겠습니다."

인그레이는 그런 게 필요하겠다는 생각은커녕 그런 게 있다는 사실조차 몰랐다. 어쨌든 화물이 생기리라고는 꿈에도 생각을 못 했으니까. "저는…." 아침에 뭐라도 먹었어야 했다. "이걸 놔두고 갈 수는 없어요. 화물칸을 열 시간은 있나요?" 가만히 있었다고 생각했는데, 손을 움직였던지 상자가 앞으로 밀렸다. 인그레이가 황급히 상자를 붙잡았다.

선장이 밀려오는 상자를 한 손으로 막았다. "시간은 많지요. 출발이 연기됐으니까요. 안내문 확인 안 하셨어요? 우리는 여기에 이틀 더 있어야 합니다."

"이틀이나!" 그럴 수가. 인그레이는 급히 알림 메시지들을 눈앞으로 불러들였다. 아까 개인 메시지를 확인했더라면 금방 보았을 메시지가 그제야 보였다. 틱 위진 선장이 보낸, 출항 연기를 알리는 짧고 간단한 쪽지였다. 쪽지에는 "작금의 시사적 문제로 인한 불가피한 출항 연기"라 적혀 있었다.

작금의 시사적 문제라니. 그거였다. 인그레이는 뉴스를 끌어와 게크 외교사절에 관한 정보를 더 찬찬히 살펴보았다. 뉴스는 가능한 한 신속하고 안전하게 게크들의 요구에 맞출 수 있도록 일반 우주선의 입출항 계획을 조정했다고 상당히 명확하게, 굳이 보지 않아도 될 내용까지 언급하고 있었다.

그 결정엔 반론도 피해 보상 청구도 제기할 수 없었다. 이따금 이런저런 우선권을 요구하는 (또 받기도 하는) 양어머니 네타노 옥스콜드와 같이 왔더라도 어쩔 도리가 없었을 일이었다. 여기가 네타노의 고향 행성계가 아니기 때문만은 아니었다. 게크는 인간이 아닌 외계인이었고, 자기 행성을 떠나는 법이 거의 없었다. 적어도 인그레이는 그렇게 알고 있었다. 지금은 외계종족 프레즈거와의 평화조약과 관련된 긴급회의에 참석해야 하는, 어쩔 수 없는 상황이었다. 그 조약이 체결되기 전에는 프레즈거가 그때그때 기분에 따라 승객과 주민들이 가득한 인간의 우주선과 우주정거장을 통째로 찢어발기곤 했다. 그들을 막을 방도가 없었다. 라드츠 제국의 지배자인 아난더 미아나이가 모든 인류를 대표하여 서명한 그 평화조약 말고는 말이다. 프레즈거가 이런저런 인간 종족과 인간의 정체(政體)를 구분하지 못하거나 구분할 뜻이 없다는 건 명확해 보였다. 라드츠가 모든 인간을 대표하는 권한을 가지는 것에 대한 의견은 다를지 몰라도, 프레즈거가 다시 인간 살육을 시작하길 원하는 사람은 없었다.

결국 게크도 조약에 서명했고, 최근 들어 크르르가 동참했다. 그리고 이제 평화조약에 서명하는 세 번째 비인간 종족이 탄생할 가능성이 대두했다. 프레즈거가 소집한 이번 전원회의에서 그 여부가 결정될 예정이었다. 아찔하게 넓은 인간 우주를 통틀어 이 사실을 모르는 이가 없었고, 자신만의 의견이 없는 이도 없었으며, 이 전원회의가 자신의 미래에 어떤 영향을 미칠지 궁금해하며 뭐라도 더 알고 싶어 하지 않는 이가 없었다.

하지만 지금은 그런 걱정을 할 계제가 아니었다. "저는 이틀이나 못 기다려요." 인그레이가 말했다. 위진 선장은 아무 말도 하지 않았다. 누가 봐도 명백한 답을 굳이 말로 할 필요가 없었다. 기다림은 불가피했고, 그에겐 아무 권한이 없었다. 그는 상자에서 손을 떼지 않았다. 현명한 처사였다. 인그레이는 상자의 보조기능을 어떻게 끄는지 몰랐다. “기다릴 수 없어요.”

“왜요?” 위진 선장이 물었다. 진지하게, 하지만 인그레이의 개인 사정에 딱히 관심이 있는 건 아니라는 듯이.

인그레이는 눈을 감았다. 울지 않을 테다. 그녀는 다시 눈을 뜨고, 숨을 들이쉬고는 말했다. “오늘 아침에 숙박비 계산하면서 있는 돈을 다 썼거든요.”

“빈털터리군요.” 위진 선장의 시선이 상자에 올려놓은 인그레이의 가방과 재킷과 샌들을 훑었다.

“이틀이나 굶을 수는 없어요.” 아침에 뭔가를 먹었어야 했다. 조정자가 권한 그 과자를 먹었어야 했다.

“음, 할 수 있어요.” 위진 선장이 말했다. “물만 있으면요. 그런데, 친구분은 어때요?”

인그레이는 미간을 찌푸렸다. “친구요?”

“같이 가실 분 말이에요. 그분이 도와줄 순 없어요?”

“음.”

위진 선장이 여전히 모호한 태도로 대답을 기다렸다. 인그레이는 문득 승객 운임보다는 화물 운임이 싸지 않을까 싶은 생각이 들었다. 한 명분의 탑승 예약을 해지하고 돌려받은 돈으로 화물 운임을 치르면 출항 전까지 한두 끼 정도는 해결할 수 있을지도 몰랐다. “그리고 생각하시는 동안에….” 인그레이가 입을 열기 전에 선장이 덧붙였다. “상자의 내용물 증빙서를 보여주시면 좋겠군요.”

당황한 인그레이는 증빙서를 제시할 필요가 없다고 우겨볼까 싶었다. 그 순간, 지금까지의 전개로 봤을 때, 아까 그 조정자가 상자를 운반하는 데 필요한 서류들을 미리 준비했을 수도 있다는 생각이 퍼뜩 들었다. 다시 개인 메시지를 눈앞으로 불러오니 그게 거기 있었다. "방금 보냈어요." 그녀가 말했다.

위진 선장이 눈을 깜박이더니 초점이 먼 곳을 향했다. "기타 생물학적 약제들." 잠시 후에 그가 초점을 다시 인그레이에게 맞추며 말했다. "이런 크기와 이런 모양을 한 상자 안에요? 죄송합니다만, 존하, 저는 햇병아리가 아닙니다. 운임 약정서에 적힌 대로, 내용물을 직접 검사할 수 있는 제 권리를 행사하겠습니다. 응하지 않으신다면, 이 상자는 실을 수 없어요."

제기랄. "사실은." 인그레이가 말했다. "저랑 같이 가는 사람이 이 안에 있어요."

"상자 안에요?" 그는 전혀 놀란 것 같지 않았다.

"상자에 든 생명유지 고치 안에요, 예." 인그레이가 대답했다. "으가 이런 식으로 올지 몰랐어요. 전 그냥, 그러니까, 으를 만나 이리로 데려와서…." 더는 어떻게 설명해야 할지 몰라서 인그레이는 말꼬리를 흐렸다.

"이 사람을 티어 시일라스에서 데리고 나가도 된다는 허가증이 있습니까? 말씀 안 하셔도 이곳이 법적으로 그런 허가증을 요구하지 않는다는 건 압니다. 하지만 저는 늘 요구하지요."

"누군가를 선장님 우주선에 태워도 좋다는 허가증요?" 인그레이는 당황하며 미간을 찌푸렸다. "저한테는 그런 허가증 내라는 말씀 안 하셨잖아요. 제… 친구 걸 내라고 하지도 않으셨고요."

여전히 표정 하나 변하지 않고 위진 선장이 말했다. "저는 본인의 동의 없이는 아무도 운송하지 않습니다. 운임 약정서에 명확하게 적혀 있어요." 인그레이도 당연히 약정서를 읽었다. 바보가 아니니까. 하지만 기억을 못 하는 게 분명했다. 그때는 그 조항이 문제가 되리라고는 생각지 못했으니까. "손님께는 바로 물어볼 수 있죠. 티어 시일라스를 떠나 화에이로 가고 싶으…."

"가고 싶어요!" 인그레이가 냉큼 대답했다.

"…라고 손님은 저한테 말할 수 있습니다." 위진 선장의 목소리는 여전히 진지하고 평온했다. "하지만 이 사람은 손님이 데려가는 곳으로 가고 싶은지 저한테 말할 수 없습니다. 손님이 으를 생명유지 고치에 넣어 우주선을 타는 데는 뭔가 어쩔 수 없는 사정이 있으리라 믿어 의심치 않습니다만, 저는 그 어쩔 수 없는 사정이 손님이 아니라 으의 것이라는 점을 확실히 하고 싶습니다."

"하지만…." 하지만 선장은 이미 이 규정이 티어 시일라스 법에 저촉되는 문제가 아니라고 말했다. 선장이 돈을 돌려주면 똑같은 운임을 받는 다른 우주선을 찾을 수도 있을 것이다. 하지만 부두사무소를 통하려면 또 수수료를 내야 하는데, 그럴 돈이 없었다. 혼자 찾아볼 수도 있겠으나, 시간이 걸릴 것이다. 어쩌면 아주 오래. 인그레이는 한숨을 쉬었다. "으가 왜 생명유지 고치에 들어 있는지는 저도 잘 모르겠어요." 음, 사실은 짐작이 가는 이유가 있긴 했지만, 위진 선장을 납득시키는 데는 전혀 도움이 되지 않을 터였다. "그냥 으를 마중하러 갔는데, 보니까 이렇더라고요."

"이분이 생명유지 고치에 든 채로 이동하는 데에 뭔가 의학적 이유 같은 게 있나요?"

"제가 아는 바로는 없어요." 인그레이가 아주 솔직하게 말했다.

"으가 남긴 무슨 메시지나 지침 같은 것도 없어요?"

"없어요."

"음, 존하." 위진 선장이 잠시 뜸을 들이더니 말했다. "고치를 열어 으에게 물어보면 어떨까요? 으가 원한다면 언제든 다시 넣을 수 있으니까요."

"뭐라고요, 여기서요?" 사실 그 선창은 격리되어 있지 않았다. 적어도 그때는 그랬다. 그리고 생명유지 고치에서 나오는 건 불편하고도 꼴사나운 일이었다. 인그레이가 알기로는 그랬다. 게다가 여기까지 상자를 밀고 오면서, 어쩌면 이런 식이 낫겠다고, 이 인물에게 자기를 소개하고 왜 이곳으로 데려왔는지 설명하는 일은 나중으로 미루는 편이 낫겠다고 마음을 먹은 참이었다.

"제가 재미로 특대형 수하물을 규제하는 게 아닙니다. 저 상자가 우주선에 들어갈 방법은 화물칸을 통하는 수밖에 없습니다. 그리고 제가 그런 일이 일어나지 않기를 바라는 데에는 명확한 이유가 있습니다."

지금 여기 선 사람이 인그레이가 아니라 모친인 네타노였다면, 뭐가 됐든 어떤 식으로든 이 우주선 선장이 만족할 만한 허가증을 구했을 것이다. 아니면 애초에 그녀가 승선해주는 것만으로도 감지덕지하는 선장이나 승무원들이 있는 우주선이나, 아니면 어떤 이유로든 네타노의 손아귀에서 노는 우주선의 탑승권을 샀겠지. 오빠 다나크라면, 아마 위진 선장을 위협할 모종의 방법을 찾아내거나, 아니면 자기 뜻대로 움직이도록 알랑대며 꾀거나 뇌물을 먹일 것이다. 어쩌면 인그레이도 그런 방법을 쓸 수 있으리라. 눈물이 효과를 발휘할지도 몰랐다. 울려고만 하면 당장에라도 눈물이 줄줄 흘러나올 기세였다. 하지만 이틀 동안 밥 먹을 돈이 없다는 말에 대한 선장의 반응으로 보건대, 그게 먹힐 것 같지는 않았다.

뭔가 해야 했다. 자신과 이 생명유지 고치에 든 인물을 저 우주선에 실어야 했다. 다른 방법이 없었다. 가능한 다른 길도 없었다. 빈털터리로 배를 곯으며 평생 이 정거장에서 지내는 수밖에는.

인그레이는 '절대' 울지 않을 작정이었다. "이봐요, 설명을 좀 할게요." 위진 선장의 머릿속에는 이미 이 상황에 관한 최악의 시나리오가 그려져 있었다. 생명유지 고치를 연다 해도 상황이 나아질 것 같지 않았다. 인그레이는 선창으로 들어오는 입구를 힐끗 돌아보았다. 입구 너머 복도를 지나가는 사람이 아무도 없었다. 그녀는 다시 위진 선장을 돌아보고는 또 한숨을 쉬었다. "저는 돈을 주고 이 사람을 '자비로운 제거'에서 빼냈어요." 위진 선장의 얼굴에 뭔가 알아들었다는 기색이 보이지 않았다. 인그레이는 화에이에서 반시아어 사용자들이 쓰는 용어를 사용했다. 그걸 못 알아들었는지도 몰랐다. 그녀는 여기서 썼던, 지금까지 위진 선장과 짧은 거래를 하면서 썼던 이르어에서 그 단어를 뭐라고 하는지 생각해내려 애썼다. 거의 모든 범죄에 벌금형을 내리는 이곳 티어 시일라스에 그에 해당하는 단어가 있을 성싶지 않았다. 지금껏 받았던 모든 이르어 수업과 이곳에서 마주친 모든 뉴스에서 범죄와 그 결과는 벌금의 측면에서만 논의되었다. 사전을 불러내 뒤져봤지만 적당한 단어를 찾지 못했다. "그러니까, 누군가가 법을 어긴다 쳐요. 그 사람이 범죄를 반복하고 누구나 그 사람이 또 그럴 거라는 걸 알아요. 아니면 그 사람이 한 짓이 너무 끔찍해서, 다시는 그런 짓을 할 기회를 주고 싶지 않아요. 그럴 때 그 사람을 '자비로운 제거'로 보내요."

"감옥 말이군요." 위진 선장이 말했다.

인그레이의 시야 구석에서 사전이 '감옥'이라는 용어를 확인하고 말뜻을 설명했다.

"아뇨, 감옥이 아니에요! 우리에게는 감옥이 없어요. 그건 어떤 '장소'예요. 그 사람이 일반인과 떨어져 있을 수 있는 곳 말이에요. 원하는 건 뭐든 할 수 있고, 가고 싶은 데는 어디든 갈 수 있어요. 거기에 있기만 하면요. 그리고 거기 있어야 해요. 거긴 한번 들어가면 나올 수 없거든요. 법적으로는 죽은 사람이 돼요. 그러니까…, 사람을 '죽이는' 건 나쁘잖아요."

"그러면 손님은 사회적 해충을 죽인다는 말의 완곡한 표현처럼 들리는 이름이 붙은, 그 경계가 철저하다는 감옥에서 친구를 탈옥시키려고 있는 돈을 몽땅 써버렸군요. 지금 입고 있는 옷과 태도로 봤을 때, 상당한 돈이었을 텐데 말이에요. 그런데 으는 무슨 짓을 저질렀어요?"

"사실 으는 제 친구가 아니에요! 심지어 만난 적도 없어요. 음, 으와 같은 행사에 참석했던 적은 한 번 있어요. 두 번이군요. 하지만 개인적으로 만난 적은 없어요."

"으가 무슨 짓을 했어요?" 위진 선장이 다시 물었다.

"이 사람은 팔라드 부드라킴이에요." 인그레이는 그 이름을 내뱉고는 얼굴을 찡그렸다. 자신이 정말로 이런 짓을 했단 말인가? 하지만 다른 방안이 없었다.

영원 같은 순간이 지난 후에 위진 선장이 말했다. "제가 그 이름을 알아야 하나요?"

"모르세요?" 인그레이가 놀라서 물었다. "전혀요?"

"전혀요."

"팔라드의 부친, 에티아트 부드라킴이 화에이 제3의회 의장이에요." 위진 선장은 아무 반응을 보이지 않았다. "의장이란…."

"예." 위진 선장이 차분하게 끼어들었다. "의장은 의회를 통솔하고 총의회에서 해당 의회를 대표하죠. 저는 화에이 정거장에 제법 여러 번 갔었고, 갈 때마다 정거장 뉴스에 신경을 썼어요. 디카트 의장은 알아요. 제1의회 의장이죠. 거기 정박할 때마다 따라야 하는 온갖 규정들에 으의 이름이 있었으니까요. 하지만 제3의회에 관해서는 아는 게 없네요."

말이 되는 얘기였다. 화에이 우주정거장과 화에이의 몇몇 외(外)정거장들, 그리고 실질적으로는 행성계 간 관문들이 모두 제1의회 소관이었다. 위진 선장이 제1의회 일들에 관심을 두면서도 화에이 행성에 기초한 의회들에 관심이 없었다는 것도 말이 되었다. 인그레이는 눈을 깜박였다. 심호흡을 했다. "음, 부드라킴 의장은 몇십 년 동안 그 자리를 지키고 있어요. 몇 년 전에 선거가 있었는데, 아주 박빙이었죠. 거의 질 뻔했거든요. 그게, 팔라드가… 음, 팔라드는 그의 입양아 중 하나였어요. 에티아트 부드라킴은 갈세드인의 피를 이어받았고요."

"갈세드인이 되는 게 비극적이고 낭만적이라고 생각하는 사람이 그를 포함해 수억 명은 되지요." 위진 선장의 목소리에 경멸이 묻어났다. "그 사건은 라드츠가 저지른 수많은 악행 중에서 가장 악명 높은 사건일 뿐이에요. 갈세드는 효과적으로 침략에 저항한 유일한 행성계였고, 그 때문에 라드츠는 거기 살던 마지막 한 사람까지 죽이고 행성계 전체를 불로 태운 다음 생명이라곤 하나도 없는 불모지로 남겨두었죠. 당신네 부드라킴 의장 같은 사람들은 그때그때 입맛에 맞춰 특별히 용감했거나 아니면 특별히 동정심을 살 만한 갈세드인 누군가가 자기 조상이라고 주장하면 그만이고요. 아무리 해도 증명할 방법이 없으니, 그보다 형편이 좋을 수가 없겠죠. 제가 한번 맞혀볼까요? 그는 라드츠가 행성계 전체를 불태워버리기 직전에 가까스로 몰래 탈출한 어느 선제후(選帝侯)의 후손일 테죠."

"하지만 부드라킴은 진짜예요!" 인그레이가 주장했다. "증거가 있다고요. 그의 조상이 도망칠 때 탄 우주왕복선의 내부 벽판과 피 묻은 셔츠요. 다른 것도 많아요. 장신구들과, 제가 보기에는 무슨 놀이에서 쓰던 것 같은 꽃 모양이 찍힌 작은 오각형 패 여섯 개도 있어요. 아니, 있었죠. 도난당했거든요. 정말 들어본 적 없어요?"

"정말 없어요." 위진 선장이 반쯤 빈정대듯이 말했다. 인그레이가 아는 모든 사람, 그리고 화에이 행성계의 거의 모든 주요 언론의 관심을 빨아들였던 그 사건을 위진 선장도 당연히 들어봤으리라 생각하는 발상 자체가 어이없다는 듯이 말이다.

"내부 소행이었어요. 팔라드는 에티아트 부드라킴의 가정에서 자랐고, 갈세드 유물들을 보관하는 라리움 관리자 일을 맡았죠." 어떻게 해서 그렇게 되었는지를 놓고 뒷말이 무성했다. 유력한 시민이 불우한 집안이나 심지어 공립보육원에서 입양아를 데려와 키우는 관행은 당연히 자비로운 일이라 칭송받았지만, 에티아트 부드라킴이 그처럼 맹목적으로 팔라드를 신뢰한 건 어리석은 짓이라 일컬어졌다. 공식 지명을 받은 생물학적 후계자만큼 친밀하고 충성스러운 이는 없다는 사실을 다들 알고 있었다. 그 생각을 하면 공립보육원 출신 입양아인 인그레이는 아직도 주눅이 들었다. "팔라드 말고 그런 짓을 할 수 있는 사람이 아무도 없었어요."

"그리고 그 일로 으는 탈출할 수 없는 감옥에 영원히 갇혔군요. 뭐라고 했죠, '자비로운 제거'? 그리고 죽었다고 선고된다고요?" 위진 선장이 상자에서 손을 뗐다가, 인그레이가 여전히 한쪽 끝을 잡고 있는데도 상자가 움직이자 다시 붙잡았다.

"으는 양육자를 배신했어요! 엄청난 사건이었죠. 그리고 으는 자기가 저지른 짓을 후회하는 기미를 전혀 보이지 않았어요. 처음부터 끝까지 아주 계획적인 데다 냉혹했죠. 으는 용케 복제품을 만들어서 진짜 유물이 있던 라리움 자리에 놓아두었고, 부드라킴 의장은 그걸 사람들에게 보여주었어요. 그러니까, 진짜라고 생각하고요. 가짜라는 걸 알아챈 사람은 아무도 없었어요. 그리고 그의 입양아인 팔라드가 거의 매번, 언제나처럼 침착하게, 아무 문제도 없는 듯이 거기에 서 있었고요." 어쨌거나, 으가 처형된 건 아니지 않은가. "그 복제품들은 거의 완벽했죠."

위진 선장이 잠시 생각에 잠겼다. "그러면 손님은 왜?"

"진짜 유물은 못 찾았어요. 팔라드가 그것들을 어떻게 했는지 말하지 않았거든요. 으는 아무것도 훔치지 않았다고, 아무 잘못도 하지 않았다고 주장했어요. 하지만 당연히 으가 했겠죠. 으 말고는 그렇게 할 수 있는 이가 없으니까요. 그러니 으는 그것들이 어디에 있는지 알 거예요."

"아." 위진 선장은 긴장이 풀린 듯 에어로크 테두리에 기대더니 팔짱을 끼었다. "당신은 이 팔라드 부드라킴이라는 사람이 진짜 갈세드 유물이 있는 곳을 알려주리라 생각하는군요. 진짜를 찾으면 팔 건가요? 볼모로 삼아요? 아니면 영웅처럼 그 유물을 원래 있어야 할 곳에 돌려줘요?"

사실, 어느 쪽이든 목적에 부합할 것이다. 하지만 인그레이는 무엇보다 양어머니 네타노에게 가져다주고 싶었다. "제 모친이 제3의회의 지역구 의원이에요. 의장이 되고 싶어 하시죠. 지난 선거에서 도전했는데, 마지막에 표가 부드라킴 쪽으로 기울었어요." 그리고 네타노는 에티아트 부드라킴과 사이가 좋지 않았다. 둘 사이에는 당파 차이만으로는 설명할 수 없는 적의가 깔려 있었다. 어쨌든, 다른 의원들은 관세나 어로 제한 문제에 관한 입장이 서로 달라도 상당히 우호적으로 어울리고들 있었으니 말이다. "제 동기는 저까지 해서 셋…." 셋이 아니었다. 지난해에 바올이 떠났다. 네타노가 내보낸 것이 아니라, 으가 원하고 고집해서 떠난 거지만, 으는 짐을 싸는 내내 울었고, 문으로 걸어 나가면서도 울었으며, 그때 이후로는 인그레이가 보낸 메시지에도 답을 하지 않았다. "제 모친에게는 입양아가 둘 있어요. 둘 중 하나가 결국 네타노가 되겠죠."

"그리고 당신은 이런 식으로 모친 눈에 들 생각이고요." 위진 선장이 넘겨짚었다.

"저는 팔라드가 이런 식으로 포장돼서 올 줄 몰랐어요!" 인그레이가 더는 충동을 견디지 못하고 부드러운 비단 치마를 꽉 움켜쥐었다. "그러니까, 저는 여기서 흔히 보는 그런 브로커에게 가서 거래를 신청했어요. 누구든 상관없으니 팔라드 부드라킴을 '자비로운 제거'에서 몰래 데리고 나와달라고요." 솔직하게 말하면, 정말로 그 거래를 받아들이는 자가 있으리라고는 기대도 하지 않았다. 이 계획은 처음부터 성공할 가능성이 희박했으니까.

"이곳에서 합법이 아닌 극소수 거래 중에 노예 거래와 인간 밀매가 있어요." 위진 선장이 설명하듯 말했다. "어쨌든, 엄밀히 말하면요. 이 사람을 이렇게 포장해서 손님께 배달한 것도 당연하네요. 이렇게 하면 법적 부인권이 생길 테니까요. 그리고 이 말씀은 드려야겠어요, 존하. 이런 일을 예상하지 못했거나, 적어도 대비하지 않았다는 사실로 미루어 보건대, 당신은 모친의 정치 경력을 이어받을 최적의 인물은 아닌 게 분명해요." 인그레이가 미간을 찌푸렸다. 그녀는 울지 않을 작정이었다. 위진 선장이 말을 이었다. "기분 나쁘게 하려고 한 말은 아니에요. 사람에겐 저마다 다른 재능이 있으니까요. 모친의 후계자로 선정되지 못하면 어떻게 되나요?"

아마 별일 없을 것이다. 하던 대로 가족 사업에서 맡은 일을 계속하겠지. 하지만 네타노는 늘 얘기했다. 할 만한 가치가 있는 모든 일에서 지분은 전부 아니면 전무라고. 화에이에서는 많은 가정이 한 명 또는 그 이상의 아이를 입양아로 보내거나 아니면 다른 집안의 아이를 입양아로 받아들여 양육한다. 일시적인 계약인 경우도 있고, 영구적인 입양인 경우도 있다. 예를 들어, 다나크는 네타노의 지지자 집안에서 보낸 입양아였다. 하지만 양육자들이 양육할 형편이 되지 않거나 양육을 포기했지만 대신 양육해줄 가정이 없는 아이들이 선거구마다 있기 마련인데, 그런 아이들은 정부의 보호 아래 그 구역의 공립보육원에 가게 된다. 팔라드 부드라킴과 마찬가지로 인그레이도 그런 아이였다. "사실 제가 엄마의 후계자가 될 가능성은 없어요. 사실은 한 번도 없었지요." 하지만 옥스콜드 집안을 떠나거나 파양되면, 돌아갈 가족이 없었다. 그녀는 완전히 혼자가 될 것이다. "엄마는 우리가 뭔가 새로 시작하는 걸 좋아해요. 우리가 계획을 세우는 것도 좋아하고요. 하지만 우리가 실패하는 건 좋아하지 않으시죠. 이 계획이 크게 실패하면 저는 아마 그 집을 나와야 할 거예요. 설상가상으로 빚도 안고서요. 이 거래 때문에 앞으로 받을 수당을 담보로 돈을 빌렸거든요. 그러니 일자리를 잃지 않는다 해도, 아마 잃겠지만, 저는 파산하겠지요. 몇 년 동안은요." 몇십 년일 것이다. "그다지 신중하게 자원을 쓰는 방법은 아니었죠, 저도 알아요." 그녀는 움켜쥐었던 치맛자락을 놓고 손을 상자에 올려놓으려다가 대신에 다른 손을 꽉 쥐었다. 불안하게 뭔가를 움켜쥘 위험이 없는, 완벽하게 무난한 자세였다. "그렇게 돈을 빌렸으면 그냥 어딘가 안전한 곳에 투자했어야 했어요. 그러면 엄마가 절 파양하더라도, 적어도 제 한 몸은 부양할 수 있었을 텐데. 저는 그저…." 그녀는 그저 다나크가 대놓고 비웃으리라는 생각을 참을 수 없었다. 네타노 옥스콜드의 관심을 받을 기회를 완전히 잃어버리리라는 생각을 말이다.

위진 선장이 상자 건너편의 그녀를 쳐다보더니 마침내 입을 열었다. "저는 고민 중입니다. 손님이 치른 선실 두 개의 운임을 돌려주고 이 선창에서 나가달라고 할까 어쩔까 하고요. 아직 마음을 정하지 못했어요. 하지만 한 가지만 말씀드릴게요. 저 사람, 팔라드 부드라킴이라고 했던가요? 여하튼, 저 사람을 생명유지 고치에 든 채로 제 우주선에 실을 방법은 없어요. 그리고 애초에 손님이 정신이 멀쩡하고 얼지 않은 으를 만나리라 예상했다는 사실을 고려하면, 지금 으를 해동하는 것에 반대할 이유도 없다고 보입니다만?"

"그러면 저희를 태워주실 거예요?"

"그러면 '당신'을 태우는 건 '고려'해보겠죠. 팔라드 부드라킴은 자기 하고 싶은 대로 하면 되고요." 선장이 잠깐 생각하더니 말을 이었다. "으가 우주선을 타고 싶지 않다고 하면, 으의 요금은 환불해드릴게요."

그나마 다행이야, 인그레이는 생각했다. 어쨌든, 이건 모종의 기회였다. 위진 선장이 다른 손도 상자에 올렸다. "물러서요, 존하. 발을 찧을 수 있어요." 인그레이가 뒤로 물러서자 상자가 탁 소리를 내며 바닥에 고정됐다. "이 사람이 전에 생명유지 상태를 겪은 적이 있는지 알아요?"

인그레이가 상자에 올려놓았던 재킷과 가방과 샌들을 집어 들었다. "아니요, 왜요?"

위진 선장이 상자의 걸쇠를 벗기고는 조심스럽게 뚜껑을 한쪽으로 밀었다. "이게 어떤 건지 모르면 으가 공황 발작을 일으킬 수도 있어서요. 좀 도와주면 좋겠군요."

인그레이는 샌들과 가방을 바닥에 내려놓고 재킷을 입고는, 선장을 도와 뚜껑을 옆으로 기울여 바닥에 내린 다음 상자 측면에 받쳐

세워놓았다.

위진 선장이 잠시 생명유지 고치의 매끄러운 검은 표면을 쳐다보더니 고치의 제어판을 밀어서 열었다. “다 괜찮아 보이네요.” 그가 말하는 사이에 에어로크에서 거대한 검은 거미 한 마리가 뽈뽈뽈 기어 나왔다. 키가 거의 1미터는 되고, 털이 부숭부숭한 다리 하나에 똘똘 만 담요를 들고 있었다. 거미가 기묘하고 불온할 정도로 우아한 걸음으로 위진 선장 옆에 가서 서더니 과도하게 많은 눈자루 중 하나를 인그레이 쪽으로 돌렸다. 아냐, 저건 거미가 아니야. 저건… 뭔가 다른 거야.

“음.” 인그레이가 말했다. “그거… 그건 거미인가요?” 왜 목덜미가 따끔거리는지 모를 일이었다. 그녀는 거미를 싫어하지 않았다. 하지만 저…것은 너무 심란했다. 문득 그것의 다리가 이상하게 꺾인 게 보였다. 눈자루도 물방울 같은 몸통에서 바로 튀어나왔다. 허리도 없고 머리도 없었다. 그리고 뭐라고 콕 짚어 말할 수는 없어도, 다른 것도 뭔가 이상했다.

“당연히 거미는 아니지요.” 위진 선장이 여전히 생명유지 고치를 향해 미간을 찌푸린 채 대답했다. “몸통이 50센티미터쯤 되거나 다리 사이가 2미터쯤 되는 거미는 없어요. 아니, 그러니까, 생체증강시키지 않은 거미 중에는요. 하지만 이건 거미가 아니에요.” 그가 시선을 들었다. “거미 ‘같은’ 거긴 하죠. 그건 인정합니다. 혹시 거미하고 무슨 문제가 있나요, 존하?” 갑자기 그 거미 아닌 것의 몸체가 젤리처럼 꿀렁거리며 둥그렇다기보다는 길쭉하다고 할 모양으로 늘어나더니 다리 네 개가 쑥 튀어나와 선창 바닥을 디뎠다. “이게 더 나아요?”

모양을 바꾸는 걸 보니 어쩐지 더 꺼림칙했지만, 그녀는 뒷걸음질하고 싶은 마음을 억누른 채 선 자리에서 움직이지 않았다. “딱히 낫지는 않네요. 그리고 저는 거미 하나도 안 싫어해요. 다만, 이건 너무… 너무 유기체 같아요.” 뭔가가 잘못된 듯한, 꿀렁꿀렁하고, 보고 있으면 몸이 근질근질해지는 느낌이 드는 걸 빼면 말이다.

“음, 맞아요.” 위진 선장이 아무렇지도 않은 듯이 열린 상자 옆에 서서 말했다. 옆에 있는 거미 같은 것은 전혀 신경 쓰지 않았다. “상당히 그렇죠. 그걸 질색하는 사람들도 있어요. 보아하니 손님도 그런 것 같은데, 이건 그냥 생체형 메크예요. 며칠 지나면 익숙해질 겁니다. 아니면, 눈에 띄지 않도록 할게요.” 그가 제어판을 건드리자 찰칵 소리와 함께 생명유지 고치의 매끄러운 표면이 양쪽으로 갈라지며 열렸다. 한순간 인그레이는 발가벗은 채 미동도 없이 푸른 액체에 잠겨 누운 인물을 보았다. 비뚤배뚤 잘린 머리카락이 엉켜서 얼굴을 반쯤 가렸다. 사진으로 본 팔라드 부드라킴보다 여위고 날카로운 이목구비였다. 으의 오른쪽 옆구리에 채찍에 맞은 듯한 긴 흉터가 있었다.

그러다 매끈한 유리 같은 보존제 표면에 잔물결이 일더니, 그 인물이 눈을 뜨고 반사적으로 벌떡 일어나 앉자 심하게 요동쳤다. 버둥거리는 으의 팔이 인그레이를 세게 쳤다. 위진 선장이 으의 다른 쪽 팔을 붙잡았다. “괜찮아요.” 선장은 여전히 침착하고 진지한 목소리로 말했다. 그 인물이 입과 코에서 푸른 액체를 쏟으며 계속 컥컥거렸다. 몸에 묻었던 액체도 고치로 돌아갔다. “괜찮아요. 아무 문제 없어요. 당신은 괜찮아요.”

입과 코에서 액체가 다 빠져나가자, 으가 숨이 새는 듯한 떨리는 소리로 신음했다.

“생명유지 고치가 처음인가요?” 위진 선장이 거미 메크가 여태 내

밀고 있던 담요를 집으며 으에게 물었다.

고치에 앉은 발가벗은 인물이 눈을 감았다. 몇 차례 헐떡거리더니 호흡이 안정되었다.

"괜찮아요?" 인그레이가 물었다. 이번에는 화에이 행성계에서 가장 널리 쓰이는 언어인 반시아어로 말했지만, 팔라드 부드라킴은 위진 선장이 쓰는 이르어도 알아들을 게 분명했다.

위진 선장이 담요를 턴 다음 벌거벗은 인물의 어깨에 둘러주었다.

"여긴 어디죠?" 으가 반시아어로 물었다. 추위나 공포, 아니면 다른 무엇 때문에 거칠어진 목소리였다.

"티어 행성계에 있는 티어 시일라스 우주정거장이에요." 인그레이가 대답하고는 위진 선장에게 설명했다. "으가 여기가 어디냐고 물어서 티어 시일라스에 있다고 말해줬어요."

"제가 어떻게 여기에 왔죠?" 생명유지 고치 안에 앉은 인물이 반시아어로 물었다. 이제 푸른 액체는 생명유지 고치에 내장된 저장소 같은 곳으로 모두 빨려 들어갔다.

"제가 누군가에게 돈을 주고 당신을 빼냈어요." 인그레이가 말했다. "저는 인그레이 옥스콜드예요."

그러자 그 인물이 눈을 떴다. "누구라고요?"

음, 인그레이는 사실 팔라드 부드라킴을 개인적으로 만난 적이 없었다. 으는 그녀보다 열 살인가, 아니 그 이상 나이가 많았으니, 옥스콜드 집안의 어린 입양아를 눈여겨봤을 것 같지 않았다. 또한 으가 '자비로운 제거'로 가기 겨우 몇 달 전에 채택한 인그레이의 성인 이름은커녕 아이일 때 쓰던 이름도 으가 알았을 듯싶지 않았다. "저는 네타노 옥스콜드의 딸이에요." 인그레이가 말했다.

"왜…." 으가 물었다. 목소리에 점점 힘이 붙었다. "옥스콜드 의원의 딸이 절 데려왔을까요? 여기가 어디든 말이에요."

인그레이가 간단하게 설명할 방법을 생각하다가 마침내 하나를 정했다. "당신이 팔라드 부드라킴이니까요."

으가 미간을 찌푸리며 고개를 살짝 흔들었다. "누구요?"

에어로크에서 다른 거미 메크가 뽈뽈뽈 기어 나오자 인그레이는 몸이 움찔하는 걸 애써 참았다. 이번 것은 김이 무럭무럭 나는 액체가 든 커다란 컵을 들고 와서 위진 선장에게 건네고는 우주선으로 돌아갔다. "여기요, 존하." 선장이 이르어로 말하며 여전히 생명유지 고치 안에 앉은 인물에게 컵을 내밀었다. "이걸 들 수 있겠어요?"

"여기요." 원래 있던 거미 메크가 가늘고 약한 목소리로 반시아어로 옮겨 말했다. "이걸 들 수 있겠어요?"

"팔라드 부드라킴이 아니에요?" 오늘 이미 겪을 만큼 겪은 절망이나 공포를 더 느낄 수는 없다는 듯이, 배 속에서 느껴지는 기분 나쁜 감각을 제외하면 이상하게 멍한 기분으로 인그레이가 물었다. 조정자는 이 사람이 팔라드라고 했다. 아니, 보수와 상품을 확인했고 둘 다 이상이 없다고 말했다. 하지만 분명 그게 그 말이었다.

"아니에요." 생명유지 고치 안에 앉은 인물이 말했다. "그게 누구인지도 몰라요." 으가 위진 선장이 내민 컵을 보았다. "고마워요." 으가 컵을 받아 두 손으로 감싸자, 위진 선장이 으의 어깨에서 미끄러지는 담요를 잡아주었다.

"좀 마셔요." 위진 선장이 여전히 이르어로 말했다. "서바트예요. 몸에 좋을 거예요."

"마셔요." 거미 메크가 반시아어로 말했다. "서바트예요. 몸에 좋고 영양분이 많아요."

착오가 있었다면? 이 인물은 팔라드 부드라킴처럼 보였다. 하지만 어떻게 보면 아닌 것 같기도 했다. 확실히 이 인물은 기억 속의 팔라드 부드라킴보다 날씬했다. 그리고 인그레이가 팔라드 부드라킴을 직접 본 건 한 번인가 두 번뿐이었고, 오래전 일이었다. "당신이 팔라드 부드라킴이 아니라고요?"

"아니에요." 팔라드 부드라킴이 아닌 인물이 말했다. "이미 말했잖아요." 으가 서바트를 마셨다. "아, 좋군요."

사실, 그건 문제가 아니었다. 이 인물이 팔라드인데 거짓말을 하고 있다 하더라도, 아무 차이가 없었다. 그녀는 으에게 같이 화에이로 돌아가자고 강요할 수 없었다. 으가 가고 싶어 하지 않으면 위진 선장이 태워주지 않을 것이기 때문만도 아니었다. 그녀의 계획은 늘 팔라드가 '기꺼이' 함께한다는 걸 전제로 깔고 있었다. "당신은 상당히 팔라드 부드라킴처럼 보여요." 인그레이가 말했다. 여전히 기대를 품고서.

"제가요?" 으가 묻고는 서바트를 또 한 모금 마셨다. "누군가가 실수를 했나 보네요." 으가 인그레이를 똑바로 쳐다보며 말했다. "그렇다면, 부드라킴 가문 사람이 '자비로운 제거'에 가는 건 그냥 보여주기로군요. 사람을 보내서 은밀하게 다시 빼내오는 거죠?" 으의 표정은 바뀌지 않았지만, 목소리는 신랄했다.

인그레이는 분개해서 '아니, 당연히 그건 아니죠.'라고 말하려고 숨을 들이쉬었지만, 자기 자신이 부드라킴 가문의 사람 한 명을 '자비로운 제거'에서 빼냈다는 사실에 충격을 받고 할 말을 잃었다. "아니." 마침내 그녀는 겨우 말을 뱉었다. "아니요, 저는… 당신이 정말 팔라드 부드라킴이 아니라고요?"

"정말로 아니에요." 으가 말했다.

"그러면 당신은 누구입니까?" 위진 선장이 아무 소리도 내지 않았는데, 거미 메크가 물었다.

생명유지 장치에 앉은 인물이 서바트를 한 모금 더 마시더니 말했다. "여기가 티어 시일라스라고 했죠?"

"예." 거미 메크가 말했다. 인그레이는 아무 말도 할 수가 없었다.

"제가 누구인지는 말 안 하는 편이 낫겠네요." 으는 자기가 앉은 생명유지 고치를, 여전히 그걸 감싸고 있는 상자를, 위진 선장을, 옆에 있는 거미 메크를, 선창을 둘러보았다. "저는 입국자사무소에 가봐야겠어요."

"왜요?" 인그레이가 혼란과 절망을 감추지 못하는 목소리로 거의 울 듯이 물었다.

"우리가 모르는 재산이라도 있는 게 아니라면." 거미 메크가 말했다. "여기서 할 수 있는 건 도제살이 계약 정도밖에 없습니다. 계약을 할 수도 있고 못 할 수도 있고요. 그리고 계약을 하더라도, 이곳에 아는 사람이라도 있다면 모를까, 조건이 마음에 들지 않을 가능성이 아주 큽니다."

"'자비로운 제거'보다는 마음에 들겠죠." 으가 컵을 비웠다.

위진 선장이 팔라드가 아닌 사람에게서 컵을 받아 들며 자기 자신에게, 그리고 인그레이에게 이르어로 말했다. "좋은 쪽으로 생각합시다. 으의 운임을 환불해드릴게요. 그러면 앞으로 이틀간 음식다운 음식을 먹을 수 있을 거예요."

2

인그레이는 뚜껑을 덮은 상자에 기대 울었다. 그 팔라드 아닌 인물이 눈길 한번 주지 않고 위진 선장의 담요를 두른 채 맨발로 선창을 떠나자, 눈물을 참을 수가 없었다.

"평판이 좋은 브로커를 찾아간 거 맞아요?" 위진 선장이 물었다.

"예." 그녀가 훌쩍거리며 손등으로 눈물을 훔쳤다. "으의 신원을 증명할 수 없다면, 거래가 승인되지 않았어야 해요. 계약 조건이 그렇게 돼 있었어요." 으가 사실은 팔라드였을 수도 있겠지만, 생각하면 할수록 그 브로커가 제대로 된 인물을 데려다줬는지 확신하기 어려웠다. '그렇다면, 부드라킴 가문 사람이 자비로운 제거에 가는 건 그냥 보여주기로군요, 그렇지 않아요?' 그렇게 묻는 으의 신랄함은 진짜였다. 그게 연기일 수는 없었다.

"대조할 온전한 DNA 샘플을 줬어요? 다른 사람 것이거나 어떤 식으로 오염이 됐다면, 그들로서는 보정을 할 수가 없었을 테고… 하지만 샘플이 적당치 않았다면, 분명 얘기를 했겠죠."

"샘플을 못 구했어요."

"아. 그럼, 그게 문제였겠네요. 그리고 괜찮은 브로커를 통하더라도, 거래는 늘 '능력껏 최선을 다해'이니까요. 그들로서는 생김새로 판단하거나, 아니면 이 사람이 진짜 팔라드 부드라킴이라고 장담하는 누군가의 말을 믿어야 했겠죠. 당신도 으가 그 사람처럼 보인다고 했지요."

"예." 인그레이는 다시 눈물을 훔쳤다. 위진 선장을 쳐다보지는 않았다. 울고 있다는 사실을 숨길 방도는 없었지만, 그래도. "맞아요, 으는 그 사람처럼 생겼어요." 으가 실제로 팔라드일 수도 있지만, 인그레이가 할 수 있는 일은 없었다. 녹색 유리가 달린 머리핀이 어깨로 미끄러졌다가 바닥에 떨어졌다. 빌어먹을. 그녀는 자기 머리를 올려 고정하는 일에도 늘 서툴렀다.

그리고 방금 부두를 떠난 인물이 정말 팔라드가 아니라 해도, 관련된 누군가가 그 사실을 알고도 거래를 진행했음을 어떤 식으로든 증명할 수 있다 해도, 인그레이는 브로커를 고발할 수 없었다. 이곳에 머물며 거래위반관리청을 통해 브로커의 책임을 압박할 비용이 없었고, 그녀를 대변할 변호사를 고용할 비용도 없었다. 그 거래가 처음부터 이런저런 측면에서 불법이었다는 사실은 더 말할 것도 없었다. 그러니 어차피 달라질 건 없었다. 어쨌거나 그녀는 빈손으로 떠나야 할 테니까.

"어디와 거래했어요?" 선장이 물었다. "황금난초?" 인그레이가 그렇다는 시늉을 했다. "거긴 믿을 만한 회사예요. 그들이 속이지는 않았을 거예요. 어쨌든 고의로는요. 이유가 뭐든, 그들은 팔라드 부드라킴을 데려왔다고 확신했어요." 잠깐의 침묵. 그러고는 선장이 말을 이었다. "아니면, 지금 생각이 났는데, 어쩌면 그들이 다른 사람의 거래를 보호하고 있는지도 모르겠네요. 진짜 팔라드 부드라킴이 감옥에 없는 거예요. 당신한테 으를 데려다줄 수 없다고 하면 당신은 왜 그런지 궁금해할 테고, 그들은 그렇게 되길 원치 않는 거죠."

인그레이는 고개를 들어 여전히 거대한 검은 거미 메크를 옆에 달고서도 아무렇지도 않게 상자 저쪽에 서 있는 땅딸막한 위진 선장을 쳐다보았다. "뭐라고요? 선장님 얘기는, 마치 팔…." 아니다. 그 사람은 진짜 팔라드가 아니라고 가정하는 편이 나을 것이다. "마치 그 사람 얘기처럼, 팔라드가 애초에 '자비로운 제거'에 간 적도 없다고 보시는 거예요? 아니면 곧바로 다른 곳으로 옮겨졌다고요? 으가 부드라킴 가문 사람이라서요? 그렇게 생각하세요?"

"딱히 그렇지는 않아요." 위진 선장이 말했다. 나직하게, 침착하고 진지하게. "다시 생각해보니 불필요할 정도로 너무 복잡하네요. 황금난초 같은 브로커들은 늘 온갖 이유를 대면서 의뢰를 거절하는데 말이죠. 그런 이유였다면 당신한테 그냥 사람을 사거나 팔지 않는다고 말해야 했어요. 제가 보기엔 그러면 그걸로 끝이었을 거예요. 무엇보다, 고치를 열고 진짜 팔라드 부드라킴이 아니라는 걸 알게 되면, 당신이 이런 온갖 질문들을 할 텐데 말이죠."

인그레이는 대답하지 않고 다시 시선을 떨어뜨렸다. 몸을 굽혀 바닥에 떨어진 머리핀을 주울까도 생각했지만, 지금의 운수로 봐서는 그걸 주우려고 몸을 숙이면 머리핀이 세 개는 더 떨어질 판이었다.

위진 선장이 말을 이었다. "일자리를 잃어도, 그냥 화에이 행성계의 공공직업소개소에 가서 취업 신청서에 이름만 쓰면 되지 않아요? 나빠 봤자 얼마나 나쁘겠어요? 당신은 아마 훌륭한 교육을 받았을 테고, 사람들을 많이 만났을 거예요. 적어도 괜찮은 사무직 일자리를 얻을, 그런 기술 정도는 가지고 있겠죠. 메시지 몇 통만 보내면 금방 일자리 제의가 줄을 이을 게 확실해요."

"그럴지도 모르죠." 하지만 도와줄 가족이 없다면, 강력히 지지해 줄 인맥이 없다면, 인그레이의 장래는 제한적일 것이다. 그리고 네타노에게 상당한 실망을 안겨줘서 쫓겨난다면, 네타노 옥스콜드의 심기를 건드리고 싶지 않다는 이유 하나로 모든 기업이 그녀를 고용하지 않으려 할 가능성도 충분했다.

위진 선장이 말을 이었다. "그리고, 존하. 이걸 민감한 주제로 받아들이는 사람들이 상당히 많다는 건 압니다만, 제가 보기에는 당신 모친이 자기에게 큰 인상을 주지 못했다는 이유로 당신을 집에서 쫓아내는 사람이라면, 음, 그런 모친과는 떨어지는 편이 당신한테 더 좋을지도 몰라요."

"선장님은 이해 못 해요." 인그레이가 말했다.

"확실히 그렇겠지요." 위진 선장이 침착하게 말했다. "그건 그렇고, 저녁거리를 좀 사 오라고 할게요. 오늘 힘든 하루를 보내셨으니, 이번엔 제가 내겠습니다. 원한다면 우주선에서 자도 돼요. 소지품을 챙기시면, 이 상자는 화물칸 입구로 보내지요."

"상자는 어떻게 하시든 상관없어요." 인그레이가 몸을 숙여 샌들과 가방을 집으며 말했다. 떨어진 머리핀을 주우려니 머리핀 하나가 더 발치에 떨어졌다.

"아주 멀쩡하고 좋은 상자인데요." 위진 선장이 말했다. "그리고 생명유지 고치도 새것 같고요. 집에 돌아가서 팔면 돼요. 티끌 모아 태산이라잖아요."

인그레이는 몸을 일으키고는 아무 대답 없이 서둘러 에어로크로 들어갔다. 다시 터진 눈물을 선장이 보지 못했기를 바라며.

*

승객용 선실은 두 개고, 선실마다 벽에 선반처럼 위아래로 붙은 간이침대가 두 개씩 있었다. '선실'은 아주 좋게 봐준 표현이고, 사실은 우주선의 좁은 중앙복도 벽을 살짝 안으로 들인 공간에 불과해, 당황스러울 정도로 비좁았다. 하나뿐인 좁은 복도는 발길에 닳아 거무스름한 회색이었다. 반면에 공기에서는 가끔 대형 여객선에서도 나곤 하는 퀴퀴한 재생 공기 냄새가 나지 않는 듯했다. 위진 선장은 우주선 내부가 어떻게 보이는지는 그다지 신경 쓰지 않으면서도 공기 순환 시스템은 큰돈을 투자해 아주 좋은 걸로 갖춘 게 분명했다. 그리고 적어도 간이침대는 깨끗하고 편안해 보였고, 위쪽 침대의 위치가 높아서 아래쪽 침대에서도 허리를 펴고 앉을 수 있었다. 인그레이는 아래쪽 침대 밑에 가방을 밀어 넣고는 치마끈을 풀고 앉았다. 샌들을 신을까 생각도 했지만, 그러고 싶지 않았다. 그녀는 샌들을 한쪽에 치워놓고 남은 머리핀들을 뽑기 시작했다.

그녀는 최선을 다했다. 실패한 건 그녀의 탓이 아니었다. 아니, 분명 누구의 탓도 아니었다. 그리고 위진 선장의 말이 맞을지도 몰랐다. 양어머니 네타노가 없는 편이, 옥스콜드 가문의 아무도 없는 편이 인그레이에게는 더 나을지 몰랐다. 네타노는 겉으로 보기에는 입양아들로 구성된 자기 아이들에게 늘 친절하고 관대했다. 하지만 인그레이는 그 가족에 합류한 첫날부터 알았다. 앞으로 일신상의 안녕이 양어머니에게 실망을 안기지 않는 데 달렸다는 것을 말이다. 자타공인 네타노가 제일 아끼는 입양아인 다나크까지 포함하여, 아이들은 모두 네타노의 정치적 야심을 뒷받침하기 위해 존재했다. 가장 사소하게는 언론의 눈에, 궁극적으로는 유권자들의 눈에 행복하고 행실 바르고 잘 차려입은 가족으로 보여야 했다. 하지만 그건 최소 요구사항이었다. 네타노는 자기 아이들 하나하나가 특별하기를 바랐다. 무엇보다 가족으로 삼으려고 특별히 선택한 아이들이었으니까. 네타노의 기대를 저버리면, 끝이었다. 네타노도, 가문의 그 누구도 대놓고 말하지는 않았지만, 다나크도 그 사실을 알았다. 어쩌면 다나크가 지금의 다나크가 된 건 그 깨달음 때문일지도 몰랐다.

인그레이는 늘 자신이 겉돈다고 느꼈다. 자신에게는 네타노 옥스콜드가 중요하게 여기는 '대담한 탁월함' 같은 것이 없다는 사실을 금방이라도 들킬 것만 같았다. 아, 물론, 인그레이는 유능했다. 제3의회 지역구마다 누가 누구인지, 누가 어떤 영향력을 행사하는지, 누가 재선 자금을 댈 듯하고 그 이유는 무엇인지 알았고, 다양한 유력 지지자들의 최대 관심사와, 듣는 사람에 따라 해야 할 말과 하지 말아야 할 말도 알았다. 인그레이는 네타노의 아사몰 지역구 사무실에서 불만이나 관심이나 요구 사항이 있는 지역구 주민들을 직접 대면하는 몇 사람 중 하나였고, 최근 들어서는 네타노의 참모장인 라크 진촌(眞寸)의 신뢰를 얻어 지역구 주민들이 참석하는 행사와 회의 준비를 도왔다. 아무 경험 없이 일을 시작해서 두렵던 첫해에도 인그레이는 한 번도 큰 실수를 저지르지 않았다. 하지만 유능함이 탁월함을 뜻하는 건 아니었다. 탁월함이란 그 모든 정보와 내용을 취해 유리한 쪽으로 이용할 길을 찾는 것이었다. 계획하고 설계하는 것이었고, 네타노에게 더 큰 영향력이나 더 많은 지지나 모종의 진짜 정치적 이득을 가져다주는 것이었다. 아무리 애써 노력해도 인그레이는 절대 그런 일을 할 수 없을 것이다.

확실히 다나크는 그녀의 유능함에 속지 않았다. 둘이 아이였을 때부터 그는 알았고, 자신이 안다는 사실을 지치는 법도 없이 그녀에게 알려주었다. 인그레이가 불량품이라는 사실을 아직 네타노가 알아채지 못한 것이 놀라울 따름이었다.

그녀는 녹색 장식이 달린 머리핀 한 줌을 침대에 내려놓고 숫자를 세었다. 하나가 모자랐다. 황금난초 사무실에서 부두로 오는 사이에 떨어뜨린 듯했다.

정말이지, 자신이 늘 꿈꾸던 그런 사람이면 얼마나 좋았을까. 그런 사람이 되고 싶어서 정말로 열심히 노력했는데. 정말이지, 팔라드 부드라킴을 '자비로운 제거'에서 빼내는 데 그런 큰돈이 들어가지 않았다면 얼마나 좋았을까. 갈수록 선창을 나간 이가 팔라드가 아니라는 확신이 들었다. 으가 보여준 신랄함과, 팔라드가 누구인지도 모른다는 으의 그 한결같은 확고함을 돌이켜볼수록 확신이 강해졌다.

음. 그 문제에 관해서 지금 인그레이가 할 수 있는 일은 없었다. 먹고살 걱정이나 하는 편이 나을 것이다. 그래도 그녀에겐 기술과 인맥이 있었다. 제 한 몸은 건사할 수 있고, 빚도 청산할 수 있을 것이다. 비록 수십 년이 걸린다 해도 말이다. 그냥 앞으로 몇 주만 잘 견디면 될 일이었다. 네타노에게 자신의 실패를 인정하고, 다나크의 경멸을 대면하는 일. 그걸 피할 방법만 있다면. 아니, 마음 같아서는 다나크에게 회심의 한 방을 먹여서 그가 했던 식으로 끊임없이, 끈질기게 모욕을 줄 방법만 있다면.

잠깐만, 딱 그렇게 할 방법이 있다면 어떡하지?

인그레이는 머리채를 그러모아 머리핀 몇 개를 찔러 넣어 고정했다. 그러고는 침대에서 일어나 복도를 따라 우주선의 비좁은 조리실로 갔다. 벽에 붙이는 식탁이 펼쳐져 있고, 위진 선장이 기다렸다는 듯 문간을 보며 앉아 있었다.

"선장님." 인그레이가 복도에 선 채 말했다. "그… 제 친구 운임 환불하는 거요, 처리를 좀 늦춰주시면 안 될까요? 으와 다시 얘기를 해보려고요."

"무슨 생각이 있군요, 그렇죠?" 고작 2시간도 안 되긴 했지만, 처음 만났을 때부터 지금까지 위진 선장의 검고 각진 얼굴은 내내 침착하고 진지하기만 했다. 지금도 그건 마찬가지지만, 태도에 뭔가 날이 서 있었다. 긴장감이었다. "원하신다면 연기할게요. 하지만 먼저 뭘 좀 드셔야죠. 우리 저녁거리가 곧 올 겁니다. 그래도 미리 말씀을 드려야겠네요. 제가 지금 기분이 좀 안 좋습니다."

"저는… 그러시군요." 인그레이는 달리 무슨 말을 해야 할지 몰랐다. 왜 그러냐고 물어보는 건 아마 현명치 못한 일일 테지.

어색한 긴 침묵 뒤에 위진 선장이 물었다. "혹시 지금의 시사적 문제에 관해 나누고 싶은 의견이 있습니까?"

"게크 말씀이신가요?" 앞서 뉴스와 전문가 의견을 잠시 훑어본 인그레이는 게크 사절단이 도착하면서 게크는 물론이요, 라드츠와 평화조약에 얽힌 온갖 오래된 음모론들이 다시 터져 나오고 있다는 사실을 알았다. 한두 번인가는, 결과적으로 봤을 때 게크는 실제로 존재하지 않는다고 속삭이는 주장까지 들었다. 게크는 자기 행성을 떠나는 법이 없는 듯했고, 인그레이가 아는 한, 인간 대변인의 영상을 통해서만 모습을 드러냈다. 어쩌면 그런 속삭임들이 암시하는 대로, 게크는 조약에 추가적인 영향력을 발휘하기 위해 라드츠가 고안해낸 창조물일지도 몰랐다. 최근 뉴스를 잠깐 훑으면서 듣거나 눈치챈 게크에 관한 소문 중에서 그게 제일 막가는 주장도 아니었다. 하지만 위진 선장이 왜 게크 일에 신경을 쓰는지 도무지 모를 일이었다. "아니요, 게크에 관해서는 아무 의견도 없어요." 그 평화조약 건에 대해서도 마찬가지였다. 그녀에겐 다른 바쁜 일들이 너무 많았다.

"어떤 의견이 생기더라도 저한테 얘기할 생각은 말아주시기 바랍니다."

그녀는 이 말에 어떻게 반응해야 할지, 아니 반응을 하기는 해야 할지 망설였다. 무언가가 움직이는 것이 눈에 띄었다. 저녁거리로 보이는 갈색 상자 두 개를 몸통에 올린 거미 메크 한 기가 좁은 복도에 맞춰 관절로 연결된 다리들을 오므린 채 조리실을 향해 우아하게 걸어왔다. 인그레이는 몸서리가 쳐지는 걸 참았다. 당연히 메크는 예전에도 봤었다. 누구나 본다. 메크는 어디에나 있고, 그중 상당수가 곤충을 모방하여 설계되었다. 하지만 이렇게나 심란해지는, 그리고 이렇게… 이렇게나 벌레 같은 메크를 가까이해본 적은 없었다. 인그레이는 거미 메크를 볼 때마다 뒷덜미에 뭔가가 기어가는 느낌이 들어서 미친 듯이 몸을 쓸어내고 싶어졌다.

그녀는 조리실 문간에서 한발 물러나, 거미 메크가 안으로 비집고 들어가 상자를 식탁에 내려놓고는 다시 복도로 나와 종종거리며 사라질 때까지 내내 꼼짝 않고 죽은 듯이 서 있었다. "저건 그냥 메크예요, 존하." 그녀가 조리실 문간으로 돌아오자 위진 선장이 말했다.

"그건… 저들은 살아 있지 않아요?" 그것들은 정말 살아 있는 것 같았다.

"그건 '살아 있다'를 어떻게 정의하냐에 달렸죠. 그러니까… 세상에 존재하는 생물적 구성요소란 평소에 익숙하게 생각하던 것보다 범위가 넓습니다. 하지만 저들은 그냥 메크예요. 스스로 생각할 수 없습니다. 정말로 전혀요. 다른 메크들과 마찬가지로 자동화된 기능을 얼마간 수행할 수는 있지만, 의식을 가진 인공지능은 들어 있지 않다고 장담할 수 있습니다."

인그레이는 그제야 거미 메크가 불편한 이유를 깨달았다. 그 유연하고 우아한 움직임이 어느 인기 있는 오락물에 나오는 악당 인공지능들을 연상시켰기 때문이다. "저것들은 누가 조종해요?" 다른 사람은 고사하고 누군가의 흔적조차 보지 못했다. 메크 조종은 기초 단계만 넘어서도 아주 많은 주의를 기울여야 하는 일이었고, 우주선에서 메크가 하는 일 중에는 아주 특별한 조종 기술이 필요한 일들도 있었다. 이처럼 재빠르면서도 허둥대지 않는, 털이 부숭부숭한 다리 하나하나를 매번 정확하게 내려놓는 저들의 움직임은 어쩐지 메크답지 않아 보였다. 누구인지는 몰라도 조종사의 실력이 아주 뛰어난 게 분명했다.

"저요." 위진 선장이 상자 하나를 열었다. "걱정하지 마세요. 많이 해봤거든요." 상자에서 김이 뿜어져 나오고 향신료를 넣은 국수요리 냄새가 났다. "드세요. 그 친구분은 아마 대기실에 있을 겁니다. 아직 몇 시간은 더 걸릴 거예요. 입국자사무소에서 오래 기다리지 않으려면 아주 확실하게 부자이거나 연줄이 좋아야 하니까요. 저녁 먹을 시간은 아주 넉넉해요."

그녀는 조리실로 들어서지 않았다. 음식 냄새가 기가 막히게 좋은 데다 뭔가를 먹은 지 너무 오래되었지만 말이다. "저한테 왜 이렇게 잘해주세요?" 이틀 동안 밥 사 먹을 돈이 없다고 했을 때도 위진 선장은 신경 쓰지 않는 듯했다. 걱정하는 티를 눈곱만큼도 내지 않았었다.

"저는 소형 화물선의 소유주 겸 사업자예요." 마치 늘 이런 질문을 받는다는 듯이 그는 더없이 침착하게 대답했다. "이 일을 한 지 5년 정도 됐습니다. 작은 자영 화물선의 일이라고 하면, 사람들은 흔히 '돈만 받으면 무슨 일이나 하겠구나', 아니면 '사람들 등쳐먹기 좋겠는데', 아니면 '밀수나 불법적 거래에 이용할 수 있겠군'이라고 생각하지요. 하지만 저는 절대 그런 일을 하지 않습니다. 그리고 저는 나쁜 승객들과 여러 번 만났습니다. 전 당신이 나쁜 승객이라고는 생각지 않아요. 제가 생명유지 고치를 화물칸에 실을 수 없다고 거부했을 때, 당신은 완전히 다르게 나올 수 있었어요. 생명유지 고치 안에 있던 사람이 같이 가지 않겠다고 했을 때도 마찬가지고요." 그가 국수 상자를 집어 들었다. "하지만 제가 습관적으로 이런다고는 생각지 마십시오."

"그럴 리가요, 선장님." 그의 말이 맞았다. 생명유지 고치에 있던 그 사람을 서둘러 찾을 이유는 없었다. 아마 지금쯤에야 입국자사무소에 다다랐을 테고, 앞으로 아주아주 오래 기다려야 할 것이다. 그녀는 비좁은 조리실에 들어가 앉았다. "잘 먹겠습니다."

인그레이는 입국자사무소 로비에서 벤치에 앉은 팔라드 부드라킴이 아닌 (그녀는 그렇게 결정했다) 그 인물을 찾았다. 아무것도 씌우지 않은 벤치가 벽과 만나는 자리였다. 으가 머리를 기댄 흰 벽에는 적나라한 검은 글씨로 공지 내용이 실제로 적혀 있었는데, 아직 정거장 통신망에 접속하지 못해 눈앞에 나타나는 정보를 볼 수 없는 입국자들이 규정이나 규제를 몰랐다고 주장하지 못하게 하려는 의도인 듯했다. 으는 위진 선장이 내준 주황색 도는 탁한 갈색 담요를 룽기나 사롱처럼 허리에 두르고 있었다. 표준 압출 성형법으로 만든, 가장자리에 줄무늬나 문양 같은 것도 없는 담요였다. 팔짱을 끼고 눈을 감았고 마구 자른 듯한 머리카락이 얼굴을 반쯤 가렸다. '자고 있어.' 인그레이는 생각했다. 다른 사람은 아무도 없었다. 티어시일라스에 오는 입국자 대부분은 일단 대기순서가 정해지면 달리 갈 곳이 있는 듯했다. 이 인물에겐 아무것도 없었다. 돈도 없고, 친구도 없고, 머물 곳도 없었다. 위진 선장의 얘기로 미뤄 보면, 여기서 며칠을 기다려야 할 수도 있었다.

장담하건대 아무 소리도 내지 않았는데, 으가 눈을 떴다. 그러고는 웃지도, 움직이지도 않고 인그레이를 쳐다보았다. "네타노 옥스콜드의 따님이 무슨 일이시죠?"

"저는…." 인그레이는 으의 옆에 앉을까 했지만, 으가 그녀를 쳐다보는 방식이, 그리고 으가 말하는 어조가 어쩐지 그러면 안 될 것 같았다. "당신과 얘기를 하고 싶어요. 여기 앉아도 될까요?"

"제 허락이 필요할 것 같지는 않은데요." 으의 말투는… 편안하지 않았다. 화를 내거나 분개하거나 빈정대지는 않았다. 하지만 그에 가까웠다. 확실히 반기는 말투는 아니었다.

인그레이는 앉지 않았다. "당신은 정말 팔라드 부드라킴을 똑 닮았어요."

"그렇군요." 으가 여전히 웃음기 없이 말했다. "제가 도와드릴 일이 더 있을까요?"

"당신은 팔라드 부드라킴일 수 있어요." 인그레이가 말했다. 뭔가 아주 작은 충격이 으의 얼굴을 스쳤다. 어떤 생각이나 어떤 반응의 기미 같았지만, 으는 아무 말도 하지 않았다. "당신은 정말로 으를 똑 닮았거든요."

"그리고 당신은 으를 '자비로운 제거'에서 빼내려고 상당한 고생을 했고요."

"맞아요." 인그레이가 인정했다. "으가 해줬으면 하는 일이 있었거든요." 그러나 사실은 그녀가 원하는 대로 으가 해주리라는 보장이 처음부터 없었다. "팔라드만이 할 수 있는 일이에요. 당신은 할 수 없어요. 하지만 당신이 할 수 있는 다른 일이 있을지도 모르죠." 그녀는 심호흡을 했다. 절벽 끝에 선 듯한 그 느낌, 지금 재빨리 물러서면 살 수도 있을 듯한 그 느낌이 다시 몰려왔다. "팔라드는 부드라킴 집안에서 제일 유명한 유물을 거의 몽땅 훔쳤어요. 유물이 사라진 걸 발견하고 범인이 누구인지 안 순간, 에티아트 부드라킴은 제정신이 아니었겠죠. 하지만 팔라드는 도둑질을 절대 인정하지 않았고, 그 훔친 물건들을 어떻게 했는지도 말하지 않았어요."

"당신은 그 팔라드라는 사람이 유물 있는 곳을 알려주리라 생각했군요." 으가 넘겨짚었다. "당신은 그걸 에티아트 부드라킴에게 다시 팔 생각이었어요. 아니면 볼모로 잡든가요. 부드라킴과 당신 모친은 절대 친구가 아니니까요. 하지만 지금 당신은 어느 쪽도 할 수 없지요. 그러니 제가 보기에, 당신은 누군가에게서 약간의 돈을 얻어낼 수 있도록 제가 팔라드인 척하면 되겠다고 생각하겠군요."

인그레이는 '제 오빠 다나크에게서'라는 말을 하려고 입을 열었다가 다물었다. 뭘 먹고 좀 쉬면서 생각할 시간을 가져서인지, 속에 있는 얘기를 다 털어내고 싶은 기분이 훨씬 줄어든 듯했다. 위진 선장에게 너무 말을 많이 한 듯해서 후회스러웠지만, 지금 생각해봐도 그건 어쩔 수 없는 일이었다. 네타노라면 분명 원치 않는 내용을 밝히거나 그렇게 울음을 터뜨리는 지경까지 가지 않으면서도 선장이 알아야 할 내용만을 보다 위엄 있고 우아하게 말할 방법을 찾았을 터였다.

그녀는 팔라드 아닌 그 인물과 50센티미터쯤 거리를 두고 딱딱한 벤치에 앉았다. 불편할 정도로 딱딱했다. 티어 시일라스 당국은 여기서 아주 오래 기다려야 하는 유형의 입국자들에게 어떠한 용기도 주고 싶지 않은 게 분명했다. 인그레이는 입국자사무소에 와본 적이 없었다. 어떤 우주선을 타든 내리기도 전에 자동으로 입국 수속이 끝나곤 했으니까. "저는…." 어디선가 사람 목소리가 들리는 바람에 그녀는 말을 멈추었다. 고개를 돌리니 로비로 들어서는 한 남성이 보였다. 갈색과 베이지색이 섞인 수수한 튜닉과 바지, 그리고 키로 봤을 때, 옴켐인이었다.

그가 입구 반대쪽으로 가서 벽을 건드렸다. "이건 말도 안 돼." 민원을 인지했다는 표시로 소리가 나면서 벽에 입국자사무소 직원의 영상이 나타나기도 전에 그가 말했다. "지금까지 늘 사전허가를 받았어. 내가 여기서 얼마나 오래 사업을 했는데, 자그마치 수십 년이야. 왜 내 우주선 접안을 거부했어? 덕분에 여기까지 올 왕복선을 찾아야 했다고! 그랬더니 뭐? 이제는 부두관리소가 나서서 정거장 안으로 들어가지도 못하게 한다니. 이게 무슨 말도 안 되는 짓거리야!"

"죄송합니다만, 존하." 직원이 말했다. 인그레이가 앉은 자리에서는 티 나게 고개를 돌리지 않는 이상 그쪽이 잘 보이지 않았다. 직원의 표정이 어떤지는 몰라도, 목소리만은 침착하고 냉정했다. "잠시만요. 아, 그 우주선에 화물이 실려 있지요? 저희에게 통보된 화물 적하 목록에 뭔가 문제가 있는 듯합니다. 승선해서 조사할 통관원이 배정되는 대로…."

"통관원이라니!" 옴켐 남성이 벌컥 화를 냈다. "내 우주선은 여태 통관 조사를 받아본 역사가 없어. 화에이 세관을 통과했는데, 그거면 되잖아."

"죄송합니다만, 존하. 여기는 티어 시일라스이고, 그 우주선은 화에이가 아니라 티어의 법률이 요구하는 바에 따라야 합니다. 불편하시게 해서 죄송합니다."

"당신 상관 누구야? 나오라고 해!"

"잘 알겠습니다, 존하." 여전히 침착한 목소리로 직원이 대답했다. "제 상관은 약 6시간 후에 만나실 수 있습니다. 그 시간에 맞춰 다시 이 사무소로 오시거나 그때까지 로비에서 편안하게 기다려주시면 정말 감사하겠습니다."

애써 시선을 돌리고 있던 인그레이는 벽에 나타났던 영상이 꺼지는 걸 곁눈질로 훔쳐보았다. 옴켐 남성이 벤치에 앉아서 기다리면 어쩌나, 그래서 팔라드 아닌 이 인물과 얘기를 계속할 수 없게 되면 어쩌나 잠시 걱정했는데, 그는 홱 돌아서서 성큼성큼 밖으로 나가버렸다.

"화에이라…." 팔라드 아닌 인물이 말했다. "저 사람은 왜 화에이를 통해서 왔을까요? 옴켐과 화에이는 관문 두 개만큼 떨어져 있고 티어까지 오려면 또 하나를 거쳐야 하잖아요. 바이잇을 통하는 게 훨씬 편하죠. 애초에 옴켐이 바이잇에서 손을 떼지 않는 이유도 그건데요. 옴켐인들은 에둘러 가는 것도, 화에이에 요금을 치르거나 통관 검사를 받는 것도 좋아하지 않잖아요. 화에이를 거치면 모든 일에 비용만 더 들 뿐이고, 세상만사가 으레 자기들 뜻대로 되지는 않는구나 싶은 생각만 들 텐데요."

인그레이는 잠시 어안이 벙벙했다. "옴켐-바이잇 관문은 10년 전에 폐쇄됐어요."

팔라드 아닌 인물이 미간을 찌푸렸고, 인그레이가 보기에는 진짜로 놀란 것이 확실했다. 그렇다면, 으는 확실히 팔라드가 아니었다. 팔라드가 제거된 건 고작 몇 년 전이었다. 팔라드라면 분명 그 사건을 알아야 했다. "어쩌다 그렇게 됐어요?" 으가 물었다.

"바이잇 혁명군이 파괴했어요." 인그레이가 대답했다. "관문들을 통제하던 옴켐 괴뢰 정부를 해체하고 옴켐으로 통하는 관문을 파괴했지요. 지금은 옴켐인들이 티어로 오려면 화에이를 통해야만 해요." 말이 났으니 말이지만, 바이잇으로 갈 때도 마찬가지였다. 바이잇이 어떤 옴켐인도 화에이-바이잇 관문을 통과하지 못하도록 막고 있지만 말이다.

"관문을 파괴했다고요?" 으는 여전히 놀란 상태였다. "극단적이군요."

"맞아요." 그때 여기에 온 목적이 떠올랐다. 인그레이는 주위를 둘러보고 안으로 들어올 사람이 없음을 확인했다. "이거 봐요, 저는 팔라드에게 줄 가짜 신분증을 이미 만들어놨어요. 당신이 그걸 쓰면 우리는 화에이로 돌아갈 수 있어요. 당신이 누구든 법적으로는 이미 죽은 상태이니 과거 기록이 활성화되지 않겠죠. 당신이 돌아가도 아무 경고도 뜨지 않을 거예요. 이 계획에서 뭘 얻든 당신과 반반씩 나눌게요." 당장은 계획 같은 것도 없지만 말이다. "그러면 당신은 그걸 가지고 하고 싶은 일을 하고 어디든 가고 싶은 데로 갈 수 있어요."

"그러고 나면 저는 어떻게 될까요? 팔라드는 부드라킴 가문 사람이잖아요? 그리고 결국 '자비로운 제거'에 갔죠. 뭐 때문이라고요, 절도? 도둑질 한 번 했다고 '자비로운 제거'에 가진 않아요. 특히 부유하고 인맥이 좋은 사람이라면요. 하지만 으가 그보다 더 심한 짓을 했다면, 당신이 이런 일을 벌이진 않았겠죠. 그러니 제가 보기엔 화에이에서 가장 유력한 인물 중 하나인 부드라킴 의장이 그 팔라드라는 사람을 정말로 싫어하거나, 아무리 좋게 봐줘도 으가 살았는지 죽었는지 신경 쓰지 않는 거예요. 부드라킴 의장이 팔라드가 돌아왔다고 생각하면 어떤 일이 생길까요? 아니면, 당신이 돈을 우려내려고 계획하는 사람이 그 사람인가요?"

"그건 아니지만, 그래야 한다면 그럴 수도 있겠죠." 으는 대답하지 않았다. "우리가 게임만 제대로 한다면요. 하지만 꼭 그럴 필요는 없어요. 우리가 탈 우주선은 그다지 빠르지 않아요. 자세한 걸 논의할 시간이 몇 주는 있을 거예요."

"탈옥수와, 그것도 법적으로는 죽은 사람인 탈옥수와 단둘이 몇 주를 지내겠군요. 제가 무슨 짓을 했는지도 모르면서요."

인그레이는 그 점에 관해서도 이미 생각을 해봤다. 자꾸 생각이 나서 어쩔 수 없었다. "관문 안에 있는 틈을 타서 위진 선장을 어떻게 할 생각이라면, 당신이 우주선을 조종할 수 있으려나 모르겠네요." 물론 우주선이 관문 안에 있을 때는 조종 같은 걸 할 필요가 없다. 하지만 화에이 행성계로 나와 속도를 줄이면서 뭔가를 들이받지 않고 도킹을 하려면 당연히 뭘 좀 알아야 했다. "게다가 당신이 제시하는 신분증은 우주선 소유권 문서에 기재된 내용과 맞지 않겠죠. 당신이 아무 일 없이 화에이에 당도해서 거리낌없이 돌아다닐 수 있다 해도, 자기 소유도 아니고 조종도 못 하는 우주선을 타고 나타난 데다, 선장을 비롯해 등록된 다른 승객이 죽거나 실종 상태라면, 경보가 꽤 울리지 않을까요? 아마 바로 '자비로운 제거'로 돌아가게 되겠죠." 으는 반응이 없었다. 눈꺼풀 하나 끔찍하지 않았다. 그저 긴 침묵만 이어지자 그녀가 한마디를 더 보탰다. "여기 도제살이 계약은 끔찍해요."

"'자비로운 제거'보다는 나아요."

"우주선은 하루 반 뒤에 떠나요. 사실은 거의 이틀이죠."

"제게 더 좋은 생각이 있어요. 당신한테는 이제 그 신분증이 아무 소용이 없지만, 저한테는 아주 유용할 거예요. 그 신분증을 저한테 주고, 당신은 그냥 절 내버려두고 여기서 나가는 거예요."

"그게 어떻게 더 좋은 생각이에요?" 으는 대답하는 수고조차 들이지 않았다. 분명 으에겐 그편이 좋겠지만, 인그레이에게는 전혀 좋을 것이 없었다. 그 신분증을 구하느라 돈이 들었다. 그리고 그녀가 가진 것 중에서 으를 설득할 만한 유일한 유인책이 그 가짜 신분증이었다.

그렇다 해도, 그걸로 무얼 할 수 있을까? 그걸 움켜쥐고 있는다고 무슨 좋은 일이 일어나겠는가? 사실, 위진 선장에게 얘기했듯이 팔라드의 DNA를 확보하지 못했기 때문에 그 신분증의 샘플 칸은 비어 있었다. 대신에 누구든 그 신분증을 쓰고자 하는 사람의 DNA 샘플을 끼워 넣기만 하면 되는 키트를 같이 받았다. 인그레이는 자기가 쓸까 생각도 해봤지만, 신분증에 기재된 사항이 팔라드에 맞춰져 있는 데다 아무래도 자신이 진성(眞性)으로 통할 수 있을 것 같지 않았다. 잠깐은 몰라도 오랫동안 통하진 않을 것이다. 그녀는 한숨을 쉬었다. "당신 말이 맞아요. 그 신분증은 지금 저한테 아무 소용이 없어요. 당신이 가지는 게 좋겠네요. 같이 우주선으로 가면 드릴게요." 으는 대답이 없었다. "억지로 당신을 데려갈까 봐 걱정할 필요는 없어요. 위진 선장은 본인의 의사에 반해 사람을 태우지 않아요. 거기 선창에서 당신을 해동시킨 이유가 그거죠. 당신이 제정신으로 같이 가고 싶다고 말하지 않는 한, 데리고 갈 수 없다고 했거든요. 그러니 당신은 신분증만 받고 제 갈 길을 갈 수 있어요." 으는 여전히 답이 없었다. 침묵이 점점 길어졌다. "좋을 대로 하세요." 인그레이는 마침내, 최대한 침착하게 말하고는 일어서서 그곳을 나왔다.

다음 날 아침 일찍, 거미 메크가 그 심란한 집게발로 인그레이의 비좁은 선실 문틀을 가만히 두드렸다. "존하." 특유의 가는 목소리였다. "누가 찾아오셨어요."

인그레이는 확신했다. 여기서, 그리고 지금 시간에 자기를 찾아올 사람은 한 사람밖에 없었다. "고마워요." 그녀는 침대에서 나와 재빨리 치마와 셔츠를 입고 머리카락을 꼬아 올려 머리핀을 몇 개 찔러 넣었다. 그걸로 당분간은 버텨주어야 했다. 그녀는 간이침대 밑에 넣어둔 가방에서 신분증과 DNA 입력 키트가 든 아무 표시 없는 갈색 상자를 꺼내 들고 좁은 복도를 따라 나갔다.

위진 선장이 조리실에 앉아 물을 부어 불린 생선과 국수 사발을 놓고 먹고 있었다. "손님은 선창에 있어요, 존하. 생각하시는 그 사람이 맞아요. 그리고 저는 승선하고 싶지 않은 사람은 승선시키지 않는다는 말씀을 다시 드리고 싶군요."

"예. 고마워요, 선장님."

팔라드 부드라킴이 아닌 인물이 에어로크에서 몇 미터 거리를 두고 서 있었다. 넓은 문을 통해 안의 복도를 슬쩍 볼 수 있는 각도였다. 여전히 어제 위진 선장이 어깨에 둘러준 주황빛 도는 갈색 담요 말고는 아무것도 걸치지 않은 채였고, 제멋대로 잘린 머리카락은 뒤로 넘겼지만 언제라도 앞으로 쏟아져 눈을 가릴 기세였다. 인그레이는 으가 지난밤에 어디서 잤는지, 뭐라도 먹었는지 궁금했다. "안녕하세요." 그녀가 갈색 상자를 들어 보였다. "이것 때문에 오셨겠죠."

색색의 룽기나 바지에다 튜닉을 차려입은 사람들이 바깥 복도를 지나갔다. 가까운 선창에 새로 도착했거나 곧 출발하려는 우주선이 있는 모양이었다. 다른 곳에서는 불법인 일들이 이곳 티어에서는 합법인 경우가 많고, 특히 티어 시일라스 주민들은 남의 일에 관심이 없기로 유명했지만, 그녀는 누가 그 키트를 보고 눈치를 채거나 하는 일을 원치 않았다. "안으로 들어갈래요?"

팔라드 아닌 인물이 잠시 망설이더니 말했다. "그냥 여기서 주면 안 될까요?" 으는 복도를 지나가는 사람들이 신경 쓰이지 않는 듯했다.

"그래도 되죠." 인그레이가 으에게 다가가 상자를 건넸다. "그걸 그… 그 옷에 숨기는 게 좋을 거예요. 그리고 어딘가 조용한 곳을 찾아서 그 키트를 채워요. 저기 복도를 따라가면 화장실이 있을 거예요. 아니면 이 우주선에 들어가서 해도 되고요. 원치 않는다는 건 알지만, 그냥 선택지 중 하나로 얘기하는 거예요."

"고마워요, 인그레이 옥스콜드 씨." 으가 말했다. 으가 그 신분증에 적힌 인물이 될 작정이라면, 가랄 케트가 말했다. 그 이름이 으가 여기를 찾아온 유일한 이유일 것이다.

"천만에요, 가랄 케트 씨."

으가 거의 웃을 뻔했다. 아니, 웃은 듯했다. 그저 입가를 아주 살짝 비튼 것에 불과했지만 말이다. 으가 머리를 까딱 숙이고는 갈색 상자를 담요 끝자락 밑에 집어넣고 돌아섰다.

으가 복도를 향해 딱 세 발짝을 걸었을 때 단속국 관리를 뜻하는 빨강과 노랑이 섞인 제복을 입은 인물이 선창으로 들어섰다. 노란 상의를 입은 순찰 경관 둘이 뒤를 따랐다. 빨강 룽기는 걷어 올려 띠로 묶고, 뒤춤에 충격봉을 차고 있었다. "죄송합니다만, 존하들." 단속국 관리가 말했다. "이 선창과 이 우주선은 사용이 중지되었습니다. 이유를 막론하고 아무도 들어오거나 나갈 수 없습니다. 그리고 제가 두 분의 신분증을 확인해야겠습니다."

"신분증이 우주선에 있어서 가져와야 해요, 존하." 인그레이는 자기 목소리가 침착하게 들리기를 바랐다. 놀라고 두려웠다. "가랄, 심부름은 나중에 가야겠네요." 그녀는 새로 이름을 얻은 가랄 케트에게 에어로크로 들어가라는 몸짓을 하고 관리에게 말했다. "위진 선장은 이 사실을 알고 있어요?"

"제가 얘기하면 알게 되겠죠." 단속국 관리가 말했다. 뒤쪽 복도를 지나가던 사람들이 선창에 선 단속국 관리를 보고는 재빨리 지나쳤다.

"여러분이 오셨다고 저희가 말씀드릴게요." 인그레이가 순진무구한 미소를 띠며 매끄럽게 말했다. 가랄이 한마디 말도 표정의 변화도 없이 그녀의 뒤를 따랐다.

위진 선장은 아침을 거의 다 먹은 참이었다. "선장님." 인그레이가 말했다. "선창에 단속국 관리와 순찰 경관 두 명이 와 있어요. 관리 말로는, 이 우주선이 운항 중지 상태라 아무도 타거나 내릴 수 없다고 하네요."

선장이 마지막 국수 가락을 후루룩 빨아들이고는 국물을 꿀꺽꿀꺽 마셨다. 그러고는 말했다. "그럼 그 관리라는 사람과 얘기를 좀 해봐야겠군요."

"놀라지 않으신 듯하네요." 인그레이 뒤에 선 가랄이 말했다.

"예상은 못 했어요." 위진 선장이 말했다. "하지만 지금 일이 생기고 보니, 맞습니다, 놀랍지 않네요." 그가 일어섰다. "두 분 다 신분증을 제시해야 할 것 같습니다."

"맞아요." 인그레이가 말했다. "지금 가지러 왔어요."

"그리고 걱정도 하지 않는 것 같고요." 가랄이 선장의 표정을 살피며 말했다.

"맞아요." 위진 선장이 대답했다. "하지만 두 분이 비켜주지 않으면 제 신분증을 가져올 수가 없겠죠."

"비켜드리고 말고요." 인그레이가 복도를 걸어가자 가랄이 뒤를 따랐다. 비좁은 선실로 간 인그레이는 간이침대에 앉아 가방에서 자기 신분증을 꺼냈다. "DNA 샘플 키트 사용법은 알아요? 안에 지침이 있어요."

"알아요." 여전히 복도에 선 채로 으가 키트 위쪽을 열고 내용물을 들여다보았다. 그러고는 아주 작은 시료 채취기를 꺼내 엄지에 갖다 댔다가 원래의 홈에 밀어 넣었다. 15초 뒤에 갈색 상자에서 딸깍 소리가 나더니 딱딱하고 푸른 신분증이 밀려 나왔다. 으가 이제는 쓸모없어진 갈색 상자를 내밀자, 인그레이가 받아서 가방에 넣었다. "무슨 일인지 알아요?" 으가 물었다. "왜 운항 중지인지?"

"모르겠어요. 나가서 뭘 알아낼 수 있는지 한번 보죠."

3

선창으로 나가니 순찰 경관 둘이 복도로 나가는 문간 양쪽을 지키고 서 있었다. 단속국 관리가 아까 있던 자리에 그대로 서 있고, 위진 선장이 아무리 봐도 손톱만큼도 놀라지 않은 태도로 차분하게 말하는 중이었다. "이 우주선은 제 것입니다. 취득 정보가 여기 티어 시일라스에 등록돼 있어요. 서류도 다 가지고 있습니다. 이 우주선이 조선소에서 나왔을 때부터의 소유관계 변동 사항이 전부 이 기기에 들어 있어요. 제 소유권은 아무 문제도 없고 아주 깨끗합니다. 저는 또 티어 시일라스에 등록된 주민으로서 티어의 시민이기도 하고요."

관리가 위진 선장의 어깨너머로 인그레이와 가랄이 다가오는 것을 힐끗 보았다. 가랄이 담요 말고는 아무것도 걸치지 않은 걸 눈치챈 으의 얼굴에 어떤 표정이 확 나타났다가 재빨리 사라졌다. 티어의 관리들은 티어의 법률에 저촉될 가능성이 없는 모든 일에 호기심을 품지 않기로 유명했다. "저분들은 승객입니까?"

"예, 존하." 위진 선장이 말했다. "확인해보면 아시겠지만, 부두사무소를 통해 예약하셨어요. 저는 정당한 일이 아니면 어떤 일도 하지 않습니다."

"당연히 그러실 줄 압니다, 선장님." 관리는 이제 인그레이와 가랄을 향했다. "존하들, 신분증 주세요." 으가 신분증을 받아 검사하고는 돌려주었다. "고맙습니다. 불행히도 이 건은 제 권한을 넘어선 일입니다. 선장님의 서류는 다 제대로 되어 있지만, 제가 할 수 있는 일이 사실 없어요. 게크 사절단이 직접 선장님과 우주선을 조사할 때까지 선장님을 체포해달라고 고집하는데, 그들이 조사를 나오려면 줄잡아도 앞으로 몇 시간은 더 있어야 합니다. 그보다 길어질 공산이 크죠."

위진 선장이 인그레이와 가랄에게 말했다. "들어보니, 게크 사절단이 들어오면서 제 우주선을 보고 자기들이 도둑맞은 우주선이라고 생각했다나 봐요."

"말도 안 되는 얘기죠. 압니다." 단속국 관리가 말했다. "그리고 평화조약이 있든 없든, 그들에게 무고한 시민을 체포하라고 요구할 권리는 없지요. 저희도 그렇게 얘기를 했습니다."

"하지만 다들 혹시라도 평화조약을 위반할까 싶어서 꼼짝을 못 하는 거군요." 인그레이가 넘겨짚었다. 프레즈거가 평화조약의 제약에서 풀려나는 건 상상만 해도 끔찍했다. 평상시의 외계인 사절단도 극도로 주의하고 경계하며 대했는데, 지금은 평상시도 아니었다. "그리고 이번 전원회의 때문에 모두가 초조해져 있고요."

"그렇죠." 단속국 관리가 동의했다. "이 우주선은 선장님 소유가 분명합니다. 저희가 게크 사절단에 증거를 제시하기만 하면 가던 길을 가실 수 있을 겁니다. 하지만 저희는 아무도 이 선창을 출입하지 못하게 하겠다고 약속했습니다. 게크는 선장님이 도주하거나 '모종의 수작을 꾸미지 않을까' 걱정이라고, 대사님이 정확히 그렇게 말씀하신 게 기억나는군요. 제가 아무 사전 경고 없이 온 것도 그래서였고, 선장님과 승객분들이 대사님이 도착할 때까지 누구와도 연락하지 말고 이곳에 계셔야 한다고 제가 말씀드리는 이유도 그래서입니다. 가능한 한 게크 대사님의 의심을 사지 않는 게 최선의 대처 방안이라는 점, 이해해주시리라 믿습니다. 음식과 물은 충분합니까? 위생 시설은 문제없고요? 외부의 도움이 필요한 건강 문제는 없습니까?"

"앞의 두 가지는 괜찮고, 마지막 사항도 제가 아는 한은 없습니다." 위진 선장이 슬쩍 묻는 듯한 시선으로 어깨너머로 인그레이와 가랄을 쳐다보았다.

"없어요, 선장님. 저희는 괜찮아요, 그렇지요, 가랄?"

"말짱해요." 으가 동의했다.

우주선으로 들어와서 인그레이가 가랄에게 말했다. "저한테는 당신이 입을 만한 여분의 옷이 없어요. 하지만 단속국 관리 앞에서 그런 말을 하고 싶지는 않았어요. 위진 선장한테 당신이 입을 만한 게 있을지 모르겠네요. 위쪽 침대, 괜찮아요?"

"이 선실을 쓰는 사람이 없다면…." 으가 좁은 복도를 사이에 두고 마주 보는 선실의 문틀을 두드렸다. "이쪽이 낫겠어요."

"그래요." 인그레이가 대답했다. 사실을 말하자면, 약간 안도했다.

으가 돌아서서 텅 빈 복도를 쳐다보았다. "어떻게 게크한테서 우주선을 훔쳤는지 궁금하네요."

"설마 위진 선장이 이걸 훔쳤다고 생각하는 건 아니죠? 서류가 다 있다잖아요."

"여긴 티어 시일라스예요." 가랄이 말했다. "그리고 선장에게 시민권을 사들일 돈이 있었다면, 잘 위조된 서류를 갖출 돈도 있었다고 생각하는 게 무리한 추리는 아니겠죠." 으는 아직도 왼손에 든, 지금 막 일말의 의심도 받지 않고 단속국의 검사를 통과한 신분증에 관해서는 아무 말도 하지 않았다.

인그레이는 잠시 으의 말을 생각해보았다. "만약 선장이 정말로 이걸 게크한테서 훔쳤다면, 아… 저는 상상도 안 되네요. 제 말은, 게크는 자기 행성을 떠나지 않잖아요. 훔칠 우주선 같은 게 왜 그들에게 있죠? 하지만 만약 그게 사실이라면, 게크가 여기 왔을 때 어떻게 될까요?"

"저도 모르겠어요. 하지만 그건 앞으로 몇 시간 후예요. 당장은, 뭔가 좀 먹고 싶네요."

가랄이 물을 부은 국수 한 사발을 한입에 꿀꺽 삼키듯이 먹어 치웠다. "어제 뭐라도 좀 먹었어요?" 인그레이가 비좁은 조리실 식탁에 마주 보고 앉아 물었다. 그러고는 뭐라도 훔치지 않고서야 아무것도 못 먹겠구나 싶었다. 으는 돈도, 신용계좌도, 심지어 신분증도 없이, 위진 선장이 준 담요 한 장 말고는 아무것도 없이 선창을 떠났다. 그런 으가 어디서 음식을 얻을 수 있었겠는가?

"그거 정말로 저한테 물어보고 싶은 질문이에요?" 으가 등을 쭉 펴더니 빈 사발을 재생기 입구로 밀어 넣었다.

"묻고 싶었겠죠. 아니면 안 물었을 거고요." 인그레이가 젓가락으로 국수를 잔뜩 집어 들고는 말을 정정했다. "어리석은 질문이었던 거 같네요." 으는 그저 인그레이를 쳐다보기만 했다. 여위고 날카로운 이목구비의 얼굴에는 거의 아무 표정이 없었다. 그녀는 국수를 입에 넣고 씹어서 삼켰다. "무슨 짓을 했어요? 제 말은, 어쩌다 '자비로운 제거'에 가게 됐어요?" 으는 그 질문이 나오길 기다렸다는 듯이 슬쩍 고개를 끄덕였지만, 곧바로 답을 하지는 않았다. 인그레이가 말을 이었다. "살인자처럼 보이지는 않는데요."

"살인자처럼 안 보이는 살인자도 많아요." 가랄이 말했다. 나직하게, 마치 그게 더없이 평범한 화제인 양, 평소에 살인자들과 잘 알고 지냈다는 듯이. 그리고 당연히 그랬다. 인그레이는 으가 살인자들을 많이 겪어보았으리라는 사실을 뒤늦게 깨달았다. 가랄이 팔짱을 끼고 조리실 벽에 등을 기댔다. "저는 교양 있는 사람들이 쓰는 억양과 어휘를 쓰죠. 그래서 절 범죄자로 생각하기가 어려운 거예요. 아니면, 적어도 '자비로운 제거'에 갈 만큼 구제불능이거나 위험한 종류의 범죄자로는 안 보죠. 저도 예전에는 그런 실수를 했어요. 하지만 '자비로운 제거'에 있는, 저와 같은 교육 수준에 같은 억양을 쓰는 사람들 대부분이 너무나 잔인해요. 가족이나 지인들조차 그렇게 생각하고, '자비로운 제거'에 보내느니 행성계 바깥으로 빼돌려야겠다는 생각조차 하지 않을 정도로요. 그렇다고 공립보육원 억양이라 해서 안전하다는 보장이 있는가 하면, 그건 아니지요. 전혀 아니에요. 하지만 세련되고 온갖 예의를 차리는 사람과 있을 때가 형편이 나쁠 가능성이 훨씬 커요."

"제가 보기에 당신은 끔찍하게 잔인할 것 같진 않아요."

가랄이 눈을 끔벅거렸다. "제가 한 얘길 듣긴 한 거예요?"

"듣고 있어요." 인그레이가 말했다. "자신이 얼마나 위험한 사람인지를 그렇게 열심히 얘기하는 게 이상해요. 제가 당신을 두려워하면 뭐 좋은 일이라도 생겨요?"

"말을 말죠." 가랄이 팔짱을 풀고 마구잡이로 잘린 머리카락을 얼굴에서 걷어냈다. 머리카락이 뒤로 풀썩 넘어갔다. "저는 위조범이었어요. 제대로 된 유물만 있으면 얼마나 많은 돈을 긁어모을 수 있는지, 잘 아실 거예요. 제일 중요한 것들, 제일 큰 사건이나 제일 널리 존경받는 고인의 유물들에는 거의 천문학적인 가치가 매겨지겠지만, 그런 건 돈을 아무리 많이 준다 해도 가질 수 없어요. 가장 부유하고 유력한 가문과 시민들이 전부 차지하고는 죄다 꼼꼼하게 기록을 해놨죠. 그런 걸 위조하는 건 의미가 없어요. 몇 분 만에 발각될 테니까요. 하지만 한 단계만 아래로 내려가면, 예를 들어 창시자의 조카가 직접 손으로 쓴 성인식 만찬 초대장 두 장이나…." 으가 아주 살짝 미간을 찌푸렸다. "그런 종류의 것들요. 우연히 어딘가의 창고에서 그런 걸 두어 장 찾아내기만 하면 상당히 많은 돈을 받을 수 있죠."

"왜냐하면 그게 유물을 모을 수 있는 유일한 방법이니까요." 인그레이가 동의했다. "저는 안 모으지만, 오빠가 모아요." 다나크를 떠올리니 입맛이 떨어졌다. 아니면 그녀의 국수를 뚫어지게 쳐다보는 가랄의 시선 때문일 수도 있었다.

"그래요." 가랄의 말투에는 궁금해하는 기색이 없었다. "맞아요. 새 이름을 얻은 졸부나 조상 대대로 내려오던 재산이 간당간당해진 사람에게는 그게 인맥을 과시하는 방법이지요. 그리고 당연하지만, 그런 유물들을 수중에 가까이 두는 이점이 있잖아요. 초대장이나 아니면 창시자의 별로 중요하지 않은 친척이 있었던 곳의 벽걸이 천 조각 같은 것에 스몄을 그 생명력을 상상해보세요. 아마 위대한 이도 그 방에 있었을 거예요! 그런 아주 작은 흔적조차도 소중하죠. 그리고 혹시 가문의 운이 따라준다면, 그 조카가 뒤늦게 역사적으로 훨씬 더 중요해질지 누가 알겠어요. 어쩌면 당신도…, 아, 미안해요. 안 모은다고 했죠. 어쩌면 당신 오빠는 거기에 상당히 많은 돈을 쓰고 있을지도 몰라요. 그러다 사기를 당했다는 걸 알게 되면 아주 아주 안 좋게 생각하겠죠."

"그래서 얼마나 많은 유물을 위조했어요?"

"상당히 많이요. 저는 초대장 전문이었어요. 창고 같은 데 가면 오래된 종이는 무더기로 쌓여 있는 데다, 누군가가 후계자 없이 죽으면 그런 건 다 갖다 버리니까, 그 시대 종이를 찾는 건 쉬워요. 나머지는 그냥 종이 모양을 바꾼 다음에 신중하게 대상을 고르는 게 다예요. 저는 그런 걸 잘했죠. 당신 오빠 같은 유망한 수집가 수십 명에게 수백 장을 팔았어요. 그러니 제가 잡혔을 때는 이미 상당히 여러 번 범죄를 저지른 범죄자였죠. 게다가 상당히 많은 수의 부유한 시민들이 제가 없어지기를 바랐고요."

사실일까? 유물 위조범이 잡혀서 유죄 판결을 받았다는, 그런 비슷한 얘기를 들은 기억이 얼핏 떠올랐다. 아주 오래전, 그녀가 아직 아명(兒名)을 쓰던 때, 어른들이 하는 얘기를 얻어들었던 기억이 났다. 그 위조범이 팔라드 부드라킴과 아주 똑 닮은 이였을까? 그럴 수도 있었다. 하지만 확인할 방법이 없었다. 그들은 티어의 통신망과 단절된 상태였고, 단절되지 않았다 하더라도 돈을 내지 않고 그런 종류의 정보에 접근하기에는 화에이에서 너무 멀리 떨어져 있었다.

사실일 수도 있었다. 모든 걸 알 수는 없지만, 으의 얘기로 상당히 많은 것이 설명되었다. "그러면." 인그레이가 젓가락을 내려놓고 방금 떠오른 생각의 윤곽을 조심스럽게 더듬으며 천천히 말했다. "당신이 부드라킴 가문의 갈세드 유물 복제품을 만들었을 수…."

"아니, 아니에요." 인그레이는 가랄이 진저리를 치는지, 아니면 재미있어하는지 분간을 할 수 없었다. "이미 존재하는 유물의 복제품을 만드는 건 전혀 승산이 없어요. 특히 '유명한' 유물의 복제품은요. 발각되기가 너무 쉬워요. 안 될 말이죠. 이 일의 핵심은 있을 만한 새로운 걸 만드는 거예요. 그런 식이 의심도 훨씬 덜 받고 눈에도 덜 띄어요. 딱 맞는 천이나 종이만 가져다주면, 8세기 초대장은 원하는 만큼 만들어줄 수 있어요. 아니면 사적인 편지 같은 것도요. 다른 것들도 할 수 있겠지만, 제가 제일 잘하는 건 그런 것들이에요. 하지만 그렇다고 해도…." 으가 두 손바닥을 펼쳐 보였다. "그게 꼭 확실하거나 안전한 건 아니에요. 그건 그렇고, 당신과 같이 가겠다는 말은 안 했습니다."

"그건 그렇죠." 인그레이는 잠시 생각하고는 다시 젓가락을 들어 국수 가락을 집었다. "당신은 족보 연구를 엄청나게 많이 했을 거예요. 수많은 주요 가문의 인사들을 알겠네요."

"맞아요." 가랄이 차분하게 인정했다.

"그러면 팔라드 부드라킴이라는 이름을 들어본 적도 없다는 건 거짓말이네요. 으는 그냥 주요 가문의 일원이 아니었어요. 특별히 유명한 유물을 지키는 사람이었죠. 으가 그 일을 맡기 전에 '자비로운 제거'에 갔다 하더라도, 당신은 으가 존재한다는 사실은 알았어야 해요."

"예리하군요." 웃음의 기미라고 하기도 뭣한, 저 아주 살짝 비틀어지는 입꼬리. "하지만 전 으가 '자비로운 제거'에 간 줄은 전혀 몰랐어요. 그리고 솔직히 말해서, 당신 얘기가 잘 믿기지 않아요. 제가 아는 팔라드 부드라킴은 그런 짓을 할 정도로 어리석지 않았거든요. 도대체 으가 왜 자기 아버지가 제일 아끼고 값지게 여기는 유물들을 훔치겠어요? 대체 무얼 얻는다고요? 다른 사람한테 팔 수 있을 것 같지도 않은데요."

"으를 만나본 적 있어요?" 가랄이 팔라드 부드라킴을 개인적으로 안다면 정말 도움이 되겠지만… 이미 지적했듯이, 가랄은 인그레이와 함께 화에이로 돌아가겠다고 동의하지 않았다.

"아뇨. 당신은?"

"엄밀히 말하면, 없어요. 으가 참석한, 또는 참석했을 법한 행사에 두 번 간 적은 있어요. 한 번은 의회 개회식이었어요. 아주 어릴 때였죠."

"그 입장권을 챙겼기를 바랍니다. 제가 아직 업계에 있고 동시대 기념물을 작업한다면 딱 구하고 싶었을 그런 종류의 물건이네요. 애매하게 중요하면서도 일상적인 행사에서 나오는 딱히 중요하지 않은 기념물, 사람들이 어딘가에 넣어두고는 잊어버릴 기념물, 갑자기 뭔가 유명한 일, 또는 악명 높은 일과 연관이 되기 전까지는 굳이 모으거나 목록으로 작성하지 않을 기념물이잖아요."

"사실은 오빠한테 팔았어요." 그리고 그 돈은 지금 없다. 팔라드 부드라킴을 '자비로운 제거'에서 꺼내는 계획의 대가로 황금난초에 지불했다.

"가격을 잘 쳐서 받았기를 바랍니다. 선실 문은 잠겼나요?"

인그레이는 이 갑작스러운 화제 전환을 이해하는 데 약간 시간이 걸렸다. "글쎄요, 잠겼어도 위진 선장님이 열 수 있겠지요."

"혹시 다음 식사 때까지 제가 안 일어나면 좀 깨워줄래요?"

"당연하죠." 인그레이가 말했다. "저도 이거 먹고 낮잠을 잘지도 모르겠어요." 모든 뉴스와 정보 공급이 끊긴 채로 여기 우주선에 박혀서는 잠 말고 달리 할 일이 많을 것 같지 않았다. 운임 약정서를 다시 살펴봐도 좋으리라. 어쩌면 위진 선장의 호의가 없더라도, 운항 정지 처분에 의거해 합법적으로 자신과 가랄의 운임을 보상받을 수 있을지도 몰랐다. 하지만 시간은 충분했다. 인그레이는 정부 관리라는 사람들을 잘 알았다. 게크 대사가 나타나기까지는 시간이 제법 걸릴 것이다. 그? 으? 그것? 아니다, 단속국 관리가 '그녀'라고 지칭했었다. 뭐가 됐든, 그녀가 하기로 한 일을 하자고 결심할 때까지 시간이 더 걸릴지도 몰랐다.

막상 일이 벌어지자, 게크 대사가 위진 선장의 우주선에 쏟는 관심을 그들이 심하게 과소평가했음이 드러났다. 그날 저녁, 인그레이는 가랄과 위진 선장과 함께 비좁은 조리실에서 저녁을 먹고 있었다. 선장이 아무 말 없이 비축 식량을 나눠주었다. 그 물에 불린 건조 스튜를 가랄은 또 단 몇 입에 삼키듯이 먹어치웠다. 위진 선장이 차분하게 말했다. "더 먹을래요, 존하?"

"고맙지만 괜찮습니다, 선장님." 가랄이 더없이 평온하게 답했다.

그 말을 듣던 위진 선장이 자세를 똑바로 하더니 앞쪽을 응시했다. 그러고는 그릇을 식탁에 내려놓았다. 복도에서 휙 하는 소리와 딸깍거리는 소리가 나더니 거미 메크 네 기가 재빨리 지나갔다.

"죄송합니다만, 존하들." 위진 선장이 여전히 앞쪽을 응시하면서 말했다. "게크 대사가 막 선창으로 들어온 것 같습니다. 그녀를 기다리게 해서는 안 될 일이겠죠."

"안 될 일이죠." 인그레이가 동의하고는 서둘러 눈앞에 떠 있던 운임 약정서를 물리고, 위진 선장이 지나갈 수 있도록 자리에서 일어섰다.

"게크는 오래 정박하지 않을 거예요." 가랄이 말했다.

"저도 그렇게 생각합니다." 위진 선장이 스쳐 지나가면서 동의했다.

인그레이는 나가는 선장의 뒷모습을 보다가 가랄을 쳐다보았다. "게크를 본 적 있어요? 사진이라도?"

"아니요."

복도 저쪽에서 위진 선장의 목소리가 들렸다. "보고 싶으면 오세요. 하지만 별로 볼 건 없을 거예요."

인그레이는 선장이 어떻게 게크 대사가 오는 걸 알았을까, 문득 궁금해졌다. 부산하게 지나가던 거미 메크들이 떠올랐다. 그렇지. 위진 선장은 거미 메크의 튀어나온 눈자루 한두 개를 통해 주변을 보았을 것이다. 아마 메크 한 기 정도는 선창을 살피도록 에어로크에 붙여놨을 테지. 가랄과 함께 열린 에어로크를 통해 밖으로 나간 인그레이는 앞서 가랄이 왜 그런 말을 했는지 이해하는 동시에 자기가 운이 좋다는 느낌에 사로잡혔다. 운임 약정서에 따르면, 게크가 우주선을 압수하는 경우에는 운임을 환불받을 수 있는 듯했다. 위진 선장의 소유권 문서들이 아무리 진짜처럼 보여도, 이 우주선은 훔친 것이 확실했다.

앞서 왔던 단속국 관리가 있고, 옆에는 은색과 초록색이 섞인 사롱과 재킷을 입은 여성이 서 있었다. 사롱과 재킷은 둘 다 완벽한 지점에서 주름이 잡히거나 접혔고, 완벽한 길이로 늘어져 차분하고 사치스러워 보였다. 이상하게 낯이 익다 싶었는데, 생각해보니 이틀 전에 공영 뉴스 방송에서 본 얼굴이었다. 티어 시일라스의 최고 행정관이었다. 그리고 옆에는 사람을 심란하게 만드는 젤리 같은 몸체에 털이 부숭부숭한 다리와 눈자루가 여러 개 달린 생체형 메크가 웅크리고 있었다. 방금 우주선 안쪽으로 서둘러 이동하던 것들과 거의 똑같았다. 약간 클 수는 있었다. 인그레이와 가랄이 위진 선장의 뒤에 서자, 그것이 앞으로 나섰다. 우주선의 메크들이 불쾌할 정도로 섬세하고 우아하게 움직이는 데 반해 그것은 무겁고 신중하게 움직였다. 선창에는 그 외에 다른 사람이 없고, 선장은 게크 대사가 왔다고 말했으니, 그것이 그녀여야 했다. 아니면, 어떤 식으로든 게크 대사가 조종하는 그녀의 메크이리라.

“저는 이미 자료를 제출했습니다, 존하들.” 위진 선장이 말하는 중이었다. 단속국 관리가 또 선장의 태블릿을 들고 있었다. “저는 이 우주선을 5년 전에 샀고, 담보나 저당 없이 소유하고 있습니다.”

최고 행정관이 위진 선장에게 날카로운 시선을 던졌다. “소유권이 여기 티어 시일라스에서 이전되었다고 되어 있군요.”

“예, 최고 행정관님. 정거장 등기소에서, 증인이 입회한 계약이었습니다. 거기 가면 거래 기록이 있을 겁니다.”

“운이 좋으시군요.” 최고 행정관이 말했다. “합법적이고 유효한 거래임을 증명하기 위해 그런 수고를 감수하셨다니요.”

“저의 철칙입니다, 최고 행정관님. 순간의 수고가 한 달 치 눈물을 예방해주는 셈이죠.”

“정말 그렇습니다.” 최고 행정관이 고개를 돌려 모든 눈을 위진 선장에게 맞추고 있는 거미 메크를 내려다보았다. “대사님, 송구스럽지만, 이 우주선에 대한 틱 위진 존하의 소유권은 아주 명확합니다. 거래는 전적으로 합법적이었고, 우주선의 소유권 이전 기록이 조선소에서 나온 시점부터 명확하게 적혀 있습니다. 또한 위진 존하는 티어 시일라스의 시민입니다. 제가 오늘 오후에 모든 자료를 직접 조사했습니다. 저희는 이유 없이 그를 붙잡아둘 수 없고, 당연히, 타당한 법적 이유 없이 재산을 몰수할 수도 없습니다.”

“티어의 시민이 아닙니다.” 거미 메크가 속삭이듯 휘파람을 부는 것 같은 목소리로 단언했다. “가능하지 않습니다.”

“그는 요금을 납부했습니다.” 최고 행정관이 말했다. “그때 이후로 시민으로서의 모든 의무를 다했고, 어떤 법도 위반하지 않았습니다. 그날 이후로 사소한 벌금 통지서 한 장 받은 적이 없습니다."

"돈이 시민을 만들지 않습니다." 거미 메크가 속삭였다. 제일 앞쪽의 눈자루들은 여전히 위진 선장에게 고정되어 있었다.

"여기서는 만듭니다, 대사님." 최고 행정관이 대답했다. "또는 만들어줄 수 있지요. 이 경우에는 만들어준 거고요."

그때 위진 선장이 믿을 수 없을 정도로 고요하고 매끄러운 목소리로 말했다. "게크의 시민은 무엇으로 됩니까, 대사님?"

거미 메크가 몸통을 떨더니 집게발이 달린 다리 하나를 들어 바닥에 굴렀다. 거미 메크는 달리 대답하지 않았다.

"저는 대사님이 이해하셨으리라 생각합니다." 최고 행정관이 말했다. "왜 티어가 티어의 시민을 그냥 대사님께 넘겨드릴 수 없는지를요. 저희가 게크의 시민을 체포하라고 요구하면, 대사님도 충분한 죄의 증거 없이 넘겨주지는 않으시리라 저는 확신합니다."

"당신네 시민이 아닙니다." 거미 메크가 속삭였다.

"혹시." 위진 선장이 여전히 비단결 같은 목소리로 물었다. "제가 당신네 시민이라고 주장하시는 겁니까?"

거미 메크 몸통의 떨림이 더 커졌다. 메크가 발을 두 번 더 굴렀다. "이래서다." 그것이 속삭였다. "너는 왜 그러는지 이해하지 못했다. 너는 묻고 또 물었다. 이게 이유다."

위진 선장이 그에 대한 답으로 말했다. "저는 대사님이 여기로 오시게 된, 뭔지 모를 그 오해에 대해서만 해명하면 됩니다. 물론 저는 제가 할 수 있는 선에서 주 프레즈거 게크 대사님께 도움을 드리고 싶습니다. 하지만 저는 티어의 시민이고, 세상에서 가장 뛰어난 대사라도 제 일에 간섭할 권리는 없습니다. 대사님이 평화조약을 살펴보시면, 제 말이 사실이라는 걸 알게 되시리라 믿어 의심치 않습니다."

"건방진 아이야." 거미 메크가 속삭였다. "나는 평화조약의 조항들을 네가 너를 아는 것보다 더 잘 알고 있다. 너는 티어의 시민이 아니다. 그리고 넌 저 우주선을 훔쳤다. 다른 것들은 어디 있느냐?"

"저는 티어의 시민입니다." 위진 선장이 다시 말했다. "그리고 저 우주선에 대한 저의 소유권은 확실합니다."

거미 메크가 한 번에 한 발씩, 매번 집게발이 달린 다리를 어디에 놓아야 할지 신중하게 생각하는 듯이 힘들게 돌아서더니 선창 바깥의 복도를 향해 걸어갔다. "대사님!" 단속국 관리가 부르짖으며 뒤를 따랐다.

최고 행정관이 위진 선장에게 말했다. "말씀하신 대로 잠깐의 수고가 한 달 치 눈물을 막아주는 법이죠. 그렇게 양심적으로 서류를 등록하셨던 게 아주 잘한 일이었습니다. 그렇게 해두지 않았다면 오늘 상당한 어려움을 겪으셨을 거예요."

"말씀대로입니다, 최고 행정관님." 위진 선장이 대답했다.

"이런 일을 직접 처리하는 경우는 드물지만, 우리 시민의 법적, 계약적 권리를 지키는 것도 제 의무의 하나죠. 선장님처럼 양심적인 분이 많으면 제 일이 훨씬 수월해질 텐데요. 감사합니다. 하지만 가까운 시일 안에 또 제 주의를 끄는 일은 없도록 하시는 편이 좋겠다고 강력하게 충고해드리는 바입니다."

"할 수 있다면 그런 일이 없도록 하겠습니다, 최고 행정관님." 위진 선장이 대답했다.

"좋습니다." 최고 행정관이 돌아서서 선창을 떠나고, 두 순찰 경관이 뒤를 따랐다. 인그레이의 귀에 그녀가 좋아하는 국수 가게가 문을 열었다는 조용한 속삭임이 들려왔다. 정거장의 통신망에 다시 접속된 것이었다.

위진 선장이 돌아섰다. "두 분은 뭘 쳐다보고 있어요?"

"선장님이 와서 봐도 된다고 하셨잖아요." 가랄이 말했다.

"제가 그랬군요, 그렇죠?" 그러고는 한동안의 침묵 후, 선장이 말했다. "선내에 아주 좋은 아락이 한 병 있습니다. 오늘 밤에 그걸 딸까 싶은데, 한잔할 생각 있어요? 저는 확실히 한잔하고 싶네요." 위진 선장이 답을 기다리지도 않고 둘을 에둘러 에어로크로 들어갔다.

비좁은 조리실에서 위진 선장이 손잡이가 달린 하얗고 커다란 서바트 잔을 세 개 꺼내 아락을 조금씩 따랐다. 그러고는 자기 잔을 한입에 털어 넣고 새로 한 잔을 따랐다.

앞에 놓인 잔을 건드리기는커녕 쳐다보지도 않고 가랄이 말했다. "그러니까, 선장님은 우주선을 훔쳤어요. 훔쳐서 그걸 타고 게크 행성에서 도망쳤겠죠, 분명히."

"보아하니, 이제 와서 부정해봐야 의미가 없겠군요." 위진 선장이 말했다. "우주선 세 척을 훔쳤어요. 두 척을 팔고 나니 여기 시민권과 이 우주선의 소유권을 합법화해줄 아주 훌륭한 서류들을 살 돈이 생기더군요." 그가 두 번째 아락 잔을 홀짝 비웠다. "그리고 우주선을 새로 꾸밀 돈도요."

인그레이가 술을 맛봤다. 아주 독하고, 달콤하고 톡 쏘는 것이 선장이 장담했듯이 아주 좋은 술이었다. "어떻게 우주선을 세 척이나 훔칠 수 있죠?"

거미 메크 한 기가 종종거리며 조리실로 들어왔다. 놀란 인그레이가 비명을 억누르며 옆으로 몸을 기울이자 그것이 식탁 끝을 잡고 몸을 일으켜 두 다리로 서더니 다른 다리를 흔들었다. 그러고는 병을 집어 들어 위진 선장의 컵에 새로 아락을 따르고, 병을 내려놓고 종종거리며 나갔다.

"선장님은 게크예요." 인그레이는 벌떡 일어나서 온몸을 털고 싶은 충동을 간신히 억누르고서, 심장이 안정되기를 바라며 넘겨짚었다. "제 말은, 선장님은 게크와 같이 산다는 그 인간 중 한 명이었어요. 그런데 어떻게 티어의 시민이 됐어요?"

"저는 게크가 아닙니다." 위진 선장이 말했다. "게크가 평화조약의 당사자로 받아들여진 건 대체로 밀접하게 관계를 맺으며 사는 인간들이 있기 때문이었어요." 그가 숨이 새는 듯한 아주 작은 웃음을 터뜨렸다. "하지만 거기서 문제가 하나 발생하죠. 그 밀접하게 관계를 맺으며 사는 인간들은 조약상 인간으로 쳐야 할까요, 아니면 게크로 쳐야 할까요? 게다가 그런 문제가 있는 종족이 게크만은 아니에요. 조약이 이 문제를 다루는 방식은 굉장히 기묘하고 복잡해요. 무엇보다 조약의 초안을 쓴 게 프레즈거 통역관들이니까요. 하지만 저의 특정한 경우로 보자면, 제가 자발적으로 인간 정체(政體)의 시민권을 취득한다면 조약상으로는 인간으로 본다는 게 결론이에요."

"그 말은 게크가 선장님에게 간섭할 권리가 전혀 없다는 뜻이네요. 조약에 저촉되지 않는 방법으로는 말이죠." 가랄이 말했다. 위진 선장이 자리에 가만히 앉은 채 으에게 살짝 고개를 숙였다.

"잠깐만요." 인그레이는 그 대답을 듣고 오히려 더 당황했다. "그러면 누구든 자기는 인간이다, 또는 게크다, 또는 크르르다, 또는 뭐 뭐다, 선언만 하면 된다고요?"

"누구나는 아니에요." 위진 선장이 말했다. "그게 좀 복잡하다고 말씀드렸잖아요." 그가 가랄을 쳐다보았다. "제가 그 머리를 좀 손봐드려야겠어요. 지금은 무딘 칼로 자기가 직접 아무렇게나 자른 듯이 보여요."

"저는 게크와 같이 사는 인간들도 그 행성을 떠나는 걸 좋아하지 않는다고 생각했어요." 자기 머리에 대한 선장의 말을 전혀 못 들었다는 듯이 가랄이 말했다.

"그래요." 위진 선장이 동의했다. "그들에게는 아주 긴장되는 일이에요."

"그거 메크였죠, 맞아요?" 인그레이가 물었다. "대사 본인은 아니죠?"

"예, 그건 메크예요." 위진 선장이 확인해주었다. "대사 본인은… 아주 다르죠."

"그래서, 무슨 일이 있었어요?" 잠깐의 침묵 뒤에 인그레이가 아락을 홀짝이며 물었다.

선장이 컵을 들었다. 이번에는 조금만 마시고 내려놓았다. "저는 아가미가 아예 생기지 않았어요. 아, 그런 눈으로 보지 마세요. 거기서는 아주 큰 문제라고요. 아가미가 없으면 깊게 헤엄칠 수 없어요. 그리고 특정 나이가 되어도 깊게 헤엄치지 못하면, 그 행성에 머물 수 없어요." 인그레이는 '깊게 헤엄치다'라는 말이 무슨 뜻인지 물어볼까 하다가 어떤 답을 듣더라도 더 혼란스러워지기만 할 것 같아서 그만두었다.

"당장 오늘이라도 개조 가게에 가서 돈을 내면 완벽하게 멋진 아가미를 달고 나올 수 있잖아요." 가랄이 말했다.

"맞습니다." 위진 선장이 동의했다. "사실은 아가미만 사면 되는 그런 간단한 문제는 아니지만요. 그걸 장착하려면 다른 것도 몇 가지 변형해야 해요. 그래도, 그 말이 맞습니다. 그걸 살 수도 있었어요. 하지만 제가 있던 곳에서는, 아가미가 저절로 생기지 않는다는 건 애초에 그곳에 맞지 않는다는 신호여서, 아가미를 사봐야 아무 의미가 없어요. 아니, 그렇다고 늘 얘기를 들었지요. 궤도로 가서야 실제로는 손을 댈 여지가 있다는 걸 알았어요. 도움이 좀 필요한 사람들은 도움을 얻을 수 있었죠. 그래도, 저는 아니었어요."

"왜요?" 인그레이가 물었다. 그러고는 대사가 속삭이듯 했던 말이 떠올랐다. '너는 왜 그러는지 이해하지 못했다. 너는 묻고 또 물었다.'

"궤도에서, 제가 행성에만 있기에는 너무 훌륭한 메크 조종사라는 걸 알게 됐어요. 그쪽 행성계 내 우주선은 대다수가 원격으로 조종돼요. 게크들은 정말로 무역과 행성계 자원을 원하지만, 생체 메크를 통해서 보는 것만으로도 난리인데 행성 밖은 어떻겠어요. 해야 한다면 하겠지만, 그런 경우 외에는 궤도에 있는 추방자들에게 일을 맡겨버리죠."

"그럼 왜 우주선을 훔쳤어요?" 인그레이가 물었다. "그냥 떠났어도 되잖아요. 솜씨 좋은 메크 조종사는 어딜 가든 일자리를 얻을 수 있으니까."

"사실 거기서 나갈 이동 수단을 찾기가 쉽지 않다는 이유도 있었어요. 그 행성 출신이라면 그랬거든요." 위진 선장이 말했다. "하지만 대체로는 '엿이나 먹어라'라는 심정이었죠. 그래서 훔쳤어요."

"그럼, 그…." 인그레이는 잠시 망설였다. 이런 질문을 해도 정말 괜찮을지 확신이 들지 않았다. 하지만 선장은 지금 그 어느 때보다 말이 많아진 데다 전체적인 상황이 너무 기괴했다. 그와 대사는 분명 서로 아는 사이였다. '건방진 아이.' 대사는 그렇게 말했다. 인그레이는 묻고 싶었다. '그러면 그 대사가 선장님 모친이에요?' 하지만 그들이 본 건 그냥 메크였다. 아마 대사 본인은 인간이 아닐 것이다. "그 대사는 아가미가 있어요? 물탱크 안에 있어요? 그래서 당장은 메크를 쓰는 거예요?"

"그녀는 물탱크 안에 있을 거예요. 아마도요. 하지만 필요하면 공기로 호흡할 수도 있어요. 우주선에서 나오는 걸 차마 견딜 수 없어서 메크를 썼을 거예요. 오, 젠장."

"무슨 일이에요?" 인그레이가 물었다.

"출항 시간이 나왔는데, 몇 시간밖에 안 남았어요. 저는 준비를 하는 게 좋겠습니다. 술도 그만 마시는 게 좋겠고요." 그리고 가랄을 향해 말했다. "존하, 몇 분 안에 에어로크를 닫을 겁니다. 인그레이 존하와 같이 가시겠습니까, 아니면 앞으로 3주 동안 도제살이 사무소 벤치에서 잠을 자다가 결국은 얼마 전까지 있던 곳과 크게 다르지 않을 끔찍한 상황에 처하시겠습니까?"

"제가 얼마 전까지 있던 곳만큼 끔찍한 건 없어요." 가랄이 말했다. 그러고는 덧붙였다. "운임이 이미 지불되었다고요? 그리고 식사와 잠자리가 포함돼 있고요?"

"지불되었고, 또 포함되어 있습니다." 위진 선장이 확인을 해주었다. "그리고 이발도요. 내일쯤, 제가 제정신일 때요."

"이발에 대해서는 생각을 좀 해봐도 될까요?" 가랄이 물었다.

위진 선장이 싱긋 웃었다. 길지 않은 시간이었지만 내내 진지했던 그이기에, 인그레이는 그 모습을 보고 깜짝 놀랐다. "가랄 케트 씨, 난 당신이 좋아요. 이유는 모르겠고, 아마 그러면 안 되겠지만, 그래도요. 그리고 인그레이 옥스콜드 씨, 당신은 일단 집에 가면 모친한테서 훔칠 수 있는 건 뭐든 훔친 다음 빌어먹을 그 인간한테서 영영 벗어나야 해요. 당신은 절대 정치인은 못 돼요."

발끈한 답이든 아니든, 인그레이가 미처 대답을 생각하기도 전에 가랄이 물었다. "선장님은 술을 자주 드세요?"

“거의 안 마십니다.” 위진 선장이 실토했다. “하지만 걱정하지 말아요. 우리는 아주 멀쩡하게 관문으로 들어갈 거예요.” 선장이 자리에서 일어나 벽에 붙다시피 인그레이를 지나 복도로 나가자 문 바깥에 웅크리고 있었음이 분명한 거미 메크 한 기가 바로 뒤에 따라붙었다. 그리고 그 메크의 움직임은 조금도 불안정하거나 어색하지 않았다.

“제가 걱정하는 건 관문으로 들어가는 문제가 아니에요.” 소리가 들리지 않을 만큼 선장과 메크가 멀어지자 인그레이가 말했다.

“맞아요.” 가랄이 동의했다. “우리에겐 더 큰 문제들이 있어요. 아니, 있게 되겠죠. 일단 화에이에 도착하면요. 그건 그렇고, 저는 사실 선장이 당신한테 좋은 조언을 했다고 생각해요. 뭔가 계획 같은 것이 있다고 했던가요?”

“아직 세세하게 짜지는 않았어요. 당신이 같이 가겠다고 할지 알 수 없었으니까요.”

“음.” 에어로크가 닫히는 철컹 소리와 함께 바닥과 벽이 떨리자 가랄이 말했다. “지금이 세부 계획을 짜기 시작할 때인 거 같네요.”

4

화에이를 향해 여정을 시작한 지 일주일, 인그레이는 우주선의 비좁은 조리실 식탁에 앉은 가랄을 발견했다. 이발하는 중이었다. 뒤에 선 거미 메크가 별다른 도구 없이 집게발로 싹둑싹둑 머리카락을 잘랐다. "거의 다 됐어요." 인그레이가 문간에 서자 메크가 특유의 가는 목소리로 속삭였다. "기다리시게 해서 죄송해요, 존하."

"괜찮아요." 조리실은 이 우주선의 빈약하기 짝이 없는 체육실도 겸하고 있어서 운동 시간이 다소 빡빡하게 잡힐 수밖에 없었다. 이렇게 작은 장거리 우주선에는 체육 시설이 필수였다. 하지만 승객이라곤 딱 두 명밖에 없으니, 몇 분 늦어진다고 해도 별문제는 아니었다.

"자…." 거미 메크가 집게발 네 개로 이제 꽤 짧아진 가랄의 머리카락을 쓸어 깔끔하게 빗질하면서 말했다. "훨씬 낫네요. 복도로 나가시면 제가 청소를 할게요."

인그레이는 가랄이 조리실에서 나올 수 있게 뒤로 물러섰다. "정말로 괜찮아 보여요." 그녀가 말했다. 짧은 머리도 묘하게 어울리지 않았지만, 진심이었다. 화에이에서 짧은 머리를 하는 사람은 대체로 아이들인데, 가랄은 그 머리만 빼면 전혀 아이처럼 보이지 않았다. "저는 저 거미들이 만져도 가만히 있을 수 있을지 모르겠어요."

"사실 저들을 보면 마음이 좀 불편하죠, 그렇지 않나요."

그들이 살아 있고 생각도 할 것 같다는 말을 할 생각은 없었다. 라드츠 제국발 뉴스가 떠올랐다. 애초에 게크 대사가 고향 행성계를 떠나게 된 이유도 라드츠의 인공지능들이 스스로가 독립적 존재이며 프레즈거와 맺은 평화조약에 서명할 자격이 있다고 선언했기 때문이었다. 하지만 그녀는 그건 너무 나간 이야기라고 생각했다.

"이제 운동하셔도 됩니다, 존하!" 거미 메크가 종종거리며 복도로 사라졌다.

인그레이는 조리실을 들여다보았다. 식탁과 의자가 접히고, 몇 가지 운동기구들이 펼쳐졌다. 바닥도 들어 올려 러닝머신을 쓸 수 있게 해놓았다. "진짜 걸을 수 있게 공간이 조금만 더 있으면 좋겠어요." 그녀가 한숨을 쉬었다. 그러고는 거미 메크가 못 들었길 바랐다. 어쨌든 기꺼이 이 우주선의 탑승권을 산 사람은 자기이고, 지금까지는 (비좁고 좀 거무죽죽하긴 해도) 모든 것이 조용하고 깨끗했으며, 전반적으로 아주 매끄럽게 운영되었다. 거기에다 위진 선장은 누가 봐도 유쾌하고 점잖았다. 반시아어를 할 줄 아는 것 같지는 않지만, 거미 메크들은 통역할 줄 알았다. 그래도 선장은 아마 여행의 어느 시점에서 승객들이 짜증을 내는 일에도 익숙하리라.

"저는 좋아요." 가랄이 말했다. "안전하기도 하고요."

"안전하다뇨?"

"이 우주선은 누가 어디에 있는지 정확하게 알 수 있을 만큼 작으니까요. 먹을 것도 있고요. 바깥은 그저 수 킬로미터씩 뻗은 텅 빈 우주뿐이에요." 으가 뭔가를 더 말하려다가 갑자기 마음을 바꾼 듯이 입을 닫았다. "그러면, 당신이 팔라드 부드라킴과 관련된 그 기념물을 팔았다는 그 오빠는 다나크 옥스콜드겠군요?"

인그레이는 순간 놀랐지만, 으의 직업이 유물 위조범이라는 건 주요 가문을 계속 주시했다는 뜻임을 떠올렸다. 이미 자기 입으로 많은 이야기를 하기도 했다. "그렇겠죠." 그녀는 조리실로 들어가 러닝머신을 작동시켰다. "양어머니가 제일 유망한 아이를 골라 자리를 물려주겠다 했으니, 이론적으로는 둘 다 가능성이 있고, 그러니 저도 선택받기 위해 열심히 일해야겠지만, 사실은 다나크가 이름을 물려받으리라는 걸 다들 알죠."

"그러면 당신 모친은 왜 경쟁을 부추기죠?" 가랄이 물었다.

"제 생각에는 다나크가 늘 긴장하도록 자극하려는 의도인 거 같아요. 자기가 으레 상속받으려니 하고 있으면 뭐든 열심히 할 이유가 없잖아요."

"흠." 가랄은 동의하지 않는 듯했지만, 별말을 하지는 않았다. "당신이 저의 도움을 얻어 속이려는 대상이 그가 아닐까 싶은데요?"

인그레이는 지난 일주일간 머릿속으로 이런저런 계획들을 굴려봤지만, 가랄에게 제안할 것은 고사하고 어느 한 계획으로 마음을 정하지도 못하고 있었다. 그녀는 으의 질문에 어떻게 대답할지 몰라 망설였다.

"다나크 옥스콜드를 만난 적은 없지만, 그의 평판은 알아요. 당신이 그를 아주 좋아하리라는 생각은 들지 않네요." 그러고는 계속 침묵하는 인그레이에게 말했다. "화에이에 도착할 때까지 아직 2주가 남았어요. 저는 도착한 뒤에 무얼 할지 생각해보려고 해요."

"뭐든 하고 싶은 대로 하면 될 것 같은데요. 원래 하던 일로 돌아가거나 부드라킴 사람들 눈에 뜨일 만한 곳을 얼씬거릴 필요는 없어요. 공공직업소개소에 가도 되죠. 그러면 아마 제법 괜찮은 일자리를 얻을 수 있을 거예요."

"그렇겠지요." 가랄이 말했다. 으의 말투에서는 그다지 열의가 느껴지지 않았지만, 지난 일주일 남짓 으와 지내본 결과, 으는 무슨 일에건 아주 열의 있게 말하는 법이 없었다. "그래도 전 제게 어떤 선택지가 있는지 다 알고 싶어요."

인그레이는 아무 말 없이 몇 분간 걷기만 했다. 그녀는 이제껏 머릿속으로 궁리했던 이런저런 계획들을 입 밖으로 꺼낸 적이 거의 없었다. 그리고 이 계획도 완벽하고 기발하게 아귀가 딱 맞아떨어질 정도까지 다듬지는 못했다. 하지만 그녀는 마침내 입을 열었다. "다나크는 진지한 수집가예요. 적어도, 자기는 그렇다고 생각하죠. 그는 늘 딱 당신이 말한 그런 것들을 찾고 있어요. 지금은 대수롭지 않아 보여서 싸게 거래되지만 나중에 가치가 올라갈 그런 기념물들요. 그걸 투자라고 생각하죠."

"네타노의 유물들뿐만 아니라 적지 않은 재산까지 상속받을 텐데, 왜 투자 따위를 걱정하죠?"

"거기에 뭔가를 더하고 싶은 거겠죠. 그리고 싸게 산 자질구레한 것들이 상당히 가치 있는 것으로 판명될 때마다, 누군가를 속여 보물을 얻어냈다고 생각하면 짜릿한가 봐요. 자주 그런 소리를 하거든요."

"아주 좋네요." 으는 분명 비꼴 의도로 말했을 텐데, 목소리나 표정에는 그런 기미가 없었다.

"그래서." 인그레이가 입을 뗐지만 익숙지 않은 불확실한 느낌이 밀려들자 말을 주저했다. 그녀가 최근에 세웠던 큰 계획은 완전히 실패했고, 지금은 완전히 빈털터리 신세였다. “그래서….” 그녀가 다시 말했다. “우리가 등장하고, 당신이 다나크에게 부드라킴 가문의 갈세드 유물이 어디 있는지 안다고 얘기하면 어떻게 될까요? 보수를 후하게 주면 그 정보를 주겠다고요. 그런데 다나크는 그것들을 팔거나 전시할 수 없어요. 아마 엄마한테 주려고 하겠죠.”

“아주 단도직입적이라는 장점이 있네요.” 가랄이 잠시 생각한 후에 평을 내놨다. “제가 그 갈세드 유물이 어디에 있는지 모른다는 문제가 있는데, 당신 오빠가 찾으러 가도 유물은 없겠지만, 우리는 거기 있겠지요.”

“맞아요. 하지만 다나크에게서 돈을 충분히 받아내면 새 신분을 사서 티어 시일라스로 돌아가 시민권을 살 수도 있어요.” 가랄은 아무 대답도 하지 않았다. 무리도 아니었다. 인그레이가 생각하기에도 그 지점이 전체 계획에서 제일 비현실적이고 빈틈이 많은 부분이었다. “그리고 장소를 잘 고르면, 정말 찾아내기 힘들거나 가는 데에 비용이 많이 드는 곳에 유물이 있다고 믿게 할 수도 있을 거예요. 아니면, 그러니까, 장물을 가지고 돌아다니다가 잘못 걸리면 아주 곤란해질 수 있는 곳이나요.”

가랄 케트는 말없이 복도에 선 채 족히 10초는 생각에 잠겼다. 그러고는 말했다. “그 이야기를 좀 더 해보죠.”

인그레이는 화에이 우주정거장에 도착하고도 우주선을 나설 때까지 공공 뉴스망과 데이터망에 접속하는 걸 미뤘다. 더 일찍 접속할 수도 있었다. 우주선이 티르-화에이 관문 안에 있을 때도 접속할 수 있었을 것이다. 하지만 그녀는 가족 중 누가 연락했는지 (또는 연락하지 않았는지) 알고 싶지 않았다. 이제 에어로크 밖으로 나서니 메시지의 홍수가 순식간에 시야를 가로질렀다. 긴급해 보이는 건 아무것도 없었고, 딱히 흥미로워 보이는 것도 없었다. 그녀는 눈을 깜박여 메시지들을 몰아냈다.

"어떻게 저한테 온 메시지들이 있죠?" 뒤에서 가랄이 물었다.

인그레이가 돌아보았다. 으는 위진 선장이 준 진청색 작업복을 입고, 출처가 같을 듯한 벨벳 느낌의 커다란 검은색 가방을 어깨에 메고 있었다. 소지품이라고는 전혀 없는 으에게 왜 가방이 필요한지 알 수 없는 노릇이었다. "제가 그렇게 설정해놨어요." 돈이 좀 더 들었지만, 행성계 어디에도 개인적인 데이터가 없다면 가짜 신분이라는 사실이 들통나기에 딱이었다. "여행 기록에는 당신이 한동안 화에이를 떠나 있었다고 돼 있어요." 그녀는 가야 할 방향을 찾아 주변을 돌아보다가, 흐린 녹색 바닥에 '입국자용'이라고 표시된 왼쪽 통로를 보았다.

"저 길은 아니에요." 가랄이 말했다. "여기는 보통 여객선들이 정박하는 부두와 다른 쪽이에요. 어디로 가든 저 출구로 나가면 멀리 돌아가야 해요. 행성계 라리움과 의사당 바로 옆으로 나가는 다른 길이 있어요."

그리고 행성계 라리움에서 그들이 가려고 하는 우주엘리베이터 셔틀까지는 직통 전차가 있었다. 인그레이는 지도를 시야로 끌어왔다. "그 말이 맞네요. 저쪽으로 갔다간 돌아오는 데 한세월 걸릴 뻔했어요." 그녀가 미간을 찌푸렸다. "하지만 이걸로 봐서는 내내 걸어가야 할 것 같은데요?"

"저기 화물 수송기가 있을 거예요. 거기 승객용 공간이 있어요. 아니, 제가 전에 왔을 때는 그랬어요. 당신이 이용 신청을 하면…."

"아, 고마워요, 찾았어요." 인그레이는 이용 신청을 하고 선창에서 오른쪽으로 난, 발길에 닳아 회색이 된 복도로 들어섰다. 선창을 몇 개 지나친 뒤에 그녀가 말했다. "자, 우리에겐 집까지 갈 교통비가 있는데, 그러면 뭔가를 사 먹을 돈이 없어요. 뭔가를 사 먹으면 하룻밤 숙박을 할 정도의 돈이 남을 거예요." 무거운 짐을 이리저리 밀고 다니며 팔아보려는 수고를 덜어주려 위진 선장이 화물용 상자와 생명유지 고치를 사주지 않았다면, 그녀는 여전히 빈털터리 신세였을 것이다. "음, 당신은 공공급식 목록에 이름을 올릴 수 있을 거예요. 원한다면요. 저는 안 돼요. 그리고 제가 집에 전화해서 태우러 오라고 하면, 누군가가 와서 우리를 도와주겠죠."

"하지만 당신은 그러고 싶지 않고요." 가랄이 넘겨짚었다. "당신을 비난할 일은 아니죠. 아무 도움 없이 집으로 돌아가는 편이 당신에겐 더 나으리라 생각해요."

인그레이는 으가 뭔가를 더 말할까 싶어서 잠시 기다렸지만 더는 말이 없었다. "좋아요." 마침내 그녀가 말했다. "다음 우주엘리베이터 셔틀에 우리 자리를 신청할게요."

걷고, 전차를 타고, 몇 분 동안 승강기를 타니 화물용 운송기가 나왔고, 느릿느릿 덜컹덜컹 움직이는 화물용 운송기를 타고 인그레이로서는 그런 게 존재하리라 상상도 못 해본 터널들을 통과하고 나니 끝에 문이 두 개 있는 길고 칙칙한 복도가 나왔다. '비화에이 시민'이라 표시된 문 앞에 늘어선 줄을 지나자 바닥이 칙칙한 회색에서 황동을 두른 푸른색 타일로 바뀌었다. 지루한 표정으로 앉은 경비원이 그들을 쳐다보았다. "신분증을 준비해주세요." 인그레이와 가랄이 다가가자 경비원이 느릿하게 말했다. 인그레이는 이미 재킷에서 신분증을 꺼내는 중이었다. 그녀는 신분증을 보여주며 경비원을 지나쳤다. 고르게 숨을 쉬려 애쓰면서, 다른 지친 여행객들보다 발걸음이 빨라지지 않도록 조심하면서. 가랄의 신분증이 또 한 번 검사대에 오르는 순간이었다. '계속 걸어.' 그녀는 자신에게 말했다.

그녀는 그 문을 지나 한참 가서 복도를 또 하나 지나고 훨씬 큰 문을 통과해 행성계 라리움 앞의 넓고 탁 트인 공간으로 통하는 넓은 길로 나갔다. 우주정거장의 주요 통로 중 하나인 그곳에서 지나가는 사람들과 라리움 입구를 향해 물밀 듯이 몰려가는 보육원 여행단 무리에 둘러싸이고 나서야, 그 소음과 잡담의 틈을 타서야 가랄을 돌아볼 엄두가 났다. 그녀는 걸음을 멈추고 으를 쳐다보았다. 으가 침착하게 그녀를 마주 보았다. 신분증은 이미 챙겨 넣은 상태였다. "괜찮아요?" 그녀가 물었다.

"문제없어요." 으가 말했다.

"그럼, 가요." 굳이 할 필요가 없는 말이었다. 둘은 이미 우주엘리베이터 셔틀로 가는 전차를 향해 걷고 있었다.

그때 누군가가 그녀를 불렀다. 그녀는 걸음을 멈췄다. "인그레이! 인그레이 옥스콜드!"

빌어먹을. 인그레이는 그 목소리를 알아들었다. 그녀는 얼른 미소를 지었다. 그러면서도 억지웃음처럼 보일까 봐 걱정이 되었다. 그녀는 피곤했고, 거의 한 달째 똑같은 옷을 입고 있었다. 우주선의 세탁시설이 허락하는 한도 내에서 최고로 깨끗하게 유지하고는 있었지만 말이다. 틀어 올린 머리도 몇 개 남지 않은 머리핀으로 최대한 요령껏 고정해놨지만, 그녀는 최선을 다했어도 객관적으로 봤을 때는 썩 훌륭하지 않았다. 거기에다 누가 보더라도 어깨에 멘 가방 말고는 다른 수하물이 전혀 없는 모습이었다. 그리고 그녀를 부른 인물이 겉으로는 친구인 척해도, 자기보다 다나크를 훨씬 더 마음에 들어 한다는 걸 인그레이는 알고 있었다. "오로, 이런 데서 만나다니."

"이게 몇 달만이야!" 오로가 쾌활하게 외쳤다. "대체 어디에 있었어?"

"아, 여행을 좀." 인그레이는 가랄을 돌아보지 않았다. "집에 오니까 좋네."

"어디서 오는 길인데?"

그녀는 거짓말을 할까 생각했지만, 사실 그래 봐야 아무 의미가 없었다. "티어 시일라스." 그녀는 이어서 나올, 거기서 무얼 했느냐는 질문에 대비했다.

하지만 오로는 다른 걸 물었다. "그럼 게크를 봤어?"

인그레이는 눈을 깜박였다. 그 질문에 놀란 듯이 보이지 않으려 애를 쓰면서. "내가 어떻게 봤겠어? 사실, 그들은 내가 탄 우주선이 출항하기 불과 몇 시간 전에 도착했어." 엄밀히 따지면 거짓말은 아닌 거짓말이 얼마나 술술 입에서 나오는지, 스스로도 약간 놀랄 정도였다.

"음." 오로가 몸을 가까이 기울였다. "지금 당장 우주엘리베이터로 내려갈 거 아니면, 그들이 여기 도착할 때 볼 수 있을지도 몰라."

"뭐?" 이번에는 놀람을 숨기지 않았다. "그들은 일드라드로 가는 줄 알았는데? 티어 시일라스 뉴스에서 봤어."

"무슨 이유에선지 마음을 바꿨어. 내일 중에 티어 시일라스 관문에서 나올 거야. 이 소식은 앞으로 몇 시간 후는 되어야 뉴스망에 뜰 거야. 경로를 바꾼 이유에 대해서는 이런저런 추측이 난무하지만 아무도 확신은 못 해. 곤란한 일이 발생하지 않도록 행성계 안전청이 운항 변경 사항을 관리하고 통제할 계획을 종합하고 있으니까, 다 결정되면 발표하겠지. 난 우리 진촌한테서 들었어. 사실, 지금 으의 심부름을 하는 중이야. 너만 괜찮다면, 환영 만찬에 데려갈 수도 있는데.” 그가 인그레이의 구겨진 재킷과 치마를, 그리고 틀어 올려 고정했지만 반쯤 풀린 머리를 재빨리 훑어보았다. “아마 내일 아주 늦게나, 아니면 아예 모레 열릴 수도 있어. 실제 게크를 볼 수 있을지는 모르겠지만, 기대해볼 가치는 있지.”

인그레이는 진지한지 아닌지 애매하게 보이길 바라며 다시 미소를 지었다. “같이 가자고 해줘서 정말 고맙지만, 너무 오래 집을 떠나 있다 보니 집에 가고 싶어 죽을 지경이야. 다음에 네가 행성에 있을 때 얘기할까? 게크 얘기 다 해줘야 해.”

“그래, 그래.” 오로는 상투적인 얘기 몇 마디를 더 한 다음 군중 속으로 사라졌다.

인그레이는 다시 가랄을 찾으러 주위를 둘러보았다. 보이지 않았다. 그녀는 눈을 감고 심호흡을 했다. 멀리 가지 않았을 것이다. 아니라면, 만약 멀리 갔다면, 음… 그녀가 할 수 있는 일은 없었다. 그녀는 다시 눈을 떴다.

가랄이 옆에 서 있었다. “어떻게 그렇게 감쪽같이 사라졌다 나타날 수 있는지 좀 알려줘요.” 으의 입가가 살짝 비틀어졌다. 지금껏 인그레이가 본 중에서 진짜 미소에 가장 가까웠지만, 으는 대답하지 않았다. 인그레이가 말했다. “위진 선장님한테 경고를 해줘야겠어요. 게크가 여기로 오고 있어요.” 선장은 게크 우주선을 확실히 피하기 위해 원래 계획보다 오래 화에이 행성계에 머무를 요량이었다.

“저도 들었어요. 제가 벌써 메시지를 보냈어요.” 가랄의 얼굴은 여느 때와 마찬가지로 온화하게 무표정했다. “고맙대요.”

“왜 여기로 오는 걸까요? 전원회의에 가야 하지 않아요?”

“제가 알기로는, 전원회의 참석자가 다 모이는 데만 몇 년이 걸리고, 첫 모임이 열리기까지는 아마 몇 년이 더 걸릴 거예요. 거기에서 누가 인간을 대표할 거냐는 문제도 아직 정리되지 않았어요. 그 문제에 라드츠가 개입하는 걸 아주 불쾌하게 생각하는 사람이 많아요. 그러니, 누가 전원회의에 가야 하고 가지 말아야 할지를 놓고 인간 우주 전역에서 논쟁이 벌어지겠죠. 그 문제로 실제 전쟁이 벌어지지만 않아도 천만다행일걸요." 대놓고 탄복하는 인그레이의 표정을 보고 으가 말했다. "3주 동안 할 일이 별로 없었어요. 그래서 뉴스를 좀 봤죠."

음. 말이 되는 얘기였다. "그래도 우리가 걱정할 문제는 아닌 거 같네요. 우주엘리베이터 셔틀 로비로 가서 앉을 자리를 좀 찾아보죠." 인그레이와 가랄이 지난 몇 주간 지켰던 시간표상으로는 밤이 늦어가고 있었다.

로비로 가서 앉을 자리를 찾고 보니 그나마 남았던 머리핀이 두 개 빼고 모조리 사라져버렸다. 그래도 인그레이는 다시 앉게 되어 기뻤다. 마음 같아서는 그냥 벤치에 드러눕고 싶었다. 그 소란스럽고 혼란스러운 로비에서도 눈을 붙일 수 있을 듯했다.

로비는 화에이 각지에서 온 여행객들로 붐볐다. 행성계 바깥에서 온 여행객들도 있었는데, 대부분 옴켐에서 온 관광객들이었다. 옴켐-바이잇 관문이 무너지고 화에이가 그들이 되찾고 싶어 안달하는 바이잇으로 가는 유일한 경로가 된 이후로, 옴켐인들은 관문을 두 개나 거쳐서 화에이로 올 정도로 이 행성의 고대유리(古代琉璃)에 매료되었다. 화에이와 옴켐 연합의 관계가 내내 긴장 상태에 있는 것도 아랑곳하지 않았다. 하지만 로비에 있는 사람은 대부분 화에이인들이었다. 인그레이와 가랄이 앉은 벤치에서 몇 줄 떨어진 곳에 똑같은 푸른 셔츠와 룽기를 걸치고, 어깨에 똑같은 작은 가방을 멘 화에이인 청소년 스물네 명이 앉아 있었다. 아니, 대체로 앉았다는 말이다. 일부는 삼삼오오 모여 선 채로 이야기를 나누거나 낄낄거리고 있었다. 앉은 아이들은 대부분 소형기기를 들여다보고 있었고, 몇몇은 허공을 쳐다보았다. 뉴스나 오락물을 보는 것이리라. 원복으로 봤을 때 공립보육원 아이들인 듯한데, 삽입 장치를 넣을 수 있다 하더라도 아직은 그 비용을 감당할 수 없을 텐데 말이다. 어쩌면 로비 벽에 차례차례 투사되는 역사적 장면을 그린 그림들에 빠져 있는지도 몰랐다. 지금은 화에이 의회 총의장이 티어 행정위원회에 티어-화에이 관문 건설비의 마지막 지불금을 건네는 장면이었다. 그림에서는 총의장이 금박을 입히고 상감 세공을 한 상자에 지불금을 넣어서 건넸다. 당연히 그때도 물론이거니와 여러 세기에 걸친 빚 상환 과정 중에 물리적인 화폐가 교환된 적은 없었다. 총의장 뒤에는 화에이의 네 의회 의장들이 "더 이상의 채무를 거부한다"라고 적힌 긴 아마포 두루마리를 펼쳐 자신들이 독립 화에이의 정부임을 선언할 준비를 하고 있었다. 하지만 다시 생각하면, 저 아이들은 그냥 피곤하고 심심해서 멍하니 허공을 응시하고 있는지도 몰랐다. 벤치 끝에 아이 둘이 엉켜 잠들어 있었다.

갑작스러운 갈망이 인그레이를 사로잡았다. 그녀는 공립보육원 출신으로 아직 어릴 때 네타노 옥스콜드의 집으로 왔다. 그냥 공립보육원에 있었다면, 당연히 호사 같은 건 거의 누리지 못했겠지만 저렇게 더없이 편안하게 기댈 수 있는 보육원 친구들이 있을까? 인그레이는 지역구에서 보살피는 아이였다. 양육자들이 키우고 싶어 하지 않거나 키울 수 없는 수많은 아이 중 하나였다. 네타노가 입양한 덕에 그녀의 삶은 너무나 달라졌다. 옥스콜드 가문을 떠나면 가족이라곤 아무도 없게 된다. 원래 있던 곳으로 돌아갈 방법도 없었다. 네타노가 다른 아이를 골랐다면, 인그레이는 지금쯤 어떤 곳에 소속감을 느끼고 있을까? 이제는 어떤 곳으로도 돌아갈 수 없었다. 저기 보이는 저런 편안한 관계의 아주 작은 조각조차 찾을 수 없었다.

다나크와 저렇게 달라붙어 있는 건 상상도 안 됐다. 둘의 사이가 괜찮을 때도 그랬다. 가끔 둘의 사이가 괜찮을 때가 있었다. 특히 모종의 이유로 가문의 이해관계가 위험에 처했을 때는 말이다.

하지만 다시 생각해보면, 그녀도 다나크도 로비에서 잠을 자야 했던 적은 없었다. 정거장을 방문할 때마다 인그레이에게는 셔틀에 탑승하기 직전까지 쉴 수 있는 침대 딸린 방이 배정되었다.

인그레이는 우주엘리베이터 기지에서 집이 있는 도시까지 가는 기차 운임을 확인한 다음 생명유지 고치를 팔고 남은 돈과 비교했다. 한숨이 나왔다. "뭐, 그래도 우리 교통비를 전부, 또는 거의 전부 댈 정도는 있어요. 지역 운송 터미널에서 집까지는 걸어가야 하는데, 그게 제법 멀어요."

"어쨌든, 좋은 기분전환이 되겠네요." 가랄이 말했다. "불과 지난주만 해도 좀 더 걸을 수 있으면 좋겠다고 했잖아요."

인그레이가 탄식하듯이 잠깐 웃었다. "그리고 사람은 안 먹어도 몇 주는 견딜 수 있고요." 로비로 오는 길에 하루 치의 반에 해당하는 물을 배급받았으니, 적어도 물은 있었다.

가랄이 가방을 홱 돌려 무릎에 얹고는 걸쇠를 열어 안을 보여주었다. 은박지로 싼 해면질의 영양토막들이 들어 있었다. 인그레이는 이목구비가 뚜렷한 가랄의 얼굴을 올려다보았다. "뭐예요, 매일 점심을 걸렀어요?" 우주선에서 으가 영양토막을 먹는 걸 본 적이 있는지 떠올려보았다. 그녀는 매일 점심으로 그걸 먹었고, 완전히 질려버렸다.

"이틀마다요." 으는 놀라는 그녀에게 별다른 반응을 보이지 않았다. "뜨거운 물이 필요하지만 않았으면 건조 국수도 좀 비축했을 거예요."

인그레이는 음식을 남겨서 비축해야겠다는 생각을 한 번도 하지 않았다. 왜 그러겠는가? 티어 시일라스에서 보낸 마지막 날 정도를 제외하면, 앞으로 아무것도 먹을 수 없을지 모른다는 걱정 같은 건 한 번도 해본 적이 없었다. "음, 정말… 잘 생각하셨네요."

가랄이 가방에서 영양토막을 하나 꺼내 건넸다. 그러고는 자기 먹을 걸 하나 더 꺼낸 다음에 가방을 닫았다. "옥스콜드 사람들은 보육원 여행을 안 가겠네요." 앞에 있는 아이들을 보고 있지는 않아도 분명히 그들을 가리키는 얘기였다.

"그렇죠. 우리는 가정교사들이 있었고, 주로 가족 여행을 다녔어요. 그래도 행성계 라리움은 보러 왔어요." 당연하다. 올 수 있는 사람은 누구나 왔다. 그곳은 행성계 정착과 건립의 유물들을, 화에이 역사상 중요한 거의 모든 사건의 유물들을 한눈에 볼 수 있는 곳이었다. 직접 보고 느낄 기회가 모든 시민에게 돌아가야 했다. 네타노 옥스콜드 같은 정치인들이 종종 선거구 어린이들이 행성계 라리움을 견학할 수 있도록 돕는 이유도 바로 그 때문이었고, 저 푸른 원복을 입은 청소년들이 지금 소란을 떨며 집으로 돌아가는 셔틀을 기다리고 있는 이유도 의심할 여지 없이 바로 그 때문이었다.

가랄이 영양토막을 한 입 씹어 삼켰다. "행성계 라리움에요? 자기 집안이 라리움에 기부한 유물들을 보러 오는 거예요?"

라리움엔 옥스콜드 유물도 몇 개 있었다. 하지만 인그레이는 어떤 답을 해야 할지 몰랐다. 물론 그 유물들을 보면 자랑스러웠다. 하지만 동시에 딱히 자신과 관련이 있는 듯이 느껴지지도 않았다. "복잡해요. 제일 유명한 옥스콜드 유물 두 개가 원래는 다른 집안 소유였다는 거, 당신도 이미 알고 있겠죠."

"아, 그게 아직도 논란이에요? 그게, 어디 보자…, 한 백 년쯤 되었나요?"

"그리고 진짜 주인이 누구든, 그 유물들이 행성계 라리움에 있는 편이 모두에게 이로운 건 확실하지요." 인그레이가 인정했다.

가랄이 짧고도 회의적인 '하' 소리를 냈다. "놀랍지도 않군요. 그래도 지금에 와서 보니, 라리움에 있는 유물 중에 얼마나 많은 게 처음부터 가짜였을까 궁금하네요."

"아니, 화에이 행성계 라리움에 위조품이 있다고 생각해요? 하지만 전에 당신 입으로 말했잖아요, 유명한 유물을 위조하는 건 너무 위험하다고. 아니면, 팔라드 부드라킴이 거기서도 유물을 훔쳤다는 뜻이에요? 으에게 그럴 기회가 있었는지, 저는 모르겠지만요." 인그레이는 미간을 찌푸렸다. 행성계 라리움에 있는 유물이 진짜가 아닐 가능성은 꿈에도 생각지 못했다. 뭐가 됐든 유물이 '위조품'일 수 있다는 가능성 말이다. 대체 그게 무슨 의미가 있지? 사실 유물의 모양새나 재료 같은 건 하나도 중요하지 않았다. 중요한 건 그게 특정한 사람들과 관련됐다는 사실, 행성계를 뒤흔든 획기적인 사건들이 일어났을 때 실질적으로, 물리적으로 그 장소에 있었다는 사실이었다. 화에이의 건립을 이끈 사건들, 그러니까 화에이인들 모두를 지금의 그들로 만들어준 사건들 말이다. 그런 것들의 위조품이 대체 무슨 소용이 있을까? 왜 그런 것들을 보러 정거장까지 오는 수고를 할까? 그냥 그림만 봐도 될 텐데. "그러면 '끔찍'할 거 같아요."

"그런 뜻으로 한 말은 아니에요." 가랄이 영양토막을 또 한 입 베어 물었다.

"그리고 그런 유명한 유물들을 훔쳐봐야 무슨 의미가 있겠어요?

팔 수가 없잖아요. 누구한테 보여줄 수도 없고요. 그러니까…, 숨겨둬야 하잖아요, 영원히.”

“그렇군요.” 가랄이 말했다.

인그레이가 자기 영양토막을 보고 콧잔등에 주름을 잡았다. “누가 이런 맛을 생각해냈을까요? 절인 양배추와 삶은 닭고기 맛? 아무도 속지 않아요. 이건 효모 덩어리예요.”

“다른 게 좋겠다면, 카레를 넣은 생선 맛도 몇 개 있어요.”

“윽, 됐어요.” 그녀는 포장지를 찢어 한 입 베어 물었다. “고마운 줄 모르는 소리를 하려던 건 아니었어요. 이것들을 챙겨줘서, 그리고 저한테 나눠줘서 정말 고마워요.” 그녀는 그런 말을 하면서도 생각했다. ‘하지만 이걸 만든 사람은 인간을 미워하는 게 분명해.’ 그러고는 가랄이 우주선에 처음 왔을 때 음식을 한입에 삼키던 모습과 으가 미래를 위해 음식을 모아야겠다고 느꼈다는 사실을 떠올리고는 아무 말 없이 영양토막을 먹었다.

5

인그레이와 가랄이 지역 운송 터미널에서 옥스콜드가까지 10킬로미터를 걸어야 했던 날은 당연하게도 우중충하고 비가 왔다. 고만고만하게 추적추적 내리는 비인데도 출발한 지 1시간도 지나지 않아 인그레이의 재킷과 치마가 푹 젖고, 머리카락은 뒤통수와 등에 찰싹 들러붙었으며, 가방에서도 물이 뚝뚝 떨어졌다. 가랄도 비슷하게 젖었을 테지만, 으는 불평은커녕 말 한마디 없이 어깨를 웅크린 채 땅바닥만 쳐다보며 빗속으로 사라지려는 듯 그저 걷기만 했다. 뭔지 모를 심부름을 하느라 젖은 길을 누비는 메크가 여럿 지나갔지만, 사람은 별로 없었고, 교통 중심지를 벗어나 도보 경로를 따라 걷기 시작하고서는 한 명도 만나지 못했다. 다들 오늘은 실내에 머물거나 꼭 나가야 하는 경우에는 도시 전차를 타는 정도의 분별력은 있었다. 보통은 오가는 사람들로 붐비던 행성계 안전청 아사몰 지역청사 앞의 까만 돌로 포장된 광장마저 고요히 텅 비어 있었다. 토닥토닥 내리는 비를 맞으며 상자 모양의 회녹색 메크만이 잘 보이지도 않는 잡초를 찾아 바닥 석재 틈을 따라 뻣뻣하게 걸음을 내디뎠다. 간간이 누군가가 현관문을 열고 지상차로 달려갈 때마다 실내의 밝고 보송보송한 온기가 내비쳤다. 옥스콜드가에 가까워졌을 때쯤에는 언제 보송하게 마른 때가 있기는 했었나 싶을 정도였다.

옥스콜드가의 정면은 이 거리의 다른 집들과 마찬가지로 높고 넓었으며 입구가 공용 보도에 면해 있었다. 하지만 이웃집들과 달리 그 집은 고대유리로 지어졌다. 처음으로 화에이에 발을 디딘 인간 정착민들은 행성 전역에 흩어진 고대유리를 발견했다. 부정형으로 생긴 파란색과 초록색 유리 덩어리들을 세심하게 쌓은 벽은 폭이 1미터에서 2미터쯤 되었고, 3미터나 되는 곳도 있었다. 벽의 중앙을 살짝 비켜난 지점에 짙은 빨간색 유리 덩어리로 선을 넣었다. 유리 덩어리들을 자세히 살펴보면 안에 뭔가가 든 듯이 배배 꼬이고 복잡하게 얽힌 그림자들이 비쳤지만, 드물게 누군가가 덩어리를 깨거나 (그보다는 확률이 높지만 그래도 어려운 일인) 갈아낼 때 보면 안에는 아무것도 들어 있지 않았다. 밤이 되면 실내 불빛이 벽을 통해 스며 나와 집의 앞면이 환해졌다. 한낮에도 그 색들은 빛을 내는 듯한데, 이날처럼 우중충하고 비 오는 날엔 특히 더했다.

환하게 빛나는 집을 보자 인그레이는 더없는 친밀감과 함께 안으로 들어가 마침내 집에 왔다는 안도감에 싸이고 싶은 갈망을 느끼는 동시에 자신이 자란 집이 낯설어진 듯한, 아니면 왠지 집이 그녀를 낯설어하는 듯한 이상하고 당황스러운 기분에 사로잡혔다. 집이 변했을까? 어쩌면 인그레이와 동기들이 어릴 때 믿었던 대로, 유리 안에 든 배배 꼬인 색 바랜 그림자들이 변했을까? 아니면 돈 한푼 없이, 그저 뭐라도 어떻게든 해보겠다는, 잘하면 옥스콜드가에 더 오래 붙어 있을 수 있을지도 모른다는 가망 없는 희망만 품고 돌아온 지금, 그냥 집이 무서워 보이는 것뿐일까? 그녀는 너무 흠뻑 젖은 데다 피곤해서 오래 고민할 여력이 없었다. 그녀가 건드리자 문이 활짝 열렸고, 둘은 현관홀로 들어갔다.

바깥의 빗소리와 간간이 호박색 타일을 깐 홀 바닥에 물이 떨어지는 소리 말고는 고요했다. 양어머니 네타노는 가장 중요한 유물들을 이곳에 두었다. 에티아트 부드라킴 같은 더 오래된 이름의 명사들은 허세에다 상스럽다고 생각하는 관행이었다. 그래도 방문객들은 들어서는 순간부터 의심의 여지 없이 그 집이 누구의 집인지 알게 되었다. 잠시 기다려야 하는 방문객들은 계단 옆에 있는 벤치에 앉게 되는데, 앉으면 유물을 걸어 놓은 벽이 마주 보였다. 천장 바로 밑에 댄 빨간색과 파란색, 초록색 삼각형을 이은 띠 말고는 유물이 돋보이도록 그냥 하얗게 둔 벽이었다. 수십 년 혹은 수백 년 전 의회 개회식과 환영 만찬 입장권들이 보였다. 하나같이 갈색 테두리를 두른 빳빳한 종이에 공들인 검은 글씨가 적혀 있었다. 여기저기 흩어진 파랑과 노랑과 분홍과 연자주 초대장들에는 이전 네타노들 또는 그들의 저명한 친구와 지인들의 이름과 날짜가 적혀 있었다. 하얀색으로 이름들이 적힌 검은 직사각형 아마포 조각 몇 개. 쓴 사람의 재능이나 성향에 따라 유려하거나 어색하게 또박또박 적힌 이름들….

"이런, 이런." 옆에서 가랄이 중얼거렸다. "제 작품을 옥스콜드 라리움에서 볼 줄이야. 이거 영광이로군요."

"뭐라고요?" 인그레이가 깜짝 놀라 으를 돌아보았다. 그러고는 으를 향해 인상을 썼다. "저 검은 아마포 중 하나가… 당신의 작품인가요?" 검은 아마포는 약 2백 년 전에 반짝인기를 누린 특이한 종류의 유물이었다. 그 시기에는 그런 기념물을 만드는 것이 주연 자리를 그럴싸하게 만드는 손쉬운 방법이었다. 적절한 재료에다 어떤 이름과 어떤 필체를 쓰면 되는지만 알면 위조하기도 아주 쉬울 것이다. 가랄을 만나지 않았더라면 이런 생각은 절대 하지 않았을 텐데.

"아니, 저것들 말고요. 저것들도 몇 개는 위조품일 듯싶지만요. 확실히 하려면 좀 더 자세히 봐야 해요."

"그러면 어느 게…." 인그레이는 말을 멈췄다. 지금 현관 앞에서 이런 대화를 하고 있을 때가 아니었다. 게다가, 그건 중요한 문제도 아니었다. 곧바로 위층에 있는 자기 방으로 가야 했다. 거기엔 목욕탕이 있고 마른 옷가지가 있었다. 인그레이는 그냥 보통 키에 다부진 체격이니 그녀의 옷이 키가 크고 여윈 가랄에게 딱히 잘 맞진 않겠지만, 그래도 없는 것보다는 나았다. 둘이 올라가면 현관홀을 가로질러 계단으로, 복도로, 인그레이의 방까지 길고 축축한 자취가 남을 것이다. 메크가 청소하겠지. 인그레이가 그 생각을 하는데 메크 하나가 뻣뻣하게 현관홀로 걸어 들어오더니 둘의 발밑에서 점점 커지는 물웅덩이를 향해 곧장 다가왔다. 하지만 인그레이는 그조차 마음에 들지 않았다. 운송 터미널에서부터 걸어온 그들의 길고도 끔찍했던 여정의 흔적이 적나라하게 바닥에 드러나 있다는 사실이 말이다. 물론 문이 열릴 때 집 안의 모든 사람이 그녀가 왔다는 걸 알았을 테고, 이제 언제라도….

하인 한 명이 현관홀로 들어와 인그레이와 가랄의 발밑에 생긴 물웅덩이로 향하는 메크에게 무심한 듯한 시선을 던지고는 말했다. "인그레이 아가씨, 모친께서 앞쪽 응접실에 계십니다."

빌어먹을. 그냥 알고 있으라는 정보가 아니었다. 양어머니로부터 직접 지시를 받았을 가능성이 컸다. 인그레이는 한숨을 억눌렀다. "고마워요." 그녀는 말없이 어깨를 웅크린 채 바닥을 쳐다보고 선 가랄을 돌아보았다. 가랄을 양어머니 네타노에게 보여줘야 할지 선뜻 마음을 정할 수 없었다. 아직은 아니었다. 하지만 으를 그냥 자기 방으로 올려보내거나 자기가 갔다 오는 동안 여기 현관에 세워놓는다면 아마 더 큰 관심과 호기심을 끌게 될 것이다. "엄마하고 얘기를 해야 될 거 같아요. 부디 길지 않았으면 좋겠네요." 그녀는 가랄에게 큰 소리로 말하고 싶었다. '조심해요, 주의를 끌지 말아요.' 네타노가 가랄에 주목하고 질문을 던지기 시작하면, 모든 것이 끝장이었다.

가랄은 아무 말도, 심지어 알아들었다는 아주 작은 표시조차도 하지 않았지만, 인그레이가 응접실 문 쪽으로 움직이자 잠자코 뒤를 따랐다.

응접실의 앞쪽 벽은 푸른색과 초록색의 고대유리였고, 인그레이와 가랄이 들어간 문의 맞은편 벽은 판판하고 투명한 통창이었다. 창 너머로 비에 씻긴 정원과 이끼가 낀 돌덩어리들과 은색으로 젖은 버드나무들과 돌로 만든 벤치 세 개가 보였다. 여기저기 무리를 진 채 비를 맞아 구부러진 꽃들은 어둑한 빛 때문에 색이 바래 보였다. 다른 두 벽에는 빨간색과 노란색과 초록색 띠들이 물결치는 성긴 비단이 드리워졌다. 거의 가랄만큼 키가 크고 인상적일 정도로 올찬 네타노 옥스콜드가 쿠션을 댄 등받이 낮은 벤치에 앉아 있었다. 그녀는 머리핀이 빠지지도 않고 꼬거나 땋아놓으면 그대로 유지되는 굵고 검은 머리카락을 밝은 노란색 머리띠를 이용해 뒤로 넘긴 다음 사방으로 펼쳐놓았다. 인그레이가 네타노의 생물학적 자녀이기를 바랄 이유가 있다면 바로 저 머리카락일 터였다.

네타노는 인그레이가 본 적 없는 두 방문객과 얘기를 나누는 중이었다. 완벽하게 평범한 헐렁한 바지와 튜닉을 입은 남성과 여성이었다. 창백한 피부색과 굵직굵직한 이목구비, 말할 때의 억양, 수척하고 큰 키로 보아 두 관문 떨어진 옴켐에서 온 사람들이었다. 티어 시일라스 입국자사무소에서 본 남성이 떠올랐지만, 다시 보니 옴켐인처럼 보인다는 점을 빼면 두 사람은 사실 그 남성과 닮지 않았다. 여성은 벤치에, 남성은 바닥에 놓인 쿠션에 앉아 있었다.

그리고 당연하게도 인그레이의 오빠 다나크가 거기 커다란 안락의자에 반쯤 누운 자세로 그녀의 곤경을 지켜보고 있었다. 다나크는 언제나 네타노네 아이 중에서 제일 잘생긴 아이였다. 키가 크고 딱 벌어진 당당한 체형에 이목구비도 너부죽했다. 빨리 자라는 머리카락은 굵고 검었으며, 심하게 곱슬했다. 그는 어딜 가든 자신의 잘생긴 외모가 인그레이를 제외한 모두를 어떻게든 사로잡으리라는 일종의 건방진 느긋함을 풍겼다.

“인그레이!” 네타노가 외쳤다. “대체 요 몇 주간 어디 있었니? 네 진촌이 계속 소식을 물었어.”

“그냥 여행 좀 했어요, 엄마.” 다나크가 짧은 웃음을 터뜨렸지만 별다른 말을 하지는 않았다. 인그레이는 뒤에 선 가랄을 신경 쓰는 자기 표정이 그저 격식을 차린 응접실 한가운데에서 손님들에게 물을 뚝뚝 흘리고 선 모습을 보인 부끄러움으로 비치기를 바랐다.

“방랑을 했군요, 그렇죠?” 옴켐 여성이 물었다. “내가 방랑하던 때가 생각나네! 얼마나 대단한 모험이었는지. 물론 그때 난 훨씬 어렸고, 닥치는 대로 아무 구석에서나 잠을 자거나 코딱지만 한 화물선의 운임을 벌려고 한두 주씩 끔찍하고 이상한 일을 해도 아무렇지 않게 생각하던 때였지요. 요즘 같아서는 그런 생활이 그때의 절반도 매력적이지 않을 것 같지만요.” 그녀가 미소를 지었다. “하지만 그때 그러길 잘했다고 생각해요. 그 뒤에 회복하는 데 한 달 이상이 걸렸지만 말이에요. 그래도 그럴 만한 가치가 있었어요, 물론이죠! 그거 아세요? 난 닐트에도 갔었어요. 그 유명한 다리들을 봐야겠다고 결심했죠! 직접 보면 기록으로 보는 것보다 훨씬 놀라워요. 살아 있는 한은 잊지 못할 광경이죠. 내가 유일하게 뭔가를 사 온 곳도 거기예요. 당신도 알죠? 사람들이 방랑할 때 얼마나 가볍게들 다니는지! 하지만 거기 유목민들은…, 그 보브 무리를 따라다니는 사람들 말이에요. 그 사람들이 무늬가 정말로 아름다운 깔개와 담요를 만들거든요. 다 손으로 실을 자아 직접 짠 것이고, 색깔이 정말 섬세해요. 참지 못하고 하나를 사버렸지 뭐예요. 그걸 사면 운임을 벌기 위해 한 주를 더 일해야 한다는 걸 알면서도 어쩔 수가 없었어요."

발치에 앉은 그녀의 동료 남성은 어딘가 약간 떨어진 곳을 멍하니 보는 듯했다. 여성이 말을 하는 사이에 그가 바로 눈앞으로 시선의 초점을 모았다가 눈을 깜박였지만 아무 말도 하지 않았다. 분명 그 여성과 무슨 관계가 있는 사람일 터였다. 일부 옴켐인들은 가족 개념이 좀 이상해서, 특정한 친지의 이름을 입에 올릴 수 없거나 심지어 직접 말을 걸지도 못했다. 옴켐 연합은 여러 행성계로 구성된 권력체였다. 아니, 최근까지는 그랬다. 때로 옴켐인들은 화에이가 고작 행성 하나와 우주정거장 몇 개로 구성된 데다, 자기들이 보기에 화에이 문화가 낙후되고 품위가 떨어진다는 이유로 화에이인들을 약간 무시하는 태도를 취했다. 하지만 화에이 사람들에게 서로 말도 못 붙이는 옴켐인 가족 여행객이란 언제든 쓸 수 있는 보증된 우스갯소리 소재였다.

"하지만 자기가 얼마나 운이 좋은지 생각해봐요." 여성이 누가 봐도 명확하게 동료를 무시하면서 계속 말을 이었다. "여기서는 그런 경이를 보러 멀리 여행할 필요가 없잖아요! 자기한테는 일상인 지루한 것을 보려고 전 우주에서 사람들이 오고요."

"맞습니다, 존하." 인그레이가 동의했다. 그녀의 경험으로 보자면 그렇게 오는 사람들 대부분이 고대유리에 홀린 옴켐인들이었다. "지루하다는 말씀은 드리지 않겠지만요. 그럼 존하께서도 저희 고대유리를 보러 오셨어요?"

"보는 것 이상이지." 네타노가 말했다. "이분들은 에스웨이 공원의 고대유리를 발굴할 수 있도록 허가해달라는 요청을 하셨어."

"그걸 전부 다요?" 순간적으로 인그레이는 어안이 벙벙해졌다. 옴켐 연합에서 온 방문객들이 상당한 금액을 지불하고 덩어리가 큰 고대유리를 사서는 그걸 집까지 운반하는 데 그만큼 또는 그 이상의 돈을 쓴다는 건 알았다. 하지만 굳이 이 지역의 자연보호 구역에서 유리를 찾을 필요는 없었다. 공원의 유리 덩어리들과 다른 곳의 유리 덩어리들 사이에 큰 차이가 있는 것도 아니었다. "한꺼번에요?"

"당연히, 한꺼번에 다는 아니지요." 옴켐 여성이 무시하는 듯한 미소를 지으며 말했다. "우리는 사실 유리가 아니라 정보를 찾고 있어요. 아주 특정한 것이고, 어디서 찾으면 되는지도 알아요. 하지만 땅을 상당히 많이 파야겠죠."

"정말 흥미로운 말씀이네요." 인그레이가 몸이 떨리는 걸 억누르며 말했다. "그리고 이렇게 만나 뵈어서 정말 반갑습니다. 엄마, 실례해도 될까요, 제가 이렇게 물을 뚝뚝 흘리고 있으니, 직원들이 아주 난감할 거예요." 다나크가 다시 짤막하게 웃는 소리가 들렸지만, 인그레이는 고개를 돌려 쳐다보지 않았다. 모든 것을 고려한 뒤 그녀는 미안한 척을 더 해야겠다고 결심했다. 아주 조금만 더. "운송터미널에서 여기까지 그 먼 길을 비를 쫄딱 맞으며 걸어왔거든요."

"그럼 방금 정거장에서 우주엘리베이터를 타고 내려왔겠네요?" 옴켐 남성이 물었다. "게크를 봤어요?"

"반쯤 내려오다가 게크가 우리 행성계로 들어왔다는 뉴스를 들었어요." 인그레이는 거짓말을 했다. "하지만 딱히 볼 만한 게 있을까 싶어요. 게크는 고향 행성을 떠나는 것만큼이나 자기들 우주선을 떠나는 것도 좋아하지 않을 듯하니까요."

"정말 엄청난 시대예요!" 남성이 소리쳤다. "우리가 이런 일들을 보리라고 누가 생각이나 했겠습니까, 안 그래요? 라드츠가 혼돈에 빠지고, 그런데 또 한 번의 평화조약 전원회의가 소집되고, 그것도 이런 전원회의라니! 저는 크르르가 처음 발견되었을 때의 소동을 기억합니다. 언제였더라, 30년, 35년 전, 아니 40년이 다 됐나요? 하지만 이건, 음… 이건 또 달라요." 옴켐 여성은 마치 그가 없는 사람인 양, 그리고 그의 말이 전혀 들리지 않는다는 양, 다른 곳을 응시했다. 입을 약간 앙다문 것이, 그의 말이 들리기만 하면 그 말에 반박하여 입을 닥치게 만들고 싶은 듯했다.

"그때도 게크가 티어 시일라스를 거쳐 갔어요." 네타노가 말했다. "하지만 여기로 오지는 않았죠. 그들이 이번에 왜 여기로 왔는지는 모를 일이지만, 뭔가 나름의 이유가 있겠죠." 그녀가 인그레이를 돌아보았다. "인그레이, 얘야, 가서 옷을 갈아입거라." 그녀의 시선이 인그레이의 어깨너머로 훌쩍 갔다가는 돌아왔다. "손님들이 며칠 동안 우리 집에서 지내실 예정이라 빈방이 없구나. 네… 친구는 네 방을 같이 써야겠다."

모친의 목소리에는 못마땅한 기색이 전혀 없었지만, 내내 네타노의 기분을 살피며 살아온 인그레이는 그 안에 감춰진 불만을 알아차렸다. 어깨를 숙이고 바닥만 내려다보고 있지 않아도 가랄은 남에게 대단히 좋은 인상을 줄 사람은 아니었다. 하지만 일단은 그것으로 충분했다. 그 말은 네타노가 으가 팔라드와 닮았다는 사실을 눈치채지 못했거나, 으가 홀딱 젖은 데다 허름한 옷을 입었다는 사실 말고는 더 생각하지 않았음을 의미한다고 그녀는 확신했다. 인그레이는 침착하게 말했다. "예, 엄마." 그녀는 네타노와 손님들에게 간단하게 절을 하고, 다나크에게는 인사를 생략한 채 방을 나왔다. 가랄이 뒤따르리라 믿으면서.

당연히 인그레이의 방은 그 집에서 제일 큰 방이 아니지만 (위진 선장의 우주선에 있는 훨씬 비좁은 시설을 겪은 뒤로는 엄청나게 사치스럽게 느껴지는) 작은 욕실이 딸리고 비 오는 정원이 내다보이는 창이 있었다. 가랄은 인그레이가 찾아낸 룽기를 입고 금과 자개를 상감한 화장대 옆 벤치에 앉아서 서바트를 마셨다. 으의 몸을 거의 두 바퀴쯤 감은 룽기의 길이가 복사뼈에 10센티미터나 못 미친 지점에서 깡똥하게 끝나는 바람에, 엄격하게 말해서 보기 좋은 모양새는 아니었다. 으는 서바트를 마시면서 화장대 뒷벽에 걸린 기념물들을 살펴보았다. 인그레이는 약간 부끄러워졌다. 기념물이라 해봐야 자신의 성년식 만찬 초대장을 포함해, 자기 아니면 아무도 관심을 두지 않을 파티 초대장들과 관광지에서 대량으로 찍어내는, 이름과 날짜가 찍힌 야한 분홍색 또는 주황색의 유리와 플라스틱과 나무 기념물 몇 개, 합성수지로 굳힌 이파리와 꽃 몇 개, 기억도 거의 안 나고 옥스콜드가로 온 이후로는 만난 적도 없는 친구가 준, 주름을 잡은 작은 종잇조각 십여 개를 연결해서 만든 끈 하나가 다였다. 가랄은 전문가이니 척 보기만 해도 값어치를 알아볼 텐데, 저것들을 보면서 무슨 생각을 할까?

그런 건 중요한 문제가 아니어야 했다. 인그레이는 다나크가 푹 빠져 있는 그런 유물 수집에 신경을 써본 적이 없었다. 그녀는 말아놓은 매트리스에 앉아 수건으로 머리끝을 말리면서 달리 걱정해야 할 훨씬 중요한 문제들이 있다고 마음을 다잡았다. 그녀가 수건을 잠깐 무릎에 내려놓고 물었다. "제가 무슨 생각하는지 알아요?"

기념물들을 살피던 으가 돌아보았다. "당신도 저 두 사람이 에스웨이 공원 발굴 허가를 받는 데 도움을 얻는 대가로 네타노 옥스콜드에게 정확하게 얼마의 뇌물을 줬을까 생각하고 있어요?"

인그레이가 놀라서 눈을 깜박였다. "꼭 그렇지는 않아요." 그녀는 이미 그게 어느 정도의 금액인지 알았다. 아니면, 적어도 네타노가 그 두 사람을 대접하며 그들이 원하는 허가를 받게 해줄 수 있다고 믿게 유도하는 데 얼마가 들었을지는 알았다. 아주 큰 숫자일 터였다. 그리고 아마도 그들을 꾀는 사탕으로, 앞으로 그들이(또는 그 누구라도) 가져가고 싶어 하는 쓸 만한 고대유리 덩어리들의 판매를 감축하는 조치도 있었을 것이다. 수건을 다시 집어 들면서 그녀가 말했다. "당신 말이 맞긴 해요. 분명 엄청날 거예요. 제가 생각하던 건 이거예요. 옴켐 연합이 지난 5, 6년간 자기네 함대가 우리 관문을 통해 바이잇으로 갈 수 있도록 허가해달라고 화에이 의회들에 압력을 넣어왔거든요."

"옴켐이 티어로 가는 제일 편한 경로였던 옴켐-바이잇 관문이 폐쇄됐기 때문이군요."

"맞아요. 옴켐은 그 관문을 재건하고 싶어 하지만, 바이잇 출구 쪽까지 통제하지 않으면 불가능하죠. 옴켐 연합에 자체 관문을 생성할 수 있는 우주선들이 있긴 해도 그것들만으로는 바이잇을 되찾기에 충분치 않은가 봐요." 그녀가 수건을 무릎에 내려놓았다. "옴켐은 티어로 가려면 관문을 하나 더 통과해 화에이를 거쳐야 하는 지금 상황에 정말로 불만이 많아요."

"맞아요. 당연히 그렇겠죠." 가랄이 대답했다. "그리고 제가 티어의 최고 의사결정권자라면, 옴켐-바이잇 관문이 폐쇄된 걸 보고 기분이 아주 좋았을 거예요. 옴켐 연합이 예전처럼 거대하지는 않아도, 그들은 그냥 어딘가로 갈 수 있다는 것에 만족하는 법이 없으니까요. 옴켐은 어디든 완전히 차지하려 들지요."

아니면 하다못해 자신들이 운영하거나. 그리고 옴켐은 바이잇과 (또는 그 점에서는 화에이와) 달리 티어와 관문을 공유하지 않았다. 옴켐 연합이 티어와 티어가 관리하는 수십 개의 관문을 다시 자유롭게 이용하고 싶다면, 어떻게든 옴켐-바이잇 관문을 재건해야 할 것이다. "저 사람들한테서 그렇게 큰 기부를 받다니, 엄마가 무슨 생각이신지 모르겠네요." 옴켐 연합으로부터 그런 큰돈을 받았다면, 그 방문객들이 뭐라고 떠들든, 남들이 보기에는 옴켐의 정치적 매수 시도에 응한 것으로 보일 게 분명했다. 그리고 옴켐의 기부가 순수하다고 믿기에는 인그레이가 네타노의 집에서 너무 오래 살았다.

"저도 그게 이상하다고 생각했어요." 가랄이 맞장구를 쳤다. "하지만 선거철이 다가오고 있지 않아요? 그 돈을 이용해서 의장직에 다시 도전해볼 수 있겠지요. 이기든 지든, 옴켐이 너무 과한 호의를 요구한다 싶으면 그때 가서 옴켐이 확장주의적 야망을 품고 대놓고 화에이 내정을 조종하려 한다고 공개적으로 비난하고 나서도 문제가 안 될 거예요. 제…." 으가 갑자기 하려던 말을 중단하고 입을 닫았다. "이 행성계에 이런저런 형태로 연합의 돈을 받지 않은 정치인이 있을까 싶네요. 네타노도 그런 생각일지 모르겠어요. 아니면 그런 위험을 무릅쓰고라도 한 번 더 의장직에 도전해볼 가치가 있다고 생각할 수도 있고요. 그래도 저는 이게 네타노 쪽에서 볼 때 좋은 결정인지는 잘 모르겠어요."

인그레이는 잠시 생각을 하고는 답했다. "분명 옴켐 연합 쪽에서 보기에도 네타노가 의장이 되면 직함을 유지하기 위해서라도 연합이 원하는 대로 움직이지 않으리라는 게 명백하겠죠? 옴켐이 그녀를 통해 뭔가 실질적인 이득을 얻어내려고 하면, 네타노는 그들과의 관계를 부인해야 할 테니까요. 그러니, 옴켐이 노리는 건 그건 아닐 거예요." 인그레이의 추측이 틀렸다면, 옴켐으로부터 이런 큰돈을 받은 건 분명 의심을 살 테고, 네타노의 정적들이 그 의심을 유리하게 이용해 먹을 게 뻔했다.

가랄이 대답하려는데 방문이 열리더니 다나크가 한 손에 쟁반을 들고 들어왔다. "하인이 저녁 먹을 때까지 너희들 요기나 하라고 빵과 치즈를 가져가기에 내가 가져다주겠다고 했지." 그가 성의 없는 미소를 지었다.

"정말 친절도 하셔라." 다나크가 작은 탁자에 쟁반을 내려놓자, 인그레이는 똑같은 정도의 성의를 들여 말했다.

다나크가 탁자 옆 바닥에 앉았다. 그러고는 자신의 키와 당당한 몸집을 과시해서 우위를 점하려는 의도가 빤한 태도로 탁자에 기댔다. 그는 자신이 네타노가 제일 아끼는 아이임을 알았고, 자신이 인그레이보다 훨씬 잘생겼다는 것도 알았다. 여전히 싱글거리면서 그가 말했다. "자, 네가 무슨 짓을 하고 있는지 어머니께 말하지 않는 대가로 나한테 얼마를 지불할 용의가 있는지 물어보고 싶지만, 내가 아는바, 넌 완전히 파산했지."

오래되고 익숙한 놀이였다. 인그레이가 더욱 환하게 미소 지었다. "엄마가 알고 싶어 할 만한 일을 내가 하고 있다니, 나도 몰랐네?" 그녀가 달콤하게 말했다. "그리고 그런 게 있다면, 얼마를 주든 결국에는 네가 엄마한테 이르리라는 확신도 들고."

"음, 한 가지만 말하자면, 넌 우주엘리베이터를 타고 내려오는 중에 게크 뉴스를 들었다고 거짓말을 했어. 오로와 얘기를 했는데, 널 정거장에서 만났다지 뭐야. 형편없어 보였다고 하더군. 그러고는 너한테 직접 게크 얘기를 했다고 했어. 넌 티어 시일라스에서 온 우주선에서 막 내린 참이었지. 그래서 나는 네가 집으로 오고 있다는 걸 알았어. 그것도 누군가와 함께. 그런데 그 사람의 운임을 네가 내고 있지 뭐야. 나는 궁금해져서 어떤 사람인지 찾아봤지. 인그레이, 누군가에게 줄 가짜 신분이 필요하면 나한테 왔어야지. 그 작업을 한 사람도 이럭저럭 쓸 만하기는 한데, 너한테 준 서류들은 정말로 작정하고 하는 조사에는 견디지 못해. 네가 우주엘리베이터에서 내리기도 전에 나는 가랄 케트라는 사람이 사실은 존재하지 않는다는 걸 알았지. 나는 네가 그런 고생을 하면서 집으로 데려오는 사람이 누굴까 아침 내내 고민했어. 운송 터미널로 마중을 나갈까도 생각했지만, 네가 벌이고 있는 짓에 내가 연루된 듯이 보이면 나중에 힘들어질 것 같았어. 그리고 결국, 내 생각이 맞았지." 다나크가 서바트 컵을 내려다보고 있는 가랄을 훑어보았다. "여긴 웬일이야, 팔라드 부드라킴? 넌 우리한테서 잘 제거됐다고 생각했는데."

가랄이 화장대 벤치에 앉은 채 똑바로 몸을 세웠다. 구부정한 자세가 사라졌다. 으가 희미하게 미소를 짓자 얼마나 팔라드 부드라킴과 똑같아 보이는지, 인그레이는 새삼 충격을 받았다. "안녕, 다나크. 다시 만나서 반갑다고 해야겠지만, 넌 여전히 못되고 형편없는 똥 덩어리로군." 으가 인그레이를 돌아보았다. "티어 시일라스에서 얘기할 때, 우리가 서로 만난 적이 없다고 했지요. 사실은 만난 적이 있어요. 아주 오래전이지만. 당신이 처음 참석했던 공식 만찬 기억해요? 선거 기간이어서 온갖 언론사 기자들이 와 있었고, 당신은 공립보육원을 나온 지 얼마 되지 않았을 거예요. 아주 어렸지요. 그리고 당신보다 좀 나이가 많은 다나크가 당신을 계속 꼬집고 있었어요. 아마도 네타노뿐만 아니라 대중이 보는 앞에서 당신을 울려서 창피를 주고 싶었겠지요."

인그레이는 너무 놀라서 말도 나오지 않았다. 어떻게 가랄이 그 일을 알지? 그 사실은 아무도 몰랐다. 지금껏 그녀가 알기로는 아무도 다나크가 한 짓을 눈치채지 못했다. 어른들은 모두 정중하게 서로 인사를 주고받는 데만 집중했다.

하지만 분명히 누군가가 눈치를 챘다. 그리고 진짜 이름이 뭐든 가랄은 이 행성계의 부유하고 유망한 가문들에 관련된 시시콜콜한 사항들을 알았다. 그런 세세한 것들이 어쨌든 유물 위조범인 으가 가진 장사 수단의 일부였으니까.

"다나크, 발은 좀 어때?" 가랄이 말을 이었다. "그 뒤로 며칠은 절뚝거리며 다녔기를 진심으로 바라."

"당신이 그때 거기 있었던 줄은 몰랐어요." 인그레이가 말했다.

"과거는 기꺼이 잊어줄게." 다나크가 쟁반에서 빵 한 조각을 집으며 말했다. "부드라킴 유물이 어디 있는지만 알려주면 말이야."

이게 이렇게 쉬울 일인가? 인그레이는 신중하게 공작을 펴야 하리라 예상하고 있었다. '가랄이 사실은 팔라드이고, 그 유물이 어디 있는지 안다'라는 가짜 설정을 다나크가 믿게 만들고, 동시에 다나크 본인이 그 정보에 관심을 가질 이유가 있다고 설득하려면 말이다.

"아니, 다나크." 그녀가 마치 아무 문제 없다는 듯이 다시 수건으로 머리를 말리면서 말했다. "내 생각은 다른데."

"팔라드, 지금까지 계속 티어 시일라스에 있었어?" 다나크가 인그레이를 무시하고 물었다. "네가 실제로 '자비로운 제거'에 가보기나 했을까 싶네. 거기에 갔다면 절대로 다시 나오지 못했을 테니까.

그러니 어떤 식으로든 거기로 가지 않을 방법을 찾은 거겠지. 엄청난 돈이 들었을 테고, 장물의 일부라도 팔아서 그 돈을 마련했겠지. 그리고 당연히 내 동생한테서 받은 돈으로도 그 비용의 일부를 벌충했을 거야. 뭐랄까, 이 애가 그냥 널 찾기만 하는 데에 자기 전 재산으로도 모자라 실제로는 자기 돈이 아닌 돈까지 써버린 게 아니라면 말이야."

가랄은 아무 말 없이 그저 슬쩍 웃으며 서바트를 마셨다.

"무슨 꿍꿍이이든 간에, 그 유물이 관련돼 있어. 왜냐하면 너한텐 그것 말고는 내놓을 게 아무것도 없으니까, 그렇지 않아?" 다나크는 대답을 기다리지 않았다. "없지. 아무것도. 그러니까, 어디에 있어? 난 네가 그것들을 행성계 외부로 팔아넘겼으리라 추측했지. 화에이 행성계에는 아무리 돈이 많고 아무리 원한다 해도 그걸 살 정도로 멍청한 사람은 없을 테니까. 하지만 넌 여기로 왔어. 뭔가 이유가 있을 게 분명해."

"네 말대로, 그 유물은 팔 수 없어. 그런데 내가 뭐하러 그것들을 훔치겠어?"

"원한 때문이겠지." 다나크가 쾌활하게 대답하고는 들고 있던 빵을 한 입 먹었다. "원망이거나. 부드라킴 집안의 라리움을 지키는 게 네 미래의 전부였어. 입양된 첫날부터 그랬겠지. 내가 너였다면 라리움에 불을 싸질러버리고 싶었을 거야. 하지만 내가 너였다면, 어떻게든 아버지의 후계자를 연루시키고서 그 자리를 대신 차지했겠지. 네가 썼으면 좋았을 방안이 몇 가지 떠오르네."

"그러면 나는 왜 그렇게 안 했을까?" 가랄이 물었다.

"그거야 네가 네 생각만큼 똑똑하지 않기 때문이지." 날씨나 스포츠 얘기라도 하듯이 평온하고 중립적인 어투였다. "인그레이도 그래. 자라면서 뭐라도 좀 배웠겠거니 생각하겠지만, 아니야." 다나크가 인그레이를 보고 씩 웃었다. "넌 이제 큰일 났어. 네가 팔라드 부드라킴을 '자비로운 제거'에서 빼내 온 걸 누가 알기라도 하면 아무리 엄마라도 도와줄 수 없을걸. 네가 실제로 어떻게 했든, 다른 사람들 눈에는 '자비로운 제거'에서 빼낸 거잖아. 그리고 엄마가 널 도와주고 싶어 하리라 생각하는 것도 주제넘은 일이고."

인그레이는 다나크가 지금 여기서 원하는 것을 얻는다면, 즉 비밀을 지켜주는 대가로 인그레이에게서 돈이나 더 선호하는 보상 형태인 도난당한 유물의 은닉처 정보를 받는다면, 이 일이 발각되었을 때 다나크 자신도 인그레이 못지않게 곤경에 빠진다는 점을 지적해줄까도 생각했다. 그러는 대신 그녀는 입술을 깨물며 최대한 아무렇지 않은 표정으로 계속 머리를 말렸다.

"그건 너도 마찬가지야, 팔라드." 다나크가 빵에 치즈를 잔뜩 올렸다. "누군지는 모르겠지만, 네가 '자비로운 제거'에 가지 않도록 돌봐준 사람은 그런 사실이 알려지길 원치 않을 게 뻔하니까, 넌 도와줄 사람 하나 없는 외톨이지."

"그건 모르겠군." 가랄이 말했다. "적어도, 법적으로 죽은 사람이 저지른 범죄인데 어떻게 내가 비난받을 수 있지?"

다나크가 콧방귀를 뀌었다. "넌 정말로 머리가 안 돌아간단 말이야. 기록보관소에 있는 팔라드 부드라킴의 신원 정보와 네 DNA만 있으면 끝날 일이야. 그리고 가랄 케트의 신분증은, 글쎄… 제대로 조사하면 다 나올걸."

가랄이 잠시 다나크를 살펴보았다. "좋아." 으가 서바트 컵을 내려놓았다. "네가 이 문제를 아주 철저하게 검토했다는 건 알겠어. 널 합류시키는 것 말고는 다른 선택지가 없겠어."

"안 돼!" 인그레이가 소리쳤다. 놀란 기색이 역력한 목소리였다. 이건 너무 빠르다. 그녀는 가랄과 먼저 상의하고 싶었다. "안 돼, 하지 마!"

"미안해요, 인그레이. 당신은 좋은 사람이고, 지금껏 절 도와준 건 고맙게 생각하지만, 전 '자비로운 제거'로 돌아가지 않을 겁니다. 그리고 일이 우리 예상보다 훨씬 복잡해졌어요." 으가 다시 다나크를 쳐다보았다. "진짜 유물은 에스웨이 공원에 있어."

인그레이는 웃음을 터뜨릴 뻔했다. '제가 무슨 생각하는지 알아요?' 좀 전에 물었을 때, 으는 사실 알고 있었다. 그녀는 웃지 않으려고 다시 입술을 깨물며 미간을 찌푸렸다.

다나크는 인그레이를 보고 있지 않았다. 그는 한동안 눈도 깜박이지 않고 가랄을 뚫어지게 쳐다보았다. "설마. 왜 그런 데 뒀어?"

"보호구역이니까. 허가 없이는 아무 짓도 할 수 없어. 게다가 거긴 아사몰이야. 네타노 옥스콜드의 지역구지."

"발견되면 네타노의 짓으로 보이게?" 다나크가 추측했다. "아니면 누구든 그걸 발견하면 네타노한테 가져갈 테고, 내 어머니라면 틀림없이 그걸 이용해 네 아버지를 불리하게 만들 테니까?"

"좋을 대로 생각해." 가랄이 말했다.

"사후세계의 신들 같으니!" 다나크가 욕설을 내뱉으며 들고 있던 빵과 치즈를 탁자에 던졌다. "지금 날 놀리는 거야?" 그가 방바닥을 가리켰다. "방금 저 아래층 여행객들이 네타노의 재선을 위한 기금을 내겠다고 약속했어. 의장직에 다시 도전해볼 만한 큰 액수야. 그리고 마침 네타노는 그들이 허가를 요청한 에스웨이 공원 고대유리 발굴 계획을 지지하고 있지. 어마어마하게 규모가 큰 발굴 계획이니, 저들은 분명 엄청난 부자일 테고, 발굴 작업에 사람들을 많이 고용할 게 확실해. 그런 종류의 발굴에는 자동화된 메크를 잘 쓰지 않으니까. 무슨 토양층이 어쩌고저쩌고하던데, 그건 모르겠어. 하지만 요점은, 공원에 메크 조종사들이 득실거릴 예정이라는 거야. 엄마가 담당 위원회에 이 건을 통과시켜도 실제 작업은 몇 달 뒤에나 시작되겠지만, 그전에도 온갖 종류의 사전 조사작업이 있을 게 뻔하잖아. 사실은 당장 내일 저 둘이 공원에 나가볼 예정이기도 하고. 근래에 땅을 건드린 곳은 티가 날 거야. 땅을 파냈다가 도로 채워놓은 곳 말이야. 저들이 찾으려는 곳도 딱 그런 곳이었어. 그리고 무엇보다 네타노가 이 건을 지역 의회에서 통과시킬 날이 얼마 남지 않았어. 인그레이가 티어 시일라스로 떠난 직후부터 진지하게 검토되었으니까. 관련된 돈의 규모가 규모이니만큼, 엄마도 추진력을 최대한으로 발휘했겠지. 빌어먹을 승천한 성인들 같으니! 우리가 저들보다 먼저 가야 해. 유물은 정확하게 어디에 있어?"

"확실히는 모르겠어. 다시 찾을 생각을 아예 안 했으니, 장소에 그다지 신경을 쓰지 않았거든."

다나크가 으를 쏘아보더니 말했다. "그냥 널 넘겨야겠어."

마지막 순간에 애써 얼굴을 잔뜩 찌푸린 인그레이가 수건을 내려놓고 팔짱을 끼었다. "난 너희 둘 다 넘겨야겠어. 그 유물이 어디에 있는지 천하가 다 알게 되면 허가가 나오리라 생각해?" 다나크와 가랄이 그녀를 빤히 쳐다보았다. "우린 '거래'를 했을 텐데요?" 인그레이가 가랄에게 말했다.

가랄이 아주 침착하게 대답했다. "그 거래를 할 때는 고대유리 파내는 사람들이 있다는 걸 몰랐잖아요."

"넌 우리를 넘기지 못해." 다나크가 할 말은 끝났다는 식으로 말했다. 그러고는 가랄에게 말했다. "인그레이는 이겨낼 거야. 그리고 넌 그 유물을 정확히 어디에 뒀는지 기억해내는 편이 좋을걸." 그가 눈을 깜박이고는 초점을 멀리 맞췄다가 다시 인그레이와 가랄을 보고 말했다. "그러는 사이에, 파티에 갈 준비를 해야 될 시간이군. 토크리스 이테스타의 명명식이 오늘이거든."

"뭐?" 인그레이가 놀라서 화난 척하던 것도 잊었다. "오크리스가 결국 선택을 했어?" 인그레이와 동갑인 오크리스는 사람 많은 곳을 불편해하는 조용한 아이였다. 인그레이는 그 아이를 좋아했지만, '인그레이'라는 성인명을 선언한 이후로는 거의 만나지 못했다. 그 아이를 거의 잊고 있다시피 했다.

다나크가 짧은 웃음을 터뜨렸다. "난 그 애가…, 미안, 그녀가 절대 성인명 선언을 안 할 줄 알았지. 당최 결정을 못 할 것 같은 데다 평생 경찰 놀이나 하면서 지내는 거로 만족하더라도, 뭐, 좋을 대로 해도 되잖아? 진친(眞親)이 너끈히 부양해줄 정도로 부자니까. 하지만 진친이 성인명 선언을 하지 않으면 용돈을 깎겠다고 몰아붙였다고 들었어. 솔직히 난 그녀와 친하게 지내던 사람 대부분이 그녀를 친구 목록에서 지워버렸으리라 생각해. 난 확실히 그랬거든. 그녀의 진친이 아주 부유하지만 않았어도, 우리 엄마가 의장직 재도전을 고려하지만 않았어도, 내가 오늘 거기 갈 일은 없었을 텐데 말이야. 하지만 상황이 이러니 피할 도리가 없지." 그가 일어섰다. "내일 아침에 더 얘기하지." 다나크가 방에서 나갔다.

인그레이는 아무 말이 없는 가랄을 쳐다보았다. "음." 잠시 후, 하인들이나 다나크가 모종의 방법으로 엿듣지 않을까 걱정하며 인그레이가 입을 열었다. "어쩔 수 없는 것 같네요. 하지만 아직… 자금 문제가 있어요." 다나크가 예상보다 훨씬 빨리 미끼를 물었고, 예상보다 깊이 바늘을 삼켰다. 하지만 돌아가는 상황으로 봐서는 그에게

서 돈을 받아낼 기회는 없을 듯했다.

"걱정하지 말아요. 우린 뭐라도 해낼 거예요." 가랄은 놀라울 정도로 평온해 보였다. "오늘 밤 당신 모친이 외출할 예정이니, 여기 위에서 저녁을 먹을 수 있겠네요. 지도나 사진을 좀 보면 좋을 거 같아요. 제가 무얼… 기억하지 못하는지 봐야겠어요."

"아니요." 인그레이가 가사 일과표를 불러와 눈을 깜박이며 훑어보면서 말했다. "네타노의 손님들은 파티에 가지 않아요. 내일 아침에 있을 에스웨이 공원 답사 때문에 일찍 방으로 들어갈 거예요. 그들도 저녁 식사를 방에서 할 수도 있지만, 아닐 수도 있어요. 일단은 시간 맞춰 저녁을 먹으러 가겠다고 직원들한테 얘기해놓을게요. 1시간 30분 뒤예요. 저녁을 먹고는 거실로 갈 거예요. 놀이패 놀이를 해도 좋겠네요."

"재미있겠군요." 가랄이 완벽하게 진지한 태도로 말했다.

6

에스웨이 공원까지는 지상차로 1시간 조금 넘게 걸렸다. 그곳은 원래 아주 오래전에 의회에 몸담았던 선조 네타노가 소유했다가 지역구 주민들을 위해 기부한 땅이었다. 수 킬로미터에 걸쳐 풀과 나무에 덮인 언덕들이 펼쳐지고, 노출된 고대유리 사이로 작은 시냇물들이 흘러 아이오강으로 합쳐졌다. 공원 전체에 커다란 색색의 유리 덩어리와 유리 더미가 흩어져 있었다. 언덕들도 파보면 다 유리라는 게 중론이었다. 공원 전체가 흙을 살짝 덮어놓은 고대유리 더미나 다름없었다. 건물을 짓거나 농사를 짓기에 딱히 좋은 곳은 아니라서 대신 공원이 되었다.

인그레이에게 에스웨이 공원은 그저 몇 년 전에 기념 촬영을 한 장소 정도였다. 당시 네타노가 협상하여 통과시킨 의결안 중에 공원 산책로 보수를 위한 자금 지원 건이 있었다. 당연히 네타노 가족은 공원 재개장 행사에 참석하여 단정하고 산뜻하고 상냥한 웃는 얼굴로 에스웨이에서 가장 유명한 볼거리인 거대한 유리 언덕 앞에 서야 했다. 유리 언덕은 말 그대로 너비가 10미터가 넘는 것들까지 포함된 온갖 괴상한 모양의 빨강과 파랑과 노랑과 초록의 거대한 유리 덩어리들이 뒤죽박죽 쌓여 이루어진 지형이었다. 두툼하고 얇고 비틀린 온갖 유리 덩어리들이 강으로 쏟아지며 언덕 사면을 이뤘다. 사면을 제외한 언덕은 풀로 덮였고, 꼭대기에는 유랑목 잡목림이 있었다. 그 행사의 공공 기념물은 언덕 아래로 난 산책로 옆 풀숲에 누운 판판하고 매끄러운 현무암 판석으로, 의결안이 통과된 날짜가 새겨졌다. 어제 비에 씻긴 하늘은 구름 한 점 없이 푸르고, 날은 화창하고 따뜻했다. 봄이 늦어서 더는 유랑목 껍질이 벗겨지지 않았지만, 그 회색 섬유 다발이 아직 여기저기 풀숲에 걸려 있었다.

옴켐인 방문객들은 하나같이 이상할 정도로 고대유리에 매료되는 듯했다. 인그레이는 그렇게 매료된 적이 없지만, 그래도 공원에 있는 이 유리로 된 언덕 사면은 상징적인 지표였다. 아사몰에서 가장 유명한 지표였고 고향 풍경의 일부였다. 굴착용 메크들이 이걸 온통 파헤칠 생각을 하니…. "이걸 파지는 않으시겠죠?" 인그레이가 옴켐 여성에게 말했다. 그녀의 이름은 '자트'였다. 자트는 지상차를 타고 오는 중에도, 그 뒤에 이어진 긴 보행 중에도 변함없이 활기가 넘쳤다. "이 언덕 사면 말이에요."

"아, 맙소사, 당연하죠." 자트가 대답했다. 옆에 선 남성은 약간 뒤처져 걸었다. 인그레이가 물어보니 이름이 '헤봄'이라고 했다. 당연히 자트의 입에 그의 이름이 오르내리는 일은 없었다. "저 언덕을 파헤칠 수 있으면 얼마나 좋을까! 제가 제시한 가설이 인정되는 걸 보고 싶어요. 아니면 부정되거나요. 맞아요. 아시다시피 그럴 가능성은 늘 있으니까요. 일단 다른 곳에서 뭔가를 발견하면 사람들을 설득해 저 언덕도 조사할 수 있을지 모르죠. 하지만 지금 당장은, 저

유리 언덕은 제 능력 밖이에요. 그래도 다양한 종류의 사진과 영상을 찍을 수 있게 되었으니, 상당히 많은 걸 알게 되겠죠. 그 자료들이 엄청나게 많은 얘기를 해주지 않겠어요?"

"이미 찍지 않으셨나요?" 가랄이 인그레이 옆에서 물었다. 오늘 으는 초록색과 흰색이 섞인 튜닉과 바지를 입었다. 으의 가냘픈 몸피에 비해 바지통이 너무 넓어 펄렁거리면서도 길이는 깡똥하게 몇 센티미터나 짧았지만, 어쩔 수 없는 일이었다. 신발은 없었다. 인그레이에겐 으에게 맞는 신발이 없었다. 하지만 으는 상관없다고 말했고, 오전 내내 걸으면서도 불평하거나 불편해하지 않았다. 으는 여전히 그 검은 가방을 어깨에 둘러메고 있었는데, 인그레이로서는 대체 으가 무엇이 필요하다고 생각해서 무엇을 넣어 왔는지 짐작조차 가지 않았다. "외람되지만, 존하." 가랄이 오전 내내 그랬듯이 이르어로 말했다. "이런 종류의 연구작업에 대해서는 잘 모르지만, 사전조사나 이미지 분석을 통해서 땅속에 무엇이 있는지, 내용물이 무엇인지 어느 정도 파악하고 시작하는 게 일반적이라고 압니다."

"아!" 자트의 표정이 더 환해졌다. 가랄의 관심이 기쁜 게 분명했다. "맞아요. 정말 그래요. 우리가 시작할 지점이 거기죠. 조사작업과 같이요. 이미지들, 그리고 또… 뭐더라, 산책? 나는 대개 메크를 대량으로 풀어 땅 위를 걷게 하고 그걸로 녹화한 영상을 세세하게 살펴요. 하지만 아시다시피 여기 의회는 외래 메크들이 행성 사진을 찍으면서 날아다니거나 엄청난 숫자의 메크가 공원을 이 잡듯 뒤지는 걸 좋아하지 않아요. 요청은 했지만, 당연히 거부당했지요. 의회는 외국 학생들이 그냥 경치를 즐기는 이상의 의도를 가지고 대규모로 내려오는 것도 좋아하지 않아요. 어쩔 수 없이 여기 있는 귀여운 우토와…." 그녀가 옆에서 가늘고 탄력 있는 네 발로 걷고 있는 작은 상자 모양의 밝은 분홍색 메크를 가리켰다. "내가 접근할 수 있는 데까지만 조사할 수 있었어요. 궁극적으로는 승인을 받아서 화에이 정부가 가지고 있는 이미지들을 쓰면 좋겠지만, 그런 걸 기대하기는 어려우니 아예 그 이미지는 없다고 가정하고 계획을 짜야 하겠지요. 허가가 떨어지면 우리는 여기 화에이에서 조사와 발굴 작업을 할 인력을 고용할 거예요. 그때까지는 우리뿐이죠." 그녀가 헤봄이 아니라 옆에서 걸어가는 작은 분홍색 우토를 힐끗 내려다보았다.

"정말로 이게 도시였다고 생각하세요?" 인그레이가 물었다. 어제 자트가 저녁을 먹으며 그들이 무엇을 찾고 있는지, 왜 이곳을 파고자 하는지 설명해주었다. "건물들이 있었다고요?"

"여기엔 확실히 많이 있었어요." 자트가 거대한 유리 덩어리들이 쌓인 언덕 사면을 가리켰다. "내 생각에, 아직 증명할 수는 없지만 이 언덕들은 의도적으로 만들어진 구조물이었어요. 사원이나 궁전, 창고 같은 것들이죠. 이 오랜 세월 동안 그 안에 무엇이 숨겨져 있었을까요?"

가랄이 반론을 제기했다. "하지만 여기가 한때 도시였는데 지금은 아니라는 사실이 이상하지 않아요? 보통 도시가 굴러가는 방식을 보면, 옛 도시 자체나 아니면 아주 가까운 곳에 새 도시가 세워지는 게 보통 아닌가요?"

"게다가 그게 인간의 도시였을 리는 없죠." 인그레이가 끼어들었다. "저 유리 언덕들은 최초의 인간들이 이 행성을 발견하기 전부터 여기 있었으니까요."

"그게, 그랬을까요?" 자트가 반문했다. "나는 그렇게 생각하지 않아요. 흔히 생각하는 것보다 인간이 더 일찍 이 행성에 닿았을 수도 있어요. 난 그랬으리라고 확신하고요."

"그래도 많이 이르지는 않겠지요, 확실히." 인그레이는 말을 하자마자 후회했다. 이러니저러니 해도 자트는 네타노의 손님이었고, 심지어 네타노가 재정적으로 뭔가를 얻어내려고 공을 들이는 사람이었다. "제 말은, 인간이 처음 여기로 올 때 얼마나 멀리 와야 했는지, 그리고 얼마나 오래 와야 했는지 우리가 알잖아요." 첫 행성계 간 관문이 건설되기도 한참 전이었다. "그리고 인간이 처음 여기 왔을 때는 대기가 호흡하기에 적당하지 않았어요." 행성 개조가 시작되기 전에 이곳의 공기는 아주 희박한 데다 대체로 이산화탄소와 황으로 구성되었다고 말하던 가정교사가 떠올랐다.

"공식적인 역사는 그렇죠." 자트가 말했다. "하지만 그게 틀렸다면요? 역사학자들이 인류의 탄생지라고 주장하는 곳이 진짜 탄생지가 아니라면요? 아니면 인간이 그간 알려진 것보다 훨씬 빨리 고향행성을 떠났다면요?"

인그레이는 고대 역사 수업에 큰 관심을 쏟지 않았었다. "그러면 상황이 달라지겠죠, 맞아요." 그녀는 동의했다. "하지만… 무례한 질문을 할 생각은 아니지만, 존하, 왜 이렇게까지 고생을 하세요? 제 말은, 뭔가를 알고 싶다는 마음은 충분히 이해하고, 그 뭔가를 알아내기 위해 어느 정도의 수고를 감수할 수 있다는 것도 이해해요. 하지만 이 특정한 문제를 두고 왜 이처럼 오랫동안, 그리고 왜 이렇게까지 심하게 고생을 하세요?"

자트는 여전히 싱글거렸다. "내가 만난 화에이인 대부분이 그런 식으로 생각하더군요. 당신의 존경스러운 모친도 그런 것 같고. 우리가 재선 자금을 얼마나 보태줄까만 신경 쓰지요. 기분 나쁘게 할 의도는 없지만, 존하, 이 말은 해야겠네요. 난 오히려 그게 이해가 안 돼요. 당신들은 이것에 둘러싸여 있잖아요." 자트가 한 바퀴 돌면서 주변을 가리켰다. 인그레이는 그녀가 공원과 사방에 널린 고대유리를 가리킨다고 짐작했다. "그런데 이것에 대해서 호기심이 너무 없어요! 이걸로 벽이나 세우죠. 그러면서도 당신들은 당신네 창립자들이 가까이 간 적이 있다고 주장되는 건물에서 나온 바닥 타일을, 애초에 형편없이 만들어진 데다 못생기고 깨지고, 사실은 만든 지 3백 년도 안 된 그런 걸 두고서 값을 매길 수 없는 보물이니 뭐니 이러쿵저러쿵 심각하게 논쟁을 벌인단 말이에요. 그래요, 이런 말을 할 때마다 사람들이 딱 지금 당신 같은 표정을 지어요. 카헤루 가문이 그 문제에 관해 여전히 네타노에게 원한을 품고 있다는 거 알아요. 이 네타노는 그 네타노가 아니고, 그게 벌써 백 년 전 일인데도 말이죠. 이 유리들이 훨씬 더 오래되고 귀중한데도 당신들은 아무 신경도 쓰지 않아요. 하지만 분명 당신들이라고 진정한 아름다움에 영향을 받지 않을 리는 없을 테고, 우리의 과거를 알아야 지금의 우리가 누구인지 알 수 있다는 사실도 분명 이해할 테죠."

가랄이 입을 열었다. "그런 경우라면, 존하, 만약 고대유리가 알려진 것보다 수천 년 일찍 고대의 고향 행성을 떠난 인간들이 남긴 것이라 한다면, '당신들'은 누구입니까? 그리고 그 주장을 증명하는 것이 당신들한테 왜 그렇게나 중요합니까?"

헤봄이 갑자기 웃음을 터뜨리는 바람에 인그레이는 깜짝 놀랐다. 헤봄은 몇 시간 동안 한마디도 하지 않았다. "빨라, 매우 빨라." 그가 말했다.

자트는 여느 때처럼 헤봄을 무시하고 얼굴을 찌푸렸다. 기분이 상했다기보다는 가랄의 질문에 답할 방법을 찾는 듯했다. 마침내 그녀가 입을 열었다. "난 옴켐의 최초 거주민들이 화에이에서 왔다고 믿어요. 당신네 조상이 도착했을 때는 그들이 이 폐허들만 남기고 떠난 뒤였지요."

"그럼 당신들이 우리보다 인류의 근원에 가깝겠군요. 당연히 무례한 말을 하자는 건 아니시겠고, 사실이 그렇다는 뜻이겠지요." 가랄의 어조에서는 인상적일 정도로 적의나 빈정거림이 느껴지지 않았다. "그리고 실질적인 화에이 최초 거주민들의 후손으로서, 당신들은 화에이의 내정에 몇 마디 얹을 권리를 원할지도 모르겠군요, 그렇죠? 특히, 화에이 관문들에 관한 통제권 같은 걸 원하는 회원국도 몇 있겠고요. 아니면 그저 옴켐 연합의 군대가 화에이-바이잇 관문을 자유로이 이용해서 바이잇의 지배권을 다시 확보하고 폐쇄된 옴켐-바이잇 관문을 재건하기를 원할 수도 있겠군요. 바이잇인들이 혁명을 일으켜 그 관문을 폐쇄하기 전에는 티어에 가기가 훨씬 쉬웠으니까요."

"그건 혁명이 아니었어요." 헤봄이 말했다. 알아채기 어려울 만큼 희미한 노기와 초조함이 묻은 목소리였다. "테러리스트 몇 명에 불과했어요."

자트는 여느 때와 마찬가지로 헤봄의 말을 완전히 무시했다. "난 정치인이 아니에요. 학문에만 신경 쓸 뿐입니다. 난 그저 진실을 원해요. 이런 다른 관심사들은…." 그녀가 별것 아니라는 듯이 그들을 향해 손사래를 쳤다. "무의미해요. 하지만 당신들이 이런 걸 이해하리라는 기대도 하지 않아요."

가랄은 아무 말도 하지 않았다. 현직 정치인의 아주 정치적인 가정에서 자란 인그레이가 미소를 지으며 쾌활하게 말했다. "정말 대단하세요! 그리고 물론 진실은 중요하죠. 고맙습니다, 존하. 저희 질문에 이렇게 찬찬히 대답해주셔서요."

"별말씀을요, 존하!" 자트가 대답했다. "자, 공원 안전관리원이 아주 지당한 이유로 저기 덩어리들 위에 올라가지 말라고 경고한 건 알지만, 여기 귀여운 우토가 상세한 시각 이미지를 찍을 수 있을지는 한번 알아봐야겠네요. 관리원도 그건 괜찮을 거라고 했어요." 자트가 언덕 사면을 향해 산책로를 벗어나 풀숲으로 들어가자, 작은 분홍색 메크가 뒤를 따랐다.

헤봄은 자트를 따라가지 않았다. 그녀가 멀어지는 걸 지켜보면서 잠시 아무 말 없이 서 있더니 헤봄이 뜬금없는 악의를 드러내며 말했다. "이건 시간 낭비예요. 걱정해야 할 중요한 사안들이 널렸는데, 우린 고작 이런 일에 시간을 쏟아 붓는다고요?"

"그러면 여기 왜 오셨어요?" 인그레이가 물었다.

"제겐 선택권이 없었어요. 누군가가 이종조카딸 인척의 가난한 손아래 사촌에게 뭔가를 요구하면, 그 사촌은 거절할 수 없어요." 자트가 직접 말을 걸 수도 없고, 짐작하기로는 이름을 입에 올릴 수도 없는, 원망에 가득 찬 손아래 사촌을 굳이 데리고 와야 했던 이유는 뭘까? 인그레이는 궁금했다. 하지만 그녀가 입을 열기 전에, 헤봄이 말을 이었다. "옴켐 연합 이사회의 의석과 엄청난 돈을 물려받은 사람은 이사회가 다루는 우선 사항들에 막강한 영향력을 행사할 수 있어요." 인그레이는 그가 일반적인 얘기를 하는 게 아니라 최대한 명확하게 자트를 지목하고 있는 게 아닌가 의심했다. "옴켐 연합 이사회는 회기 내내 고대 역사 문제와 이런 원정대들의 비용을 마련하는 문제를 논의해요. 하지만 정작 제일 중요한 문제에…." 헤봄이 말을 멈추고는 말하고자 하는 바를 다시 생각해보는 듯했다. "아니, 그들이 전원회의에 대표단을 보낼 생각이나 할까요?" 그가 어림도 없다는 소리를 냈다. "저는 고향에 남아서 이사회가 훨씬 중요한 그 문제를 논의하도록 압박해야 했어요. 우리는 인간 투표권을 라드츠에 맡겨

둬선 안 돼요! 그들은 분명 인공지능들이 조약에 합류하는 걸 반대할 텐데, 인공지능이 조인하는 건 절대적으로 중요한 일이라고요!"

"저는 모르겠어요." 인그레이가 거대한 유리 덩어리 위에 오른 작은 분홍색 메크와 언덕 꼭대기에 다다라 어느 호리호리한 유랑목 그늘에 앉는 자트를 쳐다보면서 말했다. "그게 애초에 라드츠의 계략이면 어떡해요? 그 인공지능들은 라드츠의 함선이고 정거장이잖아요. 라드츠가 만들고 라드츠가 프로그래밍했어요. 그것들은 라드츠 우주와 분리될 수 없어요." 그 인공지능들은 라드츠 제국이 그렇게 무시무시한 여러 이유 중 하나였다. "만약 그것들을 조약에 받아들인다면, 라드츠가 조약과 관련된 사안들에 한 표가 아니라 두 표를 행사하게 될 수 있어요."

헤봄이 말했다. "라드츠가 쪼개져서 서로 싸우고 있다는 정황이 갈수록 분명해지지만 않았다면 저도 당신 말에 동의할 거예요. 아소엑 뉴스 하나만 봐도 분명히 알 수 있어요. 아난더 미아나이는 분열 중이고, 적어도 일부 인공지능에 대해서는 통제력을 잃었어요. 저는 그게 속임수라고 생각지 않아요. 훨씬 손해가 덜하면서도 같은 결과를 얻을 방법들이 있으니까요."

가랄이 가담했다. "예를 들자면, 돌연한 양심의 가책 같은 게 있겠죠. 이렇게 누가 봐도 굴욕적인 방식으로 떠밀려 가는 대신에, 라드츠가 먼저 나서서 전원회의를 요구하는 방법도 있겠고요. 그리고 만약 그런 경우라면, 조약이 라드츠의 인공지능들을 승인하면 라드츠 우주가 쪼개지겠죠."

"아니면 라드츠 우주라는 개념 자체가 의미를 잃거나요." 헤봄이 동의했다.

"하지만 독립적인 인공지능들이란 말이에요." 인그레이가 저항했다. "독립적인 '함선' 인공지능들요!"

"조약에 따르면, 그들은 인간이 아니니 우리에게 간섭할 수 없어요." 헤봄이 지적했다. "만약 전원회의가 그들을 받아들이기 거부하고, 라드츠가 그들에 대한 통제력을 잃는다면…."

"벌써 부분적으로는 그래 보여요." 인그레이가 결론을 내렸다. "좋아요. 알겠어요. 그런 식으로 보면, 조약이 그 기계들을 받아들이는 것이 최선처럼 보이네요." 그 말을 하는 것만으로도 목덜미부터 근질거리기 시작했다.

"가능한 한 모든 인간 정부가 전원회의에 저마다 대표단을 보내서 전원회의에서 모든 인간을 대표하게 되는 라드츠 통역관 세이메트 미아나이가 라드츠 제국이 아니라 모든 인간을 제대로 대변할 수 있게 해야 해요." 헤봄이 노한 듯이 또박또박 강조하며 말했다. "그런데 우리는 '이런 일'에 돈과 시간을 쓰고 있다니! 죄송합니다만, 존하들, 전 이 상황이 몹시 실망스럽습니다. 그리고 당연히 저는 그런 말을 마음대로 할 수도 없어요."

"예, 당연하지요." 인그레이가 대답했다. "저희는 전적으로 이해합니다." 하지만 그녀는 잘 이해가 되지 않았다.

"음." 헤봄이 여전히 화를 내는 듯한 태도로 말했다. "음. 실례하겠습니다, 존하들. 제가 유리와 물이 만나는 지점을 조사해야 해서요."

헤봄이 강둑을 향해 슬금슬금 멀어지자 가랄이 물었다. "자기가 그 일을 해야 한다는 걸 어떻게 알까요? 자트는 그와 말을 하지 않잖아요? 심지어 쳐다보지도 않고요."

"옴켐인이 아닌데 옴켐인을 어떻게 이해하겠어요." 인그레이가 말했다. 인그레이가 만났던 대부분의 옴켐인은 완전히 멀쩡해 보였다. 이런 일들만 제외하면 말이다.

“하긴 그렇죠. 우리도 좀 돌아다니면서 그럴듯한 장소를 찾아보면 어떨까요? 당신네 옴켐 손님들이 어떤 곳들에 관심을 쏟는지 감시도 하고요.”

“저 언덕에다 유물을 묻었다고 할 수는 없겠죠.” 인그레이가 언덕 사면에 드러난 밝은 색색의 유리 덩어리 더미를 가리키며 말했다. “저긴 깊이 팔 수도 없을 것 같은 데다, 저기에 묻어놓고 잊어버릴 수는 없잖아요.”

“그렇겠죠, 맞아요.” 가랄이 동의했다. “그래도 아마 이 근처 어디가 좋겠지요. 여기가 옴켐인들이 제일 관심을 두는 곳인 듯하니까요. 조금 걸으면서 그들이 다른 어디를 쑤시고 돌아다니는지 감시해봅시다.”

인그레이와 가랄은 강을 따라가다가 유리 언덕을 한 바퀴 도는 산책로를 어슬렁거리거나 길가 풀숲을 돌아다니며 한두 시간을 보냈다. 헤봄은 강둑을 따라 이리저리 오가며 이따금 멈춰 서서 물속에 손을 쑥 집어넣거나 발치에 있는 무언가를 자세히 살펴보곤 했다. 불쑥 솟아오른 언덕 사면이 있는데도 그가 보이지 않는 일은 거의 없었다. 언덕 꼭대기에서는 자트가 호리호리한 유랑목 둥치에 등을 기대고 앉아 있었다. 그녀의 작고 밝은 분홍색 메크가 언덕 사면에 드러난 유리 덩어리 틈에서 언뜻언뜻 보였고, 한 번인가 두 번은 유리 바위들 틈에서 아장아장 걸어 나와 자트에게 갔다가 다시 유리 바위들 틈으로 들어갔다. 파랑과 자주, 노랑, 빨강, 초록색 유리들 사이에서 그 밝은 분홍색이 확 두드러졌다.

시간이 한참 지난 후에 인그레이와 가랄은 유리 언덕을 한 바퀴 돌아 현무암 판석 앞으로 돌아왔다. 헤봄이 물가에서 뭔가를 하다가 고개를 들더니 그들을 향해 걸어왔다. “음.” 인그레이가 조용히 말했다. "적당한 장소를 찾지는 못했어도, 날은 참 좋네요." 그녀는 햇빛을 받으며 정거장과 우주선에 있었던 시간을 통틀어 몇 주 만에 처음으로 느긋해지는 기분이었다. 햇빛과 산들바람과 탁 트인 공간이 얼마나 그리웠는지, 인그레이는 그제야 깨달았다.

"제가 생각해봤는데." 아직 헤봄이 가까이 오려면 멀었는데도 가랄 또한 조용히 말했다. "그냥 저 언덕으로 때울 수도 있겠어요. 어두운 데다 마음이 급해서 그랬다고 둘러대보죠. 아니면…." 가랄이 다가오는 헤봄을 힐끗 쳐다보았다. "강에다 던져버렸다고 할 수도 있고요."

"아!" 멋진 생각이었다. 다나크에게 이미 한 말과 잘 맞아떨어지지는 않는다는 점만 빼면 말이다. "다나크에게는 그렇게 세부적으로 얘기하지 않고, 그냥 어디에 던져버렸는지 정확하게 기억나지 않는다고만 한 거 같아요." 그녀는 잠시 더 생각했다. "저들이 저 강에 관심을 두는 이유를 알아봐야겠어요. 저들이 강바닥에서 뭔가를 끌어 올리면서 시간을 보낼 작정이라면, 우리가 찾는 장소도 바로 그 지점이 되겠죠."

"언덕 위에서는 무슨 움직임이 있었나요?" 헤봄이 둘이 선 곳까지 올라와서 물었다.

인그레이는 그게 자트로부터 어떤 얘기나 신호가 있었느냐는 뜻이라는 걸 이해하는 데 시간이 좀 걸렸다. "아니요, 없었어요." 그녀는 언덕 꼭대기를 힐끗 쳐다보았다. 자트는 여전히 유랑목에 기대 앉아 있었다. 아무리 봐도 아침나절 내내 꼼짝도 하지 않은 듯했다.

인그레이는 자트에게 즉각 답장을 달라고 요청하는 짤막한 메시지를 보냈다. 답장이 없었다. 언덕 위의 인물도 움직이지 않았다.
"잠이 들었을까요?"

"아닐 거예요." 헤봄이 말했다. "우토의 자동화 루틴은 매우 제한적이에요. 내가 본 동안은 내내 조종을 받는 게 분명했어요."

"지금까지 쭉 보셨어요?" 가랄이 물었다.

"최근 30분 정도는 빼고요." 헤봄이 대답했다. "사실 좀 짜증이 나네요. 하인들이 점심을 싸준 듯한데, 아직 먹을 수가 없잖아요."

인그레이는 헤봄의 말이 자트보다 먼저, 또는 자트 없이는 먹을 수 없다는 의미라고 짐작했다. 게다가 그는 원하는 걸 자트에게 바로 말할 수도 없었다. "가랄과 제가 가서 점심을 가져와도 돼요." 인그레이가 제안했다. "예의상 우리와 같이 식사할 수밖에 없었다고 말씀하시면 되지 않을까요?"

"미안하지만 그래도 저는 먹을 수 없을 것 같네요." 헤봄이 화가 난다는 듯이 한숨을 쉬면서 말했다.

"음, 그러면 저희도 그런 상황을 만들지 않을게요." 인그레이는 정말로 점심 생각이 간절했지만, 헤봄이 그런 말을 해버린 이상 어쩔 수 없었다. 그녀는 헤봄이 옴켐인인 것이, 그리고 정확하게 무슨 뜻인지는 모르겠지만 그가 자트의 인척들의 손아래 사촌이라는 것이 그의 잘못은 아니라는 점을 속으로 새겼다.

물론, 헤봄에게 작용하는 것이 확실한 그 제약이 인그레이에게는 해당되지 않았다. 그녀가 자트에게 가서 점심을 먹자고 말할 수도 있을 것이다. 인그레이는 지난 2시간 동안 자트가 꼼짝도 없이 앉아 있는 언덕 꼭대기를 쳐다보았다. 진짜 저기로 올라가서 무슨 말이라도 해야겠다 싶었다.

그때 가랄이 입을 열었다. "아, 저기 봐요. 당신 오빠가 친히 모습을 드러내는 은혜를 베풀기로 하셨나 보네요."

셋은 고개를 돌려 그들을 향해 천천히 산책로를 걸어오는 다나크를 보았다. "다나크, 피곤해 보여." 그가 가까이 다가오자 인그레이가 다정하게 말을 걸었다. "잠은 푹 잤어?"

"엿이나 먹어." 다나크가 거의 해맑아 보이는 미소를 지으며 대답했다. 반시아어라서 헤봄은 알아듣지 못했을 것이다.

"우리가 나올 때 보니 너무 곤하게 자고 있더라고." 가랄이 이르어로 말했다. "네가 어제 늦게 잔 걸 아니까, 깨우고 싶지 않았어."

다나크가 인그레이를 쳐다보고는 가랄을 쳐다보았다. "전적으로 친절한 마음에서 우러나온 일일 테지." 지금은 이르어였다. "찾던 건 찾으셨는지?" 그의 어조에서 희미한 협박의 기미가 느껴졌다.

인그레이는 가랄도 그걸 눈치챘으리라 확신했지만, 헤봄은 그렇지 않은 듯했다. "세상에, 그럴 리가요! 저희가 찾는 걸 찾으려면 한나절 가지고는 턱도 없어요." 그의 어조에서 짜증이 살짝 묻어났다.

"범위를 좁혔어." 인그레이가 반시아어로 말했다. 그러고는 이르어로 바꾸었다. "막 언덕을 올라가서 자트 존하께 점심 드실 건지 물어볼 참이었어."

다나크가 피식 웃었다. "넌 점심거리를 지상차에 두고 왔지. 난 거기까지 다시 걸어가진 않을 거야." 그가 털썩 풀밭에 책상다리를 하고 앉았다. 인그레이는 그가 규칙적으로 운동을 한다는 걸 알았다. 걷지 않겠다는 건 어제 늦게까지 놀아서 피곤한 데다 인그레이와 가랄에게 화가 났기 때문이었다. "언덕을 걸어서 올라가는 대신 자트 존하에게 메시지를 보내야겠다는 생각은 안 들었어? 아니면 자트 존하 없이 그냥 점심을 먹어야겠다는 생각은?"

"메시지에 답이 없으셔." 인그레이는 목소리에 다나크에 대한 짜증이 묻어나지 않도록 최선을 다했다. "그리고 우리끼리 먹기 시작하면 예의가 아니지." 그건 당연히 다나크도 아는 바였다. 그녀는 여느 때처럼 아무 표정이 없는 가랄을 쳐다보았고, 그러고는 인상을 찌푸리고 있는 헤봄을 쳐다보았다. "제가 언덕을 올라가서 그분을 깨울게요." 인그레이가 말했다.

헤봄이 인상을 폈다. "고마워요, 존하."

작은 유랑목 숲이 있긴 해도 언덕 꼭대기에 서면 그들이 지난 2시간 동안 돌아다닌 공원 전체가 보였다. 풀숲, 산책로, 그 옆에 앉은 다나크까지. 가랄이 다나크에게 뭔가 얘기를 하고 있었다. 헤봄은 온갖 모양과 색깔의 유리 덩어리가 쌓인 무더기들 주변으로 거품을 일으키며 구비구비 흐르는 빛나는 은색 띠 같은 강을 바라보고 있었다. 인그레이가 다가가는데도 자트는 미동도 하지 않았다. 나무에 기댄 채 잠이 든 것이 틀림없었다. 인그레이 쪽에서는 그 옴켐인 여성의 오른쪽 어깨와 팔이 보였다. 손은 자연스럽게 땅에 늘어졌고, 두 다리는 앞으로 쭉 뻗고 있었다. "존하. 자트 존하." 반응이 없었다. 인그레이는 나무를 돌아 자트의 앞쪽으로 걸어갔다.

한동안 그 광경을 이해할 수 없었다. 자트는 호리호리한 유랑목 둥치에 고개를 빳빳하게 세운 채 기대앉아 눈을 감고 있었다. 뭔가 검은 것이 한쪽 입가에 뭉쳐 있었는데, 인그레이는 또 좀 시간이 걸려서야 그게 피일 거라는 추측을 받아들였다. 자트가 입은 튜닉 앞부분에 생긴 넓고 검은 얼룩도 아마 피이리라 추측했듯이.

그 얼룩 밑에 있을 자트의 가슴이 움직이는 것 같지 않았다. 호흡할 때의 오르내림이 없었다. 인그레이는 그게 사실이라 하더라도 자기가 무얼 해야 할지 아무 생각이 나지 않았다. 하지만 그게 사실일 리가 없었다, 분명 뭘 잘못 본 것이리라. "자트 존하." 인그레이가 다시 불렀다. 다가갔다. 납작한 유랑목 빈 씨앗 꼬투리가 떨어져 자트의 볼을 스치고 튜닉의 검은 얼룩에 내려앉았다.

갑자기 덜컥 겁이 나면서 속이 울렁거려 인그레이는 깊이 숨을 들이쉬고 침을 삼켰다. 조심스럽게, 욕지기에 압도되지 않기를 바라면서. 그녀는 다시 언덕 아래쪽을 쳐다보았다. 가랄과 다나크가 기다리고, 헤봄이 여전히 강을 바라보고 있는 그곳을.

무슨 일이 일어났는지 저들에게 얘기해야 한다. 그러고는? 그러고는 행성계 안전청에 메시지를 보내야 한다. 그 뒤로는 그들이 알아서 하리라. 그들은 무엇을 해야 하는지 알리라. 하지만 정신을 추슬러보려 해도 도무지 메시지를 쓸 수가 없었다. 그래서 대신에 그녀는 언덕을 내려가기 시작했다. 저 아래에 닿을 때쯤에는 말이 나올지도 모른다. 다른 사람에게 얘기해줄 수 있을지도 모른다. 모친의 손님인 자트가 몇 시간이나 꼼짝 않고 앉아서 메시지에 답하지 않은 건, 죽었기 때문이라고.

7

공원의 행성계 안전청 지소는 주로 방문자안내소 역할을 했다. 화장실이 있었고, 관광객에게 파는 콩으로 만든 크래커와 세 가지 맛의 구운 매미, 우유를 넣은 사탕 같은 간식거리가 있었고, 다양한 종류의 맞춤형 기념물을 만들어주는 제조기까지 한 대 놓여 있었다. 안내대에는 행성계 안전청 경관이 앉아 있고, 뒤쪽에 방이 몇 개 있었다. 인그레이는 그게 다 사무실이리라 짐작했지만, 알고 보니 사람을 구금할 경우에 대비한 작은 유치장도 있었다.

그들이 앉은 방은 회의할 때 쓰는 듯한 큰 방이었다. 넓은 탁자와 벤치 몇 개가 있는 걸 보면 경관들이 휴식하거나 식사를 할 때 쓰는 곳인지도 몰랐다. 창문은 없고, 벽에는 파란색과 갈색, 노란색 갈지자 무늬가 있었다. 응급 시 행동요령이 문 맞은편 벽에 걸려 있었다. 통신망에 접속하지 않고도 읽을 수 있게 진짜 비닐판에 물리적으로 인쇄한 것이었다. 그 밑에는 흠집이 난 나무 선반이 있고, 짝이 맞지 않는 컵 몇 개와 반쯤 빈 고추양념장 병이 보였다. "우리, 그냥 집에 가면 안 돼요?" 그들이 처음 이 방으로 안내되었을 때 다나크가 물었다. 하지만 '절대 안 됩니다'에 덧붙여진 사과하는 듯한 긴 답변만 돌아왔다. 그러자 다나크가 말했다. "모친에게 메시지를 보내야겠어요." 쾌활한 어조 밑에 위협이 깔려 있었다. 경관은 얼마든지 보내시라고 말했지만, 그래도 그들을 보내주지는 않았다.

그게 벌써 몇 시간 전인데, 네타노는 응답하지 않았다. 그들의 진촌이자, 아직 해고되지 않았다면 인그레이의 상사인 네타노의 참모장이 다나크와 인그레이에게 참을성을 가지고 행성계 안전청에 협조하라는 무뚝뚝한 메시지를 보내왔다. 다나크는 그 메시지를 받고서는 입을 닫고 우울한 분노 상태에 빠져들었다. 하지만 솔직하게 말해서, 네타노의 부하 직원은 물론이고 양어머니가 직접 온다고 해도 뭐가 많이 달라질 것 같지 않았다. 사안이 경미했다면 분명 지금쯤은 자기 아이들을 행성계 안전청에서 빼냈겠지만, 살인사건은 완전히 다른 사안이었다. 게다가 네타노가 의장직에 재도전할 생각을 하고 있다면야. 지금 네타노 식솔들의 행동 하나하나가 다가올 선거에서 논란거리가 될 수 있다는 걸 몰랐다면 다나크도 훨씬 요란하게 싸우자고 덤볐을 게 뻔했다.

그래서 그들은 행성계 안전청 경관이 집에 보내주기를 기다리며 마냥 앉아 있었다. 다나크는 부루퉁했다. 헤봄은 어리둥절한 듯 멍하니 허공만 쳐다보면서 경관이 지상차에서 가져다준, 그렇게 먹고 싶어 했던 점심거리에도 손을 대지 않았다. 가랄은 전혀 개의치 않는 듯했다. 자기 몫의 점심을 다 먹고 나서는 말 없이 태평한 태도로 응급 시 행동요령을 읽는 데 만족하는 듯했다. 인그레이는 으가 살인자들 또는 그보다 더한 자들과 같이 있는 데에 익숙하다는 사실을 떠올렸다.

문이 열리자 인그레이와 다나크가 홱 고개를 돌려 쳐다보았다. 가랄과 헤봄은 꼼짝도 하지 않았다. 행성계 안전청 총경급을 나타내는 녹색과 금색이 섞인 재킷과 룽기를 입었고, 키가 크고 어깨가 떡 벌어진 인물이 들어왔다. "안녕하십니까." 으가 사투리 억양이 심한 이르어로 말했다. 헤봄이 있어서 반시아어를 쓰지 않은 듯했다. 이르어는 교육을 잘 받은 화에이인 대부분이 최소한 조금씩은 아는 언어였지만, 총경의 억양은 교육을 잘 받은 사람의 억양처럼 들리지 않았다. 억양으로 봐서는, 사실 이 지역이 아니라 림 지역 출신인 듯했다. "이렇게 오래 기다리게 해서 죄송합니다. 저는 강력범죄부장인 셰반 베레트입니다. 그리고 여기는…." 으가 뒤에 선, 비슷한 제복이지만 재킷 깃에서부터 어깨를 거쳐 소매까지 인그레이로서는 본 적이 없는 이상하고 폭이 넓은 진녹색 띠가 그어진 옷을 입은, 으보다 키가 조금 작고 몸피가 가냘픈 사람을 가리켰다. "제 보좌관인 토크리스 이테스타입니다."

다나크가 짧고 씁쓸한 웃음을 터뜨렸다. "토크리스! 난 어젯밤에 네가 재미가 없어서 파티하다 말고 간 줄 알았는데."

"얘기했잖아요. 아침에 일하러 가야 한다고요. 인그레이, 안녕."

"안녕, 토크리스." 인그레이는 하마터면 그녀의 아명을 내뱉을 뻔했다. "그리고 미안해. 내가 제때 집에 오지 못하는 바람에 제대로 축하도 못 해줬네." 무엇을 위한 축하인지 직접적으로 명시하지 않은 모호한 표현이었다. 인그레이는 10대 후반 즈음에 자신의 성인명을 선언했고, 주변의 아는 사람들도 거의 다 그랬다. 토크리스는 지금 스물다섯이 다 됐으니, 또래에 비해 명명식이 늦은 걸 지적하게 되면 그 애… 아니, 그녀가 창피해할지도 몰랐다.

토크리스가 양쪽 입꼬리를 아주 살짝 들어 올려 간신히 미소 같은 표정을 지었다. "고마워."

잠시 침묵이 흐른 뒤에 베레트 부장이 입을 열었다. "여러분들은 이미 공원 사무소 경관들에게 오늘 오전과 오후에 이곳에서 있었던 일을 진술하셨습니다. 고맙습니다. 저는 몇 가지 추가 질문을 할 예정이고, 진술이 끝나면 여러분들은 귀가하실 수 있습니다. 자, 시작할까요. 먼저 가랄 케트 존하, 아니 팔라드 부드라킴이라고 불러드려야겠군요."

가랄이 씩 웃었다. 늘 보던 그 입술을 비트는 시늉이 아니라 진짜 미소였다. "미안해요, 인그레이. 당신은 옥스콜드가 사람치고는 착한 아이예요. 당신한테 거짓말하고 싶지는 않았지만, 달리 방안이 없었어요." 그러고는 부장을 쳐다보며 말했다. "인그레이는 몰랐어요. 티어 시일라스에서 우연히 저를 만난 거예요. 제가 눈물 없이는 들을 수 없는 이야기를 들려줬더니, 화에이로 돌아올 수 있도록 도와주었지요. 말씀드린 대로, 착한 아이예요."

"어떻게 알 수 있었겠어?" 베레트 부장이 말했다. "나도 믿을 수가 없을 지경인데. 하지만 난 데이터를 봤지. 대체 어떻게 '자비로운 제거'에서 나왔어?"

"분명 애초에 거기 가지도 않은 게지요." 가랄이, 아니 팔라드가 말했다. 평온하게. 저 익숙한 확신에 찬 매끄러운 태도로 거짓말을 하다니. "여기로 돌아올 생각은 전혀 없었어요. 처음에는 그랬죠. 하지만 저는 모든 화에이 사람들에게 제가 갈세드 유물을 어떻게 했는지 알려줘야겠다고 결심했어요."

그렇다면, 으는 알고 있었다. 으가 정말로, 실제로 팔라드라면, 그것들을 어떻게 했는지 알고 있어야 했다. 으는 알고 있으면서도, 오전 내내 그것들을 어디에 숨겨둔 척하면 좋을지 떠들어댔다. 인그레이는 그 생각을 하지 않으려고 애썼다.

"글쎄, 그럴 수도 있겠지. 어쨌든 지금 내 제일 관심사는 자트 존하 살해사건이야. 어떤 일이 있었는지 조각을 짜 맞추기가 힘들었어. 특히 이 공원 주변 수 킬로미터 안에서 누군가가 오늘 자트 존하가 죽었으면 좋겠다고 생각할 이유를 전혀 찾을 수 없었기 때문이지. 그러다 네 이름이 튀어나오지 뭐야."

"하지만." 인그레이가 입을 열었다. 이 모든 일이 아직도 꿈결 같아서 자기가 앉은 벤치조차도 실제가 아닌 듯했다. "으는 내내 저와 같이 있었다고요! 우리는 자트가 언덕으로 올라가는 걸 같이 지켜봤어요. 가랄은 한시도 제 시야에서 벗어나지 않았단 말이에요. 그러다 제가 언덕을 올라가 그 현장을…."

"맞습니다." 부장이 동의했다. "그게 문제지요. 사실, 피해자가 언덕으로 올라간 순간부터 귀하가 그 주검을 발견할 때까지 피해자 근처에는 아무도 없었어요. 하지만 그녀는 확실히 살해되었습니다. 칼 같은 것으로 심장을 관통당했습니다. 그리고 그녀는…." 부장이 잠깐 망설였다. "대못이 그녀를 관통해 유랑목에 박혀 있었습니다." 인그레이는 자트의 머리가 나무 둥치에 딱 붙어 있던 모습과 입가에 묻은 피를 생각했다. "아마 그래서 앉은 자세를 유지할 수 있었겠지요. 그 대못은 측량용 말뚝이었습니다. 공사장에서 쓰고, 또 다양한 종류의, 어…." 으가 적절한 단어나 구문을 찾으려 잠시 머뭇거렸다. "역사유적 발굴 작업에 쓰는 물건이죠. 자트의 메크에 여섯 개가 들었다고, 그녀가 행성계에 들어오면서 신고했어요. 하지만 그녀의 메크가 어디로 갔는지는 모릅니다. 지금 찾는 중이죠. 그사이에, 우리는 왜 그런 일이 일어났는지 이해할 필요가 있습니다. 말씀드렸듯이, 이 근방에 자트 존하를 살해할 만한 이유를 가진 사람은 아무도 없어 보였습니다. 제 말은, 팔라드 부드라킴이라는 이름이 나오기 전까지는요."

"에티아트 부드라킴이 있지요." 팔라드가 추측했다. "그는 에스웨이 공원을 파헤치는 계획을 좋아하지 않아요. 자트 존하가 이 행성계 역사에 대한 옴켐의 주장을 정당화하려 하는 게 마음에 들지 않는 걸까요? 아니면 우리 행성의 아름다운 자연보호 구역을 훼손하는 데 반대하는 걸까요?"

"자연 훼손 쪽이지." 다나크가 말했다. 여전히 부루퉁했지만, 부드라킴 의장 얘기에 한 입 거들고 싶은 충동을 억누르지 못했다. "그는 옴켐에 관한 이야기는 전혀 하지 않았어."

"아." 팔라드의 어조에는 아주 약간의 신랄함이 실려 있었다. "그러면 그도 옴켐 돈을 받아왔겠군요. 어쨌든, 반대하는 이유가 뭐든간에, 그는 그 계획을 보자마자 옥스콜드 의원의 영향력을 제한하는 데 써먹을 수 있겠다 싶었을 거예요. 하지만 다들 제가 에티아트 부드라킴 밑에서 일한다고 생각지는 않겠지요? 게다가 저는 그가 여력이 없지 않을까 싶어요. 처리해야 할 중요한 일들이 산더미일 테니까요. 게크의 방문에서 뭔가 정치적 이득을 찾아내는 일 같은 거 있잖아요."

베레트 부장이 말했다. "여기 오기 전에 옥스콜드 의원님과 긴 얘기를 나눴어." 인그레이가 휙 다나크를 살펴봤지만, 그는 아무 반응을 보이지 않았다. 부장이 말을 이었다. "의원님이 지난주에 이 사안을 놓고 부드라킴 의장님과 격론을 벌이셨다는군. 의장님은 에스웨이 공원이 본인의 소관이었다면 이런 훼손은 막을 거라고 분명히 밝히셨다고 하고."

팔라드가 다시 미소를 지었다. "그건 사실이죠."

그때 토크리스가 말했다. “팔라드 씨, 가방을 탁자에 올려놓으십시오.”

“여부가 있겠습니까.” 팔라드가 여전히 웃으며 순순히 그녀의 말에 따랐다.

토크리스가 팔을 내밀자 소매에 붙은 진녹색 띠가 수십 개의 다리를 뻗으며 몸을 일으키더니 팔에서 기어 내려와 탁자를 가로질러 팔라드의 검은 가방으로 향했다. 메크가 가방 여기저기를 눌러보다가 가방이 열리자 안으로 쑥 들어갔다. 영양토막들이 굴러 나오고, 그때였다. “아.” 토크리스가 미간을 찌푸린 채 바로 앞의 허공 어딘가를 쳐다보고 있었다. 메크가 가방에서 미끄러져 나왔다. 다리 몇 개가 칼 손잡이를 부여잡고 있었다.

네타노 저택의 요리사가 고기를 썰 때 쓸, 그런 칼이었다. 사실 인그레이는 그게 자기 집 요리사가 쓰던 칼이라고 확신했다.

“제가 주방에서 훔쳤어요.” 팔라드가 그녀의 표정을 보고 말했다. “어젯밤 늦게 먹을 걸 찾으러 주방에 갔다가 칼을 봤어요. 이걸 가지고 있으면 마음이 든든할 것 같았죠.”

메크의 한쪽 끝이 마치 입처럼 벌어졌다. 메크가 그 입 같은 것에 칼을 가까이 가져다 대더니 플라스틱 방울처럼 보이는 걸 뱉어서는 다리로 당기고 두드려서 칼을 감쌌다. “일치합니다.” 토크리스가 말했다.

“뭐?” 인그레이가 깜짝 놀라서 물었다.

“상처 자국과 일치한다는 말입니다.” 베레트 부장이 말했다. “이 칼이 자트 존하를 찌른 칼일 수 있다는 거죠.”

“하지만 우리 집 주방에는 이런 칼이 서너 개는 더 있어요.” 인그레이가 항의했다. “그리고 아마 다른 집 주방에도 많을걸요.”

"아마도 그렇겠죠." 베레트 부장이 말했다. "그건 저희가 살펴볼 겁니다. 그건 그렇고, 팔라드 부드라킴. 안됐지만 우린 널 살인 혐의로 체포해야겠어."

"정말요?" 팔라드는 그 말에도 아무렇지 않은 듯했다. "탈출할 수 없는 감옥을 탈출하고, 살아 있으면 안 되는 사람이 살아서 돌아온 혐의가 아니고요?"

"물론 그런 일은 처음일 거야." 부장이 인정했다. "내가 아는 한은 그래. 그러니 그런 일이 일어났을 때를 대비한 법률 조항이 있을 것 같지도 않아."

"음, 그거 참 큰일이네요. 토크리스 경관님이 제 가방에 대한 영치증을 주시겠네요. 안에 든 내용물 목록도죠?" 토크리스가 고개를 끄덕였다. "아시겠지만, 제가 체포가 처음이 아니라서요." 으가 일어섰다. "안녕히, 인그레이. 당신은 정말로 선장님의 충고를 받아들였어야 해요."

토크리스가 팔라드를 이끌고 방에서 나가자, 베레트 부장이 남은 사람들에게 집에 가도 좋지만 행성계 안전청의 추가 조사에 언제든 응할 수 있도록 대기하라고 일렀다. 다나크가 말했다. "선장은 누구고, 무슨 충고를 했어?"

"네가 알 바 없는 사람이고, 네가 신경 쓸 일도 아니야." 인그레이가 말했다. "집에나 가자."

집에 돌아왔을 때는 상당히 늦은 시간이었지만 파란색과 초록색, 빨간색 고대유리 덩어리들이 여전히 빛을 품어 환했다. 하인이 문을 열어주었다. 인그레이와 다나크, 헤봄이 안으로 들어서니 사무적으로 격식을 차린 치마와 재킷, 샌들 차림의 네타노가 서 있었다. 다루기 어려운 검은 머리카락은 깔끔하게 땋아서 제압했다. "아, 돌아오셨군요." 그녀가 들어오는 그들을 보고 말했다. "헤봄 존하, 정말 얼마나 상심이 크십니까, 애도의 마음을 누를 길이 없습니다."

헤봄이 가까스로 멍한 몽상에서 깨어나 정신을 추슬렀다. "고맙습니다, 의원님. 저는… 고맙습니다."

"여기가 내 집이라 생각하시고 언제까지든 편안하게 지내십시오. 인그레이, 응접실에서 나 좀 보자."

다나크가 능글맞게 웃었다. "안녕히 주무세요, 엄마." 그가 인사를 하고 위층으로 향하자 헤봄이 뒤를 따랐다.

응접실에 들어서자 네타노는 인그레이에게 어제 다나크가 퍼져 있던 안락의자에 앉으라는 손짓을 했다. "행성계 안전청이 언론에 자트 존하의 사망 보도를 유보해달라고 요청했어." 네타노가 맞은편 벤치에 앉으며 말했다. "분명 부드라킴 의장이 안전청에 손을 썼겠지. 언론이 팔라드가 돌아왔다는 건 모르겠지만, 일단 그들이 들쑤시기 시작하면 발각되는 건 시간 문제야. 언론이 보도를 자제해봐야 2, 3일 정도일 테고, 이런 일을 영원히 쉬쉬하며 묻어둘 수는 없지. 자, 나한테 설명해봐."

다나크가 네타노에게 메시지를 보내면서 무슨 말을 한 것이 분명했다. 하지만 대체 무슨 말을 했을지 짐작이 가지 않았다. "전 으를… 그러니까 가랄을 만났어요. 아니, 으는 사실 팔라드겠죠. 전 으를 티어 시일라스에서 만났어요. 정말 팔라드와 똑 닮아 보여서 그런 얘기를 했더니, 으가 아니라고 하더군요. 저는 으와 이야기를 나누게 됐고, 으는 자신이 발이 묶인 데다 돈도 떨어졌는데 집으로 갈 수 있게 도와줄 이도 하나 없다고 했어요. 그래서 제가 도와줘야겠다고 생각했고요." 네타노는 그 말에 별다른 눈에 띄는 반응을 보이지 않왔다. 그녀의 둥근 얼굴은 더없이 유쾌하게 듣고 있다는 표정이었다. "그리고 여기에 오니까, 다나크가 으를 보자마자 저와 똑같은 생각을 한 거예요. 으가 팔라드 부드라킴을 닮았다고요. 다만 다나크는 으가 진짜 팔라드가 틀림없다고 결정을 내리고는 제 방에 와서 으의 진짜 정체를 안다고 주장했어요. 그래서 저희는 그냥, 어떻게 보면 그냥 그 장단에 맞춰준 거예요."

"다만 네가 상대하던 인물이 알고 보니 진짜 팔라드 부드라킴이었을 뿐이로군." 네타노의 말에 인그레이는 고개를 끄덕였다. "베레트 부장은 팔라드가 그 가짜 신분증을 티어 시일라스에서 직접 손에 넣었다고 추정하고 있어. 반면에 다나크는 그걸 구매한 사람이 '너'라고 확신하고 있지. 하지만 티어 시일라스에서 우연히 만난 낯선 사람에게 무턱대고 가짜 신분증을 사주지는 않았을 거야. 아무리 불쌍해 보여도 말이지. 넌 어떤 다른 목적을 위해 그걸 미리 사서 가지고 있었어, 그렇지 않니? 그걸 누구한테 쓸 참이었어?"

인그레이는 깊이 숨을 들이쉬었다. "저는 어떤 계획이 있었어요. 그래서 티어 시일라스에 갔는데… 음, 막상 가서 보니까 제가 하려던 일이 안 되는 일이었던 거예요. 그래서, 그게 저한테는 아무 소용이 없어졌지만, 가랄…, 그러니까 팔라드는 정말로 그게 필요했죠."

"네게 처음부터 가짜 신분증이 있었던 점, 그리고 그걸 우연히 만나서 데려온 인물에게 쉽게 넘긴 점, 그리고 다나크가 오해한 걸 알면서도 오히려 오해를 더 부추겼다는 점에서 난 네 계획이 처음부터 완전히 합법적이거나 떳떳한 것은 아니었다는 생각이 들어. 그리고 네 계획이 다나크를 겨냥하고 있다는 점은 의심할 여지가 없을 정도고." 인그레이는 얼굴이 화끈거렸지만 아무 말도 하지 않았다. "내가 세세한 내용을 모르는 편이 낫겠지. 이런 얘기를 행성계 안전청에 할 생각은 없어. 하지만 그 부장이 직접 이런 정황을 찾아낸다면, 음… 구체적인 내용이 발각된 이들은 곤경을 겪을 거야."

"예, 엄마." 달리 할 말이 없었다.

"팔라드가 에스웨이 공원에서 내내 같이 있었던 거 확실하니? 그 사이에 메크를 조종했을 가능성도 없고?"

네타노가 팔라드 부드라킴을 데려온 문제에 대해 더는 추궁을 하지 않자, 인그레이는 마음이 놓이면서도 불안해졌다. 지금 더 추궁하지 않는다고 해서 모친이 앞으로 그 사안을 다시 꺼내지 않으리라는 보장은 없었다. "거기 있던 메크는 자트 존하의 우토뿐이었어요." 인그레이는 측량용 말뚝을 생각하고는 몸서리를 억눌렀다. 자트를 죽인 사람은 분명 자트의 메크를 이용했다. "팔라드가 그걸 조종할 수 있을 것 같지는 않아요. 그리고 으가 한눈을 팔거나 딴생각을 하는 듯이 보인 적도 없었어요." 하지만 잘 생각해보면, 위진 선장도 그런 적이 없었다. 심지어 술을 먹었을 때도 한눈을 파는 듯이 보인 적이 없었다. 선장이 거의 늘 메크를, 그것도 한 기가 아니라 (금시초문이긴 하지만) 때로는 여러 기를 한꺼번에 조종하고 있었다는 걸 인그레이는 알았다.

"음." 네타노가 한숨을 쉬었다. "시기가 그다지 좋지 않구나, 인그레이. 선거철이 다가온다는 건 알고 있겠지. 난 가족에 관한 추문이 선거에서 내 발목을 잡는 게 싫어." 어조는 평온했지만, 인그레이는 그게 경고임을 알았다. "하지만 우리가 뭔가 이득을 얻을 부분이 있을지도 모르지. 소식통에 따르면, 부드라킴 의장이 게크가 온다는 전갈을 받자마자 화에이 우주정거장으로 떠났다가, 우주정거장에 도착하자마자 곧장 돌아오는 중이라는군. 팔라드 때문이지."

"의장 본인이 오고 있다고요?" 인그레이가 미간을 찌푸리며 물었다. "딸이 아니고요?" 에티아트에게는 이미 이름을 준 후계자가 있어서, 요즘은 종종 그녀가 아버지를 대신하여 대중 앞에 모습을 드러내거나 행사에 참석하곤 했다. 논리적으로는 그가 직접 참석하는 것이나 마찬가지였지만, 당연히 다들 그 차이를 알았고, 둘 중 누가 어디로 가는지를 놓고 의장이 무슨 일을, 또는 누구를 제일 중요하게 여기는지 이해하는 척도로 삼곤 했다.

"의장 본인이야." 네타노가 확인을 해주었다. "딸을 보낼 수도 있는데 말이야. 사실 딸을 보냈어야 하지." 네타노는 '보냈어야 한다'고 표현했다. 정치적으로 이 사건이 부드라킴 의장의 선거구 주민들에게 어떻게 보일지를 의식한 말이 분명했다. 언론이 아직 팔라드 부드라킴이 화에이에 있다는 사실이나, 으가 자트 존하 살해사건에 연루됐다는 사실을 모르니, 사람들은 의장이 급작스럽게 귀환하는 이유를 이해하지 못할 것이다. "의장이 자기 본분에 맞게 유권자들의 이해관계를 존중하고 있는지 더는 확신을 못 하겠어. 어쨌든, 누군가는 우주정거장에 있어야 하니까, 내가 지금 갈 참이야. 하지만 집에 남아서 이 사태를 처리하는 게 더 맞을지도 몰라. 의장처럼 나도 후계자를 지명해뒀더라면 아주 간단했을 텐데. 그 네타노에게 여기 상황을 맡기면 되니까." 당연하다. 가족보다 정치니까. 흔히 그러듯이, '가족'이 정치가 아니라면 말이다.

하지만 네타노라면 어떤 상황에서도 정치적 이득을 얻어내리라 믿어도 좋았다.

"헤봄 존하가 편하다면 언제까지든 이 집에 계셔도 좋다고 옴켐 연합 대사에게 알려놨다." 네타노가 말을 이었다. "내 아이들이 그를 보살피고 있다고 했지. 우리 집 손님이 살해되다니, 정말로 유감이야. 행성계 안전청이 반드시 범인을 찾아주면 좋겠어. 우리 가족의 모든 구성원이 행성계 안전청의 조사에 전폭적으로 협조하리라 믿어. 그 과정에서 뭐라도 불미스러운 일이 드러나면, 대단한 불운이 아닐 수 없을 거야."

"예, 엄마." 인그레이는 그 또한 경고로 알아들었다.

"지상차가 도착했어." 네타노가 일어서며 말했다. "우주엘리베이터를 놓치면 안 돼. 가장 긴급한 시기에 내가 아무 일도 할 수가 없으니, 뭐라도 혼자 처리할 수 없는 일이 생기거든 라크 진촌에게 연락해. 잘해." 인그레이가 아직 어린아이인 양, 네타노가 뺨에 입을 맞췄다.

인그레이는 기뻐해야 할지, 아니면 아주아주 두려워해야 할지 갈피를 잡을 수 없었다.

다음 날 아침, 인그레이는 간단하게 방에서 아침을 먹고 하인장에게 행여나 다나크나 직원들이 처리하지 못하는 헤봄 존하의 요청 같은 것이 있으면 연락하라고 이르고는(하지만 그처럼 이해타산에 밝은 다나크이니 헤봄에 관한 일은 알아서 잘 챙기리라 믿었다) 집에서 쓰는 지상차를 타고 행성계 안전청 지역청사로 가자고 일렀다. 아침을 먹으면서 자기 계획을 진촌에게 알리는 게 좋지 않을까 고민도 했지만, 으라면 자기 조언 없이는, 어쩌면 자기가 동석하지 않은 자리에서는 행성계 안전청의 누구와도 얘기하지 말라고 할 게 거의 확실했다. 어느 쪽도 인그레이가 원하는 바는 아니었다. 그래서 그녀는 약간 뒤가 켕기지만, 어젯밤에 네타노가 했던 '혼자 처리할 수 없는 일이 생기거든'이라는 말 뒤에 숨기로 했다. 옥스콜드 가문 사람치고 그런 일이 처음인 사람은 없었고, 인그레이도 마찬가지였다.

지상차가 10분 만에 행성계 안전청 지역청사에 도착했다. 차는 그녀를 내려놓고 다음에 필요해질 때까지 대기할 장소를 찾아 미끄러지듯 사라졌다. 행성계 안전청 아사몰 지역청사는 넓은 광장 한쪽에 서 있었다. 오늘 광장에는 햇볕이 가득했다. 발길에 닳고 세월에 깎인 검은 석재가 바닥을 덮었다. 하나하나가 이 지역이 최초로 건설될 당시의 유물이었다. 에스웨이 공원의 판판한 검은 현무암 기념물은 이것의 모방이었다. 이 석재들은 그 기념물보다 조금 작은 대신 훨씬, 훨씬 오래됐다. 제1대 네타노는 물론이요, 옥스콜드 가문보다도 오래되었다. 예전에는 생각도 못 한 일이지만, 가랄, 아니 팔라드에게서 적어도 일부 유물이 위조하기 얼마나 쉬운지 듣고 나서부터는 유물을 볼 때마다 생각이 이상하게 흘러갔다. 왜 네타노는 에스웨이 공원에 이곳 지역 중심지 광장을 생각나게 할 기념물을 설치했을까? 자신이 그러고 있다는 걸 알았을까?

하지만 훨씬 중요한 일이 있었다. 인그레이는 집을 나서기 전에 토크리스의 일정을 확인하고 개인적으로 만나고 싶다는 면담 요청을 넣어두었다. 건물에 들어서자마자 저쪽 벽에 줄지어 선 50센티미터 정도 키에 네 발이 달린 똑같은 녹색과 금색 메크 중 하나가 앞으로 나왔다. "인그레이 옥스콜드 씨." 메크가 새된 소리로 부르며 다가왔다. "인그레이 옥스콜드 씨."

"내가 인그레이 옥스콜드야." 그녀가 말했다.

메크가 새된 소리로 답했다. "인그레이 옥스콜드 씨. 저는 조종을 받지 않으며, 귀하를 약속장소까지 안내하는 일만 합니다. 목적지에 닿을 때까지 저와 2미터 이상 떨어지지 마십시오. 이해하셨습니까?"

"이해했어." 이런 걸 예상한 인그레이가 말했다. 여러 의회 시설에도 거의 이것과 똑같은 안내용 메크가 배치돼 있었다. 메크가 아장거리며 걷기 시작하자 인그레이가 뒤를 따랐다.

사무실로 들어서는 인그레이를 향해 토크리스가 환하게 미소를 지었다. 얼마나 낯선 모습인지! 둘이 훨씬 친하게 지내던 때에도 토크리스는 잘 웃지 않았다. 인그레이가 성인명을 선언할 때까지 적어도 몇 년은 그랬다. 그 뒤로는 연락이 끊겼다. "안녕, 인그레이. 이렇게 만나서 반가워. 집에 온 걸 알았더라면 그제 밤에 초대했을 텐데."

"파티는 잘했어?" 인그레이가 물었다.

토크리스가 비좁은 사무실에 있는 유일한 빈 의자에 앉으라는 시늉을 했다. "딱히 뭐…. 파티 같은 거 안 하고 싶었거든. 하더라도 아주 조촐하게 할 생각이었는데, 진친이 하도 해야 된다고 그래서. 난 안 그러실 줄 알았어. 내가 너무 오래 끌어서 틀림없이 남부끄러워하시리라 생각했지. 그리고 이것도." 그녀가 주변을 가리켰다. 폭이 좁은 플라스틱 책상, 의자 두 개, 사방의 벽. 한쪽 벽에는 주의사항과 공지 내용을 보여주는 장치가 있고, 다른 벽으로는 검은 돌이 깔린 바깥 광장과 이리저리 지나가거나 서서 이야기를 나누는 사람들과 이따금 광장 경계를 따라 미끄러지는 지상차들이 보였다. "다들 돌아서서 나를 비웃는 것 같은 기분이 들 수밖에 없었어. 실제로 다나크가 그러는 현장을 잡기도 했지만, 모르는 체했지."

"난 정말로 감명받았어." 인그레이가 의자에 앉으며 말했다. 하지만 깜짝 놀란 건 사실이었다. "출근 첫날부터 강력범죄부장 보좌관이라니! 게다가 넌 벌써 그 일에 아주 능숙해 보여."

"진짜 출근 첫날은 아니었어." 토크리스가 말했다. "내가 청년시민봉사단으로 온갖 일을 돌아가며 한 건 알잖아." 토크리스는 언제나 경찰과 범죄에 푹 빠져 있었다. 그녀의 진친은 아이가 하고 싶은 대로 하게 놔두었고, 사람들은 다들 크면 자연스레 싫증을 내거나 아니면 취미 정도로 삼겠지 생각했다. "그리고 2년째 인턴으로 일하는 중이었어. 사실….” 그녀가 말을 망설였다. “한동안 이 일에 매달려 있기도 했고, 무엇보다 부장님이 내가 확실하고 공식적으로 이 일을 하기를 정말로 바라셨어. 그런데 법적으로 성인이 아니면 그럴 수가 없거든. 그것만 아니면 나는 아직도 선택하지 않았을 거야. 당연히 진친은 내가 마침내 선택을 해주기를 정말로 바랐지. 으는 인내심을 가지려고 애를 썼지만, 사실 속으로는 이해하지 못했어.” 인그레이는 뭐라 할 말이 떠오르지 않았다. “그리고 선택을 한 게 대체로는 잘한 일이라고 생각해. 이 일을 정말로 하고 싶었거든. 마침내 확실하고 공식적으로 이 일을 하게 되어서 기뻐. 하지만… 넌 날 비웃지 않을 거지, 그렇지?”

“그럼, 당연하지.” 인그레이는 비웃을 게 뭐가 있는지 알 수 없었다. 하지만 토크리스가 이렇게 진짜로 행성계 안전청에서 일하게 된 걸 비웃을 만한 지인이 제법 많이 떠올랐다.

“다나크는 비웃을 거야.” 토크리스는 뭔가를 말할까 말까 잠시 더 망설이더니 마침내 입을 열었다. “인그레이, 넌 어떻게 알았어? 선택할 준비가 됐다는 걸 어떻게 알았어?”

“모르겠어.” 인그레이가 그 질문에 당황한 채 대답했다. “그냥 다들 선택할 때가 됐다고 하니까 그냥 한 거 같아.”

“하지만 나는 그런… 다 자랐다는 느낌이 든 적이 없어.” 토크리스가 말했다. “사실은 지금도 그래. 진친은 그냥 마음의 소리에 귀를 기울이다 보면 뭐가 맞는지 알게 될 거라고 했어. 하지만 아무리 해도 그런 것 같지가 않았어.” 그녀가 한숨을 쉬었다. “비웃지 않아줘서 고마워.” 그러고는 잠시 뜸을 들이더니 말을 이었다. “난 항상 네가 좀 부러웠던 거 같아. 넌 언제나 단단해 보였어. 다나크가 계속해서 괴롭혀도 늘 그냥 무시해버리지. 난 그냥 나도… 모르겠어. 나도 스스로에 대해서 확신할 수 있으면 좋겠어."

"난 널 비웃지 않아." 인그레이가 말했다. 진심이었다. 하지만 한편으로는 그처럼 자신 없어 하는 토크리스의 말이 놀라웠다. "그리고 난… 내가 단단한지 모르겠어." 단단한가? 정말로 그런 생각은 들지 않았다. "게다가 내가 다나크를 그냥 무시할 수 있었던 적이 있었던 것 같지는 않아." 인그레이는 팔라드가 어릴 때의 자신을 만났고, 자신에게 해를 끼치려 하는 다나크의 시도를 방해했다는 얘기를 떠올렸다. 그리고 그저 다나크에게 앙갚음을 하기 위해 자신이 얼마나 먼 길을 갔는지 떠올렸다. "하지만 그렇게 보인다니 기뻐. 그렇게 생각하니 기분이 좀 나아지는 거 같아."

"넌 늘 나한테 너무 잘해줘." 토크리스가 아주 진지하게 말했다. "하지만 내가 시간을 뺏고 있겠지. 사건 얘기를 하러 왔을 텐데."

"뭐, 겸사겸사." 인그레이가 인정했다. "우리 집 요리사 말을 좀 들었어. 주방을 뒤져보니 칼이 한 자루가 아니라 두 자루가 없어졌대."

"그리고 팔라드의 가방에서 나온 칼에는 으의 지문 말고는 아무것도 없었어." 토크리스가 말했다. "큰 진전은 아니지만 말이야. 그리고 그 메크는 아직 찾는 중이야."

인그레이는 귀여운 우토를 생각했다. 강으로 쏟아지는 유리 덩어리들 틈에서 까딱까딱 움직이던, 푸른색과 초록색에 대비된 그 밝은 분홍색을. "강바닥도 살펴봤어?"

"지금 거길 수색하는 중이야. 살인자가 쓴 칼이 다른 칼이라면, 멀리 있지 않을 거야. 그리고 난 팔라드가 어떻게 그 메크를 조종할 수 있었다는 건지 모르겠어. 으는 접근권이 없었을 테고, 내가 알아낸 바로는 애초에 메크 조종을 잘하지도 못해."

"헤봄 존하는 접근권이 있을 거야." 인그레이가 추측했다. "그리고 자트와 뭔가 의견충돌이 있었어. 옴켐식 가족관계인지 뭔지 때문에 둘이 직접 이야기하지는 못했지만 말이야. 그런데 자트가 죽은 뒤에 그는 완전히 절망한 거 같아."

"옴켐인들이란." 토크리스가 외국의 그 기이한 관습을 물리치듯 손사래를 쳤다. "지금 부장님이 옴켐 영사를 만나고 있어. 어젯밤에 헤봄이 대사에게 연락한 것이 분명해. 대사가 영사를 보냈어. 영사는 헤봄을 당장 옴켐으로 보내고 싶어 해. 부장님은 당연히 헤봄을 용의자로 보니까 이 사건이 해결될 때까지 여기 있기를 바라지."

"그럼 베레트 부장은 범인을 팔라드로 확정한 게 아니야?" 인그레이가 물었다.

"아, 물론이지, 으는 누구라고 확정하지 않았어. 아직은 모두가 용의자야. 음, 넌 아니고. 정말이야. 다나크는 가능해. 살인자가 쓴 메크가 화에이산이었다면 말이야. 하지만 그 측량용 말뚝은 자트의 것이고, 그건 우토에게서 나와야 해. 솔직하게 말하면, 나는 다나크가 측량용 말뚝의 사용법은 고사하고, 그게 뭔지나 알까 싶어. 그가 다음 네타노가 될 걸 다들 알고 있는데, 그런 짓을 해봐야 자기만 손해지. 그러니 난 다나크도 용의자는 아니라고 생각해."

인그레이가 지적했다. "자트 존하의 우토가 연루되었다면, 팔라드가 범행할 방법도 없어. 행성계마다 메크가 얼마나 다른지 너도 알잖아. 옴켐에서 온 메크가 우리 메크들처럼 작동할 리가 없어. 그에 맞는 삽입장치를 가진 화에이인이 많을 것 같지도 않고."

"네 말이 맞아." 토크리스가 인정했다. "살인자가 우토를 사용했는지, 아니면 화에이 메크를 사용했는지가 중요해. 우토라면, 너와 다나크와 거의 모든 화에이인이 혐의를 벗겠지. 하지만 그러니까, 팔라드의 상황은… 복잡해. 으는 '자비로운 제거'에 있어야 하는데 그렇지 않아. 우리는 으가 언제부터 거기 있지 않았는지, 그동안 어디에 있었는지 몰라. 그사이에 온갖 개조나 삽입을 했을 수도 있어. 당연히 그것도 확인하겠지만, 으가 자트 살인 혐의를 벗는다 해도…."

인그레이는 한숨을 쉬었다. "맞아. 그리고 사실 그것 때문에 이걸 물어봐야겠다 싶었어. 내가 으와 얘기를 해볼 수 있을까? 어떻게 생각해?" 그녀는 행성계 안전청이 체포한 인물을 면회하거나 면담하는 일이 어떻게 돌아가는지 잘 몰랐다. 음, 오락물에서는 어떻게 돌아가는지 알았지만, 현실은 종종 다른 법이니까. 그리고 팔라드의 상황은, 토크리스 말대로 복잡했다.

토크리스가 미간을 찌푸렸다. "아마도 안 되겠지. 사실 으에게 들어오는 면회 요청을 모두 거부하라는 지시를 받았지만, 부장님 의도는 언론 관계자들이 이리저리 쑤시다가 아직 알면 안 되는 뭔가를 우연히 발견하는 걸 막으려는 게 아닌가 싶어. 하지만 좀 확인해볼게." 그녀가 잠시 눈앞에 초점을 모았다. "좋아, 부장님이 팔라드가 동의만 하면 너하고 면회하는 건 괜찮대. 하지만 이걸 알려주라고 하셔. 네가 팔라드에게 하는 말과 팔라드가 네게 하는 말이 모두 기록되고 조사를 받을 거야."

"좋아. 고마워. 정말 고마워."

8

행성계 안전청에 체포된 사람을 면회하는 과정은 오락물에서 보던 것과 상당히 비슷한 것으로 판명이 났다. 토크리스가 회색 벽을 두른 작은 방에 인그레이를 밀어 넣었다. 흠집투성이에다 거무죽죽해진 2미터 길이의 하얀색 플라스틱 벤치가 있었다. "앉아." 토크리스가 말했다. "잠시만 기다려."

토크리스가 나가고 얼마 지나지 않아 회색이던 앞쪽 벽이 다른 이미지로 변했다. 이쪽과 똑같은 작은 방이었다. 벤치가 없고, 팔라드가 서 있다는 것만 빼면 거울을 보는 듯했다. 으는 회색 튜닉과 바지를 입었고, 여전히 맨발이었다. "인그레이 씨." 으가 예의 그 입술 끝을 살짝 비트는 아주 약소한 미소를 지으며 말했다. "당신은 여기 오면 안 될 텐데요."

인그레이는 자리에서 일어났다. 으에겐 앉을 방법이 없는데, 자신이 거기 앉아 있는 게 부당하게 느껴졌다. "그래요. 오지 않았어야 했겠죠." 그녀는 밤새 이 일을 고민했다. 그리고 아침을 먹는 동안에도 내내 생각했다. 가능한 한 재빨리 팔라드와 거리를 두어야 한다는 걸 알았다. 문득 금방 추락할 것 같은 그 당황스러운 느낌이 몰려왔다. "하지만 당신을 그냥 여기에 버려둘 수는 없었어요. 특히 당신한테 진 빚이 있다는 걸 알고서는요. 당신은 옛날에 절 위해서 다나크의 발을 밟아준 적이 있잖아요."

으가 웃었다. 여전히 희미했지만, 이번엔 진짜 웃음이었다. "저는 괜찮아요. 방도 혼자 쓰고, 먹을 것도 규칙적으로 나오니까요. 당신 모친의 집에서 먹은 음식에 비하면 아무것도 아니지만, 그래도 그게 어디예요. 걱정할 필요 없어요."

"의장이 오고 있어요." 인그레이가 말했다.

팔라드는 그 소식에도 전혀 놀라지 않는 듯했다. 하지만 인그레이는 문득 깨달았다. 으의 표정을 읽기 쉬웠던 적은 한 번도 없었다. "예, 그가 오는 게 당연하죠."

팔라드는 '그'라고 했다. 인그레이가 말한 의장이 당연히 젊은 에티아트 부드라킴이 아니라 부친이라고 생각할 이유는 없었다. 이미 알고 있지 않고서는 말이다. "누가 얘기해주던가요?"

"아니요. 하지만 제가 여기 있다는 얘기를 듣자마자 오리라는 걸 알고 있었어요. 제 동기를 보내지 않으리라는 것도 알고 있었죠. 그는 행성에 도착하자마자 여기로 와서 저를 면회하겠다고 요구할 겁니다."

인그레이는 이유를 물을까 하다가 마음을 고쳐먹었다. 부드라킴가는 옥스콜드가와 달랐다. 인그레이가 아는 한, 에티아트 부드라킴이 자신의 생물학적 맏아이에게 이름을 물려줄 예정이며, 남에게 맡겨 양육하기보다는 직접 기르면서 적절한 훈련을 시킬 계획이라는 데는 일말의 의심도 없었다. 부드라킴가의 다른 아이들은 처음부터 자신의 미래가 다르다는 걸 알았고, 집안 내 경쟁에서 두각을 드러내 아버지의 승인을 받는 것에 자신의 미래가 달려 있지 않다는 걸 알았다. 어쩌면 부드라킴 의장이 사람들의 이목을 신경 쓰지 않고 곧장 이곳으로 오는 이유는, 무엇보다 으가 무슨 짓을 했든 간에 자기 아이이기 때문일지도 모른다.

그러나 한편으로, 의장은 팔라드가 '자비로운 제거'로 보내지는 지경이 될 때까지 손을 놓고 있었다. 막으려면 거의 확실히 막을 수 있었을 텐데도 그랬다. 그리고 인그레이는 가능한 한 가족과 멀리 떨어지라는 위진 선장의 충고를 받아들이라던 팔라드의 말을 떠올렸다. 네타노의 집에서 하룻밤을 지내보고, 다나크에 관해서도 뭔가를 좀 알게 되면서 나온 말이었을 것이다. 하지만 그렇지 않을 수도 있었다.

"그가 오면 면회에 응할 거예요?" 인그레이가 물었다. 팔라드에게 거부할 권리가 있는지 잠시 궁금해졌다. "괜찮을까요?"

"제가 '자비로운 제거'로 다시 보내질 때까지는 괜찮을 거예요." 팔라드가 말했다. "인그레이, 당신은 이미 절 너무 많이 도와줬어요. 그러지 않아도 될 정도로요. 저는 여전히 당신이 여기 와서는 안 된다고 생각해요. 하지만 일단 왔으니, 부탁 몇 가지만 들어줄래요?" 그리고 인그레이가 대답하려고 막 입을 여는 순간, 으가 덧붙였다. "무슨 부탁인지 듣기도 전에 '예'라고 하지 말아요."

"좋아요, 그럼, 아무 말 안 할게요."

으의 입가가 살짝 비틀어지며 예의 그 미소로 보기 힘든 미소가 나타났다가 금세 사라졌다. "제 물건들을 좀 챙겨줄래요? 칼은 아마 돌려받을 수 없을 거예요. 요리사한테 미안하다고 좀 전해줘요. 하지만 가방과 그 안에 든 것들이 있어요. 영양토막이 생각보다 좀 적게 들었을 거예요. 몇 개를 더 챙겨서 넣어주면 고맙겠어요."

"그럴게요." 인그레이가 말했다. "그냥 제가 가지고 있으면 돼요?" 그녀는 하마터면 '당신이 나올 때까지 가지고 있으면 돼요?'라고 물을 뻔했지만, '자비로운 제거'로 돌아갈 때를 제외하면 팔라드가 나오는 일은 있을 성싶지 않았다. 자신과 얽힐 만한 몇 가지 지점을 제외하면 추상적으로만 느껴지던 팔라드의 상황이 갑자기 너무나 현실적으로 다가왔다. 으는 어떻게 될까? 다나크와의 갈등도, 앞으로 있을지 모르는 모친과의 갈등도, 그리고 팔라드가 여기까지 오는 과정에서 그녀가 한 역할을 누군가 알아챘을 때 겪을 곤경조차 지금 팔라드가 처한 상황에 비하면 아무것도 아니었다.

"예. 가지고 계세요." 진지하고 단도직입적이었다. "사실 그건 쉬운 부탁이에요. 어려운 부탁은… 에티아트 부드라킴과 면회할 때 여기 와줄 수 있어요? 그와 단둘이 얘기하고 싶지 않아요. 절대로요. 원칙상 여기서는 절대 혼자일 수 없다는 거 알아요. 하지만 그 자리에 행성계 안전청만 있는 건 싫어요. 당신이 안 된다고 해도 뭐라고 하지는 않을게요. 당신은 아마 안 된다고 해야 맞겠지요. 그러는 편이 훨씬 안전할 테고요."

하지만 인그레이가 이해할 수 없는 어떤 이유로 팔라드는 더 안전하지 않아진다. 그녀는 자기가 그 자리에 있다고 해서 무엇이 달라질 수 있는지 짐작이 가지 않았다. 티어 시일라스에서 팔라드가 자기가 누구인지, 그리고 누가 아닌지 그처럼 술술 거짓말을 해대던 게 떠올랐다. "그렇게 나빠요? 거기 '자비로운 제거' 말이에요." 그녀가 물었다. "저는 그곳이 존재하는 핵심은 그런 사람들이 그저 다른 사람들과 분리될 뿐, 거기서 살 수 있다는 점이라고 생각했어요."

으는 대답하기 전에 잠시 망설이고는 숨을 들이쉬었다. 하고 싶은 말을 아주 신중하게 생각하는 듯이. "식량만 충분하다면 괜찮을 거예요. 원래는 그래야 하죠. 우리는 각자 먹을 것을 기를 수 있게 되어 있지만, '자비로운 제거'에서 먹을 걸 기를 수 있는 곳은 특정한 몇몇 장소에 한정되어 있어요. 그런 곳은 이미 거의 다 주인이 있어요. 그런 사람들 틈에 끼어들 수 있다면, 그리고 그들이 완전히 믿을 수 있는 사람들이라면 괜찮겠지만, 그러기는 어렵죠. 그리고 메크를 쓰지 않고 먹을 걸 전부 기르자면 할 일이 끔찍하게 많아요. 가끔 보급품이 투하되는 지점들이 있는데, 그런 곳을 확보하고 때를 잘 맞추면 자신과 동맹들 몫으로 모두 차지할 수 있지요."

인그레이는 뭐라 할 말이 떠오르지 않았다.

"가장 최근에 보급품 투하 후 전쟁이 일어났어요." 팔라드가 그녀의 침묵을 깨고 말을 이었다. "다른 사람들에 상관없이 어떻게든 혼자 힘으로 연명하던 사람들도 그 의약품은 갖고 싶어 했어요. 여기 바깥에서는 아무도 그곳 상황을 신경 쓰지 않는 거 압니다. 무엇보다, 거긴 '자비로운 제거'잖아요. 거기 사람들이 그렇게 사는 건 자업자득이니까요." 인그레이는 그 말이 신랄하게 빈정대는 말이라 짐작했지만, 으의 어조에서는 그런 기미가 조금도 느껴지지 않았다. "저는 정말 거기 이야기를 하고 싶지 않아요. 당신이 네타노의 후계자가 될 가능성이 조금이라도 있다고 생각하면 더 얘기하겠죠. 하지만 전 그렇게 생각하지 않아요. 기분 나쁘라고 하는 말은 아니에요. 그렇게 되지 않는 편이 당신에겐 더 좋으니까요. 오고 있는 사람이 제 동기라면… 그녀는 그 문제에 관해서 뭔가를 할 기회가 있을지도 몰라요. 그녀를 보면, 얘기 좀 해줄래요?"

"예. 그래요, 제가 전해줄게요. 그리고 당신이 원한다면 의장이 올 때 저도 올게요."

"고마워요." 으의 얼굴은 그저 진지하기만 했다.

*

집에 도착하자마자 인그레이는 잠시의 지체도 없이, 심지어 어깨에 멘 팔라드의 가방을 내려놓지도 않고 곧장 응접실로 향했다. 오늘은 고대유리 덩어리들이 밝은 초록색과 파란색으로 환하게 빛났고, 넓은 통창으로 보이는 이끼 낀 회색 돌덩이들과 나무와 꽃에는 햇볕이 가득했다. 옴켐 연합 영사가 뜰을 등진 채 앉아 있고, 다나크가 옆에서 뭔가를 말하는 중이었다. "영사님." 인그레이는 다나크의 말허리를 자르고는 뭐라 항의할 틈도 주지 않고 말을 이었다. "저는 인그레이 옥스콜드입니다. 행성계 안전청에서 길이 엇갈린 듯해요. 오늘 아침 일어나자마자 거기 강력범죄부장을 만날 수 있을까 해서 갔는데, 영사님께서 먼저 말씀을 나누고 계시더군요. 제가 잠시 다른 일을 보고 왔더니 영사님은 이미 가셨고요. 뵙지 못해서 섭섭하던 참이었어요."

"옥스콜드 존하." 영사가 자리에서 일어나며 말했다. 옴켐인치고도 깜짝 놀랄 만한 키였다. 바지와 튜닉을 입었는데, 화에이인이라면 진지한 사업 관련 자리에서 입기에는 너무 심하게 편안한 복장이라고 여길 만했다. 인그레이는 그녀가 지금 자신이 옴켐인이라는 걸 눈에 띄게 드러내고 싶어 한다고 짐작했다. "정말 친절하시군요. 이 모든 상황이 참으로 안타깝기 그지없습니다. 제가 아무리 얘기해도 그 부장은 헤봄 존하가 자트 존하의 사망에 연루되었을 리가 없다는 사실을 이해하지 못하더군요. 애초에 자트 존하가 헤봄을 데리고 온 이유가 헤봄이 절대 자신을 해치지 않을 이라는 걸 알았기 때문인데 말입니다."

다나크가 미간을 찌푸렸다. 인그레이가 들어오는 바람에 대화가 원하는 방향으로 진행되지 않자 산만해진 듯했다.

"당연히 해치지 못하지요." 인그레이가 동의했다. "자트 존하에게 말도 한마디 못 했는데요."

"건드리지도 못하죠." 영사는 앉지 않았다. "자트가 가끔 사람 신경을 긁는다는 건 저도 인정합니다. 그녀에겐 적들이 있었어요. 하지만 헤봄이 그럴 리는 없습니다."

인그레이는 어제 에스웨이 공원에서 헤봄이 했던 말을 떠올렸다. '이건 시간 낭비예요. 걱정해야 할 중요한 사안들이 널렸는데, 우린 고작 이런 일에 시간을 쏟아붓는다고요?' "그 말씀은 의외네요, 영사님. 어떻게 자트 존하 같은 분에게 적이 있을 수 있어요?"

"수십 년간의 옴켐 정치사를 먼저 요약해드리지 않고는 설명하기 힘들 듯하군요." 영사가 웃으며 말했다. "우리는 헤봄이 체포되지 않은 것만도 감지덕지해야 마땅하겠죠. 하지만 그는 여기서 혼자 지내면 안 됩니다. 적어도 정거장에 있는 옴켐 대사관까지는 올라갈 수 있어야 해요. 솔직히 말씀드려서, 저는 모종의 압력을 행사하여 그 부장에게 영향을 미쳐야 할 존하의 모친께서 여기 계시지 않아 실망했습니다. 하필이면 이런 때에 연락이 되지 않으시니, 참으로 안타까운 노릇입니다."

"맞습니다." 인그레이가 동의했다. "헤봄 존하는 만나셨어요? 제가 나갈 때는 주무시고 계셔서 그냥 나갔는데, 다나크가 잘 살펴드렸을 거예요." 그녀는 이 생색내는 태도와 권위를 자임하는 말에 다나크가 어떻게 반응하는지 확인하지 않았다. 하긴, 그는 반응하지 않을 것이 확실했다. 적어도 눈에 띄게는 말이다.

"지금에야 방문객을 맞을 준비가 됐다네요." 영사가 자리에 다시 앉지 않은 이유가 그래서였다. "저는 헤봄을 보러 바로 위층으로 올라가겠습니다."

"그러셔야죠, 영사님. 뭔가 필요한 게 있으면 집 안에 있는 누구에게든 바로 말씀해주세요."

영사가 방을 나가자, 여전히 앉은 채로 다나크가 쾌활하게 말했다. "그래, 당연해. 네가 오늘 아침에 행성계 안전청에 다녀온 이유는 그거겠지. 팔라드를 보면 아직도 흥분돼?"

"무슨 말인지 하나도 모르겠네." 인그레이가 말했다. 앉을까 생각했지만, 행여나 다나크와 긴 대화를 나눠야 하는 상황에 놓이고 싶지 않았다. 나가려고 돌아서던 그녀는 마음을 고쳐먹었다. 사적으로 그녀를 저격할 기회를 놓치는 법이 없는 다나크지만 가족의 이해관계가 위기에 처했을 때는 언제나 협조적이었다. "영사가 헤봄이야말로 자트가 안전하게 여긴 유일한 사람일 거라고 했을 때 말이야, 좀 이상하지 않았어?"

"영사가 딱 그렇게 얘기한 건 아니지." 깔보는 듯한 어조였다. "그리고 최근 한두 달간 어디서 뭘 하고 돌아다녔는지는 모르겠지만, 안 그러고 집에 있었으면 우리 손님들과 진짜로 이야기를 나눌 기회가 있었을 거야. 자트는 자기가 정치를 떠났다고 생각했어. 자기는 진실에만 관심이 있다 어쩐다 했지만, 여기서 하려던 프로젝트를 보면 생각만큼 비정치적이지는 않았지."

"맞아." 다나크가 그 주제에 관해 강의를 늘어놓기 전에 인그레이가 동의했다. "우리 이전에 옴켐인이 여기에 왔었다고 증명하려는 데는 정치적 의도가 있을 거야."

"그렇겠지." 다나크가 동의했다. "자트는 옴켐인들이, 적어도 에웨트 옴켐인들은 최종 목적지 행성계로 가는 길에 화에이를 거쳤다고 믿었어. 하지만 사실 상당히 많은 에웨트인들은 옴켐이 인류의 기원지라고 믿어. 자기들 에웨트인이 그곳에서 기원해 쭉 그곳에서 살았다고 말이야." 인그레이가 미간을 찌푸렸다. 다나크가 말을 이었다. "둘 다 맞을 수는 없지. 나는 둘 다 사실이 아니라고 확신하지만 자트 앞에서는 그런 얘기 입도 벙긋한 적 없고, 헤봄이나 영사 앞에서도 그런 말은 하지 않을 거야. 하지만 자트가 맞다면, 그리고 우리가 납득한다면, 옴켐은 자기들 함대가 우리의 바이잇 관문을 통과할 수 있도록 압력을 행사할 명분이 좀 더 생기겠지. 그것이야말로 옴켐 연합이 벌써 몇 년째 간절히 바라마지 않는 일이야."

"하지만 그게 그들이 쓸 수 있는 정치적 명분이 될 것 같지는 않아. 우리한테는 안 먹혀." 인그레이는 잠시 생각하다가 다나크가 능글거리며 웃는 걸 보았다. "그들이 신경 쓰는 게 우리 말고도 있지. 이건 연합이 자국민들을 대상으로 자기들 행위를 정당화하는 문제이기도 해."

"아마도." 다나크가 동의했다. "적어도 옴켐의 특정 정치 세력에게는 명분을 주겠지."

"그리고 자트가 틀렸다고 판명되면, 또는 그녀가 옳았다고 판명될 기회 자체가 없어지면, 자트와 연관된 세력은 정치적 도덕적 영향력을 잃게 될 테고."

"그리고 거기서 반사이익을 얻을 다른 정치 세력은 화에이를 상대로 그렇게 쉽게 영향력을 발휘할 수 없겠지. 자트가 이 계획에 자기 돈만 쓴 건 아니거든. 그녀는 부유하지만, 그 정도로 부유하진 않아. 연합 기금을 받아 온 거야."

그 기금이 궁극적으로 네타노에게 가리라는 걸 연합은 분명 알았을 것이다. "그들은 엄마가 의장이 되도록 도와주면, 엄마가 자기들에게 신세를 지는 것이라 생각했군." 인그레이가 추측했다. 옴켐 연합, 또는 옴켐 연합 내부의 어느 부유한 정치 세력은 정말로 네타노가 화에이의 네 의장 중 한 명이 되고 나면 옴켐 함대가 바이잇으로 통하는 화에이 관문을 통과할 수 있도록 도우리라 생각하나? "다른 것들도 있겠지만 말이야."

"다른 것들도 있겠지. 엄마는 자트의 믿음과 달리 자트가 실패할 거라고 확신했어. 그러지 않았으면 이런 일에 절대 동의하지 않았을 거야. 하지만 연합의 누군가는 엄마만큼의 확신이 없었어. 그리고 자트가 에웨트 옴켐인이 이곳의 첫 인간이라는 증거를 찾아낸다는 발상 자체를 좋아하지 않았지."

"그러면 공원을 파헤치는 걸 심하게 반대하는 화에이 사람들을 제외하면…."

"그런 사람들이 제법 있어." 다나크가 말을 잘랐다.

"당연하지. 하지만 어제 그런 사람이 한 명이라도 공원 근처에 있었다면 그 부장이 잡아들였을 거야. 그러니 그들을 제외하면, 자트가 죽기를 바라는 유일한 사람들은 옴켐 연합 사람들이군." 그리고 우토를 조종할 수 있는 옴켐 연합 사람들일 것이다. 우토가 연루되었다는 증거는 아직 없었지만 말이다. 하지만 인그레이는 서슴지 않고 다나크에게 말했다. "헤봄이 근처에 있던 유일한 옴켐인이었어." 그리고 연합의 영사는 이상할 정도로 헤봄을 이 행성에서 데리고 나가고 싶어 안달하는 듯했다. "그럼 부장은 왜 헤봄을 데려가지 않았을까?"

"그걸 나한테 물으신다면." 다나크가 조심성 없이 말했다. "베레트 부장이 림 지역 출신인 하틀리인이기 때문이지. 그들은 아직도 행성계 라리움에 있는 아사몰 유물 일부가 자기들이 도난당한 거라고 주장해. 그걸 거기 보낸 사람이 네타노가 아니고, 그 유물에 옥스콜드라는 이름이 붙어 있지도 않지만, 그래도 우리를 끌고 들어가지. 그리고 하틀리 사람들이 얼마나 불쌍한 체하기 좋아하는지는 너도 알잖아."

매년 림 지역에서 대표단이 와서 유물의 반환을 촉구하고, 매년 네타노는 그 사안을 행성계 라리움에 상정하기를 거부했다. "그럼 넌 그 부장이 고작 옥스콜드가를 곤란에 빠뜨리기 위해 진짜 용의자 체포를 미루며 그냥 까다롭게 굴고 있다고 생각해? 하지만 으가 무슨 짓을 하든, 언제 하든 상관없이 이 사건은 우리에겐 곤란한 일이야."

다나크가 관심 없다는 몸짓을 하며 말했다. "으는 결국 헤봄을 보내줄 수밖에 없어."

"하지만 자트를 죽인 게 헤봄이라면? 그리고 우리가 헤봄을 보호하고, 영사가 그를 행성계 밖으로 빼낸다면…."

"부장은 모든 혐의를 그냥 팔라드에게 덮어씌우겠지. 생각해보면, 그렇게 해도 팔라드 본인한테는 아무 차이가 없을 테고. 그러니 자트의 돈이 계속 들어오기를 바라며 살인자 한 명 놓아주는…."

"그러면 안 되지. 네 말이 사실이라면 말이야." 인그레이가 말허리를 잘랐다.

"아니면 헤봄을 체포해서 유죄를 입증하고 '자비로운 제거'로 보내든가. 그러고는 그를 비호하고 있을 게 분명한, 그리고 이제 자트가 사라졌으니 자트를 지지했던 쪽을 권력에서 밀어내고 있을 옴켐의 어떤 정치 세력과는 척을 지는 거지."

"우리, 라크 진촌한테 알려야 해." 인그레이가 말했다.

"우리?" 다나크가 반문했다. "내가 너라면, 이런 일에 참견하고 싶지 않을 거야. 무엇보다, 내가 보기에 넌 진촌이나 엄마한테 행성계 안전청에 갈 거라고 알리지도 않았을 거 같은데? 라크 진촌에게 알려봤자 얘기할수록 너한테 불리하게 돌아갈걸. 게다가, 우리 중에서 이 상황을 제대로 아는 사람은 나야. 팔라드를 화에이로 다시 데려온 게 너라는 걸 부드라킴 의장이 알면 넌 몹시 바빠질걸? 엄마가 그 결과를 좋아할 리 없겠지. 특히 선거철을 코앞에 두고는 더." 그가 악의적으로 웃었다.

인그레이가 대답하려는 찰나, 갑자기 시야에 주황색 긴급 경보가 번쩍이더니 뭔가가 응접실 문에 쿵 부딪히는 소리가 났다. 문이 열리면서 거미 메크 한 기가 걸어 들어오고, 잔뜩 겁에 질린 하인 하나가 바로 뒤를 따라왔다. "인그레이 옥스콜드." 거미 메크가 휘파람을 부는 듯한 새된 소리로 말했다. "틱 위진은 어디에 있나?"

인그레이가 눈을 깜박이고는 빤히 쳐다보았다. "대사님?"

정지. 게크 대사는 거의 1초 동안 꼼짝도 하지 않았다. 그러더니 한 발을 바닥에 굴렀다. 티어 시일라스 부두에서 본 행동이었다. "틱 위진은 어디 있나?"

"저… 저는 선장이 어디 있는지 모릅니다, 대사님. 저희가… 제가 우주선에서 내린 뒤로는 그를 보지도 연락을 받지도 못했습니다. 며칠 됐어요."

또 한 번의 정지. 대사가 다시 바닥을 세 번 굴렀다. 격렬하게. "다른 하나는 어디 있나? 가랄 케트는 어디 있나? 으를 찾을 수 없다."

"대사님, 여기까지 어떻게 오셨어요?" 인그레이가 물었다. 겁을 잔뜩 먹은 채 안절부절못하며 문간에 선 옥스콜드가의 하인을 제외하면 게크 대사는 아무도 대동하지 않은 듯했다. 행성계 안전청 경관들이나 외교관들이나 정치가들이나 대사의 개인 경호원이라고 할 만한 사람도 없었다. 대사 본인이 아니라 메크에 불과하니, 안전 문제가 그렇게 긴급하지는 않겠다 싶어도 말이다.

또 정지. 당연하다. 대사 본인은 저 궤도에, 메크와의 통신에 지연이 생길 정도로 멀리 있을 터였다. "내가 여기까지 어떻게 왔는지는 네가 알 바가 아니다." 대사가 휘휘거리는 소리로 말했다. "틱 위진은 어디 있나?" 그녀가 괴상하게 관절이 꺾인 다리 하나를 들어 아무 말도 못 하고 쳐다보고만 앉은 다나크를 가리켰다. "저건 누구냐?"

"저건 제 오빠 다나크입니다. 다나크, 게크 대사님이셔." 인그레이는 말없이 눈을 깜박여 다시 지상차를 불렀다. 방금 그녀를 현관 앞에 내려주었으니 멀리 가지는 않았을 것이다.

"뭐?" 다나크가 말했다. 잠시 정지된 후에 대사가 튀어나온 눈자루들을 하나만 남기고 모두 그쪽으로 돌렸다. "대사님." 다나크가 정신을 차리고 자리에서 일어나며 말했다. "만나 뵈어 영광입니다."

또 정지. 대사의 눈자루들이 다시 인그레이 쪽을 향했다. "날 틱 위진에게 안내하라. 그는 그 우주선들을 훔쳤다. 너는 안다. 너는 거기 티어 시일라스에 있었다. 나는 인간을 여러 번 겪어보았고, 이제 너를 본다. 나는 너를 안다. 너는 실제로 그렇지 않은 어떤 말을 나한테 하려고 할 테고, 넌 성공할 수도 있고 실패할 수도 있다. 하지만 '나는 너를 안다.'"

"다나크, 재킷 좀 줘봐." 인그레이가 말했다.

"대체 무슨 일에 우리 집안을 엮어 넣은 거야?" 다나크가 힐난조로 물었다.

"나는 재킷에는 관심 없다." 대사가 휘휘거렸다. "틱 위진을 내놓아라."

"그 재킷 좀 던져봐, 다나크." 인그레이가 고집스레 반복했다. 이번만은 제발 다나크가 경쟁자가 아니라 오누이처럼 굴었으면 좋겠다고 간절히 바라면서.

대사가 튀어나온 눈자루 모두를 인그레이 쪽으로 뻗었다. "위진 선장을 내놔.” 그녀가 다시 발로 바닥을 굴렀다. “가랄 케트는 어디 있나? 가랄 케트는 알 것이다.”

“정말이지, 대사님, 저는 위진 선장이 어디 있는지 모릅니다. 그리고 대사님이 아무 수행원도 없이….” 또는 보아하니 아무 허가도 받지 않고, “이곳에 계신 것은 조약 위반이 될 수 있다고 생각합니다. ‘다나크, 재킷!’”

“무슨 계획이라도 있기를 바라.” 다나크가 말하고는 재킷을 벗었다.

1초 후, 대사의 눈자루들이 느슨해졌다. 그래도 여전히 모든 눈을 인그레이에게 맞추고 있었다. “조약 위반은 아니다. 하지만 그에 가깝지.” 대사가 휘휘거렸다. “나는 조약을 잘 알고 있다.”

그리고 인그레이의 시야에 지상차가 돌아와 현관 앞에서 기다린다는 메시지가 반짝였다. “그렇게 말씀하셨던 게 생각나네요. 우주선으로 돌아가셔야 하지 않을까요?” 대체 어떻게 아무한테도 들키지 않고 여기까지 왔을까. 짐작도 가지 않았다. 하지만 대사는 확실히 들키지 않고 어떻게든 여기까지 왔다. 인그레이는 위진 선장의 메크들이 모양을 바꾸거나 여분의 수족을 뻗어낼 때의 그 꿀렁꿀렁한 방식을 떠올리고는 몸을 떨었다.

“틱 위진을 보여주면 우주선으로 돌아갈 것이다.” 대사가 고집했다.

“대사님.” 인그레이가 침착하고 이성적으로 들리도록 애쓰면서 대답했다. “위진 선장은 티어의 시민입니다. 대사님께는 그에 대한 권한이 없으십니다. 그리고 그가 대사님과 얘기하고 싶었다면, 티어 시일라스에 있을 때 했겠지요.”

그 순간 다나크가 재빨리 메크 뒤쪽으로 접근하더니 메크의 눈자루들 위에 재킷을 떨어뜨렸다. “이런.” 그가 말했다. “인그레이, 너한테 던지려고 했는데.”

인그레이는 고맙다고 말하거나 잠시 멈춰서 생각할 겨를도 없이 곧장 응접실을 뛰쳐나갔다. 문간에 서 있던 하인이 깜짝 놀라 펄쩍 뛰며 길을 비켜주었고, 인그레이는 현관홀을 가로질러 문으로 나가 기다리고 있는 지상차까지 뛰었다. "엄마 사무실로 가!" 그녀는 차에 타면서 어린 시절로 돌아간 듯이 소리쳤다. 그때는 소리를 내지 않고도 차를 통제할 수 있는 삽입장치가 없었다. "그리고 라크 진촌에게 내가 지금 당장 할 얘기가 있다고 전해."

라크 옥스콜드는 사실 네타노의 의원실 직원들과 함께 여기서 비행정으로 몇 시간 가야 하는 수도에 있었다. 하지만 으는 이곳 아사몰 지역 중심지에도 사무실을 두었다. 사무실은 작은 방이었고, 아무 장식도 없는 진갈색 벽에는 첫 번째 네타노 옥스콜드가 의회 의원으로서 처음으로 참석한 의회 입장권이 든, 좁게 테두리를 댄 단순한 상자가 유일한 유물로 걸려 있었다. 하지만 그 단순함을 내핍이라 착각할 여지는 없었다. 화면 벽을 바라보도록 놓인 두 개의 낮은 의자에는 금색 비단을 씌웠고, 사이에 있는 탁자는 흰색 줄이 들어간 녹색 돌덩어리를 통째로 깎아낸 것이었다.

"잠깐." 인그레이가 오늘 일어난 일을 전부 얘기할 때까지 말을 끊지 말아달라고 요청을 했는데도, 화면에 나타난 라크 옥스콜드가 말허리를 잘랐다. 라크 진촌은 키가 작고 땅딸막했다. 그 체구와 침착하고 조용한 인상 탓에 처음 보는 사람들은 종종 으를 과소평가하지만, 오래가지는 못했다. 어느 모로 보나 으는 인그레이가 앉은 곳에서 고작 몇 미터 떨어진 두 개의 낮은 금색 의자 중 하나에 마주 앉아 있었다. 또 하나의 반들거리는 녹색 돌 탁자가 두 의자 사이에 놓여 있었다. 하지만 인그레이는 으가 수천 킬로미터 떨어진 곳에 있으며, 으의 뒤쪽 벽의 모양과 색깔이, 그리고 그 의자와 탁자의 모양도 어느 정도는 자신이 앉아 있는 방과 맞추기 위해 만들어진 가짜라는 걸 알았다.

라크 진촌이 말을 이었다. "행성계 안전청에 가서 팔라드 부드라킴 면회를 신청했다고? 애초에 으를 이 행성계로 데려온 것만으로도 상황이 충분히 좋지 않은데 말이다. 그것도 가짜 신분으로…." 으가 한숨을 쉬었다. "대체 왜 그랬니, 인그레이? 나는 이런 종류의 사고는 다나크나 칠 줄 알았지, 네가…." 말을 하던 중에 인그레이가 앉은 사무실의 문이 열리자 라크 진촌은 입을 다물었다. 둥글고 검은 얼굴이 갑자기 평온하고 쾌활한 표정을 지었다. 하인이 서바트 잔을 들고 와 인그레이 옆에 있는 초록색과 흰색이 섞인 유리처럼 매끈한 탁자에 놓았다. 하인이 나가자 라크 진촌이 말했다. "이번 건이 너와 네 오빠가 힘을 합쳐 같이 일하는 드문 경우가 될 것 같지는 않구나."

"맞아요, 진촌." 인그레이가 인정했다.

"난 네가 말썽을 부릴 줄은 몰랐다, 인그레이." 으의 목소리에서 사람을 주눅 들게 하는 못마땅한 기색이 느껴졌다.

"아직 끝난 거 아니에요!" 인그레이가 항의했다. 하지만 그녀는 정말로 도망치고 싶었다. 이 사무실 밖으로, 건물 밖으로, 거리로… 그렇지만 그다음엔 어디로 가지? 갈 데가 없었다. "팔라드가 자기 아버지와 면회할 때 저도 있으면 좋겠다고, 와달라고 요청했어요. 으는 젊은 부드라킴이 아니라 에티아트 부드라킴 본인이 올 거라 확신하고 있어요. 그리고 저는 그러겠다고 했어요. 그러고는…."

"아, 그건 도움이 되겠구나." 마침내, 라크 진촌의 목소리에서 조심스러운 승인의 기미가 느껴졌다. 으가 복숭아색 비단 재킷을 벗어 의자 등받이에 걸쳤다. 그러고는 얼굴을 가린 꼰 머리카락 다발을 치우고 옆에 놓인 탁자에서 서바트 컵을 집어 들었다. "그럼, 이 일이 몽땅 안 좋은 것만은 아닐지도 모르겠군. 계속해봐."

"그러고 나서 저는 집에 왔어요." 인그레이가 말을 이었다. 갑자기 허공에서 추락하는 듯한 느낌이 엄습했다. "왔더니 옴켐 영사가 있었고…."

"그래. 네 모친이 이미 영사한테서 얘기를 들었다. 그것도 아주 상세하게."

"영사는 헤봄을 이 행성에서 데리고 나가려고 안달이었어요. 저는 헤봄이 자트 존하의 인척이고, 자트 존하가 아주 영향력이 컸던 사람이란 걸 알지만… 이건 이상해요. 제 말은, 헤봄이 체포된 것도 아니잖아요. 그는 집에 머물고 있고, 집안 일꾼들에겐 최대한 그를 편안하게 해주라는 지시가 내려졌잖아요."

"음." 라크 진촌이 서바트를 한 모금 마셨다. "그렇군. 계속해."

"그래서 어쨌든, 저는 영사에게 헤봄에 관한 얘기를 하려고 행성계 안전청에 갔었다고 했어요. 거짓말이었죠. 사실은 팔라드와 얘기하려고 갔으니까요." 그 말에도 라크 진촌의 얼굴에는 아무 표정의 변화가 없었다. "그리고 영사는 네타노가 없어서 실망했다고 하면서 헤봄을 보러 위층으로 올라갔어요. 그러고는…." 다음에 나올 명백한 사실만으로도 그녀가 잠시 말을 멈출 이유는 충분했다. "게크 대사가 집에 들어왔어요."

"그럼 상황이 정말로 내가 처음에 생각했던 만큼 나쁜 게 아니구나." 아주 잠깐의 침묵 뒤에 라크 진촌이 말했다. "훨씬 더 나빠."

"맞아요." 인그레이가 수긍했다. "팔라드와 저는 집으로 올 때 틱 위진이라는 티어 시민이 소유하고 운용하는 작은 화물선을 탔어요. 저희가 티어 시일라스에 아직 있을 때, 게크 대사가 도착해서는 그 우주선을 보고 자기들이 도둑맞은 우주선이라고 주장했죠. 위진 선장은 그 우주선의 합법적인 소유주임을 증명하는 서류를 구비하고 있었지만, 대사는 믿으려 하지 않았어요. 그리고 제가 보기엔 게크가 저희를 따라 이 행성계로 온 것 같아요. 대사가 저한테 자꾸 위진 선장이 어디 있는지 물었어요. 하지만 전 몰라요! 대사가 어떻게 아무한테도 들키지 않고 우리 집까지 왔는지도 모르겠어요. 제 말은…, 그녀는 그냥 메크예요. 아니, 대사 본인은 궤도 어딘가에 있어요. 왜냐하면 메크와 통신하는 데 지연이 발생했으니까요. 어쨌든 그녀가 자꾸 저한테 선장이 어디 있는지 묻는데, 전 모르거든요! 그러고는 팔라드가, 아니 가랄이…, 그게 그때 으가 쓰던 이름인데 어쨌든, 으가 어디 있느냐고 물었어요. 그러고는….” 그녀는 잠시 다음에 일어난 일을 어떻게 설명하는 게 최선일까 고민했다. “저는 다나크에게 재킷을 달라고 했어요. 다나크가 그 방에 있….”

“아, 어디선가 다나크가 나올 줄 알았다.”

“제가 다나크에게 입고 있던 재킷을 달라고 했는데, 그가 던진 게 하필 대사의 눈들, 그러니까 열 개가 넘는 그 눈들 위에 떨어졌어요. 그래서 저는 그녀가 앞을 못 보는 틈을 타서 방을 뛰쳐나와서는 곧바로 지상차를 타고 여기로 왔어요.”

잠시 아무 말 없다가 라크 진촌이 서바트 잔을 내려놓고 한숨을 쉬었다. “네가 처음 네타노의 집에 온 때가 기억나는구나. 넌 정말 조용한 아이였지. 난 생각했어. 마침내 내 동기가 분별 있는 사람을 가족으로 들이는구나.”

인그레이가 놀라서 눈을 깜박였다. “정말로요?” 라크 진촌은 극적인 상황을 연출하거나 과장하는 법이 없었다. 으는 절대적으로 침착했고, 필요할 때는 잔인할 정도로 단도직입적이었다.

“나도 알아. 지난 며칠간의 상황으로 보면 좀 말이 안 되지, 그렇지 않니?" 으가 다시 한숨을 쉬었다. "그래도 동기간에 힘을 합쳐 뭘 하는 걸 보니, 좋구나."

"그건 아니… 우리는 정말로 그런 게…." 인그레이는 할 말을 잃었다. 그건 사실이었다. 그녀가 재킷을 달라고 했을 때 다나크는 그 말이 무슨 의미인지 이해했고, 그럴 필요가 없는데도 그녀를 도왔다.

"가족이 위협을 받을 때, 또는 그럴 위험성이 아주 높을 때, 다나크는 해야 할 일을 하지. 네 모친이… 아니다, 이건 다음에 얘기하자." 으가 고개를 저었다. "그럼 넌 여기 조언을 구하거나, 승천한 성인들이시여, 저를 도우소서, 지침을 받으러 온 게 아닌 듯하구나."

"아뇨, 진촌. 조언이 필요해요!" 인그레이가 반박했다. "저는 팔라드가 자기 부친과 면회할 때 가겠다고 약속했고, 그게 좋은 생각이 아닐 수도 있다는 건 알지만, 제가 선택한 거니까 어떤 일이 생기더라도 제가 알아서 처리할 수 있어요." 어쩌면 그럴 것이다. 사실은 정말로 그럴 수 있을지 자신이 없었다. "하지만 게크 대사는 완전히 다른 문제란 말이에요."

"그 말을 들으니 분별이 완전히 사라지지는 않은 것 같네." 라크 진촌이 말했다. "어쨌든 그건 큰일이지." 으가 눈을 감았다 뜨고는 초점 없이 앞쪽의 어딘가를 바라보았다. 아마 무언가를 읽거나 듣고 있을 것이다. 마침내, 으가 말했다. "게크가 우리 행성계로 들어오자마자 틱 위진 선장을 만나야겠다고 요구했지만, 그 선장은 그 전에 비화에이 외계 정거장 어딘가로 가는 경로를 신고하고 부두를 떠났어. 지금쯤 화에이가 통제하는 우주를 벗어났을 거야."

법적으로는 그런지 모르겠지만, 아마 그는 떠나지 않았을 것이다. 비화에이 외계 정거장들은 대체로 아주 멀었다. 하지만 게크 대사에게 위진 선장이 연락이 닿지 않는다고 말할 수 있다는 건 의심할 여지 없이 편리했다. "그게 문제가 아니잖아요." 인그레이가 말했다. "틱 위진은 티어의 시민이고, 티어 시일라스의 최고 행정관 본인이 그를 게크에 넘기기를 거부했어요. 잘못하면 우리가 티어 시일라스와 갈등을 빚게 될지도 몰라요. 게다가 그는 인간이고, 게크는 그에 관한 아무런 권한이 없어요."

"그 얘기를 들으니 게크가 왜 그렇게까지 그를 원하는지 궁금해지는군." 라크 진촌이 말했다. "하지만 네 말이 맞아. 우리는 그를 넘겨줄 수 없어. 넘겨줬다간 하다못해 게크와 우리 관계에 나쁜 선례를 남기게 될 거야. 아주 솔직하게 말하자면, 사실 게크와 우리 관계에는 아무 쟁점이 없어야 마땅하지. 우리는 지금까지 어떤 주제로든 게크와 대화해본 적이 없어. 그 빌어먹을 주 게크 라드츠 대사가 이 건을 어떻게 해줘야 하는데, 방금 게크 우주선에 타고 있는 그 라드츠 대사가 자기는 이 사안에서 할 수 있는 일이 아무것도 없다고 주장하는 걸 내 귀로 들었단다. 그럴 거면 대체 뭐하러 거기 있는 거지?"

"저는 모르겠어요, 진촌."

"위진 선장이 도망친 건 적어도 우리한테 작은 호의를 베푼 거겠지. 그래도 게크가 온다는 소식을 미리 들었다니 이상하군. 그때는 몇몇 사람밖에 몰랐는데." 으는 마치 인그레이가 무슨 말을 하기를 기대한다는 듯 잠시 말을 멈췄다. 아무 말이 없자 으가 물었다. "그 우주선, 훔친 거야?"

라크 진촌에게 대놓고 거짓말을 하기가 찜찜해서 인그레이는 이렇게 대답했다. "말씀드렸듯이, 그는 모든 서류를 구비하고 있었어요. 조선소부터 시작해서 소유권 이전 기록도 깨끗했고요."

"내가 물은 건 그게 아니야. 뭐, 그게 내 질문에 대한 답이겠지만. 그럼 너는 애초에 왜 티어 시일라스에 간 거니? 그리고 대체 거기서 무얼 샀어? 돈 한푼 없이 돌아왔잖아."

인그레이는 그럴듯한 답을 생각할 시간이 필요했다. 그래서 서바트 잔을 들어 올렸다.

"인그레이." 인그레이가 한 모금 마시는데 라크 진촌이 마치 끔찍한 생각이라도 든 듯이 말했다. "너, 브로커한테 가서 '자비로운 제거'에서 팔라드 부드라킴을 꺼내달라고 한 건 아니지? 그렇지? 제발 아니라고 말해줘."

인그레이의 입은 서바트로 가득 찼는데, 도무지 삼킬 수도 없고 그렇다고 다시 컵에 뱉을 수도 없었다. 그러다 겨우 다시 움직일 수 있게 되자, 인그레이는 억지로 서바트를 목구멍으로 삼키고는 컵을 떨어뜨리는 대신 무사히 내려놓았다. 그러고는 더없이 차분하게 말했다. "말도 안 돼요." 하지만 그녀는 답을 하는 데 너무 오랜 시간이 걸렸다는 걸 알았다.

라크 진촌이 한숨을 쉬었다. "난 네타노에게 아이들을 서로 경쟁시키는 건 옳지 않다고 얘기했어. 처음부터 그렇게 얘기했지. 그리고 커다란 위험을 감수하는 아이에게 보상을 주는 걸 주의하라고 경고도 했어. 하지만 그녀는 내가 뭐라고 하든 자기 방식대로 하지. 난 바올이 떠날 때 네타노가 자기 실수를 깨달았다고 생각해. 너와 다나크 둘 다 으가 쫓겨났다고 생각하는 건 알지만, 그게 아냐. 바올은 네타노에게서 멀어지기 위해, 그 가정 전체와 멀어지기 위해 떠난 거야. 하지만 그 가정을 만든 건 네타노지. 그리고 네가 믿지 않을 수도 있겠지만, 그 일로 네타노는 몹시 상심했단다. 우리 어머니는… 음. 우리 어머니가 돌아가실 때까지 네타노가 아이를 두지 않은 데는 이유가 있지. 그리고 아이들이 전부 생물학적 아이가 아닌 데에도 이유가 있어. 네타노는 우리 어머니와 똑같은 부류의 양육자가 되는 걸 정말 싫어했단다. 그래서 바올이 떠났을 때, 그건….” 라크 진촌이 고개를 저었다. “네타노가 너희 둘을 대하는 방식을 바꾸려 노력했다고 생각하지만, 사람이 어딜 가겠니. 게다가 이미 그 양육방식이 끼칠 피해는 다 끼쳤지. 그래도, 난 늘 터무니없이 야심이 크고 파괴적인 건 다나크라고 생각했다.”

인그레이는 아무 말도, 항의조차도 할 수 없었다.

“누구한테 갔니? 내 짐작에는… 황금난초? 그리고 그들이 네 돈을 받고, 팔라드를 데려왔다?”

절대 그렇게 수월한 일은 아니었다. 하지만…. “예.” 인그레이는 인정했다.

“이 문제는 생각을 좀 해봐야겠어.” 말없이 앉은 인그레이에게 라크 진촌이 말했다. “네가 미처 알아차리지 못한 복잡한 요인들이 좀 있는데, 지금은 얘기해줄 수가 없구나. 그리고 어쨌든 간에, 팔라드에 관한 일이 알려지면 나와 네 모친도 너를 보호해줄 방법이 없을 거야. 이 일은 아마 알려지지 않겠지. 알려지면 심각하게 곤란할 거래를 티어 브로커와 한 번도 해본 적 없는 의원이 의회에 있을까 싶어. 본인들이나 그 가족들이나 말이야. 그리고 정부가 이런 일이 절대 알려지지 않는 편을 선호할 이유도 몇 가지 떠올라. 하지만 아무것도 장담해줄 수 없어.”

“당연히 그렇겠지요.” 인그레이는 수긍했다. 이 압도적으로 부끄럽고 암담한 느낌 외에는 주변의 무엇이 실제인지도 확신할 수 없었다. 난 왜 그런 짓을 했을까?

“음, 그건 그거고. 지상차를 타고 행성계 안전청으로 가. 게크 대사가 거기까지 따라오면 아주 공손하게 말해. 목격자들 앞에서. 넌 정말로 할 말이 없고, 그녀가 허가 없이 이곳에 있는 것이 조약 위반 같다고."

"집에서도 그렇게 했어요."

"잘했어. 계속 그렇게만 얘기해. 다른 말은 절대 하지 마. 나는 네 모친에게 주 게크 라드츠 대사에게 부당한 괴롭힘에 항의하는 메시지를 넣으라고 할게."

"고마워요."

"감사는 부드라킴 의장이 팔라드에게 하는 말을 낱낱이 전해주는 것으로 하렴." 라크 진촌이 말했다. "에티아트 부드라킴이 팔라드가 돌아왔다는 말을 듣자마자 부리나케 귀환했다는 점이 몹시 흥미로워. 게다가 게크가 정거장에 있는데도 딸을 보내는 대신 본인이 직접 온다는 사실이 더욱 궁금증을 자극하지. 내가 모르는 뭔가가 있어. 혹시 넌 아는 건 아니니?"

"아니요, 몰라요. 정말로요." 하지만 진촌의 말이 옳았다. 인그레이는 지금 으가 하는 말을 듣고서야 그 말이 옳다고 확신하게 되었다. 좀 더 일찍 깨달아야 했지만, 팔라드에겐 처음부터 자기만의 과제가 있었다. 적어도 인그레이와 함께 우주선을 타고 화에이로 돌아오겠다고 동의한 그 순간부터는 그랬을 것이다. 그 과제에 비하면 인그레이의 계획은 부수적이었다. 팔라드가 체포된 것도 분명 그 과제에 입각하여 일어난 사건이었다. "미안해요."

"미안하다는 말이 깨진 컵을 붙여주지는 않지." 라크 진촌이 말했다. "이제 가거라. 지금 기다리게 해서는 안 될 사람들이 날 기다리고 있어. 그리고 인그레이, 그러니까… 넌 지금껏 이런 문제에 아무 조언도 요청하지 않았어. 지금에서야 내 조언을 요청하는 것이 절망스럽다만, 무슨 짓을 하든, 제발 부탁이니까, 나한테 알려주고 해."

"예, 진촌." 인그레이가 대답했다.

9

지상차를 탄 인그레이는 팔라드의 검은 가방을 바닥에 내려놓고 등받이에 기댄 채 눈을 감았다. 네타노의 사무실에서 행성계 안전청 지역청사까지는 금방이었다. 걸어갈 수도 있는 거리라 다른 날이었다면 걸어갔겠지만, 오늘만은 혹시나 아는 사람들과 마주칠까 봐 그러기 싫었다. 심하면 언론사 기자들과 마주칠 수도 있었다. 최악의 경우에는 게크 대사도 있었다.

그런 생각을 하는 찰나, 휘파람 같은 목소리가 이르어로 속삭였다. "인그레이 존하, 비명 지르지 마세요." 인그레이는 눈을 떴다. 그 목소리가 말을 이었다. "접니다, 틱 위진. 당신이 비명을 지르는 부류가 아닌 건 알지만, 혹시나 해서요." 인그레이의 발치에 있던 가방에서 눈자루 하나와 기묘하게 관절이 꺾인 털이 부숭부숭한 다리 셋이 튀어나와 있었다.

그녀는 펄쩍 뛰었다. 아니, 그러려다 지상차 천장에 머리를 부딪혔다.

"응급상황입니까?" 인그레이가 놀람과 경악의 외침과 함께 다시 자리에 주저앉자 차의 제어기가 물었다. "15초 이내에 등록된 음성으로 확인…."

"응급상황 아니야." 인그레이가 갑자기 나타난 거미 메크로부터 가능한 한 멀리 자리를 잡으며 말했다. "대체…." 그 말밖에는 아무 말도 나오지 않았다.

가방 표면에서 눈자루가 또 하나 뿍 튀어나왔다. 그건 애초에 가방이 아니었다. 아니, 거미 메크가 가방이 될 수도 있었다. 그걸 보니 게크 대사가 아무에게도 들키지 않고 행성에 있는 그 먼 네타노의 집까지 어떻게 왔는지 설명이 되는 듯했다. "팔라드는… 제 말은 가랄은…." 그녀는 위진 선장이 어떤 이름을 알아들을지 생각해보려 애썼다. 팔라드는 베레트 부장이 그의 이름을 부를 때 가방을 메고 있었다. "팔라드는 알아요? 이…."

"저는 그냥 팔라드가 어쩌는지 지켜보고 싶었어요." 거미 메크는 마치 그녀가 아무 말도 하지 않은 양 말허리를 자르고 자기 말을 이었다. "으한테 필요해서는 아니었어요, 꼭 필요하지는 않았죠. 하지만 결국은 으한테 필요했다고 밝혀지네요." 그럴 수밖에 없다. 선장은 멀리, 모든 통신이 지연될 만큼 멀리 있었다. 대사와의 통신은 1초 정도 지연되었다. 위진 선장은 아마 훨씬 더 먼 곳에 있을 것이다. 거미 메크가 말을 이었다. "팔라드가 행성계 안전청에 체포되었다면 결과는 딱 하나밖에 없어요. 좋은 결과는 아니지요. 그리고 그것도 옴켐 연합의 개입을 고려하지 않을 때의 일이고요. 당신도 깨달았겠지요. 당신의 그 빌어먹을 오빠가 전에 당신 모친의 집에서 그런 이야기를 했으니까요. 뭐, 그러지 않아도 스스로 알아냈겠지만요. 그러니 문제는 우리가 무엇을 할 수 있느냐겠지요?"

인그레이는 말이 이어지는지 보려고 잠시 기다렸는데, 그는 말을 그친 듯했다. "왜 당신이 신경을 쓰죠?" 그녀가 물었다.

"무슨 질문이 그래요?" 인그레이가 말을 마치고 나서 약 1초쯤 후에 거미 메크가 반문했다. "우리는 허비할 시간이 없어요. 제가 보기엔 옴켐 연합 영사가 자트 살해 용의자인 팔라드를 자기들한테 넘기라고 주장할 것 같아요. 헤봄 짓인 게 명확한데도 말이죠. 헤봄이 왜 그랬는지는 저도 잘 모르겠어요. 어쩌면 연합의 정치 상황과 관련됐을 수도 있고, 그냥 가족 간의 반목 때문일 수도 있겠죠. 어쨌든 그는 자트의 인척이니까요. 하지만 옴켐 연합은 '자비로운 제거' 같은 것으로 꾸물거리지 않죠. 필요하다고 판단하면 팔라드를 공개 처형할 거예요. 당신은 영향력 있는 사람들을 좀 알죠. 팔라드에게도 그런 인맥이 있지만, 당연히 그 인맥은 으를 도우려 하지 않겠죠. 당신 모친은 지금쯤 정거장에 거의 도착했을 테고, 당신 진촌이 도와줄지도 모르겠네요. 적어도, 어느 정도까지는요. 그러니 제가 당신을 좀 안다고 치면, 당신은 앞으로 최소한 5분이나 10분 정도 혼란스러워할 테고, 그러고는 뭔가 계획을 떠올릴 거예요. 하지만 우리에겐 정말이지 그럴 5분이나 10분도 없어요. 제 계산이 맞다면, 우리는 지금 행성계 안전청에 다 왔으니까요." 거미 메크가 다시 가방으로 변했다. 아니, 그건 메크인 동시에 진짜 가방이었다. 팔라드가 그 안에 물건을 넣어 다녔으니까.

"잠깐만요, 뭐라고요?" 인그레이가 되묻는데 지상차가 행성계 안전청 앞에 섰다. "아니, 하지만 선장님은 대체 왜 이런 일을 하는 거예요?" 즉각적인 대답이 없었다. 당연하지. 가방과 입씨름을 하면서 그냥 앉아 있을 수는 없었다. 그녀는 가방을 집어 들고 차에서 내렸다.

"좋아요, 그러면 5분이나 10분은 드리죠." 그녀가 말을 끝낸 1초 후에 가방이 속삭였다. "우리에게 주어진 시간은 그게 다예요. 이제 저를 들고, 갑시다."

인그레이는 대답하지 않았다. 1초. 지연 시간은 그게 다였다. 게크 대사와 같았다. 그녀는 몸서리를 치고 싶은 걸 꾹 참고 가방을 둘러메고는 행성계 안전청 정문으로 향했다.

외계인 대사의 주거침입에 항의하려면 누구한테 얘기해야 할지 잘 모르겠지만, 토크리스에게 면담을 신청하는 것으로 시작할 수 있겠다는 생각이 들었다. 토크리스는 예전부터 그녀를 신뢰했고, 늘 우호적이었다. 게다가 행성계 안전청 사람들을 잘 알 테니 어디로 가면 되는지 인그레이보다는 잘 알 터였다.

하지만 인그레이가 정문을 통해 현관 로비로 들어서자마자 구석에 있던 호리호리한 다리가 세 개 달린 메크가 구동하더니 휘청거리며 걸어 나왔다. "인그레이 옥스콜드 씨, 저를 따라오십시오." 메크가 말했다. "강력범죄부장 보좌관이 즉시 귀하를 만나실 예정입니다."

"뭐?" 인그레이가 놀라서 물었다. 토크리스에게 면담 요청 같은 걸 할 기회도 없었다. "무슨 일이 났어?"

"인그레이 옥스콜드 씨." 메크가 다시 말했다. "저를 따라오십시오. 강력범죄부장 보좌관이 즉시 귀하를 만나실 예정입니다."

"알았어." 인그레이는 여전히 어리둥절한 채 말했다. 하지만 무슨 일이 일어난 게 분명했다. "따라갈게."

토크리스가 자기 사무실 밖 복도에서 인그레이를 맞았다.

"막 메시지를 보내려던 참에…." 호리호리한 메크가 돌아서서 기

우뚱거리며 멀어지자 토크리스가 말했다. "네가 건물 안으로 들어왔다는 소리를 들었지 뭐야. 부드라킴 의장이…."

옆 사무실 문이 열렸다. 에티아트 부드라킴 의장이 성큼성큼 걸어 나왔다. 키가 크고 풍채가 좋은 데다, 사각형 얼굴은 윤곽이 분명하고 균형이 잘 맞았으며, 머리카락은 꼼꼼하게 땋아 넘겨서 하나로 묶었다. 그는 자신의 훌륭한 외모가 정치적 영향력에 기여하는 비중이 작지 않음을 분명히 알았고, 완벽하게 꾸미고 정돈된 상태가 아니면 아예 집 밖으로 나서지도 않았다. 의장이 누군가에게 말하는 중이었다. "행성계 안전청장에게 얘기하겠어요. 필요하다면 소송도 제기할 겁니다. 이건…." 그가 거기 선 인그레이를 힐끗 보더니 갑자기 말을 멈췄다.

어릴 때부터 네타노의 정적들과 태연자약하게 어떤 대화라도 해낼 수 있도록 훈련받은 인그레이는 거의 반사적으로 미소를 지으며 가볍게 절을 하고 말했다. "부드라킴 의장님, 만나 뵈어 반갑습니다."

"인그레이 씨." 의장을 따라 사무실에서 나오던 베레트 부장이 말했다. "마침 여기 계셨다니, 잘됐네요. 팔라드 부드라킴이 인그레이 씨 없이는 아무와도 얘기하지 않겠다며 면회를 거부한 듯합니다. 의장님이 으와 얘기하고자 여기 오셨는데, 면회를 못 하셨어요."

"이 일 뒤에 네타노가 있었어!" 의장이 부장을 무시하고 인그레이에게 말했다. "애초에 팔라드를 이곳으로 데려온 것이 너였어."

"무슨 말씀이신지 모르겠습니다만, 의장님." 인그레이가 대답했다. 얼굴은 여전히 미소를 짓고 있었다. "저는 지금 당장이라도 참석할 수 있습니다."

"넌 참석할 필요 없어. 나는 듣거나 기록하는 사람 없이 팔라드와 얘기하겠다고 요구했어. 무엇보다, 으는 내 아이야."

"의장님." 베레트 부장이 말했다. "이미 설명해드린 대로, 행성계 안전청에 체포된 자는 적법한 감시 없이 면회가 허용되지 않습니다." 인그레이 귀에는 으의 림 지역 사투리 억양이 격식을 차린 공식적인 문구들과 부조화를 일으키는 걸로 들렸다. 분명 의장에게도 마찬가지로 들렸으리라. "과거에 어떤 예외적 경우가 있었다 할지라도…." 부장은 약간, 아주 약간 머뭇거린 후 말을 이었다. "제가 부임한 이후에 있었던 일은 아니며, 저는 그런 예외적 경우와는 아무 관련이 없습니다. 제 일은 법을 지키는 것입니다."

"자넨 곧 새 일자리를 찾게 될 것 같군." 의장이 말했다. 인그레이는 부장이 언급한 그 예외적 경우 중 적어도 한 건은 부드라킴 의장 본인, 그리고 팔라드가 관련돼 있음을 깨달았다. 그것이 지금 팔라드가 증인의 배석을 고집하는 이유를 설명해주리라.

"외람된 말씀입니다만, 의장님." 인그레이가 말했다. "의장님과 대화하길 거부하는 것이 팔라드라면, 강력범죄부장을 비난하시는 건 공정하지 않을 듯합니다." 그 말을 하는데 돌연한 공포가 밀려왔다. 양어머니 네타노는 아이들에게 에티아트 부드라킴에게 적정하게 공손하라고 가르쳤다. 말하자면, 예의상 필요한 건 뭐든 하되 딱 거기까지만 하라고. "하지만 제가 도와드릴 수 있어서 기쁘게 생각합니다."

"물론 그렇겠지." 부드라킴 의장이 말했다. 목소리에서는 아주 희미하게 빈정거리는 기미만이 느껴졌다. 그가 고개를 돌려 부장을 쳐다보았다. "이 아이에게 연락하지 말라고 얘기했을 텐데."

"연락하지 않으셨어요." 인그레이가 말했다. "제가 마침 볼일이 있어 들른 참이었어요." 의장이 코웃음을 쳤다. 인그레이는 여태 자기 사무실 문간에 서서 말없이 지켜보고 있던 토크리스를 돌아보았다. "토크리스, 너와 상의할 일이 있어. 팔라드 일이 끝나고 좀 볼 수 있을까?"

"물론이지." 토크리스가 말했다. "준비가 되면 내 사무실로 와." 그러고는 방으로 들어가 문을 닫았다.

인그레이는 다시 에티아트 부드라킴을 돌아보았다. "저는 언제라도 괜찮습니다, 의장님."

전과 똑같은 황량하고 거무죽죽한 방에 똑같이 닳아빠진 흰 벤치였다. 보기에는 팔라드가 저쪽에 서 있지만, 물론 으는 그저 벽에 나타난 영상일 뿐이었다. 인그레이를 본 으의 입꼬리가 아주 살짝 비틀렸지만, 그저 그뿐, 으는 아무 말 없이 선 채 기다렸다.

"난 마음이 아프구나." 마침내 부드라킴 의장이 입을 열었다. "내 아이가 나한테 말을 하지 않으려고 하다니."

"저는 말을 하지 않겠다고 한 적 없어요." 팔라드가 말했다. "인그레이가 오지 않으면 말을 하지 않겠다고 했죠. 안녕, 인그레이, 와줘서 고마워요."

"뭘요." 인그레이가 말했다.

"어떻게 '자비로운 제거'에서 나왔지?" 의장이 물었다. "내 수완으로는 네가 거기로 가지 않도록 막거나, 간 뒤에 빼내 올 방도가 없었다고 말하게 돼서 유감이구나."

"거짓말은 생략하도록 하죠." 팔라드가 말했다. 침착하고 진지했다. "당신은 제가 거기로 가지 않도록 막아주겠다고, 아니면 가게 되더라도 빼내주겠다고 했지만, 그럴 의향이 전혀 없었어요. 저는 당신의 말을 믿었어요. 믿지 않았다면 상황이 아주 다르게 돌아갔겠죠. 하지만 이제 저는 그 말을 믿지 않아요. 저는 가족을 위해 할 수 있는 모든 희생을 했어요. 그리고 이제 희생은 끝났어요." 으의 목소리에는 아무런 격렬함도 아무런 분노도 없었다. 그저 침착하게 사실을 있는 그대로 진술할 뿐이었다. "누구든 절 보면 제일 먼저 그 유물을 어떻게 했느냐고 또 묻겠지요. 마침 이곳의 간수 몇몇이 이미 그랬고요. 제가 그걸로 유명하니까요."

"안 돼." 의장이 말했다.

"당신은 유물을 훔쳤다는 이유로 자기 아이를 기꺼이 '자비로운 제거'에 보냈어요. 그런 당신이 그 유물을 돌려받을 수만 있다면 무슨 짓인들 못 하겠어요?" 으가 인그레이를 돌아보았다. "사실은, 저는 그 유물을 훔치지 않았어요. 아무도 훔치지 않았지요. 그것들은 늘 있던 자리에 그대로 있어요."

"하지만 지난번에…." 인그레이가 반박했다. "그걸 어떻게 했는지 밝힐 준비가 됐다고 했잖아요." 그러고는 말을 하자마자 그 말이 얼마나 멍청한 말인지 깨달았다.

"제가 그렇게 말했죠." 팔라드가 인정했다. "그리고 만약 당신이 언론에다 내가 그 유물을 에스웨이 공원에 묻었다고 알렸다면 고마웠을 겁니다. 여기 계신 부드라킴 의장이 그 공원을 파헤치는 계획에 반대한다고 들은 기억이 나요. 유물이 거기 묻혀 있다고 알려지면 당연히 의견을 바꾸셔야겠지만 말이에요. 예전에 부드라킴 의장님은 유물을 찾고 싶다며 대단한 쇼를 했었죠. 유물을 돌려받고 싶다고요. 그걸 돌려받는 유일한 길이 공원을 파헤치는 거라면… 음, 파헤쳐야죠."

부드라킴 의장이 입을 열었다. "언론은 네가 여기 있는 걸 모른다. 그리고 누가 알아낸다고 해도, 진실을 보도하는 것이 자기네들 이해관계와 충돌한다는 걸 알게 되겠지."

"지역 언론에 누구 입김이 더 세게 작용할지 알 수 있겠네요." 팔라드가 여전히 침착하게 말했다. "당신일까요, 아니면 네타노 옥스콜드 의원일까요. 공개적으로 당신에게 망신을 줄 기회인데, 그녀는 분명 앞뒤 안 가리고 달려들겠죠. 어쨌든, 선거도 다가오고 하니까 말이에요."

"원하는 게 뭐냐?" 부드라킴 의장이 거칠고 무뚝뚝하게 물었다.

"당신의 정치 생명이 끝나기를 원합니다." 팔라드가 대답했다. 침착하고 평온한 어조였다. "당신이 저한테 어떤 짓을 했는지 모두가 알기를 원합니다. 문제는 제게 증거가 없다는 거죠. 달리 말하면, 제가 재판을 받던 시기에도 증거는 없었고, 지금도…." 으가 홱 손사래를 쳤다. "우린 그 건이 어떻게 됐는지 알고 있죠. 당신이 저한테 한 짓을 여기서부터 화에이 정거장에 이르는 모든 언론사 기자에게 털어놓아봤자 아무것도 바뀌지 않으리라는 거 잘 알아요. 혹시 바뀐다 해도 몇 년 동안 소송을 벌인 후일 테고, 당신은 그 몇 년을 감히 날 도와준 사람들의 삶을 끔찍하게 만드는 데 쓰겠지요. 하지만 당신은 제게 실용적인 사람이 되라고 가르쳤어요. 저는 제가 할 수 있는 방법으로 당신에게 창피를 주는 선에서 타협하려 합니다." 으가 인그레이를 돌아보았다. "이 행성계만 벗어나면 사람들이 우리와 우리 유물들을 비웃어요. 이런 유물 개념이 말이 안 된다고 생각해서 그런 것도 있지만, 한편으로는 제일 유명한 우리 유물 일부가 진짜가 아니기 때문이에요. 행성계 라리움에 있는 그 벽판 알아요? 이 행성계에 도착한 첫 유인 탐사선의 에어로크 일부라고 여겨지는 거 말이에요. 그건 실제 그 일이 있었던 뒤로 6, 7백 년 후에나 존재할 수 있는 유형의 우주선에서 나온 거예요."

"그게 가짜예요?" 인그레이가 놀라서 물었다.

"그래요." 팔라드가 인정했다. "그리고 '티어에 대한 더 이상의 채무를 거부한다' 역시 가짜예요. 당연히 문구 자체는 가짜가 아니죠. 그건 진짜예요. 빚을 완전히 상환하면서 티어에 제시했던 문구죠. 하지만 행성계 라리움에 있는 그 문서는 위조품이에요. 사용한 서체는 독립하고 한참 지나서야 사용하기 시작한 것이고, 천은 고작 4백 년밖에 안 됐어요. 사실, 행성계 라리움에 있는 것 중에 누군가의 다락이나 먼지투성이 창고에서 갑자기 '발견된' 것들은 고작 그 몇 달 전에 위조됐을 가능성이 커요. 관련된 연구나 증명 작업을 화에이 바깥에서 하면, 이런 사실들이 금방 명확해지겠죠."

인그레이는 할 말을 잃었다. '티어에 대한 더 이상의 채무를 거부한다'가 가짜라고? 그녀는 그 유물을 직접 봤을 때를 떠올렸다. 그녀는 창립자들이 들락거렸다는 건물에도 자주 가봤고, 창립 이전 시대부터 끊이지 않고 도도히 이어져 내려오는 이름을 가진 사람들도 만나봤지만, 화에이 독립과 정부의 기초 자체라 할 그 원본을 보는 건 특별해서, 그 유물을 볼 때마다 가만히 생각에 잠기곤 했다. 하지만 그게 가짜라면, 라리움에서 그 아마포 쪼가리를 보는 것과 정보 파일로 읽는 것의 차이가 없지 않은가. 진짜는 거기에 적힌 말뿐이니까.

"저의 진짜 죄는…." 부드라킴 의장의 냉혹한 침묵 속에 팔라드가 말을 이었다. "제가 관리해야 할 의무를 진 그 가문의 유물들에 관해서 좀 더 알려고 했던 것이었습니다. 저는 정보를 얻기 위해 갈세드를 더 잘 아는 사람들을 찾아 여러 곳을 다녔습니다. 그리고 여기만 벗어나면 이 분야의 거의 모든 전문가가 부드라킴 가문의 유물을 알고 있고, 그게 가짜라고 확신한다는 사실을 알게 됐습니다. 처음에는 그 말을 믿지 않았습니다만, 알면 알수록 사실이 더 명확해졌습니다. 그래서 저는 제가 발견한 바를 부친에게 말씀드렸습니다. 아주 심각한 문제였기 때문이죠. 부드라킴 가문의 기원과 조상을 증명해주는 유물이 가짜라면… 음, 우리는 어떻게 되겠습니까? 게다가 저는 그 가문의 유물을 관리하는 사람이었습니다. 그리고 그 책임을 진지하게 받아들였지요."

"넌 먼젓번에도 범죄가 드러나자 이런 거짓말을 했었지." 부드라킴 의장이 갑자기 더없이 슬픈 표정으로 말했다. "그때도 날 납득시키지 못했다."

"오, 아니죠. 당신은 납득했어요! 납득했기에, 몇 주 후에 갑자기 그 유물이 사실은 진품을 흉내 낸 열악한 위조품이라는 사실을 발견했다며, 진품을 훔친 혐의로 저를 고발했어요. 그것들이 위조품이라는 걸 납득시키기 위해 제가 당신에게 알려주었던 정보들을 역으로 이용하는 건 식은 죽 먹기였겠죠. 지금은 제가 누구한테 진실을 말하든 필사적인 거짓말처럼 들릴 거예요. '하지만 괜찮을 거야.' 당신은 제가 체포될 때 그렇게 장담하셨죠. 애초에 그것들을 가문의 유물로 지정한 에티아트의 명성을 보존하려면 그 길밖에 없다고, 제가 입을 다물고 있기만 하면 당신이 보살펴줄 거라고요. 그리고 오, 당신은 절 돌봐주셨죠." 으가 인그레이를 쳐다보았다. "이미 말했듯이, 저는 언론에 제가 어떻게 저지르지도 않은 범죄로 부당하게 유죄 평결을 받았는지 알리고, 바라건대 의장님의 정치 생명이 끝나는 걸, 아니 어쩌면 '자비로운 제거'에 가는 걸 보고 싶지만, 가능할지는 모르겠습니다. 하지만 아무것도 없는 공원을 파헤치는 데 장단을 맞추도록 압박하는 건… 음, 그건 할 수 있을지도 모르겠군요…. 그리고 제가 운이 좋다면 그게 궁극적으로는 똑같은 결과로 이어질지도 모를 일이고요. 그러니 제 부탁을 좀 들어주세요. 언론에다 제가 그 유물을 자트 존하가 살해된 그 언덕 근처에 묻었다고 꼭 말해줘요."

"아, 언론이 좋아할 거예요." 인그레이가 감탄하며 무심코 말했다.

"좋아하기만 할까요." 팔라드가 아주 희미한 비틀어진 웃음을 띠며 동의했다. "당신 모친에게도 꼭 말씀드려요. 저는 지금부터 만나는 간수마다 그 얘기를 할 작정이에요."

부드라킴 의장은 결론에 도달한 듯했다. "하지만 이곳에서의 우리 대화는 기록되고 있어. 넌 방금 그 유물을 훔친 적이 없다고 주장했는데, 어떻게 그것이 에스웨이 공원에 있을 수 있지?"

"좋은 지적이에요." 팔라드가 말했다. "대화 전체를 언론에 보내도록 합시다. 그러면 사람들이 저마다 결론을 내리겠지요."

인그레이는 그 제안이 위험하다고 느꼈다. '채무 거부'가 가짜라고 말하는 팔라드에게 어떤 화에이인이 호의적으로 반응할까도 의심스러운데, 거기에 더해 팔라드는 이 대화 도중에도 몇 번이나 자기 말을 뒤집었다. 하지만 팔라드는 잃을 게 아무것도 없다고 생각하는 듯했다. 그리고 인그레이는 언제 장단을 맞춰야 하는지 알았다. "아무래도 선거철이 다가오니까요." 그녀가 말했다. 경건한 목소리였다.

"넌 방금 행성계 라리움이 가짜들로 가득 차 있다고 했어." 부드라킴 의장이 지적했다. "그런 소리로 인기를 얻거나 네 얘기를 믿도록 사람들을 설득할 수는 없어."

"그래도 엄청나게 이목을 끌긴 하겠지요." 팔라드가 지적했다. "이제 제가 할 말은 끝났어요. 어쨌든 의장님 당신한테는요. 언론에는 아직 할 말이 엄청나게 많네요. 알고 보니 말이에요." 으가 웃었다. 눈까지는 미치지 않는, 입가만 살짝 비튼 미소였다. 인그레이는 진저리를 쳤다.

*

부드라킴 의장이 돌덩이 같은 침묵을 지키며 문을 열고 복도로 나갔다. 호리호리한 메크 하나가 옆으로 다가와 새된 소리로 배웅해 드리겠다고 알렸지만, 그는 그냥 돌아서서 걸어갔다. 메크가 비틀거리며 그 뒤를 따랐다.

다른 메크가 인그레이를 토크리스의 사무실로 다시 데려갔다. "인그레이." 인그레이가 들어서자 토크리스가 자리에서 일어나며 말했다. "문제가 생겼어." 그녀가 인그레이의 어깨 너머로 문을 닫고 나가는 메크를 힐끗 쳐다보았다. "옴켐 영사 말로는, 옴켐 연합이 헤봄 존하를 풀어달라고 청원을 낼 거래."

"예상한 대로네." 인그레이가 말했다.

"맞아, 나쁜 소식이지. 그건 그렇고, 불과 1시간 전에 수색자들이 자트 존하의 메크를 찾았어. 칼도 발견했지. 내 말은, 자트를 찌른 다른 칼 말이야. 팔라드 가방에 있던 것 말고." 그녀의 눈길이 아직도 인그레이의 어깨에 매달려 있는 검은 가방에 가 닿았다가 인그레이의 얼굴로 돌아왔다. "메크의 보관함 안에 있었어."

"메크는 어디에 있었는데?"

"강 한복판에. 다리 하나가 강바닥의 유리 조각들 틈에 끼어 있었대."

"그리고 측량용 말뚝 하나가 없어졌고."

"맞아." 토크리스가 인정했다. "그러니 그 메크가 자트 살해에 이용된 건 분명해. 헤봄이 아닌 다른 사람일 수가 없지. 달리 그걸 조종할 수 있는 사람이 없다는 걸 우린 이미 알고 있으니까. 그 메크는 옴켐 연합에서 제조된 거야. 전에도 얘기했듯이, 누가 접근 코드를 안다고 해도 여기 사람들의 삽입장치와 호환이 될 것 같지는 않아. 물론 확실히 하기 위해서 그것도 확인을 할 거야. 팔라드에 대해서도 확인하는 중이긴 한데, 그날 공원 반경 수 킬로미터 이내에 호환 가능한 장치를 가진 사람이 달리 있었을까 싶어. 그리고 만약 그런 경우라면, 자트 또는 헤봄 말고는 그 칼을 메크의 수납함에 넣을 수 있는 사람이 없어. 그러니 헤봄이 범인이라는 데는 정말로 의심의 여지가 없어. 그저 이유를 모를 뿐이지. 하지만 그건 문제가 아니야. 아니지, 문제이긴 하지. 옴켐 연합이 기본적으로 우리더러 살인자에게 무죄를 선언하고 집으로 보내라고 요구하는 거니까. 하지만 내가 말한 문제는, 옴켐 대사관이 자트 존하의 살해 건으로 재판을 해야 하니 팔라드를 자기들한테 넘기라고 요구했다는 거야."

가방이 움찔하는 느낌이 들었다. 인그레이는 팔로 가방을 눌러 옆구리에 꽉 밀착시켰다. 경고였다. "하지만 팔라드가 한 짓일 수가 없잖아!" 그러고는 어떤 생각이 떠올랐다. "그리고 옴켐은 어떻게 으가 여기 있다는 걸 알았을까? 잠깐만, 헤봄이구나!" 베레트 부장이 팔라드를 호명할 때, 그 방에 헤봄이 있었다. 그리고 가방에서 칼이 나왔을 때도.

"뭔가 잘못됐어, 인그레이. 이건 그냥 말이 안 돼. 자트는 부유하고 영향력이 큰 사람이었어. 친구와 지지자들도 많았어."

"그리고 헤봄은 그녀의 가난한 인척이었고." 인그레이가 동의했다. "그러면 그들은 왜 헤봄을 싸고돌까? 그리고 왜…." 갑자기 욕지기가 일었다. "팔라드를 살인자로 몰려고 애쓸까?"

"어쩌면 누군가를 처벌해야 할 것 같긴 한데 자기 사람이 아니라 우리 사람이 그랬다고 생각하기가 더 쉬워서일지도 모르지." 토크리스가 추측했다. "그렇다 하더라도, 뭔가 잘못된 느낌이야. 뭔가가 더 있는데 내가 알아차리지 못하는 느낌이 들어. 팔라드는 확실히 자트를 살해하지 않았고, 우리는 그걸 증명할 수 있어. 그리고 부장님이 영사에게 그렇게 말을 했는데도 그들은 여전히 소송을 추진하고 있어. 게다가 자기네 주장을 지지해달라고 의원들에게 지원을 요청하고 있는데, 난 부드라킴 의장이 얼씨구나 하고 으를 보내버릴까 싶어 걱정이야. 으가 옴켐 연합에 끌려가서 헤봄 존하가 저지른 살인사건의 혐의를 뒤집어쓰고 처형되면, 으가 부드라킴 유물에 관해 언론의 신뢰를 얻는다 한들 아무 소용이 없을 거야."

뭔가 깨달음이 왔다. "너도 듣고 있었구나."

"그래." 토크리스가 인정했다. 그게 본래 그녀의 일이라는 걸 고려하면 필요 이상으로 부끄러워한다고 인그레이는 생각했다. "팔라드는 네 친구지. 으는 자기 부친과 얘기할 때 네가 같이 있어줄 거로 믿었어. 그리고 으의 말이 사실이라면, 부드라킴 의장이 가문의 가짜 유물에 대한 평판을 지키려고 으를 팔아치웠다면, 으가 혼자 그와 얘기하고 싶지 않은 것도 무리는 아니지."

"그래." 인그레이가 말했다. "맞아, 으는 내 친구야."

토크리스는 마치 인그레이가 뭔가 대단한 말을 해서 자신이 꼭 동의의 표시를 해줘야겠다는 듯이 고개를 끄덕였다. "그리고 여기서는 내가 할 수 있는 일이 있을 것 같지 않아. 누구라도 그럴 거야. 팔라드는 여전히 법적으로 죽은 사람인데, 으는 여기 있고 죽지도 않았잖아. 이런 경우는 한 번도 없었을 거야."

"혹은 그런 경우가 있었는데 그냥 우리가 모르는 것뿐인지 궁금해지기 시작했어." 인그레이가 미간을 찌푸렸다. 갑자기 토크리스를 만나러 온 이유가 생뚱맞은 데다 심지어 사소하게 느껴지기까지 했다. 하지만 아니었다. 외계인 대사가 이 행성에 있다는 사실은, 그녀가 그저 조종을 받는 메크일 뿐이라 할지라도, 지금 팔라드가 당면한 위험보다 훨씬 나쁜 소식일 수 있었다. 하지만 그 문제에 관해 행성계 안전청이 할 수 있는 일이 아무것도 없을 가능성이 컸다. 게크 대사가 뭐든 마음대로 하고 다닌다 해도 영원히 이곳에 머물 수는 없을 테고, 적어도 위진 선장과 우주선은 대사의 손이 미치지 않는 곳에 안전하게 있었다. "토크리스." 인그레이는 토크리스의 얼굴에 스치는 표정을 보았다. 부끄러움? 기쁨? 그냥 이름을 부른 것뿐인데, 왜? 토크리스는 늘 수줍었지. 하지만…. 갑자기 토크리스가 왜 앞서 그런 비밀스러운 얘길 털어놨는지, 왜 팔라드가 친구인지 아닌지에 그렇게 신경을 쓰는지가 분명해졌다. "토크리스." 인그레이가 다시 부르자… 그랬다, 다시 그 표정이 나타났다. 그리고 인그레이는 그 표정에 담긴 함의가 전혀 부담스럽지 않다는 사실을 깨달았지만, 지금은 모든 일을 멈추고 그 함의를 탐구할 때가 아니었다. "게크 대사가 행성에 있어." 인그레이는 티어 시일라스에서 그 대사가 우주선 운항을 중지시켰던 것과, 위진 선장더러 우주선을 훔쳤다고 주장했던 일, 그리고 오전에 자기 집으로 와서 자신과 대면한 사건을 설명했다.

"하지만." 인그레이가 말을 마치자 토크리스가 반박했다. "대사가 어떻게 정거장을 떠날 수 있어? 난 게크는 늘 물 가까이에 있어야 한다고 생각했는데? 그렇게 들었거든."

"진짜 대사는 아니야. 그녀가 조종하는 메크야. 그리고 그 메크는… 기묘해. 어떻게 보면 거미 같은데, 어떻게 보면 아니기도 하고 형태를 상당히 자유자재로 바꿀 수 있어." 인그레이는 갑자기 어깨에 둘러멘 가방을 또렷하게 의식했다.

대사가 조종하는 메크과 거의 똑같은 메크였다.

“행성계 안전청이 할 수 있는 일은 거의 없을 것 같아.” 토크리스가 얘기하는 중이었다. “내 말은, 대사가 너한테 해라도 입히면, 그건 아마 조약 위반이겠지. 그들은 결국 떠나야 할 거야. 하지만 내 생각에는 네가 신고를 해도 우리가 할 수 있는 일은 아무것도 없다는 소리나 듣게 되지 싶어. 우리는 사실 대사가 요구하는 건 뭐든 할 거야. 그 요구가 우리에게 해가 되지 않는 이상은 말이야. 위진 선장이 재빨리 도망갔으니 망정이지, 안 그랬으면 분명 그를 게크에게 넘겨주니 마니 하면서 의회에서 싸웠을 거야. 티어와의 관계에 문제의 소지가 된다고 해도 말이야. 무엇보다 그가 화에이인이 아닌 데다, 조약과 관련해 문제가 생기는 건 아무도 원치 않으니까.”

“맞아.” 인그레이는 동의했다. 또 그 추락하는 듯한 느낌이 엄습했다. 끔찍한 그 기분이 이제는 거의 익숙하게 느껴질 정도였다. “하지만 신고는 할 수 있지? 게크 대사가 이곳에 있고, 나를 괴롭혔고, 팔라드를 찾으려 했다는 공식 기록을 남길 수는 있는 거지? 누구한테 신고하면 돼?”

지상차를 탄 인그레이는 가방을 바닥에 내려놓았다. 몸에 닿은 상태에서 가방이 다시 거미 어쩌고가 되는 걸 원치 않아서였다. 그러고는 기다렸다.

몇 분 후에 가방 옆면에서 눈자루 하나가 뿍 튀어나오더니 인그레이 쪽으로 방향을 돌렸다. “5분이나 10분보다는 오래 걸렸네요.” 메크가 속삭였다. “그것만 빼면 제 말이 맞았죠. 당신에겐 계획이 있어요. 자, 말해봐요. 우리, 어떻게 팔라드를 거기에서 꺼낼까요?”

“선장님은 으가 누구인지 처음부터 알았어요?” 인그레이가 물었다.

2초. 그러고는 답이 왔다. “으가 누구인지 당신이 내내 몰랐다는 사실이 오히려 믿기 힘들죠. 황금난초는 그런 종류의 실수를 하지 않아요. 물론 으가 인상적일 정도로 훌륭한 거짓말쟁이라는 건 저도 인정합니다. 으의 성장 환경을 생각하면 당연하기도 하고요. 그 면으로는 당신의 환경도 상당히 좋은 편인데, 당신이 그 방면에 타고난 재능이 있는지는 좀 의심스럽네요. 하지만 으가 팔라드라는 절대적인 확신이 없었다면 황금난초는 으를 당신한테 보내지 않았을 거예요. 처음에 으는 당신이 어떤 상황에 처해 있는지 몰랐고, 그게 어떤 상황이든 끌려 들어가고 싶지 않았던 건 아주 확실해요. 하지만 일단 상황이 대충 그려지자… 음, 으는 마음을 바꿨어요. 그리고 당신이 질문하기 전에 먼저 말씀드리자면, 화에이 외부 사람들이 화에이 유물을 어떻게 생각하는지에 관해서는 으의 말이 맞아요. 부드라킴 가문의 갈세드 유물에 관한 이야기도요. 제가 찾아본 모든 자료로 종합해보건대, 그것들은 처음부터 가짜가 분명해요. 설마 저 위 정거장에 전시된 쓰레기 쪼가리들이 진짜라거나 '중요'하다고 생각했던 건 아니죠?"

"우리한테는 중요해요!" 인그레이가 펄쩍 뛰며 강조했다.

"그건 중요하지 않아요." 메크가 말했다. "곁다리예요. 자, 이제 당신 계획은 뭐예요?"

"그게…." 아까 토크리스의 사무실에서는 그렇게 기발하고 명확해 보이던 계획이 지금은 불완전하고 우스꽝스럽게 느껴졌다. "그러니까, 선장님이 쓰는 메크요, 이게 대사가 쓰는 메크와 똑같아 보이잖아요." 말을 멈췄다. 발상 자체가 더없이 어리석어서 더 말하기가 두려웠다.

"인그레이 씨." 메크가 속삭였다. "대체 당신, 진촌한테 무슨 일을 해주는 거예요? 그쪽에서 뭔가 엉뚱하고 기발한 전략이 필요할 때마다 당신이 상담해주는 거 아니에요? 그러니까, 당신은 제가 게크 대사인 척하면서 팔라드의 신병을 넘기라고 요구하라는 거군요. 제 수중으로, 아니 우리 수중으로."

"할 수 있어요?"

"물론 할 수 있죠. 저는 태어날 때부터 게크 대사를 알았어요. 음, 그녀는 한때 '그'였고, 다른 때에는 이 언어에는 없는 몇몇 다른 대명사로 불렸지만, 어쨌든 저는 평생 그 존재를 알고 지냈어요. 그런 일을 할 정도로는 흉내를 낼 수 있어요. 게크 사절단을 속이지는 못하겠지만요. 음, 어쩌면 라드츠 대사는 속일 수 있겠네요. 그 사람은 사실 별 쓸모가 없어요."

"그게 문제예요." 인그레이가 말했다. "그 라드츠 대사가 화에이 당국과 연락을 취하고 있어요. 팔라드의 신병을 넘기라고 요구하는 게 게크 대사가 아니라는 걸 알아챌 거예요."

"아니, 못 할걸요." 위진 선장이 속삭였다. 메크의 이상한 휘파람 소리 같은 목소리에서도 용케 경멸이 묻어났다. "게크 대사는 그녀에게 말을 하지 않아요. 아예 한 적이 없어요. 라드츠 대사는 임기 내내, 사실 평생이 아닐까 의심스럽지만, 수입된 라드츠 오락물을 보고 혼자 주사위놀이를 하며 지냈어요. 괜찮은 차 한 잔을 찾을 수 없다고 불평하면서요. 그러니 그녀는 문제가 안 돼요."

"게크 대사는 문제죠." 인그레이가 지적했다.

"아마도요." 위진 선장이 인정했다. "하지만 생각해보면, 대사는 으에게 해를 가하고 싶어서가 아니라 으가 저와 같이 제 우주선에 있다고 생각해서 찾는 거잖아요. 전 옴켐 연합보다는 차라리 게크 사절단에 으를 넘기는 편이 훨씬 나을 거 같아요. 실제로 그런 일이 생길 수도 있고요. 으를 정거장까지 데려갔는데 제 우주선에 태우기 전에 발각되는 경우라든가요."

"선장님은 사실 정거장에서 아주 먼 곳에 있지 않잖아요." 인그레이가 말했다. "지연 시간이 너무 짧아요."

"잘 알아채셨군요. 그래요, 저는 신고한 경로로 가지 않았어요. 우주선의 외양도 약간 바꿨고, 가짜 신분을 대고 있어요. 그래도 정박하지는 않았어요. 제 가짜 신분이 정거장 당국이나 대사에게 걸리지 않고 정박 허가증을 받아낼 정도로 정밀 조회를 잘 견딜 것 같지는 않아서요."

"그러니까, 선장님은 왜 이런 일을 하세요?" 그 문제가 여전히 인그레이의 신경을 건드렸다. 서로를 안 지 몇 주가 되었고, 그는 같이 지내기에 좋은 사람 같았다. 그녀는 위진 선장이 술을 마시고 약간 취했을 때 팔라드에게 '난 당신이 좋아요.'라고 말했던 걸 떠올렸다. 우주선의 그 비좁은 조리실에서 거미 메크가 막 자른 팔라드의 짧은 머리카락을 발톱으로 쓸어내렸다. 게크가 이 행성계로 온다는 얘기를 들은 팔라드는 인그레이가 미처 생각도 하기 전에 곧바로 선장에게 전갈을 보냈다. "선장님과 팔라드는…."

"아니에요." 메크가 단호하게 휘휘거렸다. "지금 으는 그런 일에 신경을 쓸 상황이 분명 아니에요. 설사 으가 관심이 있다 해도 말이죠."

"하!" 인그레이가 환호성을 질렀다. "틱 위진 선장님, 으에게 마음이 있으셨군요!"

"그 얘기보다는 아주 명백하게 당신에게 마음이 있는 그 젊은 경찰 나리 얘기를 하는 게 어때요? 제복 입은 모습이 상당히 매력적이던데, 당신도 이미 알아챘죠."

인그레이는 뻔뻔해지기로 했다. "알아챈 게 뭐 어쨌다고요? 그리고 그건 선장님이 신경 쓸 문제가 아니에요."

"내 말이요." 메크가 대꾸했다. "그런데 지금 우리 어디로 가고 있어요?"

"집으로요." 인그레이가 말했다. "집안 일꾼들에게 확인했어요. 게크 대사는 갔대요. 그리고 저는 헤봄과 얘기를 해보고 싶어요. 뭔가 잘못됐어요. 제 생각엔 뭔가가 더 있는 것 같아요. 진촌도 그 말을 했고, 토크리스도 그 말을 했어요. 그들 말이 맞아요. 그게 무언지 알고 싶어요. 헤봄은 저한테 아무 말도 안 하려고 하겠지만, 그래도 뭔가 찾아낼 수 있을지 몰라요. 그리고 점심도 좀 먹어야겠어요."

"그럼 점심을 먹은 뒤에 행성계 안전청에 가서 팔라드를 꺼냅시다." 위진 선장이 동의했다.

10

인그레이는 가방 겸 메크를 자기 방에 두고 헤봄을 찾으러 나갔다. 헤봄은 집에 딸린 작은 정원 버드나무 그늘에 놓인 벤치에 앉아 멍하니 앞을 보고 있었다. 감정적 절망에 빠진 사람의 전형적인 모습이었다.

인그레이는 정원으로 난 창이 달린 문을 열었다가 이끼 낀 돌길로 나서는 대신 문을 닫고 가만히 서 있었다. 그녀는 그냥 걸어 나가야 한다고 마음을 다잡았다. 주방으로 갈 수도 있었다. 거기엔 사람들이 있을 것이다. 적어도 아이 때부터 함께 지낸 하인이 한두 명쯤 있을 테고, 정원을 내다보다 막 깨달은 대로, 지금은 혼자 있고 싶지 않다고 말할 수도 있을 것이다. 그러고는 조금 떨어진 곳에 앉아 서바트를 마시면서 집안 일꾼들이 일하며 나누는 잡담을 들을 수 있을 것이다.

오늘 아침에 잠이 깬 순간부터 거의 끊임없이 움직였고 끊임없이 생각했고 끊임없이 계산했다. 라크 진촌 밑에서 회의를 조직하거나 선거 운동 일을 하던 때 같았다. 고민하고 지시해야 할 세세한 사항들이 너무 많았다. 막아야 할 예상되는 나쁜 결과들은 말할 필요도 없었다. 그 모든 것이 한꺼번에 진행 중이라, 사실은 걱정하거나 두려워할 시간도 없었다. 그건 나중의 몫이었고, 그러다 보면 모든 게 끝났다.

아니, 이 일은 아직 끝나지 않았다. 하지만 나무 옆에 앉은 헤봄을 내다보자니 나무를 봐서 그런지, 아니면 오전 내내 칼과 말뚝 이야기와 자트를 누가 죽였는지 또는 죽이지 않았는지 따위의 이야기를 해서 그런지, 유랑목에 기댄 채 꼼짝 않던 자트의 모습이, 그 입가에 묻은 피가 떠올랐다. 미동도 없는 그녀의 얼굴을 스치며 팔랑팔랑 떨어지던 그 씨앗 꼬투리도.

인그레이는 손으로 입을 막았다. 그 생각을 하고 싶지 않았지만 어쩔 수 없었다.

헤봄이 저 정원, 아니 이 집에 있다는 사실을 참을 수 없었다. 음, 사실은 양어머니 네타노의 집이었고, 엄마는 헤봄을 집에 두는 것이 정치적으로 유리하다면 그가 얼마나 많은 살인을 저질렀든 상관 않고 기꺼이 집을 내줄 것이다. 인그레이는 그걸 알았다. 오랫동안 겪어서 알고 있는 사실이었다. 그 사실에는 의문을 품어본 적이 없었다.

꼭 정원으로 나갈 필요는 없었다. 그녀는 헤봄과 얘기하고 싶지 않았다. 하지만 그녀는 그가 왜 그런 짓을 했는지 알고 싶었고, 알아야 했다. 추측과 가설을 뛰어넘는 무언가가 필요했다. 죽은 채 유랑목에 기대앉은 자트 존하의 모습을 더는 물리칠 수 없었기 때문이었다.

헤봄이 한 짓이 아니라면 어떡하지? 하지만 헤봄일 수밖에 없었다. 다른 누구도 할 수 없는 일이었다.

인그레이는 입에서 손을 떼고는 심호흡을 했다. 다시 문을 열고 이끼 낀 돌길을 따라가 헤봄 옆에 앉았다. 그가 잠깐 그녀를 쳐다보더니 다시 시선을 돌렸다.

"기분은 좀 어떠세요, 존하?" 목소리가 얼마나 안정적인지, 어조는 또 얼마나 쾌활한지, 스스로가 놀라울 지경이었다.

헤봄은 아무 표정의 변화 없이 잠시 침묵을 지켰다. "예상했던 정도인 것 같네요." 다시 침묵. 그러더니 말이 이어졌다. "방 안에는 단 1분도 더 못 있겠는데, 달리 가고 싶은 곳도 없어요. 물론, 제 집은 빼고요." 그러더니 고개를 돌려 인그레이를 쳐다보았다. "싫은 소리를 하려던 건 아니에요. 이 집 사람들은 다들 정말 친절해요."

'예.' 인그레이는 생각했다. '당연히 그렇지요. 당신이 무슨 짓을 저질렀든, 당장은 당신이 아무 짓도 하지 않았다고 가정하고 대하는 편이 정치적으로 유용하니까요.' 여기 진짜 살인범이 틀림없다고 생각되는 사람 옆에 앉아 있자니, 티어에서 으를 만나 저 사람은 팔라드가 아니라고 속으로 되새기던 그때, 가랄은 누굴 죽이기라도 해서 '자비로운 제거'에 가게 됐을까 궁금해하던 기억이 떠올랐다. 그때는 그런 것이 너무 추상적으로 보였다. 그런데 알고 보니 팔라드는 자기가 저지른 일 때문이 아니라 으가 발견한 것을 숨기고 싶었던 으의 부친 때문에 '자비로운 제거'로 보내진 것이었다.

그녀는 헤봄이 저지른 짓이 새삼 끔찍해졌고, 자신이 살인자 옆에 앉아 있는 걸 알고 깜짝 놀랐다. 그리고 화가 났다. "아주 힘든 시간을 보내고 계신 거 알아요." 그녀가 말했다. 부드럽고 걱정하는 듯한 목소리였다. "실제로 누군가를 죽이는 일이 쉬울 리가 없죠. 아무리 미워하는 사람이라 해도요." 헤봄은 아무 반응이 없었지만, 범인을 지목하는 자신의 말을 들으면서 인그레이의 심장 박동이 빨라졌다. 어른들 앞에서 침착하고 쾌활한 척해오던 오랜 습관 덕분에 안정적인 목소리와 동정적인 어조를 유지할 수 있었다. "그래도 이해가 안 가는 점이 몇 가지 있어요. 우선, 왜 그런 짓을 하셨죠? 그녀를 싫어하신 건 알아요. 하지만 그 이유만으로는 부족해요." 헤봄이 다시 고개를 돌려 앞을 바라보았다. 인그레이가 말을 이었다. "그리고 왜 칼을 쓰셨어요? 그냥 그 말뚝으로 그녀를 죽일 수 있었어요. 그런데 왜 그녀를 칼로 찌르고, 그 칼을 메크 안에 숨기고, 그 메크를 강에 버렸을까요?" 그는 여전히 아무 답이 없었다. 산들바람이 불어 버드나무 가지들이 흔들리고, 햇빛과 그늘이 돌길 위에서 춤을 추었다. "그리고 옴켐 연합은 왜 이렇게 빨리 당신을 데려가겠다고 집요하게 요구할까요?"

"여기서는 살인사건 조사를 이렇게 합니까?" 헤봄이 여전히 시선을 돌린 채 물었다. "영사가 저를 데리고 나가려고 그렇게 안달하는 것도 놀랍지 않네요. 화에이인들이 뭐든 쉽게 믿고 교양이 없는 사람들이라는 건 알았지만, 그리고 당신들이 여기서 법 집행이라고 부르는 것이 문명화된 곳에서는 당연히 농담으로 취급된다는 것도 알았지만, 당신이 이렇게나 형편없을 줄은 미처 몰랐군요."

인그레이는 대꾸해줄 답이 금방 떠오르지 않았다. 그래도 그녀는 용케 미소를 지으며, 마치 오전 내내 아무 고민도 없었다는 듯, 그리고 자신은 원래 재치 있고 즉각적인 답변에 능한 적이 없었다는 듯한 표정을 지을 수 있었다. "그러면 왜 그렇게 팔라드에게 살인 혐의를 씌우려고 애를 쓰세요? 으는 당신에게 아무 짓도 안 했어요. 으는 자기 일만으로도 충분히 곤란한데, 왜 당신은 당신이 저지른 짓으로 으를 죽이려고 애를 쓰세요?" 헤봄은 대답하지 않았다. "이 일에는 말이 되지 않는 부분이 너무 많아요. 저는 그저 무슨 일이 벌어지고 있는지 알고 싶을 뿐이에요."

"확실히 그러실 테죠." 헤봄이 남의 일처럼 건조하게 말했다. 마치 진짜로 생각해보니 재미있다는 듯한 말투였다. "팔라드 부드라킴이 어떻게 되든 저는 별로 신경 쓰지 않아요. 그리고 여기 사람들도 다 그렇죠."

아, 팔라드에게 혐의를 씌운 이유가 그거였다. 모든 개별 단계들이 이해가 됐다. 살인 계획과 실행이 그렇게 이뤄진 것이었다. 그 칼만 빼고. 하지만 팔라드를 끌어다 넣으면 그 칼도 이해가 될지 몰랐다. 어쩌면 팔라드를 보고 급히 추가한 사항이리라. 헤봄은 으를 알아봤을까? 아니면 그냥 행성계 안전청이 덥석 유죄라고 추정할 만한, 집안에 돈이 없는 것이 분명한 누군가로 보았던 것일까? 아니면 네타노의 집안사람 누군가에게 혐의를 돌리려 했다가, 팔라드의 정체가 드러나면서 으가 명백한 표적이 된 것일까? 어떤 걸 대입해도 앞뒤가 맞았다. 유일하게 알아내지 못한 부분은 맨 처음이었다. 대체 왜 그런 짓을 한 걸까?

"당신은 자트 존하를 정말로 싫어했을 거예요." 인그레이가 말했다. "아까 말씀드린 대로 그게 그녀를 죽인 유일한 이유는 될 수 없겠지만, 그녀가 그렇게 싫지 않았다면 절대 그런 짓을 하지는 않으셨겠죠. 하지만 왜죠? 정치적 입장이 다른 건 알아요. 그래도 그녀가 죽기를 바라기에는 충분치 않은 이유 아닌가요, 그렇죠? 그녀가… 그 뭐였죠, 인척? 인척이었다는 것도 알아요." 옴켐인들이 쓰는 그 단어는 반시아어나 이르어로는 뜻을 정확하게 옮길 수 없었다. 그 단어는 동기들과 공유하지 않는 부모의 친척들을 의미하는 듯했다. "그녀가 죽었으니, 이제는 그녀에 대해서 말할 수 있으실 거예요."

옆에 앉은 헤봄의 몸이 굳었다. 고개를 돌려 그녀를 쳐다보는 얼굴에서 분개한 노여움이 느껴졌다. "당신은 상식적인 예의라는 걸 아예 모르는군요."

헤봄이 이렇게 분노하는 건 인그레이가 자기를 살인자로 단정해서가 아니었다. 뭔가 다른 이유가 있었다. 자트 존하가 죽은 지금도, 게다가 자기가 죽인 것이 확실한 상황에서도 그녀를 직접 입에 올린다는 생각이 살인 혐의보다 더 불쾌하게 느껴지는 걸까?

"음, 저야 뭐, 사람을 쉽게 믿는 데다가 교양이 없으니까요." 인그레이가 말했다. 어디서 이런 말이 술술 나오는지, 자신도 믿어지지 않았다.

헤봄이 역겹다는 듯한 소리를 내고는 다시 고개를 돌렸다.

갑자기 쿵 하는 소리가 들렸다. 깜짝 놀란 인그레이의 심장이 쿵쿵거렸다. 그녀는 돌아보았다. 커다랗고 부들부들 떠는, 눈이 많이 달린 검은 거미 메크가 문을 벌컥 열고 이끼 낀 돌길로 휘청거리며 나오는 중이었다. "인그레이 옥스콜드!" 그것이 휘파람 같은 소리로 말했다. "찾았다, 인그레이 옥스콜드! 가랄 케트라는 인물을 숨기려 해봤자 소용없다. 난 그 인물이 어디에 있는지 안다. 너는 나를 가랄 케트에게 안내하라!"

"대… 대사님?" 아슬아슬한 헤봄과의 대화에 너무 골몰하다 보니 위진 선장과 딱 이런 상황을 연출하기로 계획했다는 사실을 잊고 있었다. 그녀는 진짜로 놀랐고, 한동안은 진짜 게크 대사인 줄로만 알았다.

"가랄 케트!" 메크가 고집스럽게 말하며 앞쪽 돌바닥에 한 발을 굴렀다.

저건 위진 선장이어야 했다. 그리고 정말이지, 그게 사실은 게크 대사라 해도, 나빠져봐야 얼마나 더 나빠지겠는가? "물론입니다, 대사님." 인그레이는 자리에서 일어나 헤봄을 돌아보았다. 그는 거미 메크를 뚫어지게 쳐다보고 있었다. "실례합니다만, 헤봄 존하. 제가 다른 급한 일이 생겼네요." 헤봄이 그녀를 쳐다보고는 다시 거미 메크에게 시선을 돌렸지만 말은 한마디도 하지 않았다. "저를 따라오세요, 대사님."

"네 오빠, 다나크는 어디 있느냐?" 거미 메크가 물었다. "나는 그 재킷에 다시 속지는 않을 것이다."

인그레이는 미간을 찌푸렸다. 말없이 재빨리 집안 일꾼들에게 메시지를 보냈다. "다나크가 어디 있는지는 모르겠어요." 인그레이의 질문에 대한 답이 시야에 나타났다. '다나크 씨는 나갔고, 며칠 안 들어오실 예정입니다. 어디로 가시는지는 말씀이 없었습니다. 도움이 필요하세요? 행성계 안전청에 신고할까요?'

다나크가 무슨 짓을 하든 그녀가 신경 쓸 문제는 아니었다. 그녀는 눈을 깜박여 일꾼들에게 알았다는 신호를 주고는 다시 지상차 배정을 신청했다. "대사님, 제가 말씀드릴 수 있는 건, 다나크가 아주 멀리 있다는 거예요. 현관으로 나가서 지상차를 기다립시다. 그럼 제가 바로 가랄 케트에게 모셔다드릴게요."

베레트 부장은 게크 대사를, 아니면 게크 대사로 보이는 메크를 보자마자 라크 진촌에게 연락했다.

10분도 채 지나지 않아 인그레이와 메크, 그리고 베레트 부장은 네타노의 지역 사무실에 있는 방과 거의 똑같은 회의실에 자리를 잡았다. 벽이 연한 파란색이고, 의자와 탁자가 다소 호화로운 맛은 덜하지만 청소하기 쉬운 밋밋한 검은색이라는 점만 달랐다. 베레트 부장이 의자 하나에 앉고, 인그레이가 다른 의자에 앉았다. 거미 메크는 가운데 바닥에 자리를 잡았다. 눈자루 몇 개는 인그레이를, 몇 개는 부장을, 나머지 몇 개는 화면 벽에 나타난 라크 진촌을 향했다. 으의 의자와 탁자도 지금은 똑같은 검은색이었고, 뒤의 벽도 파란색이었다.

“외교부에 전갈을 남겼습니다만….” 베레트 부장이 라크 진촌에게 말했다. “답이 없습니다.”

“답이 올 거예요.” 라크 진촌이 말했다. 그리고 거미 메크를 쳐다보았다. “대사님, 죄송하지만 베레트 부장이 수감자를 그냥 대사님께 내줄 수는 없습니다. 이런 일에는 절차가 있는 법이니까요. 게다가 가랄 케트는 인간이고 화에이 시민입니다. 이건 인간의 사안이고, 화에이 법률에 관한 사안입니다. 그리고 말씀드리기 매우 외람되오나, 대사님께는 으를 넘겨달라고 요구할 근거가 없으십니다.”

메크는 꼼짝도 하지 않았다. “나는 들었다.” 그것이 속삭였다. “가랄 케트는 화에이 시민이 아니다. 가랄 케트는 가랄 케트가 아니다. 가랄 케트는 죽은 개체이고, 그 개체가 죽었다면 으는 이제 존재하지 않는다. 인간은 존재한다. 존재하지 않는 개체는 인간이 아니다.”

베레트 부장이 미간을 찌푸렸다. “하지만 으는 아주 명백하게 존재하고 있습니다. 그리고 대사님, 이곳에서는 죽은 이가 더는 존재하지 않는다는 말이 항상 옳지는 않습니다.”

“하지만 가랄에게는 사실이죠.” 인그레이가 말했다. “아니, 제 말은 팔라드에게는요. 으는 자기 이름 말고는 누구의 이름도 받지 않았고, 누구에게도 자기 이름을 주지 않았어요.” 설사 누군가에게 이름을 주었다 하더라도, 으가 ‘자비로운 제거’에 간 순간, 무의미해졌을 것이다.

라크 진촌이 인그레이에게 뭔가를 계산하는 듯한 시선을 던졌다. "하지만 으는 사실 죽지 않았어, 인그레이. 그리고 그렇다 하더라도 으가 지금 누구이든 으는 가짜 신분으로 화에이 우주에 들어왔고, 그저 여기 있는 것만으로도 법을 어기는 중이지."

"게크는 그 건에 관해 사과할 것이다." 거미 메크가 속삭였다. "그리고 벌금을 낼 것이다. 우리는 티어 시일라스에서 돈을 내면 그런 곤란이 모두 해결된다고 들었다."

"그건 티어에서 통하는 방법이고요, 대사님." 베레트 부장이 말했다. "저희 법률 체계는 그런 식으로 돌아가지 않습니다."

"그리고 여전히 옴켐 연합 문제가 있어요." 라크 진촌이 끼어들었다. "그들도 가랄 케트의 신병을 요구하고 있습니다. 자트 존하의 살인 건으로 으를 심리하기 위해서죠. 저희는 그들에게도 똑같은 답을 주었습니다. 강력범죄부장은 누가 요구한다고 해서 수감자를 그냥 보내줄 수 없습니다. 대사님은 청원을 준비하셔야 할 겁니다."

거미 메크가 연노랑 타일을 깐 바닥에 한 발을 굴렀다. "너희는 게크에 속한 개체를 구금하고 있다. 이건 조약 위반이다. 내 앞에서 조약을 논하지 말라. 이 가랄 케트는 인간 정체 어디에도 속하는 개체가 아니다. 나는 지금 으가 게크에 속한다고 선언하는 바이다. 너희가 가랄 케트를 옴켐에 넘긴다면 너희는 조약을 위반하게 될 것이다. 내 앞에서 조약을 논하지 말라. 너희는 그 내용을 나보다 잘 알지 못한다."

"그게 그런 식으로 해석될지 잘 모르겠습니다." 라크 진촌이 말했다.

거미 메크가 몸체를 몇 센티미터쯤 들어 올리고는 한 발로 벽에 나타난 라크 진촌의 영상을 가리키며 말했다. "내 앞에서. 조약을.

논하지. 말라."

부드러운 신호음이 들리더니 화면 벽에 다른 인물이 나타나 라크진촌 옆에 와 섰다. 온통 하얗게 입은 인물이었다. 오랫동안 개어 놓았다가 최근에 꺼낸 듯이 약간 구겨진 하얀 외투, 하얀 바지, 하얀 구두에 하얀 장갑까지. 그 사람의 검은 머리는 너무 짧아서 사방으로 뻗쳤다. '그녀'의 검은 머리였다. 그 장갑은 라드츠인임을 의미했고 적어도 반시아어에서 라드츠인은 전통적으로 '그녀'라 불렸다. 그 인물은 당황스러울 정도로 분간이 되지 않았다. 남성도 여성도 진성도 아니었다. "안녕하세요?" 그녀가 라드츠 억양이 심한 이르어로 말했다. "아, 거기 계셨군요. 처음에는 계신 걸 못 봤어요. 안녕하세요, 저는 티반보리 네볼입니다." 그녀가 한숨을 쉬었다. 멜로드라마 오락물에 나오는 악당처럼 들리는 라드츠 억양과는 기묘하게 어울리지 않는 한숨이었다. "저는 게크에 파견된 인간 대사입니다." 그다지 확신은 없다는 듯한 어조였다. 아니, 마치 내용이 이해되지 않는 무언가를 읽는 듯이 들렸다. 어쩌면 이르어를 아주 잘하지는 못해서 모종의 통역기를 사용하는지도 몰랐다.

"시간 내주셔서 감사합니다, 네볼 대사님." 베레트 부장이 말했다.

라드츠 대사가 다시 한숨을 쉬었다. "티반보리라고 불러주세요. 그리고 저는 대사가 아니고, 대사… 아, 이건 정말 대책이 없네. 그리고 전 당신들을 도울 수 없습니다. 제가 설명을 하려고 했지만 아무도 제 말을 들어주지 않아요. 저는 이 상황에 아무 통제력도 없습니다. 저는 어째서 게크 대사님이 이렇게까지… 그 도망간 메크 조종사에게 집착하는지 모르겠습니다." 그녀가 다시 한숨을 쉬었다. "그녀가 도망간 것도 무리는 아니죠. 저라도 게크 행성과 가능한 한 최대한의 거리를 둘 겁니다."

"그녀라고요?" 인그레이가 물었다.

"그녀. 그. 으." 그 외교관이 짜증스러운 소리를 냈다. "뭐가 됐든지요. 그리고 티어 시일라스에 있을 때, 우리는 그 위진 조종사가 티어 시민권을 주장했다는 걸 알게 됐죠. 그건 조약이 보장하는 완전한…." 그녀가 얼굴을 찡그렸다. "그? 그의 권리예요. 게크는… 그…에게 더는 아무 권한이 없어요. 그 조종사 말이에요. 지금은 선장이겠군요. 하지만 사실 그녀… 아니, 그는 우주선을 훔쳤어요. 한 대 이상을요. 그 일로 상당한 불편을 유발했고요." 티반보리 대사가 아주 슬쩍 미소를 지었다. 마치 그 기억이 자기가 보기에는 웃긴다는 듯이. "하지만 게크 대사님도 이 사실을 알고 있어요. 조약에 관해서도 알 만큼 아시니, 자신이 이 조종사를 쫓는 데 법적 근거가 없다는 걸 분명 아실 거예요. 티어 행정위원회를 대상으로 도난당한 우주선들에 대한 배상을 요구하는 소송을 낼 수도 있는데, 그게 대사님이 '평상시라면' 의견을 귀담아들을 이들이 대사님께 '제안한' 방안이죠." 티반보리 대사가 장갑을 낀 한 손으로 무언가 밀어내는 듯한 이상한 시늉을 했다. 마치 이 사안 전체를 밀어내려는 듯이. "저는 그런 사람이 아니라서요. 그러니 제가 여기 있는 게 사실은 아무 의미가 없어요."

"여하간에 이렇게 시간을 내어주셔서 고맙습니다." 라크 진촌이 말했다. "대사님이 계시니 말씀이지만, 저희가 드리는 몇 가지 질문에 답을 주시면 좋겠네요. 대사님도 조약을 아주 잘 아시리라 생각합니다." 그러자 티반보리 대사가 어떤 몸짓을 했고, 라크 진촌은 그것을 동의로 받아들였다. "존경하는 주 프레즈거 게크 대사님께선 특정한 어느 화에이인이 사실은 게크의 권한 아래 있다는 주장을 하고 계십니다."

티반보리 대사가 눈알을 굴리더니 짜증스러운 소리를 냈다. "대체 대사님이 무슨 꿍꿍이속이신지 모르겠습니다. 화에이인이 게크 시민일 리가 없잖아요."

"이건 좀 별난 상황입니다, 대사님." 인그레이가 말했다. "그 인물은 화에이 시민이었지만 법적으로 사망 선고를 받았습니다. 으는 화에이로 절대 돌아올 수 없어야 하는데, 불법적으로 입수한 가짜 신분으로 위장하고 화에이로 돌아왔습니다."

티반보리 대사가 눈살을 찌푸렸다. "그럼 으는 어디에도 소속된 시민권이 없단 말입니까? 인간으로서의 법적 실체도 없고요?"

"기본적으로는요." 인그레이는 자신을 쳐다보는 라크 진촌의 날카로운 표정을 무시하고 동의했다.

티반보리 대사가 얼굴을 더 심하게 찡그렸다. 잠시 침묵했던 그녀가 입을 열었다. "허. 음. 그런 경우라면, 제가 보기에는 이 인물이 자신을 게크라고 선언하고, 게크가 그 선언을 받아들인다면, 으는 아마 게크가 될 수 있겠지요. 으가 왜 그런 걸 원할지는 저로서는 상상이 안 됩니다만."

"하지만 할 얘기가 더 있습니다." 베레트 부장이 말했다. "이 인물은 현재 살인 혐의로 체포된 상태입니다. 사실은 옴켐 연합의 시민이 살해된 사건이고, 옴켐은 으를 자신들에게 인도하라고 요구하고 있습니다."

"으는 살인을 저지르지 않았어요!" 인그레이가 반박하며 베레트 부장을 쳐다보았다. "부장님도 으가 하지 않았다는 걸 아시잖아요."

"그건 다행이네요." 티반보리 대사가 말했다. "만약 으가 그랬다면, 그리고 으가 게크라면, 조약 위반이 되었을 거예요. 저는 솔직하게 여기서 여러분의 문제가 무엇인지 모르겠네요. 진짜 살인자를 그… 뭐라고 하셨죠, 옴켐? 그들에게 줘요. 그리고 이 인물은 게크에게 주고요. 간단한 문제죠."

"고맙습니다, 대사님." 라크 진촌이 말했다. "아주 많은 도움이 되었습니다."

라드츠 대사가 화면에서 사라지자 내내 인그레이의 발치에 가만히 앉아 있던 거미 메크가 말했다. "가랄 케트를 내놓아라." 조금 전에 인간 대사가 다녀간 사실을 전혀 인정하지 않는 모양새였다.

라크 진촌이 말했다. "대사님, 제발 이해를 해주십시오. 저희는 아직 으를 대사님께 그냥 보내드릴 수 없습니다. 따라야 할 절차가 있어요. 그리고 옴켐의 요구도 여전히 문제고요. 대사님은 공식적인 요청을 하셔야 할 겁니다. 그러면 당국은 공식적인 판단을 내릴 거고요. 공식 요청을 하실 수 있도록 베레트 부장이 도와드릴 겁니다. 그리고 저는 이 사안을 옴켐의 신병 인도 요구와 묶어서 고려해야 한다는 사실을 즉각 위원회에 알리겠습니다. 제가 보기에는 위원회도 티반보리 대사님이 말씀하신 대로 판정을 내릴 듯하지만, 이런 일에는 시간이 걸립니다."

"지연. 지연. 지연." 거미 메크가 속삭였다.

"죄송합니다, 대사님." 라크 진촌이 말했다. "하지만 이 일을 성사시키려면 정말로 다른 방법이 없습니다."

"그럼, 좋다." 거미 메크가 속삭였다. "하지만 지금 당장 가랄 케트와 얘기를 해야겠다."

구치소 면회실에 선 팔라드는 게크 대사의 등장에도 전혀 놀란 기미가 없었다. 으가 갇혔던 곳에서 거기까지 걸어오는 동안 마음을 정할 짬이 분명 있기는 했을 테지만 말이다. "인그레이 씨." 으가 가볍게 고개를 숙이며 말했다. "부장님, 그리고 대사님, 만나 뵈어 영광입니다. 제가 무엇을 해드리면 될까요?" 그러고는 누가 대답하기 전에 덧붙였다. "죄송합니다만, 대사님. 위진 선장이 어디에 있는지는 전혀 모릅니다. 그러니 그 문제에 대해서는 도와드릴 수가 없을 듯합니다."

거미 메크가 집게발 하나를 흔들더니 팔라드를 가리켰다. "너는 게크다." 메크가 말했다.

팔라드가 눈을 깜박이며 아주 잠깐 놀란 기색을 보였지만, 그 표정도 이내 사라졌다. "제가요?"

"그렇다." 메크가 우겼다.

"복잡한 상황이야." 베레트 부장이 말했다.

"위진 선장이 했던 말이 생각나네요." 팔라드가 말했다. "제 기억이 맞는다면, 인간의 정체(政體)와 관련한 제 법적 지위가… 모호하므로 조약에 따라 제가 게크의 시민권을 주장할 수도 있다는 뜻이 되는 것 같은데요? 지금 상황이 그런 건가요?"

"그래요." 인그레이가 말했다.

팔라드의 입술이 씰룩거렸다. 그러더니 입술을 깨물고 고개를 돌리는 것이, 마치 활짝 미소를 짓거나 어쩌면 웃음이 터지려는 걸 아무한테도 보여주고 싶지 않은 듯했다. 잠시 후에 으가 다시 메크를 쳐다보았다. "저는 그 말씀을 게크 대사님이 제 신병을 인도받기 위해 공식 청원을 넣을 계획이라 이해했습니다. 왜냐하면 저는 어떤 법도 어긴 적 없는 게크 시민이고, 화에이 행성계 안전청은 저를 구금할 아무런 권한이 없으니까요."

"가짜 신분 건이 있지." 베레트 부장이 말했다.

"그건 사실 사소한 문제예요." 인그레이가 말했다. "그리고 대사님이 벌써 그 건에 대해 사과하고 벌금을 낼 의향을 밝히셨어요."

"그건 위원회가 결정할 문제입니다." 부장이 단호하게 말했다.

"가랄 케트라 불리는 이 개체는 게크다." 거미 메크가 말했다. "말하라, 가랄 케트."

"저는 게크입니다." 팔라드가 말했다. "그리고 제가 가짜 신분으로 행성계에 들어온 건 사실입니다. 그 건에 대해 사과드립니다. 그건 잘못된 행동이었고, 해서는 안 될 일이었습니다. 저는 그 외에 다른 법을 어긴 적이 없습니다."

"넌 '자비로운 제거'에서 돌아왔어." 베레트 부장이 지적했다.

"'자비로운 제거'에서 돌아오는 사람은 아무도 없습니다." 팔라드의 목소리는 온화하고 평탄했지만, 인그레이는 아주 희미하게 날이 섰다는 느낌을 받았다. "'자비로운 제거'에 들어간다는 건 죽는 것이고, 이름이 이어질 가능성조차 잃는 것입니다. 부장님이 저라고 생각하시는 그 인물이 저일 리가 없습니다."

잠시 침묵이 찾아왔다. 부장이 말했다. "네가 나왔다면, 혹은 네가 돌아왔다면, 누가 또 돌아왔을까?"

"부장님께는 그게 잠재적인 문제일 수 있겠군요. 하지만 저는 게크니까, 저한테는 중요한 문제가 아닌 것 같습니다."

"지연. 지연. 지연." 거미 메크가 속삭였다. "가랄 케트는 게크다. 으가 그렇게 말했다. 내가 그렇게 말했다. 이제 이 사실을 위원회에 통보하고, 가랄 케트를 내놓아라."

베레트 부장이 한숨을 쉬었다. "대사님, 제 사무실로 돌아가시면 제가 위원회와 얘기하실 수 있도록 해드리고, 위원회에 상정할 청원 자료도 마련하겠습니다. 이미 말씀드린 대로요." 그러고는 미간을 찌푸렸다. "하지만 저는 이 상황이 마음에 들지 않아요. 법은 사람들의 안전을 위해 있는 겁니다. 멋대로 가지고 놀거나 개인의 편의를 위해 굽혔다 폈다 해서는 안 되는 거라고요."

"맞습니다, 부장님." 팔라드의 표정에는 전혀 변화가 없었지만, 어조는 미안해하는 듯했다. "법이 사람들의 편의에 휘둘리면 안 되지요. 하지만 법은 그래요. 늘 그렇죠. 아마 늘 그래왔고, 앞으로도 늘 그러겠죠. 그래도 이번 경우에는 이 방안으로 부장님이 당장 풀어야 할 문제 한두 가지가 해결된 듯한데요. 저를 대체 어떻게 해야 하나라는 문제가 풀리지 않았나요?"

"그렇지." 베레트 부장이 인정했다. "하지만 내가 그걸 좋아해서는 안 되지."

"그렇죠." 팔라드의 목소리는 여전히 미안해하는 듯했다. "부장님은 정직한 분이세요. 부디 '자비로운 제거'에 관한 그 질문들을 계속 하시기를 바랄 뿐입니다."

부장이 몇 초간 말없이 팔라드를 쳐다보았다. 그리고 거미 메크에게 말했다. "대사님, 저와 함께 가시겠습니까." 그러고는 돌아서서 방을 나갔다.

청원을 준비하는 과정 중간쯤에 토크리스가 부장실 구석 의자에 앉은 인그레이에게 와서 서바트 잔을 건네주며 속삭였다. "인그레이, 뭐라도 먹었어?" 인그레이는 갑자기 시간이 얼마나 지났는지 깨달았다. 거의 저녁 먹을 때가 다 됐다. 한순간도 자신을 챙길 틈이 없었다. 가만히 앉아 있을 틈도, 뭔가 먹을 틈도 나지 않았다.

거미 메크에게 청원 과정을 세세히 설명하던 베레트 부장이 고개를 들었다. "우린 시간이 좀 걸릴 거예요, 인그레이 씨. 이 일 때문에 여기 있을 필요는 없어요."

"그래, 그래." 거미 메크가 털이 숭숭 난 다리 하나를 흔들며 속삭였다. "나는 가랄 케트와 같이 여기 있겠다. 너는 가라."

인그레이는 거기 있어야 했다. 모든 일이 제대로 되어가는지 확인해야 했다. 게크 대사인 척하는 위진 선장에게 전부 맡기고 떠날 수는 없었다.

하지만 그녀는 정말로 아주 잠깐이라도 어딘가에 혼자 있고 싶었다. 딱히 아무 일도 하지 않고서 그냥 눈을 감고 있고 싶었다. "제가 필요하면 연락주세요."

부장이 알았다는 몸짓을 했다. 거미 메크가 다시 다리를 흔들었다. 토크리스가 반쯤은 주저하며 말했다. "뭐라도 좀 먹으러 가자."

11

토크리스가 어느 작은 안마당으로 인그레이를 안내했다. 여기저기 플라스틱 벤치와 탁자가 놓였고, 사방을 두른 검은 벽에는 격자 울타리를 타고 폭포처럼 무성한 이파리들이 늘어지고 아주 작은 하얀 꽃들이 피어 그나마 숨통이 트이는 듯했다. "고마워." 인그레이가 제일 가까운 벤치에 앉으며 말했다.

"별말씀을." 토크리스가 슬쩍 웃고 옆에 앉으며 말했다. "좀 쉬어야 할 것처럼 보였어. 이 일은 정말 이상해. 왜 게크가 저렇게 절실하게 팔라드를 원하는 걸까?"

"내 생각엔 그 대사가 위진 선장을 찾는 데 내가 별 도움이 안 될 듯하다고 판단한 거 같아. 그래서 팔라드는 어떤지 보려는 거겠지."

호리호리한 메크 하나가 상자 두 개를 들고 휘청거리며 안마당으로 들어왔다. 토크리스가 받아서 하나를 인그레이에게 건네고는 메크를 돌려보냈다. "그것도 그다지 말이 되지 않아. 하지만 그녀는 외계인이니까." 토크리스가 상자를 열자 향신료를 넣은 콩 튀김 냄새가 풍겼다. "하지만 그녀가 외계인이라면, 왜 그녀는 '그녀'일까? 내 말은, 외계인들은 인간하고 같지 않잖아."

"모르겠어." 인그레이가 상자를 열고 으깬 콩을 둥글게 뭉쳐 빵가루를 입혀서 튀긴 요리를 하나 집어 들며 말했다. "어쩌면 그녀가 이르어로 말을 해야 하기 때문인지도 모르지. 우리는 게크가 아니니까 게크가 쓰는 단어에 해당하는 말이 없는 경우가 많을 거야. 그래서 그게 그녀가 할 수 있는 최선일지도 모르지. 그렇긴 해도." 그녀가 한 입 베어 물었다. "와, 이거 맛있다."

"가까운 식당에서 파는 거야." 토크리스가 말했다. "소스도 먹어봐. 정말 괜찮아."

"그렇긴 해도." 인그레이가 튀김 덩어리를 소스에 찍으면서 말을 이었다. "위진 선장 말로는 대사를 알고 지내는 동안 대사를 지칭하는 대명사가 여러 개였대. 지금은 그냥 그녀가 '그녀'인 거라고 했어."

"그게 바뀌는 거야?" 토크리스가 먹는 것도 잊고 몸을 약간 기울이며 물었다. 아이 때의 짧은 머리가 아직 자라는 중인, 끝만 살짝 구부러진 검고 곧은 머리카락이 앞쪽으로 쏠리며 뺨을 가렸다.

인그레이는 그 머리카락을 뒤로 쓸어 넘겨주고 싶은 충동을 억눌렀다. 튀김을 또 한 입 먹었다. "이거 진짜 맛있다."

"그렇지?" 갑자기 토크리스가 자기 얼굴이 인그레이의 얼굴과 얼마나 가까이 있는지 깨달은 듯했다. 그녀는 몸을 똑바로 세우고는 자기 음식을 내려다보았다. 그러고는 다시 고개를 들었다. "진친은 늘 네타노를 지지했어. 그러니 나는 당연히 에티아트 부드라킴이 거짓말쟁이라고 생각하며 자랐지. 믿을 수 없는 사람이라고 말이야. 하지만 그래도…." 그녀가 튀김 하나를 집어 들었다가 다시 내려놓았다. "그래도 그가 정치적 이점을 지키기 위해 자기 아이를 '자비로운 제거'에 처넣으리라고는 상상도 못 했어. 게다가 그렇게 사소한 이점 때문에!"

"지난번 의장 선거가 정말로 코앞이었으니까." 인그레이가 말했다. 그 말을 하면서도 의아했다. 어떻게 이렇게 갑자기 토크리스가 이처럼… 매력적으로 보일 수가 있을까. 하지만 생각해보면, 인그레이는 어제 처음 어른이 된 토크리스를 보았다. 그냥 어른도 아니고, 전에는 알아채지 못했던 방식으로 자신만만하고 확고한 어른이 된 토크리스 말이다. "그때 갈세드 유물에 대한 뒷말 때문에 표가 조금만 떨어져 나갔어도 지금 의장은 내 모친 네타노겠지. 그건 사소한 이점이 아니었어."

"그래도 자기 아이를 내칠 이유로는 충분치 않아." 토크리스가 고집했다. "내가 아는 한, 나도 우리 진친의 기대를 저버렸지만, 그렇다고 으가 내게 그런 짓을 하리라고는 생각지 않아."

둘은 부스러기 하나 남기지 않고 상자를 말끔하게 비울 때까지 한동안 잠자코 먹기만 했다.

"그거 알아? 난 가끔 다나크가 안쓰러울 때가 있어."

"다나크가 안쓰럽다니!" 인그레이는 놀랐다.

"난 어릴 때부터 내가 입양아라는 걸 알고 있었어." 토크리스가 설명했다. "생물학적 가족이 날 포기했다는 사실 말이야. 그들은 아마 진친에게 맡기기 위해 나를 가졌겠지. 왜냐하면 그게 그들에게 무언가를 가져다줄지도 모르는 연줄이었으니까. 음, 그들은 애초에 제법 살 만한 형편이었을 거야. 무작정 아이를 안고 진친의 집 문 앞에 나타날 수는 없을 거잖아. 그들은 나를 키울 수도 있었지만 그러지 않았어. 사실 그건 문제가 안 돼. 왜냐하면 진친이 내 진친이니까. 내가 뭔가 가치가 있다는 걸 보여줘서가 아니라 그냥 내가 으의 아이

이기 때문이야. 나는 내가 잘하지 못하면 가족으로 남을 수 없을까 싶어서 걱정해본 적이 없어. 다나크도 다른 가족이 있지만, 거의 모르지. 그리고 그들은 정말로 그를 원하지 않았어. 그들은 그저 네타노가 자기 아이 중 하나를 길러주길 바랐을 뿐이야. 하지만 나는 그가 늘 두려워했다는 걸 알아. 혹시라도 자기가 뭔가 잘못하면 쫓겨날 거라고, 그러면 애초에 자길 원한 적이 없는 가족에게 돌아가는 수 말고는 달리 갈 곳이 없다고 말이야. 그들에게는 그가 보상받지 못한 투자가 되겠지. 아니면, 나가서 완전히 혼자 살아야 해. 하지만 어느 쪽을 택하든 간에 그는 자신이 중요한 존재가 아닌 것을 좋아하지 않아. 평생을 자신이 중요해질 거라 기대하며 살아왔으니까."

"그래도 다나크는 갈 데라도 있지." 인그레이가 말했다. 목소리에서 씁쓸함이 약간 묻어나는 건 어쩔 수 없었다. 그녀 자신은 옥스콜드가의 사람들 말고는 아무도 없었다. 친한 보육원 친구라는 작은 가능성도 잃어버린 지 오래였다. 그녀는 숨을 들이쉬고는 목소리를 평온하게 유지하는 데 집중했다. "게다가, 의문의 여지가 있을 것 같지 않은데? 그는 다음 네타노가 될 거야."

"그럴지도 모르지." 토크리스가 말했다. "아마도. 그럴 것 같아. 하지만 네타노가 사람들이 예상하는 대로 선택하지 않으면? 아니면 그러니까… 네타노가 선택을 해도 다나크가 여전히 그런 걱정을 한다면?" 인그레이는 대답하지 않았다. 잠시 후, 토크리스가 인그레이의 빈 상자를 치우며 말했다. "다나크가 에스웨이로 갔다는 얘기를 네게 해줘야 할 것 같아."

"뭐라고?" 그녀는 다나크가 에스웨이에 간 것이 더 놀라운지, 아니면 토크리스가 그 사실을 아는 것이 더 놀라운지 알 수 없었다.

"우리는 지금 너희 가족 전체를 감시하고 있어." 토크리스는 자유로운 한 손으로 뭔가 알 수 없는 손짓을 했다. "놓치는 것이 없도록 해야 하니까."

"맞아." 그러면 그들은 인그레이의 움직임도 지켜보고 있었다는 뜻이다. 하지만 그녀는 그냥 집에 있다가 엄마의 사무실로 갔다가 여기로 왔다. 모두 그녀가 갈 만한 완벽하게 합리적인 장소들이었다. "그렇지. 이해가 돼. 하지만… 에스웨이? 공원? 아니면 시내?"

"시내." 토크리스가 말했다. 그녀는 벽에 난 재활용 투입구로 가서 상자들을 밀어 넣었다. "하지만 물론 거기 시내는 공원과 아주 가깝지. 난 애초에 그가 왜 거기로 갔는지부터가 짐작이 안 가." 에스웨이 시내는 대체로 인근에 거주하는 농부들을 대상으로 하는 가게와 사업체들이 모인 곳이고, 도보 여행자들이 들르는 곳이기도 했다. 어쨌든 다나크가 갈 만한 장소는 절대 아니었다. "숙박할 때 가짜 신분증을 썼고, 굴착용 메크 한 기를 빌렸어." 그녀가 돌아와 다시 인그레이 옆자리에 앉았다. "공원을 파헤칠 계획을 세우고 있을 가능성이 크지만, 팔라드가 그 유물이 거기 묻혀 있다고 사람들에게 말하겠다고 했을 때 우리는 바로 거기에 경비원을 배치했어. 아직 언론에는 그 얘기가 안 나갔지만 말이야. 지금 당장 다나크를 체포할 수도 있어. 그러는 편이 그에게는 나을 거야. 네 모친이 분명 이런저런 방법을 써서 깔끔하게 빼낼 테니까. 하지만 부장님은 다나크가 실제로 공원을 파려고 할 때까지 기다리자는 편이야. 무엇보다, 그가 정신을 차리고 마음을 바꿀지도 모르고, 게다가 가짜 신분증을 댔다는 죄목만으로는 진짜로 그를 잡아들일 명분이 안 서니까 그렇겠지. 모든 사정을 고려한다면 말이야." 토크리스가 한숨을 쉬었다. "너한테 이런 걸 알려주면 정말 안 되는데. 하지만 진친은 늘 네타노를 지지해왔고, 너는… 내 말은… 다나크가 공원을 파려고 시도하면 거의 확실히 체포될 거야. 그리고 언론이 이런 사건을 물면, 부드라킴 의장이 거기서 짜낼 수 있는 건 뭐든 짜내리라는 건 너도 알지. 아니면, 그러니까… 네타노가 다나크와 거리를 두는 수가 있는데, 그러면 아마 넌 괜찮을 거야. 하지만 다나크에겐 아주 안 좋은 상황이 되겠지. 개새끼에다 그런 꼴을 당해도 싼 놈이지만, 그래도 네 오빠인데 말이야. 아니면, 그가 말썽에 휘말리려는 걸 알았으니까 너는 그 일에 말려들지 않도록 조심하는 수도 있어." 그녀가 잠시 머뭇거리며 시선을 돌리더니 인그레이를 쳐다보지 않고 말했다. "아니면, 네가 그 상황을 이용할 수도 있겠지. 내 진친이 정치인은 아니지만, 나도 이런 일이 어떻게 돌아가는지 정도는 알아."

하지만 다나크는 대체 뭘 하려는 거지? "언론에서 팔라드가 여기 있다는 거 아직 보도 안 했지? 넌 그들이 아직 모른다고 했어. 그러니 으가 유물을 공원에 묻었다고 말한 건 우리와 아마 몇몇 간수들밖에 모를 거야." 아니다. 잠깐만. 그제 밤에 팔라드가 다나크에게 부드라킴 유물을 에스웨이 공원에 숨겼다고 말했다. 그리고 다나크는 팔라드가 그게 다 거짓말이었다고 말하는 걸 듣지 못했다.

'멈추고 생각해.' 라크 진촌이 끊임없이 하는 충고였다. 하지만 필요한 만큼 자주 그 충고를 따르기란 쉽지 않았다. 언론이 이 사실을 알게 되면 무슨 일이 벌어질까? 인그레이가 지금 당장 "집에 일이 있는데, 지금 어디냐"고 묻는 메시지를 (화를 내면서, 아니면 걱정스럽게?) 다나크에게 보내면, 그가 무슨 짓을 하는지 자신은 몰랐고 그의 계획이 무엇이든 자신과는 아무 상관이 없다는 알리바이가 분명해질까?

상황 나름일 것이다. 언론이 무얼 알고 있는지에 따라서 다를 것이다. 그리고 에티아트 부드라킴이 그 모든 걸 조용히 덮고자 하느냐 마느냐에 따라서도 달라지겠지. 다나크가 공원에서 도둑맞은 유물을 찾고 있다는 게 알려지면 네타노에게 불리하게 작용할 테고, 그러므로 부드라킴 의장에겐 유리할 것이다. 하지만 그 유물은 부드라킴 가문의 유물이고, 네타노는 그 점을 지적하거나, 할 수 있다면 팔라드의 이야기를 지체 없이 언론에 던져줄 것이다.

하지만 팔라드는 불신을 받기 쉬웠다. 으는 유죄판결을 받았고 불법적으로 이곳에 왔으며, 행성계 라리움에 있는 '더 이상의 채무를 거부한다'가 가짜라고 대놓고 말했다. 사실이든 아니든, 그런 말을 듣기 좋아할 화에이인은 없었다. 인그레이 자신도 그랬으니까. 그 말이 사실일 거라 짐작하면서도, 믿기는 어려웠다.

그 어느 것도 네타노에겐 크게 문제가 되지 않을 듯했다. 기꺼이 다나크를 에어로크 밖으로 내던질 참이라면 말이다.

네타노는 새로운 후계자감을 골라 다시 시작해야 할 것이다. 인그레이 자신은 이미 이 사건에 너무 깊이 연루된 데다, 네타노 되기 경쟁에서 이길 가능성이 전혀 없었다. 이 집에서 나가기로 이미 계획했으니, 그건 괜찮았다.

인그레이가 아무 조치도 취하지 않으면 더 나아질 건 없었다. 하지만 더 나빠지지도 않을 테고, 적어도 다나크가 굴욕을 당하는 꼴 정도는 볼 수 있었다. 그리고 토크리스 말이 맞았다. 그는 그래도 쌌다.

토크리스가 여전히 옆에 앉아 있었다. 말없이 참을성 있게 자리를 지켰다. 인그레이는 자신에게 비밀스러운 얘기를 털어놓던 토크리스를 떠올렸다. 인그레이가 좀 쉬었는지, 뭐라도 먹었는지 걱정하던 토크리스. 몸을 가까이 기울인, 머리카락이 뺨을 스치던 토크리스. '매력적'이라고 위진 선장이 말했었지. 그래, 그랬다. '난 그가 정치적

이점을 지키기 위해 자기 아이를 자비로운 제거에 처넣으리라고는 상상도 못 했어.' 토크리스는 방금 못마땅하다는 듯이 그렇게 말했다. 그리고 다나크에 대해서도 그랬지. '개새끼에다 그런 꼴을 당해도 싼 놈이지만, 그래도 네 오빠인데 말이야.' 토크리스는 직업을 잃을 위험을 무릅쓰며 이 정보를 인그레이에게 주었다. 그녀에게 그토록 중요한, 그토록 오랫동안 간절히 원했던 직업인데 말이다. 인그레이는 그 정보를 위험에서 다나크를 빼내는 데 쓸 수도 있고 해하는 데 쓸 수도 있었다. 토크리스는 이런 말까지 했다. '내 진친이 정치인은 아니지만, 나도 이런 일이 어떻게 돌아가는지 정도는 알아.'

토크리스는 여전히 인그레이를 쳐다보지 않고 작은 안마당 건너편에 수북하게 늘어진 잎사귀들과 하얀 꽃들 쪽으로 고개를 돌리고 있었다. 인그레이에게 생각할 틈을 주고 있는 것이다. 갑자기 토크리스가 고개를 돌렸을 때 자신을 어떻게 바라볼지가 엄청나게 중요한 문제로 여겨지기 시작했다.

"빌어먹을 승천한 성인들 같으니라고." 인그레이가 격렬하게 말했다. 사실 그녀가 선택할 수 있는 길은 하나밖에 없었다. 뭐라도 걷어차고 싶었지만, 그녀는 맨발이었고 가까이에는 벤치와 안마당을 둘러싼 돌담밖에 없었다. "나는 어떻게든 가서 이 수렁에서 다나크를 빼내봐야 하지, 그렇지 않아?"

인그레이가 에스웨이에 당도했을 때는 사방이 어두웠다. 다나크가 머무는 숙박업소 건물이 드리운 더 어두운 그늘 속에서 팔랑불이 몇 마리가 붉고 노랗게 깜박거렸다. 무인으로 운영되는 숙박업소였고, 긴 건물 끝에 방값을 계산할 때 쓰는 정산용 벽판이 하나 있을 뿐이었다. 그렇게까지 늦은 시간이 아닌데도 거리는 텅 비어 있었다.

백 미터쯤 떨어진 곳에 음식점이 하나 있어 불빛이 길거리까지 흘러나왔다. 관광객들에게 미리 만들어놓은 끼닛거리를 파는 곳이었다. 그녀는 숙박업소로 오기 전에 그곳에 잠깐 들렀다. 다나크가 이런 숙박업소가 제공할 만한 아주 비좁은 칸막이 객실에 잠시라도 머무르리라 생각하기보다는 거기 음식점에 있는 모습을 상상하기가 훨씬 수월했기 때문이었다.

객실 문을 노크해도 아무 대답이 없었다. 음식점으로 돌아가서 다나크를 본 사람이 있는지 물어볼 수도 있었다. 하지만 그를 본 사람이 있다 한들 무슨 소용이 있을까? 다나크가 그날 저녁에 무얼 먹었는지 알 수 있을지는 모르겠지만, 그 외는 별것 없을 듯했다. 게다가, 그가 어디로 갔는지는 이미 알고 있었다. 물어보는 건 시간 낭비였다.

인그레이는 지상차로 돌아가 공원으로 가자고 말했다.

"에스웨이 공원은 일몰 1시간 후부터 일출 1시간 전까지 문을 닫습니다." 그녀가 좌석에 자리를 잡자 차가 말했다.

"나도 알아. 난 사람을 찾고 있어. 그냥 천천히 길을 따라가면서 그 사람을 찾을 수 있는지 봤으면 해."

"행성계 안전청의 도움이 필요하십니까?" 차가 물었다.

"아니. 그런 종류의 일이 아니야." 아직은 아니었다.

지상차가 왈칵 움직이기 시작했다. 몇 분 만에 빛이라곤 지상차의 헤드라이트 불빛만 남았다. 도로 양쪽 가로수 밑에는 더 많은 팔랑불이들이 깜박거리며 떠다녔다. 도로는 텅 비었다. 도보 여행자들과 관광객들은 다들 지금쯤 시내로 돌아가 인그레이가 뒤에 두고 온 환하게 밝고 흥겨운 그 음식점에서 따끈하고 근사한 저녁을 먹고 있을 것이다. 다나크의 행방도 물을 겸 그곳에 들러 서바트라도 좀 마셨다면 그녀는 지금 거기 있었을 것이다. 밝은 빛과 사람들에 둘러싸여 있겠지. 머릿속에 떠오르는 상념들도 잠시 떨쳐버릴 수 있었을 테고. 위진 선장, 또는 그가 게크 대사인 척하면서 쓰는 메크는 팔라드와 같이 행성계 안전청 아사몰 지역청사에 머물겠다고 했다. 그래서 그녀는 혼자 와야 했다. 신경이 쓰일 정도로, 갈수록 점점 더 생생하게 언덕 꼭대기에 있던 자트 존하의 모습이 떠올랐다. 지금은 떠올려서는 안 될 기억이었다. 그녀는 이 어둠 속에서 다나크를 찾아야 했다. 그가 다른 길로 갔다면, 절대 못 찾을 성싶었다.

하지만 그가 다른 길로 가지 않았음을 곧 확인할 수 있었다. 아이오강을 건너는 다리에 다다르기 직전에, 지상차의 헤드라이트 불빛이 막 도로를 벗어나 길가 가로수 사이로 들어가는 커다란 공사용 메크의 뒷모습을 스쳤다. "멈춰." 인그레이가 지시하고는 차에서 내렸다.

도시에서 이처럼 멀어지니 보이는 빛이라곤 지상차의 불빛과 넓고 환한 도로 위 하늘에 흐르는 별들의 띠밖에 없었다. 손전등을 가져올 걸 그랬다고 생각했지만, 그제야 든 생각이었다. "다나크? 다나크, 거기 있어?" 답이 없었다. 그녀는 치마를 걷어 올리고 조심스럽게 도로를 벗어나 진창으로 들어섰다. 이런 일에 대비해 신을 바꿔 신고 와서 다행이었다. 그녀는 팔을 뻗어 2미터 높이의 메크를 한 손으로 더듬으며 앞쪽으로 천천히 나아갔다. 이 메크가 예전에 봤던 것들과 똑같다면, 앞에 달린 거대한 삽을 빼고도 길이가 3미터쯤 될 것이다. 그 삽은 거의 모든 방향으로 돌릴 수 있고 조종사가 원하는 어느 각도로든 땅을 파낼 수 있었다. 앞쪽 어딘가에 조종사가 위로 올라갈 때 쓰는 손잡이가 있을 것이다. 그리고 꼭대기에는 번듯한 좌석은 아니라도 조종사가 앉을 만한 공간이 있겠지. 메크가 도로를 벗어날 때 다나크는 거기 앉아 있었을 것이다. 아이들이 보는 오락물 주인공도 아니고! 그가 굴착용 메크를 처음 타고선 어둠 속을 이렇게나 멀리 걸어왔다는 게 믿어지지 않았다.

어두운 데서 넘어지거나 발을 헛디딜까 싶어 그녀는 아주 천천히 걸음을 내디뎠다. 지상차의 불빛에서 조금 멀어지면서 눈이 어둠에 적응하자 나무들의 형체가 드러나기 시작했다. "다나크, 괜찮아?" 답이 없었다. 갑자기 그녀는 정말로 무서워졌다. 그가 의식을 잃었거나, 또는 죽었으면 어떡하지? 그녀는 메크의 앞쪽에 도착해, 접어서 내려놓은 삽에 한 손을 올렸다. "다나크?"

바로 뒤쪽 위 캄캄한 데서 다나크의 목소리가 들려왔다. "빌어먹을, 너 여기서 뭐 하는 거야?" 화가 난 목소리였다.

그녀는 위를 쳐다보면서 뒤로 물러섰다. 별빛과 거기까지 비치는 지상차의 불빛에 그림자만 보이는 다나크가 메크 위에 앉은 게 보였다. "똑같은 질문을 하고 싶지만, 나는 이미 답을 알고 있지." 마음이 놓였지만, 그렇다는 말은 하지 않았다.

"네가 와서 잘됐는지도 모르겠네." 다나크가 메크 꼭대기에서 말했다. "이제 네가 그 유물이 어디에 있는지 알려주면 되잖아. 내가 이 빌어먹을 메크를 다시 길로 보내기만 하면, 요행을 바라며 마구잡이로 땅을 파지 않아도 되겠지."

"유물은 여기 없어." 그녀가 말했다. "공원에 없어. 여기 있었던 적도 없어."

"시도는 좋았어." 깔보는 듯한 어조였다. "유물 찾는 걸 도와주지 않으면, 엄마한테 그간의 이야기를 전부 고해바칠 거야."

"당장 하시지그래." 인그레이가 말했다. "내려와서 같이 집으로 돌아가지 않으면 행성계 안전청을 부르겠어." 그녀는 말로만 위협할 게 아니라 지체 없이 실행에 옮겨야 한다는 걸 알았다. 그리고 행성계 안전청이 이 문제에 개입하면 자신에게도 재앙이 일어나리라는 것도 알았다. 하지만 인그레이는 여기로 오는 동안 자신이 한 선택이 어떤 것인지, 그리고 다나크가 하려는 짓이 어떤 일인지, 그러면 자신은 어떻게 반응해야 할지 생각할 시간이 있었다.

"아니." 다나크가 말했다. "넌 행성계 안전청 못 불러." 그르릉거리는 소리와 함께 메크의 삽이 펼쳐지며 위로 솟았다. 그리고 홱 방향을 틀면서 인그레이의 머리를 간발의 차로 빗겨 지나갔다. 그녀는 놀라서 뒷걸음질하다가 중심을 잃고 철퍼덕 자빠졌다. 다나크가 욕하는 소리가 들리더니 삽이 홱 방향을 틀다가 뭔가를 쾅 들이박았다. 분명 나무일 것이다. 나무에 금이 가고, 삽이 계속해서 밀어대자 끽끽거리는 소리가 났다. 메크가 인그레이 쪽으로 기울어지다가 멈추었고, 삽이 다시 인그레이 쪽을 향해 홱 방향을 틀었다. 이번에는 더 낮았다. 삽이 스치면서 인 바람이 느껴질 정도였다.

인그레이는 몸을 뒤집어 도로 쪽으로 기었다. "이러면 행성계 안전청이 안 올 거 같아?" 그녀는 헐떡거렸다. 진흙 묻은 머리카락이 입안으로 들어왔다.

"상관없어." 삽이 다시 나무를 꽝 치자 우지끈 하는 소리가 들렸다. "누가 여기 올 때쯤이면 나는 이미 멀리 떨어진 곳에 있을 거고, 내가 내내 집에 있었다고 증언해줄 사람이 적어도 열두 명은…." 다나크의 말이 목이 졸린 듯한 외침으로 변했다.

그때, 속삭이는 듯한, 휘파람을 부는 듯한 목소리가 말했다. "다나크 인간은 좋은 오빠가 아니다."

바닥을 기던 인그레이가 동작을 멈췄다. "선장님?" 그러고는 위진 선장이 방금 한 말이 게크 대사가 할 법한 말에 훨씬 가깝다는 걸 깨달았다. 그는 여전히 연극을 하고 있었다. 당연하지. "대사님?" 인그레이는 일어서서 지금은 얌전해진 메크 쪽으로 조심스럽게 다가갔다. 그러다가 문득 게크 대사가 인간을 공격하면 조약 위반이라는 생각이 떠올랐다. 지금 일어나고 있는 일이 실제로 그런 일이 아니라서 다행이었다. "저는 팔라드와 같이 계신 줄 알았는데요."

"나쁜 인간 다나크." 거미 메크가 반복해서 말했다. "인그레이 인간, 다나크 오빠를 죽일 테냐? 이건 널 죽이려 했다."

"저는 저 애를 죽이려 하지 않았어요!" 다나크의 목쉰 소리가 겁에 질렸다. "빌어먹을 승천한 성인들 같으니라고! 인그레이! 대체 날 어떤 인간이라 생각하는 거야?" 인그레이는 별빛을 받은 희미하고 구부정한 그림자가 메크 꼭대기에 있는 걸 보았다.

"너는 부화동기(孵化同氣)를 죽이려 하는 그런 인간이다." 거미 메크가 다나크에게 말했다. "우리가 너무 어릴 때는 어미도 우리를 먹어버릴 수 있지만, 같이 부화한 동기들은 부화한 순간부터 늙어 죽을 때까지 서로 의지해야 할 존재들이다. 인그레이 인간, 내가 이 나쁜 인간을 죽일 수 없는 게 유감이다. 죽이면 조약 위반이 될 테지. 하지만 다나크 인간이 기계 앞에 떨어지면 기계가 치고 지나갈지도 모른다."

인그레이는 발판 같은 걸 발견하고 굴착용 메크의 옆면을 기어올랐다. "안 돼요! 대사님, 그러지 마세요!" 위진 선장이 정말로 다나크를 죽이리라곤 생각하지 않았지만, 메크를 통해 휘파람을 부는 듯한 이상한 목소리를 내면서도, 그는 용케 위협적인 분위기를 자아내고 있었다. "그리고 다나크, 넌 날 죽일 뻔했어." 아니면 적어도 아주 심한 부상을 입히거나.

"네가 행성계 안전청을 부르겠다고 했잖아! 불렀으면 나만 아니라 가족 전체에게 문제가 됐을걸!"

거미 메크가 다리 몇 개로 다나크를 칭칭 감아서 굴착용 메크 표면에 납작하게 눌러놓았다. 집게발 하나가 다나크의 머리카락을 움켜잡아 머리통을 뒤로 젖혔고, 다른 발톱 하나가 그의 숨통 앞에서 얼쩡거렸다. 메크의 옆면에 매달린 채 인그레이이가 말했다. "어떻게든 오빠를 말려야 했으니까. 그리고 난 사실대로 말한 거야. 부드라킴 유물은 공원에 없어."

여전히 거미 메크의 손아귀에 단단히 붙들린 다나크가 눈을 감았다. "그러면 어디에 있어?"

"늘 있던 곳에 있지." 인그레이이가 말했다. "팔라드는 그걸 훔친 적이 없어. 부드라킴 의장이 꾸며낸 거야. 팔라드가 그 유물들이 애초에 위조품들이라는 걸 발견했기 때문이지. 부드라킴 의장은 그런 말이 새어 나가는 걸 원치 않았고, 진실을 밝히는 대신에 진짜는 도둑맞고 가짜가 있더라는 이야기를 꾸며냈어."

다나크가 눈을 번쩍 떴다. "뭐? 그거 멋진데!" 그는 앉으려고 했지만, 거미 메크가 여전히 그를 내리누르고 있었다. 그가 짜증난다는 듯이 툴툴거렸다. "엄마한테 말했어?"

"아니, 나도 오늘 알았거든. 그리고 팔라드는 어떻게든 그 이야기를 알릴 생각이야. 부드라킴 의장의 반대 공작을 피할 수 있으면 말이지. 의장은 언론이 그 사안에 관해 아무 말도 못 하도록 자기 권력으로 할 수 있는 짓은 뭐든 다 할 테니까."

"지역 독립언론 같은 데에다 갖다줘도 되지." 다나크가 의견을 제시했다. "마구 떠들어! 이리저리 퍼뜨려! 행성계 중앙 언론들이 더는 무시할 수 없을 정도로 사건이 커지는 데는 시간이 좀 걸리겠지만, 약간 작업만 하면 끝날 문제야. 라크 진촌이라면 그런 일 정도는 쉽게 하실걸. 웬걸, 인그레이 '너조차도' 할 수 있을 거야."

인그레이는 잠자코 그냥 기다렸다.

"아니야…." 잠시 후에 다나크가 말했다. 마치 인그레이가 무슨 말이라도 한 듯이. "이 굴착용 메크를 빌린 사람이 나라는 건 아무도 몰라. 가짜 신분을 사용했으니까. 그러니 이건 그냥 여기 놔두고 집에 가면 돼."

그래도, 인그레이는 기다렸다. 침묵이 퍼져갔다.

"좋아, 그럼 난 아무것도 못 찾아내겠지. 하지만 내가 이랬다는 걸 아는 사람도 없을 테니까, 이 일로 달라진 건 아무것도 없어."

"내가 어떻게 널 찾았을 거라고 생각해, 다나크?" 인그레이가 물었다. "다음에 가짜 신분이 필요할 때는 꼭 나한테 와야겠더라. 그걸 만든 녀석은 어쨌든 재능은 있는데 정말로 작정하고 덤비는 조사에는 견디지 못했어."

잠깐의 침묵 후, 다나크가 말했다. "아, 빌어먹을."

"나쁜 다나크 인간." 거미 메크가 말했다. "인그레이 인간은 너에게 너무 관대하다. 너는 그럴 가치가 없다."

"대사님, 놓아주세요." 인그레이가 말했다. "그가 다치기라도 하면 외교적 사건이 되는 거 아시잖아요. 사실은 그렇게 잡고 계시는 것도 안 될 거예요."

"그는 너를 죽이려 했다." 거미 메크가 말로는 계속 고집하면서도 잡고 있던 다리에서 힘을 뺐다.

"그건 사고였어요!" 다나크가 항의하면서 목을 문지르며 일어나 앉았다. "난 그냥 행성계 안전청을 부르지 못하도록 널 겁주려 했을 뿐이야. 죽이려고 한 건 아니야!"

"그래도, 내가 죽었어도 딱히 섭섭하지는 않았겠지."

또 잠깐 정적이 흐른 다음 다나크가 외쳤다. "지옥의 힘 같으니,

인그레이! 난 살인자가 아니야."

"인그레이 인간은 너에게 아주 관대하다." 거미 메크가 다시 말했다.

"이제 우리는 이렇게 할 거야." 인그레이가 말했다. "우리는 차에 타. 그리고 집에 가. 누가 물으면, 그래, 네가 이 굴착용 메크를 빌렸어. 넌 술에 취했고, 자트 존하가 살해된 사건을 생각했고, 기분이 나빠졌어. 넌 자트 존하를 잘 알고 좋아했어. 그녀는 지식에만 관심을 둔 다정한 사람이었지. 너는 그녀가 살해당해서 화가 나고 슬펐어. 그 건설용 메크로 무얼 하려고 했었는지는 잘 기억이 나지 않지만, 그게 뭐였든 아락 한 병 때문이라고 하면 이해가 되겠지. 아마도 '땅 파는 다피'와 뭔가 관련이 있을 거야." '땅 파는 다피'는 수십 년에 걸쳐 방영되어온 어린이용 오락 프로그램의 주인공이었다. 그 영향으로 어릴 때 한 번쯤 영웅적인 건설용 메크 조종사가 되겠다는 야심을 품어보지 않은 화에이인이 드물었다. "넌 메크를 제대로 조종할 수 없었고, 메크는 나무에 충돌했고…."

"맞아." 다나크가 끼어들었다. "전혀 술에 취하지도 않았어도, 이건 조종하기가 엄청나게 힘든 물건이야. 이렇게 어려울 줄은 몰랐지. 난 전에도 메크를 조종해본 적이 있으니까."

"쉽지 않아." 거미 메크가 속삭였다. "연습이 중요하지."

"메크는 충돌했고." 인그레이가 다시 말했다. "넌 매우 미안해. 넌 그 굴착용 메크가 입은 피해를 배상할 거야. 그것도 네 용돈으로, 누가 요청하지 않아도 말이야. 너는 앞으로 계속 술을 마셔야 할지 심각하게 고민해볼 거야. 팔라드가 진짜 팔라드라는 사실, 그리고 그 유물과 관련된 일 같은 건 너는 전혀 몰라."

"네가 비키지 않으면 내가 못 내려가잖아." 다나크가 말했다. 그러고는, 인그레이가 움직이지도 않고 아무 말도 없으니 덧붙였다. "알았어, 알았다고. '고마워.'" 품위 없고 분개한 말투였다. "네가 나타나지 않았으면 난 완전히 큰일 날 뻔했어. 이 고철 덩어리를 데리고 어떻게든 공원 안으로 들어갔다 해도 말이야. 이제 됐어?"

인그레이는 숨을 들이쉬었다. 대답을 할까도 생각했지만, 대신에 그녀는 땅으로 내려와 조심스럽게 도로로 가서 지상차로 돌아갔다. 뒤에서 털썩 하는 소리와 무언가가 돌진하는 소리가 들리더니 거미 메크가 옆으로 다가왔다. "다시 가방으로 돌아가야 할 거예요." 인그레이가 말했다. "언론이 이 일에 게크가 연루되었다는 낌새를 채면 도움이 안 될 거예요."

"가방, 가방." 거미 메크가 속삭였다. "하! 그 가방. 이제 알겠다. 하지만 아니다, 나는 내가 알아서 가겠다." 메크가 터벅터벅 길로 나가더니 지상차 밑으로 몸을 구겨 넣었다.

"좋으실 대로." 인그레이가 말했다. 갑자기 소름이 끼쳤다. 그녀는 두세 단계 앞을 생각하느라 당장의 대화에 별로 주의를 기울이지 않았다. 방금 거미 메크가 뭐라고 했지? '하! 그 가방. 이제 알겠다.' 심장이 덜컥 내려앉는 듯한 끔찍한 생각이 떠올랐다. "위진 선장님?" 그녀가 불렀다. "선장님, 그거 당신이죠, 그렇죠?" 하지만 그래야 한다. 아니라면 게크 대사가 왜 그렇게 다나크를 죽이려고 위협한단 말인가? 그건 명백한 조약 위반이었다.

"내버려둬." 다나크가 뒤에서 다가오며 말했다. "넌 저거랑 친구가 됐는지 모르겠지만, 난 저것과 같이 차 안에 앉아서는 아무 데도 가고 싶지 않아. 저건 너무… 너무 흐물흐물해." 그가 몸서리를 쳤다. "그리고 나는 저것한테 목이 졸려 죽을 뻔했어."

인그레이가 지상차의 문을 열었다. "맞아, 가자."

12

지상차가 네타노의 집에 도착한 때는 자정이 꽤 지난 시각이었다. 현관 주변의 파란색과 빨간색 유리를 통해 스며 나오는 희미한 빛을 제외하면 집 안은 캄캄했다. 그리고 정확하게 법으로 규정된 거리만큼 집에서 떨어진 보도에 노란 불빛을 비추는 키가 크고 다리가 네 개 달린 밝은 주황색 기둥 같은 언론사 메크가 어두운 집을 배경으로 선명하게 도드라졌다.

다나크가 욕설을 내뱉었다. "저거 '지역의 소리'야?"

"'지역의 소리' 맞네." 인그레이가 차창으로 메크의 앞면에 적힌 검은 글씨를 확인했다. "하지만 저거 하나뿐이야. 팔라드에 관한 소식이 새어 나간 게 분명한데, 왠지 '지역의 소리'만 움직이고 있어."

다나크가 피곤한 듯이 픽 웃었다. "대형 언론사들은 분명 부드라킴 의장이 잡고 있겠지. 팔라드에 관한 일이라면, 널 만나러 온 거라 생각해, 누이." 마지막은 사소한 이죽거림이었다.

"네가 몹시 취하기 딱 좋은 때네." 인그레이가 말했다. "널 부축해 집 안으로 데려갈 하인을 불러야겠어."

"난 지금쯤이면 어느 정도 깼을 거 같은데." 다나크가 지적했다.

"넌 엄청나게 많이 마셨고, 피곤한 밤을 보냈어. 정신을 잃었지. 난 널 깨우거나 네가 '지역의 소리'에다 이상한 얘기를 늘어놓는 위험을 무릅쓰고 싶지 않아. 게다가, 벌써 도움을 요청했어."

"인그레이." 다나크가 갑자기 뜬금없는 변명조로 말했다. "정말로 널 해치려고 한 거 아니야. 난 그저… 네가 날 궁지에 빠뜨리거나 그 유물을 발견하는 공을 차지하려고 온 줄 알았지…." 그가 말꼬리를 흐렸다.

"대체 왜 그래, 다나크?" 인그레이가 물었다. 늘 그랬듯이 차를 타고 오는 동안 분노와 좌절감이 잦아들었지만, 다나크의 사과하려는 게 명백하지만 서툰 시도에 그것들이 다시 터져 나왔다. "엄마가 널 선택하리라는 거 알잖아. 내가 네 앞날에 전혀 위협이 되지 못한다는 거 알잖아. 이제껏 그런 적 한 번도 없었어."

"그런 거 몰라. 양쪽 다. 안 적도 없어. 엄마는 사람들이 기대하는 대로 늘 결정하는 사람이 아니야. 그리고 라크 진촌은 나보다 너를 더 좋아하지. 너도 그건 알 거야. 그리고 엄마는 라크 진촌 말을 들어." 다나크가 한숨을 쉬었다. "이봐, 다시 싸우자는 뜻은 아니었어. 여기 앉아서 네가 거기서 다치거나 죽기라도 했으면 어땠을까 생각하니까, 난 그냥… 난 그런 걸 바라지 않아, 인그레이. 그런 걸 바란 적은 없어. 나는 그냥, 이런 거야. 의기양양하게 집에 돌아와 엄마 앞에 부드라킴 유물을 늘어놓을 기회가 내 앞에 있었던 거야. 그것도 선거 직전에. 그러면 엄마는 오래지 않아 후계자를 지명하겠지. 그런데 네가 그걸 빼앗으려고 나타난 거야."

"난 그러려고 거기 간 게 아니었어." 그녀는 더 말하고 싶었지만,

그의 어조는 정말로 진실하게 들렸다. 그리고 그녀는 그 느낌, 네타노를 기쁘게 해주고 싶다는 그 열망이 어떤 건지, 자신의 삶과 미래가 거기에 달렸다는 그 느낌이 어떤 건지 알았다.

그때 집 현관이 열렸다. 언론사 메크가 누구인지 보려고 홱 방향을 틀었다가 하인 두 명이 나오는 걸 보고는 흥미를 잃었다. "빨리 나오네." 인그레이가 지상차 문을 열었다. "이 시간에 귀찮게 해서 미안해요." 그녀가 차로 다가오는 하인들을 불렀다. "다나크 때문에요. 오빠가…." 그녀는 목소리를 낮추었다. 그래도 언론사 메크에게 들리지 않을 정도는 아니었다. "좀 많이 취했어요. 잠이 들었거나 아니면 정신을 잃은 것 같은데, 어느 쪽인지 알아보기에 길거리가 딱 알맞은 장소는 아닌 것 같네요."

"그렇고 말고요, 아가씨." 하인 하나가 눈도 깜박이지 않고 대답했고, 흐느적거리며 아무 저항도 하지 않는 다나크를 하인 둘이 양쪽에서 부축하고 지상차 뒷자리에서 끌어내 집 안으로 데려갔다.

"인그레이 옥스콜드 씨!" 인그레이가 뒤따르는데 언론사 메크가 불렀다. "팔라드 부드라킴이 '자비로운 제거'에서 돌아온 건에 어떻게 연루되었는지 설명 좀 해주세요. 또 으는 옴켐 자트 존하 살인 사건에 어떻게 연루되었나요? 게다가 왜 이 일에 게크들이 연루되어 있습니까? 그리고 부드라킴 유물은 어떻게 되었나요? 그리고 세상에나, 대체 어쩌다 그렇게 진흙투성이가 되었어요?"

인그레이는 미소를 띠며 지나쳐 걸었다. "정말 죄송해요. 오늘 밤엔 일이 좀 많았던 데다, 지금은 오빠가 걱정돼서요. 나중에 얘기하죠."

"그걸로 제가 속을까요?" 뉴스 메크가 말했다. "다나크 옥스콜드가 술에 취해 집으로 옮겨진 적이 처음은 아니잖아요. 일단 숙취가 사라지면 괜찮을 거예요. 그리고 제가 얘기하고 싶은 사람은 그가 아니라 당신이에요. 팔라드 부드라킴을 화에이로 데려올 때 으가 누구인지 아셨어요? 부드라킴 의장이 가문의 유물을 도난당했다고 치안위원회에 거짓말한 것이 사실이라고 생각하시나요? 행성계 라리움에 있는 '더 이상의 채무를 거부한다'가 위조품이라는 팔라드의 말이 맞다고 생각하십니까? 진품은 팔라드가 훔쳤을까요?"

"아침에 얘기하면 좋겠어요." 인그레이가 집 현관에 도착해서 약속했다.

"아, 그래요, 대형 언론사들이 도착한 뒤에 말이죠." 메크가 툴툴거렸으나 그 자리에서 움직이지는 않았다. 명시적인 동의 없이는 현관이나 인그레이에게 더 다가가지 못하도록 법으로 규정되어 있었다. "이봐요, 인그레이 씨. 지역 언론을 조금만 도와줘요."

"내일 아침에요!" 인그레이는 안으로 들어갔고 문이 닫혔다.

안으로 들어서자 현관홀의 어둑한 야간 조명을 받으며 다나크가 평소답지 않게 순종적인 표정으로 서 있는 게 보였다. 그 앞에 있는 계단 옆 벤치에 라크 진촌이 앉아 있었다. "인그레이." 라크 진촌이 말했다. "나도 온 지 5분도 안 됐다. 네가 어딜 갔는지 의아해하던 참이었지. 내게 알리고 다니라고 얘기하지 않았니? 그리고 어떡하다 그렇게 진흙을 잔뜩 묻히고 온 거니?"

"제 잘못이에요, 진촌." 다나크가 말했다.

"승천한 성인들이시여." 라크 진촌이 놀라는 척하며 대답했다. "다나크가 자기 책임을 인정하다니, 살다 보면 별일이 다 있고 세상에는 놀랄 일이 끝이 없다더니 정말 맞는 말이었구나." 으가 다시 인그레이를 쳐다보았다. "그렇다고 네가 잘못이 없다는 얘기는 아니지. 난 알리고 다니라고 얘기했어."

"죄송해요, 진촌."

“음, 너무 죄송해할 필요는 없다.” 라크 진촌이 한숨을 쉬며 말했다. “너 없는 사이에 내가 널 ‘지역의 소리’에다 던져놨으니까. 미리 경고는 안 했다만, 너도 예상은 했겠지.”

“예, 눈치챘어요.” 인그레이가 대답하자 라크 진촌이 웃음을 터뜨렸다. “놀라지 않았어요.” 원망은 전혀 실리지 않은 어조였다. “사실 제가 다나크를 쫓아간 것도 그래서예요. 그가 어디로 갔을지 짐작해 보니, 누구든 가서 데려와야 할 것 같았거든요. 진촌은 온갖 일로 바쁘실 게 틀림없으니, 굳이 귀찮게 해드리고 싶지 않았어요.”

“그래서 다나크는 어디를 갔었니?” 라크 진촌이 묻고는 대답을 기다리며 다나크를 쳐다보았다.

얼굴은 보이지 않아도, 시무룩하게 굽은 어깨를 보아하니 대답하기 싫은 듯했다. 하지만 다나크는 대답했다. “에스웨이에 갔었어요.” 그리고 입을 다물었다.

“우리 조카님이 왜 에스웨이에 갔을까? 그럴 만한 특별히 좋은 이유가 나는 아무래도 생각이 안 나네.”

다나크가 화난다는 듯이 구역질 나는 소리를 냈다. “인그레이가 팔라드를 집에 데려왔을 때 저는 으를 알아봤어요. 으가 부드라킴 유물이 에스웨이 공원에 있다고 하더군요. 저는 그 유물이 누군가에게 발견되기 전에 제가 찾아볼 수도 있겠다고 생각했어요. 그게 영영 발견되지 않을 수도 있다고 봤죠. 부드라킴 의장이 갖은 수를 다 써서 막을 테니까요.” 그가 슬쩍 어깨를 추켜올렸다. “어쨌든, 제가 발견할 가능성도 있으니까요. 그러면 우리는 부드라킴 집안을 상대로 유리한 입장에 서게 될 거고요.”

라크 진촌은 말없이 그를 바라보기만 했다. 잠시 후에 다나크가 말했다. “제가 진촌이나 인그레이에게 미리 얘기했다면 그게 좋은 생각이 아니란 걸 알았겠죠." 라크 진촌은 여전히 아무 말이 없었다. 다나크가 진저리를 내듯이 말을 이었다. "인그레이한테는 이미 곤경에서 빠져나오도록 해줘서 고맙다고 얘기했어요. 뭘 더 원하시나요?"

"곤경에서 빠져나왔어?" 라크 진촌이 물었다.

"다나크는 자트 존하 때문에 기분이 안 좋았어요." 인그레이가 말했다. "술에 취했고요. 무슨 생각으로 굴착용 메크를 빌렸는지 정확하게는 기억이 안 나요. 저는 다나크가 그전에 했던 말을 듣고 어디로 갔을지 짐작했고, 그가 완전히 웃음거리가 되는 걸 막기 위해 간 거고요. 피해 배상도 할 거예요."

"무엇에 대한…?" 라크 진촌이 답을 재촉했다.

"공원에 도착하기도 전에 메크를 망가뜨렸어요." 다나크가 순순히 인정했다. "그 물건은 조종하기 힘든 짐승이었어요."

"평생 건축용 메크를 조종하며 사는 사람들이 있다는 걸 너도 알게다." 라크 진촌이 지적했다. "그것들은 장난감이 아니야. 훈련과 연습이 필요해. 경험 없이 그냥 집어 타고는 앞뒤 재지 않고 뭔가를 할 수 있는 그런 것들이 아니란 말이다." 잠시 침묵이 흐른 뒤 으가 말을 이었다. "내가 무슨 말 하려는지 알겠지?"

다나크가 여전히 부루퉁한 어조로 대답했다. "누이를 적이 아니라 동지로 대하면 지금도 앞으로도 제 형편이 나아질 거라는 말씀이시죠."

"네타노가 제일 좋아하는 건." 라크 진촌이 말했다. "아이한테서 깜짝 선물을 받는 거지. 자기 몰래 준비하는 모략 같은 것 말이야. 네타노는 적극적으로 그런 걸 권장했어. 너희가 모친에게 감동을 줄 수 있는 가장 확실한 방법이 그런 거였지. 다나크, 그 점에서는 너의 자질을 인정해. 넌 늘 모친에게 감동을 주려고 열심이었지. 그리고 부드라킴 유물을 갖다줬다면 분명 네 모친은 엄청나게 감동했을 거야. 평소의 너를 생각해도 좀 경솔했던 이번 계획을 정당화할 수 있을 만큼 감동했을지도 모르지. 너도 알다시피 기발한 계획을 잘 세우는 네 누이에게 그런 기회가 얼마나 매력적으로 보일지는 말 안 해도 되겠지. 하지만…." 으가 기대하듯이 다나크를 쳐다보았다.

다나크가 한숨을 쉬었다. "행동에 들어가기 전에 제가 가진 정보가 정확한지 확인했어야 했어요. 그리고 인그레이에게 얘기를 했다면, 그리고 인그레이와 팔라드가 처음 왔을 때 협박하려 들지 않았다면, 저는 훨씬 정확한 정보를 얻었겠지요. 그리고…." 그는 마치 천장에 재미있는 그림이라도 있는 듯이 위를 쳐다보았다. "인그레이가 저보다 잘났을까 싶어서 노심초사하느라 결국 자신을 망치게 되는 건, 지금이나 앞으로나 제게 도움이 되지 않겠죠."

깜짝 놀란 인그레이는 얼굴이 찌푸려지는 걸 꾹 참고 놀란 소리가 새어 나가지 않도록 이를 꽉 물었다. 그 말은 마치, 다나크가 라크 진촌에게서 거듭 듣던 말을 고대로 다시 읊는 것처럼 들렸다.

"넌 좋아하지 않는 사람한테도 공손하게, 심지어 매력적으로 굴 수 있어." 라크 진촌이 말했다. "넌 그런 일에 아주 뛰어나. 그리고 필요할 때면, 그리고 대상이 네 누이만 아니면, 완전히 외교적으로 대처할 수 있지. 가족이 가슴 속에 들어앉은 돌덩이처럼 느껴진다는 거 안다. 승천한 성자시여, 나도 그 마음 알지. 그리고 네 모친이 아이들끼리 인정을 받기 위해 서로 경쟁하도록 부추기면서 어느 정도 그런 걸 조장하는 것도 알아. 하지만 넌 좀 더 똑똑해질 필요가 있어, 다나크. 난 네가 이보다는 똑똑하다는 걸 알아."

다나크는 아무 말도 하지 않았다.

"음." 라크 진촌이 말했다. "솔직하게 말하자면, 조카님. 인그레이가 오늘 밤 너를 그냥 운명에 맡겨두자고 결심했어도 나는 비난하지 않았을 거야. 그리고 아니, 이런 경우에 네 모친이라면 뭘 했고 뭘 안 했을 거라는 얘기는 하지 마. 지금은 그런 게임을 할 때가 아니니까. 그래도 난 지금 게임을 벌이고 있는 아이가 너 혼자만은 아니라는 것쯤은 잘 알고 있어. 나는 대체 무슨 일이 벌어지고 있는지 파악하려고 애를 썼고, 몇 가지 결론에 다다랐지. 그리고 인그레이, 우리는 이미 네가 정확하게 무슨 이유로 티어 시일라스에 갔는지 얘기를 했었지. 나는 네가 그 정보를 네 오라비와 나눠야 한다고 생각해."

인그레이는 숨을 들이쉬었다. 차마 입이 떨어지지 않았다. 하지만 라크 진촌이 다나크가 알기를 바란다면, 인그레이가 지금 얘기를 하든 안 하든 다나크는 알게 될 것이다. "나는 황금난초를 찾아가서 팔라드를 '자비로운 제거'에서 데려와달라고 요청했어. 부드라킴 유물을 어디에 숨겼는지 물어보려고 말이야." 다나크는 아무 말도 하지 않았고, 눈에 띄는 반응도 전혀 하지 않았다.

"그리고 황금난초는 너에게 대가를 요구했지." 라크 진촌의 목소리는 믿을 수 없을 정도로 침착해서 마치 식사 주문이나 뉴스 프로그램의 안내 방송 문구 얘기를 하는 듯했다. "얼마나 줬어?"

인그레이는 다나크가 듣는 앞에서 실토하느니 차라리 어디론가로 사라지고 싶었다. 바깥 숲속 진창 속, 아니면 비 내리는 시내를 비참한 심정으로 돌아다녀도 여기보다는 나을 듯했다. 아니면 좀 더 나은 곳, 주변 사람들이 많은 걸 요구하지 않으면서 안전한 곳이면 더 좋겠지. 여전히 위진 선장의 우주선에 타고 있다든가. 그녀는 액수를 말했다.

"생각한 대로군." 라크 진촌이 말했다. "정보가 조금만 더 있었어도 넌 그 액수가 요청한 일에 비해 형편없이 적은 금액이라는 걸 알았을 게다. 그리고 이 이야기는, 그러니까 내가 지금부터 할 얘기까지 포함해서, 우리 셋 말고는 아무도 알아서는 안 돼." 으가 다나크를 쳐다보자 다나크가 분개한 듯한 소리를 냈다. "절대로 안 돼. '자비로운 제거'에서 누군가를 데려와달라고 황금난초에 의뢰한 옥스콜드가 사람이 인그레이가 처음은 아니야. 그때는 황금난초뿐만 아니라 접촉했던 다른 모든 브로커가 거절했지. 대개 거절 이유를 설명하는 법이 없는 황금난초가 자신들은 절대로, 그리고 어떤 상황에서도 납치가 포함되는 데다 다른 정체의 법 집행을 아주 직접적으로 훼손하는 그런 의뢰는 받아들이지 않는다고 거절 사유를 설명했어."

"하지만 누가…." 다나크가 입을 열었다. "왜 그런…."

라크 진촌이 그의 말을 잘랐다. "네 할머니는 참 곤란한 분이셨지. 그 이상의 정보는 다음 네타노에게만 알려줄 거야." 그 말은 다나크가 네타노가 될 때까지는 그 질문에 답하지 않겠다는 뜻이었다. "인그레이가 준 금액은 그때 황금난초가 거절한 금액에 비하면 껌값도 안 돼. 그사이에 무엇이 바뀌었을까?" 침묵이 흘렀다. "그래서 나는 팔라드가 티어의 지시를 받고 움직이는 게 아닐까 의심할 수밖에 없어."

"제가 넘겨받았을 때, 으는 생명유지 고치 안에 있었어요." 인그레이가 말했다. 그렇지만 팔라드가 '저는 입국자사무소에 가봐야겠어요.'라고 말했던 게 생각났다. "하지만 선장이 자기 입으로 의사를 밝히지 않은 승객을 우주선에 실어줄 수 없다고 해서 해동시켰어요. 그리고 으는 제가 누구인지 모르는 것처럼 행동하면서 자신이 팔라드가 아니라고 말하고는 티어 시일라스의 입국자사무소로 갔어요. 으가 화에이로 돌아오기를 싫어해서 제가 찾아가서 같이 가자고 설득해야 했고요."

"어쩌면 으를 설득한 게 네가 아닐지도 모르지." 다나크가 제시했다. "팔라드가 화에이로 돌아오는 게 누군가의 의도에 맞은 거야."

"티어의 의도겠지." 라크 진촌이 정정했다. "그리고 티어의 강요 때문에 돌아왔을지 몰라도, 일단 지금 여기에 있는 이상, 으 입장에서는 잃을 게 하나도 없으니 뭐든 좋을 대로 하고 있는지도 모르고. 물론, 티어 행정위원회도 멍청하지 않으니 자기네가 무슨 지시를 내리든 일단 으가 이곳에 도착하면 어떤 일을 벌일지 정도는 알았을 거야."

"그럼 부드라킴 의장을 궁지로 모는 것이 티어의 의도겠네요." 인그레이가 말했다. "하지만 팔라드가 하는 일이 어떻게 티어에 도움이 되는 건지 잘 모르겠어요."

라크 진촌이 대답했다. "최근에 옴켐 연합이 바이잇과의 교류를 복구할 수 있도록 자기네 군대가 우리 게이트를 통과하는 걸 허가해달라는 요청을 했는데, 부드라킴 의장이 그 요청을 진지하게 호의적으로 고려하는 듯한 말을 했다더군. 나로서는 그 부분에 주목할 수밖에 없구나."

"옴켐이 바이잇에 접근하는 것에 티어가 왜 신경 써요?" 다나크가 물었다.

"바이잇은 우리하고만 한 관문 떨어진 게 아니야." 인그레이가 말했다. "티어와도 딱 한 관문 거리지."

"엄청난 교통량이 티어를 거쳐 가거든." 라크 진촌이 동의했다. "엄청난 정보와 돈도 티어를 거쳐 가지. 나라면 티어의 방어력을 시험해보고 싶은 마음이 들지 않겠지만, 옴켐 연합은 생각이 다르겠지. 옴켐이 관심을 두는 곳은 바이잇이 아닐지도 몰라. 아니면, 바이잇 하나만이 아닐지도 모르지. 옴켐은 화에이에 교두보를 두고 싶을 거야. 특히 지금처럼 티어로 가는 가장 손쉬운 접근로로 쓰던 행성계가 떨어져 나간 때는 더군다나 그렇지. 그리고 나 같은 생각을 한 사람들이 많을 거야. 티어 행정위원회도 그런 짐작을 했으리라고 나는 확신해."

인그레이가 반박했다. "하지만 옴켐의 계획이 그거라면, 분명 부드라킴 의장은 그런 일에 가담하지 않을 거예요." 그러고는 잠시 생각한 후에 덧붙였다. "알았다면요."

"몰랐다면 멍청한 거지." 다나크가 단언했다.

"너희도 조금 전까지는 몰랐잖아." 라크 진촌이 꾸짖었다. "하지만 난 그가 안다고, 아니면 적어도 옴켐 연합의 목적이 무엇인지 의심한다고 생각해. 에티아트 부드라킴에게 여러 면이 있긴 하지만, 그는 멍청하지도 않고 반역자도 아니야. 어쩌면, 누가 티어 행정위원회를 다스리든 화에이에는 크게 중요한 문제가 아니지만, 이왕이면 에티아트 부드라킴 자신에게 신세를 졌다고 생각하는 이가 다스리는 게 유용하겠다고 판단했을지도 몰라. 게다가 분명, 옴켐 돈을 받더라도 그들이 내심 당연히 그 대가로 바라는 일은 요리조리 피할 수 있다고 생각했을 거야. 네 모친도 똑같이 생각했거든. 달리 보라고 내가 충고했건만. 자트 존하가 옴켐 군대와 화에이 접근권 문제에 전혀 신경을 쓰지 않은 건 사실이야. 어느 쪽이었느냐면, 사실 자트는 그에 반대하는 쪽이었지. 적어도 네타노가 나한테 한 얘기로는 그래."

"헤봄은 신경을 썼어요." 인그레이가 말했다. "그리고 헤봄은 자트를 죽였죠."

"그리고 옴켐 대사는 헤봄을 데려가려고 안달이고." 라크 진촌이 동의했다. "동시에, 팔라드를 옴켐 연합의 법정에 세우겠다고 서슬

이 퍼뜨리지. 화에이에서 일어난 살인사건으로 말이야. 아마도 에티아트 부드라킴에 대한 호의로 그러는 거겠지. 아니면 그냥 자신들의 요구가 거부되었을 때 화를 낼 수 있는 여분의 기회로 보거나."

"옴켐은 화에이에 군사 행동을 감행할 구실을 원하는 거예요." 인그레이가 추측했다. 말이 안 되는 것 같았다. 비현실적이었다.

라크 진촌이 동의한다는 몸짓을 했다. "그런데 그걸 게크가 방해했지. 적어도 팔라드에 관해선 그래. 난 위원회가 팔라드를 게크라고 판정하고 게크 우주선으로 보내리라 생각해. 내가 아는 한, 별다른 선택지가 없어. 팔라드에게 그게 어떤 의미일지는 전혀 모르겠어. 으는 그 가능성에 대해 아무 걱정도 안 하는 것 같아. 하지만 아까 말했듯이, 으는 잃을 것이 아무것도 없으니까."

"그러면 헤봄 존하는요?" 인그레이가 물었다.

"옴켐이 침략의 구실로 삼으려고 이 사건을 일으켰다고 생각하는 게 우리만은 아닐 거야. 위원회가 헤봄을 옴켐 대사관으로 보내줄 가능성이 있어. 옴켐 연합행 첫 우주선을 타고 화에이를 떠나되 다시는 들어올 수 없다는 조항을 달아서 보내버리겠지. 아니면 다소 모욕적이고 오만한 옴켐 대사의 태도에 열 받아서 여기서 재판을 받아야 한다고 고집할 수도 있고. 어느 쪽이든, 아침이 되면 결정이 나겠지. 아니, 앞으로 몇 시간 후네."

"지옥의 힘 같으니!" 다나크가 욕설을 내뱉었다. "몇 주씩 걸리지 않고 결정을 내릴 수 있는 위원회가 있다는 건 오늘 처음 알았네요."

라크 진촌은 그의 말을 무시했다. "이게 내가 오늘 '지역의 소리'에 언질을 준 이유야. 우리는 인그레이가 티어 시일라스에서 팔라드를 발견했지만 으가 누구인지 몰랐다는 이야기를 고수할 거야. 으가 안쓰러워서 집으로 데려온 거지. 우리가 잘 알듯이, 인그레이라면 할 만한 행동이야. 화에이 동포들에게 관대한 모친의 모습을 오래 보다 보니 자연스레 배운 게지. 나머지는 완전히 뜻밖의 사태인 거고." 으가 인그레이를 쳐다보았다. "아침에 언론을 어떻게 상대해야 할지 알겠지? 넌 팔라드가 행성계 안전청을 떠나는 자리에 가게 될 거야. 그러면 세간의 관심이 이 집과 헤봄에게서 떠나겠지. 헤봄은 정거장에 있는 옴켐 대사관으로든 행성계 안전청 유치장으로든 갈 테고. 게다가 게크 대사가 네가 와야 한다고 반복적으로 주장하고 있어."

밤새 기괴한 사건들이 이어졌지만, 인그레이에게는 이게 가장 엉뚱하고 비현실적이었다. "반복적으로요?"

라크 진촌이 이치에 딱 맞는 얘기를 한다는 듯이 침착하고 단도직입적으로 말했다. "대사가 어떻게 했는지, 간수 모르게 팔라드의 감방으로 들어갔어. 나가기를 거부해서 밤새 거기 있었지."

"밤새요?" 인그레이가 물었다. 입에서 그처럼 태평한 어조로 말이 나왔다는 사실 자체가 놀라웠다. "정말 이상하네요." 옆에 선 다나크는 아무 말도 하지 않았다. 그리고 사실 그 자리에서 그가 할 말이 무엇이 있겠는가? '그건 불가능해요. 대사는 몇 시간 전에 에스웨이 공원 바깥에서 제가 인그레이를 죽이지 못하도록 제 목을 조르고 있었는데요?' 이렇게 말할 수는 없는 법이었다.

위진 선장은 밤새 팔라드와 함께 있었다.

다나크를 공격한 건 진짜 대사였다. 그리고 의심할 여지 없이 집까지 그들을 따라왔을 것이다. 게다가 그 진짜 대사는 이제 위진 선장 또는 위진 선장의 메크가 이 행성에 있다는 사실을, 그리고 위진 선장이 무엇을 하려 하는지를 알았을 게 분명했다. 날이 밝을 때 진짜 대사가 행성계 안전청에 나타나 그들의 부정을 밝히면 어떻게 될까?

"전부 이상해." 라크 진촌이 말하는 중이었다. "하지만 지금이 왜

들이서 아웅다웅할 때가 아닌지는 너희도 알겠지."

"예, 진촌." 다나크가 말했다. 고분고분한 태도에 순종적인 목소리였다. 하지만 인그레이는 그가 지금 저렇게 뉘우치는 듯이 보이지만 속으로는 방금 알게 된 정보들을 자신에게 유리한 쪽으로 이용할 모종의 방법을 찾고 있다는 걸 알았다. 그는 위진 선장이 거미 메크들을 조종한다는 건 모르지만, 메크가 처음 입을 열었을 때 인그레이가 '선장님?'이라 부르는 소리를 들었다. 그가 그 두 가지를 하나로 엮는 건 순식간일 것이다. 어쩌면 벌써 그랬는지도 몰랐다.

인그레이로서는 그냥 대답하는 수밖에 없었다. "예, 진촌."

행성계 안전청 베레트 부장이 인그레이에게 앉으라고 하고는 서바트를 권했다. 부장실은 더 넓고 훨씬 편안한 손님용 의자들이 있다는 것만 제외하면 토크리스의 사무실과 다를 게 없었다. 부장이 인그레이에게 서바트 컵을 건네주고 자리에 앉으며 말했다. "토크리스가 오면, 아침을 드실 수 있게 먹을 걸 좀 가져오라고 하겠습니다." 웬일인지 어조가 마치 분노나 불편한 심기를 감추려는 사람처럼 약간 딱딱했다.

"밤새 여기 계셨어요?" 인그레이가 물었다. 그녀는 그래도 에스웨이에 갈 때와 올 때 지상차 안에서 좀 졸았다.

"예." 부장이 말했다. 으는 자기가 마실 서바트는 따르지 않았다. "하지만 어차피 어젯밤에는 잠을 많이 못 잤을 테니까요."

인그레이는 잠시 무슨 말인지 어리둥절했다. 하지만 당연한 일이었다. 억양으로 봤을 때 부장은 림 출신이었다. 그리고 지금 보니 부장의 책상에 검은 옻칠을 한 단순하고 작은 쟁반이 있고 금색 결이 들어간 진청색 구슬 한 줄이 둘둘 말려 있었다. 하틀리 사람들이 뭔가 기묘한 종교적 관행을 따른다는 건 다들 알았다. 정기적으로 단식을 하거나 밤새 기도나 다른 이상한 일을 하면서 보내야 하는 날들이 1년 내내 있었다. 그리고 아주 멀쩡한데도 하틀리 사람들은 먹지 않는 음식들이 있었다.

인그레이는 부장이 림 지역 출신이고, 그건 으가 하틀리 사람이란 뜻임을 어제 아침에 다나크가 얘기하기 전에 알았다. 하지만 조상들이 그런 의식을 원한다는 믿음을 아직도 가지고 있다니, 익히 보았듯 유창한 이르어는 논외로 치더라도, 행성계 안전청에서 이 정도 자리에 오를 정도로 교육을 잘 받은 사람이 그러리라고는 생각지 못했다.

"어젯밤 일로 오판하지 않으셨으면 좋겠습니다." 베레트 부장이 피곤해서 잠자코 앉아 있는 인그레이에게 말했다. "저는 댁의 모친을 지지한 적이 없어요. 이 지역에서 이런 소리를 하면 저한테 좋을 건 없겠습니다만. 현실적으로 네타노 옥스콜드에게 맞설 수 있는 이들은 사회적 지위가 저하고는 잘 맞지 않는 사람들일 게 거의 확실하죠. 어쨌든 저는 이곳에서 소수자임이 분명하니, 여러 가지로 볼 때 투표를 안 하는 편이 나을지도 모르겠습니다."

인그레이는 어떻게 대꾸해야 할지 몰라서 아무 말도 하지 않았다.

"지금은 익숙해졌어요." 으가 말을 이었다. "대체로는요. 이따금 그냥 무시하고 넘어가기 힘든 일이 생기기는 하지요. 이따금 누군가가 소리 내어 말합니다. '부장님은 말을 정말 잘하세요! 하지만 분명 부장님도 하틀리인들이 그렇듯이 엄청나게 교육을 받았겠지요.' 그냥 생각만 하지 말이에요. 그래요, 저는 당신이 지금 그런 생각을 하고 있다는 걸 압니다."

인그레이는 반박하려고 입을 열었다. 하지만 무슨 말을 하든 상황이 악화될 뿐이라는 사실을 깨달았다.

부장이 냉소적인 미소를 지었다. "대개는 아주 명확해요. 그리고 가끔 정치계에서 사건을 어떻게 처리하라는 명령이 내려오죠. 행성계 안전청장이 누구를 체포하라거나 언론에 어떻게 말하라고 지시하는 거나, 소송위원회가 제 생각에는 절대 풀어줄 수 없는 사람인데 풀어주라고 판시하는 걸 얘기하는 게 아닙니다. 아니죠, 그건 제 일의 일부니까요. 그들은 제 상사들입니다. 어쩌면 제 판단이 틀렸을지도 모르고, 애초에 소송이 있는 이유도 그거니까요. 하지만 이런 일들은…." 으가 고개를 저었다. "무자비하고 치밀하게 계획된 살인인데, 저는 살인자를 체포할 수 없어요. 그 살인자가 출국 허가를 받을 게 거의 확실해요. 그리고 저는 그 건에 관해 아무 말도 할 수 없겠죠. 거기에다 에티아트 부드라킴과 가짜 갈세드 유물 문제도 있어요." 으가 쟁반에 담긴 푸른색과 금색 구슬 줄을 집고 싶다는 듯이 팔을 뻗더니 그냥 접시를 몇 센티미터쯤 밀어놓았다. "제 집안은 부드라킴 가문이 이 행성계에 오기 훨씬 전부터 이곳 화에이에 있었습니다. 그게 사실인데도 우리 하틀리 조상들의 유물은 하찮게 여겨지거나 행성계 라리움 곁방에 보관되지요. 마치 우리는 진짜 화에이인이 아닌 것처럼요. 공공연히 도둑질을 당해서 다른 가문의 이름을 달고 자랑스럽게 전시되기도 합니다. 하지만 부드라킴 가문이라니! 그들은 이곳의 다른 갈세드인과 마찬가지로, 또는 이곳에서 갈세드인이라고 주장하는 사람들과 마찬가지로, 뒤늦게 화에이로 온 사람들이에요. 그리고 그 유물들요?" 으가 구역질이 난다는 소리를 냈다. "처음부터 가짜였어요. 그리고 그는 그 사실을 감추기 위해 자기 아이를 '자비로운 제거'에 기꺼이 내던졌어요. 그리고 저는 그 건에 대해 아무 말도 할 수 없어요. 말을 하면 그건 또 네타노 옥스콜드의 이익에 부합하게 되죠." 으가 책상을 쳐다보았다. 반사적인 행동 같았다. 그러고는 한 손을 꼭 움켜쥐었다가 폈다. 마치 쥐고 싶은 것이 있다는 듯이. 그가 서바트를 마실 수 없는 건 아마도 단식 때문인 듯했다.

"저는 헤봄이 자트 존하를 죽였다는 걸 알아요." 인그레이가 말했다. "그가 굳이 숨기려 하는 것 같지도 않고요."

"그는 우리와 얘기하지 않을 겁니다. 아마도 그러는 편이 낫겠지요. 옴켐 영사가 그렇게나 적극적으로 무시하는 태도를 취하고 있으니 그녀에게서나 헤봄에게서 무어라도 더 알아낼 수 있을지 확신을 못 하겠어요."

"저는 자꾸 자크 존하를 발견한 때가 생각나요." 인그레이가 말했다. "대체로는 괜찮을 거라고, 그걸로 더는 괴롭지 않을 거라고 생각하지만, 뭔가 다른 일을 하고 있다가도 문득 떠올라요. 거기 있던 그녀가요." 호리호리한 나무 둥치에 기댄 그 등, 입가에 묻은 그 피.

"그게 그래요." 베레트 부장이 퉁명스럽지만 진짜로 안쓰러워하는 듯한 어조로 말했다.

인그레이가 말했다. "저도 헤봄이 풀려나는 걸 원치 않아요. 하지만 저희가 결정할 수 있는 문제가 아니겠죠."

"알고 있습니다, 인그레이 옥스콜드 씨." 으가 말했다. "저는 그냥 말을 하고 싶었어요. 그 말을 들어줄 사람이 필요했고요. 그리고 이 사무실 밖에서는 그런 얘기를 할 수 없을 것 같았습니다." 으가 잠시 침묵했다. 그러고는 천천히 밝아지는 행성계 안전청 앞 광장을 보여주는 벽을 쳐다보았다. 광장 위의 하늘은 여전히 짙고 어두운 첫새벽의 푸른색이었고, 그들이 앉은 곳 맞은편에 늘어선 건물들 뒤쪽으로 환한 빛이 나타나 일출의 첫 신호를 보여주었다. 으가 인그레이를 쳐다보며 말했다. "저는 그걸 꼭 밝혀내고 싶었습니다. 팔라드 부드라킴이 '자비로운 제거'로 가게 됐을 때, 으가 어제 했던 얘기를 아무도 몰랐다고 생각하십니까? 화에이 바깥에서는 부드라킴 유물이 가짜라는 게 잘 알려져 있다는 얘기를요? 저는 계속 그 생각을 했습니다. 예전에 팔라드 부드라킴 씨가 판결을 받을 때 저는 거기 없었지만, 부드라킴 의장의 그 수많은 정적 중에서 한 명도 그걸 공격 무기로 사용할 생각을 하지 않았다는 게 믿기지 않습니다. 수도에 있는 행성계 안전청 본청에는 위조와 사기 건을 수사하는 부서가 따로 있어요. 그런데 제가 팔라드 부드라킴 씨의 체포와 재판에 관한 기록을 요청해봤더니, 갈세드 유물이 처음부터 가짜였다는 주장에 대해서는 누가 조사한 흔적조차 없어요. 부드라킴 의장이 자기 입으로 직접 말했듯이, 팔라드 부드라킴은 처음부터 자신을 방어하기 위해 그렇게 주장했는데도 말입니다." 베레트 부장이 믿을 수 없다는 듯이 '하' 하고 짧게 탄식했다. "그들의 일도 제 일만큼이나 정치에 영향을 받겠죠. 안 봐도 뻔해요. 그리고 평판과 생계가 위협을 받는 상황에서 입을 다물고 있다고 해서 사람들을 비난할 수는 없지요. 하지만 아무도 저항하지 않았고, 아무도 입을 열지 않았어요. 돌아보면 에티아트 부드라킴의 정치적 야심 때문에 무고한 사람을 '자비로운 제거'에 보내고도 아무렇지 않은 사람들만 수두룩하게 보일 뿐입니다. 저는 누군가가 알았으면 해요. 제가 그건 틀렸다고 생각한다는 걸 누군가는 알아줬으면 해요. 살인자를 자유롭게 풀어주는 건 잘못됐고, 팔라드 부드라킴이 '자비로운 제거'가 아니라 이곳에 있는 문제를 해결하는 대신, 그리고 으가 애초에 명백히 잘못된 판결을 받았다는 사실을 해결하는 대신, 그냥 게크에게 보내버리는 것이 잘못됐다고요. 법적인 해결을 말하는 거예요. 그냥 한 며칠 숨돌릴 틈도 없이 뉴스거리로 소비되다가 당신네 누군가가 성대한 잔치를 열거나 새로운 머리 모양을 하면 곧 잊히는 그런 식 말고요." 으가 한숨을 쉬었다. "그리고 저를 보세요. 다른 사람도 아닌 당신한테 항의를 하고 있잖아요. 확실히 이런 문제에 뭔가 실질적인 일을 할 수 있는 사람한테는 못 하면서요."

"사실은 저도 궁금했어요." 인그레이가 말했다. "모친이 왜 그걸 이용하지 않았는지가요." 라크 진촌에게 물어볼 수도 있었다. 으가 알려주지 않을 가능성도 있겠지만 말이다. "하지만 생각해보면, 그렇게 했을 때 다음 단계는 다른 유물들은 가짜가 아닌지 의심하는 것이었겠죠." 팔라드 본인이 이미 지적했던 바였다. "화에이 바깥에서 들리는 얘기들은 일축하기 쉬워요. 그들은 우리를 이해하지 못한다거나, 우리를 모욕하거나 얕잡아볼 다른 이유가 있어서 그런다거나 하면 되죠. 하지만 이건 좀 달랐을 거예요. 우리 치안위원회가 그런 결론을 낸다면, 일축하기가 쉽지 않았겠죠." 그녀는 서바트를 마시려고 컵을 들었다가 자기 행동을 의식하고는 다시 내려놓았다. "공원에서, 그러니까… 자트 존하가 언덕에 올라가기 전에, 팔라드가 고대유리의 유래에 관한 그녀의 이론이 만약 사실이라면 그녀의 존재가 어떻게 규정되는지 물었어요." 그리고 그 증거를 찾는 일이 왜 그처럼 많은 시간과 돈과 노력을 쏟을 가치가 있는 일인지에 대해서도 물었다. "저는 그걸 그런 식으로 생각해본 적이 한 번도 없었어요. 우리 유물들이 진짜가 아니라면, 우리는 누구죠?"

"당신이 전에 그런 생각을 해본 적이 없는 건…. 당신이 얘기하는 당신의 정체성에 진짜로 의문을 던지는 사람이 아무도 없어서예요. 당신의 유물이 가짜라거나, 당신이 사실은 온전한 화에이인이 아니라고 진심으로 말하는 사람이 아무도 없었겠죠."

"사람들은 제가 진짜 옥스콜드가 아니라고 말하죠." 인그레이가 지적했다. 방어적인 말투였다. 왠지 뭐라 규정할 수 없는 모욕감이 엄숙했다. "저는 공립보육원 출신이거든요."

부장은 아무 말도 하지 않았다. 그리고 인그레이는 으가 조금 전에 했던 말을 떠올렸다. 으가 놀라울 정도로 교육을 잘 받았다고 말하거나 으의 종교적 신념을 미신이라고 부르는 사람들 얘기 같은 것들. 입 밖으로 내진 않았지만, 그녀도 그런 생각을 했었다. 그녀는 그 생각들을 물리고 미안하다고 말하고 싶었다. 하지만 무슨 말을 해야 좋을지 알 수 없었다. 게다가 여전히 무언가가 목에 걸린 느낌이었는데, 그게 뭔지 알 수가 없었다.

사무실 문이 열리고 토크리스가 들어왔다. "부장님, 죄송합니다만 잠시 인그레이를 빌려도 될까요?"

"물론이지. 여기 일은 어쨌든 끝났으니까."

"가까운 음식점에 아침거리 주문을 넣었습니다." 토크리스가 말했다. "오는 데 대략 20분쯤 걸릴 거예요."

인그레이가 자리에서 일어났다. "말씀 감사했습니다." 여전히 무슨 말을 해야 좋을지 찾고 있었다. "말씀하신 거, 생각해볼게요."

으는 아무 말 없이 그저 가볍게 고개를 끄덕이고는 손을 살짝 흔들었다. 인그레이는 토크리스를 따라 복도로 나왔다.

"사실 별다른 일은 없어." 부장실 문이 닫히자 토크리스가 말했다. "단식일 끝이라 아마 해 뜰 때 하는 기도 같은 게 남으셨을 거야. 아침도 그래. 내가 식당에서 아침거리를 가지고 올 수도 있지만, 부장님은 앞으로 15분이나 20분쯤 더 있어야 뭐라도 드실 수 있거든. 일해야 하는 사람은 단식을 안 해도 되고, 부장님도 소란 떠는 걸 싫어하지만, 대개는 처리하기 쉬운 일들이니까 으에게 걱정을 끼칠 정도는 아니야. 아, 아침거리는 어제와 같은 가게에서 올 거야. 군소리 없이 버터나 우유를 넣지 않고 부장님이 드실 수 있게 음식을 만들어주는 곳이 근처에는 거기밖에 없거든." 토크리스가 머뭇거렸다. "이 말은 나와 같이 사무실에 좀 앉아 있어야 한다는 건데, 괜찮겠어?"

"아." 인그레이가 웃으며 말했다. "당연히 괜찮지."

13

위원회는 정오를 넘겨서야 결론에 도달했고, 그러고도 1시간이나 지난 후에 유치장에 있던 팔라드가 불려 나왔다. 으는 인그레이가 빌려준 그 녹색과 하얀색 튜닉과 바지를 입었고, 옆에는 거미 메크가 있었다. 위진 선장, 진짜 그였다. 인그레이는 그렇다고 확신했지만, 부장실 바깥 복도나 로비를 걸어가면서는 물어볼 수가 없었다. "인그레이 옥스콜드 씨, 팔라드 부드라킴 씨. 여기서부터는 두 분이 알아서 하시면 됩니다." 베레트 부장이 말했다. "저는 이미 저에게 주어진 질문에 모두 답변을 해서 소송위원회에 전달했습니다." 바깥에는 언론사 메크들과 심지어 언론사에서 나온 실제 인간 기자들까지 몰려들어 광장의 검은 돌바닥이 거의 보이지 않을 지경이었다. 다들 규정에 따라 입구로부터 15미터 떨어진 곳에 서 있었다.

"부장님, 안녕히 계세요." 팔라드가 말했다. "지난 며칠간 잘 대해주셔서 감사합니다. 다들 너무 친절하셨고, 제가 있던 지역의 행성계 안전청 지청보다 음식도 좋았어요. 그리고 적어도 헤봄 각하가 제멋대로 법망을 빠져나가지는 못하게 하셨고요." 헤봄을 옴켐 대사에게 넘기지 않겠다는 위원회의 결정은 아직 공식적으로 발표되지 않았다. 하지만 헤봄 본인은 이미 엳문을 통해 행성계 안전청 안으로 호송되어 이미 유치장에 수감되었거나, 아니면 몇 분 안에 수감될 예정이었다. 옴켐 대사가 공개적으로 이의를 제기하는 건 시간 문제였다.

"지상차가 보이지 않아요." 인그레이가 말했다.

"저기 있어." 팔라드 바로 뒤에 서 있던 토크리스가 대답했다. "저 메크들이 길을 비켜줘야 할 텐데. 사람들도." 법적으로 사람은 메크보다 더 가까이 다가올 수 있었다.

"괜찮을 거예요." 팔라드가 말했다. "저는 전에도 해봤잖아요. 그리고 딱 이런 경우는 아니겠지만, 인그레이 씨도 분명 언론사 메크들을 무더기로 상대해본 적이 있을 거고요."

"이 정도는 아니었지만요." 인그레이가 인정했다. "맞아요." 그들과 같이 갈 토크리스는 굳이 말을 할 필요가 없을 것이다. "준비됐어요? 취재에 응해주고 싶은 거 맞아요?" 그들 넷은 곧바로 지상차로 갈 수도 있었다.

"아, 저는 확실히 기자들과 얘기하고 싶어요." 팔라드가 씩 웃으며 대답했다.

바깥으로 나서자마자 아우성이 그들을 둘러쌌고, 그 소리가 근처 건물들에 울려서 실제보다 더 많은 취재진이 몰려든 듯이 느껴졌다. 머리 위로는 파란 하늘을 배경으로 밝은 초록색과 빨간색과 노란색 공중 뉴스 메크 몇 기가 법적 접근 허용선의 경계 바로 바깥쪽에서 산들바람을 타고 까딱거렸다. 밤새 어두운 바깥과 실내를 전전했던 인그레이는 햇볕이 이상하게 낯설고 비현실적으로 느껴지기까지 했다. 메크들이 외치는 소리가 이해할 수 있는 단어로 귀에 들어오기 시작했다. "부드라킴 씨! 부드라킴 씨!" 방금까지도 취재를 두려워했던 인그레이는 자기 이름이 들리지 않자 갑자기 실망했다.

"그 이름에는 답하지 않습니다." 팔라드가 분명하고 큰 목소리로 알렸다. 으가 문에서 네 발짝 나간 자리에 섰다. 인그레이와 거미 메크, 토크리스도 으와 같이 섰다. "저는 가랄 케트입니다."

으가 아무리 큰 소리로 외친다 한들, 뉴스 메크들은 자기들이 내는 소음 때문에 듣지 못할 듯했다. 하지만 팔라드가 거기 서고, 인그레이와 토크리스와 메크가 옆에 서자 몰려든 무리가 점차 조용해지더니 서로를 단속하며 거의 침묵 상태에 가까워졌다. "저는 그 이름에 답하지 않습니다." 팔라드가 다시 말했다. 이번에는 뉴스 메크들에게 목소리가 전달되었다. "제 이름은 가랄 케트입니다."

아주 잠깐 모든 소음이 정지되었고, 위에서 까딱거리는 공중 메크를 제외한 모든 메크가 동작을 멈췄다. 몇 안 되는 실제 인간들이 어리둥절해서 미간을 찌푸리는 그때, '우레이드 이모저모' 소속 메크가 입을 열었다. "부드라킴 씨!" 순식간에 왁자지껄한 아우성이 광장에 깔린 석판들 너머로 퍼져갔다.

팔라드가… 아니, 가랄이지, 인그레이는 생각했다. 으가 인그레이를 쳐다보고는 다시 메크 무리로 시선을 돌리고 앞으로 걷기 시작했다. 거미 메크가 옆에 딱 붙어 걸었다. "부드라킴 씨!" 으에 가장 가까이 있던 메크가 소리쳤다. "옴켐인 자트 존하를 살해하셨나요?" 가랄은 그 질문을 무시했다. 토크리스가 앞서 걸으며 길을 막는 메크들을 옆으로 비키게 했다.

"가랄 케트 씨!" 누군가가 무리 뒤에서 다른 소음을 뛰어넘는 고음으로 불렀다. 행성계 안전청 지청 건물의 단단한 앞면에 반사돼 크게 울리도록 노련하게 방향을 잡았다고 인그레이는 생각했다. 아마 법적 소음 허용치를 아주 살짝 넘는 수치로 맞췄을 것이다. "케트 씨, 자트 존하를 살해하셨나요?"

가랄이 갑자기 걸음을 멈추고는 묻는 듯한 시선으로 인그레이를 쳐다보았다.

"'아사몰 지역의 소리'예요." 인그레이가 조용히 말했다. 다른 모든 뉴스 메크들이 답을 기다리며 조용해졌다.

"'지역의 소리'에 답합니다. 저는 자트 존하를 살해하지 않았습니다." 으가 모두가 들을 수 있도록 크고 분명하게 말했다.

"케트 씨!" '지역의 소리' 메크가 다시 소리쳤다. "당신이 부드라킴 유물을 훔친 적이 없으며, 그것들이 처음부터 가짜였다고 부드라킴 의장에게 얘기하는 녹화 영상을 봤습니다. 사실입니까?"

"사실입니다, '지역의 소리'." 가랄이 답했다. "제가 그렇게 말했습니다. 배포된 그 녹화 영상은 제 요청에 따라, 아무 편집이 되지 않은 정확한 원본입니다. 여기 앞으로 나와서 차까지 가는 동안 같이 얘기할까요?" 무리에 섞인 몇몇 인간들이 저도 모르게 항의하는 소리를 냈다. "아엔다 크라브 씨." 가랄이 말했다. 어조는 온화했지만 목소리는 여전히 광장 중앙에서도 들릴 정도로 컸다. "그리고 테어스 라템 씨, 그리고 코렘 카엘라스 씨. 당신들은 모두 저에게 직접 질문하려고 오늘 아침에 수도에서 여기까지 날아왔지만, 제가 불리길 원하는 이름으로 부를 마음은 들지 않았군요. 여기 '지역의 소리'를 제외하면 당신들 모두가 그런 게 분명해요."

'지역의 소리' 소속 밝은 주황색 메크가 조용해진 무리를 헤치고 앞으로 나서서 가랄에게 곧장 다가왔다. "불러줘서 고마워요, 가랄 케트 씨, 인그레이 옥스콜드 씨, 토크리스 이테스타 경관님. 그리고 이쪽은 프레즈거에 파견된 게크 대사님이시겠군요? 뵙게 되어서 영광입니다."

이미 열두 개나 되는 눈의 반을 그 메크에 고정시키고 있던 거미 메크가 말했다. "뭐냐? 이건 무엇이냐?"

"'지역의 소리' 언론사에서 나온 메크예요." 인그레이가 말했다. "인간 기자가 조종해요. 그리고 만약 질문에 답하고 싶지 않으시면 그렇다고 말씀해주세요. 그러면 그녀도 질문하지 않을 거예요." 그러고는 주황색 뉴스 메크에게 의미 있는 눈짓을 보냈다.

"하지만 우리가 당신을 뭐라고 부를지 당신이 결정할 수는 없어요." 코렘 카엘라스가 반박했다. 가장 인기가 많은 행성 단위 언론사 소속이며 키가 작고 땅딸막한 여성이었다.

"저는 '지역의 소리' 말고는 아무와도 얘기하지 않겠습니다." 가랄이 말하는 사이에 토크리스가 지상차 주변에 선 메크들을 몰아냈다.

"인그레이 옥스콜드 씨!" 한 언론사 메크가 외치자 다른 메크들도 절박하게 '인그레이 씨'를 합창하기 시작했다. 그들이 그녀가 아니라 가랄을 찾았을 때 난데없이 무시당하는 느낌이 들었듯이, 지금 인그레이는 돌연 그들이 그냥 자신을 무시해주기를 바랐다. 하지만 그녀는 이런 상황에 어떻게 대처해야 하는지 알았다. 이런 두서없이 터져 나오는 질문들과 주변을 에워싸고 서로 밀치락달치락 하는 메크들을 어째야 하는지 알았다. 그녀가 해야 할 일은 그저 쾌활한 표정을 유지한 채 한마디도 하지 않는 것, 또는 알록달록한 뉴스 메크들을 쳐다보지조차 않는 것이었다.

토크리스가 지상차의 승객용 문을 열자, '지역의 소리' 기자 메크가 말했다. "부드라킴 의장이 여기 있었다면 저들 중 누구도 당신한테 관심을 두지 않았을걸요. 그냥 의장과 얘기했겠죠."

가랄이 대답했다. “저들이 의장한테서 원하는 것을 얻어낼 수 있었다면, 저와 직접 얘기하려고 여기까지 그 먼 길을 오진 않았을 거예요. 인그레이 씨와 토크리스 경관님만 괜찮다면, 우주엘리베이터까지 타고 갈 교통편까지 잠시 같이 차를 타고 가도 좋아요.”

“게크 대사님은요?” 뉴스 메크가 몸체를 짜부라뜨려 키를 반으로 줄이더니 가랄과 거미 메크를 따라 지상차로 기어들면서 물었다.

인그레이가 뒤따라 차에 올랐다. “대사님께 의견을 묻기 전에 이미 지상차에 타신 것 같은데요.” 그녀는 옆에 앉은 가랄이나 바닥에 앉은 거미 메크가 대답하기 전에 말했다. 뉴스 메크가 가랄의 맞은편 좌석에 자리를 잡았다. “그리고 보세요. 당신은 대형 언론사들이 오면 어떻게 될지 걱정하셨죠.”

‘지역의 소리’ 메크가 명랑하게 짹짹거렸다. “힘없는 소녀를 도와줘서 고마워요, 인그레이. 이봐요, 토크리스 경관님, 강력범죄국에서 내놓은 공식 성명 말고 제가 따로 얻을 수 있는 건 뭐 없을까요?”

“없어요.” 토크리스가 뉴스 메크 옆자리로 쓱 들어와 앉아 문을 닫으면서 말했다. “그러니 저는 그냥 여기 없는 사람으로 쳐줘요, 괜찮죠?”

“그럼요, 그럼요.” 뉴스 메크가 동의했다. “그럼, 대사님. 다들 왜 당신이 가랄 케트를 게크라고 하는지 이해하기 힘들어합니다. 제 말은, 으가 거기에 동의하는 이유는 다들 이해해요. 하지만 그건 완전히 다른 문제죠, 그렇지 않습니까?”

거미 메크가 모든 눈을 뉴스 메크에게 돌렸다. “나는 질문에 대답하고 싶지 않다.” 거미 메크는 다리를 몸통 밑에 접어 넣은 채 지상차 바닥에 앉아 있었다. “가랄 케트는 게크다.”

“그럼 좋아요.” 뉴스 메크가 아주 기운차게 말했다. “그럼, 가랄.

어떻게 '자비로운 제거'에서 나왔어요? 그곳은 아무도 나올 수 없게 만들어졌어요. 들어가는 길만 있고요. 그리고 감시도 받죠."

"저는 '자비로운 제거'에서 나온 건에 관해서는 얘기하지 않겠습니다." 가랄이 예의 바르게 답했다. "원하신다면 그 안에서 지내는 게 어떤지는 얘기할게요. 그리고 갈세드 유물에 관해서 말씀드릴 수 있어 대단히 기쁩니다."

"그 녹화 영상에서 상당히 충격적인 주장을 하셨는데요." '지역의 소리'가 여전히 기운차게 말했다. "어떻게…." 주황색 메크가 말을 멈추었다. "잠시만요! 방금 위원회가 자트 존하 살해 혐의로 헤봄 존하를 체포하라는 명령을 내렸어요! 지금 같이 가고 있는 게 여러분이 베푼 호의라고 생각했는데!"

"맞아요." 인그레이가 말했다. "다른 기자들에게 저희 집으로 몰려가지 말라고 말해줘요. 헤봄은 1시간도 더 전에 거기를 떠났을 거예요. 가도 볼 것도 없고, 그와 얘기할 기회도 없을 거예요."

"그리고 부장님은 이미 말씀하신 것 말고는 아무것도 말씀하지 않으실 거예요." 토크리스가 끼어들었다.

"아, 인그레이." 뉴스 메크가 말했다. "정말 우리 지역의 보물덩어리라니까." 메크가 가랄에게 주의를 돌렸다. "그럼, 가랄 케트 씨, 제가 정말로 제일 하고 싶은 일은 당신과 같이 앉아서 부드라킴 가문의 갈세드 유물에 관해 얘기하는 거예요. 저는 그 건에 관한 심층 취재 기사를 쓰고 싶어요. 하지만 우리에겐 그럴 시간이 없지요. 그래서 대신에 왜 '더 이상의 채무를 거부한다'가 사기라고 주장하셨는지 물어볼게요."

"왜냐하면 그게 사실이기 때문이죠." 가랄이 말했다. "그 문구는 말고요. 그래요, 우리에겐 그 결의안의 초안이 있고, 결의안이 가결

된 의회 기록도 있어요. 하지만 그 기록을 다 살펴봐도 누군가가 물리적인 문서를 만들었다는 언급은 없어요. 행성계 라리움에 있는 그런 건 없었던 거예요. 물론 유물이 만들어졌지요. 그 회의에 참석한 의원들 전부가 특별히 제작한 사본에 물리적 서명을 했어요. 하지만 실제 원본은 없었어요."

"우리가 여전히 티어 행정위원회에 채무가 있다고 주장하시는 겁니까?" 뉴스 메크가 물었다.

"전혀요. 그냥 행성계 라리움에 있는 그 문서의 역사를 한번 들여다봅시다. 4백 년 전쯤에 토레트 발모르는 거의 파산한 상태였고 제2의회 의석도 잃을 참이었죠. 그녀의 이름은 오래되었고, 실제로 '채무를 거부한다'의 초안을 잡을 때 거기 있었던 이름이지만, 그녀가 그 이름을 합법적으로 승계했는지에 대해서는 의문이 있었습니다. 그녀의 전대 토레트 발모르는 후계자를 지명하지 않은 상태에서 어느 비화에이 외정거장에 가던 중에 죽었습니다. 새 발모르 의원이 화에이로 돌아와 전대 발모르가 죽기 직전에 자신을 지명했다고 주장했지만, 그 사실을 입증해줄 증인은 없었지요. 하지만 당연히 전대 발모르는 그녀에게 가문의 가장 귀중한 유물들을 간직한 비밀 저장실을 알려주었고, 그 안에는 당연히 전대 발모르가 진짜 후계자 말고는 아무에게도 말하지 않았을 '채무를 거부한다' 원본이 있었어요. 당연히 애초에 그것이 어떻게 발모르 의원의 소유가 되었는지에 관한 그럴듯한 상세 설명도 있었고요. 발모르 의원의 그 기부 행위가 실질적으로 행성계 라리움의 기초가 되었습니다. 그전까지는 정말로 의미 있는 유물을 포기하려는 사람들이 없었으니까요. 그건 그야말로 과감한 행동이었고, 발모르의 의회 의석을 굳히는 데 큰 영향을 미쳤지요. 다음 몇 대 토레트들의 운명은 말할 필요도 없고요.

가장 명백한 허점은 서체인데, 그 서체는 문서가 작성됐다는 연대보다 거의 한 세기나 뒤에 나온 겁니다. 발모르의 의뢰를 받아 작업을 한 자가 좀 더 신중했어야 했겠지만, 저는 그게 중요한 문제는 아니라고 생각해요. 먹혀들었으니까요. 하지만 그런 중요한 유물이, 실물이 나오기 전까진 아무도 그런 것이 존재한다고 생각조차 않을 때에, 그걸 내놓은 인물이 이용하기 좋게 딱 그 시점에 갑자기 등장한 건 의문의 여지가 있지요. 그리고 다른 문제들도 있고요."

"하지만 당신이 이런 걸 알아낼 수 있는데." 뉴스 메크가 반박했다. "왜 다른 사람들은 모를까요? 예를 들어, 행성계 라리움 관리자들은요?"

"아, 몇몇은 알고 있다고 저는 장담합니다. 안 그럴 수가 없거든요. 하지만 믿기를 거부하거나, 아니면 그냥 입을 다문 거죠. 뭐라도 입을 벙긋했다가는 일자리를 잃는 건 확실하고, 친구와 동료도 많이 잃을 테니까요. 그리고 무엇보다, 중요한 건 그 말, '채무를 거부한다'가 실제로 보내졌고 받아들여졌고 의회들이 구성되었다는 사실이고, 그 위조품이 행성계 라리움에 전시됨으로써 중요해졌다는 사실입니다. 그게 다들 생각하는 그 물건이 아니라 하더라도, 지금은 진짜 유물이 되었죠. 그러니 그게 정말로 위조품이라고 하더라도 무슨 문제가 되겠습니까?"

"무슨 문제가 되겠냐고요?" 뉴스 메크의 목소리는 화가 나 있었다. "당연히 문제가 되지요! 어쩜 그런 말을 할 수 있어요?"

"조사해보세요, '지역의 소리'." 가랄이 말했다. "이 건을 당신의 가장 중대한 탐사 보도라고 여겨요. 기사를 송출하고, 그리고 저에게 와서 왜 행성계 라리움의 큐레이터들이 입을 닫은 채 이게 그다지 중요한 문제가 아니라고 속으로만 삼키는지 물어보세요."

"당신에게 물어볼 수는 없겠죠." '지역의 소리'가 반박했다. "당신은 이제 이 문제로부터 아주 멀리 떨어져, 외계인들과 돌아다니게 될 테니까요. 당신은 여기서 잃을 것이 아무것도 없어요."

"에티아트 부드라킴이 저한테 어떤 짓을 했는지 만천하가 아는 것보다 더 중요한 일은 없어요, 전혀요." 가랄의 목소리는 내내 침착하고 평온했지만, 인그레이는 처음으로 그 밑에 깔린 분노를 들었다고 생각했다. "다른 건 어떻게 되어도 상관없습니다. 하지만 일단 증거를 보기 시작하면, 그 갈세드 유물을 진짜로 살펴본다면 다른 유물들에 대해서도 의문이 생길 겁니다. '지역의 소리', 그걸 질문하는 게 두렵다면 그냥 여기서 멈추는 게 나을 거예요."

"그렇게 말씀하시니, 정말로 저한테 호의를 베푸시는 건지 다시 의문이 드네요." 뉴스 메크가 침울하게 말했다.

바닥에 앉은 거미 메크가 큰 소리로 말했다. "'지역의 소리' 언론사에서 나온 메크, 너는 아주 멍청하다."

"좋은 말로 하세요, 대사님." 인그레이가 거미 메크에게 말했다. "외교관이시잖아요."

"그리고 '지역의 소리'에서 하는 말도 일리가 있어요." 가랄이 말했다. "저는 그녀를 어려운 입장에 서게 했어요. 저 자신은, 그녀가 말한 대로 잃을 게 없으면서도 말이에요. 하지만 저는 진실을 말하고 있어요."

"'외교관'이 친절하다는 뜻은 아니다." 거미 메크가 중얼거렸다. "'외교관'은 외계인들에게 우리를 건드리지 말라고 말한다는 뜻이야."

"연락처를 몇 개 드릴게요." 가랄이 거미 메크의 말을 못 들은 듯이 뉴스 메크에게 말했다. "그리고 조사를 시작할 곳도 몇 군데 알려드리고요. 그곳들은 뭐든 마음대로 하셔도 될 거예요."

여러 줄을 묶은 어마어마한 케이블을 둘러싼 우주엘리베이터 본체는 경제적 여유가 되는 사람들을 위한 호화로운 객실과 상점과 음식점이 몇 개 층에 들어찬 거대한 구조물이었다. 당연히 우주엘리베이터 탑승을 기념하는 기념물을 살 수 있는 판매대도 있었다.

행성계 외교부는 가랄, 그리고 으와 함께이지만 부수적으로 취급해서는 안 될 게크 대사에게 어떤 종류의 숙소를 주어야 하는가를 놓고 벌어진 논쟁에서 패했다. 보통의 경우에는 게크 대사가 대표하는 평화조약을 위반하지 않도록 조심하는 차원에서라도 그 제멋대로인 외계인 외교관에게 가능한 한 안락한 여행을 제공해야 마땅했다. 하지만 행성계 안전청이 게크 대사는 메크이며, 메크의 안락 여부는 중요한 사안이 아님을 지적했다. 또한 가랄 케트는 게크 시민이고 아니고를 떠나서 유죄 판결을 받은 범죄자였다. 게다가, 행성계 외교부는 그에 따르는 비용을 실제로 지불할 의사가 없었다. 그래서 인그레이 일행에게는 사람 셋이 앉을 만한 간이침대 하나가 있는 좁은 개인실이 배당되었다. 거미 메크는 바닥에 웅크리고 앉았다.

우주엘리베이터가 중간 지점을 넘어서고 나서야, 인그레이는 간신히 용기를 짜내어 자신까지 포함한 그들이 거짓말을 했다는 사실을 토크리스에게 실토하기로 마음을 먹었다. 사실은 게크가 가랄 케트의 신병을 인도하라고 요구하지 않았다는 것 말이다. 우주엘리베이터는 몇 시간 전에 중간 지점을 지났고, 중력이 돌아오는 중이었다. 아니, 인그레이는 그게 진짜 중력이 아니라 그냥 중력처럼 느껴지는 어떤 것이라는 사실을 알았지만, 그 정도면 충분했다. 그들이 간이침대의 아랫면이었던 윗면에 다시 앉고, 거미 메크가 몇 시간 전까지는 천장이었던 바닥에 앉을 정도면 충분했다.

실토를 미뤄야 할 이유가 있을까? 마지막 순간에, 제니스 승강장과 화에이 우주정거장을 잇는 셔틀에서 내릴 때 토크리스에게 자초지종을 설명해도 됐다. 그게 가장 현명한 선택일지도 몰랐다. 가장 안전하기도 했다.

그러나 인그레이는 토크리스에게 그렇게 하고 싶지 않았다. 그 순간의 토크리스 얼굴을 보고 싶지 않았다. 하지만 지금 실토한다면 토크리스는 어떻게 할까?

인그레이가 숨을 들이쉬었다. 그리고 입을 열었다. "토크리스."

"아, 젠장." 토크리스가 상체를 꼿꼿이 세우면서 말했다. 그러곤 홱 자리에서 일어났다. 아니, 천천히 중력이 증가하는 중에 갑자기 일어서려다 간이침대를 너무 세게 미는 바람에 반대쪽 벽에 가 부딪혔다. "아, 젠장." 그녀가 다시 말했다. "문제가 생겼어. 그러니까, 우리만의 문제는 아니야. 하지만 우리도 문제야. 인그레이, 메시지를 켜서 정거장 뉴스를 봐."

인그레이가 정보를 불러오자 눈앞에 긴급 메시지들과 더욱 긴급한 단어들로 도배된 뉴스들이 쇄도했다. 그게 다 무슨 일인지 알고 나니 인그레이에겐 욕을 할 정신도 남아 있지 않았다.

위진 선장의 우주선이 티어 관문에서 나오기 일주일 전, 화물선 두 척이 엔덴 관문에서 나와 화에이 우주정거장에 정박했다. 그들은 대형 화물선이 실었을 만한 물품들, 즉 아락과 의약품과 행성계 간 관문에 쓸 교체용 부품과 심지어 라드츠 우주 안팎에서 재배된 차 같은, 어떤 이유에서든 그들이 향하는 목적지에서는 생산하지 못하는 잡다한 종류의 물품들을 싣고 있다고 신고했다. 화에이에서 화물

일부를 내렸지만, 대부분은 그대로 실은 채였고, 선적하기로 예정된 화물을 기다리는 동안, 선원들은 화물선 선원들이 정거장에서 할 만한 일들을 했다. 예외적인 일도, 경계할 일도 없었다. 불법적인 일도 마찬가지로 전혀 없었는데, 나중에 돌아보니 그건 그 자체로 의심스러운 일이었다.

엔덴은 화에이와 한 관문 떨어져 있었다. 그곳은 옴켐과도 한 관문 떨어져 있었다. 그 화물선들에는 사실 아락이나 관문 부품이나 라드츠 차는커녕 그 비슷한 것들도 실려 있지 않았다. 그 화물선들은 사실 옴켐의 군사용 메크들로 가득 차 있었고, 1시간 전에 그 메크들이 착착 화물선에서 행진해 나와서는 선창에서부터 공격을 감행한 것이었다.

"뭐예요?" 아사몰 행성계 안전청을 나올 때 화에이 통신망에 재접속되지 않은 가랄이 물었다.

"아주 안 좋은 거요." 거미 메크가 속삭였다. "정거장 뉴스를 지켜봤어야 했는데, 그러질 못했네요."

토크리스는 자기 앞으로 온 여러 메시지에 너무 집중한 나머지 거미 메크가 방금 게크 대사보다는 위진 선장에 훨씬 가깝게 말했는데도 눈치채지 못했다. "제니스 승강장에서 정거장으로 가는 셔틀 운행이 중단됐어." 그녀가 말했다. "정거장에 있는 모든 이들에게는 대피소로 대피하라는 지시가 내려졌고."

"대체 무슨 일이에요?" 가랄이 다시 물었다.

"옴켐 연합이 일을 낸 것 같아요." 인그레이가 말했다. "어떻게 했는지, 무장한 메크들을 정거장에 침투시켰고, 전투가 벌어지고 있어요. 놈들이 이러는 목표가 뭔지, 왜 이러는지 이유를 아는 사람이 아무도 없는 것 같아요."

가랄이 미간을 찌푸렸다. "자트 존하 건은 아닐 거예요. 그들이 이렇게 빨리 여기까지 올 수는 없을 테니까요."

"그렇죠." 거미 메크가 말했다. "놈들이 타고 온 우주선이 일주일 또는 그 이상 이곳에 있었던 것 같아요. 자트와 관련된 일일 수가 없죠. 아니지, 만약 관련이 있다면, 사건이 일어나기 전에 놈들이 미리 알았다는 뜻인데요, 그건 그것대로 문제네요."

"미리 알고 있었을까요?" 토크리스가 물었다. 인그레이와 마찬가지로, 정거장에서 나온 혼란스럽고 단편적인 기사들에서 더는 유용하거나 정확한 정보를 얻지 못하는 지점에 다다른 것이 분명했다. "자트 존하 살해 사건은 옴켐 연합에 침략 구실을 주기 위한 것이었을까요?"

"가능한 일이죠." 지금은 틱 위진이 분명한 거미 메크가 말했다. "놈들은 아마 헤봄에게 빼내주겠다고 약속했을 거예요. 하지만 그는 그냥 자트의 가난한 인척일 뿐이죠. 제가 보기에 지금 그를 구출하려고 딱히 용을 쓸 사람은 아무도 없을 거 같네요."

"대사님?" 마침내 토크리스가 거미 메크의 인격이 바뀐 것을 알아챘다.

"아닙니다." 거미 메크가 간단하게 대답했다. "길게 소개하거나 설명할 시간이 없으니 제가 짧게 말씀드리죠. 저는 틱 위진 선장입니다. 정말로 게크 우주선을 훔쳤고, 그때 생체 메크 몇 기도 훔쳤습니다. 우연은 아니겠지만, 그것들은 여느 게크 우주선 메크들과 아주 비슷하게 생겼습니다. 대사는 저를 찾으려고 정말로 인그레이를 괴롭히고 있었어요. 그렇지만, 가랄 케트의 신병을 인도하라고 요구하지는 않았습니다. 그걸 요구한 건 저였습니다. 게크 대사는 분명 제가 한 짓임을 알았을 텐데도 전혀 막지 않았습니다. 그녀가 이 우주엘리베이터 어딘가에 있을 확률이 아주 높지요. 지금 제가 있는 곳에 관해 더 정확한 정보가 나오기를 기다리고 있는 듯합니다."

"저는…." 토크리스가 인그레이를 쳐다보았다.

"미안해. 하지만 옴켐이 가랄을 넘겨받아 살인 혐의로 재판을 하겠다는 논의를 하고 있었어. 으가 한 일이 아닌 게 분명한데 말이야. 게다가 그 살인사건은 여기 화에이에서 일어났고, 우린 다 헤봄이 그랬다는 걸 알잖아! 놈들은 누가 봐도 그냥 혐의를 덮어씌울 만한 누군가가 필요하니까 가랄로 하자고 결정한 거였어. 그리고 설사 으가 그들에게 인도되지 않더라도, 으는 아마 '자비로운 제거'로 돌아가게 되겠지. 으가 저지르지도 않은 일로 말이야!"

토크리스가 인그레이를 빤히 쳐다보더니 거미 메크를, 그리고 가랄을 쳐다보았다.

"계획은…." 위진 선장이 말했다. "정거장까지 간 다음에 가랄이 우주복을 입고 우주정거장 선체 바깥으로 나가는 거예요. 원한다면 인그레이도요. 그러면 제가 메크를 조종해서 으를 찾아 제 우주선으로 데리고 오는 거죠. 우주복을 입은 채로 오래 이동해야겠지만, 으를 빼돌릴 수 있다면 시도해볼 가치가 있어요. 일어날 수 있는 최악의 경우는 게크가 중간에서 으를 가로채는 거예요. 그들이 으를 해칠 거라고는 생각지 않지만요."

여전히 한마디 말도 없이 토크리스가 인그레이를 쳐다보았다.

"미안해." 인그레이가 다시 사과했다. "가랄을 그냥 거기에 버려둘 수는 없었어."

"어쨌든 언젠가는 해야 할 얘기였어요." 거미 메크가 말했다. "지금 문제는 제 메크들이 이미 정거장으로 향하고 있다는 건데요. 승강장 쪽으로 경로를 바꾸는 데 시간이 좀 걸릴 거예요. 지금 계산하고 있어요. 위기일발이지만, 그래도 할 수 있다고 자신합니다. 문제는, 누가 저와 같이 가실 건가요? 당연히 가랄은 가겠고, 제 생각에 인그레이는 그럴 계획이 없겠죠. 하지만 지금은 상황이 매우 긴급해요. 옴켐이 화에이 우주정거장을 무장 메크로 공습한 동기로 보이는 사건 한가운데에 인그레이의 가족이 얽혀 있으니까요. 그런저런 이유들로, 저는 인그레이가 마음을 바꾸리라 생각하고, 또 그러기를 바랍니다. 하지만 경관님, 우리가 당신을 아주 곤란한 처지에 밀어 넣게 될 것 같군요. 당신은 가랄을 정거장에, 궁극적으로는 게크에게 인계하도록 되어 있어요. 게크가 으의 신병을 요구했다는 전제하에 말이죠."

토크리스가 거미 메크를 골똘히 쳐다보았다. 길고 긴장된 시간이 지나갔다. 그러더니 그녀가 말했다. "그 상황은 여전히 유효해요. 가랄이 스스로를 게크라고 선언했다면, 조약은 여전히 가랄을 게크로 인정하니까요."

"그건 그렇지만." 거미 메크가 예의 그 휘파람을 부는 듯한 속삭이는 소리로 말했다. "게크도 으를 인정해야 하는데, 게크에겐 실제로 그럴 기회가 없었지요."

"하지만 그들에겐 기회가 있을 거예요." 토크리스가 말했다. "그리고 위진 선장, 당신도요. 지금 같은 상황이라면 우리는 가랄을 정거장이나 게크에게 데려다줄 수 없어요. 하지만 당신은 할 수 있어요. 당신이 가랄을 게크에게 데려다주는 거예요, 어때요?"

거미 메크가 주저했다. "안 돼요."

토크리스가 미간을 찌푸리고는 팔짱을 끼었다. "그건 당신이 해야 할 대답이 아닐 텐데요."

"저는 당신에게 정직하게 답하려고 노력 중이에요." 거미 메크가 통명스럽게 말했다. "말했듯이, 우리 때문에 잘못하면 당신이 아주 곤란한 처지에 놓일 테니까." 토크리스가 짜증스러운 소리를 냈다. 거미 메크가 고집스럽게 말을 이었다. "이봐요, 내가 당신을 곤란에 빠뜨리면 인그레이가 아주 슬퍼할 테고, 그렇다고 우리가 지금껏 한 것도 모자라서 계속 거짓말을 하면, 나중에 그 사실을 알게 된 당신이 인그레이로 인해 슬퍼지겠죠. 제가 달리 어째야 하겠습니까?"

"그래도 제가 가고 싶다면 게크에게 데려다주실 거죠?" 가랄이 물었다. 온화한 어조였다.

"당연하지요." 거미 메크가 대답했다. "왜 당신이 그러고 싶은지 모를 뿐이죠."

"제가 마지막으로 들었을 때." 인그레이가 추측했다. "게크 대사는 여전히 위진 선장이 게크라고 주장하고 있었어요. 그리고 토크리스는 가랄을 게크에게 인계하기로 되어 있지요."

"그건 그래." 토크리스가 계속 팔짱을 낀 채 인정했다. "정확하게 얘기하자면, 난 으를 행성계 외교부에 인계하고, '그들'이 으를 게크에게 인계하게 되어 있어. 하지만 지금은 어느 쪽도 할 수 없지."

"맞아." 인그레이가 동의했다. 욕지기가 다시 밀려왔다. 이번에는 미세중력 때문이 아니었다. 그녀는 침을 삼키고 입으로 아주 조심스럽게 숨을 쉬었다.

토크리스가 팔짱을 풀고는 인그레이와 가랄 사이의 빈자리에 다시 앉아서 한숨을 쉬었다. "인그레이, 넌 이들과 같이 가는 게 나을지도 모르겠어. 그… 위진 선장 말이 맞아. 너는 한동안 떠나 있는 게 더 안전할 거야."

거미 메크가 집게발 하나로 토크리스의 무릎을 다독였다. "걱정하지 마세요, 경관님. 우리는 가능한 한 빨리 인그레이를 당신한테 돌려드릴 거예요. 아니면, 아시겠지만, 당신도 우리와 같이 가도 되고요."

"그럼 일자리를 잃을 거예요. 뭐, 안 그래도 잃겠지만요. 그건 그렇고, 승강장에 있는 사람들이 당황하고 있을 거예요. 우주엘리베이터 보안대에 도움이 필요할지도 모르겠네요. 계산은 끝났어요?"

"예." 거미 메크가 속삭였다. "그리고 제게 계획이 있어요."

14

정거장에서 벌어지는 사건 소식들이 몇 시간째 계속 답지하는 중에 우주엘리베이터가 제니스 승강장에 다다랐다. 우주엘리베이터 직원들이 승객들에게 우주엘리베이터는 운행을 마칠 예정이고, 마쳐야 하지만, 승객들은 정거장행 셔틀을 타는 건 고사하고 절대 우주엘리베이터를 떠나 승강장으로 나가서도 안 된다고 미리 고지했다.

"저 지침이 우리한테 유리하게 작용해야 할 텐데." 토크리스가 말했다. "우리 뒤에 행성계 외교부와 행성계 안전청이 있으니, 우리를 보내줘야 한다고 설득할 수 있을 거야. 일단 나가면 주위에 사람이 많지 않을 테니까, 세 사람이 몰래 승강장 선체 바깥으로 나가기도 수월하겠지."

하지만 그들이 제니스 승강장에 도킹할 때까지 제법 시간적 여유를 두고 비좁은 선실에서 나왔을 때쯤에는 '현재 승객 여러분의 우주엘리베이터 하차가 허용되지 않습니다'라던 통신망을 통한 안내가 '복도를 비워주시고 출구에 접근하지 마시기 바랍니다'라는 기내방송

안내로 바뀌어 있었다. 안내가 몇 분마다 계속 되풀이되었다. 대개 우주엘리베이터 여행의 지금 시점 정도면 사람들이 짐을 챙기면서 놓친 물건이 없는지 살피거나, 여행 동료들을 찾아 모으거나, 화장실과 기념품 판매대에 거의 마지막으로 줄을 설 때였다. 하지만 안내 방송이 나오든 말든, 저마다 손에 가방을 들고 출구 층으로 가는 승강기와 계단으로 향하는 사람들이 가게들이 늘어선 넓은 중앙 복도를 가득 메우고 있었다.

그들은 갈색 타일이 깔린 단순한 출구 층에 다다라 제일 먼저 보이는 출구로 향했지만, 가까이 다가갈 수가 없었다. 불만에 가득 차 불평을 해대는 승객들과 수하물이 복도를 채웠다. "왜 다들 이렇게 일찍 나왔담?" 토크리스가 물었다. 짜증스러운 목소리였다. "왜 다들 승강장으로 나가려는 거야?"

"우리는 왜죠?" 가랄이 물었다.

"그거랑은 다르죠." 인그레이가 말했지만, 사람들은 꼼짝을 하지 않았고, 인그레이가 지켜보는 사이에 한 여성이 옆에 선 진성에게 이건 말도 안 되는 상황이라며 불평을 늘어놓았다. 정거장에서 사업상 중요한 회의가 있으니 꼭 가야 한다고 했다.

"저는 거기 가족이 있다고요." 진성이 맞장구를 쳤다. "제가 가족을 버려두고 그냥 돌아서야 한답니까?" 으가 주위를 둘러보다 행성계 안전청의 녹색 제복을 입은 토크리스를 발견했다. 으가 불평하려고 입을 여는 찰나, 몰려선 군중 사이에서 무슨 일인지 동요가 일어나 으의 앞에 있던 사람이 뒤로 밀렸고, 으는 허둥지둥 비켜서려다가 발치에 놓아둔 부피가 큰 가방에 걸려 넘어졌다.

으가 거꾸러지기 전에 토크리스와 인그레이가 팔을 잡았지만, 토크리스가 으를 밀어낸 앞사람에게 소리를 지르고서야 으가 안전하게 다시 발을 디딜 자리를 마련할 수 있었다. "이거 좋지 않아." 토크리스가 떠들썩하게 감사의 말을 전하는 진성에게 건성으로 괜찮다는 몸짓을 하며 말했다. 뒤에서 더 많은 사람이 밀려들어 앞에 선 사람들을 마구 밀치며 뚫고 나갈 길을 찾았다.

"계획 변경." 위진 선장이 입을 열자 그제야 그게 그냥 이상하게 생긴 짐꾸러미가 아니라는 사실을 알아챈 주변 사람들이 화들짝 놀라며 뒷걸음질을 쳤다. 그 탓에 뒤쪽으로 새로운 연쇄 충돌이 일어나며 사람들이 넘어지는 위험천만한 상황이 벌어졌다. 뒤쪽으로는 계속해서 사람들이 불어나 복도가 꽉 찼다. 새로 도착한 사람들이 앞서 온 사람들을 보고 당황하며 신음했다.

"난 여기 있어야 할 것 같아." 토크리스가 최근에 도착한 사람들을 가리키며 목소리를 높였다. "당신들! 복도로 나오지 마세요! 이건 공식적인 경고예요!" 하지만 정확하게 말하자면 이곳은 그녀의 관할권이 아니었다.

"저 사람들은요?" 한 남자가 앞에 선 군중을 가리키며 소리쳤다.

"당신들이 길을 막는 바람에 못 움직이잖아!" 토크리스가 큰 소리로 권위적으로 대답했다. "공식적으로 경고했습니다! 10초 뒤부터 벌금을 매기겠어요!" 몇몇이 돌아서서 갔다. 토크리스가 조금 소리를 낮춰 말했다. "저는 여기 있어야겠어요. 이렇게 사람이 몰려들면 예상치 못하게 상황이 나빠질 수 있어요. 여기에 있다가 우주엘리베이터 보안대가 오면 도와야 할 거 같아요."

"그래요." 가랄이 동의했다.

돌아가는 몇몇과 여전히 남아 있는 다수의 사람들을 보며 토크리스의 말이 잘 먹힐지 걱정이 된 인그레이가 말했다. "여기 달랑 혼자 있으면 안 돼."

"어서 가." 토크리스가 말했다. "난 괜찮을 거야. 이미 우주엘리베이터 보안대에 연락했으니, 누구라도 보내겠지. 몇 분 걸리겠지만 말이야." 토크리스가 몸을 숙이더니 단호하게 인그레이의 입술에 입을 맞추었다. "돌아와서 보자."

가랄이 인그레이의 팔을 붙잡았다. "경관님이 복도를 비우라고 했어요." 인그레이를 끌고 종종걸음으로 앞서가는 거미 메크를 따라가며 가랄은 짐짓 들으라는 듯이 큰 소리로 말했다. "하라는 대로 합시다." 그러고는 소리를 낮춰 말했다. "돌아보지 말아요. 넘어질 거예요. 그리고 어쨌든, 그녀는 괜찮아요."

"맞아요." 인그레이가 맞장구를 쳤다. 마음은 그렇지 않은데 자신에 찬 목소리가 나왔다. 하지만 그녀는 돌아보았고, 미간을 찌푸린 채 거기 선 사람들에게 엄하게 얘기하는 토크리스를 스치듯 보았다. "그녀는 괜찮을 거예요."

꼭대기 층으로 올라가는 승강기를 타는 건 수월했다. 다들 아래로 내려가는 중이었고, 몇 사람만이 토크리스의 지시를 진지하게 받아들여 다른 층으로 이동했다. "사실 이편이 나을지도 몰라요." 승강기 문이 닫히고 잠시 그들만 있게 되자 위진 선장이 말했다. "저는 우주엘리베이터로 두 분을 맞으러 갈게요. 우주엘리베이터는 곧 승강장에 도착할 예정이고, 저는 이미 그쪽으로 향하고 있어요. 그사이에 우리를 주목하는 사람은 없을 것 같네요. 맨 위층에 선체 바깥으로 나갈 수 있는 에어로크들이 있을 겁니다. 그냥 한 바퀴 빙 돌면 보일 거예요. 우릴 볼 사람이 있을 것 같지도 않고요. 다들 출구로 가려고 난리니까요."

꼭대기 층은 바닥층을 뒤집어놓은 거울상이었다. 그곳이 화에이 행성에서 우주엘리베이터를 타는 입구 층이었다. 갈색 타일을 깐 둥

그런 복도에는 늘어선 가게도 음식점도 객실도 없이, 그저 단순한 갈색 벽에 간간이 문이 나 있을 뿐이었다. 문에는 '비상구'나 '출입 시 경보' 또는 '관리자 전용' 따위의 팻말이 붙어 있었다. 행성에서 우주엘리베이터가 상승하기 시작하면 그 층은 텅 빌 거라고 인그레이는 늘 생각했다.

하지만 그곳은 비어 있지 않았다. 드문드문 흩어진 수하물과 구겨진 담요로 봤을 때, 객실 비용을 낼 수 없거나 내고 싶지 않은 일부 승객이 여기서 자는 듯했다. 그들 중 상당수가 짐을 싼 적이 있었나 싶게 다시 짐을 풀고 있었다. 금방 아래층으로 돌아갈 생각은 단념한 듯했다.

일부 승객은 한적한 복도를 잠시 몸 푸는 곳으로 이용하는 듯했다. 인그레이와 가랄이 성큼성큼 나아가는 거미 메크와 나란히 가능한 한 태연하게 그 층을 한 바퀴 도는 사이에 위진 선장이 아무도 없는 복도에 난 문 하나를 점찍었다. 그런데 여전히 너무 많은 사람이 그 앞을 지나다녔다.

마침내, 점찍은 문 옆에서 10초 이상 지나가는 사람이 없기를 기다리며 과도하게 태연한 체하면서 빈둥거린 지 거의 5분이 지나자 위진 선장이 인그레이와 가랄에게 조용히 말했다. "좋아요. 뭔가 과감한 조치를 취해야겠어요. 제가 뒤에 남아서 두 분을 엄호할게요."

"하지만…." 인그레이가 입을 열었다. 하지만 그러지 않으면 달리 기회가 있을 듯하지 않았고, 이건 진짜 위진 선장이 아니라 그냥 메크였다. 선장은 어딘가에 있을 자기 우주선 안에 안전하게 있었다.

"제 걱정은 말아요." 위진 선장이 말했다. "여기, 만일에 대비해서…." 거미 메크가 반들반들하고 말랑말랑한 검은 덩어리를 하나 토해내더니 가랄에게 건넸다. "만약 제가 안 오면 이걸 에어로크 제어판에 붙여요. 효과가 있을 거예요."

"뭘 하시려고요?" 가랄이 물었다.

그 답으로 거미 메크가 훌쩍 돌아서더니 뒷다리들로 버티고 서서는 앞발을 위협적으로 휘둘렀다. 그러고는 눈자루 여섯 개를 돌아다니는 승객 중에 제일 가까운 사람 쪽으로 뻗으며 삑삑거렸다. "너 봤지? 뭘 봐? 나도 봤다! 잡아먹을까? 잡아먹힐까?" 그 승객이 도망가자 곧 다음 승객 쪽으로 주의를 돌렸다. "그리고 너, 너도 봤지?"

몇 분이 지나자 그들이 있는 복도가 텅 비었다. "자, 이제 서둘러요." 위진 선장이 부산스럽게 그들에게로 돌아오며 속삭였다. "신고받고 우주엘리베이터 직원이 오기 전에 가야 해요." 그가 다시 뒷다리로 서서 문에 기대더니 몸을 납작하게 펼쳐 문을 완전히 덮었다. 물컹물컹한 몸체를 통해 '관리자 전용'이라는 글자가 비쳐 보였다. 다리들은 사라진 듯했지만, 눈자루들은 아무 데나 난 것처럼 튀어나와 있었다. 그것이 다시 '딱히 거미 같지는 않은' 형체로 돌아가는 것을 보며 인그레이는 살짝 몸서리가 쳐지는 걸 억눌렀다.

"갈 시간이에요." 문이 짤깍 열리자 위진 선장이 말했다. "다른 메크들이 아직 안 와서 좀 기다려야 할지도…." 발소리와 누군가가 얘기하는 소리가 들렸다. "바로 여기예요…." "가요! 저도 금방 갈게요!"

가랄이 인그레이의 팔꿈치를 붙잡고 문 안으로 끌고 들어갔고, 거미 메크는 둥그런 복도를 돌아 나오는 직원 쪽으로 서둘러 다가갔다. "너!" 거미 메크가 눈자루들을 휘휘 젓고 집게발이 달린 발 서너 개를 흔들며 삑삑거렸다. "나는 너한테 마구 항의를 해야겠다!" 문이 다시 찰깍 닫혔다. 먼지 쌓인 고요한 유지보수용 통로였다. "여기서 그냥 기다리고 있으면 안 돼요." 가랄이 말했다.

"알아요." 인그레이는 마음을 진정시키려고 심호흡을 했다. 여전히 어지러웠다. 이제 곧 우주엘리베이터 밖으로 나가야 한다는 걸 알아서인지, 아니면 방금 아슬아슬했던 상황 때문인지, 아니면 아래층에서 토크리스가 했던 키스 때문인지, 분간할 수 없었다. "가요."

에어로크는 쉽게 찾았다. 우주복과 헬멧이 놓인 선반도 금방 발견했다. 가랄에게 맞는 우주복이 없는 듯해서 잠시 두렵고 좌절스러웠지만 으가 말했다. "우주복 괜찮은지 확인해봐요. 저는 옆 에어로크를 살펴볼게요." 5분 후에 으가 우주복 하나를 끌며 돌아왔다. "그거 괜찮아요?" 으가 조용히 물었다.

"괜찮아요." 인그레이가 마지막 점검을 마쳤다. 그러고는 얼어붙었다. 이제 그 우주복을 입고, 한 번 더 점검하고, 그러면 밖으로 나가야 할 시간이었다. 그녀와 완전한 진공 사이에 우주복이라는 이 얇은 껍질 말고는 아무것도 없는 곳으로 가야 했다. 예전에도 해본 일이었다. 우주복을 입은 채 토하긴 했어도, 그녀는 시험을 통과했다. 이론적으로 봤을 때 그녀는 이 일을 할 자격이, 숨 막히는 우주의 무(無)로 나갈 자격이 충분했다. 하나라도 실수하면 죽을 곳으로 말이다.

"우린 괜찮을 거예요." 가랄이 자기 우주복을 점검하면서 말했다.

그녀에게 하는 말인지 아니면 자신에게 하는 말인지, 인그레이는 분간이 가지 않았다. 뭐라도 대답을 할라치면 숨이 새는 듯한 떨리는 목소리가 나올 듯해서 그녀는 무서웠다. 호흡 항진이 일어날 것 같았다. 아, 손가락 끝이 따끔거리는 걸 보니 그랬다. 그래서 무서웠다. '침착하자. 그냥 침착하게 있자.' 전에 해봤던 일이었다.

가랄이 마지막 점검을 마치고 인그레이를 쳐다보며 물었다. "괜찮아요?"

"겁나요." 인그레이는 순순히 인정했다. 예상대로 숨이 새는 듯한 소리가 나긴 했지만, 걱정했던 만큼 떨리지는 않았다.

"저는 아니에요." 가랄이 웃음기라고는 찾아볼 수 없는 태도로 말했다. "아주 무서워 죽겠어요." 인그레이는 그 말에도 웃을 수가 없었다. "우주복을 입어요. 에어로크를 통과해서 바깥 통행로로 나가 위진 선장을 기다린다, 우리는 그것만 하면 돼요."

"맞아요." 인그레이가 맞장구를 쳤다. 그녀는 치마를 옆으로 걷어 붙이고는 우주복에 몸을 밀어 넣었다. 우주복은 인그레이의 체구에 대충 맞았지만, 그녀처럼 둥실둥실한 사람에게 맞춰진 것이 아니라서 조절 장치들을 최대치까지 늘여야 했다. 모든 밀봉 부위를 닫고 헬멧을 쓰려는데, 헬멧이 제자리에 놓이질 않는 바람에 결국 머리핀을 다 뽑아야 했다. 그녀는 손바닥에 놓인 머리핀 무더기를 무기력하게 쳐다보았다. 머리핀을 챙겨봐야 별 소용이 없을 듯했다. 지금까지 머리 모양이 멀쩡했던 건 집에서 나오기 전에 하인이 손질해 주었기 때문이었다.

가랄이 헬멧을 제자리에 끼워 넣고는 마지막 밀폐구를 잠갔다. 그러고는 뭔가를 묻는 듯한 표정으로 인그레이를 쳐다보았다.

그녀는 우주복에 달린 주머니에 머리핀들을 넣고 헬멧을 제자리에 끼워 맞추고는 통신 상태를 확인하고 싶은 충동을 억눌렀다. 누군가가 둘의 얘기를 엿듣거나 둘의 존재를 알아채는 상황은 피해야 했다. 인그레이는 자기가 무슨 짓을 하는지 너무 골똘히 생각하기 전에 에어로크의 외부 제어판을 누르고는 에어로크가 열리자 출입구로 들어섰다. 가랄이 에어로크 안으로 들어와 옆에 서서 문을 닫고는 위진 선장이 준 반들반들한 검은 덩어리를 에어로크의 내부 제어판에 꾹 눌러 붙였다. 둘은 서서 에어로크가 감압하기를 기다렸다. 제발, 경보가 울려서 우주엘리베이터 직원들이 몰려오는 일이 없기를. 인그레이는 호흡을 깊고 고르게 유지하려고 호흡 수를 셌다. 지금 느낌으로 봐서는 그냥 두면 얕게 헐떡일 것이 뻔했다.

영원 같은 시간이 흐르고, 외부 문이 홀짝 열렸다. 또 한 번의 호흡. 또 한 번. 그리고 인그레이는 햇빛 속으로 발을 내디뎠다.

이곳 통행로는 너비가 2미터였다. 사후의 모든 신께 감사하게도 난간이 있었다. 위로는 우주엘리베이터 케이블이, 아니 실제로는 여러 케이블을 묶은 어마어마하게 큰 다발이 하얗게 빛났고, 여기저기에서 굴절된 햇빛이 무지갯빛으로 번득였다. 그리고 그 위로 어렴풋이 화에이가 보였다. 밤이 진청색 이스해의 절반을 검게 물들였고 동쪽으로는 열 가지 남짓한 초록색 줄과 소용돌이가 그려진 에이도스 반도가 지도처럼 선명하게 놓였다. 초록색과 갈색이 어우러진 남부 우스티아 위로 곱고 가는 구름이 얇게 비치는 하얀 베일처럼 덮였다. 발이 우주엘리베이터 통행로를 단단히 밟고 있는데도 인그레이는 겁에 질려 난간을 꽉 움켜쥐었다. 전에도 본 풍경이었다. 우주엘리베이터 안에서, 그리고 제니스 승강장 안에서. 그래도 거기서 보았던 풍경은 그저 기분 좋게 방향감각이 혼란스러워지는 정도였다. 하지만 여기 바깥에 서니, 금방이라도 통행로에서 미끄러져 머리 위의 대양으로 굴러떨어질 것만 같았다.

가랄이 헬멧의 안면보호판을 인그레이의 안면보호판에 갖다 댔다. "발치를 봐요, 인그레이."

"못 하겠어요!" 그녀가 헐떡거렸다.

"인그레이, 날 봐요!"

인그레이는 어렵사리 시선을 떨구었다. 가랄의 눈도 동공이 확장돼 있었다. 으에게서 처음으로 본, 눈에 띄는 공포 또는 걱정의 신호였다.

"그래요." 으가 말했다. "훨씬 낫네요. 다시는 위쪽을 보지 말아요." 하지만 그건 거의 불가능했다. 군데군데 무지갯빛으로 빛나는 웅장하고 거대한 밧줄 다발이 너무도 확고하게 화에이 행성으로 곧장 뻗어 있었다. 너무나도 거대하고 너무나도 가까워 보이는 화에이 행성으로. "공황에 빠져 뭐라도 잘못되면, 토크리스 경관한테 키스를 돌려주지 못할 거예요."

인그레이가 숨이 새는 소리를 냈다. 웃음으로 시작했다가 울음으로 끝났다. "위진 선장을 얼마나 기다려야 할까요?"

"오래 안 걸릴 거예요." 가랄이 말했다. "15분쯤?" 으는 아주 침착해 보였지만, 으의 목소리도 약간 떨렸다.

'못 하겠어요.' 그렇게 말하고 싶었다. 그때 무언가가 움직이는 게 얼핏 보였다. 인그레이는 천천히 그리고 조심스럽게 고개를 돌렸다. 검고 눈이 많이 달린 거미 메크가 통행로를 따라서 바삐 오고 있었다. "아니에요, 왔어요. 벌써 왔어요." 그녀가 가랄과 맞대고 있던 안면보호판을 떼고는 손을 들었다.

거미 메크가 한 발을 들더니 곧바로 달려와 다리 여섯 개로 그녀의 몸을 칭칭 감았다. 또 다른 메크가 통행로 모퉁이를 돌아 종종거리며 나타났고, 그러고는 또 다른 메크가 나타났다. 그리고 또 하나가 뒤를 이었다. 인그레이는 위진 선장에게 거미 메크가 그렇게나 많았는지 미처 몰랐다.

그게 끝이 아니었다. 아직 몇 시간이고 더 걸릴 터였다. 하지만 그녀는 이제 아무것도 할 필요가 없었다. 눈을 감고 있으면 위진 선장이 나머지를 다 알아서 할 테고, 결국에는 그의 우주선에 타게 될 것이다. 거기라면 그들은 안전할 것이다. "우주선에서 봐요." 지금은 헬멧이 닿아 있지 않으니 들리지 않겠지만, 그녀는 가랄에게 인사를 했다. 하지만 으가 그녀의 입이 움직이는 것을 보더니 뭐라고 들을 수 없는 답을 했다. 거미 메크 두 기가 털이 부숭부숭한 다리로 그를 칭칭 감고 있었다.

인그레이를 붙잡은 메크가 한 발을 뻗어 여전히 난간을 붙잡고 있는 그녀의 손을 홱 잡아당겼다. "아!" 그녀는 외치며 손을 놓았고 그러자 통행로가 발에서 떨어져 나갔다. 위아래 감각이 사라졌다. 그녀는 눈을 감고서 소리를 지르지 않으려고 아주, 아주 애를 썼고, 자기 호흡을 세는 것 말고는 아무것도 생각하지 않으려고 기를 썼다.

그녀는 숫자를 세다가 잊어버렸다. 몇백 개의 숫자를 되풀이하고 또 되풀이하지 않았다는 보장도 없었고, 어느 시점에서는 졸았을지도 모른다고 생각했지만, 확인할 방법이 없었다. 안면보호판 바깥의 광경은 아무것도 알 수 없는, 밀실 공포증을 일으킬 듯한 암흑이었다. 눈만 깜박이면 시간을 볼 수 있었다. 시간을 보려고 행성계 통신망에 정보를 요청할 필요도 없을 것이다. 하지만 그녀는 무엇을 보게 될지 두려웠다. 겨우 몇 분이 지났을 뿐이라 여전히 겪어야 할 시간이 아득하게 남았을 수도 있었다. 아니면 며칠이 지났고, 어떤 이유로 목적지를 놓치고는 이 갑갑한 우주복에서 벗어나게 해줄 사람이나 사건으로부터 멀리 떨어져 정처 없이 떠다니고 있을지도 몰랐다. 이런 일을 벌이지 말았어야 했다. 그냥 행성계 안전청이나 우주엘리베이터 보안대나, 아니면 옴켐의 군사용 메크를 마주하는 위험을 감수하고라도 남았어야 했다.

귀에서 경보음이 울렸다. 그녀는 눈을 뜨고 번쩍거리는 주황색 경고용 신호를 보았다. "위진 선장님?" 그녀는 헐떡거렸다. "산소가 떨어지고 있어요." 선장은 여분 산소탱크를 가지고 오겠다고 했었다.

그의 우주선까지 남은 거리가 우주복용 산소 탱크 하나로 감당하기에는 너무 멀었다. 하지만 그녀는 공황 발작을 일으키지 않으려고 아주 아주 애를 쓰면서 깨달았다. 그녀가 본 거미 메크들은 어느 하나도 산소 탱크를 들고 있지 않았다.

"이제 다 왔어요." 안면보호판을 통해 들릴락 말락 실낱같은 대답이 들렸다. 어디서 들리는 소리인지 알 수 없었다. 말하느라 입을 움직이는 거미 메크도 보이지 않았다. "가만히 있어요."

"노력하고 있어요." 그녀가 말했다. 당연히 말을 하면, 차분하고 고요하게 숨쉬는 데 집중하지 못하고 지금처럼 마구 숨을 쉬면 그저 산소 소모만 늘어날 뿐이었다. 그녀는 다시 눈을 감고 천천히 숨을 쉬려고 용을 썼다. 당분간은 효과가 있는 듯했지만, 결국 손가락이 다시 따끔거렸고, 저도 모르게 이를 악물었는지 머리가 아프기 시작했다. 하지만 위진 선장은 가만히 있으라고 했다. 다 왔다고 했다. 그가 그 말을 한 뒤로 얼마나 시간이 흘렀는지 알 수 없었다. 괜찮을 것이다. 여기서 우주복을 입은 채 토하지는 않을 것이다. 우주복이 토사물을 대부분 처리해줄 것은 확실하지만, 그래도 미세중력에서 토하는 건 좋은 생각이 아니었고, 어쨌든 그냥 그녀는 토하지 않을 작정이었다. '툭' 소리가 났다. 그녀가 뭔가에 부딪혔거나 아니면 뭔가가 그녀에게 부딪혔다. 갑자기 아래에서, 발밑에서 세상이 돌아왔다. 우주선이 분명했다. 중력이 안도감을 주었다. 이제 그녀가 해야 할 일은 에어로크가 회전하기를 기다리는 것뿐이었다. 그건 할 수 있었다. 기다릴 수 있었다. 이젠 안전하다는 걸 알지만, 그래도 토하지 않을 것이다. 하지만 금방이라도 토할 듯한 기분이었고, 머리가 심하게 아팠으며, 헐떡임을 멈출 수가 없었다. 헬멧이 딸깍 소리를 내며 우주복과 분리되었다. 다시 숨을 들이쉴 때 진짜 산소를 들이마시게 되니 너무너무 좋았다. 우주복의 밀봉 장치를 풀려고 더듬거리자 여기까지 자신을 데리고 온 거미 메크 중 하나가 다른 장치들을 풀며 우주복 벗는 걸 도와주었다.

그녀는 희미하게 불이 밝혀진 방 안에 잠시 불안정하게 서 있었다. 옆에서 다른 거미 메크 한 기가 가랄이 우주복 벗는 걸 도와주고 있었다. 으는 괜찮아 보였다. 그리고 누군지 이름을 댈 수는 없지만 이상하게 귀에 익은 목소리가 들렸다. "아, 당신이군요!"

인그레이가 소리 나는 쪽으로 고개를 돌렸다. 구겨진 하얀 외투와 바지를 입고 하얀 장갑을 끼고 복도에 구부정하게 선 사람은 주 게크 라드츠 대사인 티반보리 네볼이었다. "당신도 같이 올 줄은 몰랐네요. 하지만 뭐, 여기서는 아무도 아무것도 알려주지 않으니까요. 당신도 게크라고 주장하는 건 아니겠죠, 네?"

"여기에는 차 같은 것도 없어요." 20분 후에 티반보리 대사가 말했다. "있으면 좀 드릴 텐데." 꾸깃꾸깃한 흰 외투는 벗었어도 여전히 하얀 셔츠와 바지를 입고 하얀 장갑을 끼고 있었다. "게크들은 이런 경우에 따듯한 물에 소금을 타서 마셔요." 그녀가 얼굴을 찡그렸다. "마시고 싶으면 좀 가져다줄게요."

"고맙습니다만, 괜찮아요." 인그레이가 말했다. 그녀는 가랄과 나란히 벽에 붙은 장식용 판에 앉아 있었다. 아니, 정확하게 말하면 장식용 판이 아니었다. 어둑한 방의 내부 표면이 자라나 불거진 것에 가까웠다. 그 방은 입구 쪽이 지금 인그레이와 가랄이 앉은 곳보다 좁고 모퉁이라고는 전혀 찾아볼 수 없는 방이었는데, 벽과 천장을 포함한 여러 곳에 커다랗고 구불구불한 돌출부가 대여섯 개 나와 있었다. "외투는 죄송하게 됐어요."

티반보리 대사가 손사래를 치고는 가까운 돌출부에 앉았다. "다행스럽게도, 출발하기 전에 별로 많이 먹은 것 같지는 않네요. 그래도 정말이지, 다음에 우주복을 입고 멀리 갈 계획을 할 때는, 그것부터 이미 아주 좋은 생각은 아니지만, 산소가 충분한지 확인을 꼭 하세요. 머리는 좀 나아졌어요?"

"예, 고맙습니다, 대사님."

"이 우주선은 아직 화에이 우주정거장에 정박하고 있나요?" 가랄이 물었다.

"그래요." 티반보리 대사가 답했다. "조약이든 뭐든, 우리는 벌써 며칠 전에 떠났어야 했어요. 그런데 안 떠났죠. 게크 대사님이 이 틱위진이라는 인물을 꼭 찾아야 하니까요. 그리고 그녀의… 아니, 그의 우주선도요." 그녀가 한숨을 쉬었다.

"정거장은 어떻게 됐어요?" 인그레이가 물었다. 그녀가 들은 마지막 소식은 옴켐의 군사용 메크들이 발포하며 부두에서 진출했다는 것이었는데, 그녀가 아는 건 여전히 그게 다였다. "아직 전투가 벌어지고 있어요? 혹시 아시는…." 정거장에 거주하며 일하는 지인들이 있었다. 게다가 양어머니 네타노도 있었다. 인그레이는 위험을 무릅쓰고 재빨리 정거장의 여러 언론사 기사들을 훑었지만, 대피소로 가서 나오지 말라는 경고들뿐이었다. 그녀는 나쁜 신호라고 생각했다. 하지만 상황이 어떻게 돌아가는지 알 때까지는 너무 골똘히 생각하지 않을 작정이었다. 라크 진촌도 분명 네타노가 지금 어디에 있는지 모르거나 정보를 찾는 중일 테고, 알아내면 그녀에게 알려줄 것이다. 가뜩이나 혼란할 때 자신까지 정보를 요청해서 혼란을 가중시킬 필요는 없었다.

"정거장에서 무슨 일이 벌어지는지 저는 전혀 몰라요." 티반보리 대사가 대답했다. "그리고 게크라고 주장할 예정이라면, 당신들도 몰라야겠지요."

"저는 아니에요." 인그레이가 말했다. "가랄은 그럴 예정이지만요."

"음, 제가 아는 건, 어제인가 부두에서 총격이 있었고, 우리가 방치되었다는 사실뿐이에요."

문으로 누군가가 들어왔다. 티반보리 대사 말고는 처음으로 보는 인간이었다. 물을 뚝뚝 흘리고 있었다. 키가 크고, 인그레이로서는 잘 이해가 안 되는 방식으로 몸집이 좋은 사람이었는데, 목이라는 게 없는 듯이 어깨에서 곧바로 머리가 솟았다. 몸에 딱 달라붙는 녹갈색 슈트 같은 걸 입은 듯했고, 양쪽에는 거의 수평에 가까운 검은 줄이 주르륵 나 있었다. 그 얼굴이 어쩐지 익숙지 않은 느낌이었는데, 이유를 딱히 짚어내기는 어려웠다. "인그레이 옥스콜드." 그 인물이 이상하게 숨이 새는 듯한 목소리로 조용히 말했다. "가랄 케트. 저를 따라오십시오. 대사님이 두 분과 얘기하시겠답니다."

"그러지요." 가랄이 예의 바른 사교 행사에 초대라도 받은 듯이 말했다. 으가 일어섰고, 인그레이도 일어섰다. 둘은 티반보리 대사에게 정중하게 고개를 숙이고는 그 인물을 따라나섰다. 정확하게 말하자면 복도로 나간 건 아니었다. 그 우주선에는 복도가 없고 그냥 이상하게 생긴 방들만 여러 개 있는 듯했다. 인그레이는 위진 선장이 우주선을 수리했다고 했던 말을 떠올렸다. 그 우주선도 처음 훔쳤을 때는 내부가 이랬을까?

하지만 여기서 그런 말을 해서는 안 된다는 점을 기억해야 했다. 그녀가 아는 한, 위진 선장이 더없이 합법적인 절차로 우주선을 구매했다는 사실을 기억해야 했다.

마침내, 그 인물이 검은 물이 담긴 웅덩이가 있다는 점을 제외하면 여느 방과 다를 바 없는 어느 방으로 그들을 데려갔다. 웅덩이는 폭이 대략 3미터 정도였고, 그 주변에 구부러지고 비틀린 의자 네 개가 있었다. "앉으세요." 그 인물이 말했다. "물에는 들어가지 마십시오. 당신들에게 별로 안 좋은 것들이 있습니다. 대사님이 곧 오실 겁니다." 말을 마친 그 인물이 웅덩이로 뛰어들었다. 아주 잠깐 물밑에 잠긴 그 사람이 보였다. 인그레이는 그 수평으로 난 선들이 확 벌어지는 걸 보았다. 그 인물이 아무 옷도 입지 않았으며, 그 선들이 아가미였다는 사실을 깨닫고 인그레이는 어질어질한 충격을 받았다.

"앉는 게 좋겠어요." 가랄이 말했다. 인그레이가 고개를 돌려 으를 쳐다보았다. "앉아요, 인그레이." 으가 다시 말했다.

"저 사람, 아가미가 있었어요." 인그레이가 말했다.

"맞아요." 가랄이 동의했다. 둘은 기묘하게 구부러진 벤치에 나란히 앉았다. '그러니까 위진 선장이 되고 싶었던 것이 저런 존재로군요. 자기가 크면 되리라고 생각했던 존재, 지금도 그렇게 되지 못해서 분개하는 듯한 존재가요.' 인그레이는 그렇게 말하려고 입을 열었다가 멈추고는 그냥 다물었다.

계속 출렁이던 물에서 뭔가 반짝이는 녹색이 솟아올랐다. 인그레이는 움찔했다. 물을 뚝뚝 흘리며 솟아오른, 매끄럽게 빛나고 물컹거리는 덩어리가 앞으로 굽어지며… 웅덩이 가장자리 쪽으로 불룩해졌다. 덩어리에 구멍이 하나 생기더니 옆으로 죽 늘어나면서 오므라졌다. "가랄 케트." 그것이 휘파람 같은 소리로 속삭였다. "인그레이 인간." 물속으로 그것의 덩어리가 이어졌다. 거대한 검은 그림자였다. 그러면 이것이 대사 본인이 틀림없었다. 인그레이가 아는 한, 누구도 실제로 본 적이 없는 외계인 게크였다. 음, 당연히 위진 선장은 빼고.

중요한 순간이었다. 정신을 단단히 차려야 했다. 피곤하고 혼란스러웠지만, 인그레이는 이럴 때 어떻게 처신해야 하는지 알았다. "대사님, 이렇게…." '초대해주셔서 감사합니다'라고 말하고 싶었지만, 당연히 초대 같은 건 없었다. "이렇게 불러주셔서 감사합니다."

"너희는 틱 위진의 친구인 듯하다." 녹색 덩어리가 그게 합당한 답변이라는 듯이 말했다. "가랄 케트, 너는 인간으로서의 법적 지위가 없지만, 너는 인간이고, 너는 게크라고 주장했다. 게크가 너의 주장을 받아들이는 절차만 남았다. 넌 생명에 위협을 느껴 그렇게 했다. 난 많은 것을 들었고, 많은 것을 보았고, 그래서 그것을 이해한다. 틱 위진은 이렇게 해서 너를 위험에서 구하려고 계획했다. 너희가 부화동기가 아니란 것은 알고 있다. 너희는 인간의 기준으로도 그렇게 될 수 없지. 나는 많은 인간을 안다. 나는 인간을 이해한다. 모두가 인간을 그렇게 잘 이해하지는 못한다. 인간은 이해하기 힘들다. 심지어 게크일 때에도. 그리고 틱 위진은…." 대사가 주저하더니 이상한 한숨 같은 소리를 냈다. 녹색 덩어리가 왠지 푸르스름한 색으로 바뀌었다. "틱 위진은 더는 게크가 아니다. 이 말을 하고 싶지는 않지만, 분명히 그렇다. 그래도, 나는 그를 잘 이해한다. 너는 틱의 친구인 듯하다. 가랄 케트, 우리는 너를 어떻게 할지 고민 중이다." 덩어리가 잠시 더 밝은 푸른색으로 확 타오르더니 연한 녹색으로 변했다.

"이해해주셔서 감사합니다, 대사님." 가랄이 말했다. "그리고 대사님이 인간으로 인정하셨다는 얘길 들으면 위진 선장도 기뻐할 겁니다."

"그래." 대사가 휘파람 같은 소리로 말했다. "그렇지. 나는 그 말을 믿지 않았지만, 지금은 그가 기뻐하리라 생각한다. 인그레이 인간, 내가 너를 다소 곤란하게 했다. 나는 조약을 어기고 너의 부화동기인 다나크 인간을 공격했다."

벤치에 나란히 앉은 가랄이 고개를 돌려 인그레이를 쳐다보았다. "무슨 얘기예요?"

"나중에 말해줄게요." 인그레이가 말했다. "그건 이제 괜찮습니다. 대사님이 그에게 해를 입힌 것도 아니고, 다 잘 끝났어요. 제가 그를 집으로 데려갔고, 지금은 모든 상황이 정리됐어요."

대사가 대답했다. "그래도 나는 그런 일을 해서는 안 되었다. 그리고 그 다나크 인간이 다치지 않은 것이 반갑지 않다는 사실을 인정해야겠지만, 나는 그래선 안 되었다. 그때 이후로 생각했다. 나는 제대로 처신하지 못했다. 못했지. 나는 하지 말았어야 할 일들을 했다. 난 네게 말해야 한다. 사과한다, 인그레이 옥스콜드. 그게 해야 할 말이다. 나는 그 말을 한다."

침묵이 흘렀다. 여전히 출렁거리는 웅덩이 물이 작은 물결이 되어 인그레이와 가랄의 발치에서 부서졌고, 녹색 덩어리에도 부딪혔다. 덩어리는 다시 물속에 있는 대사의 나머지 부분과 똑같은 진한 녹색이 되었다. 아니, 그건 인그레이의 짐작이었다. 대사의 나머지 부분이 어떻게 생겼는지, 얼마나 큰 덩어리가 거기 있는지는 잘 보이지 않았다. "다 괜찮습니다, 대사님." 인그레이가 잠시 후에 말했다.

"괜찮지 않다." 녹색 덩어리가 고집했다. "괜찮지 않아. 내가 한 가지 알려주겠다. 너희에게 알려주겠어. 인간이 처음 나타났을 때, 많은 것들이 죽었다. 너무 많이 죽었고, 인간은 먹기에 나빴다. 많은 이가 그들을 제거하고자 했지만, 일부가 말했다. 안 돼, 그들은 아주 이상하고 주위에 있는 것들이 죄다 죽어 나가지만, 어떻게 보면 그들은 사람 같아. 그리고 그들은 이곳에 살려고 왔는데, 그들이 어떻게 세상 밖에서 살 수 있겠어? 아무것도 살 수 없어. 세상 바깥에 있다고 생각해봐. 끔찍한 일이야. 이 이상한, 이 이상하기 짝이 없는, 어쩌면 사람일지도 모르는 그들을 그 때문에 죽여야 하나? 대신에 그들이 살 수 있도록 돕는다면 어떨까? 그래서 우리는 그들을 바꾸었고, 이제는 그들 주위에 있는 것들이 죽지 않고, 그들은 세상에서 살 수 있다."

"대부분은요." 가랄이 말했다.

"더 인내하라, 가랄 케트." 대사가 말했다. "내가 다음에 말하려는 것이 그것이다. 변화는 완벽하지 않고, 일부는 세상에서 살 수 없다. 하지만 알이란, 그리고 유생이란 원래 그렇다, 그렇지 않은가? 알을 낳을 때는 수천이지만, 살아남는 것은 몇몇에 불과하다. 나만 하더라도, 내가 부화할 때 부화동기가 수천이었다. 며칠이 지나자 수백이 되었고, 우리 중 열둘만이 성숙할 때까지 살아남았고, 그중 둘은 깊게 헤엄치는 데 실패했다."

"그건… 인간은 그렇지 않아요, 대사님." 인그레이가 말했다.

"맞다." 대사가 동의했다. "인간은 그런 방식으로 살 수 없다. 할 수 없었다. 인간 유생들은 수년 동안 보살핌을 받아야 하고, 누군가가 옆에서 신중하게 보살피고 먹이고 가르쳐야 부화동기들과 같이 헤엄칠 수 있었다. 그리고 인간은 보살피던 유생이 그렇게 될 때까지 그 유생을 자신의 부화동기로 대했다. 괴팍해, 그렇지. 하지만 인간은 그렇다. 부화동기를 내팽개쳐서 죽게 만들거나 다른 것에 먹히도록 내버려둬서는 안 된다. 자신의 생존만을 생각하는 유생은 신뢰할 수 없는 어른이 되고, 모든 유생이 그렇게 행동한다면 살아남는 이가 훨씬 적어진다. 변화는 완벽하지 않았고, 그래서 인간 유생의 일부는 머물 수 없었다. 하지만 그들은 부화동기들이었다. 그들은 머물 수 없지만, 세상 밖으로 보내버릴 수도 없었다. 부화동기들에게 누가 그런 짓을 하겠는가? 하지만 인간들은 세상의 가장자리에 어떤 장소를 지었고, 그 유생들은 그곳에서 살 수 있고, 심지어 유용해질 수도 있다."

"틱 위진 선장은 아가미가 생기지 않았어요." 가랄이 말했다. "그랬다고 했어요."

"나는 잘못된 일을 했다." 대사가 말했다. "나는 틱 위진에게 '틱 위진, 사과한다'라고 말해야 한다." 그리고 대사는 입을 닫았다. 물소리만이 매끈한 벽을 타고 울려 퍼졌다.

"어떤 일을 하셨는데요?" 마침내 인그레이가 물었다.

대사가 답했다. "나와 함께 깊게 헤엄치기에서 살아남은 부화동기 하나가 인간 게크였다. 그의 딸이 틱 위진의 어미다. 그녀는 내 부화동기는 아니지만, 내 부화동기의 부화동기 같은 존재다. 이해하느냐? 그녀가 내 부화동기가 아니더라도, 그녀에게 우리와는 다른 저만의 부화동기들이 있다 해도, 나는 여전히 그녀가 내 부화동기처럼 느껴진다. 내 부화동기는 인간이고, 나는 그의 딸을 사랑하지 않을 수 없다. 왜냐하면 그가 자신의 딸을 사랑하기 때문이다. 그리고 인간은 자기 유생이 살아남지 못할 때, 슬퍼할 수밖에 없다. 그래서 그녀의 유생들이 하나같이 깊게 헤엄치기에서 살아남지 못했을 때, 나는 그녀와 함께 슬퍼할 수밖에 없었다. 이해하느냐? 우리는 인간들이 세상에서 살 수 있도록 인간들을 바꾸었고 이제 인간들이 우리를 바꾸었다. 우리가 그들을 세상에 머물 수 있도록 해야 했는지, 나는 모르겠다. 모르겠어. 하지만 아, 그녀는 슬퍼했다. 한 번, 두 번, 세 번. 이해하느냐? 그녀의 유생들이 깊게 헤엄칠 수 없다면, 세상의 가장자리로 보낼 수도 있었다. 그녀의 유생들이 세상의 가장자리로 갔다면, 적어도 살 수 있을 테고, 그녀는 그렇게 슬퍼하지 않아도 됐을 것이다. 나는 그녀가 틱 위진을 보여주던 날, 그가 절대 깊게 헤엄치기에서 살아남을 수 없을 것임을 알았다. 그는 그녀의 다른 유생들과 똑같이 될 터였다. 이해하느냐?"

"아니요." 인그레이는 자기가 듣는 얘기가 무슨 얘기인지 제대로 이해하지 못하면서도 잔뜩 겁에 질렸다. "무슨 말인지 모르겠어요."

"'당신'이 그랬군요." 가랄이 말했다. "어떻게 했는지는 몰라도 당신이 그에게 아가미가 생기지 않도록 만들었어요."

"내가 그랬다." 대사가 인정했다. "잘못된 일을 했지만, 내가 그러지 않았다면 틱 위진은 깊게 헤엄치기에서 살아남지 못했을 것이다. 내가 그에게 깊게 헤엄치기를 허락했다면, 그는 죽었을 것이다. 나는 적어도 그가 살아서 세상에 있을 수 있도록 그런 짓을 했다. 그렇지만 그는 우주선들을 훔쳐서 세상을 떠나버렸다. 그런 짓을 하다니, 그다웠다. 그런 짓을 하는 건 게크답지 않다. 그는 깊게 헤엄치기에서 살아남지 못했을 것이다. 그렇다. 못했을 것이다." 잠깐의 침묵 뒤, 다시 말이 이어졌다. "그의 어미가 슬퍼한다. 내 부화동기가 슬퍼한다. 세상 바깥에서 무엇이 살 수 있는가? 세상 바깥에서 사는 생물들이 있지만, 그들은 끝없는 비애와 고통과 죽음의 생물들이 분명하다. 나는 이전 전원회의에도 갔었고, 필요한 일을 하고는 세상으로 돌아왔다. 나는 세상 밖으로 절대 나가고 싶지 않지만, 외계인들을 피하려면 그렇게 해야 한다. 나는 가능한 한 빨리 세상으로 돌아왔다. 이번에도 그럴 생각이었다. 하지만 우리는 우리 우주선을 보았다. 나는 틱 위진이 거기에 있으리라 생각했고, 그를 데리고 돌아갈 수 있을지도 모른다고 생각했다. 그러면 그는 더 이상 끝없는 고통과 아픔 속이 아니라 다시 세상 속에 있을 수 있다. 그러면 그의 어미도 슬퍼하기를 그칠 것이다. 하지만 틱 위진은 늘 고집이 셌다. 늘 그랬다! 유생 때부터 그는 고집이 셌다." 덩어리가 다시 창백해지면서 물속으로 쑥 끌려 들어가더니 이내 다시 웅덩이 가장자리로 불거져 나왔다. 물이 줄줄 떨어졌다. "아마 나도 고집이 셀 것이다. 아마 약간은."

"그래요, 약간은요." 게크 대사가 어떤 반응을 바라며 말을 멈춘 듯해서 인그레이가 맞장구를 쳤다. 가랄은 말이 없었고, 인그레이는 으의 표정을 보지 않는 편이 낫겠다고 생각했다.

"그렇다." 대사가 동의했다. "나는 그를 따라 여기로 왔다. 슬픔과 죽음에 둘러싸이고 고통과 아픔 속에 있어서 그럴 테지만, 그는 응당 해야 하는 대로 행동하지 않는다. 그리고 그런 상황을 초래한 것은 내가 저지른 잘못된 일이었다. 그래서 나는 따라왔다. 나는 두렵다. 나는 세상 바깥에 있고 싶지 않다. 세상 바깥에 있는 건 끔찍하다. 하지만 나는 보고, 나는 주목한다. 나는 듣는다. 나는 귀담아듣는다. 너는 아주 이상하다, 인그레이 인간. 하지만 너는 끝없는 고통과 슬픔 속에서 사는 듯이 보이지 않는다. 아니, 너는 이곳이 마치 세상인 양 헤엄쳐 다니고, 그 이상한 삶이 아무 문제 없다는 듯이 산다. 그리고 나는 속으로 생각한다. 이곳은 그 인간들이 원래 있던 곳이 아닌가? 그들은 세상 바깥에서 부화했다. 이곳은 그들의 고향 물이다. 세상의 가장자리에 있는 유생들은, 우리가 그들을 붙잡고 있는 것은 잘못인가?"

그때 가랄이 입을 열었다. "제 생각엔, 그들 대다수가 그곳에서 아주 행복하게 지낼 것 같습니다. 어쨌든 거긴 그들의 고향이잖아요."

"하지만 모두가 행복하진 않다, 가랄 케트." 대사가 말했다. "다는 아니야. 그리고 나는 지금까지 그 생각을 하지 못했다. 누군가는 세상 밖으로 나가고 싶어 할 수 있다는 생각을. 하지만 이제 나는 그 생각을 한다. 그래서 너희에게 이야기하는 것이다. 나는 틱 위진에게 하고 싶은 말이 있다. 하지만 그는 나와 이야기하려 할 것 같지 않다. 그리고 너, 가랄 케트, 그리고 인그레이 옥스콜드, 너희는 틱 위진의 친구다. 그가 정말로 게크를 떠나고자 한다면, 내가 그의 인간 시민권을 인정하고, 더는 그가 게크의 일원이라고 주장하지 않겠다고 그에게 전해주겠는가? 그에게 내가 사과한다고 말해주겠는가? 그가 게크가 아니라 하더라도, 원하면 언제든 세상의 가장자리로 돌아올 수 있다고, 그리고 그만 잘 지낸다면 나는 우주선들은 상관하지 않겠다고 전해줄 텐가? 그가 세상 바깥에서 행복하게 잘 지낸다면 난 그것으로 행복할 테고, 그의 어미에게 그가 세상 바깥에 있긴 하지만 잘 지낸다고, 그리고 자신에게 더 잘 맞는 물에서 헤엄치고 있다고, 그리고 친구도 있다고 말해줄 테고, 그러면 그녀는 슬퍼하기를 멈추려 하지 않을까? 이 말을 틱 위진에게 전해주겠는가?"

"저는…." 무슨 답을 해야 할지 몰라 인그레이는 말끝을 흐렸다. "제가 생각하기에는 직접 말씀하시는 게 최선일 것 같아요, 대사님. 하지만 그는 대사님과 얘기하고 싶은 생각이 전혀 없을 테고, 그리고…." 그녀는 말을 더듬거렸다. '그리고 그가 그러는 것도 당연하지요.' 그 말을 외교적으로 전할 방법이 없었다.

"나도 나와는 전혀 얘기하고 싶지 않을 것이다." 대사가 말했다.

"그러니까, 대사님께선 그에게 간섭하지 않겠다고 말씀하시지만." 대사의 솔직함에 용기를 얻은 인그레이가 말했다. "대사님은 그를 내버려두지 않으세요. 대사님은 방금 저희에게 대사님을 대신해서 그를 쫓으라고 요청하셨어요. 제 생각에는 그가 듣든 말든, 방금 하신 말씀을 메시지로 보내시는 게 좋을 듯해요. 그리고 그가 대사님과 얘기하고 싶다고 하지 않으면, 그냥 그를 내버려두는 거죠."

대사는 바로 대답하지 않았다. 인그레이는 문득 자기가 이미 구겨지고 더러운 데다 우주복을 입느라 걷어 올려놓은 치마를 손으로 꽉 움켜쥐고 있다는 사실을 깨달았다. 기진맥진할 정도로 피곤하다는 사실도 깨달았다. 배도 고팠다. 그리고 목욕이 간절했다. 머리핀들은 내팽개친 우주복에 들어 있었다. 우주복에 갇힌 그녀는 너무 비참했고, 거기서 벗어나서 얼마나 마음이 놓이는지 몰랐다. 옆에 말없이 앉은 가랄도 비슷한 몰골일 게 틀림없지만, 이제는 으를 알 만큼 알아서, 감당할 수 있는 한 으는 아무 기색도 내비치지 않으리라는 걸 잘 알았다.

대사가 말했다. "그 말을 들으니 기분이 좋지 않다, 인그레이 인간. 하지만 그 말에 관해 생각해보겠다. 나는 생각할 것이다. 가랄 케트, 너는 게크다. 세상 바깥에 머무르고 싶다면, 그래도 괜찮다. 세상으로 돌아가면 나는 이것을 어떻게든 설명해야 할 테고, 세상 바깥에 머무르는 건 생각조차 할 수 없지만, 우리는 세상의 가장자리에 있는 유생들을 위해서라도 생각을 해야 할 것이다."

"고맙습니다, 대사님." 으가 말했다.

"하지만 조약을 어기지 말라!" 대사가 강조했다. "너는 조약을 공부해야 하고, 절대 어겨서는 안 된다. 조약이 외계인들로부터 세상을 지켜준다. 그리고 인그레이 옥스콜드, 이 정거장에서 무슨 일이 일어나고 있는지 나는 이해하지 못하지만, 지금은 네가 이 우주선에서 나가기에 안전한 때가 아니라고 생각한다. 이곳에는 네가 안전하게 먹고 마실 음식과 물이 있다. 네가 잘 곳도 있다. 나는 생각하겠다. 우리는 나중에 다시 얘기할 것이다." 그리고 녹색 덩어리는 스르르 물속으로 들어가더니 사라졌다.

15

거미 메크 한 기가 나타나 바닥 한두 군데가 탁자 비스름하게 돌출한 어느 방으로 그들을 안내하고는 서둘러 사라졌다. 위진 선장처럼 우아하지는 않아도 대사보다는 훨씬 나은 움직임이었다. 잠시 후에 거미 메크가 돌아와 다리 세 개에 잔뜩 안고 있던 꾸러미 같은 것들을 탁자에 쏟아 놓았다. "음식입니다." 거미 메크가 휘휘거렸다.

"고마워요." 가랄은 인그레이가 생각한 것보다 훨씬 더 침착한 듯했다. "어딘가에 뜨거운 물이 있을까요?"

"속에 뭐가 들어가요?" 기진맥진한 인그레이가 의심스럽다는 듯이 가랄에게 물었다. 거미 메크가 모호하게 방 한쪽 구석을 가리키고는 가버렸다. "이 와중에요?"

"지금 여기에 먹을 것이 있으니까요." 가랄이 말했다. "우리가 먹든 안 먹든 상황은 흘러갈 거예요. 그리고 배고프고 목마르지 않으면 상황을 제대로 판단하기도 쉽죠."

인그레이가 눈살을 찌푸리며 반박하려고 입을 여는데, 티어에서 화에이까지 오는 길에 가랄이 음식을 모았던 사실이 떠올랐다. '자비로운 제거'에서 먹을 걸 얻기가 얼마나 어려운지 얘기했던 것도.

"당신은 뭘 먹은 지 너무 오래됐어요." 가랄이 말했다.

인그레이는 뭐라 대답할 자신이 없어서 거미 메크가 가리켰던 방 뒤쪽으로 갔다. 벽이 움푹 팬 곳이 있고, 거기 웅덩이에 체온과 비슷한 미지근한 물이 담겨 있었다. 그녀는 아주 조심스럽게 손으로 물을 조금 떠서 맛을 보았다.

"그냥 따뜻한 맹물이에요." 티반보리 대사의 목소리였다. 인그레이가 돌아보니 그녀가 방으로 들어서는 중이었다. "그들은 뭐든 그보다 더 뜨겁게는 안 만들어요. 아무리 요청해도 말이에요."

"그럼 그들은 무얼 먹어요?" 가랄이 탁자 옆에 튀어나온 돌기에 앉으면서 물었다.

"날것들요." 티반보리 대사가 진절머리를 내면서 말했다. "아니면 썩은 것들이죠." 그녀가 탁자 위의 꾸러미들을 가리켰다. "그래도 이것들은 당신들이 먹는 음식이에요. 티어 시일라스에서 우주선에 실었어요. 뭐가 뭔지 저는 전혀 모르겠지만요."

"영양토막들이에요." 인그레이가 설명했다. "맛을 가미한 효모가 주재료죠." 그 말을 들은 티반보리 대사가 콧잔등에 주름을 잡았다.

"면도 있어요." 가랄이 덧붙였다. "뜨거운 물을 부어서 먹는 거예요. 따뜻한 물도 괜찮지 않을까 싶지만요."

"저는 됐어요." 티반보리 대사가 가랄 옆에 앉으면서 경멸 어린 어조로 말했다.

"그리고 서바트도 있어요." 가랄이 인그레이를 쳐다보았다. "즉석 서바트예요."

"서바트는 좀 마시고 싶네요." 인그레이가 말했다. "잔이나 대접이나 뭐 그런 것이….” 그녀가 미처 생각을 정리하지 못하고 말꼬리를 흐렸다.

“샘 위의 벽을 건드려봐요.” 티반보리 대사가 말했다. 인그레이가 손가락을 대자 벽 표면이 수축하면서 안에 있던 공간이 드러났다. 얕은 사발이 쌓여 있고 작은 잔들과 크고 속이 깊은 숟가락 몇 개가 있었다.

“그거 기분 나쁘죠.” 뒤에서 티반보리 대사가 말했다. 인그레이는 최소한 그 벽이 반응하는 방식과 그 촉감에는 뭔가 좀 거슬리는 부분이 있다고 동의할 수밖에 없었다. 멀쩡하고 단단한, 믿을 수 있는 벽이 아니라 근육 같은, 아무래도 어쩐지 뭔가 생물체 같은 느낌이 들었다. 티반보리 대사가 말을 이었다. “그 숟가락은 물을 뜰 때만 써요. 그들이 뭘 먹을 때는 ‘손’을 쓰죠.” 그녀가 진저리를 쳤다. “서바트는 뭐예요?”

“뜨겁게 마시는 음료예요.” 가랄이 말했다. “그게 서바트죠.”

티반보리 대사가 곁눈으로 못마땅한 시선을 던지고는 한숨을 쉬며 자리에서 일어나 인그레이에게 다가왔다. “여기요.” 그녀가 벽장에서 사발과 잔 몇 개를 꺼내 인그레이에게 건네고 샘에서 따뜻한 물을 몇 잔 떴다. “서바트가 뭐든 간에 포익보다 나쁠 수는 없겠죠. 포익은 전에 얘기했던 그 소금물이에요.” 너무 지쳐서 머릿속이 텅 빈 인그레이와 가랄에게 그녀가 덧붙였다. “그 면은 좀 더 오래 불려야 할 거예요. 당신들이 먹던 건 어떨지 모르겠지만, 제가 먹던 건 대체로 차가우면 별로 안 좋더라고요. 그래도 살아 있는 바닷벌레나 조류죽보다는 낫죠.”

“저는 조류죽 좋아해요.” 인그레이가 티반보리 대사를 따라 탁자로 돌아오며 말했다. “그리고 생선도 좋아해요. 생으로든 조리해서든요. 하지만 벌레는 잘 모르겠네요."

"제 말을 믿어요. 끔찍해요." 티반보리 대사는 인그레이가 들고 있던 접시들을 집어 갔다. "앉아요." 퉁명스러운 말이었지만, 인그레이는 그제야 자신이 사발 몇 개를 움켜쥔 채 뭘 어째야 할지 아무 생각도 못 하고 서 있다는 걸 깨달았다.

"미안해요." 인그레이가 말했다. "너무 피곤해서요."

"그래 보이네요." 티반보리 대사가 서바트 봉지를 열어서 안의 내용물을 들여다보며 동의했다. "이걸 물과 섞는 거 맞아요?"

"예." 가랄이 말했다. 인그레이는 자리에 앉아 티반보리 대사가 미지근한 물을 면 그릇과 서바트 가루가 든 잔에 붓는 걸 멍하니 지켜보았다.

"그리고 저는 정거장이 어떻게 되고 있는지 알아봐야겠어요." 인그레이가 말했다.

"나쁘지 않네요." 라드츠 대사가 미지근한 서바트를 한 모금 마신 후에 말했다. 그녀가 자리에 앉았다. "차는 아니지만, 나쁘지 않아요. 이걸 게크 행성으로 좀 가져갈 수 있을까 모르겠네요. 뜨거운 물을 얻을 수 없으니 차는 가망이 없어요. 진짜 차, 제대로 절차를 지켜서 만든 차 말이에요."

"저는 정거장이 어떻게 되고 있는지 좀 알아봐야겠어요." 인그레이가 다시 말했다. 눈을 깜박여서 자신에게 온 메시지들을 열었지만, 너무 피곤해서 보면서도 무슨 뜻인지 이해할 수 없었다. 일단 네타노의 메시지는 없었고, 라크 진촌이 보낸 것도 없었다. 그녀는 간신히 말을 이어붙여 뭐든 아는 정보가 있으면 보내달라고 요청하는 짧은 메시지를 작성하여 둘에게 보냈다.

"정거장에서 무슨 일이 벌어지든 우리하고는 상관이 없어요." 티반보리 대사가 말했다. "당신 친구 말이 맞아요. 당신은 뭘 좀 먹어야 해요. 뉴스를 찾더라도 뭘 좀 먹고 나서 찾아야 할 거예요. 그리고 잠도 좀 자요. 여긴 문명화된 잠자리 같은 것이 없어서 좀 미안하지만요. 이 사람들은, 궤도에서 사는 사람들 말이에요, 대개는 어디든 그냥 바닥에 누워요. 이 방은…." 그녀가 손에 서바트 잔을 든 채로 주변을 가리켰다. "그래도 외계인들의 습성에 맞춰서 양보해준 거예요. 정거장에 있는 인간 게크들마저도 보통은 쪼그리고 앉거나 서서 먹어요. 맨손으로 끈적거리는 벌레를 입안으로 밀어 넣는 데 굳이 도구나 격식이 필요할 것 같지는 않지만요."

"게크 대사가 왜 대사님을 좋아하지 않는지 모르겠네요." 가랄이 말했다.

티반보리 대사가 날카롭고 냉소적으로 '하' 소리를 냈다. "음, 그 문제라면, 저도 그녀를 그다지 좋아하지 않아요."

인그레이는 앉아서 자기 몫의 미지근한 서바트 잔을 들었다. 라크 진촌의 답장이 오면 알게 되겠지. 어쨌든 당장은 할 수 있는 일이 많지 않았다. "그럼 왜 아직도 게크에 파견된 인간 대사 일을 하고 계세요?"

"제게 이 일을 배정해준 사람들은 제 친구가 아니었어요. 제 가문의 친구도 아니었고요. 저희한테는 이런 일을 이를 때 쓰는 비유적 표현이 있어요. 당신들한테도 그런 표현이 있는지는 모르겠네요." 티반보리 대사가 서바트를 한 모금 더 마시고 숟가락 손잡이로 사발에서 천천히 불어가는 면을 시험적으로 찔러보았다. "아, 이거 같네요. '빛 좋은 개살구.' 특정한 외계종족 전체를 대상으로 인간 전체를 대표하는 자리라면 중요한 일처럼 들리겠지만, 그 외계종족이 게크라면, 그렇지도 않아요. 그들은 자기네 행성 밖에서 무슨 일이 벌어지든 전혀 상관하지 않고, 자기들을 제외한 우주의 나머지를 몰아내는 문제에만 흥미가 있거든요. 인간들과는 어떤 소통도 하고 싶어 하지 않고, 실제로는 어떤 종류의 관계도 맺고 싶어 하지 않으니, 전원회의가 열리거나 하지 않으면 저는 할 일이 없어요. 그리고 전원회의가 열려도 사실 제 일에는 아무 의미가 없어요. 이 인공지능 전원회의에 제가 갈 필요는 없어요. 정말로요. 크르르가 조약에 받아들여진 저번 전원회의도 저와는 아무 관계가 없었어요. 이번에는 오지 않는 편이 좋았을지도 모르겠어요. 거기에는 분명히 문명화된 음식이 있을 거라는 이유 하나로 오겠다고 고집한 거예요. 그러니 인간을 대표하여 게크 주재 대사가 되는 것이 대단한 기회처럼 들릴지는 모르겠지만, 사실은 저와 제 경력을 가능한 한 가장 모욕적인 방식으로 처리하는 방법일 뿐이에요."

"그럼 왜 그만두시지 않으세요?" 인그레이가 여전히 집중하려 애쓰며 물었다.

"매년 그만둬요. 그리고 매년 통역청으로부터 제가 헤아릴 수 없이 가치 있는 성과를 냈고 저를 대체할 만한 이가 없으니 사표를 반려한다는 얘기를 듣죠." 대사가 다시 면을 찔러보고는 눈살을 찌푸렸다. "전원회의에 가면 이 빛 좋은 개살구 같은 구덩이에서 절 빼줄 누군가가 있을지도 모르죠." 그녀가 고개를 들더니 가랄을 쳐다보았다. "당신은 자기가 어떤 환경에 들어왔는지 아직 모를 거예요. 차라리 감옥으로 돌아가는 게 나았겠다고 생각하게 될걸요."

"아니요." 가랄이 말했다. "아닐 겁니다."

"라드츠로 돌아가고 싶은 거 맞으세요?" 인그레이가 물었다. "지금 거기 소식이…."

"거긴 제 고향이에요." 티반보리 대사가 말했다. "문명이고요. 거기 외에 제가 어디로 가겠어요? 분명 여기는 아니죠. 이미 아시겠지만, 전날 여기 부두에서 충격이 있었어요. 우리가 있는 쪽은 아니었지만요. 말씀드렸듯이 우리는 방치되었으니까요. 신들께 감사드릴 일이죠. 하지만 이곳은 안전하거나 문명화된 곳은 아니에요."

"지금 정거장에서 어떤 일이 벌어지는지 뭐라도 아시는 것이 있으세요?" 가랄이 물었다. "우리와는 상관이 없다고 말씀하신 건 알지만, 분명 대사님은 무슨 소식이라도 들으셨을 거예요."

티반보리 대사가 한숨을 쉬었다. "제가 마지막으로 들은 소식은 정거장 보안대가… 뭐라더라, 옴켐? 어쨌든 그들을 가두었다고 하더군요. 옴켐은 부두 한쪽과 정거장 본체의 한 층 일부 구역에 갇혀 있어요. 당신네 정거장 보안대가 중무장을 하고 있지는 않을 테고, 벌써 군대가 온 게 아니라면 옴켐 사령관이 형편없이 멍청하거나, 아니면 정거장을 점령하는 게 원래 목적이 아니라서 지금까지 한 일이 어떤 계획의 한 단계에 불과한 거겠죠."

"어떤 계획요?" 인그레이가 물었다.

티반보리 대사가 영양토막 하나를 탁자 너머 가랄 쪽으로 밀어주고, 또 하나를 인그레이 쪽으로 밀었다. "제가 어떻게 알겠어요? 여기 살지도 않는데. 옴켐인들이 당신들한테서 원하는 게 뭘까요?"

"바이잇으로 통하는 저희 관문에 대한 접근권요." 가랄이 말했다.

"아니면 티어로 가는 관문이나요." 인그레이가 덧붙였다.

"음, 역시 생각한 대로군요." 티반보리 대사가 말했다. "저는 그들이 정거장, 또는 정거장에 있는 누군가를 위협하는 목적이 자기네가 원하는 조건을 받아들이도록 당신들을 압박하거나, 아니면 이미 이곳으로 향하고 있는 진짜 위협을 가리려는 눈속임이라고 생각했거든요. 게크가 여기 있으니 행동을 취하기에 좋은 때는 아니지만, 게크 대사가 도둑맞은 우주선에 대해 뭔가 이해할 수 없는 외계인적 집착을 품고 있을 줄이야 어찌 알았겠어요. 그리고 이 작전에 관련된 것들을 생각하면, 옴켐 사람들이 이런 일을 한순간의 충동으로 벌일 수는 없겠지요. 아마도 이곳에 있는 병력은 더 많은 우주선이 도착한다는 가정하에 작전을 펴야 할 테고, 그 우주선들은… 제가 말씀드렸듯이, 이미 오고 있겠죠."

"누군가에게 알려야 해요!" 인그레이가 소리쳤다. 어찌나 놀랐는지 그렇게 지친 상태에서도 저도 모르게 벌떡 일어섰다.

티반보리 대사가 부질없다는 듯이 손을 흔들었다. "이곳의 군사 당국이 아직도 그걸 알아채지 못했다면, 아무리 경고해봐야 소용이 없을 거예요. 드세요." 그녀가 인그레이 옆에 있던 영양토막을 슬쩍 밀어주었다. "좀 자요. 자고 나서 어떻게 할지 결정해요." 그러고는 가랄을 돌아보았다. "당신은 이미 결정을 내렸죠."

"예." 가랄이 인정했다. "대사님 말씀이 맞아요, 인그레이. 당신이 당장 할 수 있는 일은 없어요. 좀 자고 나면 맑은 머리로 결정을 내릴 수 있을 거예요."

인그레이는 억지로 영양토막을 몇 입 베어 먹고, 물에 퉁퉁 분 차가운 면도 한두 입 먹은 다음, 근처에서 잠시 누울 만한 캄캄한 방을 찾아냈다. 바닥이 푹신하다고 할 수는 없었지만 놀라울 정도로 편안했다. 그녀는 누운 지 채 1분도 되지 않아 잠에 빠져들었다.

그리고 우주복을 입고 있는 꿈을 꾸었다. 헬멧의 안면보호판으로는 온통 암흑만 보이고 귀로는 자기 숨소리만 크게 울리는 꿈을 끝도 없이 꾸었다. 그녀는 자신이 꿈을 꾸고 있음을 알았고, 어쩐 일인지 완전히 잠들지 않은 듯이 느껴졌다. 자신을 둘러싼 어두운 방이 느껴졌고, 가끔은 우주선 어딘가에서 나는 목소리들을 들은 듯했지만, 꿈은 여전히 계속되었고, 그녀는 여전히 몸에 잘 맞지 않는 우주복에 갇힌 채였다.

인그레이는 잠에서 깼다. 한동안 눈을 깜박거렸다. 생각보다 훨씬 오래 잤다. 어느 시점에서 그 우주복 꿈이 사라져 마침내 깊이 잠이 들었다. 누웠던 바닥이 집에 있는 침대처럼 굴곡지며 몸을 지탱했다. 그녀는 잠시 더 누워 있다가, 눈을 깜박여 메시지와 뉴스를 다시 불러들였다.

티반보리 대사는 옴켐의 메크들이 정거장 한 층의 일부 구역에 갇혔다고 했다. 하지만 자세히 살펴보니 사실 놈들은 행성계 라리움과 그에 인접한 제1의회 의사당을 장악했고, 그곳과 부두에 정박한 그들의 우주선까지의 경로도 확보하고 있었다. 그 경로라는 것이 정거장으로 바로 통하는 부두 출구의 반대 방향으로 갔다가 다시 돌아가는 불편하게 긴 길이라, 인그레이는 잠시 그들이 왜 직통 경로를 택하지 않았을까 궁금해했다. 거기에는 직통 경로가 있었다. 불과 며칠 전에 이곳에 도착했을 때 가랄과 함께 그 경로를 걸었다.

그녀는 언론사들이 제공하는 정보를 좀 더 찬찬히 들여다보았다. 언론에서 말하지 않은 것도 물론 많겠지만, 적어도 기사에는 화물용 부두에 길게 늘어선 선창들을 자세하게 그린 다음, 옴켐 화물선 두 척의 위치를 밝은 주황색 점으로 표시해놓은 도표가 있었다. 정거장으로 바로 통하는 출구 가까운 곳에 초록색 점으로 표시된 다른 우주선 한 척이 있었다.

게크였다. 게크가 그 선창에 정박해 있었다. 이 우주선, 인그레이가 지금 타고 있는 우주선이었다. 등골이 서늘했다. 선창으로 나가면 옴켐의 군사용 메크들을 볼 수 있을지도 몰랐다. 행성계 방어군이 지금까지도 그쪽을 폐쇄하지 않았다면 말이다. 그녀는 폐쇄되었으리라 생각했다. 하지만 너무 가까웠다.

딸린 기사를 읽어보지 않아도 옴켐인들이 게크의 일을 조금도 방해하지 않으려고 조심했다는 사실을 알 수 있었다. 그저 이 우주선이 여기 있고, 몇몇 거미 메크나 인간 게크가 볼일을 보러 오가는 것만도 옴켐 입장에서는 정거장으로 통하는 직통 경로를 포기하고 멀리 에둘러 목적지로 향하는 경로를 택할 이유로 충분했다.

다른 정보는 그다지 많지 않았다. 정거장 거주자들에게 침착한 대응을 주문하는 성명, 화에이 행성계 방어군이 상황을 통제하고 있다는 성명, 정거장 행정부와 화에이 행성계 방어군이 곧 좀 더 자세한 정보를 제공할 것이라는 성명. 그사이에 거주자들은 공적 통신을 위해 사적 통신을 자제하고 가짜뉴스를 퍼뜨리지 말도록 권고받았다. 모든 언론이 정확하게 똑같은 성명을 내보내고 있었다.

인그레이가 찾은 나머지 정보는 다 잡담과 소문이었다. 정거장의 선체에 구멍이 뚫려 수십 명이 죽었다는 소문, 사실 선체는 뚫리지 않았지만 비상용 차폐문들이 가동되었다는 소문, 아이들 수백 명이 간발의 차로 라리움을 무사히 빠져나왔다는 소문, 반대로 아이들 수십 명이 죽거나 포로가 되거나 실종되었다는 소문, 옴켐 부대가 부두에서 진출하면서 적어도 열여섯 명의 화에이인을 쐈다는 소문까지 다양했다. 부두 복도로 보이는 바닥에 한 남자가 누워 있는 사진이 있었다. 머리 옆으로 피가 번져 있었다. 인그레이는 재빨리 눈을 깜박여 사진을 지웠다.

양어머니 네타노가 부두에 있지는 않았을 것이다. 네타노는 예기치 않은 게크의 등장에 자신이 뭔가 관련 있는 듯이 보이고 싶어서 정거장에 왔다. 제1의회 사무실 어딘가에 있었을 가능성이 컸다. 라크 진촌은 인그레이가 앞서 보낸 메시지에 답하지 않았다. 메시지를 살펴볼 시간이 없었을 수도 있고, 아니면 아직 알려줄 내용이 없을 수도 있었다. 아니면 화에이 우주 주민들이 정거장에 있으리라 추정되는 지인들에게 동시에 연락을 취하려다 보니 행성과 우주정거장 간 통신이 먹통이 되어 라크 진촌이 보낸 메시지가 전달되는 데 시간이 걸리는 것일지도 몰랐다.

딱히 안심이 되는 가정은 없었다. 네타노의 메시지함은 안부 메시지로 넘쳐날 게 분명하지만, 딸의 메시지가 거기 끼어 있는 정도는 당연히 이해할 것이다.

인그레이는 메시지를 보냈다. 네타노의 시야로 바로 전달되어 주목을 끌 간단한 질문이었다. 네타노는 그냥 눈을 깜박여 자동 확인 메시지를 보내기만 하면 되었다. 인그레이가 원한 것은 그게 다였다.

아무 답이 없었다. 엄마는 자고 있을까? 아무 일 없이 멀쩡하지만, 인그레이에게 할애할 아주 잠깐의 짬조차 없을 정도로 바쁜지도 몰랐다.

그때 라크 진촌이 보낸 메시지가 도착했다.

우주선을 나가서 정거장으로 가야 했다. 게크들은 보내줄 것이다. 그녀는 인간이니까. 당장 누구라도 찾아야 했다. 거미 메크나, 아니면 게크 대사 본인이라도. 그리고 자신이 나가야 한다고 알려야 했다. 인그레이는 허둥지둥 일어나 밥을 먹었던 방으로 돌아갔다.

"가랄!" 그녀가 문으로 들어가면서 가랄을 불렀다. "가랄, 저는 여기서 나가야 해요."

가랄은 탁자 둘레에 앉아서 물에 분 면을 먹고 있었다. 약간 흐트러져 보이긴 했지만, 그것만 아니면 말짱하고 생생한 모습이었다.

"왜요?" 으가 물었다. "무슨 일이 생겼어요?"

"옴켐 연합이 행성계 라리움과 제1의회 의사당을 장악했어요. 그런데 엄마가 라리움에 있었어요. 아직 그곳에 계세요."

"그걸 어떻게 알았어요?" 가랄이 이치에 맞게 물었다. "게크들이 받은 공식 뉴스에는 대피소로 가서 나오지 말라는 경고 말고는 아무것도 없었어요."

"라크 진촌이 보낸 메시지를 받았어요." 그녀가 대답했다. "으가 말하길, 옴켐은 회기가 진행 중일 때 제1의회 의원들 전부를 포로로 잡으려고 했던가 봐요. 하지만 게크가 여기 있는 바람에 계획과 달리 멀리 돌아가는 경로로 이동하게 되었죠. 놈들이 도착하기 전에 의사당에 있던 사람들은 대피했어요. 하지만 라리움에 있던 사람들은 미처 다 대피하지 못했어요. 그리고 엄마는 거기서 아사몰 지역에서 여행 온 보육원 아이들을 만나고 있었어요."

잠시 침묵이 흘렀다. 그러고는 가랄이 물었다. "아이들은요? 아이들도 아직 라리움에 있어요?"

"그렇다니까요! 아이들 대부분이 거기 있어요. 엄마와 다른 사람도 몇 명 있고요. 옴켐이 제1의회 디카트 의장을 붙잡았어요. 라리움 직원 몇 명도요."

"제1의회를 장악하지 못했다면." 가랄이 지적했다. "디카트 의장은 좋은 차선책이네요. 옴켐이 붙잡은 건 대(大) 디카트이겠지만요."

"맞아요. 으는 여행 온 다른 보육원 아이들을 만나고 있었어요. 으의 후계자는 의사당에 있다가 빠져나갔고요." 제1의회 의장의 후계자는 수십 년 전에 지명을 받아 벌써 몇 년째 의장 직무를 도맡아 하고 있었다. 의회 측면에서 보자면 의장이 포로로 잡히지 않은 거나 마찬가지였다.

"앉아요." 가랄이 말했다. "뭐라도 좀 먹어요. 포익도 좀 마셔보고요. 이건…." 으가 콧잔등에 주름을 잡았다. "이건 좀 익숙해져야 하는 맛인 것 같아요. 하지만 그냥 뛰쳐나가기 전에 앉아서 뭐라도 좀 먹으면서 계획을 세워요. 네타노는 아마 금방 위험해지진 않을 테고, 만약 당장 위험해진다면… 음, 당신이 도울 길은 없을 거예요."

인그레이는 아무것도 먹고 싶지 않았다. 하지만 가랄과 얘기를 할 필요가 있었다. 그녀는 앉았다. "저는 이미 계획이 있어요. 옴켐이 보육원 아이들을 무더기로 인질로 삼으려고 여기 오지는 않았을 거예요. 그들은 제1의회를 노렸죠. 라크 진촌은 옴켐이 아무런 대화 시도도 하지 않았다고 했어요. 적어도 으가 제게 메시지를 보낼 때까지는요. 하지만 행성계 방어군은 옴켐이 조만간 요구사항을 전달하리라 예상하고 있어요."

가랄이 탁자 너머로 손을 뻗어 그녀 앞에 잔을 놓아주고는 미지근한 물에 아직 뻣뻣한 면이 담긴 사발을 놓아주었다. "그 요구 목록 어딘가에 제가 있겠군요. 물론 꼭대기 쪽은 아니겠지만, 그래도요."

"아마도요." 인그레이가 인정했다. "라크 진촌이 그런 말은 안 했지만요. 그래도 당신은 이제 게크예요. 옴켐은 당신을 요구할 수 없어요. 하지만 저는 당신을 여기로 데려온 장본인인 데다 자트가 살해될 때 그 현장에 있었어요."

으가 잠시 그녀를 뚫어지게 쳐다보더니 말했다. "당신 자신을 네타노와 교환하려는 거군요."

"그리고 아이들과요."

가랄이 한동안 말없이 그녀를 바라보았다. "옴켐이 동의하리라 생각해요? 저는 그 아이들을 구하기 위해서라면 화에이가 뭔가 상당히 큰 양보라도 기꺼이 하리라 생각해요. 왜 옴켐인들이 그 아이들을 보내고 대신에 당신을 받겠어요?"

인그레이도 이미 해본 생각이었다. "거기엔 적어도 두 보육원의 아이들이 있어요. 제 모친이 만나고 있던 아이들과 디카트 의장이 만나고 있던 아이들이죠. 그러니 최소 마흔 명에서 많으면 백 명 또는 그 이상의 아이들이 있을 거예요. 보육원 보모들이 같이 있다 하더라도, 겁에 질린 아이들을 다루는 일은 상당한 골칫거리예요. 뭔가 협상이 진행 중인지는 모르겠지만, 협상을 오래 끌수록…."

"옴켐인들이 지치고 겁에 질린 아이들을 다루어야 하는 일이 늘어나겠군요."

"그리고 행성계 방어군은 협상에 매달리느라 마침내 그 아이들을 구해야겠다고 결정하고 방안을 낼 때까지 시간을 더 잡아먹겠죠." 인그레이가 조심스럽게 숨을 들이쉬었다. "그게 오래 걸릴수록, 아이들은 더 큰 위험에 처하게 돼요. 옴켐인들은 아이들을 뭔가 중요한 것과 교환하려 시도하겠지만, 저는 행성계 방어군이 '정말로' 중요한 뭔가를 내놓으리라고는 생각하지 않아요. 그 건에 관해서는 옴켐과 대화조차 안 할 수도 있어요."

"아마도 안 하겠죠." 가랄이 동의했다. "적에게 인질만 좀 확보하면 뭐든 원하는 대로 얻을 수 있다고 알려주는 건 좋은 생각이 아니니까요."

"맞아요." 인그레이가 몸을 부르르 떨면서 동의했다. "하지만 저는 저를 내놓을 수 있어요. 제가 최근까지 알기로, 옴켐 대사는 여전히 헤봄 건에 불만을 표하고 있었어요." 그리고 가랄이 게크에게 가는 건에 관해서도 그랬다. 그건 으도 이미 알고 있었다. "저는 자트가 죽을 때 거기 있었어요. 제가 아는 걸 옴켐에게 말해줄 수 있어요. 옴켐에게 아이들을 보내주면, 그리고 엄마를 보내주면, 저를 확보할 수 있다고 알릴 거예요. 엄마는 아직 후계자를 지명하지 않았어요. 엄마한테 무슨 일이라도 생기면….”

“이건 사실 헤봄 때문에 일어난 일이 아니에요.” 가랄이 말했다. “자트의 죽음은 그저 편리한 구실, 정당화를 위한 구실일 뿐이에요. 그들이 노린 건 제1의회예요. 제1의회는 화에이 우주정거장을 대표하죠. 여섯 개의 화에이 외정거장들과 제니스 승강장에 있는 몇몇 거주자들까지요. 그러니 제1의회를 통제하는 자가 관문들을 통제하게 돼요.” 그리고 우주에서 얻는 행성계의 자원들을 차지하게 된다. “그들이 의회가 직접 소집되는 회기 중에 이런 짓을 벌인 게 우연은 아닐 거예요. 자트 존하가 죽은 지 며칠밖에 안 됐어요. 옴켐 군대를 실은 두 화물선은 일주일 전에 정박했고, 화물선은 사실 빠르지 않잖아요. 그 우주선들은 엔덴에서 몇 주 전에 출발했겠죠. 당신이 대신 들어간다고 달라지는 건 아무것도 없을 거예요. 그리고 그들이 당신을 인질로 잡으면….”

“시도라도 해봐야 해요.” 인그레이는 달리 어떻게 표현해야 할지 몰랐다. “그 아이들을 생각하면요.”

“그 아이들의 안전에 대한 책임이 당신한테 있는 것도 아니잖아요.” 가랄이 지적했다. “아직 그 아이들이 살아 있다 해도요.”

그렇지 않을 가능성이 상당히 컸다. “그리고 네타노는 제 모친이에요.”

“그렇죠.” 가랄이 인정했다. “저도 알아요. 우리는 둘 다 공립보육원 출신이에요. 우리 양육자가 주는 게 아무리 적다 해도, 우리가 가진 건 그게 전부지요. 우리 가족은 우리가 그걸 고마워하길 기대하고, 다른 사람들도 마찬가지예요. 그리고 우리는 그걸 느끼죠. 제가 아마 좀 유별나게 오래 느낀 걸 테지만, 에티아트 부드라킴이 제게 해준 것에 비하면 네타노는 당신에게 아무것도 안 해준 거나 마찬가지예요. 당신은 그녀의 가정에 합류한 순간부터 그녀에게 무엇을 빚졌는지 알았어요. 그리고 그녀는 아직도 다나크에게 이름을 주지 않았죠. 지금 그녀에게 무슨 일이 생기면, 그건 네타노의 끝이에요. 하지만 당신에게 무슨 일이 생기면, 그건 '당신'의 끝이에요. 에티아트 부드라킴은 예외로 치더라도, 저는 사실 아주 많은 양육자가 아이들을 보호하기 위해 자신이 위험을 무릅쓰는 쪽을 선택한다고 알고 있어요. 그 반대가 아니고요."

"맞아요." 인그레이는 동의했다. 잠에서 깬 순간부터 애써 무시해온 불안으로 속이 울렁거렸다. "하지만 그게 딱 제가…."

"그리고 당신은 떠날 생각이었어요." 가랄이 말허리를 잘랐다. "당신은 옥스콜드가를 떠날 생각을 하고 있었어요. 당신도 알고 있어요." 으가 자기 자신을 가리켰다. "당신이 이 모든 일을 다나크의 자리를 차지할 수 있다고 생각해서 하지는 않았다는 사실을요. 그래요, 당신은 어떤 식으로든 그러길 바랐겠지만, 사실은 진지하게 그런 가능성을 생각한 적은 없다고 봐요."

"맞아요." 당황한 인그레이의 얼굴이 달아올랐다. 속으로도 거의 인정해본 적이 없는 말이었다. 가랄이 대놓고 말하는 걸 들으니 쥐구멍에라도 들어가고 싶은 심정이었다. 하지만 한편으로는, 잘 설명할 수는 없지만, 이상하게 마음이 놓이기도 했다.

"당신한테 이런 걸 기대하는 사람은 아무도 없어요." 가랄이 말을 이었다. "특히 네타노는요. 만약 그녀가 기대한다면, 음…." 으는 그런 경우는 있을 수 없다는 듯이 손사래를 쳤다.

"사실 제 돈으로는 감당이 안 되는 일이었어요." 인그레이가 말했다. "알고 보니 아무리 많은 돈을 줘도 티어의 브로커들은 절대 누군가를 '자비로운 제거'에서 꺼내주지 않더라고요. 그때는 몰랐지만 알아챘어야 했어요."

가랄이 포익 잔을 탁자에 내려놓다가 아주 잠깐 움찔했다. 인그레이가 가랄을 그렇게 잘 알지 못했다면 눈치채지도 못했을 정도였다.

"당신은 티어를 위해 일하나요? 아니면, 일했었나요? 지금은 게크니까, 아닐 거 같고요." 답이 없었다. "저는 그 생각을 계속했어요. 티어는 제가 화에이에 도착한 뒤에 당신을 해동할 거라 예상했겠죠. 그러면 당신이… 티어에 유리한 어떤 일을 하게 되어 있었나요? 하지만 위진 선장이 그런 식으로는 당신을 태우려고 하지 않았고, 당신은 제가 계획했던 건 뭐든 하고 싶어 하지 않았어요. 제가 입국자 사무소로 당신을 만나러 갔을 때는 저와 얘기조차 안 하려고 했었죠. 거기엔 잘 곳도 먹을 것도 없었는데, 당신은 저나 위진 선장에게서 적어도 먹을 것 정도는 얻을 수 있었어요. 아니면 시도라도 해볼 수 있었잖아요." 세상에 가랄이 강박적으로 챙기는 것이 하나 있었다면, 그때도 지금도 먹을거리였다. "그런데도 왜 다음 날 아침이나 돼서야 왔어요?"

"저는 티어를 위해 일하지 않아요." 으가 말했다. "일하지 않겠다고 했어요. 그들이 무슨 짓을 하더라도, 저는 화에이로 돌아가지 않겠다고요. 그러자 그들은 제가 엄밀하게 말하면 존재하지 않고, 당신을 제외하면 제가 티어 시일라스에 있다는 걸 알거나 신경 쓰는 사람이 전혀 없는 데다, 당신과의 관계는 제가 스스로 끊어버렸으니, 자기들이 원하는 대로 움직이지 않으면 에어로크 밖으로 던져버리겠다고 했어요. 그래서 당신이 얘기한 그 신분증이라도 갖게 되면 적어도 뭐라도 해볼 수 있지 않을까 생각했죠." 으가 예의 그 희미한 미소를 지었다. "음, 그러다 어떻게 됐는지는 당신도 알지요. 티어 행정위원회가 위진 선장의 우주선을 운행 정지시키는 바람에 움직일 수 없게 되었죠. 떠날 수 있게 됐을 때쯤에는 당신과 같이 있는 편이 낫겠다고 결정했고요."

"티어는 뭘 원했어요?" 인그레이가 물었다. "아니, 뭔지 알겠어요. 당신이 부드라킴 의장을 궁지에 빠뜨려주길 원했어요."

"그것도 있지요." 가랄이 인정했다. "적어도 그 일만은 거리낌 없이 할 수 있어요. 하지만 저는 티어를 위해 일하지 않겠다고 했고, 실제로도 하지 않았어요. 그리고 만약 제가 지금 게크가 아니고 티어를 위해 일한다 해도, 제가 당신에게 도움이 될 일은 없을 거예요. 티어가 저를 도우러 이 상황에 뛰어들거나 뭐라도 지원해주는 일은 없을 테니까요. 자기들을 위해 일하라고 회유하는 상황에서도 그들은 제가 화에이에서 곤경에 처하면 도와주겠다는 약속 같은 건 일절 하지 않았어요. 그들은 거짓말로라도 그런 약속은 하지 않으니까요, 그렇죠?" 그랬다. 당연하다. 티어가 중범죄라고 생각하는 몇 안 되는 죄목 중에서도 계약 위반은, 암묵적인 계약일 때에도 최악의 중범죄였다. "그들은 제게 아무것도 약속해줄 필요가 없다는 걸 알았어요. 티어는 자기들 이해관계에 꼭 필요하다고 생각하면 행동에 들어갈 테고, 그런 판단이 들기 전에는, 또는 다른 이유로는 절대 움직이지 않을 거예요. 이런 시국에 뭐라도 도움이 되겠다고 생각했다면, 그냥 저 하나 달랑 보내는 대신에 뭔가 다른 일을 시도했겠죠. 저는 지금도 이 정거장에 티어의 첩보원들이 있다고 확신해요. 그들이 누구인지, 그리고 당신에게 어떤 도움이 될지가 문제겠지요."

"그리고 그 마지막 질문에 대한 답을 하자면." 인그레이가 맞장구를 쳤다. "우리가 뭘 하든 그게 티어의 의도에 부합하지 않는다면, 티어의 첩보원이 있다 해도 우리에게 별 도움은 안 되겠지요."

"그리고 게크는 간섭하지 않을 거예요." 가랄이 말했다. "간섭했다간 심각한 조약 위반이 될 수 있으니까요. 그리고 그 말은, 제가 아무것도 할 수 없다는 뜻입니다. 또 당신이 여기 있으면 안전하다는 의미이기도 하지요. 당신 모친이 남들의 반만이라도 제대로 된 양육자라면, 당신이 안전하게 있기를 바랄 거예요."

"하지만 보세요, 제 말 좀 들어봐요." 인그레이가 고집했다. "옴켐은 제1의회를 인질로 잡아서 행성계 관문들의 통제권을 갖고 싶어 했어요. 저는 그게 그들이 원하는 바라고 확신해요. 하지만 그러질 못했고, 지금 옴켐의 수중에 있는 건 텅 빈 의사당과 행성계 라리움과 상당한 숫자의 인질이에요. 하지만 애초에 옴켐이 왜 행성계 라리움에 있을까요?"

"국회의사당 옆에 붙어 있으니까요." 가랄이 지적했다.

"맞아요." 인그레이가 인정했다. "하지만 제 말은, 옴켐이 계획을 변경할 수밖에 없었다는 거예요." 가랄이 미간을 찌푸렸다. "모르겠어요?" 인그레이가 으가 이해할 수 있도록 설명했다. "라리움에 뭐가 있어요? 우리가 화에이인임을 알려주는 모든 것이죠. '티어에 대한 더 이상의 채무를 거부한다'는 우리에게 화에이가 존재한다는 것을, 그리고 화에이가 어떤 존재인지를 알려주죠. 그리고 의원들은 다 대피했어도, 제1의회 회의장에는 무엇이 있죠?"

"아." 마침내 가랄이 알겠다는 표정을 지었다. "의회종이 있죠." 사실 그 종은 의회가 제1의회밖에 없을 때, 그리고 그마저도 막 열리기 시작했을 시절부터 있던 커다란 도자기 그릇이었다. 양배추를 절이는 데 쓰던 그 그릇의 옆면을 숟가락으로 두드리는 소리가 회기 시작을 알리는 공식 신호가 되었다. 화에이인이라면 누구나 아는 이야기였다. "하지만 인그레이, 그건 그냥 유물일 뿐이에요. 옴켐은 유물을 신경 쓰지 않아요."

"신경 써요." 인그레이가 주장했다. "자트가 그 공원에서 찾고 있던 건 뭐였게요? 화에이만 벗어나면 사람들이 우리 유물들을 비웃는다고 당신이 말했던 거 알아요. 하지만 우리 유물이 그들에게 중요할 필요는 없잖아요. 그냥 우리한테 중요하면 돼요. 그리고 법적으로 의회종이 없으면 제1의회는 회기를 시작할 수 없어요. 의회 자체를 장악하는 것과 같지는 않겠지만, 그래도 의미가 커요. 그리고 지금 옴켐은 일을 벌였고, 돌아갈 수 없어요. 적어도 뭔가 '중요한 것'을 확보하고 싶을 거예요."

"'채무를 거부한다'는 확실히 위조품이에요." 가랄이 말했다. "지금은 당신도 알겠지요. 그리고 의회종은…." 으가 주저했다. "의회종은 그 시대 물건이 맞고, 그래요, 최초의 의회 회합이 규모가 작은 데다 약간은 임시변통이었으니, 누군가가 회의 중에 다들 주목하라고 숟가락으로 양배추 절임 단지를 두드렸을 만도 하지요. 하지만 인그레이, 그 의회종 말고 진짜 양배추 절이는 단지 본 적 있어요?"

"아니요." 인그레이는 순순히 답했다. "하지만 무슨 문제가…."

"그게 그렇게 생기지 않았거든요." 가랄이 말했다. "대체로 원통형이에요. 아니면 입구가 좁고 배가 넓거나요. 양배추를 밀봉하는 게 핵심이니까요. 공기에 닿으면 제대로 발효되지 않잖아요. 그러니 양배추 절임 얘기가 사실이 아니거나, 아니면 의회종이 사실은 원래의 의회종이 아니거나, 둘 중 하나겠죠."

"하지만 '지금은' 그게 의회종이에요." 인그레이가 고집했다. "그리고 저는 그 종에 무슨 일이 생기면 제1의회가 대체품을 찾을 거라 생각해요. 라리움에 있는 '채무 거부'에 무슨 일이 생긴다고 화에이가 갑자기 존재하지 않게 된다는 뜻이 아닌 것과 마찬가지로요. 하지만 옴켐은 우리를 존재하지 않게 하려고 온 것이 아니에요. 그들은 침략에는 관심이 없어요. 그저 제1의회가 자신들이 원하는 대로 움직이길 바라는 거예요. 그리고 만약 옴켐이 제1의회를 제1의회로 만드는 모든 것을 확보한다면…."

"적어도 대부분의 화에이인이 보기에는 그런 것들이죠." 가랄이 동의했다. "무슨 얘긴지 알겠어요. 하지만 당신이 거기 있다고 해서 무엇이 달라지죠?"

인그레이가 숨을 들이쉬었다. "그러니까." 그러고는 또 한 번 숨을 들이쉬었다. "잘하면 우리가 그걸 다시 훔칠 수 있을지 모르죠."

"우리요?" 가랄의 목소리는 여느 때처럼 차분했지만 인그레이는 신랄함의 기미를 느꼈다. "제가 게크라는 사실을 잊었군요."

"아니요, 잊지 않았어요. 그냥 당신이 조언이라도 좀 해줄 수 있지 않을까 생각했어요. 제안 같은 거 말이에요."

"제가 실제로는 도둑이 아니라는 것도 잊어버렸군요." 으가 면 그릇을 옆으로 치웠다.

"아니요, 아니라는 거 알아요. 하지만 당신은 도둑들을 알아요. 처음 만났을 때, 당신은 위조범이라고 했어요. 사실은 아니었지만요. 가장 뛰어난 거짓말에는 일말의 진실이 섞여 있는 법이죠. 당신이 한 이야기에는 실제 대상이 있었어요. '자비로운 제거'에서 만난 사람이겠죠. 엄마의 집에서 그 사람의 작품을 한눈에 알아볼 정도로 당신은 그 사람을 잘 알았어요. 당신은 위조범이 아니지만, 당신이 알던 그 인물에게서 위조에 관해 배웠어요. 당신은 도둑이 아니에요. 하지만 뭘 좀 아는 사람이에요. 저한테 조언은 해줄 수 있잖아요? 그것까지 조약 위반은 아닐 거예요. 우린 그저 아침을 먹으며 얘기를 나누었을 뿐이니까요." 그녀는 그제야 자리에 앉아 가랄이 앞에 놓아준 잔을 들어 한 모금 마셨다. 미지근한 소금물 맛을 보고는 얼굴을 찡그렸다. "윽, 이게 포익이에요?"

"아까 얘기했듯이, 익숙해지면 괜찮아질 맛이라고 봐요. 그리고 맞아요. 저는 '자비로운 제거'에서 많은 걸 배웠어요. 하지만 당신에게 도움이 될 만한 건 아무것도 없어요. 제가 협의를 뒤집어썼던 그런 도둑질, 당신이 지금 제안하는 그런 종류의 도둑질을 잘하는 사람들은 일반적으로 압도적인 물리력을 사용해요. 그 말은, 그게 효과가 있다고 생각했다면 지금쯤 우리 방어군이 이미 물리력을 사용했으리라는 뜻이에요. 그런 일이라면 당신도 제 조언 같은 건 필요하지 않고요. 힘으로 하는 도둑질이 아니라면, 내부 공모이거나, 아니면 유물을 지키는 책임자들을 어떤 방식으로든 구워삶는 거예요. 오락물들에서 나오는 것처럼 훔쳐도 경보를 울리지 않는 신기한 능력이 있는 외계의 고대 공예품이나 엄청나게 공들여 세운 절도 작전 같은 건 없다고요." 으가 포익을 한 모금 마시고는 얼굴을 찌푸렸다. "음, 가끔은 공들여 짠 절도 작전이 있긴 한데, 그런 계획들은 거의 백 퍼센트 어딘가에서 잘못되어, 연루된 사람들이 몽땅 체포되는 결말을 맞죠."

"그럼 공들여 짠 계획은 필요 없어요." 인그레이가 차분하고 이성적으로 들리길 바라면서 반박했다. 사실은 공들인 계획을 원했다. 그녀는 티어의 지원을 원했다. 아니면 가능한 누구의 지원이라도. "그냥 실행 가능한 계획이면 돼요. 그리고 제가 못 해낸다 해도, 최소한 엄마와 아이들은 위험에서 벗어날 수 있잖아요."

"당신의 그 라크 진촌은 당신이 이런 생각 하는 걸 어떻게 생각해요?"

"지금 농담하는 거예요?" 인그레이가 손가락으로 앞에 있는 면 그릇에서 면발을 건져냈다. "으한테는 이런 얘기 한마디도 안 하죠. 아마 알면 하지 말라고 할걸요."

"알면 알수록 당신 진촌이 마음에 드는군요." 가랄이 말했다.

"제가 늘 라크 진촌과 상의했다면, 당신은 아직 '자비로운 제거'에 있을 거예요." 인그레이가 지적했다. 그리고 면발을 입에 넣고는 즉시 후회했다. 다 먹을 자신도 없는 데다 차갑고 물에 퉁퉁 분 면은 조금도 입맛을 당기지 않았지만, 그녀는 억지로 씹어서 삼켰다. "당신이 거기 있지 않아서 기뻐요."

가랄이 한숨을 쉬며 눈을 감았다. "그래도 당신은 어떻게든 할 생각이군요."

"맞아요." 인그레이는 부러 자신에 찬 소리로 말했다. "할 거예요."

16

지금 상황에서 인그레이의 이름은 화에이 행성계 방어군 우투리 선임대령이 특별히 신경을 쓸 만했다. 인그레이는 정거장 모처에 있는 작은 방에서 선임대령을 만났다. 우투리는 키가 작고 딱 벌어진 체격이었다. 딱딱한 플라스틱 벤치와 탁자, 밋밋한 베이지색 벽을 배경으로 선명하게 두드러지는 파란색과 금색이 섞인 행성계 방어군 제복을 입은 그녀는 키가 작아도 인상적인 사람이었다.

"절대 안 됩니다." 인그레이가 하려는 일을 설명하자 그녀가 말했다. "저희가 하는 일은 위험에서 민간인들을 구하는 거지, 더 집어넣는 게 아닙니다. 그리고 아주 솔직하게 말씀드리면, 제가 지금 당신을 만나고 있는 이유는 제 상관들이 당신 모친의 심기를 건드리고 싶어 하지 않아서일 뿐입니다. 개인적으로만 말씀드리자면, 지금 당신 기분이 어떨지는 이해합니다만, 인질 누구라도 구출해낼 최선의 방안은 제가 일할 수 있도록 더는 제 시간을 뺏지 않는 겁니다." 그러고는 한발 늦게 덧붙였다. "…라고 감히 말씀드립니다, 아가씨."

"하지만 선임대령님…." 인그레이가 입을 열었다.

"안 됩니다." 우투리 선임대령은 목소리를 높이지 않았지만, 인그레이의 말을 단번에 끊어내는 어조였다. "저는 당신을 만났고, 당신의 요청을 들었고, 거절했습니다. 당신은 즉각 가장 가까운 민간인 대피소로 가서 꼼짝 말고 거기 계셔야 합니다. 제가 다시 당신을 보게 되면, 당신의 모친이 누구든 상관하지 않고 체포할 겁니다. 알아들었습니까?"

인그레이는 눈물이 차오르는 걸 느꼈다. 하지만 울지 않을 것이다. 울지 않을 테다. "예, 알겠습니다."

"좋아요." 우투리 선임대령이 말하고는 돌아서서 방을 나갔다.

몇 초 후에 병사 한 명이 들어왔다. "대피소까지 모셔다드리겠습니다."

"아." 인그레이는 더 눈물을 참을 수가 없었다. 실패했다. 이제 그녀가 할 수 있는 일은 어딘가 대피소에서 알지도 못하는 사람들과 같이 기다리는 일뿐이었다. "혹시…." 그녀가 코를 훌쩍이고는 손등으로 눈물을 훔쳤다. "먼저 화장실을 좀 쓸 수 있을까요?"

"곧장 대피소로 모셔다드리라는 선임대령님의 명령입니다."

"저도 알아요. 그 전에 얼굴을 좀 씻어야 할 것 같아서요. 그리고… 있잖아요."

"화장실은 바로 뒤에 있습니다." 병사가 말했다. "저는 여기서 기다리겠습니다."

화장실은 작고 비좁았다. 인그레이는 문을 닫았다. 코를 풀고 손을 씻었다. 얼굴에 물을 좀 끼얹었다. 그건 할 수 있었다. 대피소로 가서 기다릴 수 있었다. 다른 선택지가 없었다. 그녀는 최선을 다했다.

머리핀 하나가 땡그랑 세면대에 떨어졌다. 그녀는 머리핀이 배수

구로 미끄러져 들어가기 전에 서둘러 잡았다.

언뜻 뭔가가 움직이는 듯했다. 인그레이는 주위를 둘러보았다. 위를 쳐다보았다. 검은 거미 메크 한 기가 천장에 매달려 있었다. 눈자루들이 그녀를 빤히 쳐다보고 있었다. "자, 그래서…." 메크가 나직이 휘휘거렸다. "행성계 라리움에 들어가고 싶다고요?"

인그레이는 휘둥그레 쳐다만 보았다.

"저예요, 틱 위진." 거미 메크가 말했다. "제가 라리움 근처까지 데려다줄 수 있어요. 행성계 방어군이 제때 막지만 않으면, 당신이 교환을 제안해볼 수도 있겠지요. 정말로 그렇게 하고 싶다면요. 하지만 좋은 생각인 것 같지는 않네요."

"저는 정말로 그렇게 하고 싶다고요!" 인그레이가 말했다. 바깥에서 있는 병사를 염두에 둔 아주 작은 목소리였다.

"'채무를 거부한다'와 의회종을 챙기는 문제에 관해서는 아무것도 약속할 수 없어요. 두 물건이 어디에 어떻게 있는지, 거기서 무슨 일이 일어나고 있는지 알기 전에는 계획도 세울 수 없고요. 그걸 다 확인하려면 제법 시간이 걸릴 거예요. 그러는 사이에 당신이 위험해지겠죠."

"위진 선장님!" 인그레이가 다급하게 속삭였다. "이런 얘기 하고 있을 시간이 없어요! 그냥 해야 해요!"

"좋아요." 위진 선장이 말했다. "그러면, 합시다."

행성계 라리움은 2층 높이지만 폭이 넓은 출입문들은 한 층 높이였다. 최초의 화에이 우주정거장 선체로 만들었다고 알려진 그 문들은 그을리고 갈라져 얼룩덜룩한 회색이었다. 지금 그 문들은 닫혔고, 거의 언제나 방문객들과 행인들로 붐비던, 검은색과 녹색 타일이 깔리고 천장이 높아서 소리가 울리는 라리움 앞의 넓은 공간은 비었다. 아니, 비어 보였다. 위진 선장은 화에이 행성계 방어군이 사방에 깔려 있고, 라리움의 폭이 넓은 여섯 개의 닫힌 문 뒤에는 틀림없이 옴켐의 군사용 메크들이 있을 거라 말했다.

자, 왔다. 지체할수록 위험해진다. 물론 거기 서 있는 것만으로도 이미 상당히 위험한 상황이었다.

인그레이는 숨을 크게 들이쉬었다. "나는 인그레이 옥스콜드다." 옴켐 측에 반시아어를 알아듣는 사람이 있는지 몰라서 이르어를 썼다. "나는 네타노 옥스콜드 의원의 딸이다. 자트 존하가 살해될 때 그 자리에 있었고, 정말로 무슨 일이 있었는지 너희에게 알려줄 수 있다. 아이들과 내 모친을 고이 내보내라. 그러면 대신에 내가 가겠다."

대답이 없었다. 음, 옴켐이 결국 이 거래를 받아들이게 되더라도 일단은 먼저 생각을 좀 해보고 싶을 것이다.

"옥스콜드 씨!" 라리움에서 들리는 소리가 아니었다. 뒤였다. 그녀는 고개를 돌렸다. 자그만 상자 모양의 청소용 메크가 돌돌거리며 1미터쯤 앞으로 다가오더니 멈췄다. "옥스콜드 씨, 이게 무슨 짓입니까?" 인그레이는 그냥 빤히 쳐다보았다. "선임대령님이 이런 민감한 시기에 무장한 것으로 오인될 만한 메크를 보내는 건 좋지 않다고 판단하셔서 이 메크를 보냈습니다. 저희는 옴켐의 메크들이 바로 저 문 뒤에 있다고 확신합니다. 여기는 안전하지 않습니다."

"저도 안전하다고 생각지는 않아요." 안간힘을 써도 목소리가 조금 떨렸다.

"그러면 여기서 뭘 하시는 겁니까?"

"뻔하지 않아요? 옴켐이 인질로 잡은 아이들과 제 모친을 저 자신과 교환하고 있어요. 아니, 교환을 시도하고 있지요."

"민간인 대피소에서 어떻게 나왔습니까?" 청소용 메크가 물었다. "말이 났으니 말이지만, '여기'는 어떻게 왔습니까?"

"걸어서요." 대체로 사실이었다.

"이대로 용인할 수는 없습니다. 저와 함께 우리 측 대치선 뒤로 물러나시지요. 운이 아주 좋으면 별문제 없이 끝날 수도 있습니다."

"미안해요." 인그레이는 애써 개의치 않는다는 투로 말했지만, 목소리는 여전히 떨렸다. "저는 여기 있을 거예요." 그러나 갈수록 확신이 사라졌다.

"그렇다면 붙잡아서라도 데리고 나가야겠네요."

"아, 그거 뉴스에 나오기에 딱 좋아 보이지 않아요? 행성계 방어군이 저를 거칠게 몰아내는 거죠. 제가 바라는 건 어린아이들을 구출하는 것뿐인데 말이죠. 그리고 제 엄마를요!" 마지막 순간에 목소리가 갈라졌지만, 그녀는 억지로 눌러 삼켰다. 지금 균형을 잃는다면, 울거나 소리를 지른다면 완전히 무너져버릴 게 뻔했다.

'행성계 방어군이 당신을 끌어내려 할 거예요.' 위진 선장이 말했었다. '완강해야 해요. 그 말은, 그사이에 마음이 바뀌지 않는다면 말이에요. 저도 그들을 막을 방안을 찾아볼게요.' 하지만 위진 선장은 그녀를 타일이 깔린 이 텅 빈 광장에 데려다주고 떠났다. 게다가 그가 행성계 방어군을 상대로 무슨 일을 할 수 있을지 짐작도 가지 않았다.

"언론에 이런 얘기를 할 수 있을 것 같습니까?" 청소용 메크가 지적했다.

"그럼 제가 어쩌는지, 어디 한번 해보시죠." 인그레이가 말했다.

청소용 메크가 조용해졌다. 인그레이는 고개를 돌려 닫힌 라리움 출입문을 쳐다보았다. 눈을 감고 싶었지만, 어지러워서 자칫 눈을 감았다가는 쓰러질까 두려웠다. 대신에 그녀는 호흡을 세었다. 우주복에 갇혔을 때도 효과가 있었으니, 여기서도 공황 발작을 일으키지 않는 데 도움이 될 것이다.

인그레이는 화에이 통신망과 연결을 끊고, 시간을 확인하지 않았다. 그러나 아마도 5분쯤 지났을 때, 청소용 메크가 말했다. "선임대령님께서 귀하에게 어떤 일이 생겨도 자신은 책임지지 않는다는 점을 고지하라고 하십니다."

"당연히 그렇지요." 인그레이가 계속 라리움 문을 쳐다보면서 대답했다.

"그리고 귀하가 이 상황에서 살아남는다면, 재판정에서 보게 되실 거라고 합니다."

재판이라… 음, 당연하다. 그녀는 행성계 방어군의 작전을 방해하는 중이었다. 하지만 그건 중요하지 않았다. 중요한 건 라리움에 들어가는 것이었다. 네타노와 아이들을 구출하는 것이었다. 그리고 운이 아주 좋다면, 유물까지도. "기대할게요." 애써 말은 했지만, 그다지 확신에 찬 어조는 아니었다. 그녀는 청소용 메크가 뭔가 더 하기를 기다렸다. 마음을 바꾸도록 그녀를 설득한다든가, 가까이 다가와 물리적으로 끌고 가려 한다든가. 하지만 메크는 아무 일도 하지 않았다. 몇 분 후, 메크가 돌돌거리며 멀어지는 소리가 들렸다. 그러고는, 정적만이 남았다.

혼자였다. '저는 같이 갈 수 없어요.' 위진 선장이 말했었다. '옴켐이 제가 있다는 기미만 알아채도 당신 생명이 위험해질 거예요. 저는 안으로 들어갈 저만의 방법을 찾아야 해요.' 지금 그는 아마 그 일을 하고 있겠지.

시간이 더 지나자 계속 떨면서 서 있느라 피곤했던 그녀가 조심스럽게 바닥에 앉았다. 옴켐이 제안을 받아들이지 않으면 어쩌지? 지금껏 한 일이 전부 헛수고가 되면?

그건 중요하지 않았다. 혼자 여기 나와 앉아 있는 스스로가 어리석게 느껴지고 겁이 나는 건 중요하지 않았다. 게다가 어쨌든 머리핀들은 제자리에 있었다. 예사롭지 않은 일이었다. 물론 계획이라 부를 수도 있을 얘기를 나누는 동안에 거미 메크가 꽂아준 덕이었다.

그녀는 더 참지 못하고 눈을 깜박여 시간을 확인했다. 여기 온 뒤로 거의 2시간이 지났다. 다시 눈을 깜박여 정보를 지웠다. 째깍째깍 숫자가 바뀌는 걸 바라보고 있을 이유가 없었다.

찰칵 소리와 함께 커다란 라리움 문이 빼꼼히 열렸다. 그리고 이국 억양이 두드러지는 이르어가 들렸다. "교환을 하겠다. 너는 아무것도 가져와서는 안 된다. 몸수색이 있을 것이다. 일어서라."

천천히, 그리고 조심스럽게 인그레이가 일어섰다.

문이 조금 더 열리고, 천천히 한 줄로 선 아이들이 나왔다. 구겨진 베이지색 튜닉과 바지를 입은 아이들이 스무 명이 넘었다. 공립보육원 아이들이었다. 정거장에 있는 보육원 같았다. 아이 몇이 아주 어렸기 때문이었다(뺨에 눈물 자국이 난 데다 코를 훌쩍이고 있었다). 정거장에 있는 보육원은 장거리 여행을 할 필요가 없기 때문에 아주 어린 아이도 행성계 라리움 견학에 참가했다.

어린아이 하나가 고개를 돌려 코를 훌쩍이면서 인그레이를 쳐다보았다. 뭔가 말하려는 듯이 입이 벌어졌다. 뒤에 선 조금 큰 아이가 쉿 소리를 냈다. "쉿! 계속 걸어!" 나직하고 긴박한 목소리였다. 하지만 큰 아이도 눈물이 그렁그렁했다.

베이지색 원복을 입은 아이들 뒤로 네타노가 나왔다. 지난 며칠 동안 라리움에 갇혀 있었으면서도 그다지 흐트러진 모습은 아니었다. 치마와 재킷이 약간 주름지고 구겨졌을 뿐, 땋은 머리에서는 머리카락 한 올도 삐져나오지 않았다. 인그레이는 막 튀어나오려는 '엄마'라는 외침을 꾹 눌러 참았다. 네타노는 어떤 식으로든 얘기를 들은 듯이 나오자마자 인그레이를 똑바로 쳐다보았지만, 온화하고 중립적인 표정에는 아무 변화가 없었다. 걸핏하면 양심의 가책을 느끼곤 했던 어릴 때의 인그레이였다면, 그 표정을 보고 진저리 쳤을 것이다. 나이가 든 지금은 그 표정이 비단 분노와 실망뿐이 아니라 네타노가 숨길 필요가 있는 여러 종류의 강렬한 감정을 숨긴 얼굴임을 알았다.

"이제 교환이다." 문 뒤의 목소리가 우렁차고 단조로운 이르어로 말했다. "앞으로 나와라. 조금이라도 이상한 짓을 하면 쏘겠다." 네타노는 옴켐 쪽을 돌아보지 않고 걸어나왔다.

인그레이는 옴켐이 자신을 손에 넣기도 전에 아이들을 내보낸 이유가 문득 궁금해졌다. 하지만 그런 생각을 하고 있을 틈이 없었다. 그녀는 모친을 마주 보며 걸었다.

네타노 뒤로도 아이들이 나왔다. 이번에는 줄이 좀 짧았다. 다들 여덟이나 아홉 살쯤은 되어 보였다. 인그레이는 그들이 입은 파란색과 노란색이 섞인 원복을 알아보았다. 당연했다. 네타노는 라리움에서 아사몰 지역 보육원 아이들과 만나고 있었다. 인그레이가 있던 보육원이었다.

그들은 천천히, 똑바로 서로를 향해 걸었다. 중간에서 네타노와 만나기 몇 걸음 전에 인그레이는 그만 참지 못하고 입을 열었다. "엄마." 그녀는 울지 않을 것이다. 절대로 울지 않을 것이다.

"인그레이, 얘야." 네타노가 가까워지면서 말했다. "이 일은 잊지 않으마."

'이 일은 잊지 않으마.' 등골을 타고 한기가 흘렀다. 네타노가 한 그 모호한 말 때문인지, 아니면 그 말로 인해 자신이 지금 무슨 짓을 하고 있는지 깨달았기 때문인지 알 수 없었다.

그렇게 네타노가 지나가고, 인그레이는 아이들을 지나쳐 계속 걸었다. 다들 인그레이에게 시선을 돌렸지만, 고개를 돌리거나 꾸준히 앞으로 내딛는 발걸음을 주저하는 아이는 없었다.

라리움 문 뒤에는 폭이 넓은 상자형 몸체에 관절이 있는 다리가 네 개 달리고, 위쪽에 달린 세 개의 팔 중 하나가 커다란 총이 든 몸집이 큰 진회색 메크 한 기가 서 있었다. 하지만 인그레이는 네타노와 똑같이 온화하고 중립적인 표정을 유지할 수 있었다. 음, 네타노와 '거의' 똑같았다. 인그레이는 아무리 해도 모친처럼 확고하게 표정을 통제하지 못하는 듯했다. 하지만 그건 중요하지 않았다. 그녀는 모친이 될 필요가 없고, 네타노가 되지도 않을 것이며, 될 수도 없을 테니까. 그녀는 그저 인그레이 옥스콜드일 뿐이지만, 그녀에겐 이 옴켐인들이 원하는 뭔가가 있었고, 그게 이 사태에서 아이들을 구해냈다. 네타노도 구했다. 그러니 이제 네타노는 후계자를 지명하여 자기 이름을 계속 물려줄 수 있게 되었다. 다나크를 위해서 한 일은 아니지만, 인그레이는 다나크가 지금부터 인생의 모든 순간마다 인그레이에게 얼마나 큰 빚을 졌는지 의식하기를 바랐다.

안쪽으로 들어가니 메크 두 기가 더 기다리고 있었다. 전임 라리움 관장들의 기념물을 지나고, 라리움 개관 당시의 제1의회 의장이 아마포에 직접 손으로 쓴 라리움 헌장을 지났다. 돈을 내면 일련번호와 날짜가 적힌 입장권을 인쇄해주는 판매기도 지났다. 인그레이는 문득 지금 판매대에서 입장권을 사면, 이 커다란 무장 메크들이 가만히 둘까 의아해졌다. 이런 경우의 기념물이라면 분명 가치가 상당할 것이다. 다나크라면 상당한 돈을 주고 얻으려 할 것이 분명했다. 게다가 개인적인 흔적이 있으면 가치가 더 커진다. 입장권에 서명을 하는 거다. 옴켐인들의 서명도 받고. 그녀는 이 커다란 회색 군사용 메크가 한 손에는 얇은 종이쪽을, 다른 손에는 붓을, 또 다른 손에는 거대한 총을 든 모습을 상상했다가 터져나오는 웃음을 참으려 입술을 깨물어야 했다. 아니면 터지는 울음을 참기 위해서였을까? 위진 선장도 서명을 해야겠지. 거미 메크의 흔적은 어디서도 보이지 않았다. 하지만 아니야, 그는 들어오는 다른 길을 찾겠다고 했다.

판매대 옆 구석에 파란색과 보라색이 섞인 막대기와 상자들이 뒤죽박죽으로 잔뜩 쌓여 있었다. 아니, 그건 박살이 난 여섯 대 또는 그 이상의 라리움 안내 메크들이었다. 원격으로 조종되는 종류의 메크로 보이지는 않았지만, 옴켐인들은 여지를 조금도 남겨두지 않으려 했던 듯했다.

"인그레이 옥스콜드 씨." 기다리고 있던 메크 한 기가 말했다. "이쪽입니다." 거의 알아들을 수 없을 정도로 이국 억양이 강한 반시아어여서 인그레이는 이상하다고 생각했다. 앞서 지시하던 메크는 이르어로 말했고, 그녀가 지금껏 만난 옴켐인들도 전부 이르어로 얘기했지 반시아어를 쓰는 경우는 거의 전무했다.

하지만 그런 것들은 중요하지 않았다. 그녀는 입구에 있던 메크가 따라오는지 돌아보지 않고 그 말에 따랐다.

그 메크는 곧장 그녀를 라리움의 중앙 전시실로 데려갔다. 길고 넓은 방인 라리움의 진녹색 벽에는 종이와 아마포와 점토 타일 판들이 걸렸고, 그 사이사이 또는 긴 방 여기저기에는 벽에 걸 수 없는 종류의 유물들이 놓였다. 컵들, 서바트 병들, 목걸이가 한두 개, 샌들 한 켤레도 있었다. 유물은 모두 전시대 위 유리 상자에 들어 있었다.

전시실 저쪽 끝에 놓인 길고 낮은 섬록암 전시대 위 투명한 상자

안에 '더 이상의 채무를 거부한다'가 길게 걸려 있었다. 긴 방을 따라 걸어가는 이 각도에서는 옆면밖에 보이지 않았지만, 거기 적힌 글귀가 저절로 떠올랐다. '우리 화에이는 인민의 대표들이 결집하여 이 문서로….' 중요한 건 그 글이지, 그렇지 않은가? 가랄의 말대로 여기 걸린 이 문서가 가짜라 해도 말이다.

유물들이 가득 차 있는데도, 그리고 어린아이들도 이해할 수 있도록 안내판과 알림판이 가득한데도, 화에이 통신망에 연결돼 있었다면 유물에 겹쳐져서 보였을 문자와 영상 정보가 없으니 그 긴 방이 이상하게 텅 비어 보였다. 인그레이는 자기도 모르게 그 정보들을 불러오려고 눈을 깜박였지만, 당연히 아무 일도 일어나지 않았다. 이곳에 들어오기 전에 스스로 연결을 끊기도 했지만, 뉴스를 통해 라리움 안에 있는 인질들에게서 나오는 데이터가 전혀 없다는 사실을 알고 있었다. 분명 옴켐인들이 어떻게 해서든 통신을 막았을 것이다.

거기에 메크 다섯 기가 있었다. 이미 본 것과 같은 메크 두 기가 양쪽 입구에 하나씩 서 있었고, 방 중앙에 세 번째 메크가 담황색 바닥에 앉은 두 사람을 지키며 서 있었다. 인그레이는 두 사람 중에서 뚱뚱하고 머리가 하얗게 센 진성을 곧바로 알아보았다. 제1의회 의장인 디카트였다. 으보다 훨씬 젊어 인그레이와 나이 차가 크게 나지 않아 보이는 두 번째 인물은 더 날씬하고 앉은 것만 봐도 키가 더 클 것이 분명했다. 음… 그 사람을 '여성'이라고 판단하는 데 잠시 시간이 걸렸다. 맞았다, 그녀는 선임 탈(脫)티어기 유물 관리자의 지명 후계자였다.

'채무를 거부한다' 전시 상자의 끄트머리쯤에 기계라기보다는 인간에 가까워 보이는 좀 작은 메크 두 기가 서 있었다. 인그레이가 다가가자 둘이 그녀 쪽으로 돌아섰다. "인그레이 옥스콜드 씨." 하나가 말했다. "그 자리에 서십시오." 반시아어였다.

인그레이는 멈췄다. 인간에 가까운 메크 두 기 중 조금 작은 쪽이 그녀를 향해 걸어왔다. 움직임이 전혀 메크 같지 않았다. 그녀는 그게, 둘 다 메크가 아니라는 걸 깨달았다. 둘은 진회색 방탄장비를 두른 인간이었다. 옴켐인들이 대체로 그렇듯이 그 둘도 인그레이가 늘 보던 사람들보다 훨씬 키가 큰 데다, 방탄장비가 위협적인 부피까지 더해주었다.

저쪽에서 방탄장비를 두른 두 번째 사람이 알아들을 수 없는 무슨 말을 했다.

"인그레이 옥스콜드 씨." 첫 번째 사람이 여전히 반시아어로 말했다. "머리핀을 뽑아주시겠습니까?"

"알았어요." 인그레이가 대답했다. 목소리가 한치도 흔들림이 없어서 내심 기뻤다. 그녀는 머리핀을 다 뽑아서 내밀었다. "이건 어떻게 할까요?"

저쪽에 선 사람이 다시 무슨 말을 했다. 인그레이는 그게 무슨 언어인지 짐작이 가지 않았다.

"바닥에 놓아주세요, 인그레이 씨." 가까운 사람이 말했다. "그리고 뒤로 물러나세요."

그녀는 허리를 굽혀 머리핀들을 바닥에 놓았다. 그녀에겐 화에이 통신망 없이도 쓸 수 있는 고만고만한 여행용 통역기가 있었다. 티어시일라스에 있을 때 몇 번 사용했었다. 아주 좋은 건 아니었고, 사전을 갱신할 기회도 없었지만, 아직 쓸 수 있을지 몰랐다. 잘하면 이게 무슨 언어인지 알아낼 수 있었다. 어쨌든 없는 것보다는 나을 테지.

저쪽에 선 인물이 머리핀 무더기를 쳐다보더니 말했다. "밟아서 부숴라." 인그레이의 귀에서 단조로운 음성이 말했다.

가까이 있는 인물이 허리를 굽혀 머리핀을 줍는데, 방탄장비를 두른 손에서 머리핀 세 개가 굴러떨어졌다. "어처구니없다." 그 사람이 말했다. 어쨌든, 통역기가 통역한 바로는 그런 말이었다. 그 사람의 손을 덮은 방탄장비가 팔 부분 어딘가로 쏙 들어가며 사라졌다. 그러고는 그 사람이 팔을 들어 머리통, 아니 헬멧을 벗었다. 흰 피부에 무성한 검은 머리카락, 온화한 표정을 한 남성이 나타났다. "저 군인들은 대체 이런 걸 두르고 어떻게 사는지 모르겠네요." 그리고 저쪽에 선 인물이 못마땅한 듯한 소리를 지르자 그쪽에 대고 말했다. "쳇, 사령관. 없는 것은 너의 입이다. 나는 군인을 결석한다." 그가 맨손으로 머리핀들을 움켜쥐고 서서 인그레이를 보고 씩 웃었다. "잠시 실례합니다, 인그레이 씨. 여기 가만히 계세요." 그러고는 가까운 입구에 선 메크에게 갔다. 메크의 넓적한 몸체 옆판이 앞으로 열리자 그는 그 안에 머리핀들을 넣고는 판을 밀어 닫고 인그레이에게 돌아왔다. "무서워하지 마세요. 이게 꼭 불쾌해야 할 필요는 없잖아요."

"저는 안 무서웠어요. 그 말씀을 하시기 전까지는요." 인그레이가 대답했다.

그가 나직이 '허' 소리를 냈다. 확실히 웃음은 아니었다. "사령관님과 저는 몇 가지 논의해야 할 것이 있어요. 하지만 질문 하나 해도 될까요?" 그가 '채무를 거부한다'를 가리켰다. "저게 진짜라고 생각하세요?"

"저… 저는 늘 진짜라고 생각했는데요." 제1의회를 통제할 수 없게 된 옴켐 군대가 화에이의 가장 중요한 유물들 쪽으로 관심을 돌릴 거라는 짐작을 이처럼 금방 확인하게 되다니 기뻐해야 마땅한 일이었다. 가랄이 그런 말을 했어도, '채무를 거부한다'는 여전히 이 행성계에서 가장 중요한 유물이라 할 수 있었다.

그가 사령관 쪽으로 몸을 돌렸다. "지각한다. 내 입으로."

"보통은 그대로다." 사령관이 말했다. "보통은 아니다. 관심은, 논지가 의장이라는 점이다. 의심이 요구되고 수준이 낮아졌다. 나는 다른 데를 보기를, 이론을 세운다."

"그대로네요." 인그레이와 대화했던 남자가 반시아어로 말했다. "며칠 전에도 불충분했고, 이번에도 불충분해요."

"당신은 누구세요?" 인그레이가 남성에게 물었다. "그리고 왜 이런 일을 하세요?"

"저는 첸스입니다. 저는 음… 민족지학자(民族誌學者)라고 할 수 있겠군요. 화에이 문화를 전공했고요. 그리고 저분은…." 그가 방탄장비를 두른 다른 인물을 가리켰다. "핫커반 사령관입니다. 그리고 우리가 여기서 무얼 하고 있느냐니, 다른 사람도 아니고 당신이 그런 질문을 하는 게 놀랍군요, 인그레이 씨. 저는 자트 존하를 압니다. 그녀를 아주 좋아했다고는 말할 수 없지만요. 그녀는 상당히 오만했고, 자기보다 열등하다고 판단한 이들을 무시했어요. 그리고 말도 안 되는 어리석은 역사이론을 맹신했지요. 솔직하게 말씀드리자면, 혹시라도 그게 그럴듯하게 들릴까 싶어서 '이론'이란 단어를 쓰는 것도 망설여지네요. 그녀는 그 말도 안 되는 발상들을 떠들고 다녔고, 그걸 증명하기 위해 시간과 값비싼 자원을 투자하라고 다른 이들을 설득하거나 강요했지요. 하지만 그렇다고 해서 죽어 마땅하지는 않습니다."

"맞아요." 인그레이는 동의했다. "하지만 이건 사실 그녀 때문에 벌어진 일이 아니잖아요. 무엇보다, 자트 존하는 며칠 전에 죽었는데, 당신이 타고 온 우주선은 몇 주 전에 출발했겠죠. 그리고 또 하나, 자트를 죽인 사람은 그녀의 인척인 헤봄이에요. 화에이 사람은 아무도 그 일과 관련이 없어요. 제 모친의 집에 머물렀던 그 둘 간의 문제였죠."

"그리고 헤봄 존하가 저지르지도 않은 살인 혐의로 비난을 받아서는 안 되고요." 첸스 존하가 마치 인그레이의 얘기를 못 들은 듯이 말을 이었다. "당신네 행성계 안전청이 자트 살해 건으로 팔라드 부드라킴을 체포했어요. 어느 쪽이 더 그럴듯할까요? 탈주한 범죄자와 그녀를 만질 수도 없고 '말'도 걸 수 없는 인척 중에서요. 그리고 그 고대유리가 당신들한테는 그저 귀찮은 물건이거나 그냥 신기한 것, 아니면 건축 자재일 뿐이지만, 자트가 주장한 그 유리의 기원에 관한 이상한 이론에 모종의 정치적인 함의가 담겨 있었다는 건 알아요. 화에이인 대부분이 불쾌하게 생각할 함의였죠."

"맞아요." 인그레이가 동의했다. "그녀는 화에이가 원래 옴켐의 고향이었다는 걸 증명하고 싶어 했죠. 적어도 그녀와 관련된 일부 옴켐인들의 고향이었다고요. 저도 알아요. 그녀가 말해줬어요. 하지만 그건 말씀하신 대로 엉터리 이론이었어요. 이 행성에 있는 고대유리 덩어리를 모두 파낸다 해도 그걸 증명할 수는 없었어요."

"그녀는 무얼 찾아내든 자기 입맛대로 갖다 붙였을 거예요." 첸스가 대답했다. "그러면 옴켐 연합 안에서 반향이 돌아왔겠죠. 제 말을 믿으세요, 인그레이 씨. 문제는 언제나 옴켐 연합 내부의 잠재적 동지들에게 확신을 주는 것이었어요. 화에이인들을 납득시키는 것이 핵심이었던 적은 없어요. 자트는 자신이 원하는 것을 어디서 얻을 수 있을지에만 신경을 썼지, 화에이인들이 무슨 생각을 하는지에는 관심이 없었어요. 당신의 모친이 자트를 집으로 초대했을 때 그걸 몰랐을 리도 없고요."

그랬다. 인그레이도 그렇게 생각했다. 모친은 무슨 짓을 하고 있었던 걸까? 그러나 공원을 파헤쳐보면 그 이론이 거짓이라는 사실이 자명하게 드러날 것을, 발굴을 못 하게 막아봐야 자트가 음모론을 더욱 신나게 떠들고 다니게 만드는 결과밖에 되지 않았을지도 모른다. "제 말을 들어봐요." 인그레이가 말했다. "저는 그날 거기에 있었어요. 자트가 죽을 때 거기 있었다고요. 그녀는 언덕 위로 올라갔어요. 강으로 이어지는 고대유리들을 한눈에 볼 수 있는 언덕인데, 당신도 알 거예요. 에스웨이 공원을 찍은 사진마다 나오니까요. 그녀는 작은 우토한테 표면에서 찾을 수 있는 걸 뭐든 찾아보라고 지시하고는 전반적인 상황을 조망하려고 거기로 올라갔을 거예요." 표면에서 찾을 수 있는 건 대단히 적었을 테지만 말이다. "그녀는 언덕 위로 올라가서 앉아 있었고, 점심때가 될 때까지 아무도 그녀 근처에 가지 않았어요. 점심시간이 되어서 제가 데리러 갔죠. 메시지에 답이 없었으니까요. 그리고 그녀는…." 인그레이가 말을 멈추었다. '그리고 그녀는 죽어 있었죠.' 첸스가 말없이 그녀를 쳐다보았다. "가랄은… 팔라드 부드라킴은 내내 저와 같이 있었어요. 아, 저는 그때 으가 팔라드인지 몰랐어요. 아무튼 으가 메크를 조종했다는 얘기는 하지 마세요. 아니었으니까요. 으는 줄곧 저와 얘기를 나눴고, 언덕 위로 올라간 메크는 우토밖에 없었어요. 가랄에겐 옴켐 연합에서 제조한 메크를 조종할 수 있는 삽입장치가 없어요. 근처에서 그걸 갖고 있던 유일한 사람은 헤봄이었죠. 그리고 근처에서 자트를 죽도록 미워한 사람도 헤봄뿐이었어요. 저는 그 자리에 있었어요."

첸스는 미간을 살짝 찌푸리고는 말없이 그녀를 쳐다보기만 했다.

"그녀는 대체 왜 헤봄을 데려왔을까요? 그들은 서로 얘기도 못 하잖아요. 말이라도 나눌 수 있는 조수를 데려오는 편이 나았을 거예요. 그녀에게 그렇게 적개심을 느끼지 않을 사람을요."

첸스가 얼굴을 찌푸렸다. "사실, 자트가 그를 동행시킨 건 잔인한 처사였죠. 그 잔인함의 정도는 당신이 이해하는 수준을 뛰어넘을 겁니다. 헤봄의 손위 친척들 일부가 정치적 사안이라고 해야 할 어떤 일 때문에 자트 가문을 공공연하게 무시한 적이 있어요. 그러니까… '인척질'이라는 것이 있어요." 그가 사용한 단어는 이르어에다 잘 어울리지 않는 음절을 덧붙인 기괴한 신조어였다. "그에 따른 갈등을 해소하려는 조치가 있었는데, 자트는 최선을 다해 그 조건들을 헤봄의 가문을 욕보이는 쪽으로 적용했어요. 헤봄은 그에 항의하는 실수를 저질렀고요. 자트는 헤봄과 그의 친족들에 대한 일종의 질책으로 그에게 동행을 종용했어요."

"저한테는 그게 헤봄의 살해 동기로 들리는데요." 인그레이가 말했다. "그리고 일단 그녀를 죽이기로 결심하고 나면, 무고한 화에이인에게 살인 혐의를 덮어씌우기는 쉬웠겠죠. 무엇보다, 우리는…." 헤봄이 뭐라고 표현했더라? "무지하고 미개한 데다, 우리의 법률 체계는 장난이니까요. 지금 보니, 우리 목숨도 그런 거 같지만요."

첸스가 한숨을 쉬었다. "저라면 팔라드 부드라킴이 무고하다고 확언하지는 않겠습니다."

"으의 이름은 이제 가랄 케트예요. 그리고 으는 자트를 죽이지 않았어요. 제가 거기 있었다고요." 그리고 어찌 됐든 그게 요점이 아니었다. 옴켐은 가랄을 데려갈 수 없었다. 가랄이 지금은 게크이기 때문이었다. 그리고 이 모든 일이 자트나 헤봄 때문에 생긴 일도 아니었다. 이 사람들은, 그러니까 이 메크와 군인들은 뭔가 일이 일어나기도 훨씬 전에 엔덴-화에이 관문을 통과했다.

자트가 죽고 헤봄이 살인 혐의를 받으리라는 걸 누군가가 미리 알지 않고서야 불가능한 일이었다.

"아직도 이해를 못 하시는군요." 첸스가 말했다. "당연히 못 하시겠죠. 헤봄 같은 위치에 있는 사람에게 자트를 살해하는 건 그야말로 생각지도 못할 일입니다. 이걸 설명하려고 해봤자, 당신은 이해하지 못할 거예요. 당신네 가족 제도는 그렇게 되어 있지 않으니까요. 가령… 누군가가 자기 양육자를 죽인다고 생각해보세요."

"누군가는 그걸 생각지도 못할 일이라고 부르겠지요." 인그레이가 대답했다. "저도 대체 어떤 종류의 인간이 자기 양육자를 죽일지 상상조차 못 하겠어요. 하지만 그런 일은 일어나요."

첸스가 어깨너머로 여태 방탄장비를 두르고 있는 사령관을 돌아보더니 다시 인그레이 쪽을 향했다. "인그레이 씨, 당신은 자트의 죽음에 연루되었기에 여기 있는 겁니다. 그러지 않았다면 핫커반 사령관님은 절대 교환에 응하지 않으셨을 거예요. 그 건에 관해서는 사령관님이 당신과 직접 얘기하실 겁니다. 지금은 아니고요. 당장은 더 급한 일들이 있으니까요. 하지만 곧 할 거예요. 그녀는 반시아어를 전혀 못 합니다." 그 정도는 인그레이도 벌써 짐작했다. "그리고 이르어도 썩 잘하지 못해요. 상당히 괜찮은 통역 장치가 있긴 하지만 사령관님은 그걸 그다지 신뢰하지 않아요. 그래서 그녀가 필요하다고 판단하면, 제가 통역을 위해 배석할 수도 있습니다."

"사령관님도 자트의 친척인가요?" 인그레이는 최대한 천진무구한 태도로 물어보았다.

"아니요." 첸스가 말했다. 인그레이가 감지한 건 원통함일까? "그녀는 헤봄의 친척이에요. 당신이 자기… '사촌', 제가 보기엔 이게 최선의 번역 같네요. 사촌을 끌어들이는 걸 사령관님은 고마워하지 않을 겁니다. 당신이 자기 사촌 이름에 먹칠하는 걸 달가워하지도 않겠죠."

"사령관님은 이 임무를 위해 특별히 선발되었나요?" 인그레이가 물었다. "정말이지 너무나 놀라운 우연이네요."

인그레이로서는 정확하게 읽을 수 없는 어떤 반응이 첸스의 얼굴을 스쳤다. 하지만 그는 별다른 말은 하지 않았다. "인그레이 씨, 가서 다른 사람들과 같이 앉아 계세요."

"누가 이번 일을 계획했는지는 모르겠지만, 헤봄이 어떻게 되는지는 그다지 신경 쓰지 않았네요." 인그레이가 말했다. "헤봄에게 빼내주겠다는 약속을 했겠지만, 애초에 그런 일을 맡길 때는 좀 더 쓸 만한 자원들도 줬어야 하지 않아요?" 이게 오락물이었다면, 어디에선가 헤봄에게 유리한 위조 증거가 나왔을 것이다. 칼에서는 남의 지문이나 DNA가 나오고, 통신망에서는 다른 사람이 범인임을 암시하는 메시지들이 나올 것이다. 그래도 오락물은 오락물이니 결국은 행성계 안전청이 사건을 제대로 해결하겠지만 말이다. 옴켐 연합이 충분히 계획을 세웠다면 다는 아니더라도 그중 몇 가지는 시도할 수 있었을 것이다. 헤봄에게 그럴 만한 가치가 있다고 판단했다면 말이다. 보아하니 아니었던 모양이지만.

"가서 앉아요, 인그레이 씨." 첸스가 다시 말했다. "위협이라는 수단을 쓰고 싶지는 않습니다."

"괜찮아요, 존하." 인그레이는 모든 의지력을 그러모아 억지웃음을 지으며 말했다. "사령관님과 병사들이 기꺼이 당신을 대신해서 위협해줄 테니까요." 그러고는 여전히 웃으며 그로부터, 그리고 '채무를 거부한다'로부터 돌아서서 서두르지 않고 다른 화에이인 두 명이 앉은 곳으로 걸어갔다. 무섭지 않다거나 위협해도 소용없다는 인상을 주고 싶어서가 아니라, 자칫 너무 빨리 움직였다간 공황 발작을 일으켜 마구 달리게 될 것만 같아서였다. 그리고 신중히 움직일수록 무서워서 덜덜 떠는 걸 그나마 잘 숨길 수 있었다.

17

인그레이는 옆에 버티고 선 다리가 네 개 달린 무장 메크를 짐짓 무시하며 제1의회 의장과 선임 탈티어기 유물 관리자 사이에 앉았다. 젊은 유물 관리자가 그녀를 힐끗 보고는 고개를 돌려 골똘히 앞을 쳐다보았다.

"음." 디카트 의장이 말했다. "네타노는 잘 벗어났군. 그리고 직접 아이들을 각 보육원으로 안전하게 데려다주겠지. 놈들은 이제나저제나 그 애들을 내보낼 기회만 엿보고 있었던 것 같아. 애들은 울고 훌쩍거리고 몇 분마다 화장실에 가야 하는데, 당연히 놈들은 애들이 사방으로 돌아다니도록 그냥 놔둘 수 없었지. 저기 있는 사령관이 무자비한 사람이 아니라서 다행이야. 무자비한 사람이었다면, 살려두는 수고를 보상해줄 영향력 있는 가문 같은 것도 없는 애들이니 그냥 쏴버렸을 거야. 하지만 네타노는 언론 앞에서 영웅 행세를 하게 되겠고, 만약 너한테 무슨 일이라도 생기면 확실히 선거철에 동정표를 좀 얻겠지. 네가 그녀의 친자식일 리는 당연히 없을 테고, 그녀의 사촌이나 유력한 지지자가 보낸 입양아도 아니겠지. 공립보육원 출신 아이만이 이렇게 쉽게 희생되니까. 아니면 이처럼 기꺼이 희생에 동조하려 하거나. 달리 갈 데가 없는 애들은 그런 애들뿐이니까 말이야."

'이렇게 쉽게 희생되니까.' 음, 그건 사실이었다. 인그레이도 그 정도는 어릴 때부터 알았다. '이 일은 잊지 않으마', 모친이 말했다. 인그레이는 그녀가 진심이었다는 걸 알았다. 또한 네타노는 인그레이가 여기 있다는 사실에서 얻을 수 있는 정치적 이점이란 이점은 모조리 짜내리라는 것도 알았다. 인그레이가 살든 죽든 말이다.

인그레이는 이 의심할 여지 없이 의도된 모욕에 항의하고 싶었다. 그리고 보육원 아이들에 대한 경멸적인 평가에 대해서도. 하지만 뭔가 분노에 찬 말을 하려고 입을 열었다가는 소리를 지르거나 울음을 터뜨릴 것만 같았다. 대신에 그녀는 최대한 다정하게 말했다. "이렇게 뵙게 되어 반갑습니다, 의장님." 그러고는 입에서 튀어나오려는 모든 말을 억누르고 입을 다물었다.

인그레이의 다른 쪽에 앉은 유물 관리자가 소리 없이 울기 시작했다. 몇 분이 지나자 디카트 의장이 딱딱거렸다. "아, 징징거리지 좀 마. 넌 아이들만큼이나 형편없어. 울어봐야 축축해지고 다른 사람들을 성가시게만 하지, 아무 소용도 없어."

인그레이는 유물 관리자 쪽으로 몸을 기울였다. "저는 인그레이 옥스콜드예요. 전에 한두 번 뵌 적이 있는 거 같은데요."

"저는 니케일 타이예요." 젊은 여성이 말했다. "그리고 전 일부러 우는 게 아니에요."

"저도 울고 싶어요. 우리가 다 같이 펑펑 울면 방이 물에 잠겨서 메크들이 전기 단락을 일으킬지도 모르죠." 인그레이는 그런 말이 어디서 나왔을까 싶었다. 그냥 불쑥 머릿속에 나타나 곧장 입 밖으로 나와버렸다. 어쩌면 곧 죽을 거라 생각해서였는지도 몰랐다. 아니, 어쩌면 위진 선장이 이곳으로 들어오리라는 걸, 어쩌면 지금 여기 있을 수도 있다는 걸 알아서였는지도 몰랐다.

니케일이 약하게 떨리는 '하' 소리를 냈다. 눈물이 계속 떨어졌지만, 손등으로 눈을 훔쳤다. "눈물이 어느 정도 차오르기도 전에 공기 관리 기능이 대기 중 수분을 몽땅 빨아들일 거예요. 습기는 유물들에 안 좋으니까요."

"그럼 다른 계획이 필요하겠네요." 인그레이가 말했다. 공포로 머리가 어질어질해져서일까, 자신이 왜, 또는 어떻게 이런 말을 할 수 있는지 여전히 아리송했다. "어쩌면 이놈들 바로 위에서 울어야 할지도 모르겠어요." 한쪽 팔에 총을 거머쥔 메크가 그들 위로 솟아 있었다. "너 방수야?" 인그레이가 물었다. 메크는 아무 말이 없었다. "분명 그렇겠지."

"방수가 안 되는 메크를 데리고 전쟁에 나가는 건 좀 바보 같다고 봐야죠." 니케일이 동의했다. "양동이와 호스만 있으면 물리칠 수 있잖아요."

"아, 입 좀 닫아주겠나?" 디카트 의장이 딱딱거렸다.

니케일은 다시 눈물이 글썽해졌다. 디카트 의장은 내내 이런 식으로 그녀를 몰아세우고 있었을까?

유권자들로부터 널리 존경받는 디카트 의장은 어떤 사안이든 이리저리 재거나 외교적으로 처신하려 애쓰는 대신 평이한 표현을 써서 직접적으로 말하기로 유명했다. 하지만 인그레이는 외교적 수완을 효과적으로 발휘하지 못하는 사람은 절대 의장이 될 수 없다는 사실을 잘 알았다. "많이 불편하세요, 의장님?" 인그레이가 물었다. 그녀는 머리 위에 버티고 선 군사용 메크를 올려다보았다. "대체 당신들은 생각이 있는 거예요?" 그녀가 이르어로 딱딱거렸다. "이 불쌍하고 기력 없는, 나이 든 진성을…."

"기력이 없다니!" 분개한 디카트 의장이 끼어들었다.

"이렇게 쿠션도 등받이도 없이 바닥에 앉히다니. 벤치라도 가져다줄 수 있잖아요!" 인그레이는 의장의 반발을 무시하며 말을 이었고, 메크는 아무 반응을 하지 않았다. "당신 조부모님한테도 이렇게 할 거예요?" 메크는 여전히 아무 대답이 없었다.

"이봐요, 아가씨." 디카트 의장이 입을 열었다. "내 이건 가르쳐줘야…."

"아, 조용히 좀 해요!" 니케일이 의장에게 소리를 질렀다. "우리 셋은 다 죽을 거고, 당신이 우리에게 정중하지 않은데, 왜 우리가 당신한테 정중해야 돼요?"

"조용히 해!" 옴켐 사령관이 그들 쪽으로 성큼성큼 걸어왔다. 여전히 검고 매끈한 헬멧으로 얼굴을 숨긴 것으로 봐서는 방호장비 안에 목소리를 확대해주는 뭔가가 있는 게 틀림없었다. 민족지학자 첸스가 바로 뒤를 따랐다. "애나 어른이나 똑같군."

"핫커반 사령관님." 인그레이가 말했다. "의장님이 고관절이 안 좋다는 거 모르세요?" 그건 사실이었다. 디카트 의장은 고관절이 안 좋았다. 인그레이는 몇 년 전 우주엘리베이터 기지에서 열린 모임에 의장이 참석했을 때 그게 화제가 되었던 것을 기억했다. "그리고 허리도 아프시고요. 드시던 진통제도 못 드시고 계실 텐데, 이렇게 바닥에 앉게 만들어요? 아무런…."

"조용히 해!" 사령관이 다시 벼락 치듯 이르어로 말했다. "안 그러면 쏴버리겠어."

옆에 앉은 니케일이 갑자기 어깨를 숙이며 웅크렸다. "'채무를 거부한다' 전시함을 열어줄 때까지는 안 죽일 거야…." 그녀가 중얼거렸다. "저들 멋대로 열다가 경보가 울리면 문이 다 닫힐 테니까, 나가려면 다 때려 부숴야겠지."

인그레이는 옴켐 사령관의 판판한 진회색 보호장비를 올려다보았다. 예의 그 추락하는 듯한 공포감이 엄습했다. 인그레이는 제1의회 의원도 아니었고, 여기 있는 전시함을 여는 데 필요한 인력도 아니었다. 자트와 관련된 일은 네타노를 인질로 잡았다가 아이들까지 얹어서 인그레이와 교환할 정도로 옴켐에게는 중요했지만, 인그레이 본인도 지적했듯이 사실 부수적인 일이었다. 그리고 의장의 말이 맞다면, 핫커반 사령관은 이미 아이들을 내보낼 구실을 찾고 있었다. 인그레이가 너무 말썽을 일으킨다 싶으면 사령관은 가장 간단한 방법으로 그녀를 없애버리자고 쉽게 결정할 수 있을 것이다. 그러면 인그레이에게 입을 벙긋이라도 해야 할 이유가 있을까? 그녀는 잠자코 있어야 했다. 그리고 무엇보다 그녀는 그냥 인그레이일 뿐이었다. 특별하지 않은 사람. 아름답지도 명석하지도 누군가에게 특별히 중요하지도 않은 사람.

아니다. 그녀는 인그레이 옥스콜드였다. 부당하게 유죄 판결을 받은 사람을 아무도 탈출할 수 없는 '자비로운 제거'에서 해방시킨 사람이었다. 아무 무장도 하지 않은 채, 거대한 굴착용 메크로 위협하는 다나크를 굴복시킨 사람이었다. 그때도 도움을 좀 받았지만, 그녀는 또 수수께끼 같고 당혹스러운 외계인들로부터 가끔 도움을 받는 사람이었다. 지금 이곳에서도 도움을 받을지 몰랐다.

"용인할 수 없는 일입니다." 인그레이는 아무것도 보이지 않는 옴켐 사령관의 헬멧에 대고 말했다. 밋밋하고 못마땅해하는 듯한 어조였다. "의장님이 앉을 의자를 가져오세요. 등받이와 쿠션이 달린 것으로요." 핫커반 사령관은 아무 말도 하지 않았다. 옆에 선 첸스가 미간을 찌푸리고는 무슨 말을 하려고 입을 열었다. "이 문제에는 토달지 마세요!" 인그레이가 자기 자신에게 놀라면서 지시했다. 그저 그녀가 할 일은 게크 대사를 떠올리며 이럭저럭 그 외계인 외교관을 흉내 내는 것뿐이었다. "의자를 가져와요."

"멍청한 애로군." 디카트 의장이 말했다. 나직하게 증오를 품은 말투였다. "난 우리가 살해되지 않도록 최선을 다해왔어."

"저들은 의장님을 죽이지 않을 거예요." 인그레이가 반박했다. "어쨌든, 의장님에게서 원하는 것을 얻을 때까지는요. 그리고 그때까지는 저들도 의장님이 편안한 편이 낫겠죠." 자신조차 그 말을 믿는지 확신하기 어려웠지만, 그녀는 그렇게 말했다. 그리고 그녀 자신에게는 유용한 보호막이 없었다. 정말이었다.

첸스가 뭐라고 말을 했는데 너무 나직해서 인그레이의 통역기가 잡아내질 못했다.

"하!" 사령관이 말했다. "의자 처리하면 너희 몇 명이 조용하다."

"사령관님이 의자를 가져오라고 하실 겁니다." 첸스가 말했다. "다들 조용히 하겠다고 약속한다면요."

"아니, 당신들이 우리한테 뭘 물어도요?" 니케일이 아주 나직하게 물었다.

"자기 운을 너무 믿고 나대지는 마시기를 충고드립니다." 첸스가 말했다. "사령관님은 놀이를 할 기분이 아니십니다."

"당신들은 니케일이 저 전시함을 열어줄 때까지는 그녀에게 아무 짓도 하지 않을 거잖아요." 인그레이가 지적했다. "다들 그건 아는 듯한데요. 아니면… 죄송합니다만, 첸스 존하." 그녀가 상냥하게 덧붙였다. "사령관님은 모르실지도요. 당신은 군인이 아니니, 사람들을 위협할 필요가 없잖아요."

첸스는 나직이 한마디만 했다. "의자가 올 거예요." 그리고 그와 사령관은 '채무를 거부한다' 쪽으로 걸어갔다.

한없이 길게 느껴지는 기다림 끝에, 메크 한 기가 의자와 쿠션을 들고 들어와 디카트 의장 옆에 놓았다. 그러고는 배급용 식수 세 병과 종이에 싼 꾸러미 세 개를 바닥에 내려놓았다.

"우리 저녁거리예요." 니케일이 속삭였다. "영양토막이에요. 뭐라고 적혔는지는 모르겠지만 분명히 '먼지 맛'일 거예요." 그러고는 더욱 나직이 말했다. "의장님이 혼자 힘으로 바닥에서 일어날 수 있을 것 같지 않아요."

디카트 의장은 인그레이와 니케일이 양쪽에서 부축한 덕분에 일어날 수 있었다. 의자에 앉으면서도 으는 아무 말도 하지 않았다. 비난의 말도, 감사의 말도 없었다. 인그레이와 니케일은 다시 바닥에 앉아서 영양토막의 포장을 벗겼다.

그들은 자기 몫의 영양토막을 다 먹어치웠다. 인그레이는 주위를 살펴 위진 선장이 근처에 있는지 알아보고 싶은 충동을 꾹 눌렀다. 니케일은 디카트 의장의 의자에 기대어 졸았다. 그때 긴 방에 발소리가 울렸다. 핫커반 사령관과 첸스가 그들이 앉은 곳으로 다가왔다. 졸고 있던 니케일이 화들짝 놀라 깼다. 디카트 의장은 그들이 다가오는데도 고개도 들지 않고 그저 앞만 골똘히 쳐다보고 있었다.

"인그레이 씨." 첸스가 말했다. "사령관님께서 몇 가지 질문이 있으시답니다."

"알겠습니다, 핫커반 사령관님." 인그레이가 왠지 모르게 불쑥 치밀어 오르는 분노를 느끼며 사령관에게 알은체했다.

"인그레이 옥스콜드." 여전히 방탄장비를 두른 사령관이 이르어로 말했다. "자크 존하의 사망과 관련한 진실을 말하라."

"이미 첸스 존하에게 말씀드렸는데요." 인그레이는 일어서고 싶었다. 그래서 지금처럼 작고 무기력하게 느껴지는 기분을 떨치고 싶었다. 핫커반 사령관과 민족지학자 첸스와 거대한 무장 메크가 저렇게 높은 곳에서 자신을 내려다보지 못하게 하고 싶었다. 하지만 그들이 자신을 어떻게 생각하는지 따위를 예민하게 신경 쓴다는 인상도 주고 싶지 않았다. 그녀는 의장이 앉은 의자의 한쪽 다리에 기댔다. "저는 거기 있었어요. 가랄 케트는 내내 저와 같이 있었고요."

"가랄 케트는 누구인가?" 핫커반 사령관이 물었다.

"팔라드 부드라킴의 현재 이름입니다." 첸스가 사령관에게 중얼거렸다.

"자트 존하는 내내 보이는 곳에 계셨습니다." 인그레이가 말을 이었다. "언덕 위에는 그녀 외에 아무도 없었고, 보이는 메크는 그녀의 우토가 유일했습니다. 그건 못 볼 수가 없지요. 밝은 분홍색이니까요."

"우토들이 그렇죠." 첸스가 동의했다. "쉽게 눈에 띄라고 그렇게 만든 거예요."

인그레이는 그를 한 번 힐끗 쳐다보고는 더는 알은체를 하지 않았다. "제가 그녀를 발견했습니다. 자트는 측량용 말뚝에 찔렸어요. 자트 소유의 말뚝 중 하나였고, 우토가 가지고 있었죠. 그리고 죽은 뒤에, 다시 칼에 찔렸습니다. 제 모친의 집 주방에 있던 칼이었고, 행성계 안전청이 우토의 보관함에서 찾아냈어요. 우토 자체는 고대유리 조각에 끼인 채 아이오강 바닥에 있었습니다."

"팔라드 부드라킴이 주방에서 그 칼을 가져왔을지도 모르지." 핫커반 사령관이 지적했다. "아니면 너나."

"지금 으의 이름은 가랄 케트입니다." 인그레이가 쌀쌀맞게 말했다. "사령관님께선 완전히 다른 행성계에서 온 낯선 메크를 조종해 보신 적 있으세요?"

잠시 정적이 흘렀다. "사실, 있다. 하지만 단순한 계획도, 충동적인 사건도 아닌 일로 했다는 건 인정해야겠지. 그래도, 너희 군대는 그런 일을 할 수 있는 수단을 가지고 있을 것이다."

"가랄은 군대에 간 적이 없어요." 인그레이가 지적했다. "으는 유물 관리자였어요. 다들 재미로 해보는 정도의 메크 조종 말고는 해본 적이 없다고 저는 확신해요. 그리고 그게 다 사실이 아니라 하더라도, 왜 칼을 쓰겠어요? 측량용 말뚝으로 이미 목적을 달성했는데요." 그녀는 목덜미가 살짝 따끔거리는 걸 느꼈다. 몸으로 더 퍼져나가고 싶어 하는 듯했지만 어쩐 일인지 그러지 않았다. "목적이 헤봄 존하에게 혐의를 뒤집어씌우는 것이었다면, 칼은 상황을 더 모호하게 만들 뿐이에요. 우토가 살인 무기라면, 헤봄 존하가 가장 유력하고 확실한 용의자가 되지요. 그리고 가랄은 자트 존하를 죽일 이유가 없어요." 그녀는 가랄이 자기 부친을 위해 일할 리도 없다는 사실을 지적할까도 생각했다. 하지만 그 얘기를 해봤자 핫커반 사령관이 이런저런 이유로 거짓말이라고 치부해버릴 가능성이 너무 크다는 걸 깨달았다. 그리고 그녀는 사령관이 헤봄의 사촌이라는 첸스의 말을 기억했다. 그 '사촌'이라는 게 얼마나 친밀한 관계를 말하는지는 잘 모르겠지만, 첸스는 핫커반 사령관이 그래서 헤봄을 살인자로 생각하고 싶어 하지 않는다고 여기는 듯했다. 아마도 자트가 헤봄을 대한 태도를 사령관도 좋아하지 않았다는 의미이리라. "아마 가랄보다는 사령관님한테 자트가 죽기를 바랄 이유가 더 많을걸요. 어떤 경우라도, 자트 존하의 그 일이 사령관님이 출항할 때 받은 임무에 포함됐을 수는 없겠지만요. 만약 포함돼 있었다면, 사령관님이 저한테 이런 질문을 하고 있지는 않으실 테고요. 그런 일이 계획되었다는 걸 미리 아셨을 테니까요." 하지만 이건 바람직한 대화의 방향이 아니었다. 핫커반 사령관은 순진한 어린아이가 아니라 명령을 따라야 하는 노련한 군인이었고, 개인적으로 어떻게 생각하든 간에 명령에 따를 것이 분명했다. "사령관님은 이미 이곳으로 오고 계셨어요. 이렇게 하라는 명령을 받고서요." 딱 이렇게는 아니더라도 어쨌든 이와 아주 유사한 명령이었을 것이다. "자트가 죽기 한참 전에 말이에요. 그러니 자트를 죽인 게 누구냐에 관심을 쏟고 질문을 하고 해봐야 아무 소용이 없어요."

"그러면 너는 군인이 어떤 사람인지 아는군." 핫커반 사령관이 대답했다. "명령은 종종 이치에 맞지 않아. 아니면 그다지 잘 맞지 않거나. 그래도 군인이라면 따라야 해. 최선을 다해서."

'최선을 다해서.' 이 작전은 분명 계획대로 진행되지 않았고, 핫커반 사령관은 할 수 있는 한 원래 명령의 취지를 살리려고 노력하는 중이었다.

핫커반 사령관이 잠자코 있는 인그레이에게 말했다. "왜 게크가 여기 있는지 말하라."

"그들은 여기서 예전에 그들의 시민이었던 이를 찾고 있어요." 여기서 '시민'은 올바른 단어가 아니었다. 하지만 인그레이는 적당한 다른 단어를 몰랐다. "게크 대사님이 개인적으로 아는 이예요. 그녀는 그 인물의 안녕을 걱정하시죠." 위진 선장이 지금 여기 어딘가에서 지켜보고 있을 것이다. 행동에 돌입할 모종의 신호를 기다리면서.

"팔라드 부드라킴을 얘기하는 건 아니겠지." 사령관이 말했다. 질문이 아니었다. "아니, 그러니까, 가랄 케트 말이야."

인그레이는 미간을 찌푸렸다. 그러고는 게크 대사가 원했던 바의 세부적인 내용이 어느 언론에도 노출된 적이 없다는 사실을 깨달았다. "맞아요. 가랄은 아니에요. 다른 사람이에요."

"게크는 자기들 고향 행성에서 나오지 않아." 핫커반 사령관이 반박했다. "어쩔 수 없는 경우가 아니면 말이야. 그리고 그들은 인간이 아니니, 게크가 다른 곳에서 눈에 띄지 않고 산다는 건 말도 안 돼."

"게크와 어울려서 사는 인간들이 있어요." 인그레이가 말했다. "조약에 따르면 그들도 게크예요. 대사님이 찾고 있는 인물도 그런 사람이에요. 아니, 한때 그랬던 사람이죠."

"그리고 게크가 팔라드… 아니, 가랄 케트가 그런 인물이라고 주장했다고? 왜지?"

인그레이가 한 손을 아무렇게나 홱 저었다. "그건 게크에게 물어보셔야지요. 하지만 그게 진짜 문제는 아니에요. 가랄은 자트 존하를 죽이지 않았어요. 헤봄에 대해서는 믿고 싶으신 대로 믿으세요. 하지만 가랄은 안 했어요."

"너일 수도 있어." 핫커반 사령관이 추측했다. "무엇보다, 그 칼은 네 모친의 집에 있던 거고, 언덕에 올라갔을 때 손쉽게 그 시체에 꽂을 수 있었을 거야."

인그레이가 놀라서 눈을 깜박였다. "이런, 제가 왜 그런 짓을 했겠어요?"

"어떤 이유도 말이 되지 않아." 핫커반 사령관이 대답했다. "네 말마따나 그러면 상황을 더 혼란스럽게 만들 뿐, 어떤 식으로도 너나 네 모친에게 도움이 되지 않아. 또는 가랄 케트에게도."

"지금은 우리 손에서 벗어난 인물이죠." 첸스가 덧붙였다.

핫커반 사령관은 아무 말 없이 그저 돌아서서 성큼성큼 '채무를 거부한다'가 든 전시함 쪽으로 돌아갔다.

첸스가 인그레이를 보며 사과하는 듯한 미소를 지었다. "사령관님은 지금 생각하셔야 할 것들이 너무 많아서요."

"그러시겠죠." 인그레이는 동정적인 마음을 품을 생각이 없었다.

첸스가 몸을 숙여 얼굴을 인그레이에게 가까이 댔다. "그녀는 화에이인들을 이해하지 못해요. 화에이도요. 인질로 잡은 아이들의 양육자들이 석방을 요구하지 않았다는 데 정나미가 떨어졌어요."

"하지만 그 아이들은…." 인그레이가 말꼬리를 흐렸다.

"저도 알아요." 첸스가 어깨너머로 사령관을 쳐다보고는 다시 고개를 돌렸다. "저는… 그 아이들이 어떤 아이들인지 설명할 필요가 있을까 싶었어요. 설명해봤자 아무 차이가 없었을 거예요. 사령관님은 아이들을 쏠 사람이 아니니까요." 인그레이는 그런 경우라면 왜 그 아이들에게 살뜰하게 챙겨줄 양육자가 없다는 사실을 사령관에게 알려주지 않았는지 물어볼까도 생각했다. "그리고 사실, 우리끼리 얘기지만, 사령관님은 아이들을 내보내서 안도하고 있어요. 문제는, 아무도 그러지 않는데 왜 당신이 그 아이들을 위해 곤경을 자초한 것인지, 그녀가 의심한다는 점이죠. 그 아이 중에 당신 친척이 있었던 것도 아니고 말이에요. 그리고 사령관님은 당신의 모친이 당신과 자리를 바꾸기로 한 것을 아무리 해도 이해를 못 하세요. 하지만 네타노는 주저하거나 신경 쓰는 기미조차 보이지 않고 아이들과 같이 곧바로 나갔어요. 사령관님이 교환에 동의하긴 했지만, 그런 걸 보고 당신이 여기 있는 저의를 아주 의심스럽게 여기시죠."

"하지만 엄마는 아직 후계자를 지명하지 않으셨어요." 인그레이는 반박했다. "그리고 어쨌든 제가 후계자가 될 리는 없으니까요." 뒤에서 디카트 의장이 코웃음을 쳤다.

"저도 알아요." 첸스가 말했다. 인그레이는 첸스가 어떻게 방탄장비를 두른 채 완전히 앉지도 않고 저렇게 쭈그리고 있을 수 있는지 궁금했다. 방탄장비가 어떤 식으로든 그를 지탱해주지 않고서는 힘든 일이었다. "제가 설명해드렸고, 사령관님께서도 그 설명을 믿으시죠. 아니면 당신이 여기에 있지도 않을 테니까요. 하지만 그녀는 진심으로 이해하지는 못해요. 당신이 입양아라는 걸 알려주면 이해가 더 잘 될지도 모르겠지만, 잘못된 방식으로 이해가 깊어질 거예요. 제 말이 이해가 가는지 모르겠네요."

"사실은 이해하지 못하겠어요."

첸스가 다시 예의 그 사과하는 듯한 미소를 지었다. "저는 그렇게 생각하지 않았어요. 어쨌든 교환에 동의할 만할 적절한 이유들이 있었지만, 사령관님은 여전히 이게 모종의 계략이 아닌지 의심하고 있어요. 제가 여기 있는 건 반시아어를 유창하게 하기 때문이에요. 통역기가 할 수 있는 건 한계가 있으니까요. 언어나 문화를 아주 잘 이해하지 못할 때는 단순한 실수를 저지르기 쉽고, 그 실수 때문에 하고자 하는 일을 망치게 되죠. 그 정도는 사령관님도 이해해요. 그녀는 하필이면 지금 게크의 우주선이 이 우주정거장에 정박해 있다는 우연은 말할 것도 없거니와, 게크가 이 행성계에 온 것 자체가 얼마나 있을 법하지 않은 일인지 알아요. 거기에다 그… 가랄 케트에 대한 그들의 관심까지 더하면, 이 모든 일이 그냥 우연의 일치라고 하기에는, 아마 좀 과하죠."

"우연의 일치 맞아요." 인그레이가 강조했다. "우연의 일치가 생기기도 하니까요."

"하지만 이번 우연의 결과로 우리 계획은 어그러졌어요. 게크의 존재 때문만은 아니에요. 가랄 케트의 존재도 우리가 준비했던 시나리오를 틀어버렸죠."

인그레이는 어리둥절해서 미간을 찌푸렸다. 그러다 부드라킴 의장이 정거장으로 가던 길에 팔라드 부드라킴이 '자비로운 제거'에서 돌아왔다는 소식을 들었다는 걸 기억해냈다.

하지만 부드라킴 의장이 길을 나선 건 게크 때문이었다. 게크가 오지 않았더라도, 그는 뭔가 다른 이유로 정거장에 갔을까?

제1의회는 회기 중이었다. 기술적으로만 보자면 여덟 의원은 서로 아주 멀리 떨어져서도 손쉽게 회의를 할 수 있었다. 하지만 현실적으로 보면 그들은 때때로 직접 만날 필요가 있었고, 특히 제1의회 의장직에 관심이 있는 자라면, 순전히 머릿수로 의장 선거를 좌우하는 경향이 있는 화에이 우주정거장의 유권자들에게 얼굴을 알릴 필요가 있었다.

옴켐은 케크의 존재 때문에 불가피하게 에두르는 길을 택하는 바람에 의회 장악에 늦었다. 게크만 없었다면 핫커반 사령관은 제1의회 전체를 인질로 잡을 수 있었을지 모른다. 그와 함께 화에이 우주정거장을 통제할 합법적인 권한도 얻었겠지. 그리고 화에이 우주정거장을 통제할 합법적인 권한은 궁극적으로는 이 행성계의 가장 값진 자원들인 우주정거장 자체와 다른 행성계로 가는 관문들에 대한 통제권을 의미했다. 그리고 행성에 대한 접근권도.

'팔라드가 돌아오는 게 티어의 의도에 맞았겠지.' 라크 진촌이 말했었다. 그리고 인그레이는 이렇게 대답했었다. '그럼 부드라킴 의장을 궁지로 모는 것이 티어의 의도네요.' 그리고 가랄은 두 가지 추측이 다 맞다고 확인해주었다.

부드라킴 의장은 게크가 오지 않았어도 때에 맞춰 정거장으로 올라갔을까? 에티아트 부드라킴은 제1의회가 아니라 제3의회 의장이었다. 옴켐이 제1의회를 장악할 때 그가 거기 같이 있을 이유는 전혀 없었다. 하지만 이런 일이 닥치리라는 걸 미리 알았고, 그 상황에서 맡은 역할이 있었는지도 몰랐다. 아마도 팽팽하고 위험스러운 대치를 끝내는 영웅적인 중재자 역할?

티어가 알았을 리는 없겠지. 설마 알았을까? 분명 게크에 대해서는 몰랐을 테지만, 옴켐이 이런 일을 꾸미고 있다는 건 알았을까? 아마 정확하게 알지는 못했을 것이다. 아니라면, 대체 누가 탈주한 범죄자를 이용해 군사적 침략에 대항하고자 한단 말인가? 하지만 그들은 뭔가를 알았다. 그들은 에티아트 부드라킴이 연루될 뭔가가 있다고 생각했다. '에티아트 부드라킴에게 여러 면이 있긴 하지만, 그는 멍청하지도 않고 반역자도 아니야.' 라크 진촌이 말했었다.

"옴켐 연합은 자기 함대가 우리 행성계를 거쳐서 바이잇으로 갈 수 있도록 편을 들어달라고 에티아트 부드라킴 의장에게 뇌물을 써왔어요." 인그레이가 말했다. "당신들에게 유리하도록 논쟁에서 비켜나 있을 의원이라면 누구에게나 선물을 보냈을 듯하지만, 특히 의장들에게 집중했겠죠. 부드라킴 의장은, 그리고 어쩌면 다른 몇몇 의원들도 당신들이 도착했을 때 정거장에 있어야 했어요. 제1의회 의사당에 있다가 인질로 잡히거나, 바깥에 있다가 중재자를 자처하면서 행성계 방어군에게 물러나 있으라고 하는 거죠. 맞아요?" 첸스의 표정에는 아무 변화가 없었다. "하지만 부드라킴 의장은 가랄이 돌아왔다는 소식을 듣고 도중에 돌아섰고, 당신들은 게크를 피하느라 먼 길을 돌아가는 바람에 의사당에 늦게 도착했죠. 그사이에 의원들은 대피했고요." 첸스는 아무 말 없이 그저 진지하게 그녀를 쳐다보기만 했다. 여전히 아무 표정이 없었다. 인그레이는 젊은 부드라킴 의장이 이 일을 몰랐거나, 나이 든 에티아트 부드라킴이 어떤 이유에서든 그녀를 끌어들이고 싶어 하지 않았을 가능성이 있다고 생각했다. 가랄은 기회가 있으면 젊은 에티아트 부드라킴과는 아직 얘기할 의향이 있다는 뜻을 내비쳤었다. 아니면, 그녀가 알면서도 그 일을 하지 않겠다고 거부했을 수도 있었다. "그게 계획이었어요, 맞죠? 부드라킴 의장은 옴켐이 인질들을 풀어주는 대가로 우리의 바이잇 관문을 쓸 수 있도록 하는 모종의 합의를 중재하기로 되어 있었어요. 당신들은 관문 접근권을 얻을 테고, 어쨌든 그는 그걸 그다지 신경 쓰지 않은 것 같고요. 그리고 그는 이 사태에서 뭔가 영웅적인 일을, 그러니까 총의장 선거에서 쓸 만한 총알이 되어줄 어떤 일을 한 인물로 보이게 되었겠죠. 하지만 당신들과 공모한 계획보다 가랄이 돌아왔다는 사실이 그의 입장에서는 훨씬 더 중요한 사안이었어요. 그의 아이가 저지르지도 않은 일로 '자비로운 제거'에 가게 된 이유에 얽힌 이야기와 부드라킴 의장이 그 사실을 알면서도 외면했다는 이야기가 퍼지면 평판이 심각하게 망가질 테니까요. 그러면 부드라킴 의장이 보기에는 당신들과 짠 이 모든 일들이 의미가 없어지죠." 인그레이는 티어가 이런 일련의 구체적인 사건들에 영향을 미치고자 했을 리는 없다는 사실을 깨달았다. 하지만 누군가는 분명 부드라킴 의장을 옴켐 연합이 티어에 접근하기 위해 밟아 가는 하나의 단계로 보았고, 그 단계를 제거하고자 했다. "자트 존하의 죽음은 그저 당신들이 하는 일을 정당화하는 또 하나의 핑곗거리를 주었을 뿐이에요. 누구에게나 완벽히 이해받을 수 있는 또 하나의 명분을요. 그리고 자트 자체를 제거한 데다, 더해서 옴켐의 내부 언론에 잘 먹힐 수밖에 없는 명분도 얻었죠. 핫커반 사령관님이 헤봄 존하의 인척이라는 사실이, 또는 사령관님이 자트의 죽음을 미리 알지 못했다는 사실이 우연의 일치가 아니라고 저는 확신해요. 정말로요. 아니라면, 저한테 그 건에 관해 물어볼 이유가 전혀 없을 테니까요. 그러니 저는 헤봄이 체포된 걸 개인적인 공격으로 받아들일 거라는 바로 그 이유 때문에 사령관님이 이 작전에 선발되었다고 생각해요."

첸스는 여전히 아무 말도 하지 않았다. 디카트 의장이 의자에 앉은 채 또 코웃음을 쳤다.

"꽤 대단한 이야기를 구성해냈군요." 첸스가 오랜 침묵 끝에 말했다. "언론이 아무리 용을 쓰더라도, 제가 보기엔 옴켐인 대부분은 자트 존하 살해 건 정도로 군사 작전을 정당화하기에는 충분치 않다고 느낄 거예요. 하지만 그녀가 사라져서 기뻐할 사람들은 제법 많이 떠오르네요. 원하는 걸 얻은 다음, 그 일의 책임은 집에서 아주 멀리 떨어진 곳에 두는 게 훨씬 깔끔하겠죠. 다른 계획이 있다는 걸 전혀 모르는 사람들이 그 일을 수행해주면 더없이 수월할 테고요."

"아니면 거기에다가 약간의 불평거리를 더 얹어도 해는 없겠다고 생각하는 사람들이나." 디카트 의장이 제시했다. "당신들한테 미리 얘기해줄 필요도 없었을 거야."

"맞아요." 인그레이가 말했다. "그들이 할 일은 그저 헤봄의 사촌을 이 작전에 배치하는 것뿐이죠."

첸스가 한숨을 쉬었다. "저는 사령관님과 얘기를 하러 가야 합니다." 쭈그려 앉았던 그가 일어섰다. "제발, 성급한 짓은 절대 하지 마세요. 여기에 당신들을 해치고 싶어 하는 사람은 아무도 없으니까요."

"성급한 짓?" 첸스가 멀어지자 니케일이 물었다. "저건 무슨 뜻이에요? 우리가 대체 무슨 성급한 짓을 할 것 같아서?"

"멍청한 소리 하지 마." 디카트 의장이 딱딱거렸다. "놈들은 시간이 없어. 저 사령관은 다른 옴켐 우주선들이 이 행성계에 도착하기 전에 원하는 걸 얻으려면 뭔가 과감한 결단을 내려야 해. 그게 뭐가 됐든 우리 중 한둘이 관련될 건 분명하고, 그에 저항하면 확실히 죽임을 당하겠지."

'놈들은 시간이 없어.' 그리고 위진 선장에게서는 지금껏 아무 소식이 없었다. 들어오지 못했을까? 하지만 인그레이는 그렇게 생각하고 싶지 않았다. "부드라킴 의장이 이렇게 깊이 옴켐에 관련돼 있다는 걸 아셨어요?"

디카트 의장이 피식 웃었다. "우리는 모두 옴켐 연합의 구애를 받아왔어. 너도 네 입으로 말했듯이, 그들은 의장들과 행성계 외교부에서 자기들 쪽에 유리하게 밀어줄 것 같은 사람이면 누구에게나 뇌물을 먹이려 했어. 하지만 에티아트 부드라킴이 탐욕스럽고 권력에 굶주린 반역자라는 걸 내가 알았느냐고 묻는 거라면, 그건 다른 문제지." 으는 생각에 잠긴 듯 '흠' 소리를 냈다. "음, 그는 늘 탐욕스럽고 권력에 굶주려 있었지. 야심만만한 의회 의원으로서 지극히 정상적이야. 하지만 '반역자'는 새롭군."

"자기가 반역을 한다고 생각하지 않을 수도 있잖아요." 니케일이 자신감 없는 목소리로 동의를 구하는 표정으로 인그레이를 쳐다보며 말했다. "그냥 옴켐으로부터 화예이를 구하는 것처럼 보이는 게 목적이라면 말이에요."

"그건 '그가 옴켐을 불러놓고서도 그들이 장악할 수 있는 건 모조리 장악하지 않으리라고 생각할 정도로 멍청하다면'이라는 뜻이로군." 디카트 의장이 그녀의 말을 정정했다.

"그러면 가랄이 돌아온 게 실제로는 부드라킴 의원에게 좋은 일을 한 셈이네요." 인그레이가 말했다. "어떻게 보면 말이죠."

디카트 의장이 정나미 떨어진다는, 말도 안 된다는 듯한 소리를 냈다. 으가 뭔가를 말하려고 입을 여는 순간, 귀청이 떨어질 듯한 폭발음이 들렸다. 깜짝 놀란 인그레이는 두 팔로 얼굴을 가렸다. 심장이 미친 듯이 쿵쾅거렸다. 그녀는 주위를 둘러보며 무슨 일이 일어났는지 살폈다. 핫커반 사령관이 입구에 선 메크를 향해 서둘러 지나갔다. 메크의 총이 하얗게 칠한 천장을 향했다.

옆에 첸스가 불쑥 나타났다. "움직이지 말아요!" 그가 소리쳤다. 그리고 숨을 약간 헐떡였다. 핫커반 사령관 옆에 있다가 거기까지 뛰어왔을 터였다. 그도 인그레이만큼이나 놀란 듯했다. 니케일은 바닥에 반듯이 엎드려 손으로 머리를 가렸다. 디카트 의장은 의자에 앉은 채 몸을 앞으로 숙이고 있었다.

핫커반 사령관이 다가가는 사이에 메크가 다시 총을 쏘았고, 갑작스러운 총성에 인그레이는 다시 두 팔로 얼굴을 가렸다. "무슨 일이에요?" 그녀는 침착하게 말하려는 노력조차 하지 않고 물었다.

"저도 모르겠어요!" 첸스가 대답했다. "하지만 다들 엎드려야 해요. 의장님도 엎드리세요."

"의장님은 혼자서는 엎드릴 수 없어요." 인그레이가 말했다.

메크가 총의 방향을 홱 바꾸더니 천장의 다른 부분을 겨냥하고 쏘았다. 먼지와 플라스틱 조각들이 바닥에 떨어졌다. 두 팔을 교차시켜 뒤통수를 가린 니케일이 훌쩍거렸다.

"의장님을 바닥으로 내려오게 해야 해요." 첸스가 계속 고집하고는 헬멧을 썼다.

메크가 재빨리 일곱 발을 연이어 쏘았다. 하얀 천장에 매달린 크고 검은 무언가가 확 보인다 싶더니, 니케일이 엎드린 곳에서 몇 미터 떨어진 바닥에 철벅 소리를 내며 떨어졌다.

"무찔러라!" 인그레이의 통역기에 따르면 첸스는 그렇게 말했다. "저것은 무엇인가?"

인그레이가 목이 졸린 듯한 소리를 냈다. 눈자루 세 개가 일어나려다가 다시 풀썩 나자빠지고, 집게발이 달린 털이 숭숭 난 다리 하나가 씰룩거렸다. 그것 주위로 파란 액체가 고이더니 점점 넓게 퍼져갔다.

"당치 않다!" 핫커반 사령관이 피를 흘리는, 지금은 잠잠해진 거미 메크 쪽으로 성큼성큼 걸어오며 욕설로 들리는 말을 내뱉었다. "당치 않다! 당치 않다! '게크 대사'를 무찔렀다!" 사령관이 인그레이를 돌아보며 이르어로 말했다. "그녀는 '너'를 따라온 거야."

눈물이 차올랐다. 인그레이는 끔찍한 위험에 처했고, 완전히 혼자였다. "아니에요! 게크 대사님은 원하는 걸 다 가졌어요. 가랄을 가졌고, 그리고…." 정신을 완전히 놓을 것이 아니라면 위진 선장의 이름을 발설해서는 안 되었다. "그녀는 저따위는 전혀 신경 쓰지 않아요!"

"사령관님." 첸스가 이르어로 말했다. "설마 저희가 방금 프레즈거에 파견된 게크 대사를 쏘아버린 건 아니겠죠?"

"하지만…." 인그레이는 입을 열었다가 '그건 그냥 메크예요'라는 말이 나오기 전에 입을 닫았다. 그 문제에 대한 언론사들의 입장은 어땠지? 확신할 수 없었다. 메크가 움직임을 멈추고, 눈자루들이 푸른 웅덩이에 축 늘어졌다. 저 파란 액체는 피인가? 그녀는 자기도 모르게 고뇌에 차 신음했다.

"이건 좋지 않아." 디카트 의장이 건조하게 말했다. 으는 다시 상체를 일으켜 의자 등받이에 기댄 채였다.

"왜 그녀가 여기 있지?" 핫커반 사령관이 인그레이에게 힐난하듯이 물었다.

“저도 몰라요!” 인그레이가 소리를 질렀다. “제가 어떻게 알아요?”

“핫커반 사령관님.” 첸스가 부르더니 이르어가 아닌 언어로 말을 이었다. “이 사건은 무슨 이유인가? 게크가 간섭할 타당성 없다.”

“그 팔라드… 가랄 케트가 저 사람의 협력자다.” 핫커반 사령관이 대답했다. “아니면 호기심이다. 그 대사는 별나다.”

“만약 당신들이 조약을 위반한 거라면.” 디카트 의장이 여전히 건조한 목소리로 말했다. “모든 인간 정부가 나서서 게크에게 최대한 비참하게 사과하게 될 것 같군. 그리고 게크가 이 사건을 잊어만 준다면 무슨 일이든 하겠다고 약속해야겠지. 당신과 당신 병사들을 넘기는 걸 포함해서 말이야. 십중팔구 옴켐 연합도 포함되겠고.”

“조용히 해.” 핫커반 사령관이 딱딱거렸다. 그러고는 선 채로 족히 1분은 움직이지 않았다. 뭔가를 생각하는 거겠지. 아니면 어딘가에 있는 자기 부대와 통신을 하거나. 아니면 둘 다거나. 인그레이는 코를 훌쩍거리면서 흐느낌을 억눌렀다. 하지만 눈물이 뺨을 타고 흐르는 건 막을 수 없었다.

첸스가 다시 헬멧을 벗었다. “인그레이 씨, 괜찮아요?”

인그레이가 힘들게 숨을 들이쉬었다. “저는 괜찮아요.” 하지만 괜찮지 않았다. 그녀는 혼자였고, 도움의 손길은 오지 않을 것이다.

“의장님, 괜찮으십니까?” 첸스가 물었다.

“정말 걱정돼서 묻는 게요?” 디카트 의장이 물었다.

“의장님, 저는 정말로, 저는….” 첸스가 입을 열었다.

“니케일 타이.” 핫커반 사령관이 갑자기 이르어로 말했다. 첸스의 말허리를 잘랐다는 사실을 알아채지 못했거나 신경 쓰지 않는 듯했다. “‘티어에 대한 더 이상의 채무를 거부한다’가 든 전시함을 열어.

아무 경보도 울리지 말고."

침묵이 흘렀다. 그러다 니케일이 말했다. "안 해요."

"할 거야." 사령관이 침착하게 말했다. "안 하면 내가 인그레이 옥스콜드를 쏠 테니까." 사령관의 허리께에 있던 주머니 또는 격실이 느슨해지고, 총기가 나왔다. 총이었다. 인그레이는 모험 오락물에서 가끔 본 것 말고는 총에 대해서 아는 것이 별로 없었다. 그 총은 검은색이었다. 하지만 지금 사령관이 똑바로 인그레이에게 겨누고 있는 끝부분의 동그란 부분은 어쩐지 더 검었다. 총구. 그게 그것의 이름이었다. 총알이 지나갈 통로. 그녀의 모든 신경이 총에, 그 구멍에 쏠렸다. 다른 건 모두 아득하고 비현실적인 것 같았다. 눈물이 새로 차올라 뺨을 타고 굴러떨어졌다.

그녀는 혼자였다.

"일어나. 셋 다." 핫커반 사령관이 계속 말을 이었다. "우리는 같이 저 전시함까지 걸어갈 거야. 그리고 니케일 타이 존하가 저걸 열어서 '채무를 거부한다'를 꺼내는 거지."

"왜죠?" 인그레이가 물었다.

"왜냐하면 옴켐은 방금 게크 대사가 어떻게 됐는지 누가 알아채기 전에 여기서 나가야 하거든." 디카트 의장이 말했다.

"왜냐하면 내가 그렇게 명령했으니까." 핫커반 사령관이 말했다. "일어서!"

인그레이는 떨리는 숨을 또 한 번 들이쉬었다. 그러고는 후들거리며 일어섰다. 다리가 제대로 버텨줄지 자신이 없었다. 가랄을 '자비로운 제거'에서 데려오기 위해 거래하던 때에도, 절망에 빠져 티어시일라스를 떠나 집으로 돌아오던 때에도, 다나크가 굴착용 장비로 죽이려고 달려들었을 때에도, 그 끔찍한 우주복에 갇혀 필사적으로 유영하던 때에도 지금처럼 두렵지는 않았다. 죽이겠다는 의도를 공공연히 천명한 누군가가 겨눈 총구를 마주한 지금 순간에 비하면 전에 느꼈던 공포들은 아무것도 아니었다. 인그레이는 웅크리고 앉아서 울고 싶었다. 비명을 지르며 달아나고 싶었다. '성급한 짓은 절대 하지 마세요.' 첸스가 말했었다.

그녀에겐 웅크리고 앉아 울 짬이 없었다. 비명을 지르며 달아나는 건 의미가 없었다. 아니, 그러다간 죽기에 안성맞춤이었다. 그녀는 가까스로 침을 삼키고 호흡을 늦추려 노력했다. 그 덕분에 말할 수 있었다. "의장님, 일어서시는 거 도와드릴까요?" 손등으로 눈물을 훔치고 싶었지만, 혹시라도 갑작스러운 동작에 놀라 사령관이 총을 쏠지도 모른다는 생각이 들자 한층 더 겁에 질려버리고 말았다.

여전히 바닥에 앉은 채 니케일이 훌쩍거렸다. "일어나. 어리석은 것 같으니." 디카트 의장이 딱딱거렸다. "일어나서 전시함을 열어."

"의장님." 인그레이가 책망하는 투로 말했다. 울음 때문에 목소리는 여전히 불안정했고, 자기가 말을 한다기보다는 자기가 말하는 것을 자기가 지켜보고 있는 느낌이었다. "굳이 불편한 분위기를 만들 필요는 없잖아요. 지금은 다들 힘든 상황이니까요. 자, 일어서시게 도와드릴까요?"

악의가 담긴 시선을 던지긴 했지만 디카트 의장은 순순히 인그레이의 팔을 잡았다. 니케일은 스스로 일어났다. 그녀도 흐느껴 울고 있었지만, 소리를 내지는 않았다.

"이제 걸어볼까." 다들 일어서자 사령관이 말했고, 그들은 다 같이 전시함 쪽으로 움직였다. 인그레이와 니케일이 의장의 양쪽에 섰고, 그들을 감시하던 메크가 뒤를 따랐다.

'채무를 거부한다'에 몇 미터 못 미친 지점에서 핫커반 사령관이 그들을 세웠다. "니케일 타이." 니케일이 소매로 눈물을 닦고는 주저하면서 앞으로 나섰다. 사령관이 인그레이의 팔을 잡고 총구를 머리에 갖다 댔다. 이전에도 겁에 질리긴 마찬가지였지만, 지금은 온몸의 근육이 얼어붙는 것 같았다. 숨쉬기조차 힘들었다.

니케일이 전시함이 놓인 섬록암 전시대에 손가락을 스치고는 다른 부분에 손바닥을 대고 잠시 기다렸다. 니케일이 건드리자 조금 전까지만 하더라도 깨끗하고 이음매 따위는 없어 보이던 전시함의 전면이 갈라지더니 마치 경첩이라도 달린 듯 양쪽으로 활짝 열렸다.

"문서를 꺼내라." 핫커반 사령관이 말했다. "그리고 말아."

니케일이 분개한 표정으로 돌아섰다. "그러면 망가져요! 이건 수백 년이나 된 유물이고, 이건…."

"꺼내." 핫커반 사령관이 다시 반복했다. "그리고 말아."

"그러면 무슨 소용이 있겠어." 여전히 인그레이의 한쪽 팔을 잡은 채 디카트 의장이 물었다. "전시함에서 꺼내다가 망가뜨리면 말이야?"

"제가 도울게요." 첸스가 허리를 굽혀 헬멧을 바닥에 놓았다. 그러고는 길고 폭이 넓은 아마포를 떼어내야 하는 니케일을 도우러 앞으로 나섰다.

둘은 아마포 양쪽에 서서 천천히 움직이면서 걸린 천을 떼어내 조심스럽게 말았다. 거의 끝부분에 가서, 말아 올린 천의 무게가 남은 부분에 실리면서 가장자리가 족히 6센티미터는 될 만큼 찢어지는 바람에 마는 작업이 일시 중단되었다. 찢어진 자리를 말면서 2센티미터 정도가 더 찢어졌다. 일을 마치자 빈 전시함 옆에서 흐느껴 우는 니케일을 두고 첸스가 '채무를 거부한다'를 들고 그들을 따라온 메크 쪽으로 갔다. 메크의 넓은 옆판이 훌쩍 열렸다. 그 안에 머리핀들이 없는 것을 보고 인그레이는 멍하니 놀랐다. 머리핀은 다른 메크 안에 든 듯했다. 인그레이가 지금껏 본 메크들은 다 똑같아 보였지만, 사령관은 어떻게든 서로를 구별하겠지 싶었다. 첸스가 메크의 크기에 맞춰 '채무를 거부한다'의 끄트머리 쪽을 접어서 안에 넣었다. 니케일의 고뇌에 찬 신음이 들리고, 메크의 옆판이 찰깍 닫혔다.

"자, 그럼." 핫커반 사령관이 총을 내리면서 말했다. "이제 걸어."

"의장님은 걸어서 멀리 못 가실 것 같은데요." 인그레이가 말했다. 사령관의 총이 더는 자기를 가리키지 않는다는 사실에 너무 안도한 나머지 거의 아프게 느껴질 정도였다. 그냥 포기하고 싶은 충동이, 그냥 주저앉아서 울고 싶은 충동이 오히려 더 커졌다. 하지만 그녀는 그럴 수 없었다.

"그렇게 되면 들고 가지." 핫커반 사령관이 말했다. "움직여."

18

인그레이는 늘 제1의회 의사당이 행성계 라리움과 딱 붙어 있다고 생각했었다. 그러나 여전히 흐느끼는 니케일과 함께 디카트 의장을 부축한 채 의사당과 제일 가까운 라리움 출구를 향해 한 발 한 발 천천히 걸어가자니, 그 거리가 족히 몇 킬로미터는 될 성싶었다. 그리고 달리 마음 쓸 곳이 없었으므로 거대한 회색 군사용 메크 두 기가 총을 들고 뒤따르는 것을 알면서도 인그레이는 한 걸음씩 내디디면서 이런저런 상념에 잠길 수밖에 없었다. 메크 한 기는 무기를 천장에 겨누었고, 총을 들고 앞서가는 사령관 본인도 앞뿐만 아니라 위도 볼 수 있도록 고개를 젖힌 채였다.

그들은 몇 분 동안 침묵 속에서 유물들이 걸린 라리움 전시실들을 지났다. '채무를 거부한다'가 걸려 있던 공간 뒤쪽에 호리호리한 다리가 달린 하늘색 안내용 메크들이 부서지고 다리가 휜 채 여기저기 널려 있었다.

"관람용 전차가 있어요." 라리움과 의사당이 같이 쓰는 복도로 나가는 출입구로 다가가는 와중에 니케일이 말했다. 겉으로는 조용히 얘기하는 듯했지만, 3미터쯤 앞서가는 핫커반 사령관의 귀에도 들릴 게 분명한 음량이었다. 그녀가 코를 훌쩍이면서 말했다. "걷기 힘든 분들도 라리움을 돌아볼 수 있도록 해놓은 바퀴 달린 작은 전차가 있고, 필요할 때 사람들을 의사당으로 날라주는 다른 전차가 입구 바로 바깥에 있어요."

돌아보지도 않고서 핫커반 사령관이 말했다. "우리는 전차를 타지 않아."

"왜요?" 니케일이 물었다.

"우릴 죽이려거든 빨리 죽이든가." 디카트 의장이 짜증난다는 듯이 중얼거렸다.

핫커반 사령관은 아무 말도 하지 않았다. 옆에 선 첸스가 미안하다는 표정으로 슬쩍 뒤를 돌아보고는 다시 고개를 돌렸다.

"이곳과 의사당 간 전차는 아마 작동하지 않을 거예요." 인그레이가 아주 나직하게 말했다. "중지됐을 게 확실해요. 옴켐이 그걸 손쉽게 이용하도록 내버려두고 싶은 사람은 아무도 없을 테니까요."

"아." 니케일이 말했다. "그나저나, 다들 어디 있을까요? 저들이 처음 라리움을 점령했을 때는 메크가 더 많았어요. 하지만 그 뒤로는 겨우 서너 기 정도 본 거 같네요."

"아마 분산됐겠지요." 인그레이가 여전히 나직이 말했다. "우리 군인들을 못 오게 막으려고요." 그때 어떤 생각이 번득 떠올라 그녀는 속삭였다. "의장님 말씀이 맞을지도 몰라요. 사령관은 무슨 일이 생겼는지 누가 알아채기 전에 여기서 나가고 싶은 거예요." 그녀는 손등으로 눈물을 훔쳤다. 지금껏 울었으니 이제 더는 울지 않을 작정이었다. 저기서 피를 흘리며 죽은 위진 선장의 메크를 더는 생각하지 않을 것이다. "그러니 의사당으로 가는 더 빠른 방법을 알려주면 안 될 것 같아요."

디카트 의장이 한숨을 쉬었다. 피곤해서인지 조바심이 나서인지 인그레이는 알 수 없었다. "그걸 이제야 깨우쳤군. 난 너희 둘 다 머리라고 할 만한 게 없는 게 아닐까 하는 생각이 들던 참이었어."

발끈한 인그레이는 의장에게 뭔가 곱지 않은 말을 하려고 입을 열었다가 그냥 다물었다. 디카트 의장은 아픈 것이다. 포로로 사로잡힌 것도 모자라 이제는 보통 때 쓰던 보조 장치도 없이 상당한 거리를 걸어야 하는 신세였다. 으는 주로 지팡이를 쓰곤 했는데, 아마 사령관이 빼앗았거나 어쩌다가 잃어버렸거나 했을 것이다. 그래서 인그레이는 뭔가 말을 하는 대신 니케일을 슬쩍 쳐다보았다. 니케일도 얼굴을 찡그렸지만, 딱히 무슨 말을 하지는 않았다.

몇 미터를 더 가자 라리움의 다른 전시실로 통하는 입구가 나왔다. 키 큰 회색 메크 한 기가 거기서 기다리고 있다가 그들이 다가오자 디카트 의장 앞으로 쓱 나서더니 세 팔 중 두 팔로 으를 들어 올렸다.

"편안하세요, 의장님?" 메크가 의장을 들고 앞으로 성큼성큼 걸어 나가자 첸스가 물었다.

"인그레이, 니케일." 핫커반 사령관이 돌아보지 않고 말했다. "좀 더 빨리 걸어." 뒤따르는 무장 메크 두 기가 속도를 높였다. 인그레이와 니케일도 걸음을 재촉했다.

라리움을 빠져나와 의사당으로 이어지는 넓은 복도로 나오자 인그레이는 늘 오가던 길인데도 갑작스럽게 느껴지는 그 낯섦에 충격을 받았다. 바닥은 정거장 어디에서나 볼 수 있는 갈색과 금색이 섞인 똑같은 타일이었지만, 벽들은 바깥 우주의 모습을 보여주어서 마치 끝없는 허공 속에 놓인 다리를 건너가는 듯한 느낌이었다. 실황 영상이 아니라 녹화 영상이어서 태양은 늘 무언가의 아래나 뒤에 있었고, 화에이 행성은 지금 보이지 않았지만, 시간이 되면 쓱 나타났다가 또 사라질 것을 그녀는 알았다.

인그레이는 문득 우주엘리베이터 선체 바깥에 서 있던 기억이 떠오르는 바람에 주춤거렸지만, 총을 들고 앞서가는 핫커반 사령관과 뒤따르는 무장 메크들을 생각하니 그냥 걸을 수밖에 없었다. 하지만 위를 힐끗거리게 되는 건 어쩔 수 없었다. 드넓은 하얀 천장이 보였다. 훨씬 나았다. 여긴 안전한 실내였다.

하지만 지금 '안전하다'는 건 아무 의미가 없었다. 위진 선장은 이곳에 없었다. 그래도 그들이 쏜 건 실제 위진 선장이 아니라 그의 메크에 불과했다. 죽어가는 메크와 그 피를(인그레이는 어쩐지 그게 피라고 확신했다) 생각하면 눈물이 차올랐다. 그녀는 침을 삼키고 눈을 깜박여 눈물을 감췄다.

앞서가던 핫커반 사령관이 갑자기 발길을 멈추더니 돌아서서 인그레이와 니케일과 디카트 의장을 마주 보았다. 인그레이의 목덜미가 따끔거렸다. 사령관의 얼굴은 여전히 다른 방탄장비와 마찬가지로 아무것도 보이지 않는 진회색 헬멧에 가려져 있었다. 총은 아직 들고 있지만 적어도 지금은 옆쪽을 향했다. 첸스도 동시에 발길을 멈추고는 혼란스러운 표정으로 사령관을 돌아보았다.

"서라." 핫커반 사령관이 이르어로 명령했다. "그리고 조용히 해."

인그레이와 니케일과 의장을 든 메크가 동시에 발길을 멈췄다. "우리는 아무…." 니케일이 입을 열었다.

"조용히!" 핫커반 사령관이 강경하게 말했다.

그들은 말없이 족히 몇 분을 기다렸다. 분명 사령관은 서두르는 듯 보였는데 말이다. 인그레이가 잠깐 그랬듯이 그녀도 이 복도에 기가 꺾였나? 하지만 아니다. 옴켐인들은 지금쯤 여기를 한 번 이상 오갔을 테고, 이곳에 익숙할 것이다. 사령관은 무엇을 기다리고 있을까?

짤깍 소리가 나자 핫커반 사령관과 메크들이 갑자기 왼쪽을 쳐다보았다. 벽에 문 모양의 빛나는 금빛 테가 있었다. 잠시 후 그 문이 활짝 열리더니 티반보리 대사가 걸어 나왔다. 손바닥이 보이도록 두 손을 어깨높이로 든 상태였다.

그 뒤로 가랄이 따라 나왔다. 마치 여느 때에 여느 방에 들어오듯이 두 손을 늘어뜨린 편안한 자세였다.

공포가 인그레이를 덮쳤다. 가랄이 제 발로 호랑이 굴에 들어왔어! 그러고는 희망이 찾아왔다. 그녀를 도우려고 온 걸까? 하지만 아니다. 으는 그럴 수 없었다. 으는 위험에 빠지지도 않았고, 그녀를 도우러 오지도 않았다. 으는 게크고, 인그레이는 아니니까.

"핫커반 사령관님이시죠?" 티반보리 대사가 라드츠어 억양이 느껴지는 이르어로 물었다. "그 총은 내리거나 아니면 어느 쪽으로라도 좀 돌려주세요. 저는 당신을 도와주러 왔어요. 아마트시여, 저희 모두를 지켜주소서. 저는 당신이 왜 그런 끔찍한 짓을 했는지 정말 모르겠어요."

"저희는 총을 내리지 않을 겁니다, 대사님." 핫커반 사령관이 말했다. "당신을 쏴도 저희는 아무 문제가 없습니다. 사실, 그걸 고마워할 사람도 좀 있을 거 같고요."

"하지만 저는 쏘지 못하죠." 가랄이 말했다. 으의 목소리는 놀랄 정도로 침착하고 평온해서 거의 무심하게 들렸다. "쏘면 이미 처한 곤란보다 훨씬 심각한 곤란에 처하게 될 테고요." 핫커반 사령관이 대답하지 않자 가랄이 말을 이었다. "저희가 온 이유는…." 으가 몸짓을 했다. "아실 겁니다."

사령관이 아무 대답도 하지 않자 첸스가 물었다. "그건 대사님이었나요?"

티반보리 대사가 눈알을 굴리더니 대답을 하려고 입을 여는데, 뭐라 말하기도 전에 가랄이 끼어들었다. "그럼 누구겠어요?"

티반보리 대사가 놀란 듯이 눈을 깜박였지만 별다른 말을 하지는 않았다.

"왜 그녀가 여기로 왔지?" 핫커반 사령관이 물었다. "아니, 왜 그녀가 '여기'까지 왔지?"

"분명 인그레이에게 관심이 있었겠죠." 가랄이 대답했다. "하지만 그건 전혀 중요하지 않아요. 저희는 그 시체를 수습해서 우리 우주선으로 데려가야 합니다. 이곳에 내버려둘 수는 없어요."

"그건 그대로 라리움에 있어." 핫커반 사령관이 말했다. "우리가 가고 나면 수습할 수 있을 거야."

"아니요." 가랄이 말했다. "우리는 지금 수습할 겁니다. 당신들은 제가 혹시라도 위협이 될까 봐 두려워할 필요가 없습니다. 조약은 당신들에게서 저를 보호하듯이 저에게서 당신들을 보호합니다. 그리고 여기 티반보리 대사님이 당신들의 안전을 보장하기 위해 오셨으니, 당신들은 티반보리 대사님을 걱정할 필요도 없습니다."

"'우리'의 안전?" 사령관이 밋밋하고 의심스럽다는 어투로 말했다.

"조약이 깨지면 모두에게 안 좋을 거예요." 티반보리 대사가 말했다. "저는 이번 상황에는 관여하지 않았더라면 좋았겠다는 생각이 들기 시작하고 있지만요."

"게크는 아주 비밀스럽습니다." 가랄이 말했다. "아마 벌써 아시겠지만요, 사령관님. 저희는 당신들이 갈 때까지 기다릴 수가 없습니다." 그리고 갑자기 인그레이는 이게 무슨 상황인지를 이해했다. 그 메크는 위진 선장의 것이었다. 하지만 애초에 게크의 것이었다. 분명 게크는 그게 다른 누군가의 손아귀에 들어가는 걸 원치 않았다. 그래서 가랄과 티반보리 대사를 보내 수습해 오게 한 것이다. 가랄이 선택된 건 다른 게크들이 우주선을 떠나는 걸 너무 불편하게 여겼기 때문이겠지만, 인그레이는 왜 티반보리 대사가 같이 오게 됐는지, 게다가 그 메크가 실제로 게크 대사인 듯이 몰아가는 분위기에 왜 장단을 맞춰주는지 알 수 없었다. 티반보리 대사가 지금까지도 알아채지 못한 게 아니고서야 말이다. 인그레이는 티반보리 대사가 알았다면 오지 않았으리라 생각했다. 옴켐이 위진 선장의 메크를 쏘았다 해도 조약 위반은 아니었다. 그리고 티반보리 대사는 대체로 게크에 협조하려 하지 않는 경향을 띠었다.

가랄이 말을 이었다. "우리는 당신들이 라리움에 두고 온 것과 관련하여 당신들만큼이나 화에이인들도 믿지 않습니다. 우리에겐 가능한 한 빨리 수습하는 것이 급선무입니다."

"조약을 위반하지 않는 방법으로요." 티반보리 대사가 곁눈으로 가랄을 흘깃 보면서 강조하듯이 말했다.

"우리는 조약을 위반하지 않을 겁니다." 가랄이 진지하고 평온하게 대답했다. "그리고 우리가 위반하지 않는 걸 확인하기 위해 대사님이 여기 계시고요."

티반보리 대사가 눈알을 굴렸다. "당신들 전부요." 그녀가 정나미 떨어진다는 듯한 어투로 말했다. "저는 분명 당신들 모두에게 얘기했어요."

"제가 저분들과 같이 가보겠습니다." 정적이 흐르자 첸스가 말했다.

핫커반 사령관이 마치 첸스의 말을 듣지 못한 듯이 물었다. "누가 자트 존하를 죽였지?"

"저는 아니에요." 가랄이 말했다. "그때 저는 내내 인그레이와 같이 있었고, 게다가 저한텐 그녀를 죽일 이유가 없습니다. 그녀가 오만하고 신경에 거슬리는 건 사실이었죠. 하지만 그건 제가 생각하는 일반적인 살인의 근거는 아니에요, 그렇지 않은가요?" 사령관은 대답하지 않았다. "인그레이도 그녀를 죽이지 않았어요. 그녀를 풀어주셔야 합니다."

"안 돼." 핫커반 사령관이 말했다.

가랄이 인그레이를 쳐다보았다. "미안해요. 애는 썼는데 말이에요."

"같이 온 다른 이가 있나?" 핫커반 사령관이 물었다. "다른 게크? 우리한테 보이진 않지만, 여기 있을 거라고 나는 확신해."

"아니요." 가랄이 말했다. "없어요. 우리는 아무도 데려오지 않았습니다. 우리는 또 다른… 사건을 일으키고 싶지 않아요." 핫커반 사령관이 대답도 하지 않고 심지어 움직이지도 않자, 가랄이 말을 이었다. "누가 있다면 사령관님도 아시겠지요. 여러분은 대사님을 감지했습니다. 화에이인들은 그러지 못했지만요. 우리가 여기 온 데는 이미 얘기한 것 이외의 목적은 없습니다. 더는…." 으가 얼굴을 찡그렸다. "인간 간 분쟁에 간섭해서 조약을 위반할 생각이 없습니다. 저 개인적으로는 간섭할 수 있기를 바라긴 하지만요. 인그레이는 제 친구이고, 그녀에게 무슨 일이 생긴다면…." 인그레이는 숨조차 쉴 수 없었다. 자칫 손가락이라도 까딱했다가는 바닥에 주저앉아 흐느끼게 될 것이 분명했다.

"만약 그녀에게 무슨 일이 생긴다 해도, 당신은 아무 일도 할 수 없을 거예요." 티반보리 대사가 날카롭게 말했다. "그러니 또 다른 종족 간 사건에 휘말리기 전에, 무얼 할 수 있을 것처럼 암시하는 짓은 그냥 그만두세요."

"제가 같이 갈게요." 첸스가 다시 말했다. "제가 돌아오지 않으면 뭔가 잘못됐다는 걸 아시겠지요."

"그건 사고였어요." 사령관이 티반보리 대사에게 말했다. "그들에게 그렇게 말씀해주시겠습니까?"

"최선을 다해볼게요." 티반보리 대사가 건조하게 말했다. "보장은 못 해드리지만요. 당신들은 정말이지, 아무 데나 총을 쏘고 돌아다니면 안 됩니다."

여전히 메크에게 붙들린 채 디카트 의장이 폭소를 터뜨렸다. "라드츠가 사돈 남 말 하시네."

티반보리 대사가 성가시다는 듯이 으를 힐끗 쳐다보았다. "저는 이 사안에서 모든 인간을 대표합니다. 당신들이 이 이상으로 조약을 어기는 일이 없었으면 좋겠군요. 하지만 저는 아무것도 약속할 수 없어요."

"우리는 그저 감수해야겠지요." 핫커반 사령관이 말했다. 그녀가 첸스에게 손짓을 했다. "같이 가."

첸스와 티반보리 대사와 함께 지나가면서 가랄이 말했다. "미안해요, 인그레이. 저는 정말로 아무것도 할 수가 없어요."

"알…." 인그레이는 침을 삼켰다. "알아요. 조약이…." 목소리가 그녀를 배신했다.

"그래도 여기 제정신인 '누군가'가 한 명은 있군요." 티반보리 대사가 말하고는 라리움을 향해 걸음을 옮겼고, 첸스와 가랄이 뒤따랐다.

인그레이는 차마 돌아서서 그들이 멀어져가는 걸 지켜볼 마음이 들지 않았다. 핫커반 사령관이 다시 걸으라고 명령했을 때에도 움직일 수나 있을지 자신이 없었다. 하지만 그녀는 걸었다. 니케일과 나란히, 마치 그녀의 다리와 발을 움직이고 있는 게 다른 사람인 듯이 걸었다. 조금 전까지 북받치던 눈물은 말랐다. 하지만 언제라도 공황 발작을 일으킬 듯한 불안정한 상태는 여전했다. 예전에 그녀가 어렸을 때, 온 가족이 어느 공식 환영회에 가는 길에 라크 진촌이 그녀의 손을 잡고 몸을 숙인 채 말한 적이 있었다. 무서우면 주위를 둘러보고 무서운 사람과 무서운 것을 모두 꼽아보라고, 그러고는 나를 도와줄 사람과 도움이 될 것들을 또 모두 꼽아보라고 말이다. '아무도 없고 아무것도 없으면 어떡해요?' 그녀는 그렇게 생각했지만, 입 밖으로 내지는 못했다. 하지만 으의 말이 맞았다. 그게 도움이 되었다. 창피한 일이 있을 때는 화장실이 어디 있는지 아는 것만으로도, 또는 군중 속에서 누가 네타노를 지지하는 사람인지, 그래서 결과적으로 네타노의 아이들에게 상냥하게 대해줄 사람이 누구인지 아는 것만으로도 도움이 되었다.

이곳엔 도움이 될 만한 사람이나 물건이 많지 않았다. 니케일, 그리고 디카트 의장뿐이었다. 첸스는 적어도 친절하게 대해주기는 하지만, 라리움으로 돌아가는 중이었다. 그들과 같이…. 하지만 인그레이는 그 생각은 하지 않기로 했다. 그녀는 침착하고 분별 있게 처신할 것이다. 핫커반 사령관을 따라 니케일과 나란히 제1의회 의사당으로 향하는 복도를 걸어갈 것이다.

제1의회가 중요하긴 하지만, 의회가 소집되는 방은 의사당치고는 상대적으로 작은 편으로, 가로와 세로가 12미터를 조금 넘었다. 무엇보다 제1의회에는 의원이 여덟 명밖에 없었다. 여섯 개인 화에이 외정거장 대표가 한 명씩, 거기에 더해서 화에이 우주정거장 대표가 있고, 의회를 통솔하고 총의회에서 제1의회 전체를 대표하는 의장이 있었다. 하지만 공식 본 회의실에는 가장자리를 빙 둘러 가운데보다 1미터쯤 높게 설치된 방청석이 있었고, 경사로로 연결되는 가운데에는 등받이가 있고 쿠션을 댄 벤치 여덟 개와 낮은 탁자 몇 개가 둥그렇게 놓였다. 제일 중앙에는 '채무를 거부한다'가 놓인, 아니 놓였던 것과 똑같은 섬록암 전시대가 있었다. 그 전시대 위에 손잡이가 두 개 달리고 푸른색과 자주색 유약을 입힌 속이 깊은 도자기인 의회종이 유리함에 들어 있었다. 유리함 속, 종 옆에는 커다랗고 단순한 나무 숟가락이 하나 놓였다.

디카트 의장을 안고 있던 메크가 가장 가까운 경사로를 성큼성큼 내려가더니 어울리지 않게 조심스러운 태도로 으를 벤치에 내려놓았다. 인그레이와 니케일이 따라갔다. "앉아." 핫커반 사령관이 의회종이 놓인 대 옆에 서서 여전히 총을 쥔 채, 그리고 여전히 철저하게 방탄장비를 두른 채 벤치들을 가리키며 명령했다. 니케일이 디카트 의장 옆의 벤치에 앉았고, 인그레이는 니케일 옆에 있는 의자에 거의 주저앉다시피 했다. 쿠션이 있어서 딱딱한 라리움 바닥보다는 확실히 편안했다. 좋은 일이었다. 아주 사소한, 그다지 쓸모없는 사실이긴 하지만, 그래도 도움이 되는 것으로 분류할 수 있었다.

디카트 의장을 안고 온 메크가 다른 경사로로 올라가 방 저쪽 편에 가 섰다. 다른 메크 한 기가 그들이 들어온 문간에 자리를 잡았다. 연합이 공격해왔을 때 회의 중이었던 듯했다. 물건들이 벤치들 사이 낮은 탁자 여기저기에 흩어져 있었다. 여기엔 잔과 물병이, 저기엔 휴대용기기와 터치펜이, 심지어 인그레이가 앉은 벤치 밑에는 신발 한 켤레가 삐죽이 튀어나와 있었다. 디카트 의장이 라리움이 아니라 여기에 있었다면, 수월하게 탈출했을 것이다. 아니, 아니다. 디카트 의장은 여기에 있었다. 어쨌든 젊은 디카트 의장은 그랬다. 이 늙은 디카트 의장은 대신에 보육원 견학단을 만나기로 했다. 제일 가까운 탁자에 금박을 입힌 물병과 서바트가 반쯤 담긴 잔이 있었다. 분명 적어도 이틀은 아무도 건드리는 사람 없이 거기 놓여 있었으리라.

핫커반 사령관이 대 옆에 몇 분간 말없이 서 있었다. 니케일과 의장은 각자의 벤치에 말없이 앉아 있었다. 인그레이는 구겨지고 더러워진 치맛자락을 움켜쥔 채 곁눈으로 옆 탁자에 놓인 서바트 잔을 힐끔거렸다. 액체가 증발해 잔 안쪽에 하얀 선이 남았다. 액체 바로 위였다. 아마 먼지도 앉았으리라. 전혀 구미가 당기지 않는 상태였지만, 인그레이는 불현듯 목이 말랐다. 그녀는 혹시라도 마실 만한 게 남았나 보려고 팔을 뻗어 물병을 집지나 않을까 싶어 치맛자락을 더욱 꽉 움켜쥐었다.

얼마 후에 첸스가 헬멧을 손에 들고 본 회의실으로 들어왔다. 방탄장비를 두른 팔뚝에 푸른 피가 묻어 있었다. "그들은 갔어요." 그가 이르어로 말했다. 조금 전까지 그 언어로 얘기를 하다 와서 아직 그 언어로 생각하고 있어서인지, 아니면 자기 말을 모두가 듣고 이해하기를 바라서인지, 인그레이로서는 알 수 없었다. "가랄 케트 씨가 대사의, 그러니까… 모든 부분을 챙겨야 한다고 고집해서, 음… 찾는 데 시간은 좀 걸렸지만, 온전하게 다 챙겼습니다. 저는 으에게 티반보리 대사가 듣는 데서 그렇다고 말해달라고 했고, 으는 그녀 앞에서 모든 부분을 챙겼음을 공식적으로 확인해주었습니다. 가랄 케트 씨는 이 사안에 대해서는 더 이상의 대화를 거부했는데, 자신에게는 그럴 권한이 없다고 하더군요. 하지만 티반보리 대사는 웬만하면 잘 해결될 거라고, 게크도 우리만큼이나 조약이 더 위태로워지길 바라지는 않으리라 생각한다고 했습니다."

디카트 의장이 여태 침묵을 지키고 있다가 불쑥 말했다. "물론 그 문제를 해결하는 제일 쉬운 방법은 대사를 죽인 자를 게크에게 넘겨주는 것이겠지."

한동안 아무도 대답하지 않았다. 인그레이는 의장이 왜 인질범들이 곤란해하거나 심지어 위협적이라 느낄 게 확실한 말을 할까 궁금했다. 그러다 이런 일들이 순간적인 충동으로 계획될 리는 없을 거라던 티반보리 대사의 말이 떠올랐다. 사령관은 제1의회의 통제권을 확보하는 데 실패했지만, 그냥 떠날 수는 없었다. 그런 게 아니라면 이미 떠났을 것이다. 아니, 그녀는 적어도 뭔가 성과를 얻어야 했다. 음… 다른 옴켐 우주선들이 도착하기 전에? 어쨌든, 그녀는 제한된 시간 내에서 움직이고 있었다. 하지만 그건 자기들이 게크 대사를 쏘았다고 생각하기 이전이었다. 가랄이 메크를 수습해 간 것, 그리고 티반보리 대사가 사태 해결을 위해 노력하겠다고 말한 것이 핫커반 사령관에게 상당한 안도감을 주었을 것이 분명했다.

하지만 디카트 의장은 인질범들이 당황하거나 겁에 질릴수록 실수할 가능성도 커진다는 걸 예리하게 간파했다. 당연히 그 실수는 옴켐에 해가 되는 만큼이나 인그레이와 니케일, 의장 자신에게도 치명적일 것이다. 인그레이는 의장이 분명 그 점도 예리하게 인식했으리라는 사실을 깨닫고 전율을 느꼈다. 아무도 보는 사람은 없지만, 그녀는 손을 떨지 않으려고 치맛자락을 더욱 꽉 움켜쥐었다.

"우주선이 새면 내가 땜질을 해야지." 핫커반 사령관이 여전히 이르어로 말했다. "의장, 이 함을 열 수 있나?"

"그건 의회 유물 관리자의 소관이야." 디카트 의장이 말했다. "그가 여는 법을 알겠지."

"그는 여기 없어." 핫커반 사령관이 말했다.

"그것참 안됐군." 디카트 의장이 건조하게 대답했다.

핫커반 사령관은 대답하지 않았다. 그러자 첸스가 반시아어로 말했다. "화에이의 어느 보육원을 가든 누구나 의회종이 무엇인지 알고, 그것이 없으면 제1의회가 일을 할 수 없다는 걸 압니다. 사령관님께도 설명하려 애를 썼습니다만, 저는 의장님을 인질로 잡으면 제1의회의 운영에 차질이 있으리라는 생각이 헛되다는 걸 압니다." 디카트 의장이 무시하는 듯이 코웃음을 쳤다. "사령관님은 화에이를 이해하지 못합니다. 그러나 한편으로는, 사령관님이 이해했다면 제가 여기 있는 몇몇 유물들이 얼마나 중요한지 설명해드리기도 전에 당신을 아이들과 같이 내보냈겠죠. 그러면 우리에겐 이 함을 열어줄 사람이 아무도 없었을 테고요."

"함을 열어라." 핫커반 사령관이 이르어로 말했다.

디카트 의장이 잠시 핫커반 사령관을 쳐다보더니 말했다. "열지 않으면 인그레이를 쏘나? 아니면 니케일?"

"둘 중 하나겠지." 핫커반 사령관이 인정했다. "그 후에도 계속 거부하면, 나머지도."

"내가 함을 열겠다고 하면." 디카트 의장이 말했다. "인그레이와 니케일을 보내줄 텐가?"

"본인의 석방은 요청하지 않는 겁니까?" 첸스가 물었다.

"나는 없어도 되는 사람이야." 디카트 의장이 대답했다. 으의 목소리는 냉정했다.

"저희한테는 아닙니다, 의장님." 첸스가 답했다.

"저들을 보내줘. 그러면 내가 이걸 열어주지." 의장이 말했다. 여전히 냉정하고 평탄한 목소리였다.

“안 돼.” 핫커반 사령관이 말했다.

“저분들을 보내주면.” 첸스가 지적했다. “의장님이 이걸 그냥 열어주지 않겠다고 했을 때 저희에겐 의장님을 강제할 방법이 없게 됩니다.”

“하지만 이 함을 여는 데 실제로 내가 필요한 건 아니잖아.” 디카트 의장이 말했다. “당신들 메크가 이걸 부숴줄 수 있을 거야. 아마 1분도 안 걸릴걸.”

인그레이는 눈을 깜박이고는 의장의 말에 눈에 띄는 별다른 반응을 하지 않으려 무던히 애를 썼다. 사령관이 메크를 시켜 유리함을 부수면 경보가 울릴 것이다. 니케일이 아까 라리움에서 한 말대로라면 모든 문이 닫힐 테고, 옴켐인들은 이곳에 갇힐 것이다. 아니면 적어도 나가는 데 시간이 더 들 테지.

니케일과 의장이 전에 봤다는 메크들이 모두 어딘가 다른 데 있는 이유가 그래서일까? 사고로 경보가 울리면 다들 갇히고 그것들과 격리되기 십상이라서일까? 아니면 그들이 타고 온 화물선과 오가는 통로를 방어하기가 더 어려워진 탓인지도 몰랐다. 아니면 화물선들 자체나.

하지만 그런 경우라면, 사령관과 민족지학자는 왜 아직 여기 있는 걸까? 의회종이든 라리움에 있던 ‘채무를 거부한다’든, 전시함을 여는 문제에 관해서라면 폐기해도 될 만한 메크들만 있으면 되는 문제가 아닐까? 그래서 경보가 울려 그들이 갇히더라도 적어도 사람을 잃는 일은 없는 편이 낫지 않았을까?

‘통신이 끊긴 거야.’ 인그레이는 깨달았다. 아니면 통신이 끊기지 않았다 하더라도, 그들이 타고 온 화물선으로 돌아가는 것이 여기 있는 것보다 더 위험해진 것이리라. 어쩌면 화에이 행성계 방어군이 이미 옴켐을 압박하고 있는지도 몰랐다. 거기에다 사령관이 느끼고 있을 시간적 제약이 있었다. 또 명백히 대사 살해로 보이는 건에 대해 게크가 어떤 반응을 보일까 하는 걱정까지 더해야 했다. 핫커반 사령관은 지금 엄청난 스트레스를 받고 있고, 아마 쓸 수 있는 자원도 많지 않을 것이다. 그녀가 모종의 실수를 하도록 몰아가서 행성계 방어군에게 이 사태를 끝낼 기회를 줄 방법이 분명히 뭔가 있을 것이다.

핫커반 사령관이 총을 들어 니케일을 겨누었다. "이러쿵저러쿵할 시간은 지났다. 의장, 함을 열어라."

니케일은 나직하게 겁에 질린 소리를 냈지만 움직이지 않았다. 인그레이의 머릿속에서 눈앞에 있던 사령관의 총구에 대한 기억이 날카롭고 선명하게 떠올랐다. 숨통이 조여들면서 또 한 번 사위가 멀어지는 듯했다. '채무를 거부한다'를 가져봐야 옴켐에는 거의 아무 소용도 없을 것이다. 설사 그게 진짜라 하더라도 말이다. 가랄이 제기한 의문들은 이젠 옴켐 연합에 대항해 조그만 이점이라도 취하려는 화에이인들의 열망에 이용될 것이다. 그리고 의회종도 옴켐에는 별 도움이 되지 않을 테고, 화에이 행성계 방어군은 아마 그런 건 아랑곳하지 않고 싸울 것이다. 그리고 제1의회는 새로운 회의실을 찾아서 회기를 열 때 쓸 다른 유물을 정하는 법을 통과시킬 것이다.

디카트 의장은 함을 열어줘도 얻을 수 있는 것이 아주 적었다. 기껏해야 다음 요구가 나올 때까지, 또는 사령관이 으의 생명을 보존할 가치가 없다고 판단할 때까지 약간의 시간을 버는 정도였다. 하지만 의회종은 중요했다. 화에이 역사의 한 부분이었다. 제1의회의 공식 회의를 다른 회의와 구별해주는 것이 그 종이었다. 그것이 없으면 제1의회는 진짜 제1의회가 아니었다. 그렇다면, 그걸 사용하는 다른 어떤 집단의 사람들이 법적으로 자신들이 진짜 제1의회라고 주장할 수 있을까? 아니다. 인그레이는 그게 그런 식으로 작동하지는 않으리라 확신했다. 하지만 그건 그게 작동하는 방식의 일부이기는 했다. 옴켐이 의회 자체를 손에 넣지 못한다면, 이 방법이 아마 가능성 있는 두 번째 선택지였을 것이다. 아니면, 적어도 지금으로서는 핫커반 사령관이 가진 최선의 선택지일 것이다.

시간을 지연시키는 건 분명히 화에이 행성계 방어군에 도움이 되었다. 그래서 의장은, 그리고 그 점에서는 인그레이와 니케일도 가능한 한 함을 여는 시점을 늦추고 싶었다. 그리고 가장 논란의 여지가 없는 시간 지연 사유는 의장이 단호하게 함을 열기를 거부하는 것일 테고.

그리고 디카트 의장이 함을 열지 않겠다고 거부하다 죽으면, 후계자에게 값진 정치적 유산을 남기게 될 터였다. 인그레이는 네타노가 똑같은 이유로 최선을 다해 자신의 죽음을 이용하리라는 데 의문을 품지 않았다. 니케일은… 음, 어쨌든 대(大) 니케일 타이에게는 새 후계자를 선택할 시간이 있었다. 그들 셋은 모두 적어도 어떤 의미에서는 처분할 수 있는 존재, 대체 가능한 존재들이었다.

디카트 의장은 움직이지 않았다. 숨조차 쉬지 않았다. 모든 것이 얼어붙은 듯하고, 니케일을 겨눈 저 총, 겁에 질린 인그레이의 미친 듯이 폭주하는 생각 앞에서는 시간마저 느려지는 듯했다. 디카트 의장은 성마르고 불쾌한 인물이었다. 으는 몸이 편치 않았고, 고통을 겪는 듯했으며 당연히 겁에 질렸다. 하지만 으는 언제나 그랬듯이 명민한 정치인이었다. 으는 이제 막 인그레이가 깨달은 것들을 벌써 오래전에 알았을 게 틀림없었다. 지금 상황에서 으에게나 화에이에게나 최선의 전략은, 함을 열지 않겠다고 확고하게 거부하는 것이었다. 사령관이 그걸 부수게 해야 했다. 분명 부술 것이다. 하지만 그

건 더 이상 어쩔 수 없을 때, 인그레이와 니케일과 디카트 의장이 모두 죽고 난 뒤일 터였다.

"나는 함을 열지 않겠다." 디카트 의장이 말했다.

그리고 인그레이는 자기도 모르게 옆에 있던 서바트 병을 집어 전시대 유리함에다 던졌다.

조명이 꺼졌다. 무언가가 번쩍하더니 큰 폭발음이 들렸고 누군가가 비명을 질렀다. 인그레이 자신이었다. 자신이 무얼 하는지도 모른 채 인그레이는 비명을 지르며 앉았던 벤치에서 바닥으로 몸을 날렸다. 닫힌 공간에 여러 번의 총성이 귀가 먹먹하도록 울렸다. 인그레이는 차가운 타일 바닥에 엎드려 가쁘게 숨을 헐떡였다. 심장이 미친 듯이 쿵쾅거렸다. 무릎이 아팠다. 벤치에서 내려올 때 접질린 듯했다.

정적이 흘렀다. 그러다 불빛이 마구 흔들렸다. "첸스!" 핫커반 사령관의 목소리였다. "첸스, 들어라. 첸스!"

"나는 좋은 상태." 첸스가 대답했다. "헬멧에 그렇다고 너에게 얘기한다."

여전히 바닥에 찰싹 엎드린 상태로 인그레이는 위험을 무릅쓰고 고개를 들었다. 핫커반 사령관이 손에 조명을 들고 근처에 서 있고 옆에 첸스가 무릎을 꿇고 있었다. 얼굴 옆으로 피가 흘렀다. "방탄장비가 부재로 보인다." 핫커반 사령관이 대답했다. "통신 상황 작용 부재하다. 메크들 움직임 부재하다."

'메크들 움직임 부재하다.' 사령관의 말은 메크들이 움직이지 않는다는 뜻일 것이다. 어떤 이유로든 통신이 끊겼다. 인그레이는 아주 살짝 몸을 일으켰다.

"꼼짝 마, 인그레이." 핫커반 사령관이 이르어로 날카롭게 명령했다. "너 때문에 첸스 존하가 죽을 뻔했다."

'나 때문은 아니지.' 인그레이는 반박하고 싶었다. 무엇보다 총이란 총은 다 사령관 쪽에 있었다. 대신에 인그레이는 말했다. "디카트 의장님은 어디 있지? 니케일은?"

"여기야." 디카트 의장의 목소리였다. 핫커반 사령관이 으의 소리가 난 방향으로 조명을 홱 비추었다.

디카트 의장이 바닥에 엎드린 니케일 옆에 무릎을 꿇고 앉아 있었다. 으의 손이 니케일의 어깨를 짚었고, 불안하게 흔들리는 빛이 스치는 순간, 인그레이는 으의 손가락 틈으로 보이는 것이 피라는 걸 알아챘다. 니케일은 움직이지 않았고, 얕은 숨을 헐떡이고 있었다.

니케일이 총에 맞았다. '내 잘못이야.' 인그레이는 돌연한 공포에 사로잡혔다. 자기가 한 짓 때문에 니케일이 총에 맞았다. 이제 그녀는 죽을 것이다.

아니다. 아니야, 인그레이가 아무 짓도 하지 않았다면, 결국 인그레이와 니케일 둘 다 죽게 되었을 것이다. 그리고 니케일은 아직 죽지 않았다. 그녀는 그저… '아, 빌어먹을 승천한 성인들 같으니.' 인그레이는 생각했다. '저 때문에 그녀가 죽지 않게 하소서.'

"방청석 뒤쪽에 구급상자가 있어." 디카트 의장이 냉정하고 침착한 어조로 말했다.

아무 말 없이 첸스가 일어나 방청석으로 가는 경사로를 올랐다. 경사로 옆에 메크 한 기가 누운 채 꼼짝하지 않았다. 넘어졌는데 영영 일어날 기회가 없다는 듯한 자세로 한쪽 팔은 여전히 총을 움켜쥔 채였다. 핫커반 사령관이 인그레이에게 총을 겨눴다. "움직이면 바로 쏜다."

"그러시겠지." 인그레이가 대답했다. 떨리는 목소리를 숨길 방도가 없었다. 지금 일어나라면 일어날 수나 있을지 자신이 없었다. 바닥에 엎드린 채로도 주체할 수 없을 정도로 덜덜 떨렸다.

첸스가 니케일이 엎드린 곳으로 구급상자를 들고 와 의장 옆에 무릎을 꿇고는 상자 안의 내용물을 분류하기 시작했다. "경보가 울리면 통신을 차단하는 뭔가가 있나?" 핫커반 사령관이 물었다. "내가 받은 정보에 그런 얘기는 없었어."

인그레이는 자기한테 하는 소리라고 생각했다. 니케일은 의식이 없었고, 디카트 의장과 첸스는 응급 처치에 여념이 없었다. "난 전혀 모르겠어." 니케일은 알았을 것이다. "보안이 어떻게 되어 있는지 아무한테나 자세하게 알려줬을 것 같진 않은데."

"움직이지 마." 핫커반 사령관이 말했다. 인그레이는 한숨을 쉬고 들었던 고개를 내려놓았다. 무릎이 이렇게 심하게 아프지 않아도, 이렇게 심하게 떨지 않아도, 그녀는 아무에게도 위협이 되지 못했다. 그리고 니케일을 도울 방법도 없었다.

"이게 도움이 되려나 모르겠습니다." 몇 분 후에 첸스가 말하는 소리가 들렸다. "저로서는 최선을 다했지만요."

"당신은 할 만큼 했어." 디카트 의장이 말했다. 건조하고 냉소적인 목소리였다. 첸스는 반시아어로 말했지만 의장은 이르어였다. 빠르고 얕았던 니케일의 호흡이 느려진 듯했다. 좋은 신호일까? 인그레이는 쇼크의 징후에 대해서 배웠던 걸 어렴풋이 기억해냈다. 호흡이 빨라지고 한기가 느껴지고 의식이 흐려진다고 했던가. 그녀는 디카트 의장과 첸스 존하에게 니케일의 피부가 차갑고 끈끈한지 묻고 싶었고, 아니면 하다못해 니케일의 발을 높여 놓았는지 고개를 들어 확인하고 싶었지만, 바보 같은 짓일 것이다. 구급상자에는 처치법이 딸려 있고, 디카트와 첸스가 알아서 잘했을 게 틀림이 없었다. 그녀는 그저 방해될 뿐이었다. 게다가 이 사태를 일으킨 사람이 그녀였다. 총을 쏜 당사자가 핫커반 사령관이든 메크든, 니케일이 다친 건 인그레이 탓이었다. 총을 쏜 건 아마 핫커반 사령관일 것이다.

불빛이 멀어졌다. 그들은 어둠 속에 남았다. 발소리가 방청석을 한 바퀴 돌았다. 핫커반 사령관이 출입문을 확인하는 것이리라. "상황, 갇혔다." 한 바퀴를 돌아 확인을 마친 핫커반 사령관의 목소리가 불빛과 함께 돌아오면서 말했다. "분명히 우리 편이 있고, 강제로 열다, 알고 있음." 성능이 안 좋은 인그레이의 통역기에서 나오는 이상한 통역 결과들이 희미하게나마 의미를 전달해주었다. 사령관은 병사들이 연락이 끊긴 걸 알아채자마자 본 회의실을 개방하는 작업을 시작하리라 생각했다. "시간이 유한하다. 하지만 소유 상황은 소유다." 인그레이는 바닥에 얼굴을 댄 채 미간을 찌푸렸다. 시간이 많지 않다, 또는 시간이 부족하다. 하지만 도대체 '소유 상황은 소유다'는 무슨 뜻일까?

"사령관님!" 첸스 존하의 외침에 깜짝 놀란 인그레이가 자기도 모르게 반쯤 몸을 일으켰다.

첸스는 여전히 디카트 의장과 함께 니케일 옆에 무릎을 꿇은 채였다. 하지만 그는 니케일을 보고 있지 않았다. 그는 유리함이 놓인 섬록암 전시대를 홀린 듯이 쳐다보고 있었다.

유리함이 비었다. 핫커반 사령관이 똑바로 조명을 비췄지만, 잘못 본 것도 아니었고 그림자의 장난도 아니었다. 단지와 숟가락이 사라졌다.

"대체 무슨 짓을 한 거야?" 사령관이 불빛을 인그레이 쪽으로 비추면서 힐난했다.

갑자기 얼굴로 쏟아지는 불빛 말고는 아무것도 볼 수 없게 된 인그레이가 눈을 깜박였다. "난 아무 짓도 안 했어! 물병을 던졌을 뿐이야. 그리고 불이 나가는 바람에 벤치에서 발을 헛디뎠지."

"일어서!" 핫커반이 명령했다.

인그레이는 옆에 있는 벤치를 지지대 삼아 짚고는 천천히 조심조심 일어섰다. "무릎을 다쳤어." 그녀가 말했다. 핫커반 사령관이 계속 조명을 인그레이의 얼굴에 비추었고, 인그레이는 이제 공포를 넘어선 어떤 지점에 이른 듯했다. 앞으로 무슨 일이 일어날지에 대한 짐작도, 심지어 걱정도 넘어섰다.

핫커반 사령관이 퉁명스럽게 인그레이의 다리를 툭툭 더듬어보더니 치맛자락을 홱 들쳤다.

"거긴 없어요." 첸스가 이르어로 말했다. "그런 식으로 숨기기에는 단지가 너무 커요." 그렇다고 니케일이 그걸 가지고 있을 리는 없었다. 디카트 의장도 마찬가지였고.

잠시 후 불빛의 방향이 바뀌더니 핫커반 사령관이 경사로 옆에 누운 메크에게 성큼성큼 다가갔다. 그녀가 몸을 숙이고 메크의 옆면에 있는 무언가를 눌렀고, 뚜껑이 짤깍 열렸다. 사령관이 뚜껑을 위로 확 열고는 불빛으로 안을 비추었다. "'채무를 거부한다'가 사라졌어!"

"'채무를 거부한다'가 사라졌다고?" 인그레이가 물었다.

"그건 불가능해." 디카트 의장이 말했다. "경보가 울리면 문이 닫히고 잠겨."

"정보에 따르면 그럴 거라고 했어, 맞아." 핫커반 사령관이 인정했다. "아마 곧장 닫히고 잠긴 게 아니겠지."

"사령관님은 10초도 안 돼서 조명을 켰어요." 첸스가 반박했다. 여전히 이르어였다. "불이 나갔을 때 누군가가 우리가 전혀 눈치채지 못하게 여기로 들어와서, 10초도 안 되는 사이에 함을 열어 종을 꺼낸 다음, 메크의 보관함을 억지로 열어서 '채무를 거부한다'를 꺼냈다고요? 그러고는 제1의회 의장과 의회 의원의 딸을 두고 그냥 갔다고요? 심하게 다친 유물 관리자까지도요? 아니요, 사령관님. 그럴 리는 없어요."

위진 선장일 리는 없었다. 그는 이곳에 없었다. 가랄과 티반보리 대사가 왔을 때 게크인들이 조약을 위반하는 위험을 기꺼이 감수하며 그를 몰래 들여보냈더라도, 지금쯤이면 들통이 났을 것이다. 또 한 번 말이다.

"확인되지 않은 인물 조건 존재한다." 핫커반 사령관이 아주 냉정하게 말하고는, 무릎이 아픈 걸 참으며 여전히 벤치 앞에 서 있는 인그레이를 쳐다보았다. "무슨 짓을 했지? 대체 무슨 계획이었어?"

"무슨 말인지 모르겠어." 그러나 인그레이는 알았다. 사실 계획이 있었다. 아니면, 적어도 계획을 세울 계획이.

"넌 일부러 경보를 울렸어." 핫커반 사령관의 목소리는 침착하고 냉정했다.

"당신이 날 쏘려고 했으니까, 아니면 니케일이나. 당신 입으로 그렇게 말했어. 그리고 당신은…." 계속하기에는 목소리가 너무 떨렸다. 인그레이는 침을 삼키고는 다시 입을 열었다. "당신이 경보를 울리고 싶어 하지 않는 게 너무 분명하게 보였지. 경보가 울리면 상황이 더 어려워질 테니까. 그래서 내가 경보를 울렸어." 눈물이 새로 차올랐고, 인그레이는 막으려고 하지도 않았다.

핫커반 사령관은 대답을 하지도, 움직이지도 않았다.

"쏘고 싶으면 쏴." 인그레이가 말했다. "아이들은 안전해. 우리 엄마도. 내가 여기 온 이유는 그게 다였어." 목소리가 너무 많이 떨려서 거의 얘기를 할 수 없을 지경이었다. 그녀는 도전적으로 턱을 치켜들려고 애를 썼지만, 잘해냈는지 아니면 너무 심하게 떨어서 그냥 떠는 거로만 보였는지 알 수 없었다.

정적이 더 깊어졌다. '핫커반 사령관은 아이들을 보내주었어.' 인그레이는 여전히 흐느끼면서 생각했다. '디카트 의장에게 의자도 가져다주었어.' 그렇다고 해서 사령관이 누군가를 죽이지 않으리라는 의미는 아니었다. 어쨌든 그녀는 군인이었다. 하지만 혹시나, 그냥 혹시나, 살인을 피하기 위해서라면, 가능하다면 잔인한 짓을 하지 않기 위해서 애쓸지도 몰랐다.

몇 초간 침묵이 이어지고 나서, 핫커반 사령관이 무뚝뚝하게 말했다. "그 벤치에서 조금이라도 벗어나거나 무슨 말이든 한마디만 더 하면 널 쏘겠다."

인그레이는 앉았다. 그리고 잠시 후에 핫커반 사령관은 불빛을 그늘진 구석마다 비추며 아주 느리고 체계적인 방식으로 방을 한 바퀴 돌기 시작했다.

눈물이 계속 볼을 타고 흘렀다. 인그레이는 최대한 숨 죽여 코를 훌쩍이고는 엉덩이로 밀어 쿠션을 댄 벤치 한쪽 끝으로 이동했다. 그러고는 다친 무릎을 조심하면서 다리를 벤치에 올리고, 반듯이 누워서 팔로 몸을 감쌌다. 핫커반 사령관이 모든 탁자와 벤치 밑에 불빛을 비추고 비밀스러운 공간을 찾기라도 하듯이 가끔은 벽을 두드리거나 바닥의 타일을 차기도 하면서 천천히 방을 두 번 더 돌았다.

울음을 그칠 수 있을 것 같지가 않았다. 여태 천천히 방을 도는 핫커반 사령관을 따라 불빛이 움직였다. 디카트 의장인지 첸스인지는 몰라도, 누가 쿠션 몇 개를 니케일의 다리 밑에 괴어놓았고, 구급상자에 담요도 있었던지 얇은 담요를 덮어두었다. 인그레이는 니케일이 총에 맞은 것이 자신의 탓인지를 따지는 수수께끼 놀이를 계속하고 싶지 않았다. 너무 간단한 수수께끼였다. 집에 가고 싶었다. 자기 방에 있고 싶었다. 과일과 치즈 한 접시에 따끈하고 근사한 서바트 한 병과 함께, 창밖에는 비가 내리고, 달리 갈 데도 없이 무슨 일로든 그녀를 찾는 사람도 없이 말이다. 하지만 그럴 방법은 없었고, 아마 앞으로 다시는 없을 것이다. 여기 누워 우는 것 말고는 달리 어쩔 도리가 없었다.

사령관이 여섯 번째로 방을 돌던 중에 커다란 쿵 소리가 들리더니, 문이 열리는 쉿 소리가 들렸다. 갑자기 문간으로 빛이 들어오고, 경사로 옆에 엎어졌던 메크가 부르르 떨더니 몸을 일으켜 세웠다. 인그레이는 움직이지 않았다. 인그레이는 움직이기를, 말하기를 거부했다. 아무것도 할 수 없었다. 방 저쪽에서 다른 메크 한 기가 일어섰다. 벤치와 탁자들에 가려 보이지 않았던 것이리라. 당연했다. 메크 두 기가 그들을 따라 의회 본 회의실로 들어왔으니까.

"마침내." 옴켐 연합의 메크 한 기가 돌돌거리며 안으로 들어오자 핫커반 사령관이 말했다. "좋은 빠른 작업이다. 특정한 몇몇 포로가 시시한 우주선을 제공한다. 시간은 유한하다. 추가적인 이것들만 나간다. 철저하게 특성 조사하라."

"알았다, 사령관." 새로 들어온 메크가 대답했고, 사령관은 성큼성큼 문으로 나갔다. 첸스가 뒤를 따랐다. 메크가 경사로에서 멈추고 몸체를 낮추더니 선반처럼 생긴 것을 쑥 내밀어 그것으로 니케일을 들어 문밖으로 옮겨 갔다. 경사로 옆에 넘어져 있던 메크가 디카트 의장에게 걸어오더니 조심스럽게 안아 올려서 그 뒤를 따랐다.

방 반대편에 있던 메크가 마지막으로 인그레이에게 다가와서 나직이 말했다. "접질린 무릎 말고는 괜찮으세요, 인그레이 씨?" 반시아어였다.

인그레이는 눈을 깜박였다. "나는… 뭐라고?"

커다랗고 네모진, 다리가 네 개 달리고 팔이 세 개 달린, 여전히 똑같은 옴켐 메크였다. 아니, 같은 메크라고 짐작되었다. 그녀는 사실 메크들을 구별하지 못했다.

"아무 소리도 내지 마십시오." 메크가 말했다. "저는 화에이 행성계 방어군의 특수요원 차르 나칼입니다. 우리 군대가 옴켐 화물선들의 통제권을 장악하고, 거기 있는 조종사들과 메크들 간의 통신을 차단했습니다. 핫커반 사령관과 첸스 존하가 알면 놀라겠지만, 저희는 그들이 알아채기 전에 세 분을 멀리 떼어놓고자 합니다. 사령관은 여전히 무장을 하고 있고, 첸스 존하도 그럴 거라고 생각됩니다. 그리고 저희는 다들 아직 이 커다란 몸체에 익숙지 않으니, 당장은 그들과 싸우는 쪽을 선호하지 않겠지요. 제가 이 말씀을 드리는 이유는, 상황을 알려드려서 당신이 혼자 힘으로 탈출하겠다는 계획 같은 걸 세우지 않게 하려는 겁니다. 걸핏하면 그런 일을 한다고 들었으니까요."

"저는…." 인그레이가 입을 열었다. 그러고는, "뭐라고요?" '걸핏하면 그런 일을 한다고 들었으니까요'라니. 대체 누가 그런 말을….

위진 선장이 그런 말을 하곤 했었지. '위진 선장님이 같이 있어요?' 인그레이는 물어보려고 입을 열었다.

메크가 몸체를 낮추고는 그녀를 안아 올렸다. "지금은 조용히 계세요. 여기서 시간을 너무 오래 끌면 핫커반 사령관이 이유를 궁금해할 겁니다. 아, 여기, 신발을 잊어선 안 되죠." 메크가 거대한 총을 옆에 걸고는 인그레이가 누워 있던 벤치 밑에서 신발 한 켤레를 꺼내 그녀의 무릎 위에 내려놓았다.

"이건 제 것이 아…." 인그레이가 입을 열었다.

"지금은 쉿!" 메크가 두 팔로 인그레이를 안고 경사로를 쿵쿵거리며 올라갔다.

지금은 질문할 때가 아니었다. 인그레이는 복도로 나가는 동안 가만히 있었다. 무릎에 올려진 신발이 무거웠다. 두껍고 딱딱한 밑창이 달린 부츠에 가까운 신발이었고, 신어보나마나 그녀에게는 너무 컸다. 그녀가 티어 시일라스에 가 있던 몇 달 사이에 유행했던 물건인 듯했다. 아니면 이 신발의 주인인 의원이 그런 무거운 보호용 신발을 신을 만한, 몸을 써서 일하는 근면한 사람으로 보이고 싶었을지도 모르고. 음, 그건 중요하지 않았다. 중요한 건 나칼 특수요원이 자신을 데리고 여기를 나갈 것이라는 점이었다. 앞서간 두 기의 거대한 회색 메크도 다른 화에이 행성계 방어군 특수요원의 조종을 받으며 니케일과 디카트 의장을 안전한 곳으로 데려갈 것이다. 그리고 그녀가 도움을 줄 수 있는 유일한 방법은 가만히 있는 것이었다. 조용히 있기. 그건 할 수 있었다. 누워서 떡 먹기였다. 의회 사무처 복도는 어두웠고, 들리는 소리라곤 탕탕거리는 메크들의 발소리밖에 없었다. 거의 나른해질 정도였다.

라리움으로 통하는 복도는 화에이 태양을 녹화한 영상의 빛으로 환했다. 화에이 행성이 오른쪽 벽의 바닥 위로 얇은 띠처럼 떠오르는 중이었다. 이곳의 공간은 지금까지 지나온 복도보다 넓었고, 앞서가던 메크 두 기가 아주 약간 속도를 줄여 인그레이를 안은 나칼 특수요원의 메크와 거리 차이를 조금씩 줄였다. 앞에 가는 핫커반 사령관과 첸스의 등이 보였다. 첸스는 다시 헬멧을 벗은 상태였다.

핫커반 사령관이 우뚝 걸음을 멈췄다. 그리고 돌아섰다. 몇 걸음 앞서가던 첸스도 돌아서서 걱정스러운 얼굴로 사령관을 쳐다보았다. "서라!" 핫커반 사령관이 소리쳤다.

메크 세 기가 매끄럽지 않게 비틀거리며 제자리에 섰다. 아무것도 보여주지 않는 사령관의 회색 안면보호판이 가만히 그들을 응시했다. 인그레이의 목덜미가 오싹해지기 시작했다. 그녀는 위진 선장이 거미 메크를 조종할 때와 게크 대사가 조종할 때의 명백한 차이를 기억했다. 그렇지만 그 차이를 알면서도 늘 눈치채지는 못했다는 사실을, 특히 어느 쪽이 어느 쪽인지 안다고 장담할 때나 다른 일이 벌어지고 있을 때는 더 그랬다는 사실을 애써 일깨웠다.

"움직이지 마." 핫커반 사령관이 명령하고는 천천히, 신중하게 메크들 쪽으로 걸어왔다.

'그녀는 알고 있어.' 인그레이는 생각했다. 하지만 자신이 무얼 할 수 있겠는가? 여기 메크에게 잡힌 채 얌전히 누워 있는 수밖에. 사령관은 곧장 인그레이를 든 메크에게 오더니 총을 꺼내 발사했다.

메크가 움찔했다. 핫커반 사령관이 인그레이의 팔을 잡고는 총구를 머리에 갖다 댔다. "아무도 움직이지 마." 사령관이 이르어로 말했다. "움직이면 쏘아버리겠다."

겁에 질리고 심하게 낙담한 나머지, 인그레이는 소리를 지르고 싶었다. 하지만 나칼 특수요원은 화에이 행성계 방어군이 옴켐의 화물선들과 메크들을 장악했다고 했다. 지원에 나설 준비를 마친 행성계 방어군이 근처에 있을 게 틀림없었다. 문제는 핫커반이 총을 쏘기 전에 그들이 이곳에 올 수 있는가였고, 인그레이가 할 수 있는 일이 무엇인가였다. 그녀는 의식을 잃고 피를 흘리며 다른 메크에 들려 있는 니케일을 생각했다. 인그레이가 경보를 울렸을 때 사령관의 총은 니케일을 겨누고 있었고, 결국 니케일이 총을 맞았다. 그러니 지금 당장 사령관을 놀라게 하는 건 그다지 좋은 생각이 아니었다. 하지만 인그레이가 그렇게 했기 때문에 사령관이 원한 대로 일이 굴러가지 않았다.

"인그레이, 내려와." 핫커반 사령관이 여전히 인그레이의 팔을 붙든 채 말했다. "너와 나, 첸스 존하는 이대로 옴켐 대사관까지 걸어 간다."

"그렇게 멀리는 못 갈 겁니다." 나칼 특수요원이 말했다.

"그렇겠지." 핫커반 사령관이 그 말을 하는 사이, 인그레이는 손에 잡히는 대로 무거운 신발짝을 움켜쥐고 핫커반 사령관의 총을 겨냥하고 휘둘렀다.

귀청이 터질 듯한 소리가 나고 팔뚝을 타고 고통이 몰려와 잠시 눈앞이 깜깜해졌다. 신발짝을 떨어뜨렸다. 총에 맞았나? 하지만 그걸 걱정할 시간이 없었다. 인그레이는 팔에서 느껴지는 고통에도 아랑곳없이 메크의 손아귀 안에서 몸을 틀며 다른 손으로 남은 신발짝을 움켜쥐고 핫커반 사령관의 안면보호판을 한 번, 또 한 번 후려쳤다. 총성이 또 들리고, 그러고는 사령관이 비틀거리며 물러났다.

또는… 아니었다. 사령관은 푸른색과 금색이 섞인 방탄장비를 두른 화에이 행성계 방어군 두 명에게 끌려갔다. 앞에 있던 첸스는 여전히 헬멧을 든 채 바닥에 엎어져 있었다. "첸스는…." 인그레이는 자신이 본 것을 이해하려고 애를 썼다. "그는…?"

"그는 이제 걱정할 필요 없습니다." 나칼 특수요원이 말했다. "헬멧을 썼더라면 좋았을 텐데 말이죠."

"내리도록 도와드리겠습니다." 푸른색과 금색이 섞인 방탄장비를 두른 다른 인물이 갑자기 훅 인그레이 앞에 나타나 첸스와 핫커반 사령관을 가리며 말했다. "나칼은 걸을 수 없어요, 사령관이 이 메크를 어떻게 한 것 같습니다."

"그래도 거기가 약점이란 걸 알게 되어서 다행이지요." 나칼 특수요원이 기분 좋게 말했다. "그리고 그 말이 정말 맞네요, 인그레이 씨."

"총에 맞으셨나요?" 그 푸른색과 금색이 섞인 방탄장비를 두른 군인이 인그레이에게 묻는 사이, 다른 옴켐 메크 두 기가 쿵쿵거리며 의사당 쪽으로 돌아가기 시작했다. 아니, 인그레이는 그렇게 봤다고 생각했다. 팔에서 느껴지는 고통 말고는 다른 것에 집중하기가 힘들었다. "의사에게 모시고 가서 봐달라고 해야겠어요."

"저는 걱정하지 마세요!" 인그레이가 외쳤다. 심장이 쿵쿵거렸다. "니케일 타이를 먼저 봐주셔야 해요! 그리고 의장님도요."

"여부가 있겠습니까, 인그레이 씨." 의료용 메크가 돌돌거리며 다가왔다. "의장님은 괜찮으세요. 그리고 니케일 씨는 이미 의료용 메크가 데려갔어요. 곧 의사에게 갈 겁니다. 여기 당신을 데려갈 메크가 왔어요."

"저는 걸을 수 있어요!" 인그레이가 고집했다. 하지만 사실은 자신이 없었다.

"물론 그러신 거 압니다만." 나칼 특수요원이 몸체를 굽혀 그녀를 의료용 메크에 앉히는 사이에 그 군인이 맞장구를 쳤다. "문제는, 굳이 그렇게 '하셔야' 하느냐죠. 저는 아니라고 생각합니다."

인그레이의 옷소매와 치마에는 온통 피가 묻었다. 하지만 의료용 메크가 그녀를 정밀 검사하고 의사에게 데려갈 것이다. 의료용 메크가 왈칵 요동하더니 움직이기 시작했다.

"잠깐만요!" 그 군인이 소리쳤다. "신발 가져가셔야죠." 그러고는 허리를 굽혀 신발을 집어서는 달려와 그녀의 무릎에 놓았다.

"제 신발이 아니에요!" 인그레이는 반박했다. 하지만 소리는 희미했고, 의료용 메크가 이동하는 중이라, 누군가가 대답을 했다 해도 그녀에게는 들리지 않았다.

19

룽기를 두르고 헐렁하고 긴 셔츠를 입은 진성이 돌돌거리며 의사당 복도로 들어간 의료용 메크를 맞았다. "인그레이 씨." 으가 곁으로 걸어오면서 말했다. "검진을 하고 무릎과 팔에 교정제를 붙이도록 합시다."

"니케일은요?" 인그레이가 물었다. 갑자기 다시 눈물이 치솟는 바람에 그녀는 코를 훌쩍이며 눈물을 훔쳤다.

"그녀는 지금 수술에 들어갔어요. 뒤로 누우세요. 원한다면 머리 받침을 가져올게요."

"예, 부탁해요." 인그레이가 말했다. 앞쪽 어딘가에서 푸른색과 금색이 섞인 제복을 입은 군인이 서바트 잔을 들고 나타나 멀쩡한 손에 쥐여주었다. "고마워요."

"별말씀을요." 그 병사가 대답하고는 돌아서서 갔다.

"이제 뒤로 기대세요." 의사가 말하자 그녀는 뒤로 기대서 잔을 입까지 들어보았다. 손이 떨렸지만 그럭저럭 해냈다. 그녀는 따뜻하고 톡 쏘는 서바트 냄새를 맡았다. 한 모금 마시고는 눈을 감았다. "탈수가 좀 있어요." 의사가 말했다. "혈당이 낮고요. 이미 아시겠지만, 무릎이 접질렸어요. 천만다행으로 탄환이 치명적인 데는 건들지 않았네요. 상당히 아프긴 하겠지만, 기본적으로는 가볍게 스친 정도예요. 금방 쾌차해서 돌아다닐 수 있을 겁니다."

"디카트 의장님은요? 으는 괜찮으세요?" 그녀는 눈을 떴다. 서바트를 한 모금 더 마셨다. 인스턴트임이 분명했지만, 지금껏 맛본 최고의 서바트였다.

"우리 의장님은 강하고 노련한 분이죠." 의사가 인정한다는 듯이 말했다. "군인 몇 명 가지고는 으를 꺾을 수 없어요."

"맞아요." 인그레이가 동의했다.

그들은 제1의회 의사당 바깥에 있는 넓은 정거장 복도로 나섰다. 사람들이 꽉 차 있었다. 견학 온 아이들이나 관리들이나 의원실 직원들이 아니라 파란색과 금색이 섞인 제복을 입은 화에이 행성계 방어군 군인들이었고, 간간이 민간인도 보였다. 아니, 적어도 민간인 복장을 한 사람들이었다.

"인그레이!" 네타노가 의료용 메크에 누운 인그레이에게 성큼성큼 다가왔다. 거의 뛰다시피 하는 양어머니는 인그레이가 지금까지 본 중에서 가장 단정치 못한 모습에 가까웠다. 말하자면 재킷이 약간 비뚤어지고, 얼굴에는 고뇌의 흔적이 역력했다. "인그레이, 얘야, 괜찮니?"

인그레이는 연극을 보면 알아챘다. 그러나 한편으로 보자면, 네타노는 진심이든 아니든 공중에 노출되는 움직임 하나하나를 세심하게 고려해야 하는 삶을 살아왔다. 인그레이 자신도 어느 정도까지는 그런 삶을 살아야 했다. 그녀는 새로이 눈물이 터지는 걸 참을 수 없었다. "저는 괜찮아요, 엄마." '사람이 죽었어요. 제 탓에 사람들이 총에 맞았어요.' 하지만 그런 말을 할 마음이 들지 않았다. "집에 가고 싶어요."

"먼저 병원으로 가실 겁니다." 의사가 퉁명스럽지만 불친절하지는 않은 투로 말했다. "그리고 우투리 선임대령님이 당신과 얘기하고 싶으신 듯하고요." 의사가 그 말을 하면서 눈썹을 치켜들었지만 다른 말은 하지 않았다. "옥스콜드 의원님, 제가 보기에 따님은 무릎이 접질리고 팔에 상처를 입었지만 심하게 다치진 않았습니다. 조용하게 휴식하는 게 도움이 될 듯하지만, 한동안은 어렵겠지요. 저는 의료용 메크를 다시 작동시켜야 합니다. 원하신다면 같이 가셔도 좋습니다."

네타노가 인그레이의 괜찮은 쪽 팔꿈치를 잡았다. "그래요. 좋아요, 물론 같이 가야죠."

진회색 옴켐 메크 한 기가 잔뜩 몰려선 군인들을 헤치고 나타났다. 한 손에 옅은 회갈색 직사각형 종이 두 장을 들고, 다른 손에는 붓을 들었다. "잠깐만요! 인그레이 씨, 저예요, 나칼 특수요원요."

"당신은 못 걷는 줄 알았는데요." 인그레이가 말했다. "아니, 어쨌든 당신의 메크는요."

"그건 아직도 못 걸어요. 이건 빌린 거예요. 인그레이 씨, 괜찮으시다면, 입장권에 서명을 부탁드리면 너무 불편하실까요?"

"음." 인그레이는 말했다. 그녀는 벌써 다시 흐느끼고 있었다.

"인그레이 씨는 걱정해야 할 다른 일들이 있어요, 특수요원." 의사가 엄하게 말했다.

"괜찮아요." 인그레이가 말했다. "저는 괜찮아요." 그녀는 서바트잔을 네타노에게 넘겨주었다. 네타노가 의사당 입장권 한 장을 받아서 인그레이의 무릎에 놓인 신발 한 짝에 대고 반듯이 잡아주었고 메크가 붓을 건네주었다.

인그레이는 지금껏 자기 자신이나 친구 몇몇 말고는 아무에게도 가치 없을 개인적인 기념물에만 서명을 해봤었다. 어떻게 보면 이건 그런 것들과 다를 바가 없었다. 유명한 관광지의 입장권만큼 하찮은 기념물도 달리 없을 테니까. 하지만 다르게 보자면, 이건 아주, 아주 달랐다.

'인그레이 옥스콜드.' 그녀는 썼다. 손이 여전히 덜덜 떨리는 걸 고려하면 놀라울 정도로 읽을 만한 글씨였다. 그러고는 잠시 생각한 후에 '구해줘서 고마워요'라고 썼다. 그녀는 입장권과 붓을 메크에게 건네주었다. "당신 차례예요."

메크가 자기 입장권에 서명하는 사이에 의사가 메크를 꾸짖으며 말했다. "이런 시국에 유물 수집이나 생각하다니."

"유물은 중요하죠." 네타노가 말했다.

"유물 얘기가 나와서 말인데요." 인그레이가 용기를 내서 물었다. "의회종은 어떻게 된 거예요? 그리고 '채무를 거부한다'는요?"

"그거 좋은 질문이네요." 메크가 말하면서 서명한 입장권을 그녀에게 건넸다. "정말 고마워요." 그러고는 돌아서서 쿵쿵거리며 멀어졌다. 인그레이는 입장권을 살펴보았다. 이렇게 적혀 있었다. '신발 다루는 솜씨 멋졌어요, 메크 조종 특수요원 차르 나칼.'

인그레이를 태운 의료용 메크가 병원에 도착했고, 10분 만에 그녀의 무릎과 팔은 투명하고 딱딱한 교정제 껍질로 감싸였다.

"이제 가도 돼요?" 인그레이는 교정제를 처치해준 의사에게 물었다. 이 의사도 의사당 앞에서 그녀를 맞아준 의사와 마찬가지로 검사 결과 달리 다친 곳은 없다고 선언했다.

"못 갑니다." 의사가 말했다. 따분하고 밋밋한 어조였다. "우투리 선임대령이 직접 얘기할 기회가 있을 때까지 이곳에 잡아놓으라고 명령했어요."

1시간 뒤에 인그레이는 졸다가 국수 상자와 서바트 잔을 든 메크가 휘청휘청 들어오는 바람에 깼다. 메크는 인그레이가 여태 누워 있는 의료용 메크 옆 탁자에 가지고 온 것들을 놓고 비틀비틀 나갔다.

인그레이가 눈을 감고 모친에게 메시지를 보내려 하는데 행성계 통신망에 접속이 되지 않았다. 돌아오는 건 그녀의 계정이 보안상 이유로 정지되었다는 안내뿐이었다. 그녀는 한숨을 쉬고 국수를 먹기 시작했다.

반쯤 먹었는데 하필이면 하고많은 사람 중에 다나크가 병실로 들어섰다. "안녕, 인그레이." 그가 완벽하게 정중하고 유쾌한 어조로 말했다. "엄마가 널 보러 들렀는데 자고 있더라고 하시네. 엄마는 지금 기자들한테 잡혀 있어."

'엄마가 널 보러 들렀는데'라니. 인그레이는 잠시 다나크가 하는 말이 잘 이해되지 않았다. "아." 잠시 후에 겨우 이해했다. 다나크가 어딘가 이상했지만 뭐가 이상한지 딱 짚지를 못하다가, 인그레이는 그가 서거나 말하는 방식이 뭔가 좀 낯설다는 걸 알아챘다. 하지만 그걸 보면서도 여전히 왜, 또는 어떻게 이상한지 딱 짚어내진 못했다. 인그레이가 말했다. "정거장에 있다니 놀랍네. 마지막으로 들었을 때는 집에 있다고 했는데."

"엄마가 인질로 잡혔는데 내가 어떻게 그냥 집에 있겠어?" 그는 분개했다. 그의 태도가 즉각 익숙한 태도로 변했다. 네타노를 보살피지 않았다는 비난으로 느낀 것이 틀림없었다. 아니, 더 심하게는 신경 쓰지 않았다는 비난으로 여겼을 것이다. 이제 분명 보복으로 모종의 반격을 날리겠지. 하지만 이해할 수 없는 일이지만, 그는 그러는 대신 오히려 좀 진정했다. "이봐, 라크 진촌 말이 맞아. 우리가 서로를 적이 아니라 동지로 대하면 형편이 훨씬 나아질 거야."

라크 진촌이 한 말은 그게 아니었다. 인그레이는 생각했다. '내가 널 적으로 생각했다면, 그건 애초에 네가 날 보는 순간부터 적으로 여겼으니까 그랬겠지.' 그렇긴 하지만, 라크 진촌이 그런 말을 다나크에게 했다는 사실 자체가 인그레이에게는 충격이었고, 지금은 다나크가 자기 책임을 최소화하는 형태로라도 그 말을 입에 올렸다는 사실이 충격이었다.

그리고 그건 중요하지 않았다. 인그레이는 수년간 네타노의 승인 없이는 미래가 없을 것만 같은 기분으로 살았다. 다나크의 자리를 빼앗아야 한다는, 그 불가능한 과제를 어떻게든 해내지 않으면 실패자가 될 것만 같았다. 하지만 지금은 지난 며칠을 보낸 뒤의 피로와 안도감 때문인지, 아니면 다른 무엇 때문인지는 모르겠지만, 더는 그런 기분이 들지 않는 듯했다. 다나크가 자신을 이겼다고 생각하건 말건 상관하지 않았고, 네타노가 누구를 후계자로 지명하든 상관하지 않았다. 앞으로 무슨 일이 일어나든 요 며칠간 겪은 일보다 힘들리는 없었고, 어쨌든 그녀는 무사히 그 일을 겪어냈다. 이제는 그만 집에 가서 평화와 고요 속에 좀 잠기고 싶었다.

인그레이는 아직도 다나크에게 뭐라 대꾸해줄 마음이 들지 않았다. "으음." 그녀는 국수를 또 한 입 먹었다.

"넌 언제나 라크 진촌이 제일 아끼는 아이였어." 다나크가 갑자기 분개했다. "언제나 명백했지."

그게 왜 문제지? 설사 그게 사실이라도 왜 다나크가 화를 낼까?

인그레이는 깨달았다. 네타노가 조만간에 후계자를 지명할 예정인 것이 확실했다. 다나크가 해오던 미래에 관한 걱정이 곧 다 사라질 것이다. 그는 줄곧 원했던 대로 네타노가 될 것이다.

그리고 라크 진촌은 그의 참모장이 될 터였다. 라크 진촌은 네타노와 아주아주 긴밀하게 일했다. 그리고 다나크가 어느 시점에 으를 그 지위에서 제거하고 싶어진다 해도, 으의 자리를 대체할 만한 사람을 구하는 문제가 생길 수밖에 없었다. 으의 반만이라도 믿을 만한 사람은 고사하고 으의 반만이라도 일을 잘하는 사람이라도 찾으면 다행이었다.

'넌 언제나 라크 진촌이 제일 아끼는 아이였어.' 다나크는 라크 진촌이 인그레이를 후계자로 지명하고 싶어 한다고 생각했을까?

인그레이는 자칫 비웃을 뻔했다. 라크 진촌은 자기 이름을 인그레이에게 줄 수 있다는 암시조차 한 적이 없었다. 게다가 그녀는 라크 진촌의 일을 할 수 없었다. 시도도 해보고 싶지 않았다. 하지만 그렇게 생각하면 왜 다나크가 억지로라도 그녀와 잘 지내보려는 시도 따위를 해야겠다고 느꼈는지 설명이 되었다.

아니면, 다나크는 정말로 네타노가 지금에 와서 인그레이를 선택할지도 모른다고 생각했을까? 평생 자기한테 제일 중요했던 단 하나의 것을 잃게 생겼다고?

하지만 그건 말도 안 되었다. 네타노는 늘 다나크를 선호했다. 그리고 이번 사건으로 언론에 비친 인그레이의 인상이 좋아진다 해도… 음, 그건 인그레이가 후계자이고 아니고를 떠나서 네타노에겐 값진 일이었다. 정말로 바뀐 거라면 네타노에겐 이제 아이들 사이에 있었을 경쟁을 끝내고 곧장 다나크를 후계자로 지명할 이유가 있다는 것뿐이었다.

인그레이에게는 중요하지 않은 일이었다. 더 이상은 아니었다. 지난 며칠을 겪은 뒤로 그녀는 모친이 자신을 내치지 않으리라고 확신하게 되었다. 그녀는 언제나 네타노의 딸일 것이다. 그리고 곧 새 네타노의 누이가 될 것이다. 라크 진촌이 일자리에서 내쫓지 않는 한, 버는 돈이 있을 것이고, 설사 그 일자리를 잃는다 해도 어딘가 다른 곳으로 갈 수 있을 것이다. 아니면 지금 당장에라도 어딘가 다른 곳으로 갈 수도 있었다. 그녀는 게크 대사에게 자기도 같이 전원회의에 가면 안 되냐고 묻는 아찔한 상상을 했다. 게크는 집으로 돌아가는 길에 티어를 거쳐야 할 테니, 그녀도 돌아올 방법이 있을 것이다. 그러면 어떤 기분이 들까?

아니면 토크리스처럼 행성계 안전청에서 일할 수도 있지 않을까. 토크리스를 생각하니, 지금 당장 화에이를 떠나고 싶은지 그다지 확신이 들지 않았다. 어떤 경우에라도 선택해야 할 것들이 엄청나게 많았다.

"그건 중요하지 않아." 인그레이는 다나크에게 말했다. "중요한 건, 엄마가 무사하고 정거장도 무사하다는 거지. 그리고 전투가 있을지 어떨지 모르겠지만, 옴켐 연합이 결국은 자기 행성계로 돌아가게 될 거라는 사실이야."

"맞아." 다나크가 용케 마지못한 듯한 티를 내지 않고 그 말에 동의했다. "그게 중요하지."

"이봐." 인그레이가 말했다. "난 집에 가고 싶어." 아니면 정거장에 있는 숙소 객실도 여기보다는 나을 것 같았다. 우투리 선임대령이 그녀를 만나고 싶으면 거기로 오면 된다. "일어설 수는 있는데…." 그녀는 멀쩡한 팔로 자기 무릎을 가리켰다가 이내 교정제가 치마에 덮여서 다나크에겐 보이지 않는다는 사실을 깨달았다. "무릎에 교정제가 붙어 있어서 다리를 굽히지 못해. 목발이나 뭐 그런 거 없이 걸으려다가는 어떻게 될지 모르겠어. 하지만 이제 네가 있으니, 날 좀 도와줘. 엄마가 잡아놓은 방들이 있어?" 인그레이는 그러리라고 확신했다. 그랬을 것이 틀림없었다.

익숙한 다나크의 잘난 체하는 태도가 한꺼번에 훅 돌아왔다. "미안해, 동생. 그러고 싶지만, 그럴 수가 없어. 네가 나가지 못하게 바깥에 행성계 방어군이 보초를 서고 있거든. 그러는 김에 허용되지 않은 방문객들도 막고 말이야."

그는 그런 말을 하며 옆으로 비켜 서서 복도에서 들어온 우투리 선임대령이 설 자리를 만들어주었다. "다나크 옥스콜드 씨, 당신은 허용된 방문객 명단에 없어요." 그녀가 말했다. 그러고는 다나크가 뭐라 대답하기 전에 말을 이었다. "인그레이 씨, 요전에 여기 왔다가 갑자기 급한 일들이 생겨서 바로 가야 했어요. 사실은 지금도 바쁘지만, 당장은 뭔가를 기다리는 동안 짬이 좀 있어요."

"옴켐이 행성계 안으로 들어오지 않았어요?" 인그레이가 물었다.

"아, 들어왔지요." 우투리 선임대령이 대답했다. "하지만 저는 여기 이 정거장에서 벌어지는 일만 책임지고 있어요. 사실 핫커반 사령관을 포함해 우리가 포획한 병력의 처분과 관련한 명령을 기다리는 중이에요. 당신도 아시겠지만, 지금 엔텐 관문 근처에서 벌어지고 있는 일에 크게 관련된 사항이지요. 말씀드렸듯이 제 소관은 아닙니다. 다나크 옥스콜드 씨, 혹시 제가 뭔가 방해한 건 아닌지 모르겠습니다."

"아닙니다, 선임대령님." 다나크가 고개를 까딱 숙여 인사하며 쾌활하게 말했다. "나중에 보자, 인그레이."

"자, 인그레이 씨." 다나크가 가자 우투리 선임대령이 말했다. "저는 이미 무슨 일이 있었는지에 대한 디카트 의장의 진술을 들었습니다. 니케일 씨는 아직 의식이 없습니다. 그건 그렇고, 그녀는 수술을 마쳤고, 괜찮아질 겁니다."

"그녀가 총에 맞은 건 제 잘못이에요." 인그레이는 니케일이 괜찮을 거라는 소식을 듣고 갑작스레 가슴이 먹먹하도록 밀려오는 죄책감과 안도감을 동시에 느꼈다. "제가 일을 엉망으로 만들었어요."

"그것도 아주 점잖은 표현이겠지요." 우투리 선임대령이 대답했다. "당신은 민간인 대피소로 가서 있으라는 저의 직접 명령을 어겼어요. 명령을 받고도 대피소를 찾지 않았죠. 허락이 떨어지기 전에 거기서 나오면 어떤 처벌을 받는 줄 알아요? 여기 정거장은 행성보다 훨씬 형량이 높아요. 제가 형량을 더 높일 이유도 충분하겠지요." 인그레이는 미간을 찌푸렸지만 대답하지 않았다. "본인이 대체 무슨 짓을 하고 있다고 생각한 거예요?"

"저는 제가 무얼 할지 말씀드렸어요." 인그레이가 대답했다.

"지옥의 힘이여, 우리를 보호하소서." 우투리 선임대령이 말했다. "무슨 일이 생길 수 있었는지 알기나 합니까? 당신 탓에 당신들 셋이 결국 죽고 말 수도 있었어요. 하지만 핫커반 사령관이 절박해져서 자기 병력에게 정거장 구조물을 직접 공격하라고 명령했다면 훨씬 많은 이들이 죽었겠지요. 고작 세 명의 죽음으로 그걸 막을 수 있었다면, 전적으로 수용할 만한 거래가 됐을 거예요. 저는 옥스콜드 의원의 면전에서도 이렇게 얘기할 수 있습니다. 디카트 의장에겐 말을 할 필요도 없지요. 이미 아니까요."

"그러면 그 아이들은 어쩌고요? 아니면 니케일은요?" 인그레이가 물었다.

"이건 파티에서 하는 놀이가 아니에요." 우투리 선임대령이 대답했다. "제가 판결을 내리는 위치였다면, 당신은 사회적 비난을 받는 건 물론이고 수년 동안 징벌적 노동을 해야 했을 거예요. 당신 모친이 누구든, 당신한테 게크 친구가 얼마나 많든, 당신이 티어 시일라스의 누굴 알든 상관없이 말이에요."

인그레이가 놀라고 당황해서 눈을 깜박거렸다. "저는 티어 시일라스에 아는 사람이 없어요." 음, 엄격하게 말하자면 사실은 아니었다. 최근에 거기서 꽤 오랜 시간을 보냈으니, 얼굴이 익은 사람들이 제법 되었다. 하지만 친구는 아니었다. 이런 상황에 어떻게든 먹힐 정도의 영향력을 가진 이는 아무도 없었다.

"당신이 라리움 앞에 서 있을 때 위진 선장이 절 찾아왔어요." 우투리 선임대령이 냉정하게 말했다. "그에겐 계획이 있었어요. 아니, 그보다는 그가 주장했어요. 당신이 라리움에 들어가기만 하면, 당신이 계획을 세울 거라고요. '일단은 몇 분간 공황 상태에 빠졌다가 주변을 돌아보고 나면'이라고 하더군요. 그는 자신이 거기서 당신을 지켜보다가 가능하면 당신을 도와주겠다고 했습니다."

"그래서 절 막지 않았군요." 인그레이는 깨달았다. "그래서 그 청소용 메크가 절 끌고 가지 않았던 거였어요."

"저는 사실 반신반의했지요. 하지만 위진 선장도 저 메크들을 가지고 있었고, 우리 용도에 맞게 쓰라고 내어줬어요. 우리 바람만큼 많지는 않았지요. 그가 대여섯 기만 더 가지고 있었더라도 우리는 이 아수라장을 몇 시간 만에 모두 정리할 수 있었을 겁니다. 게크들에게는 우리를 도와줄 충분한 메크들이 있을 테지만, 당연히 우리가 요청하는 것만도 조약 위반이 될 가능성이 있겠고요."

그래, 게크. "잠깐만요. 옴켐은 이미 자신들이 조약을 위반했다고 생각해요. 그들은 게크 대사가 그냥 메크라는 사실을 몰랐어요."

"그래요." 선임대령이 순순히 동의했다. "티반보리 대사는 옴켐이 게크 대사 본인을 쏘았다고 생각하며 물러난 것에 마음이 불편한 듯했습니다. 분명히 가랄 케트 씨는 그 점에 관해서 핫커반 사령관에게 얘기할 때 명확하게 말하지는 않았죠. 그래도 대사의 메크를 쏜 것도 모종의 외교적 분란을 일으킬 수 있는 일이에요. 게크가 그 점에 대해서 이해심을 발휘하겠다고 결정하지 않는다면요."

"하지만…." 인그레이가 입을 열었다.

우투리 선임대령이 빈틈없이 신중하게 끼어들었다. "게크가 사실은 어느 티어 시민이 소유한 메크를 회수하기 위해 끼어들었다는 사실을 옴켐이 눈치라도 챘다면 엄청나게 불행한 일이 일어났을 겁니다. 그런 눈치를 챘다면 옴켐은 그 모든 상황이 위진 선장에게 다른 메크, 좀 더 위장에 뛰어난 메크를 들여보낼 기회를 만들어주려고 꾸며낸 게 아닌지 의심했을 겁니다. 그건 대놓고 조약을 위반하는 짓이기도 하고요."

인그레이는 핫커반 사령관이 물었던 질문이 떠올랐다. '같이 온 다른 이도 있나? 우리 눈에는 보이지 않지만, 여기 있다고 나는 확신해.' 그리고 가랄은 없다고 했다. 그들이 다른 메크를 보냈다면 사령관이 감지했으리라고 말했다. "그들이… 하지만 그들이 그랬을 리가 없어요! 게크 대사가 거기에 동의했을 리가 없어요." 가랄은? 분명 으라면 동의했겠지.

"물론 그녀는 그러지 않겠죠." 우투리 선임대령이 말했다. "하지만 그들이 메크를 회수하러 갈 거라는 걸 우리가 알았다면, 거기서 우리가 이점을 취할 수 있었을지도 모르죠. 물론, 그들 모르게요. 하지만 그런 일을 했다가 발각되기라도 하면 아주 나쁘게 보일 게 뻔한 데다 상당한 문제가 되기 때문에 우리는 그렇게 하지 않았어요. 위진 선장이 단독으로 그랬을 수도 있지만, 뭐, 우리가 책임질 일은 아니고요."

인그레이가 미간을 찌푸렸다. 우투리 선임대령이 말을 이었다. "위진 선장은 만나서 영광이라 할, 제가 지금껏 만나본 중에 최고의 메크 조종사입니다. 그가 돕지 않았다면 우리가 옴켐 화물선들을 이렇게 쉽게 장악하지는 못했을 겁니다. 그렇게 도움을 받고도 자칫하면 핫커반 사령관에게 우리가 뭔가를 하려 한다는 동태를 간파당해 당신과 다른 인질들을 위험에 빠뜨릴 위험이 컸지요. 우리가 여러 선택지를 놓고 여전히 고심하고 있을 때, 당신이 경보를 울려주는 바람에 우리가 의사당과의 통신을 끊고 그냥 보안 설계상의 조치였던 것처럼 위장할 기회가 생겼어요. 그리고 일단 화물선들의 통제권을 갖게 되니, 메크 통제 시스템에 침투하여 우리 의도대로 이용하는 건 어떤 의미에서는 식은 죽 먹기였습니다. 핫커반 사령관은 몰랐습니다. 음, 어쨌든 한동안은 말입니다."

"하지만 유물들은 어떻게 된 거예요? '채무를 거부한다'와 의회종은 어떻게 됐어요?"

"걱정하지 마세요. 둘 다 우리가 가지고 있습니다." 선임대령이 말했다.

"하지만 어떻게…."

"둘 다 나칼 특수요원이 조종했던 메크 안에 있었어요. 그것들이 어떻게 거기 들어갔는지는 수수께끼입니다. 솔직히 저는 당신이 최근에 악명 높은 절도범과 어울려 지냈다는 사실을 주목하지 않을 수 없군요. 당신이 어떤 기술을 써서 그것들을 슬쩍했을지, 저로서는 짐작도 못 하겠지만요."

"하지만 저는…." 인그레이는 깜짝 놀랐다. '채무를 거부한다'나 의회종을 자신이 어떻게 할 방법은 전혀 없었다. "저는 아무 짓도 안 했어요. 그리고 가랄은 절도범이 아니고요."

하지만 위진 선장은 절도범이었다. 그는 눈앞에서 코 베어 가는 식으로 게크에게서 우주선 세 척을 훔쳤다. 아니, 사실 게크에게 코가 있을 것 같지는 않지만 말이다. 그녀가 혼자라고 생각했던 거기 의사당 본 회의실에 그가 있었다. 하지만 우투리 선임대령이 그가 거기 있었다는 사실을 인정할 리가 없었다.

"그럼." 인그레이가 잠시 생각을 한 다음에 말했다. "선임대령님은 핫커반 사령관이 그런 값진 유물들을 위협하거나 파괴하지 못하도록 막아준 제가 무척 고맙겠네요."

"자기 운을 너무 믿지 마세요, 인그레이 씨. 지금으로서는 당신이 곧바로 구치소로 가지 않고 멀쩡히 이곳을 걸어나갈 수 있는 이유는 위진 선장이 당신 친구라는 점과 제 상관들이 조약을 위반하지 않고 그의 메크들에 접근할 방법이 뭐라도 있지 않을까 기대하고 있다는 점뿐입니다. 그리고 말이 나온 김에, 라리움과 의사당 본 회의실에서 있었던 일과 지금 우리 대화는 절대 비밀로 해주셔야 한다는 점을 경고하는 바입니다. 공식적인 각본이 이미 뉴스로 나가고 있습니다. 걱정은 안 하셔도 됩니다. 실제로 일어난 일과 크게 다르지도 않을뿐더러 당신이 아주 영웅적으로 나오니까요." 인그레이가 보기에는 눈에 띄는 표정의 변화나 어조의 변화도 없이 우투리 선임대령은 용케도 자신이 느끼는 염증을 드러냈다. "디카트 의장과 니케일 씨도 그렇고요. 공식적인 설명에 익숙해지면 다시 통신망에 접속할 수 있게 될 겁니다. 누가 물어보면 그저 공식적인 각본을 읊어주세요. 하지만 당장은 탈진한 탓에 어느 언론사와도 얘기할 수 없다고 핑계를 대는 편이 좋겠지요."

"그… 그건 할 수 있을 거 같아요." 이 대화 전체가 비현실적으로 느껴졌다. 지금 이 부분이 다른 부분에 비해 특별히 이상하지도 않았다.

"이건 당신이 할 수 있고 없고의 문제가 아닙니다." 우투리 선임 대령이 대답했다. "당신은 이 문제에 선택권이 없습니다. 이해가 됩니까?"

"예." 인그레이는 수긍했다.

"좋아요. 제가 고마워하지 않는 것처럼 보일까 싶어 하는 말이지만, 저는 당신이 목숨을 걸었다는 걸 인정합니다. 그리고 그렇게 함으로써 우리가 인명과 정거장 피해를 최소화하면서 이 사태를 해결할 수 있도록 해주었죠. 그리고 티어 행정위원회와 바이잇 인민들도 당신에게 빚을 졌다고 생각할 게 확실합니다."

"저는…." 인그레이는 무슨 말을 해야 할지, 웃어야 할지 울어야 할지 알 수 없었다. "저는 이제 집에 가고 싶어요."

정거장의 여러 교통편이 일제히 운행을 재개했다. 덕분에 인그레이는 푸른색과 금색이 섞인 군복을 입은 경비병의 도움을 받아 잠깐만 걸으면 되었다. 그러고는 전차를 타고 네타노가 머무는 숙소 바로 건너편에 내렸다. 라크 진촌의 보좌관 한 명이 그녀를 맞아 모친이 잡아놓은 방들로 부축해 안내한 다음, 인그레이를 욕실로 보내고는 그녀의 옷을 세탁했다. 그러고는 두껍고 폭신한 담요와 쿠션이 사방에 널린 침대에 눕히고 다친 팔 밑에 쿠션을 대주었다. "옥스콜드 의원님은 아직 회의 중이십니다." 보좌관이 말했다. "끝나는 대로 오실 거예요. 물 좀 가져다드릴게요. 서바트로 드릴까요?"

인그레이는 의사당 본 회의실 벤치에 누워서 딱 이런 걸 원했던 기억을 떠올렸다. 집에 있는 자기 방을 생각했으니 아마 정확하게 이건 아니겠지만 말이다. 침대와 서바트 한 잔과 어쩌면 약간의 음식도 있으면 좋을 텐데. 생각하고 보니 꽤 배가 고팠다. "과일이랑 치즈도 좀 주실 수 있을까요?"

"물론이지요." 보좌관이 말했다. "바로 조치할게요."

인그레이는 쿠션에 기대 눈을 감았다. 아마 몇 시간만 지나면 교정제가 떨어질 것이다. 그게 떨어지고 나면 무엇을 하자고 확실하게 정한 건 없지만, 이제 곧 안전하게 어디든 마음대로 걸어다닐 수 있다고 생각하며 편안하게 누워 있자니 놀랄 정도로 기분이 좋았다.

메시지를 확인할 시간이었다. 최우선 메시지로 라크 진촌이 보낸 쪽지가 떴다. 인그레이를 성가시게 하거나 개인적 관심을 보일 필요가 없는 메시지들을 처리하기 위해 보좌관 한 명을 배정했다는 내용이었다. 으가 지명한 보좌관은 인그레이도 수년째 알고 지내는 사람이었고, 분류를 기다리며 쌓여 있는 엄청난 메시지들을 흘낏 보고 나니 라크 진촌의 호의가 확실히 느껴졌다.

그 보좌관이 이미 인그레이더러 보라고 몇몇 메시지에 표시를 해놓았다. 첫 번째 메시지는 라리움에 잡혀 있던 아이가 보낸 것이었고, 내용은 이랬다. "존경하는 인그레이님께, 목숨을 구해주셔서 고맙습니다. 제가 크면 인그레이님을 위해 일할 거예요. 저는 수학을 잘하고 국수 요리도 할 줄 알아요." 보좌관이 표시해놓은, 아이들이 보낸 비슷한 메시지들이 더 있었다.

다음은 토크리스가 보낸 메시지였다. 인그레이는 시간을 들여 메시지를 읽었고, 그러고는 시간을 들여 답장을 썼다. 답장을 쓰고는 정거장 뉴스들을 살펴보았다.

우투리 선임대령이 언론에 뿌린 판본의 사건들은 거의 알아볼 수가 없을 지경이었지만, 선임대령이 말한 대로 특정 각도에서 보면 인그레이가 실제로 겪은 일들과 비슷했다. 적어도 표면적으로는 그랬다. 정말로 그들 셋은 위협적인 핫커반 사령관과 거대하고 무서운 군사용 메크들을 굴복시킨 영웅이 되어 있었다. 게다가 대담하게 '채무를 거부한다'와 의회종을 구했다. 인그레이가 찾아낸 모든 판본에서 그나마 디카트 의장이 가장 실제와 비슷한 듯했다. 니케일은 완전히 다른 사람이라고 해도 될 정도였고, 인그레이 자신은… 음. 정보를 제공한 '공식 소식통'이 누구인지는 모르겠지만, 뉴스에 나오는 그 인그레이 옥스콜드가 자기일 리는 없었다.

인그레이는 한숨을 쉬었다. 눈을 깜박여 뉴스를 물리고 다시 개인 메시지를 살펴보았지만 토크리스에게서는 아직 답장이 오지 않았다. 위진 선장에게 메시지를 보낼까 생각도 했지만, 어디로 보내야 할지 몰랐다. 그리고 가랄이 있었다. 게크 우주선으로 메시지를 보내야 하나? 어떻게 하면 되지? 라크 진촌이라면 알 텐데. 그녀는 으에게 질문하는 메시지를 보냈다. 보좌관이 음식과 서바트를 들고 들어오는 소리가 들렸지만, 왠지 눈을 뜨고 싶지 않은 기분이었다. 그러고는 잠이 들었으리라. 정신을 차려보니 무릎을 덮은 교정제 조각들이 효력이 다된 채로 치마 속에서 성가시게 걸리적거렸고, 보좌관이 문간에서 나직이 말하고 있었다. "인그레이 씨? 병원에서 인그레이 씨 앞으로 신발 한 켤레를 보내왔어요. 그리고 토크리스 이테스타 경관님이 오셨습니다."

20

토크리스가 오면 좋겠다고 그렇게 바랐으면서도, 높이 쌓아 올린 쿠션에 어깨를 나란히 하고 기대앉으니 무슨 말을 해야 할지 알 수 없었다. 토크리스는 물론 인그레이의 다치지 않은 팔 쪽에 앉았고 교정제 조각들은 라크 진촌의 보좌관이 거둬 갔다. 지난 며칠 동안 겪은 일을 어떤 식으로든 솔직하게 얘기할 방법은 없었다. 그렇다고 뉴스에 나오는 판본을 얘기하는 건 아무 의미도 없을 뿐만 아니라 부정직하게 느껴졌다.

하지만 보좌관이 서바트를 새로 만들어서 가져오겠다며 나가자마자 토크리스가 말했다. "네가 무슨 일이 있었는지 얘기할 수 없는 거 알아. 그리고 우리는 모두 뉴스에 나오는 얘기들을 믿어야 하니, 그 일들에 대해서는 묻지 않을게. 네가 물어보라고 하지 않으면 말이야." 토크리스가 인그레이를 곁눈질했다. "오락물이나 한 편 보는 게 나을지도 모르겠어."

인그레이는 괜찮은 제안이라 생각하고 토크리스와 함께 적당한 걸 고르기 시작했지만, 뭔가 가볍고 뭔가 재미있고 뭔가 새로운 걸 고르는 그 과정은 어느새 대화로 변해 있었다. 토크리스의 일과 인그레이의 불안정한 일자리 전망과 양육자들과 형제자매들과 서로에 관한 이야기가 이어졌다. 몇 시간이 지났어도 오락물은 여전히 고르지 못한 상태였고, 인그레이와 토크리스는 여전히 딱 붙어 앉은 채였다. 침대에는 과일 씨와 치즈 부스러기가 흩어진 빈 접시가 놓였다. 보좌관이 방으로 돌아와 위진 선장과 가랄이 왔다고 알렸다.

"방해할 생각은 전혀 없었어요." 위진 선장이 거의 티를 내지 않고 그들이 앉은 침대를 힐끗 보면서 말했다. "메시지를 보냈어야 하지만, 화에이 행성계 방어군이 제시하는 일자리를 잡지 않으면 행성계 통신망에 접근할 수 없을 게 뻔해서요."

"일자리를 잡지 않으실 거예요?" 인그레이가 위진 선장과 가랄에게 와서 침대에 앉으라고 손짓하며 물었다.

위진 선장이 먼저 앉고, 가랄이 그 옆에 앉았다. "뭐라고요? 그러고는 제 메크들을 넘겨주라고요? 그들이 원하는 건 그거라고요."

"선장님은 거기 있었어요." 인그레이가 말했다. "선장님은 가랄과 티반보리 대사를 따라 들어와 다시 작업을 시작했어요. 어떤 수를 썼든, 아무도 모르게 그 유물들을 메크 안에 넣은 건 선장님이었어요."

"무슨 말을 하는지 전혀 모르겠네요." 위진 선장이 진지하게 말했다.

"날 쳐다보지 말아요." 가랄이 말했다. "저는 그런 건 정말 아무것도 모를걸요."

"그리고 저는 처음에 절 발견해낸 옴켐 메크들한테 다시 들키지 않을 법을 찾아내야 했을걸요." 위진 선장이 덧붙였다.

"우투리 선임대령은 선장님이 자기가 만나본 중에 최고의 메크 조종사라고 했어요." 인그레이가 말하고는 눈을 깜박여 먹을 것과 서바트를 더 가져다달라고 요청했다.

"당연히 그랬겠지요." 가랄이 동의했다. "위진 선장님은 최고니까요."

"당신은 괜찮아요?" 토크리스가 가랄에게 물었다. "제 말은, 게크가 당신을 게크라고 인정한 건 알아요. 하지만 그렇다고 모든 일이 잊힌 건 아니잖아요. 게크 우주선에서 나와도 정말 괜찮아요?"

"잊혔다고 하지는 못하지요." 가랄이 아주 희미한 미소를 띠며 말했다. "하지만 대사 본인이 허가가 있든 없든 원하는 대로 오가는 게 분명한 데다, 행성계 방어군이 게크를 설득해 그 메크 몇 기를 사고 싶어서 얼마나 안달복달하는지를 고려하면…." 으가 어깨를 으쓱 치켜들었다. "맞아요, 저는 여기 와도 된다는 허가를 받았어요. 그리고 제가 뭔가 아주 바보 같은 짓을 하지만 않는다면, 아무도 절 귀찮게 하지 않을 거예요."

"그러니까…." 위진 선장이 주저하며 말했다. "저는 이 일에 관해서 얘기하지 않겠다고 약속했거든요." 그가 토크리스를 곁눈질했다. "제가 개입하게 된 요점은 오직 인그레이 씨가 죽지 않도록 하는 거였죠. 음, 그리고 옴켐이 티어를 위협할 수 있는 위치로 한 단계 가까워지는 걸 막기 위해 제가 할 수 있는 일을 하는 거였어요. 하지만 누군가는 죽을 뻔했죠."

'누군가는 정말로 죽었어요.' 인그레이는 생각했다. '그리고 그건 제 탓이었고요.' 하지만 위진 선장이 한 말은 분명 니케일을 가리키는 것이었다. 불이 나가고 여러 번 총성이 들렸던 그때, 니케일이 총에 맞던 그 몇 초 사이에 위진 선장이 무엇을 했는지 궁금했다. "그녀는 괜찮을 거예요."

"맞아요." 위진 선장이 동의했다. "마음이 놓여요. 하지만 사람이 자꾸 죽어요. 기본적으로 그게 군대의 본질이지요. 저는 그런 일을 하고 싶지 않아요. 게다가 그들이 정말로 원하는 건 메크라고요. 당장은 메크들을 잠가놓고 잘 감시하고 있어요. 그 선임대령이 군인치고는 더없이 정직한 사람인 게 확실하지만, 모험 따위는 하지 않으려고요. 티어 시민권을 사는 데 한 재산이 들었고, 저는 아직 운송 일이 좋아요. 언젠가는 마음이 바뀔 수도 있겠죠. 하지만…." 그가 손사래로 그 불확실한 미래를 내쳤다.

"그럼 게크는요?" 토크리스가 물었다. "그들이 이제 정말로 당신을 그냥 내버려두리라고 생각해요?"

"그럴 거예요." 가랄이 말했다. 으가 침대 끝에 있던 쿠션을 끌어다가 한쪽 팔꿈치를 받치고는 옆으로 비스듬히 기댔다. "얼마나 걸릴지 몰라도 전원회의가 진행되는 동안에는 분명히 그럴 테고, 그게 끝나면 그들은 곧장 집으로 갈 겁니다." 위진 선장이 붙임성 있게 같은 쿠션에 팔꿈치를 대고 기댔다.

"게크 대사가 메시지를 보냈어요." 위진 선장이 말했다. "그리고 저는… 답장을 하지 않았어요. 아마 앞으로도 할 것 같지 않아요. 안 하는 게 낫다고 생각해요." 마치 그 메시지의 내용에 당황스러운 점이 전혀 없었다는 듯 침착하고 진지한 어조였다. 인그레이로서는 그럴 리가 없다고 확신했지만. "저는… 그녀가 그걸 보내지 않았다면 정말 좋았을 거라고 생각해요. 하지만 또…." 그가 말을 주저했다. "그걸 어떻게 생각해야 할지 정리하려면 상당한 시간이 걸릴 거 같아요."

"그래도 대사님이 바닷벌레를 보내주었죠." 가랄이 말했다.

"돌려보낼까 했죠." 위진 선장이 인정했다. "하지만 빌어먹을, 저는 바닷벌레가 그리웠어요."

인그레이는 위진 선장이 차갑고 꿈틀거리는 벌레를 먹는 걸 상상하고는 얼굴을 찡그리지 않으려고 애를 썼다. 그러고는 위진 선장이 집에 있는 편안한 기분을 느끼고 싶을 때는 틀림없이 과일과 치즈와 서바트보다는 살아 있는 바닷벌레와 실온의 조류죽과 미지근한 소금물인 포익을 떠올리리라는 생각을 하고는 충격을 받았다. "게크 대사님이 포익도 보내줬어요?" 그녀가 물었다.

위진 선장이 웃음을 터뜨렸다. 어떻게 된 것이 자연스러운 동시에 부자연스러운 웃음이었다. "그것도 줬어요. 포익에 맛을 들였다는 말을 하려는 건 아니죠? 원한다면 가랄이 좀 가져다줄 수 있을 텐데요."

"이미 마셔봤어요." 인그레이가 얼굴을 찡그려 보였다.

"익숙해져야 하는 맛이라고 제가 이미 말했어요." 가랄이 말했다. 위진 선장이 또 웃었다. 이번에는 훨씬 느긋해진 웃음이었다. 가랄이 말을 이었다. "저는 전원회의에 갈까 생각하고 있었어요. 하지만 당분간은 좀 조용하게 지내는 게 좋겠다고 마음을 정했어요."

"그럼 위진 선장님과 같이 갈 거예요?" 토크리스가 가랄에게 물었다. 그녀는 위진 선장과 가랄이 함께 온 것이나 그처럼 딱 붙어 앉은 것에 전혀 놀란 티를 내지 않았다.

"대사님의 허가를 받아서…, 그래요. 게크 우주선이 티어 시일라스에 돌아갈 때까지 조약을 외워야 한다는 명령을 받긴 했지만요. 그리고 준수해야 하는 행동수칙 목록도 받았어요. 대부분은 방문한 행성계의 법을 어기지 말라는 등등의 명백한 것들이에요. 어쨌든 저도 어기고 싶지 않고요. 몇몇은 읽어봐도 잘 이해가 안 되는 걸 보면, 게크의 생물적 특성에 기초한 것들이 아닐까 싶어요."

"맞아요." 위진 선장이 확인해주었다. "그리고 다행스럽게도 바닷벌레를 기르는 건 조약 위반이 아닐 거예요. 게크 것이 아닌 바다에 버리지만 않으면 말이에요. 애초에 그런 일을 하면 안 된다는 정도는 알아요."

"혼자 다 드셔도 돼요." 가랄이 차분하게 말했다. "인그레이, 당신도 요청하면 전원회의에 갈 수 있을 거예요. 빨리 요청해야겠지만요. 게크 대사님이 당신도 같이 가도록 허락해주실 거예요."

전원회의에 같이 가다니! 거기엔 외계인들이 있을 것이다. 크르르와 프레즈거, 그리고 등골이 오싹한 생각이지만 라드츠 제국에서 도망쳐서는 타고난 권리로서 자신들을 유의미종으로 승인해줄 것을 요구하는 인공지능들까지 만날 수 있겠지. 실제 결과가 어떻게 나오든 간에, 이번 전원회의는 역사적 사건이 될 것이다. 그녀는 거기 가는 유일한 화에이인일 가능성이 컸다. 이전의 다른 전원회의에도 화에이인이 간 적은 없으리라고 그녀는 확신했다.

모험이 될 것이다. 그건 확실했다. 그리고 여기 안전하게 토크리스와 꼭 붙어 앉은 인그레이는 가랄과 마찬가지로 자신이 더 이상의 모험을 원치 않는다는 사실을 깨달았다. 적어도 한동안은. "아니요." 인그레이가 말했다. "저는 그냥 집에 가고 싶어요. 행성으로, 아사몰에 있는 집으로 돌아가고 싶어요." 그리고 라크 진촌의 사무실에서 맡은 일을 하고, 한동안은 온전하게 예전의 일상으로 돌아갈 것이다. 토크리스가 옆에 있는 건 일상이 아니지만…, 아니 아직은 아니지만, 그저 더없이 좋을 뿐이었다. "전원회의는 몇 년씩 걸릴 거예요. 모두가 거기 모이는 데만도 몇 년이 걸릴 거라는 얘기를 들었고요. 사안이 복잡하니까 논의하는 데는 시간이 더 걸릴 거예요."

"맞아요." 가랄이 말했다. "앞으로 5, 6년 인생을 게크와 함께 보내기로 결심하느니, 다음에 따로 방문하는 편이 나을 거예요."

"그러니까, 당신은 자신을 과소평가한다니까요." 그때 위진 선장이 인그레이에게 말했다. "당신 모친이 어떤 면에서도 당신에게서 좋은 인상을 받지 못했다면, 그건 그녀의 문제지 당신의 문제가 아니에요. 그리고 사실, 모친으로서의 당신 어머니는 아이를 보듬고 안아주는 유형이 아니라서, 당신은 그녀와 약간 거리를 두는 편이 더 행복할지도 몰라요. 저는 그럴 거라고 생각하고요. 하지만 제가 본 바로, 그녀가 당신을 아끼는 건 확실해요. 그리고 그 진촌이란 사람은 확실히 당신에게 어떤 가치가 있는지 알아요."

"그 상속 건이 결정되고 나면 다나크와도 같이 살기가 좀 편해질 것 같네요." 가랄이 덧붙였다. "그래도, 저는 당신이 한동안 그들 전부와 떨어져 지내고 싶다고 해도 무리가 아니라고 생각해요."

"우리와 같이 가도 돼요." 위진 선장이 제안했다.

"아니요." 인그레이가 말했다. "아니에요. 당분간은 집에 있고 싶어요."

그 시점에 보좌관이 빵과 치즈가 담긴 쟁반을 들고 방으로 돌아와 말했다. "인그레이 씨, 모친께서 잠깐 보자고 하십니다. 맞은편 객실에 계세요."

그 방은 침대를 말아 올린 것 빼고는 인그레이가 있던 방과 거의 똑같았다. 침대가 있던 곳에 놓인 쿠션을 댄 벤치에 네타노가 앉아 있었고, 오른쪽 벽에는 특징 없는 연하늘색 방에 달랑 하나 놓인 의자에 앉은 라크 진촌이 보였다. "부르셨어요, 엄마?" 인그레이가 물었다.

"인그레이, 얘야. 앉으렴." 네타노가 벤치 옆자리를 가리켰다. 인그레이는 앉았다. "뉴스들 봤니?" 네타노가 말을 이었다. "넌 영웅이야."

그녀는 영웅 같은 기분이 들지 않았다. "그렇군요."

"너한테 사과를 해야 할 것 같구나." 네타노가 말했다. 그러고는 라크 진촌이 뭐라 말하지도 않고 전혀 움직이지도 않았는데 으를 힐끗 쳐다보았다. "네 진촌이 나더러 너한테 사과해야 한다고 했어. 난 늘 너희에게 누구든 후계자가 될 수 있다고, 나는 제일 뛰어난 아이를 고를 거라고 말해왔지."

"괜찮아요." 인그레이가 말했다. 네타노가 진실을 말하는 듯한 느낌이었다. "저는 늘 다나크가 될 거라는 걸 알았어요. 다들 알아요."

네타노가 어정쩡하게 냉소적인 미소를 지었다. "그 아이는 어릴 때도 늘 뭔가… 확실한 뭔가가 있었지. 그리고 그 아이는 뭔가를 하기로 결심하면 확실히 냉정하게 그걸 끌고 나갔어. 그리고 그 애는 늘 가족의 이해관계가 자신의 이해관계라는 사실을 이해했어. 그 굴착용 메크 건만 하더라도, 일단 방향을 바꾸어야 한다는 걸 알고는 즉시 방향을 바꾸었지."

'확실한 무언가'라, 인그레이는 생각했다. 당연히 다나크에겐 확실한 무언가가 있었다. 그는 오래된 이름들과 역사를 가진 좋은 집안 출신이었다. 공립보육원에서 온 보잘것없는 아이가 아니었다. 아니, 인그레이는 화를 내거나 씁쓸해하지 않을 것이다. 그녀에겐 만들어야 할 자기만의 삶이 있었고, '확실한 무언가'가 있든 없든 그건 할 수 있었다. '당신은 자신을 과소평가해요.' 위진 선장이 방금 그렇게 말했다. 그녀는 더 이상 그런 짓을 하지 않을 참이었다. 그녀는 네타노를, 또는 다나크를 두고 마음을 졸일 필요가 없었다.

"네 모친은 자신이 아주 박애적이고 아주 민주적인 사람이라고 알고 있단다." 라크 진촌이 말했다. "그래서 공립보육원 입양아들에게, 그러니까 너와 집을 떠나기 전의 바올일 텐데, 상속에 있어서 모든 기회를 줘야겠다고 결심했었어. 하지만 어쩐 일인지 그들에게는 그 '확실한 무언가'가 없었지."

인그레이는 놀랐지만 그럭저럭 무표정을 유지할 수 있었다. 라크 진촌이 네타노에 관해서 이런 식으로 얘기한 적은, 네타노가 있는 자리에서든 없는 자리에서든 한 번도 없었다. 이 주제에 대해서는 확실히 그랬다.

"지금은 때가 아니야, 라크." 네타노가 날카롭게 말했다.

"아마도 아니겠지." 라크 진촌이 인정했다. "하지만 그때가 빠르게 다가오고 있어."

네타노가 한숨을 쉬었다. "디카트 의장이 메시지를 보냈어. 1시간도 채 안 됐지. 자신이 들은 소문이 사실이라면, 내가 후계자를 잘못 선택하고 있다고 하더군. 아마 으의 말이 맞겠지. 나는 내 이름을 인그레이 너에게 주어야 한다고 생각한단다."

발을 딛고 있던 단단한 땅이, 굳건하고 안전하던 땅이 갑자기 발 밑에서 입을 쩍 벌리는 듯했다. "제가… 뭐라고요?"

"네 모친이 너를 후계자로 지명하고 싶다는구나." 라크 진촌이 건조하게 말했다.

"제가… 하지만…."

"넌 못 할 거라고 생각하고 있지." 라크 진촌이 말했다. "하지만 넌 할 수 있어. 그리고 아무것도 직접 할 필요는 없어. 처음엔 아니지. 너무 오랫동안은 아니길 바란다만."

"그리고 너는 영웅이야." 네타노가 말했다. "내가 뉴스에서 보는 판본의 사건들이… 완전히 정확하지는 않겠지. 뉴스라는 것이 원래 그러니까. 게다가 행성계 방어군에서 쉬쉬하는 것들도 분명히 있겠지. 하지만 넌 자진해서 그 사태 속으로 걸어 들어갔어. 그것도 아이들을 구하기 위해서, 그리고 화에이를 구하기 위해서. 더 중요한 건 네가 성공했다는 거야. 세세한 부분들은 중요하지 않아."

"그리고 넌 용케 디카트 의장한테서 좋은 평가를 얻어냈어." 라크 진촌이 덧붙였다. "그게 쉬운 일이 아니라는 걸 너도 알 거야. 당연히 조만간 아주 큰 도움이 될 거고. 부드라킴 의장은 이렇게 선거가 가까운 시점에 말도 안 되게 어려운 상황에 처하게 됐지. 넌 내년 이맘때면 제3의회 의장이 돼 있을 가능성이 커."

다나크 생각이 맞았다. 다나크는 이런 일이 닥칠 줄 알았거나 의심했다. 그래서 아까 병원에서 그렇게 열심히 쾌활한 척했다. 그처럼 분개하며 '넌 언제나 라크 진촌이 제일 아끼는 아이였어'라고 말했던 것도 그래서였다.

"티어 행정위원회는 너한테 진 빚을 잘 알고 있어." 네타노가 말을 이었다. "네가 원한다면 무기한 체류 허가증을 주겠다고 제안을 해왔어. 그것도 무료로."

"그래도 공짜 숙박권이나 시민권은 아니야." 라크 진촌이 끼어들었다. "결국, 어떻게 해도 티어는 티어라니까."

"그리고 바이잇의 인민들도 감사의 뜻을 표해왔어." 네타노가 말을 이었다. "그리고 너는 게크 대사와 개인적인 친분도 있지."

"짧게 말해서." 라크 진촌이 말했다. "이 시점에서 네 모친이 너 말고 다른 누군가를 후계자로 지명한다면 바보겠지."

해냈다. 다나크를 이겼다. 절대 부정할 수 없는, 가능한 가장 최종적인 방식으로 말이다. 자신에게 상상조차 허락하지 않았던, 혼자만의 거창한 환상 속에서도 거의 허락한 적이 없었던 승리였다.

그녀는 해냈다.

그녀는 옥스콜드 의원님이 될 것이다. 아마 옥스콜드 의장님도 될 것이다. 아사몰에 있는 집은 그 아름다운 고대유리 벽과 꽃이 줄지어 심긴 안마당과 함께 영원히 그녀의 집이 될 것이다. 물론 그녀는 관대하고 상냥하니까 다나크가 거기 살도록 해주겠지.

인그레이는 깊이 숨을 들이쉬고 입을 열었고, 자기 입에서 나오는 말을 들었다. "아니요. 아니에요. 어머니의 후계자는 늘 다나크였어요."

"내가 진심이 아닐까 싶어서 걱정이니?" 네타노가 물었다. "아니면 내가 정말로 널 후계자로 원하는 게 아닐까 싶어서 그래? 난 진심이야. 정말로 네가 다음 네타노가 되면 좋겠어."

"아니요, 제가 그냥 그러고 싶지 않아요." 인그레이가 말했다. 그러자 네타노가 제안을 했을 때부터 점점 커지던 그 추락의 공포가 사라졌다. 거의 사라졌다. "저는 엄마가 할 수 있는 최선의 선택이 아니에요. 저는 잘하지 못할 거예요. 지금 뉴스가 저에 대해서 무슨 얘기를 하든 오래가지는 않을 테고, 저는 정치를 잘 못해요. 아니요, 그건 다나크에게 주셔야 해요." 그러고 그녀는 네타노의 뜻에 반대한 데 따르는 피할 수 없는 결과에 대비해 마음을 다잡았다.

착잡한 와중에 놀랍게도, 라크 진촌이 웃음을 터뜨렸다. "난 경고했어. 오래전에." 역시 놀랍게도, 네타노는 그저 다시 한숨만 쉴 뿐이었다. 라크 진촌이 말을 이었다. "내가 똑같은 제안을 해서 '내' 후계자가 되라고 해봐야 소용없을 것 같지? 내가 그다지 원하지 않아서가 아니라, 그러면 다나크와 밀접하게 일을 해야 한다는 의미니까, 그리고… 음, 그렇게 되면 틀림없이 어떻게 될지 내가 아니까 그래. 안 그랬으면 이미 옛날에 제안했겠지."

"인그레이, 얘야." 네타노가 아무 답도 못하는 인그레이에게 말했다. "나는 정말로…."

"그 애와 입씨름할 생각 마, 네타노." 라크 진촌이 말했다. "그 애는 자기가 뭘 원하는지 알아. 그게 네가 원하는 바가 아니라도… 음, 아이들을 키운다는 게 그런 거지. 그리고 난 그게 그 애한테는 더 나은 선택이라고 생각해. 너한테는 아니라고 해도 말이야."

"아니에요." 인그레이는 반박했다. "아니라고요. 다나크가 훨씬 나을 거예요. 그는 평생 그걸 원했다고요."

"원했다는 것하고 그 일에 잘 맞는 것하고는 다르지." 라크 진촌이 지적했다. "하지만 그 애의 결함이 어떻든 간에… 아니야, 우리가 이야기할 건 그게 아니지." 으가 말하는 사이 네타노가 다시 한숨을 쉬었다. "하지만 그 애가 얼마나 잘 맞느냐는 문제에 상관없이, 그 애가 그 값어치를 하기 위해 아주 열심히 할 거라고는 생각해."

"맞아." 네타노가 동의했다. "나도 그럴 거라고 생각해."

"그런데 진촌." 인그레이가 물었다. "거기 제 일자리는 아직 무사한가요?"

인그레이가 자기 객실로 돌아오니, 가랄이 무슨 말을 했는지 토크리스와 위진 선장이 막 웃음을 터뜨린 참이었다. 인그레이가 긴장한 채 선 걸 보고 일순간에 침묵이 찾아왔다. 그녀는 짐짓 아무 일도 없는 체했는데, 또는 그렇게 보이리라 생각했는데, 토크리스가 보자마자 걱정스럽게 물었다. "무슨 일이야?" 그러자 다들 고개를 돌려 그녀를 뚫어지게 살폈다.

인그레이는 침을 삼키려 했지만 그럴 수 없었다. "엄마가 나한테 이름을 주고 싶대."

"축하해요." 위진 선장이 말했다. "그게 여기서는 중요한 일이라는 거 알아요. 그리고 받게 될 이름이 네타노 옥스콜드라면 대단하죠."

토크리스는 여전히 걱정스러운 표정으로 미간을 찌푸렸다. 가랄이 말했다. "제가 틀렸군요. 당신은 자기 위치에서 '자비로운 제거'의 상황에 관해서 뭔가를 해볼 수 있겠어요. 아니면 적어도 시도라도요."

인그레이는 대답하려고 입을 열었다가 그만 울음을 터뜨렸다. 토크리스가 침대에서 달려 나와 인그레이를 안았고, 인그레이는 고마워하며 토크리스의 어깨에 머리를 기댔다. 잠시 후에 인그레이는 겨우 말했다. "제가 싫다고 했어요."

잠깐의 침묵이 흘렀다. 인그레이는 토크리스가 입은 녹색 비단 셔츠밖에 보이지 않았다. 그게 눈물에 젖어 상할까 봐 걱정이었다. 그때, 위진 선장이 말했다. "아, 잘됐네요. 아무래도 옥스콜드 의원이 된 당신을 상상하기가 어려웠거든요. 하지만 그게 당신이 원하는 거라면 아무 말도 하지 않을 작정이었죠."

"저도 그런 줄 알았어요." 인그레이가 여전히 토크리스의 어깨에다 대고 말했다. "그리고 엄마가 그 말을 했을 때, 모르겠어요, 저는 '예'나 '고마워요'나 뭐 그런 말을 할 생각이었는데, 그 대신에 '아니요'가 튀어나왔어요."

"여기, 앉아." 토크리스가 말했다. "서바트 좀 줄게."

"미안해요." 인그레이가 앉고 토크리스가 잔을 집는데 가랄이 인그레이에게 말했다.

"왜요?" 인그레이가 물었다.

"제가 '자비로운 제거' 개혁에 관해서 얘기하자마자 울기 시작했잖아요. 그 일에 책임이 있는 것처럼 느끼게 만들 의도는 아니었어요. 당신이 책임감을 느낄 일이 아니니까요. 저한테는 아주 중요한 일이고, 당신의 도움을 받을 수 있으면 정말 좋겠지만, 당신밖에 없는 건 아니에요. 중요한 건 당신이 자신을 불행하게 만들 무언가에 '예'라고 말하지 않았다는 거죠."

"아." 인그레이는 눈물을 닦고 토크리스가 주는 서바트 잔을 받았다. "제가 그 말을 들었는지도 잘 모르겠어요. 저는 그냥…." 다시 눈물이 나오려 했다. 아니, 아니야. 그녀는 가랄의 말을 들었고, 그 순간에 느꼈다. 자신이 으에게 실망을 줬다고. 그리고 그게 그녀의 자제력이 버틸 수 있는 한계였다.

"일은 계속하는 거야?" 토크리스가 물었다.

"응. 맞아, 그리고 내가 따로 나가 살더라도 집에 있는 내 방은 늘 그대로 있을 거라고 엄마가 그랬어."

"양육자들은 늘 그 말을 하지." 토크리스가 말했다.

"그래요?" 위진 선장이 물었다. "내 양육자는 안 그랬는데."

"제 양육자도요." 가랄이 건조한 목소리로 말했다.

"음." 인그레이가 작은 소리로 딸꾹질을 하며 말했다. "하지만 저는 바닷벌레는 못 받았어요."

"모든 이가 저처럼 운이 좋을 수는 없죠." 위진 선장이 인정했다.

다음 날 아침에 인그레이는 아주 잠깐 라크 진촌을 보았다. "음, 우리 사무실에서 네가 빠지면 서운할 거야." 인그레이가 쓰는 객실 벽에서 으가 말했다. 인그레이와 토크리스는 침대에 책상다리를 하고 앉아 있었다. "하지만 그게 맞는 선택이라고 생각해. 어떤 형태로든 '자비로운 제거'를 개혁하려면 네타노의 지원 이상의 것들이 필요할 테니, 네가 독립적으로 하는 게 좋겠지. 공식적으로는 말이야. 그리고 당연히 네가 하는 자선 사업은 그게 뭐든, 특히 지역구의 공립 보육원들과 같이하는 사업은 네가 네타노의 이름을 쓰든 안 쓰든 모두에게 득이 될 거야." 으가 한숨을 쉬었다. "네가 거기 좀 있으면서 주요 언론사들과 인터뷰를 하면 좋겠다만, 곧바로 집으로 가고 싶다는 걸 뭐라 할 수는 없지. 나라도 그랬을 테니까."

"그래도 '아사몰 지역의 소리'는 특종을 낚아서 정말 좋아할 거예요." 토크리스가 지적했다.

"그러겠지." 라크 진촌이 미소를 지으며 동의했다. "그리고 그것도 네타노에게는 득이 될 수밖에 없어. 그녀가 일어나면 내가 확실히 지적해줄 작정이야. 우린 어젯밤에 다나크와 얘기를 했단다. 당연히 그는 아주 좋아했지만, 그래도 분명 놀랐어. 인그레이, 그는 똑똑하니까 아마 네가 고사했으리라 짐작했을 거야. 하지만 역시 똑똑하니까 거기에 대해서는 아무 말도 하지 않겠지. 그래도 우린 발표를 늦추고 있단다. 네가 냉대를 받았다는 인상을 주고 싶지 않거든. 그러니 너한테 독자적인 계획이 있다는 사실이 우리에겐 아주 유용하지."

"그런 쪽으로 처리하는 게 더 낫겠네요." 인그레이가 동의했다. 그녀는 라크 진촌이 자신과 같은 결론을 내리리라 자신했지만, 그래도 그 말을 들으니 안심이 되었다. 다나크가 네타노의 후계자로 지명됐다는 사실을 곧바로 발표할 계획이라면, 인그레이는 그를 축하하는 모습을 보여주고 자신이 그 선택에 분개했다는 인상을 주지 않기 위해 이곳에 며칠 더 머물러야 했을 것이다. "시간을 두고 발표를 계획해야 할 거예요. 그리고 성대한 잔치도 잊지 마시고요." 다나크는 그걸 좋아할 것이다.

"그래." 라크 진촌이 동의했다. "그리고 다나크는 잠시라도 사람들의 관심이 분산되는 걸 원치 않겠지. 그래도 너도 올 거지, 그렇지? 아무리 줄잡아도 최소한 몇 달 뒤일 거야."

"그럼요, 물론이죠." 인그레이가 말했다.

라크 진촌이 접속을 끊자마자 인그레이와 토크리스는 언론사 메크들을 피할 목적으로 직원용 출구를 통해 숙소를 나와 사람들로 북적거리는 승강기와 전차를 연이어 갈아타고 우주엘리베이터까지 갔다. '게크 사절단 모레 출발.' 첫 번째 전차에서 토크리스 옆에 서 있던 인그레이의 시야에 어느 기사 제목이 떴다. 가랄은 기사의 아주 구석에서 슬쩍 언급되었고, 거미 메크는 고사하고 위진 선장도 언급조차 없었다. '엔덴 관문에서 전투.' 다른 기사가 말했다. '옴켐 연합 우주선 포획. 세 척은 도주.' 그녀는 핫커반 사령관이 여전히 화에이 행성계 방어군에 구금되어 있는지 확인하기 위해 기사를 가까이 끌어당겼다. 첸스는 전혀 언급되지 않았다. 디카트 의장은 다른 제1의회 의원들과 함께 티어와 바이잇에서 파견한 대사들을 만났다. 젊은 디카트 의장이었다. "우리는 전쟁을 원치 않습니다." 그가 기자들에게 말했다. "하지만 옴켐 연합이 전쟁을 결심한다면 기꺼이 상대해드리겠습니다." 옴켐 대사관은 기자들의 논평 요구에 답하지 않았다.

제3의회 지역구들에 기초를 둔 언론들은 이미 에티아트 부드라킴이 물러나거나 심지어 기소될 가능성까지 점치고 있었다. 그도, 그의 딸도 질의에 응답하지 않았다.

인그레이는 눈을 깜박여 뉴스를 물렸다. 그러고는 젊은 에티아트 부드라킴에게 보내려고 생각하고 있던 메시지 초안을 끌어왔다. 가랄은 자기 여동기를 얼마간 신뢰하는 듯했고, 인그레이는 그녀가 가랄이 겪었던 고초나 지난주에 있었던 사건들 어느 쪽에도 관련이 없다고 확신했다. 그녀의 정치 경력은 적어도 앞으로 상당 기간은 끊길 듯하지만, 그녀의 탓은 아니었다. 인그레이는 그녀가 '자비로운 제거'를 다시 생각해보려는 시도에 공감할지도 모른다고 생각했다.

두 번째 전차에 나란히 앉은 토크리스가 말했다. "다나크가 깼어. 방금 메시지가 왔어."

"나도 받았어." 인그레이가 말했다. "당장 답장을 쓰고 싶은 기분은 아니야."

그들은 셔틀 승강장에서 내렸다. 옷을 갈아입으려고 길을 돌아온 참이었다. 인그레이는 행성에서 우주엘리베이터를 탄 이후로 줄곧 같은 옷을 입고 있었다. 우주엘리베이터를 탄 때가 아주아주 오래전인 듯싶었다. 네타노가 잡아놓은 객실에 있는 동안은 괜찮았다. 그리고 입은 옷 그대로 정거장에서 아사몰까지 갈 수도 있었다. 불과 한두 주 전에도 그랬으니까. 하지만 이번에는 그럴 필요가 없었다. 그녀는 파란색과 주황색이 섞인 합성섬유로 만든 부드럽고 편안한 옷 한 벌을 서둘러 고르고는 결국 돌려받지 못한 머리핀들을 떠올리고 머리에 두를 푸른색 스카프를 추가했다. 어떤 머리핀을 해도 화에이 행성에 발을 들여놓기 전에 다 잃어버릴 것이며, 머리핀을 용인하지 않는 자기 머리카락이 땋인 채로 가만히 있지도 않으리라는 걸 그녀는 알았다.

셔틀 승강장 로비로 들어서면서 그녀는 지난 일주일 같은 건 아예 없었던 듯한, 아니 더 심하게는 그걸 다시 시작하려는 참인 듯한 기분이 들었다. 모든 것이 너무 익숙했다. 심지어 보육원 원복을 입고 셔틀을 기다리는 아이들이며, 계속 바뀌며 벽에 나타나는 화에이 역사의 영상들까지 낯익었다. 인그레이가 보는 사이에 그림이 티어에 마지막 채무를 상환하는 총의장으로 바뀌었다. 그의 뒤에서 '채무를 거부한다'가 펼쳐지길 기다리고 있었다. 저 이미지, 화에이인이라면 누구나 한 번쯤은 보았을 그 그림이 지금은 다르게 느껴졌다. '채무를 거부한다'가 전시함에 든 손댈 수 없는 굉장한 뭔가가 아니라, 마치 여느 천 조각이나 매한가지인 듯이 둘둘 말리고 찢기고 접혀서 메크의 수납함에 쑤셔 넣어지는 걸 보아서일까? 아니면 이제는 이 그림에서 묘사하는 '채무를 거부한다'가 진짜가 아니란 것을 알아서일까? 아니면 그저 일주일 사이에 너무 많은 일을 겪다 보니 아직도 정리해야 할 것들이 많아서 지금은 다른 그림으로 바뀐 그 그림에 마음을 쏟을 정서적 에너지가 없기 때문일까?

"다나크가 왔어." 토크리스가 말했다.

그랬다. 그가 로비 중앙에 섰다가 그들을 향해 걸어왔다. "인그레이." 그가 힐난하는 투로 말했다. "얘기 좀 하자."

"미안해." 인그레이가 말했다. 하지만 사실 그다지 미안하지 않았다. "우주엘리베이터행 셔틀을 타야 해서 말이야." 옆에 서 있는 토크리스는 아무 말도 하지 않았다.

"이해를 못 하겠어." 다나크가 말했다. "넌 싫다고 했어. 난 알아. 물어봤으니까. 난 엄마가 너한테 줄 거라고 확신했었어. 그렇다면 틀림없이 라크 진촌이 널 후계자로 지명했겠다고 생각했는데, 으는 그러지 않았어."

"넌 내가 라크 옥스콜드가 되는 걸 원하진 않잖아." 인그레이가 말했다.

"맞아." 다나크가 말했다. "원하지 않아. 하지만 난 라크를 할 누군가가 필요하게 될 거야. 누군가 믿을 수 있는 사람이…." 그는 잠시 벽에 나타난 그림을 쳐다보다가 다시 인그레이를 쳐다보았다.

"으는 네가 라크가 되길 원하지 않는다면, 그건 내 잘못이니 내가 문제를 해결해야 할 거래. 공정한 말이 아니라고 봐. 으는 늘 널 더 좋아했어."

"그랬을지도 모르지." 인그레이는 이 점에서는 다나크의 말이 아마 옳으리라고 깨닫기 시작했다. "하지만 그건 중요하지 않아. 엄마가 이름을 주겠다고 제안했지만, 난 그 이름을 원치 않는다고 했어. 왜냐하면 원치 않기 때문이지. 난 의원이 되고 싶지 않아. 그리고 의장이 되고 싶지도 않아." 하지만 아마도 자신이 될 수도 있었다는 사실을, 원하기만 하면 될 수 있었다는 걸 다나크가 기억해주기는 바랐던 것 같다. "그리고 난 의원이나 의장의 참모장이 되고 싶지도 않아. 난 그냥 인그레이 옥스콜드가 되고 싶어." 그가 대놓고 못 믿겠다는 표정으로 그녀를 빤히 쳐다보았다.

"사람들이 셔틀을 타고 있어." 원복을 입은 아이들이 우르르 몰려가기 시작하자 토크리스가 말했다.

"여기, 잠깐만 기다려." 인그레이는 판매대로 가서 '화에이 우주정거장 방문' 카드를 한 장 사서 다나크한테로 돌아왔다. 토크리스가 그를 면밀하게 지켜보고 있었다. "붓 있어?" 인그레이가 묻자 다나크가 재킷 어딘가에서 붓을 하나 꺼내 내밀었다. 인그레이의 팔에는 아직 교정제가 붙어 있어서 인그레이가 쓰는 동안 토크리스가 카드를 반듯하게 잡아주었다. '새로운 네타노가 된 걸 축하해, 동생 인그레이가.' 그리고 날짜. 그녀는 붓을 다나크에게 돌려주고는 카드를 건넸다. "자, 난 그 이름을 가질 수 있었지만 거절했어. 그러니 이제 내가 그 이름을 원하지 않는다는 걸, 그리고 내가 너에게 위협이 되지 않는다는 걸 확실히 알겠지."

"승천한 성인들이시여. 인그레이, 난 너랑 싸우러 온 게 아니야!"

"그럼 여기 왜 왔어요?" 토크리스가 물었다.

"왜냐하면…." 그가 말을 멈추었다. 한층 더 골똘하게 미간을 찌푸렸다. "대가로 뭘 요구할 거야?"

토크리스가 믿을 수 없다는 듯이 '하' 소리를 냈다. 하지만 인그레이는 말했다. "아니야, 좋은 질문이야. 그리고 대답은, 난 아무것도 원하지 않아. 하지만 이걸로 네 기분이 나아진다면, 의장이 되면 '자비로운 제거'의 현황을 조사해줬으면 좋겠어."

"그거 그다지 인기 없을 텐데." 다나크가 지적했다. "다들 범죄자잖아."

"좋을 대로 해." 인그레이가 말하고는 돌아서 걸음을 옮겼다.

"이봐, 인그레이." 거의 화난 듯한 목소리였다. "엄마가 널 선택하리라 생각했을 때, 아니 알았을 때, 나는… 그건 너무했어. 마음이 상했지. 공평하지가 않잖아. 그건 그냥 운이었어. 넌 적당한 때에 적당한 장소에 있었을 뿐이니까. 하지만 너와 같이 일해야 한다는 걸 알았어. 나는 그렇게 하려고, 잘해보겠다고 결심했어. 그랬는데… 이봐, 그냥… 이건 내가 정말로 평생 원했던 거야. 나였다면 널 위해서 그걸 거절하는 일은 절대 없었을걸."

"알아." 인그레이가 말했다. 그가 가족이 아니었다면, 그가 엄마의 정적이거나 그랬다면, 인그레이는 지금 세상에서 가장 달콤한 미소를 지어주었을 것이다. 하지만 그는 그런 미소가 어디서 나오는지 알았고, 필요할 때 써먹을 수 있는 자기만의 기술도 있었다. 게다가 그는 노력하고 있었다. 그녀에게 고맙다고 한 거나 진배없었다. 비슷한 말을 하는 것조차 힘이 드는 게 분명했고, 방금처럼 저항하지 않고는 못 견디지만 말이다. "널 위해서 한 건 아니야. 하지만 감사의 마음은 기꺼이 받아주지." 그는 움직이지 않았다. "지금 끔찍하게 바쁠 텐데, 이렇게 얘기하러 와줘서 고마워. 하지만 난 셔틀을 타야 해."

"'자비로운 제거'에 관해서 뭐라도 바꾸는 건 상당히 힘들 거야." 다나크가 말했다. "그 사안을 지역구 유권자들이 제기해주면 가능성이 좀 더 커지지 않을까 싶은데. 내가 그냥 의회에 상정하는 것보다는 말이야. 한 선거구 이상의 유권자들이 제기해주면 더 좋고."

"맞아." 인그레이이가 동의했다. "그쪽은 내가 벌써 시작했어. 그래도 네 도움을 받을 수 있으면 좋겠지. 아니면 적어도 네가 도움을 고려하도록 만들기만 해도 좋겠지."

다나크가 고개를 끄덕였다. "그래. 맞아, 네 말이 맞아. 넌 그런 일을 어떻게 하면 되는지 알지." 차마 입에서 말이 떨어지지 않는다는 듯한 소리로 그가 말했다. "뭐라도 필요한 게 있으면 알려줘. 난 지금 가봐야 해. 살펴봐야 할 것들이 엄청나게 많아. 조심해서 가." 그리고 그는 돌아서서 가버렸다.

"'그냥 운'이라고 했어!" 토크리스스의 목소리는 믿을 수 없다는 투였다. "'적당한 때에 적당한 장소'라니!"

"음, 어느 정도는 그랬지."

"그렇지 않잖아!" 토크리스스가 고집했다. "하지만 그가 너한테 얼마나 많은 빚을 졌는지 알아서 잘됐다고 생각해."

"나도 그렇게 생각해." 인그레이이가 동의했다. 그녀는 셔틀 탑승구를 향해 돌아섰다. 파란색과 노란색이 섞인 튜닉과 바지를 입은 한 무리의 아이들이 그녀를 쳐다보고 있었다. 정거장 보안대 경관 둘이 아이들 뒤에 서 있었다.

"인그레이님!" 한 아이가 소리쳤다. "우리랑 같이 우주엘리베이터 탈 거예요?"

"그럴 것 같네." 인그레이가 말했다. "그런데 너희 보모는 어디에 있니?"

"우리를 라리움에 두고 도망쳤어요." 눈에 띄게 곤란해하는 몇몇 아이들 앞에서 한 아이가 말했다. "이제 다른 일을 찾아야 할 거예요."

"쉿!" 다른 아이가 말했다. "그런 얘기 하면 안 돼!"

"저희가 이 아이들을 우주엘리베이터 밑까지 호위할 겁니다." 정거장 보안대 경관 한 명이 말했다.

"음, 그럼 우리 다 같이 가겠네." 인그레이가 말했다.

"우리, 기자들하고 인터뷰했어요!" 아이 하나가 소리쳤다.

"인그레이님은 인터뷰를 수도 없이 했어." 첫 번째 아이가 다 안다는 듯한 따분해하는 태도와 이런 유명인이 옆에 있다는 생각에 흥분한 태도 사이 어디쯤을 유지하려 눈에 띄게 애쓰며 말했다.

"정말 깜짝 놀랄 사건이었지." 인그레이가 말했다. "하지만 난 집에 가서 그냥 편안하게 쉬고 싶어. 너희는 그렇지 않니?" 아이들이 맞장구를 치느라 와글거렸다. "여기는 내 친구인 행성계 안전청의 토크리스 이테스타 경관님이야."

"안녕하세요, 토크리스 경관님." 아이들이 합창했다.

"얘들아, 이제 셔틀을 타야 해." 정거장 보안대 경관 한 명이 말했다.

"셔틀이 우릴 놓고 가면." 아이 하나가 소리쳤다. "인그레이님이 신발로 때려줄 거야!" 아이들이 와그르르 웃었고, 정거장 보안대 경관들은 웃음을 참으려 애를 썼다.

"그건 내 신발이 아니었어!" 인그레이가 반박했다.

"그래도 얘들아, 셔틀 직원을 위협하지 않는 편이 나을 거야." 정거장 보안대 경관들이 아이들을 챙기는 사이에 토크리스가 말했다.

"토크리스 경관님 말씀이 옳습니다." 정거장 보안대 경관이 말했다. "자, 가자. 인그레이님이 우리와 같이 셔틀을 타실 거야."

"아이들이 너무 귀찮게 하지 않도록 노력하겠습니다만." 다른 경관이 말했다. "보시다시피…." 그녀가 이제 셔틀 탑승구로 가면서 떠들어대는 아이들 쪽을 애매하게 가리켰다.

"음." 마지막 아이까지 탑승하자 토크리스가 한마디 했다. "어쨌든, 지루하지는 않겠네. 우리, 챙길 건 다 챙겼나?"

인그레이는 뒤를 돌아보았다. 텅 빈 로비가 보였다. 위의 벽에는 티어 행정위원회에 마지막 상환을 하는 총의장의 그림이 다시 돌아와 있었다. "확실히 챙겼어." 인그레이는 토크리스의 손을 잡았다. 둘은 정거장의 소음과 혼잡을 뒤로하고 우주엘리베이터행 셔틀을 향해 함께 걸었다. 집으로 가는 길이었다.

〈끝〉

옮긴이 **신해경**

더 즐겁고 온전한 세계를 꿈꾸는 전문번역가. 대학에서 미학을 배우고 대학원에서 경영학과 공공정책학을 공부했다. 생태와 환경, 사회, 예술, 노동 등 다방면에 관심을 가지고 있으며, 옮긴 책으로는 《사소한 정의》, 《사소한 칼》, 《사소한 자비》, 《식스웨이크》, 《고양이 발 살인사건》, 《혁명하는 여자들》, 《내 플란넬 속옷》, 《마지막으로 할 만한 멋진 일》(공역), 《아랍, 그곳에도 사람들이 살고 있다》, 《버블 차이나》, 《덫에 걸린 유럽》, 《침묵을 위한 시간》, 《북극을 꿈꾸다》, 《발전은 영원할 것이라는 환상》, 《제대로 된 시체답게 행동해》(공역) 등이 있다.

사소한 기원

초판 1쇄 인쇄 2020년 7월 6일
초판 1쇄 발행 2020년 7월 10일

지은이 앤 레키
옮긴이 신해경
펴낸이 박은주
기획 김아린
디자인 김선예
마케팅 박동준

발행처 (주)아작
등록 2015년 9월 9일(제2020-000038호)
주소 04389 서울특별시 용산구 한강대로 26
한강트럼프월드3차 102동 1801호
대표전화 02.324.3945 **팩스** 02.324.3947
이메일 decomma@gmail.com
홈페이지 www.arzak.co.kr

ISBN 979-11-6550-820-3 04840
979-11-87206-07-1 04840 (세트)

책 값은 표지 뒤쪽에 있습니다.
잘못 만들어진 책은 구입하신 서점에서 교환해 드립니다.